國家古籍整理出版專項經費資助項目

國家社科基金重大招標項目

〇南戲文獻全編　劇本編〇

俞爲民　主編

# 白兔記　殺狗記

劉水雲　整理

ZHEJIANG UNIVERSITY PRESS
浙江大學出版社
·杭州·

# 前言

南戲《白兔記》，明徐渭《南詞敘録》將其列入『宋元舊篇』中，無作者名。據明成化年間北京永順堂刻本《新編劉知遠還鄉白兔記》副末開場的念白所云，其作者當爲永嘉書會才人。

《白兔記》在長期流傳過程中，也曾産生了許多不同的版本。作爲『宋元舊篇』的《白兔記》，在宋元時期就已有刊本流傳了，但宋元舊本皆已失傳。《白兔記》今尚有全本流存的共有三種：

1. 明成化年間北京永順堂刻本，題作《新編劉知遠還鄉白兔記》，不分卷。
2. 明萬曆年間金陵唐氏富春堂刻本，題作《新刻出像音註增補劉智遠白兔記》，凡二卷。
3. 明末毛晉汲古閣刊本，題作《繡刻白兔記定本》，凡二卷。

明成化本是1967年在上海嘉定的一座古墓中發現的，從版本的形式來看，成化本是根據藝人的舞臺演出本刊刻的，如卷首副末開場時所念的詩云：『奉請越樂班，真宰遥，鸞駕早赴華筵。今宵夜，願白舌入地府，赤口上青天。奉神三巡六儀，化真金錢。齊攢斷，喧天鼓板，奉送樂中仙。』『越』是浙江的古稱，故演出這本《白兔記》的『越樂班』是浙江的一個戲班。又其開場形式，也是根據舞臺演出時的實際情形記録刊刻的，如還保留着場上的副末與後臺演員的對話，誇耀劇作家編劇技巧的高明和演員表演技藝的高超，如云：『今日庚家子弟，搬演一本傳奇，不插科，不打諢，不爲之傳奇。倘或中間字跡差訛，馬音等字，鄉談别字，其腔列調中，間有同名同字，萬望衆位做一床錦被遮蓋。天色非早，而即晚了。也不須多道散説，借問後行子弟，戲文搬下不曾？搬下多時了也。既然搬下，搬的那本傳奇，何家故事？搬的是李三娘蔴地捧印，劉知遠衣錦還鄉白兔記。好本傳奇！這本傳奇虧了誰？虧了永嘉書會才人，在此燈窗之下，磨得墨濃，蘸得筆飽，編成此一本上等孝義故事。果爲是千度看來千度好，一番搬演一番新。不須多道散説，我將正傳家門念過一遍，便見戲文大義。』爲了等待遲到的觀衆及使場上的觀衆安静下來，副末除了向觀衆介紹劇情外，還表演了一些與劇情無關的内容，如唱了一支有聲無義的【紅芍藥】曲和念誦了一首宋代秦觀的【滿庭芳】『山抹微雲』詞，在正戲開場時又云：『來是劉知遠，啞静看如何。』提醒觀衆正戲就要開場了，安静下來注意看戲。這一開場形式，與《張協狀元》的開場形式一樣，都是實際演出時的開場形式，而書坊在刊刻時没有按照案頭讀本的形式加以改動，故仍保留着演出本的原有形式。另外，劇本中錯訛甚多，應出自文化水準較低的民間藝人之手，而永順堂在刊刻時，也未加以校勘訂正。

汲古閣本顯然已經過整理加工，劇本形式較爲精緻整飭，更便於案頭閲讀，如全本已按照明代傳奇的劇本形式，不僅分齣，而且每齣都加上了齣目名。再如第一齣副末開場，没有前後臺演員的問答以及與劇情無關的一些表演内容，僅有一首介紹劇情大意的【滿庭芳】詞，十分簡練。另外，曲文與念白已極少出現錯訛現象。

成化本與汲古閣本雖然版本的用途不同，但兩者屬於同一系統的版本，皆與元本相同，而與富春堂本異。

富春堂本無論在具體曲文上，還是在故事情節上，都與成化本、汲古閣本有着較大的差異，這種差異便是後人改動的結果。從前人的有關記載以及新近發現的史料來看，富春堂本雖題作《新刻出像音註增補劉智遠白兔記》，其實就是明代根據《白兔記》改編的《咬臍記》傳奇。《咬臍記》這一劇目僅見於明代祁彪佳《遠山堂曲品·具品》所載：『《咬臍》：別設科目，絶不類《白兔記》。乃彼即口頭俗語，自然雅緻；此則通本調文，轉覺不文。故知運筆爲詞場第一義。』

前些年俄國漢學家李福清在丹麥哥本哈根的皇家圖書館與奥地利維也納國家圖書館新發現了《樂府萬象新》與《大明天下春》兩種明代戲曲折子戲選集，兩者都選收了《咬臍記》的折子戲，將《樂府萬象新》和《大明天下春》所選收的這些《咬臍記》的折子戲與現存的明刊本《白兔記》作一比勘，正與富春堂本相同，而與成化本、汲古閣本相異。故富春堂本其實就是明人根據《白兔記》改編的《咬臍記》傳奇。

本編收録《新編劉知遠還鄉白兔記》《新刻出像音註增補劉智遠白兔記》《繡刻白兔記定本》等三種全本，另廣泛輯録明清戲曲選集中的《白兔記》散齣和隻曲。

# 總目録

# 新編劉知遠還鄉白兔記

# 目録

## 第一齣（一）

（扮末上開云）詩曰：　國正天心順，官清民自安。妻賢夫禍少，子孝父心寬。喜賀昇平，黎民樂業，歌謡處，慶賞豐年。香風馥郁，（二）瑞氣靄盤旋。奉請越樂班，真宰遥，鸞駕早赴華筵。今宵夜，願白舌入地府，赤口上青天。奉神三巡六儀，化真金錢。齊攢斷，喧天鼓板，奉送樂中仙。

【紅芍藥】（末唱）哩囉連囉囉哩連哩連哩囉哩連哩連囉連哩連囉哩囉連囉哩連哩連囉連哩連囉連囉□□囉哩連囉哩囉哩。

（末云）山抹微雲，（三）天連衰草，畫角聲斷樵門。暫停征棹，（四）聊共飲離樽。（五）多少蓬萊舊事，空回首，

（一）原不分齣，參汲古閣刊本《繡刻白兔記定本》分齣。

（二）馥：原作『復』，據文義改。

（三）抹：原作『莫』，據秦觀《滿庭芳》改。

（四）暫停：原作『站聽』，據秦觀《滿庭芳》改。征棹：原闕，據秦觀《滿庭芳》補。

（五）聊共飲：原闕，據秦觀《滿庭芳》補。

煙靄紛紛。夕陽外，寒鴉數點，流水遶孤村。銷魂。(一)當此際，(二)香囊暗解，(三)羅帶輕分。(四)謾贏得，(五)秦樓薄倖名存。(六)此去何時見也？襟袖上，(七)空染啼痕。傷情處，高城望斷，(八)燈火以黄昏。

惜竹不雕當路笋，愛松不斬横横枝。不是英雄不贈劍，不是才人不賦詩。今日戾家子弟，(九)搬演一本傳奇，不插科，不打諢，(一〇)不爲之傳奇。倘或中間字跡差訛，(一一)馬音等字，鄉談別字，(一二)其腔列調中，間有同名同字，萬望衆位做一床錦被遮蓋。天色非早，而即晚了。也不須多道散説，借問後行子弟，戲

---

(一) 銷魂：原作『宵昏』，據秦觀《滿庭芳》改。
(二) 際：原作『濟』，據秦觀《滿庭芳》改。
(三) 解：原作『結』，據秦觀《滿庭芳》改。
(四) 分：原作『紛』，據秦觀《滿庭芳》改。
(五) 謾贏：原作『慢吟』，據秦觀《滿庭芳》改。
(六) 名：原作『明』，據秦觀《滿庭芳》改。
(七) 上：原闕，據秦觀《滿庭芳》補。
(八) 城：原作『成』，據秦觀《滿庭芳》改。
(九) 戾：原作『利』，據文義改。
(一〇) 諢：原作『問』，據文義改。
(一一) 跡：原作『藉』，據文義改。
(一二) 鄉：原作『香』，據文義改。

文搬下不曾？搬下多時了也。既然搬下，(一)搬的那本傳奇，何家故事？搬的是李三娘蔴地捧印，劉知遠衣錦還鄉白兔記。好本傳奇！這本傳奇虧了誰？虧了永嘉書會才人，在此燈窗之下，磨得墨濃，斬得筆飽，編成此一本上等孝義故事。果爲是千度看來千度好，一番搬演一番新。不須多道散説，我將正傳家門念過一遍，便見戲文大義。怎見得：五代殘唐，漢劉知遠，生時紫霧神光。李家莊上，招贅作東床。二舅不容完聚，使機謀、拆散鸞凰。分飛去，知遠投充邊塞，看他武藝高强。岳節使把秀英小姐，匹配鸞凰。三娘受苦，磨坊中，生下咬臍郎。年長一十六歲，因打獵、實認親娘。後來加官爵，(二)直做到九州安撫，衣錦喜還鄉。詩曰：

剪燭生光彩，開筵列綺羅。(三)

來是劉知遠，啞静看如何。（下）

## 第二齣

（生上唱）

(一) 既：原作『計』，據文義改。
(二) 爵：原作『嚼』，據文義改。
(三) 綺：原作『倚』，據文義改。

【獅子序】年乖時蹇，枉有冲天氣宇。(一) 受無限嗟吁。最好似堂堂七尺身軀，不如我一旦英雄俊傑。(二) 俊傑。問天道五行何如？似虎虎在岩前睡也，困龍失却了明珠。

（生白）結交須結英與豪，莫結區區兒女曹。正此謂也。(三) 自家姓劉名皋，雙名知遠。不幸幼年失父，隨母改嫁，只因我好賢學武，壞了我潑天家計，至被繼父趕逐在外，不容知遠回家。日間在賭博場中搜求貫伯，夜宿在馬鳴王廟中。是此雪寒天氣，但見滚滚飄綿，層層銀砌。門前過客，個個失路迷踪；江上漁翁，(四) 兩兩披簑挾箄。凍合玉樓寒氣疏，光耀銀海遍生花。(五) 似此雪寒天氣，不見故人一面，怪他不的。落在貧窘之中，有誰人採我。好雪！

【疏影】（生唱）彤雲布密，見四野盡是，瓊妝銀砌，崩玉篩珠。只見柳絮梨花，在那空中舞。長安酒價争高沽，見漁父披簑歸去。（合）鼻中只聞的梅花香，遥見並舞在密處。（末唱）

【前腔換頭】看覷。青山頓老，見過往行人，迷踪失路。下幕垂簾，酌酒羊羔歌《白紵》，紅

---

(一) 枉：原作『往』，據文義改。

(二) 旦：原作『擔』，據文義改。

(三) 正：原作『朕』，據汲古閣刊本《繡刻白兔記定本》改。

(四) 上：原作『山』，據汲古閣刊本《繡刻白兔記定本》改。

(五) 耀：原作『遥』，據文義改。

爐添炭人完聚。怎知道，怎知道，街頭上貧苦。（合前）

（末白）相識滿天下，知心有幾人。[一] 當元前桃園中結義十個弟兄，即漸消滅。止只剩下我三人。那三人？ 大哥哥劉知遠、二哥哥郭彦常，只我第三史弘兆便是。 我二哥哥將帶盤纏上東京求取功名，不在話下。 止撇下我大哥哥劉知遠流落在長街。[二] 似此分分楊楊，下的國家祥瑞，我那哥哥身上又無穿的，口中又無吃的。 我小兄弟不去看，有誰人去看？ 只得懷揣一貫伍伯文錢鈔，上長街尋訪我哥哥，買三杯五盞與哥哥捕寒，多少是好！ 串長街，陌短巷，過茶坊，不入酒肆，遠遠的人叢中望見一個大漢，手拏着護身龍棒，好相哥哥劉知遠。 遠看不得近看，近看不得分明，不免上前拜揖，叫一聲： 大哥，作揖了！ （生白）兄弟那方到此？ （末白）小兄弟得來探望哥哥。（生白）兄弟，數次三番打攪。（末白）哥哥，無此説。 當元前買命算卦，説都有腰金衣紫。 架上無你衣我衣，懷中無你錢我錢。 哥哥不勞計較。 （生白）兄弟，有錢的紅爐暖閣，獸炭羊羔。 你我無錢的，受這等艱難，怎生是好？ （末白）哥哥，你記的花開一遍，[三] 待等時來。 （生白）兄弟哎！ 時來時來，我眼下過不去裏，我好恨也。[四] （末白）哥哥莫不恨我？ （生白）兄弟也，男子大丈夫，自恨我無能，豈可恨他人！ （末白）哥哥不恨我，恨

---

[一] 幾：原作『己』，據汲古閣刊本《繡刻白兔記定本》改。

[二] 落：原作『洛』，據文義改。下同改。

[三] 記：原作『計』，據文義改。

[四] 恨：原作『哏』，據汲古閣刊本《繡刻白兔記定本》改。

誰？（生白）兄弟，聽我說：

【皂羅袍】（生唱）自恨我一身無奈。（末白）哥哥，無奈無奈，奔波勞力，驅馳了哥哥。（生唱）兄弟也！論奔波勞力，受盡迍災。（末白）哥哥，你通文通武。（生唱）兄弟，通文通武兩尷尬。（一）（末白）哥哥，你目今上却如何？（生唱）目今怎生將來賣？（合）朝無依倚，交我怎生布擺？夜無衾蓋，交我怎生布擺？日長夜永，交我愁無奈。（末唱）

【前腔】哥哥，且把愁腸寬解。（生白）兄弟也，寬解寬解，一日過不的一日。（末白）哥哥，上輩古人也受如此。（二）（生白）兄弟也，那個古人似我劉知遠，受這等艱難苦楚？（末白）哥哥，你聽我說。（末唱）論韓信乞食漂母寧奈。（三）有朝一日遂通泰。男兒漢勇略終須在。（四）（合前）

【玉抱肚】（生唱）淩雲豪氣，（五）恨時乖難使運至。鎗刀上，刀鎗上顯成功，藉此是我等之□。（合）腰金衣紫，知他是何日。想蒼天不負虧。想蒼天不負虧。（末唱）

---

（一）尷尬：原作『兼界』，據汲古閣刊本《繡刻白兔記定本》改。
（二）輩：原作『背』，據文義改。
（三）漂：原作『瓢』，據汲古閣刊本《繡刻白兔記定本》改。
（四）終：原作『中』，據汲古閣刊本《繡刻白兔記定本》改。
（五）豪：原作『毫』，據文義改。

【前腔】伊休過慮，論功名終須有日。待時來，人家榮貴。青史上管取名題。（合前）

（末白）哥哥，兄弟揣一貫五佰文錢鈔，(一)買酒不醉，買飯不飽。兄弟家中有瓶濁醪。(二)哥哥能飲，盡醉方休，(三)你到兄弟家中走遭。（生白）兄弟也，我不去了。數次三番打攪，定害。（末白）哥哥，無此説，請行。串長街，訪短巷，(四)過茶坊，(五)不入酒肆。轉灣抹角，(六)這裏便是。哥哥少待，等兄弟叫出卑媳婦與哥哥相見。(七)（叫科）大嫂！大嫂！（淨白）老娘忙哩！（末白）你做甚麽？（淨白）老娘尺八鍋裏渄脚裏。（末白）你那脚盆裏？（淨白）(八)成着登年飯哩！（末白）呸！呸！你好没上下。(九)大嫂有請。劉伯伯在此，請相見。（淨白）劉伯伯在此，老娘越發忙了。老娘在此，這裏穿裩子忙哩。

---

(一) 揣：原作『搧』，據文義改。
(二) 濁：原作『酌』，據文義改。下同改。
(三) 休：原闕，據文義補。
(四) 訪：原作『防』，據文義改。
(五) 坊：原作『打』，據文義改。
(六) 抹：原作『摸』，據文義改。
(七) 卑：原作『婢』，據文義改。
(八) （淨白）：原闕，據文義補。
(九) 下：原作『夫』，據文義改。

（末白）莫得裝幺。〔一〕（浄白）〔二〕丫頭也端的馬子來，撒一泡尿出去。〔三〕（末白）你好出嗅！請行。

【麻婆子】（浄唱）奴奴生得如花貌，言語只不俏。丈夫喚做念一郎，奴奴喚做三七嫂。奴在房中補□襖。忽聽的丈夫郎叫，老娘荒忙走來到。

一個兩個，三四五六七八九個。〔四〕（末）呸！打住。你數的七八九，是甚麼東西？（浄）六，我把你爛刀剁、碎刀剮、簸箕風兒扇不死的，都因你趕叫，一個也沒了。（末）說是甚麼東西？（浄白）是蜜蜂兒，見老娘古怪標致，四千里地來老的頭上壘窩兒。（末白）你那裏賽過西施牡丹？（浄白）奴奴生的白似炭，一年四季喜妝扮。〔五〕賽過李奴奴，强似劉盼盼。有時走在門前站，過來過往小漢子都把眼來看，他說老娘相、相、相。（末白）說你相甚麼？（浄白）相那河浩上嗅養漢。（末白）娘子，我前日說的那瓶濁醪。（浄）甚麼是濁醪？（末）娘子，我和你夫妻一吊次說話，濁醪是一瓶酒。（浄）我把你兩鎗兒扎不死的，〔六〕兩來船夾不匾的，我和你七八百年的夫妻，蛭子語、老鴉語、黑歸淺番、高班響盞兒一條鞭，

〔一〕裝幺：原作『莊腰』，據文義改。
〔二〕『浄白』下原衍『浄白』，刪。
〔三〕泡：原作『咆』，據文義改。
〔四〕五六：原闕，據文義補。
〔五〕妝：原作『莊』，據文義改。
〔六〕扎：原作『禮』，據文義改。

你哄我？〔一〕酒便酒，甚麽濁醪、濁醪，濁的你娘家祖宗一個也没了。（末白）可那裏去了？（净白）我都攮了。（末白）和那個攮了？（净白）和提偶的攮了。（末白）如何發落？〔二〕（净白）我前日買了斤半麵，使了一斤，還有半斤。我多着胡椒，〔三〕少着薑醋，趕一碗臘汁素麵，與劉伯伯敵寒，〔四〕你問他吃不吃？（末白）娘子少待，待我去問大哥。前日一瓶濁醪管待客人去了，如今家中有些麵，你娣媳婦多着胡椒，少着醬油，趕一筋臘汁素麵與大哥敵寒，多少是好？（生白）兄弟，正中下懷。（净白）老公，怎麽説？（末白）娘子，劉伯伯説正中下懷。（净白）可知道哩！油嘴腔兒，老娘也吃兩碗。（末白）大嫂和麵。（净白）老公掃地。（末白）娘子，掃地做甚麽？（净白）和麵。（末云）娘子，地上有土。（净白）吃了土，長波羅戒兒。（末白）你去張媽媽家，去取案板使一使。〔五〕（净白）我去不的，我前日去他家去討火，偷了一個肥母鷄，駡的我門兒出不的。我不去借。（末白）娘子，怎生發落？（净白）你趴倒，〔六〕腰脊梁上揉一塊麵。我燒火下麵，你請劉伯伯。（做吃麵科）

---

〔一〕哄：原作「洪」，據文義改。
〔二〕如：原闕，據文義補。
〔三〕胡：原作「楜」，據文義改。下同改。
〔四〕敵：原作「滴」，據文義改。下同改。
〔五〕案：原作「按」，據文義改。
〔六〕趴：原作「潑」，據文義改。

【梧葉兒】（生唱）知遠多蒙恩顧，敢承愛憐。得余後恁忘先？我若身榮顯，管取來報前。

（合）這嚴寒，吃一碗臘汁素麵。（末唱）

【前腔】一碗家常淡飯，(一)何須你苦掛牽？但略且止飢寒。待且等春雷動，大家朝帝輦。

（合前）

【前腔】（淨唱）寧可添着一斗，怎將他一口添？全不會管家煙。每日柴和米，醬醋油共鹽。

（合前）

（生白）相識如同親眷，（末白）朝朝每日廝見。

（淨白）劉伯伯不使個破錢，吃了一碗臘汁素麵。

## 第三齣

（淨扮道士上）但辦志誠心，何勞神不靈？但辦志誠意，何勞神不喜？小道是馬明王廟中提點，不免打掃廟堂乾淨，請出我馬明王老子來。明日是十五日，李大公來賽願，我如今便收什乾淨等待。我如今步步罡利了，太上老君敕灰下。

---

(一)常：原作『長』，據文義改。

【夜行船】（生唱）奈何奈何，恨蒼天把人誤却。自恨我時乖命薄，天哦！有誰人採我？

（白）富不親兮貧不疏，此乃是人間大丈夫。富若親兮貧則退，此乃是人間真小輩。我劉知遠只因好賢學武，博藝貪杯，壞盡潑天家計，止被晚父趕出，不容知遠還家。日間在賭博場中，夜間宿在馬明王廟中。如今紛紛揚揚，下着這等大雪，我劉知遠出不的廟門，怎生是好？東廊下又是風緊，西廊下又是雪緊，不免往正殿上潛藏，弄假相真。開開門來，聖賢正在上面。聖上，我劉知遠在此廟中打攪多日了，不免參拜聖賢，禱告幾回。〔一〕好大雪也！（生唱）

【一江風】凍雲垂，凜凜朔風起，刮的我好難存立。我自思知，往有一旦英雄，到此成何濟。我身寒肚又飢，又飢。愁煩訴與誰？〔二〕空滴盡了英雄淚。

【前腔】告神祇，可憐見我無依倚。三兩日無糧米。淚偷垂。（白）常言道，拜別去處，〔三〕無處買香。（唱）又待撮土焚香，拜告我天和地。（白）就將賭博事情告訴一遍。（唱）鋪牌買快時，抹牌買快時，十番九便輸，望神聖與我陰空保庇。

（白）焚香以畢，遠遠的望見一叢人來，挑着香花紙煙，敢是廟中賽願的？我不免躲在神道背後，祈牌

〔一〕幾：原作『己』，據文義改。
〔二〕煩：原作『番』，據文義改。
〔三〕拜：原作『村』，據文義改。

得勝之時，我搶時祭物充飢。常言道：一日不失羞，十日不忍餓。不免且躲者。（外上唱）

【三臺令】祥光影裏，見寶殿盡是金妝銀砌。（貼、旦）寶閣珠樓，琉璃鴛瓦侵雲砌。（旦唱）金釘珠門，兩廊下，塑獰神惡鬼。

（外白）爲聖爲尊爲第一，靈感善惡無雙。年年降福到人間，户户蒙恩皆敬仰。（貼白）前面山如太岳，後面水遶山圍。御書金額，㈠敕賜馬明王之廟。㈡（旦白）判官善惡掌人間，福禄死生通奏過。（外白）正是萬年香火永留傳，户户蒙恩皆敬信。（貼白）人人到於廟前，㈢怎生不見提點一面？（外白）待老夫叫一聲：提點！（浄應）那個叫？（外白）李大公在此。（浄白）我貧道來了。官清民吏瘦，神靈廟主肥。李大公，哎！一家都在這裏。大公稽首。（外白）提點拜揖。（浄白）大婆稽首。（貼白）提點萬福。（浄）三娘子稽首。（旦）提點萬福。（外）起動提點，禱祝一回。（浄白）一上香，二上香，三上香。李大公來的荒荒獐獐，不曾買的好香，自屋裏神道，説過便了。李大公來的荒荒促促，不曾買的紙燭，自屋裏神道，説過便了。大公好大猪頭，好大魚，好大鷄也！大公將就將就。請上香！（外唱）

㈠ 御：原作『玉』，據文義改。
㈡ 『王』下原衍一『王』字，删。
㈢ 人人：原作『八八』，據文義改。

【降黃龍】(一)燃道得香，朝三界爐煙細。危閣危樓危臺殿，通情旨。(合)弟子家住在沙陀村裏，同家眷男女，到來瞻禮。(貼唱)

【前腔】舉眼望遥指，早知知慚愧。(二)見臘雪呈祥，(三)先報道豐年歲。並無荒旱，(四)麥生雙穗。(合)(旦唱)

【前腔】三娘本嬌媚，父母多年紀。生長在村方，勤紡績，工針指。(合前)(淨唱)

【前腔】三牲不見來，桌兒上空空的。酒菓又全無，又無香和紙。馬鳴王神道，神道好生不歡喜。濃眉毛，大眼精，高鼻子，落腮鬍，攧搨嘴。判官瞎小鬼，你每休要胡牙亂齒。(合前)

(外白)婆婆，女孩兒先回家去，我老夫這裏吃一杯。(貼白)詩曰：

福禮三牲辦志誠，祭賽鳴王真至靈。

萬事勸人休碌碌，舉頭三尺有神靈。(並下)

(外白)起動提點，祈一兆。(做討卦科)(偷鷄科)提點，怎生神道現？(淨白)我這神道有靈感，大公

---

(一) 降：原作『作』，據曲牌名改。

(二) 慚愧：原作『殘會』，據文義改。

(三) 呈：原作『成』，據文義改。

(四) 旱：原作『汗』，據文義改。

連討了三個聖卦。（外白）老夫告回。神靈親臨下降，願得消除災障。（净白）你若與我錢多，三個都與你上上。（外下）（净白）道童收三牲去也！哎呀！怎生不見鷄了？這是李大公偷去了，叫他回來。大公！大公！（外白）提點，我走偌近遠，叫我老夫回來，有甚麼話說？（净白）如何將我福鷄偷去了？（外白）我老夫破財爲福，如何偷將你福鷄去？我和你兩廊下尋。（做尋科）（見生）（打科）（外勸住）是我侄兒。（净白）是你侄兒，連骨頭兒不剩裏！得放手時須放手，得饒人處且饒人。（下）（外叫生）你是那裏人氏？因何做這等謍生？（生白）小人就是本村人氏，姓劉名知遠，被繼父趕出，不容知遠回家，以此是這等大雪，往此廟中避寒。見大公挑着香火紙燭，到此廟中賽願，以此搶些福禮充飢。實不瞞大公說，我三日無一顆米下肚了。

【好姐姐】（外唱）看伊堂堂貌美，因甚麼不謀些生禮？你家住在那裏？未知你名姓誰？休憂慮，你會務農耕田地，帶你歸家作道理。

【前腔】（生唱）我祖居沙陀村裏，〔一〕字知遠劉家嫡業。〔二〕我雙親幼失，異日無靠倚，蒙周

〔一〕村：原作『小』，據汲古閣刊本《繡刻白兔記定本》改。
〔二〕字：原作『姓』，據汲古閣刊本《繡刻白兔記定本》改。

濟。(一) 若得大公收留去，(二) 結草啣環拜謝你。

(外白)後生，既是這等，(三) 我家中有三二百人做年作，不争你一個吃飯。你肯早晚勤謹務農，根我家去。(生白)若得大公周濟，感恩非淺。(外白)又一件事與你説，我家中有一個大兒子李弘一，有些酒性噪惡，早晚依隨他些便了。(生白)大公，所煩事都依大官人主張。(外)(四) 這等，好、好，根我家去。

不圖富貴受甘貧，自古隄防仁不人。

(生白)今日得公提掇起，(五) 免交人在污泥中。(下)

## 第四齣

(貼上唱)

---

(一) 濟：原作『祭』，據汲古閣刊本《繡刻白兔記定本》改。

(二) 收：原作『牧』，據文義改。

(三) 既：原作『計』，據文義改。下同改。

(四) (外)：原闕，據文義補。

(五) 掇：原作『奪』，據汲古閣刊本《繡刻白兔記定本》改。

【梁州令】(一)孩兒美貌本天顏，似洛浦神仙。(旦唱)願天得遇好姻緣，逢媒事，擇良婿，(二)做姻眷。

(貼白)孩兒，自從你爹爹在馬鳴王廟中賽願回來，被廟官叫回去了，這早晚不見回還。我和你娘兒兩個，莊前莊後接取一遭。孩兒，你看：莊前莊後牧牛羊，村北村南稻滿場。(旦云)母親，家有囤粮鷄犬飽，户無徭役子孫安。(三)(貼唱)

【尾犯序】村落少人煙，横塘水暖，(四)玉鷺如拳。(五)喜有野梅開遍，時有香傳。(六)採山花，斜插在鬢邊。茅簷下，(七)見盹睡父老，歡笑赴青年。(外唱)

【過賺】才貌雙全，見他身狼狽有飢寒。婆婆，我領歸來，你好行方便。(貼唱)聽奴言，我與

(一)【梁州令】：原闕，據《南曲九宮正始》補。
(二)擇良婿：原作『澤良夕』，據文義改。
(三)徭：原作『摇』，據汲古閣刊本《繡刻白兔記定本》改。
(四)塘：原作『堂』，據汲古閣刊本《繡刻白兔記定本》改。
(五)鷺：原作『路』，據汲古閣刊本《繡刻白兔記定本》改。
(六)傳：原作『川』，據汲古閣刊本《繡刻白兔記定本》改。
(七)簷：原作『詹』，據汲古閣刊本《繡刻白兔記定本》改。

他人不面善，[一]面可疑不知何州並那縣？只恐恩多翻成怨。[二]

【前腔】（生唱）你怎出語好難見，見我身狼狽又飢寒。婆婆，休疑我，分明咫尺家不遠。（旦唱）你莫埋冤，你莫埋冤，口食身衣前世緣。且留在家中聽使喚。（貼唱）呸！你休強言，你休強言，守閨女不當你占先。（旦唱）罷！罷！奴自去工針綫。（下）

【纏枝花】[三]（外唱）你休得把人相輕賤，此漢身康健。春種秋收休辭憚，自然不用愁衣飯。（生唱）記得買臣未遇挑薪賣，[四]後來發跡何難。

【前腔】（貼唱）公公既然行方便，[五]何須苦勞心執見。[六]漢子，只怕你命乖福分淺，在我家里不長遠。（合前）

---

[一] 善：原作「擅」，據汲古閣刊本《繡刻白兔記定本》改。

[二] 怨：原作「願」，據汲古閣刊本《繡刻白兔記定本》改。

[三] 【纏枝花】：原闕，據汲古閣刊本《繡刻白兔記定本》補。

[四] 記：原作「計」，據汲古閣刊本《繡刻白兔記定本》改。

[五] 既：原作「計」，據汲古閣刊本《繡刻白兔記定本》改。

[六] 執：原作「只」，據汲古閣刊本《繡刻白兔記定本》改。

【前腔】（生唱）上告公公見憐，再告婆婆見憐，[一]這恩德銘心在肺肝。[二]若得大公收留在宅上，大凡事必須向前。（外唱）

【尾聲】恩德大感非容淺，[三]取出青蚨數貫錢，把與他人作雇錢。（外去）

詩曰：

（外）不須平論不須訝，（貼）且自寬心度歲華。

（生）不戀故鄉生處好，（合）受恩深處便爲家。

## 第五齣

（生唱）

【夜行船】受苦度年時，無煩惱無是無非。三杯社酒權逍遣，牧羊放馬，轉過疏籬。

（白）一飲一酌，莫非前定。前日多蒙李大公在馬鳴王廟中，收禄我劉知遠來家，着我務農耕田，俱以不會，止只會牧放些牛馬。他家一疋青鬃白馬，數年無人騎，義近他不得，被我劉知遠一降一伏，降的綿

[一] 再：原作「在」，據汲古閣刊本《繡刻白兔記定本》改。下同改。

[二] 德銘：原作「得明」，據汲古閣刊本《繡刻白兔記定本》改。　肝：原作「脯」，據汲古閣刊本《繡刻白兔記定本》改。

[三] 恩德大感：原作「恩得大敢」，據文義改。

羊相似。大公十分欣喜，早晨間與了幾杯酒吃，[一]不覺的醉將上來了。我思想起來，牛肚已飽了，馬草也都有了，不免去兀的那裏蒿蓬上盹睡一覺，待我醒來，再作道禮。[二]（外上白）踏破鐵鞋無覓處，算來全不用工夫。投老夫馬鳴王廟中收得劉知遠回家，叫他務農耕田，俱以不會，止只會牧放牛馬。我家一疋劣馬，被他一降一伏。早晨與他幾杯酒吃，這早不見回還，我去莊前莊後，米麥都收了。雷響，敢要下雨也。（撞王兒）大公差了，臘月家間，怎生發雷？（外）哎！你說的是也。冬行春令，來年必有災病。（外唱）

【下山虎】臘天不雨，喜在莊農。靄日暄晴晝也，[三]轉過疏籬霧籠充。急目看西東，四下裏影無斷人踪。[四]我只聽的雷聲動也，願天公另行冬。

（白）老夫觀看觀看。呀！呀！蒿蓬上火起了！想必是小的每向火不仔細，惹起這火來了。老夫不免上前救一救。咗！咗！不是火，元來是一個人。（唱）

【前腔】見一人高卧，倒在蒿蓬。鼻息如雷吼，振氣似虹。我把老眼摸索，認他貌容。呀！

---

[一] 幾：原作『已』，據文義改。
[二] 再：原作『在』，據文義改。
[三] 暄晴：原作『喧情』，據汲古閣刊本《繡刻白兔記定本》改。
[四] 斷人踪：原作『踪斷人』，據文義改。

元是霸業圖王一旦雄。更有蛇串七竅，中須後寵，振動山河魚化龍。呀！呀！元來是劉知遠！老夫不免叫醒他。劉知遠！劉知遠！呀！見一條五花蛇兒，在他七竅中出來入去。常言道：蛇串五竅，五霸諸侯；蛇串七竅，大貴人也。老夫家中有小女，小字三娘，未曾許聘他人。趁此漢未發跡之時，老夫招他爲婿，久後發跡之時，(一)老夫接他不迎。中間只没有主親的。老夫眉頭一縱，計上心來。前村有我兄弟李三公，不免央他爲媒。老夫走一遭。（外唱）

【蠻牌令】急急去報三公，報三公。（旦上白）見怪是怪，其怪則害。（外唱）呀！呀！呀！女孩兒因甚出閨門？(二)（旦唱）怪哉呵，(三)怪哉呵，真個怪哉。（外白）見甚麼？（旦唱）見五色蛇兒墜。（外白）甚麼顔色？（旦唱）素青紅。（外白）那裏去了？（旦唱）一步步趕來後、趕來後，影也無踪。（外白）孩兒，閨門之内，因何到此後花園中？（旦白）奴家在繡閣之中，繡作女工生活，(四)則見那天窗上吊下五花蛇兒來，在奴奴面前左趄右轉，被奴家緊走緊趕，慢趕慢行，不趕不走。趕到此間，就不見了。（外白）孩兒，你要見這蛇兒不見？（旦）奴家要見。（外白）真個要見，見了休害怕。孩兒，這不是？

---

(一) 跡：原作『别』，據文義改。
(二) 兒：原作『此』，據汲古閣刊本《繡刻白兔記定本》改。
(三) 呵：原作『後』，據文義改。下同改。
(四) 在：原作『花』，據汲古閣刊本《繡刻白兔記定本》改。

（旦唱）見了後，見了後此心驚，料莫是妖精把他纏？（外唱）孩兒休得氣沖沖，大貴人蛇串七竅中。一朝運通，九霄氣沖。異日軒昂，(一)他把妻子來封。

（外白）孩兒，蛇串五竅，五霸諸侯；　蛇穿七竅，大貴人也。趁他未發跡之時，招他爲婿。這事天知地知，你知我知，切莫交外人知。（旦白）爹爹，若交外人知？（外白）孩兒，走漏這消息，畫虎未成君莫笑，安排爪牙始驚人。(二)（並下）（淨上云）一年之計在於春，一日之計在於寅，一時之計在於勤。我是李員外長子兒男。家裏赤的金，白的銀，班班點點玳瑁，犀牛頭上角，(三)大象口中牙，零零香藁薦，沉香護梯，(四)瑪瑙砌地，脚盆吃飯，馬子端湯。我們家老子有張没志，賽願賽願，招了一個劉知遠來家。老鐵也精光棍。叫他務農耕田，俱也不會，每日家領着年作的人，在那稻場上謡唱打拳爲活。明日一拳兩脚，打殺一個，他便走了，拿住我們頂缸。我不免莊前莊後，尋他一遭。我尋着他，就踢就打，就是我們娘老子來勸，連他一頓。衆哥們打爺罵娘，教道父母。湛湛青天不可欺，(五)憂心難比水長流。(六)烏

(一) 軒：原作『喧』，據汲古閣刊本《繡刻白兔記定本》改。
(二) 始驚：原作『使京』，據汲古閣刊本《繡刻白兔記定本》改。
(三) 犀：原作『西』，據文義改。
(四) 護：原作『獲』，據文義改。
(五) 湛：原作『堪』，據文義改。
(六) 憂：原作『尤』，據文義改。

江不是無船渡，一夜夫妻百夜恩。（生做打呼科）會！會！撞王兒，那裏雷響？撞了井，收了瓦。只怕雨大奪濕了。喏！那裏這們雷響，敢是天雷？敢是地雷？都不是也。哎！這是中雷兒也。我是纔方罵了我娘老子兩句，這雷敢打我麼。打着了不曾？喏！打着了。還有人哩！且住的，上高坡上那裏，那裏失火了？我去救一救。呸！呸！不是火，却元來正是這等光棍，就打！（做打科）（外上白）自不整衣毛，何須夜夜等。你如何在此鬧鬧炒炒？你打他怎的？（浄云）趕出去！我莊農人家，鋤田耙壟，[一]秋收冬藏，我要他做甚，終日打拳爲活。（外白）賊畜生！你靠後，聽我説，他不是以下人家，他父親與我一面之交。（外唱）

【駐馬折櫻桃】本是豪家，前往沙陀小里村。他暫時落薄暫時貧。我領歸來，他自依本分。你緣何怒生嗔？[二]交他進也無門，退也無門。全不由大人，苦樂不均。（浄唱）

【前腔】上告年尊，他又不是我相識，又不是我親。況閑官司文榜，不許停留面生喬人。他當初來歷不分明，[三]兩鄰脚色難藏隱。他出入又無憑，胡做胡爲一個真歹人，累及我莊門。

（生唱）

[一] 耙壟：原作『扒籠』，據文義改。
[二] 緣：原作『元』，據文義改。
[三] 歷：原作『例』，據汲古閣刊本《繡刻白兔記定本》改。

【前腔】一旦英雄，命蹇時乖，不值半分。（一）只得忍耐，進也無門，退也無門。和公婆受禄難藏隱。一朝枯木再逢春。只得悄悄温和，結草啣環，須當來報恩。萬載不生塵。（淨下）

（生白）太公，我劉知遠依舊還去馬鳴王廟中，去宿歇去也。（外白）後生，你休胡説，我家中已無别人，止有女孩兒，小字三娘，招你爲婿，我一了説的。李弘一這廝，有些酒性躁惡，不要和他一般見識。（外唱）

【憶多嬌】（二）你休歎息，休怨疑。（三）你將他小孩兒一般見識，浪語花言都勾息。凜凜雄威，管交你前程顯藉。（生唱）

【前腔】蒙感激，（四）承愛惜。（五）你是我重生父母，將何報得？自恨我時乖相輕待。暮打朝嗔，暮打朝嗔，交我如何過的？（下）

---

（一）值：原作『知』，據文義改。

（二）【憶多嬌】：原闕，據汲古閣刊本《繡刻白兔記定本》補。

（三）怨：原作『願』，據汲古閣刊本《繡刻白兔記定本》改。

（四）激：原作『急』，據汲古閣刊本《繡刻白兔記定本》改。

（五）承：原作『成』，據汲古閣刊本《繡刻白兔記定本》改。

# 第六齣

（末上白）詩曰：　列綺堆羅開大筵，滿堂都是地神仙。畫堂深處風光好，別是人間一洞天。小人不是別人，是李大公家使喚的院子，李成的便是。大公今日納劉知遠爲婿，不免打掃庭堂乾淨，安排酒禮。杯、盤、香、紙、燭、寶瓶、鞍子，俱已停當。請出大公大婆早來。（外、貼上）久旱逢甘雨，他鄉遇故知。（貼）洞房花燭夜，一對好夫妻。（外白）婆婆，男子生而願爲之有室，㈠女子生而願爲之有家。㈡婆婆，我見劉知遠久後必有榮顯，今日將三姐女孩兒招他爲婿，婆婆意下如何？（貼白）既然公公如此，老身焉敢阻當？㈢（外白）既然這等，婆婆，好、好、好！不免叫過李成來。李成！（末白）有禄之人人伏侍，没福之人伏侍人。員外呼喚，不免上前拜揖。（外白）李成，你來了。（末云）小人在此。你替我請一個山人先生來。今日招納劉知遠爲婿，請他與我進親。（末白）小人理會得。拜辭恩相去，專聽好音來。轉灣抹脚，這裏便是。（叫科）張先生在家麽？（浄應）那個叫？（末云）小人在此，小人是李大公家相請。（浄云）有甚事？（末云）今日招劉知遠爲婿，㈣請你之親，請行。大公，報！先生在此。

㈠　而：原作『兒』，據文義改。下同改。
㈡　家：原作『嫁』，據文義改。
㈢　焉：原作『言』，據文義改。
㈣　婿：原闕，據文義補。

來也！（外白）請進來。（淨云）大公拜揖。（外）[一]先生拜揖。起動先生，選個良時吉日。（淨白）今日天黄道，地黄道，日月雙黄道，就好。請新人出來。（生、旦上唱）

【七娘子引】[二]（旦唱）[三]一朵花枝今有主，姻緣感謝蒼天。（生唱）蒙君不棄我貧寒，洞房花燭夜，百歲永團圓。

（淨云）一步一花開，二步二花開，三步花心落。奉請新人下轎來。金斗金樑柱，金毛獅子兩邊排。新人入得李家宅，懷裏抱着銀寶瓶。一上香，二上香，三上香。上香已畢，望神天設拜。拜行，拜行，拜行，拜行！四拜。平身。回身，參拜堂上雙親。拜行！（外、貼做倒科）（外白）先生，劉知遠前程有分，不要交他拜我。哎！我頭疼也。（淨云）大公，請二位新人吃交杯酒。（外白）請先生撒撒帳。（淨念云）一撒東，三姐招個窮老公。堂前行禮數，拜狗散烏龍；撒帳南，兩口兒做事莫喃喃。白日莫要閂閑口，到晚炕上不要頑；撒帳西，雙雙一對好夫妻。三姐績蔴綫，女婿吊田鷄；[四]撒帳北，夫妻永和睦，夜晚做的事，早晨起來不要説；撒帳前，雙雙一對並頭蓮。生下五男並二女，七子保團圓。三個會吃酒，四個會博錢。兩個脚頭睡，五個那頭眠。九個齊撒屎，炕上好撑船。撒帳已畢，閒人請出。

[一]（外）：原闕，據文義補。
[二]【七娘子引】：原闕，據汲古閣刊本《繡刻白兔記定本》補。
[三]（旦唱）：原闕，據文義補。
[四]田：原作『甜』，據文義改。

（外唱）

【天下樂】(一)我女孩兒，招他爲婿。看雙雙效魚比翼。五百年前結會，相看到此不暫離，(二)一步不斷離。圖伊改門閭，(三)滿家都榮貴。（合）豈容易，雙雙盡老，(四)百年效于飛。(五)（生唱）

【前腔】知遠咨啓，荷公婆收録提攜，(六)幸一身免沉污泥。五百年前結會，山鷄怎伴鸞鳳飛？深謝不嫌棄。豈容易，雙雙盡老，百年和你效于飛。（外云）

詩曰：

（外）一對夫妻正及時，（貼）郎才女貌兩相宜。

---

(一)【天下樂】：原闕，據汲古閣刊本《繡刻白兔記定本》補。
(二)到：原作『比』，據汲古閣刊本《繡刻白兔記定本》改。
(三)改門閭：原闕，據汲古閣刊本《繡刻白兔記定本》補。
(四)盡：原作『進』，據汲古閣刊本《繡刻白兔記定本》改。下同改。
(五)效：原闕，據汲古閣刊本《繡刻白兔記定本》補。　于飛：原作『魚飛』，據汲古閣刊本《繡刻白兔記定本》改。下同改。
(六)收録：原作『受禄』，據汲古閣刊本《繡刻白兔記定本》改。　提攜：原闕，據汲古閣刊本《繡刻白兔記定本》補。

（生）在天願爲比翼鳥，[一]（旦）入地同共連理枝。（並下）

# 第七齣

（淨上白）湛湛青天不可欺，八個螃蟹貼天飛。只有一個飛不起，那個元來是尖臍。（做笑科）好笑！好笑！娘老子做事顛倒，把個如花似玉的妹子，[二]招了個劉光棍。叫他拜堂，一拜把我娘老子拜的咧孤了。我如今叫出我老婆來，和他商量，好歹問他要一張休書，把這光棍趕將出去，我兩口子受用家財。把這丫頭尋一個門廝當、户廝對，把他嫁了，却不是好！（做叫科）老婆！老婆！叫不出來。他是不出來，從小兒兒女夫妻，把來慣了他了。只叫大東大西，他便應。叫他甚麽？叫他親親的老婆娘。不是我怕老婆，順父母言情，呼爲大孝。（笑科）親親的老婆娘！（淨云）那個叫？那個叫？（淨白）我兒子叫老婆娘。（淨云）天呀！天呀！有事没事，只在老娘耳根臺子上聒聒噪噪。[三]這爛刀剁的！在那裏？啞啞！（淨云）好娘你噀，噀的我兒子不長俊了，我兒子三日不見你了。你請坐，我兒子磕三個頭，一二三。（淨云）起來，是五城兵馬發放總甲也。只們快了。（淨云）叫老娘出來，有甚麽

---

[一] 天：原作『添』，據文義改。

[二] 如：原作『奴』，據文義改。

[三] 聒聒：原作『括括』，據文義改。

屁放？（浄云）我叫你出來，那劉光棍把我娘老子拜死了，我如今和你商量，定個計策，趕這光棍出去。（浄云）你叫他出來，問他要個休書，纔是了當。你叫將出來。（做叫科）劉老棍棒、挺旛竿、趕麵杖，都是打眼的光棍。（生上云）舅舅、妗妗喚我，不知那裏使令，㈠不免上前拜揖。舅舅拜揖！（浄云）呸呸！舅舅，騎着你家老子放轡頭，那個和你一個棒槌裏我墳，我兒差認了。（浄云）你如今官休私休？（生云）舅舅，官休若何？　私休若何？（浄云）官休告你一狀，蠱毒厭昧。（生云）舅舅，如何是蠱毒厭昧？（浄云）你把我老子娘演殃死了。（生云）舅舅，私休若何？（浄云）私休寫一封休書，把我妹子休了，隨你那去。（生云）舅舅，㈡你那妹子又不曾偷饞抹嘴，你那做妹子的又不曾做賊説謊，如何交我下休書？（浄云）你不曾做賊説謊，馬鳴王廟裏溜鷄兒，是我兒來？（生云）舅舅不要揭短。（浄云）你如今就寫，不寫就踢就打。（生云）舅舅，既然交我寫休書，替我打個藁兒。（浄云）你盡弄人，㈢我那裏會打藁兒？也罷，我説你寫。（做寫科）（浄云）立休書人劉知遠。（生寫）立休書人劉知遠。（浄）供養妻子不和。（生）供養妻子不和。（浄云）情願休離前去。（生）情願休離前去。（浄云）並無親人逼勒。（生）並無親人逼勒。（浄云）不要哭。（生）不要哭。（浄笑）他連『不要哭』都寫上了，這句不

㈠ 令：原作『冷』，據文義改。
㈡ 舅舅：原作『舊舊』，據文義改。下同改。
㈢ 盡：原作『精』，據文義改。

是，抹了。（生）我又添個『抹』了。（淨）又多了一個『抹』字了。（淨打科）從新寫！不好，一句句替我寫得明白。（生唱）

【玉抱肚】愁拈班管，(一)交我寫休書，盈盈淚漣。夫妻們止望到老團圓。撇一撇，滿懷愁萬千。畫一劃，頓教人心驚戰。(二)怎書得休全？怎書得休全？

（生白）舅舅，休書寫在此間。(三)（淨云）靠後！拿來我看。老婆，他寫了休書在此。(四)（丑云）拿我看。我把你個爛刀剁、碎刀剮、挨冷鎗攮的！休書休書，要他做甚麼！有脚模手印，(五)纔是休書。這個休書，你家妹子一千年還是他的老婆。（淨云）你怎麼曉的？（丑云）我嫁老公，將將四十九個了，死了你，我再嫁一個，湊五十個。管家官，旗家鬼都有了。（淨云）我去叫他打脚模手印。劉知遠你怎麼不有上脚模手印？（生云）舅舅，我頭也破了，争這一個諾。（生唱）我愁多怨多，(六)争奈打離書手模。（淨云）你打上手模了，我打上一個脚模了。（丑云）老娘打上一個股印。（淨云）老婆，甚麼股

---

(一) 拈：原作『年』，據汲古閣刊本《繡刻白兔記定本》改。
(二) 頓：原作『順』，據文義改。
(三) 此：原作『休』，據文義改。
(四) 他：原作『也』，據文義改。
(五) 模：原作『摸』，據文義改。下同改。
(六) 怨：原作『願』，據文義改。

印？（丑云）是個屁股印子。（浄云）我的娘，打上一個囫的不是，怎麼打上半個？（丑云）頓破了，趕出去。促風暴雨，不入寡婦之門。（生云）舅舅，做人不要做盡。〔一〕（浄趕打）（生下）（浄叫）老婆，我和你看休書，只怕那裏少一劃，添些兒；少一點兒，也添些兒。（旦搶了休書去了）（旦唱）

【玉抱肚】你叔叔答救，訴不盡閑言負屈。没由寫下休書，去將他却打熬煎。天，天，天！共乳同胞不肯憐，鐵石人五臟心不善。止不住溋溋淚連。

（旦白）叔叔搭救！叔叔搭救！（外上白）孩兒因何在此鬧鬧炒炒？（旦白）叔叔，自從我爹爹死後，被我哥哥、嫂嫂朝嗔暮打，逼勒丈夫寫下休書。（外白）孩兒，那個這等？寫休書在那裏？（旦白）叔叔，休書搶得在此。（外）拿我看。咳，咳，咳！天殺天剮的，怎麼做這等營生！這弟子孩兒在那裏？我剅劃他一場去。元來在這裏！這個没家法的，打鼓迎槁薦，從來不曾見老婆正面坐，漢子傍邊站。噲！這廝這等無禮！人家的侄兒，見叔叔來去接去接，我叫着他禮也禮。（浄）我的兒便禮你。（外白）你那老子和你那娘，見那劉知遠久後必有榮顯，因此上把你妹子招他爲婿。你如何在家鬧鬧炒炒，逼勒他寫下休書？（浄）叔叔，我莊農人家，鋤田耙壟，秋收冬藏。倒了油瓶也不扶，要他怎麼？趕他出去！（外）弟子孩兒，趕他那裏去？久後要改換李家門閭哩。〔二〕（浄）他要做官，挑脚的，擡轎的也

〔一〕『盡』下原衍一『印』字，删。
〔二〕換：原作『喚』，據文義改。

做官兒。（外）弟子孩兒，人不可貌相，海水不可斗量。你聽我説。（外唱）

【石榴花】我哥哥眼裏識賢人。（淨白）孔夫子三千徒弟子，七十二賢人，不曾出一個賢人。（外唱）情願將女結爲親。他暫時落薄暫時貧，你在家休得要争競。（外白）弟子孩兒，你和他相争鬧炒，鄰舍家也笑語。（唱）被鄉鄰知道作話文。大家榮顯李莊門。〔一〕（淨唱）

【前腔】叔叔今且聽元因，非是侄兒怒生嗔。那討閑飯養閑人？〔二〕又不會鋤田車水會耕耘。他夫妻們在家裏歡慶，交他寫下休書退了親。（旦白）哥哥，退了親。退了親，我身邊有半年身孕，如何是了？虧哥哥下辦的！（淨白）下辦的，上班的，又來也！你那懷裏的是太子子太兒？叫一個老娘婆，買些斷腸草、〔三〕兔絲頭，吃了，就打下了。（淨唱）叫一個老娘婆，落了他身懷孕。（外白）他人後有發跡之時。（淨白）他若得發跡，我發個大咒，（淨唱）他還發跡爲官後，黃河只得水澄清。（淨唱）

【前腔】公公在日不識人，山鷄怎比鳳凰群？到不如我家馬牛和羊犬。他還發跡爲官後，（淨白）奴家也發個大咒，（淨唱）奴做一條蠟燭照乾坤。

〔一〕莊：原作『出』，據汲古閣刊本《繡刻白兔記定本》改。
〔二〕養：原作『春』，據汲古閣刊本《繡刻白兔記定本》改。
〔三〕斷：原作『段』，據文義改。

(外白)我把你個潑婦，這誓明日都要還哩！(淨白)叔叔，通身照了天地。罷了，該死不成也。(外白)孩兒，我和你家去，不要和他搬嘴。(外白)宿世做夫妻，何須苦執迷？情知不是伴，孩兒，我和你家去。事急且相隨。(並下)(淨白)事急且相隨，你可是個説嘴的老烏龜！(淨白)老婆，怎麼好？干做了一場辦派，休書着那丫頭搶了去了，又着叔叔罵了一頓，如今怎麼計較？(淨)如今拿三錢銀子，去上角頭拘攔衚衕丘生藥家買些巴豆，人言鬧子，碾成一服，茶裏不着飯裏着，把這光棍藥死了置興不的詞，告不的狀。(淨白)老婆不好，你弄我着那做城長官拿住，拿到背淨去處，與一個仙人指路、燕兒飛，就認了。拿到西角頭，坐西朝東綁將起來，膊子裏挣一面招旗：『犯人李弘一毒藥殺人』。劊子拔刀一下要了頭，又要充軍。(淨白)要了頭，怎麼又要充軍？(淨)就成化年折例不好。我有一計，如今離家五里上高之地卧龍岡，(一)有二瓜園，四十畝寬遠，裏頭出一瓜精，每年爹娘在時，按四季祭賽，不傷人命。自從我爹媽死後，無人祭賽，吃的買瓜賣瓜人路絶人稀。如今叫他出來哄他，把家財和他三分分了，分外與他瓜園。你與他冷酒吃，我與他熱酒吃，灌的他醉了，交他不要與三姐説，交他逕去瓜園内去。若是去到那裏，一更無事，(二)二更悄然，正遇三更時候，撞着那瓜精，兩手撕作兩半，生生吃了。興不的詞，告不的狀。老婆，老婆好麼？(淨)老公好計，好計！將來做事。計就月中擒玉兔，謀

---

(一) 岡：原作『白』，據文義改。
(二) 無：原作『尽』，據文義改。

成日裏捉金鷄。好老婆！好漢子！（並下）

## 第八齣

（生上白）舅舅、舅母回心轉意，把家財三分分了，一分三叔公，一分舅舅、舅母，一分我夫婆兩口兒。分外又與我瓜園一所。舅舅、舅母又與我幾杯酒吃，我不覺的醉將上來了。舅舅叫我往瓜田裏去看瓜，交我不要與三姐説，我夫妻家如何不説，便不説也罷。家中有護身龍棒可要取去，(一)不免叫三姐一聲。三姐，三姐！（旦上白）關門屋裏坐，禍從天上來。奴家在閨閣之中悶，只聽的門前大呼小叫，我道是誰，却是丈夫劉知遠。那裏吃的薰薰大醉？生死只爲這酒。我那哥哥嫂嫂見了，不是那打，便是那駡。罷，本待不扶他家去，(二)一夜夫妻百夜之恩，不免叫他一聲。（做扶科）劉知遠！（生）娘娘，我吃不的了。（旦）呸！我是三姐。（生白）三姐，扶我起來，我醉了。（旦白）那裏吃酒來？（生白）你哥哥、嫂嫂與我酒吃來。（旦白）我哥哥、嫂嫂見了你眼中疔、肉中刺，如何與你酒吃？（生）你哥哥回心轉意了，把房屋三分分了，一分三叔，一分哥嫂，一分我夫妻二人。又與我酒吃。三姐，你拿我護身龍棒來。（旦白）你醉了，這早晚那裏去？不是耍處，你去卧房中歇了罷。（生白）娘子，我不歇，你好歹

(一) 去：原作「公」，據文義改。
(二) 扶：原作「伏」，據文義改。

與我這棒去。（旦白）你那去？（生）你哥嫂交我不要與你說。（旦白）『不要與你說』，必是歹意。好歹與奴家說。（生白）交我瓜園中看瓜去。（旦叫）天呀！元來我哥哥、嫂嫂害你。瓜園中有鬼。（生）呸！婦人家！常言道：老婆婆去曾的門破。我當元前不說是鬼，萬事皆休，說起這鬼來，把我的酒盡皆散了。豈不聞昔日漢高祖姓劉名季，乃徐州沛縣人也。因往芒蕩山過，見一木牌上書一行大字，道山中有千尺大莽，㈠行客可以避之。劉季醉而言曰：壯士行程，何以避之。不免逕奔當先。果見千尺大莽，逕奔劉季。劉季側身躱過，一劍揮之兩截。後來做到帝位。他是劉季，我是劉皋，倘若我前程有分，降了瓜精，三姐，不强似死在你哥哥嫂嫂手？不放了我手，我去。（旦白）我便死也不放你去。（生唱）

【一江風】你婦人家，你說這般驚人話。神鬼事吾不怕。我爲人禀着天地神靈，生長我在三光下。平生不信相，平生不信相，心平好去也。縱有鬼吾不怕。（旦唱）後生家，說這般過頭語，神鬼事誰不怕。怕你五行差。（旦白）丈夫，將幾個古人比並你。（生白）娘子，你婦人家三柳梳頭，兩接穿衣。女流之輩，曉的甚麼今人古人，試說我聽。㈡（旦唱）

㈠ 尺：原作『火』，據文義改。
㈡ 試：原作『是』，據文義改。

【一江風】你不記的梅嶺有辛。[一]（生白）我道你説誰，元來是《陳巡檢梅嶺失妻》，他運遭愚魯，我劉知遠是有德之人，焉能比我。（旦白）還有一個古人。（旦唱）有一個李保逢金天，此事真無假。我哥哥使計策，我哥哥使計策，奴家苦恨他。怕身死在瓜園下，怕身死在瓜園下。（生白）娘子放手，我去。（旦白）便死也不放你去。（生白）真個不放？（做推倒科）（生白）何妖怪？何妖怪？總有鬼，吾不怕。（下）（旦唱）

【一江風】別時容易見時難，夫妻生拆散，惟有我孤單。一夜枕邊都是淚，來朝清早看分明。（下）

## 第九齣

（生上唱）

【川撥棹】可惜英雄都棄了，無煩惱要尋煩惱。今朝來到瓜園，明朝便見分曉。

（生白）不覺的來到瓜園田地。紅輪西墜，玉兔東昇。[二]我三姐説瓜園中有鬼。常言人道，寧信其有，

[一] 梅：原作『樵』，據汲古閣刊本《繡刻白兔記定本》改。

[二] 昇：原作『生』，據文義改。

莫信其無。(一)遠遠望見瓜藤樹下，是我岳丈岳母墳所，不免上前拜幾拜，將冷熱酒情由訴説一遍。（生唱）

【鎖南枝】靈魂聽拜啓，今宵中着他巧計。舅舅令我看瓜，要害咱身體。望祖宗魂保庇，(二)有凶時化爲吉。（瓜精叫）（生唱）

【鎖南枝】何妖怪，甚般樣鬼，敢和我賭鬥一個英雄勢？我將這兩眼模胡，認他來踪跡。黑黑的一個鬼，你不下來，待何時？

（生白）待我跨牆而坐，看這業畜從何而來。（瓜精上白）你是村中蠻漢，(三)來我瓜園中有何事幹？頭上頭巾腌臢，鬢邊兩邊蓬亂。我兩手撕做你兩半，我生吃你一半，熟吃你一半。（生白）業畜，見你口不曾見你手。三合跌的我萬事皆休；三合跌不得我，我怎肯干罷。（生鬥，瓜精敗）趕入地裂之中去了。我將這護身龍棒挖開地裂石板，(四)有一匣，打開石匣看，內有頭盔衣甲，又存三卷天書。我如今把盔甲强埋在裏頭。又有一把大刀，刀上有兩行字，(五)將我讀一遍看。道：此寶刀賜與劉皋，五百年後大逞

(一)莫：原作『墓』，據文義改。
(二)庇：原作『此』，據汲古閣刊本《繡刻白兔記定本》改。
(三)漢：原作『汗』，據文義改。
(四)挖：原作『窐』，據文義改。
(五)字：原作『李』，據文義改。

英豪。若是我劉知遠前程有分，把刀一發埋在裏面。地草都長完了，就將綾錦樹爲把，埋罷已了。不免拜謝上蒼。（生唱）

【鎖南枝】當得謝了皇天后土，瓜園中有刀甲頭盔。且埋藏在這裏。待前程有分，却來取你。

（白）埋罷已了，天色漸漸。遠遠望見個婦人，身穿着素縞衣服，[一]手中提着個飯罐兒，口口聲聲哭着冤詞，[二]好相我那三姐來了。不免躲在一壁厢，將我頭巾衣衫脱在此處，將凌錦樹班折幾枝，就將瓜墮破幾個，看他説些甚麼？正是：要知心腹事，但看他口中語。

【步步嬌】（旦上唱）苦惱子，乾生受，只得到此且懷羞。奴與我的哥哥有甚冤仇，只得慌忙便走。裙兒忙把飯來兜，淚濕了奴衣衫袖。淚濕了奴衣衫袖。

（旦白）這裏來到瓜園門首，瓜園門半掩半開。我待進去，只怕瓜精食噉性命，[三]待不進去，我那丈夫在裏面忍餓。不知性命有無？不免叫他幾聲。丈夫，丈夫！天哦！連叫數聲不應，想必丈夫被瓜精

---

[一] 縞：原作「隔」，據文義改。
[二] 冤：原作「願」，據文義改。
[三] 噉：原作「敢」，據文義改。

吃了。這不是我丈夫衣衫頭巾？樹也攀折了，蹚土蕩的有三四寸深。(一)丈夫，交你休來，你苦苦要來！罷，罷。我將這碗凉漿水飯祭賽了你，(二)我回家閨中尋個自盡，(三)趕到鬼門關上，還做夫妻。一嫁劉郎得半春，爲人莫作婦人身。夫妻本是同林鳥，兄嫂如同陌路人。身孕未知男共女，枕邊難捨意和恩。(四)眼中滴盡千行淚，只得撮土焚香事有因。(旦唱)

【步步嬌】怕兄嫂，怕兄嫂成僝僽，只得到此少香酒。你夜來做事不依奴口，你先在瓜園埋屍首。夫妻們恩愛逐與水東流，淚濕了衣衫袖。淚濕了衣衫袖。

【步步嬌】止望，止望頭白相守，誰想和你不長久。百歲夫妻今日一旦休，半年身孕伊知否？正是誰人知道，知道我心頭。淚濕了我奴衣衫袖。淚濕了我奴衣衫袖。

(旦白)有財無壽少年亡，鸞鳳分飛實可傷。如今不敢高聲哭，只恐人聞也斷腸。(虚下)(生上白)三姐那去？(旦白)有鬼哦！(生白)娘子，行步有影，衣衫有縫，焉能是鬼？(旦白)你既不是鬼，一聲高似一聲；你是鬼，一聲低似一聲。(生白)(大叫)三姐！三姐！(旦白)休說。不是鬼，就是我的

---

(一)蹚：原作『棠』，據文義改。
(二)凉漿：原作『良將』，據文義改。
(三)閨：原作『闌』，據文義改。
(四)和：原作『河』，據汲古閣刊本《繡刻白兔記定本》改。

丈夫。不免上前見他一見，抱頭相哭。（旦白）丈夫，你生那裏來？（生白）我在高牆里面盹睡。（旦白）丈夫，我叫你休來，你苦苦要來。（生白）娘子，早信你的言語道好來。一更無事，二更悄然，三更時分，果見一金眼瓜精口似血盆，牙似剛劍，兩眼放萬道火光，鬥我三十餘合，敵我不過，(一)蚌入地裂之中去了。（旦白）丈夫，早是你手段高强，若不你手段高强，却不死在瓜精之手？（生白）娘子，我遠遠的望見你手中提着些甚麼東西？（旦白）(二)丈夫，我瞞着哥哥、嫂嫂，偷的半罐兒飯與你充飢。(三)（生白）娘子，正中下懷。（旦白）丈夫，請吃飯。（生白）娘子，飯便有了，却怎生没一根菜？三姐，我好恨！（旦白）莫不恨我奴家看的你遲了？（生白）我男子漢自恨無能，豈肯恨你婦人。（旦白）不恨我，恨誰？（生唱）

【步步嬌】自恨我不唧嚁，這碗淡飯交我怎入口？（旦唱）你且胡亂充飢，你莫要愁。（旦白）丈夫，你身上衣衫因何破碎了？（生唱）身上衣破因爲與瓜精鬥。悶似長江水，涓涓不斷流。(四)淚濕了我奴衣衫袖，淚濕了我奴衣衫袖。

---

(一) 敵：原作『跌』，據文義改。
(二) 旦：原作『生』，據文義改。
(三) 罐：原作『灌』，據文義改。
(四) 涓涓：原作『懨懨』，據汲古閣刊本《繡刻白兔記定本》改。

（旦白）丈夫，你自從到這裏，可曾參拜我爹爹、母親不曾？（生白）我劉知遠一到，就與參拜了。（旦白）我如今再和你同去拜謝爹爹、母親。（旦唱）

【步步嬌】謝我爹娘保佑，今朝和你再廝守。必定你前程顯達，不遇瓜精鬥。悶似長江水，淹淹不斷流。淚濕我奴衣衫袖，淚濕我奴衣衫袖。

## 第十齣

（淨上）老婆，我們拾骨頭兒去來。（旦）劉知遠，我哥哥又來了，我夫妻二人躲避躲避。（生白）娘子靠後，我與這厮一頓好打。（旦白）丈夫，看我奴家面上，不要和他一般見識，你我夫妻二人回避他罷。（淨白）老婆，拿褡褳來拾骨頭去也。（丑白）爛刀剁的，你去我不去，我有鷄眼孤拐病發了，我去不的。（淨白）你不去，我去。老婆，我眼跳。（丑白）你眼跳，貼一個草棒兒。（淨白）閻王註定三更死，誰敢留人到六更。牧兒哄差説了，湛湛青天不可欺，井里蝦蟆没毛衣。八十娘娘站着溺，手里只是没拿的。我來到瓜園門首，逕進去。歪歪歪，這不是光棍的衣衫頭巾？你看堂土躧到四五寸深，這瓜精吃的這們干净。不免拾些驢馬骨頭兒，㈠回家哄我妹子，纔肯改嫁。（做拾骨頭科）（生上來打科）（旦勸）你打，打了我，看你怎麽吃我飯。（淨下）（外上白）冷眼看人煩惱少，熱心閑管是非多。（旦白）劉知遠，

---

㈠ 拾：原作『什』，據文義改。下同改。

我叔叔來了，怎生是好？（生白）娘子，你靠後，等我將冷熱酒情由告訴叔丈一遍。（外白）劉知遠，你打狗看主人面。（生白）叔丈，他不合哄我瓜園中看瓜，害我性命。（外白）哎！天殺、天剮的，那般的害你害不得，(一)却將這般害你。瓜園中見些甚麽來？（生白）一更無事，二更悄然，三更時分，來見一金眼瓜精，敵鬥三十餘合，敵我不過，蚌入地裂之中去了。（外白）劉知遠，早是你手段高强，不是你手段高强，却不死在瓜精手下？劉知遠，你打便打了，纔方那弟子孩兒説你打了他，怎麽去吃他的飯？（生白）萬望叔丈，怎生是好？（外白）老夫耳聞的賓州太原府岳節使招集義軍三千，(二)因爲反了山東兖州府蘇林、袁脚兩員賊將，無人收捕，你這等武藝高强，(三)那不好投充身役，(四)若得一官半職，回來改換門閭，與你三姐争一口氣，却不好。（生白）叔丈，我心心也要如此，争奈身遠缺少二文盤費。（外白）劉知遠，你若肯去，老夫有十兩棺材本，與你拿去。（生白）既是這等，叔丈，謝承周賫。（外白）你如今與三姐孩兒拜辭了我就行。（生白）叔丈，我去則去，家中三姐無人照雇。（外白）這事都在老夫身上。

（生唱）

【桂枝香】叔丈聽告，容吾分剖。只因我缺少些盤纏，交我怎生是好？多因是我命薄，多因

---

(一) 那：原作『所』，據文義改。
(二) 耳：原作『回』，據文義改。
(三) 藝：原作『乂』，據文義改。
(四) 投充身役：原作『投死身投』，據文義改。

是我命薄，吃他悟了。自今朝，拜別恩人去，冤家恨怎消？（旦唱）

【前腔】死我爹娘之後，止有我嫡親哥嫂。他緣何反面無恩，拆散了夫妻兩口。多因是我命薄，多因是我命薄，交奴怎好？自今朝，苦逼奴分離去，交奴家受苦惱。（外唱）

【前腔】不須煩惱。你若是缺盤纏，交我怎生是好？你不必掛懷，你不必掛懷，只有青天高照。這事必然還報。自今朝，拜辭投軍去，堅心莫憚勞。

（外白）我老夫回去，你兩口兒在此作別，我隨即叫竇老送盤纏與你，[一]這事也不干我事，也不干孩兒事，這事我哥做事欠商量，災禍起蕭牆。[二]鳳凰落在梧桐樹，自有傍人話短長。（下）（生白）娘子，我去也。（旦白）丈夫那去？（生白）我賓州太原府投軍去也。（旦白）你去我也去。（生白）娘子，千山萬水，你去不的。（旦白）既然我去不的，你有甚麼話祝付我奴家幾句。（生白）娘子，我去則去，我有三不回。（旦白）丈夫，那三不回？（生白）不得官不回，不富貴不回，我死了不回。（旦白）丈夫，未曾出門，說這等不吉利話。（生白）娘子，我還有三件事祝付你。（旦白）丈夫，又有那三件事？（生白）我頭一件事，你身懷六甲，倘若是女，隨娘改嫁；　倘若是個小廝兒，好歹收留在此，接取我劉家香火。（旦白）丈夫，你說話好差！　是小廝兒也是劉家根基，是女孩兒也是你劉家的根基。丈夫，第三件事如

---

[一] 竇：原作『荳』，據文義改。下同改。

[二] 蕭牆：原作『消湘』，據文義改。

何說？（生白）第三件事說了不打之緊，把半年的夫妻的恩情都沒了。（旦白）好歹要你說。（生白）娘子，倘若你哥哥嫂嫂逼勒你不過，揀强似劉知遠的別嫁一子。〔一〕（旦）呸！（旦唱）

【醉扶歸】你說話太無情。（生白）娘子，不是我無情，是你哥嫂逼勒我無情。（旦唱）止望一㽞永定寧，〔二〕死如何交我再嫁人。奈我腹中有孕，怎交我兒女隨別姓。你出言忒霎時間相輕，這恩情如鹽落井。（合）分別後各辦志誠，便做道鐵石人心腸，也須交淚淋。（生唱）

【前腔】上告賢妻聽，休爲我憂成病。你哥哥浪頭緊，只怕你口說無憑。我去後你又孤單，怕躭閣了兩下裏成病。（合）分別後各辦志誠，便做道鐵石人心腸，也須交淚淋。（旦唱）

【前腔】叫天天不應，天不應地不聞。打駡奴何安穩？正是細思量起，恨只恨奴家忒薄命。悶歸房獨守孤燈，怎禁受凄涼光景。（合）分別後各辦志誠，便做道鐵石人心腸，也須交淚淋。（賓老上唱）

【入賺】〔三〕去程已緊，〔四〕李三公多憐憫。有些小盤纏送與您。（旦白）劉知遠，三叔公使賓老送盤

〔一〕揀：原作「減」，據文義改。
〔二〕永：原作「未」，據汲古閣刊本《繡刻白兔記定本》改。
〔三〕入賺：原作「過站」，據汲古閣刊本《繡刻白兔記定本》改。
〔四〕程：原作「城」，據汲古閣刊本《繡刻白兔記定本》改。

纏來了。(生白)竇公，誰交你送來？(竇白)[一]李三公叫老夫送十兩白銀、一套襖子與劉姐夫餞行。(生唱)這恩德山高海樣深，生死難忘叔丈人。竇公，你與我回言拜稟。(竇白)叫老夫怎麼説？(生唱)我劉知遠得官後，結草啣環拜謝您。

(竇白)老夫回去，謹領回稟。[二](竇下)(生白)娘子，我去也。(旦白)丈夫你去，好歹送你幾步。(旦唱)

【金蓮子】[三]君去後，何日相逢得見您，痛傷情忍。(生白)娘子，請行。(生唱)但行程，登山渡水莫暫停。[四]天憐念，把名利暫行，回歸此處再歡慶。[五](旦唱)

【前腔】共乳同胞一母生，今日緣何反面青。將恩愛，反成做畫餅。只愁別時容易瘦伶仃。

(生唱)

【前腔】你如今閑言浪語少要聽，休急悶且將息。你身懷孕，回歸此處再歡慶。(旦唱)

---

[一] (竇白)：原闕，據文義補。
[二] 謹：原作『緊』，據文義改。
[三] 【金蓮子】：原闕，據汲古閣刊本《繡刻白兔記定本》補。
[四] 山：原作『水』，據汲古閣刊本《繡刻白兔記定本》改。
[五] 再：原作『在』，據汲古閣刊本《繡刻白兔記定本》改。下同改。

【前腔】叮嚀祝付三兩行，閑花野草少要攀。將恩愛，休做等閑。只愁別時容易見時難。

（生唱）

【尾聲】生離死別該前定，未知何年月日得見您。就是鐵打心腸也淚傾。

（生白）娘子，麻鞋緊繫布娘云，（旦白）杨柳楼前问的音。流淚眼觀流淚眼，（一）痛腸人送斷腸人。（生下）〔臨江仙〕（旦白）（二）郎去也，淚交流，馬行十步九回頭。歸家不敢高聲哭，閣淚汪汪不敢流。（下）

## 第十一齣

（生上唱）

【集賢賓】麻鞋緊繫一似飛，只得步碾登程。野草閑花愁滿地，過前村小橋流水。漁翁釣叟，敲零板歌聲搖拽。（三）看畫處，遥望遠浦帆歸。（四）

---

（一）觀：原作『關』，據汲古閣刊本《繡刻白兔記定本》改。

（二）旦：原闕，據文義補。

（三）搖拽：原作『謡役』，據汲古閣刊本《繡刻白兔記定本》改。

（四）遥：原作『摇』，據汲古閣刊本《繡刻白兔記定本》改。

【前腔】李弘一，(一)不恨你來却恨誰？此恨何日忘之。話別叮嚀情慘淒，難割捨少年賢妻。我須行行淚垂，這兩日越添上憔悴。他那裏，日日寸心千里。

落詩：

五里一雙牌，磨穿幾對鞋。
雁飛不到處，人被利名來。

## 第十二齣

（末上白）鼕鼕衙鼓響，(二)公吏兩邊排。閻王生死殿，不偌東嶽挾魂臺。小人是岳節使總兵官手下刀斧手的便是。打掃廳堂干淨，等待大人昇堂。（外扮岳節使上開）

【梁州序】(三)掌管三軍膽氣雄，(四)有千里威風。(五)奉朝見招軍，免不的尊王命令。

---

(一) 一：原闕，據前文補。
(二) 衙：原作『啞』，據文義改。
(三) 【梁州序】：原闕，據汲古閣刊本《繡刻白兔記定本》補。
(四) 掌：原作『字』，據汲古閣刊本《繡刻白兔記定本》改。
(五) 威：原作『滅』，據汲古閣刊本《繡刻白兔記定本》改。

（外白）在朝天子三宣，閫外將軍一令。〔一〕老夫姓岳名減，官封節度使之職。因爲反了山東兖州府蘇林、袁角兩員賊將，無人收捕，奉朝廷名，有旨意招集義軍三千。不免叫過手下，左右那裏？（末白）廳上一呼，堦下百喏。〔二〕伏大人，有何鈞旨？（外白）如今朝廷招集義軍三千，〔三〕便替我教場門上掛起榜文，扯起令字旗，貼起招軍牌子，不許訛誤，〔四〕即去便來。（末白）小人理會得。來到教場門上，不免掛起榜文，扯起令字旗，〔五〕只得等候，看有甚麽人來。（二淨上）投軍、投軍、投軍。（末白）那裏人氏？（淨白）小人是山東濟南府歷城縣人氏。（末白）那位是那裏人氏？（淨白）小人是蘇州府常熟縣人氏。（末白）等待我去通報大人知道。報！（外白）報甚麽？（末白）外邊有投軍的。（外白）着他進來。（末白）你二人進來，老大人叫。（二淨白）大人拜揖。（外白）那鄉人氏？（淨白）一個是山東濟南府歷城縣人氏，姓王；一個是蘇州府常熟縣人氏，〔六〕姓張。（外白）收了，上上名。（二淨白）〔七〕新收了小王兒一名，小張兒一名。（外白）軍馬已勾了。左右，收了榜文，落了令字旗，但是來投軍的不用

〔一〕閫：原作『間』，據文義改。
〔二〕喏：原作『納』，據文義改。下同改。
〔三〕千：原作『十』，據文義改。
〔四〕訛：原作『爲』，據文義改。
〔五〕字：原作『子』，據文義改。下同改。
〔六〕常：原作『長』，據文義改。
〔七〕（二淨白）：原作『王』，據文義改。

了。小人理會得。（做收榜文科）（生上白）心慌來路遠。長官，小人是投軍的，來遲了些，煩通報通報。（末白）不用人了。（生白）長官，無奈何，通報通報。（末白）喝喝，我纏你不過，你等着，我去報伏。報！（外白）報甚麼？（末白）外面有個投軍的等候。（外白）噲！弟子孩兒，軍馬已勾，吾不用了。（末白）大人，道是一個好漢子。（外白）既是好漢，着他進來。（末白）小人知道。投軍的，着你進來。〔一〕（生白）老爹拜揖。（外白）是好一個漢子，只是來的遲了。也罷，留你在長行隊裏。你姓字名誰，那鄉人氏？（生白）小人是徐州沛縣沙陀村人氏，姓劉名遠，吃粮名字劉見兒。（外白）既是這等，收你在長行隊裏，日間替打些馬草，夜晚提鈴喝號，等你久後有功，再做商量。（生白）小人理會得。（外白）大小三軍聽吾將令，甲馬不得交頭接耳，不得語笑喧嘩。弓弩上弦，刀要出鞘。

詩曰：

　　身才相貌實堪誇，喊號提鈴最可加。
　　正是學成文武藝，果然貨與帝王家。〔二〕（並下）

## 第十三齣

（二浄上白）做派更次，小張兒打頭更，我小王兒打二更，叫劉見兒打三更，四更、五更都是他打。（浄）

〔一〕着：原作『看』，據文義改。
〔二〕貨：原作『賀』，據汲古閣刊本《繡刻白兔記定本》改。

叫劉見兒。（生上白）受人之托，必當終人之事。二位長官作揖。（浄）呸！作揖作揖，明日上陣也只作揖罷。（生白）長官，人將禮樂爲先，樹將花菓爲園。（浄白）不要講禮，如今派更次。（生白）王長官，派了罷。（浄白）是小張兒打頭更，我打二更，劉見兒你打三更、四更、五更。（生白）長官，小人因何打三個更次？（浄白）誰交你來的遲了？（小張兒做打更科）（生）叫三更牌子哩。小人去處，遇着這等大雪，怎生是好？不免且去大人家小姐看花樓一個避一避，再去打那更。（生做眈睡科）（貼旦上）

【月兒高】獨上層樓上，看他甚行止？却是個巡軍，差使不由己。凍死街前，(一)無人可憐你。前生想是，想是修不足，今世爲人，受這等狼狽。我直不住守閨女，把爹爹衣服、丢與他遮寒體。

（做個包袱）正是：天上人間，方便第一。（旦下）（生做醒科）（生白）怪事，(二)小人身上那得這領白袍，老爹家樓門又不曾開，地下又無人踪跡，想必是天宫上賜下來的。本待不將去，身上寒冷；又待拿去，只怕人説賊盗偷來。罷罷。應時當得下，胜似岳陽金。(三)（下）

(一) 死：原作『無』，據文義改。
(二) 怪：原作『又』，據文義改。
(三) 岳陽金：原作『每陽巾』，據汲古閣刊本《繡刻白兔記定本》改。

# 第十四齣

（外上唱）

【引子】甚人偷盜袍去了，今夜便見分曉。

（外白）莫信直中直，隄防仁不人。老夫明日鹽城遊賞，覓地尋取，白花戰袍不見了，便有賊盜，怎生迫來。想必是這二個打更小的盜取了我的。不免叫他過來，好歹撈拷出來。(一)左右！（上白）廳上一呼，堦下百諾。伏大人，有何鈞旨？（外白）誰人昨日打三更？（淨、丑白）打三更却如何？（外白）打三更有賞。（淨白）是我打來。（丑白）是我打來。（外白）老夫三更時候將白日戰袍失落了。（淨白）不是我等三更。（丑白）也不是我打三更。（外白）弟子孩兒，(二)不是你，也不是他，却是誰？（淨白）老爹，小的見劉見兒身上穿着一領白花戰袍，怕不是老爹的？（外白）在那裏？叫他出來！（淨白）叫劉見兒！老爹叫你哩。（生白）關門屋裏坐，禍從天上來。老爹拜揖！（外白）弟子孩兒，我再不用你，你再三的哀告，我留你在長行隊裏，日間打草，夜間提鈴喝號，未曾當軍一日，驀地將老夫白花

---

(一) 撈：原作『機』，據文義改。

(二) 弟子：原作『第了』，據文義改。

戰袍盜了。正是：黑頭虫兒不可救。（生白）小的夜至三更，漫天下着大雪，㈠小的身上寒冷，無處潛藏。在於老爹看花樓下被雪，只見身上落下一領百花戰袍。㈡小的看時，四下並無人行，老爹樓門又不着開，想必天宫賜將下來。（净白）啞！人不打不招，㈢木不攢不透。我待不説，五毒氣生。天上怎麼賜下來的袍？天上有織機的？有染坊？有裁縫？老爹，賊情事不打不招。（外白）採將下去，先打四十大棍。（净做打不的科）（外白）這廝有背，如何不肯下手打他？我小的打不的。（外白）叫小這已打。（丑白）（做打不的科）（外白）你這廝都靠，等我打！（做打科）（貼旦上白）手執無情棒，休要打平人。（外做打不出科）（外白）且下在牢中，等我再做商量。小王兒，打賊情事，見些甚麼？（净白）小的不知怎麼吊起手去了。（外白）我問賊情事，是甚麼人叫『休要打平人』？（净白）小的見來。（外白）是誰？（净白）是老爹家小姐叫來。（外白）誰説？便替我叫將出來，我問他。（净白）小人知道。轉過孔雀屏風，就是畫堂深處。小姐有請，有請！（旦上白）奴在繡閣之中，繡作女工生活，只聽見父親呼唤，不免上前萬福。爹爹萬福！（外白）孩兒，我問賊情事，你因何叫休將屈棒打平人？（貼白）委的是奴家説來。（外白）孩兒，你是守閨之女，緣何這等説話？從頭細説我聽。（貼旦白）爹爹，

㈠ 漫：原作『幔』，據文義改。下同改。　下：原作『不』，據文義改。
㈡ 落：原作『洛』，據文義改。
㈢ 不打不招：原作『不知不知』，據文義改。

實不相瞞，奴在繡閣之中，繡作女工生活，只見天窗上吊下一個五花蛇兒來，在奴家面前右趄右轉，被奴趕至吊窗，就不見了。奴家看來，只見窗下一個巡軍，聲音似虎嘯龍吟，鼾睡如雷，(一)凍倒在地。奴家有惜孤念寡之心，有舊衣服尋一件與他遮寒，不想是爹爹百花戰袍。死罪奴家受，豈可累他人。（外白）孩兒是實？（貼白）爹爹，奴家怎敢説謊？（外白）既是這等，孩兒，你家去，家去自有方料。（貼白）父親，慈悲胜念千聲佛，作惡空燒萬炷香。（貼下）（外白）孩兒，我知道。左右那裏？（浄、丑白）小人在此。伏相公，那裏受用？（外白）小王兒，你與我爲媒，把小姐招劉見兒爲婿。（浄白）大人胡説！要招三個都招在一處。（外喝）住！這厮胡説。你就替我下親，參堂都是你，重重的賞賜你。(二)便叫劉知遠换了衣服，(三)香湯沐浴洗澡，交他冠帶成親。（浄白）小人知道。轉過孔雀屏風，就是畫堂深處。(四)畫堂深處風光好，别是人間一洞天。小姐有請。（貼唱上）

【引子】(五)一朵花枝今有主，親□感謝老蒼天。（生上唱）

【引子】蒙君不棄我貧寒。洞房花燭夜，百歲永團圓。

(一) 鼾：原作『汗』，據文義改。
(二) 重重：原作『衆衆』，據文義改。
(三) 换：原作『唤』，據文義改。
(四) 處：原闕，據文義補。
(五) 【引子】：原闕，據曲律補。

（外白）小王兒唱拜。（淨白）一上香，二上香，三上香。上香以畢，望神天設拜。(一) 拜行，拜行，拜行，拜行！四拜。平身。回身參拜堂上相公。拜行，拜行。愛惜新人，只拜兩禮。（外白）劉知遠，奉朝廷命，(二)有敕旨，(三)招集義軍三千，如今收捕蘇林、袁角，如今招你爲婿，你休得廢刀背箭，如今權且冠帶，待你有功，(四)老夫伸報朝廷，加你官爵，就領三千人馬，用心操練。操練精熟，可以捉拿蘇林、袁角。早晚小心，不必祝付。（生白）謝岳丈週濟。（外行）

（外）合巹交歡意潑濃，(五)琴調瑟弄兩相同。

（生白）今宵賸把銀缸照，(六)猶恐相逢似夢中。

---

(一) 拜：原作『那』，據文義改。

(二) 奉朝廷命：原作『奉間廷名』，據文義改。

(三) 旨：原作『皆』，據文義改。

(四) 待：原作『帶』，據文義改。

(五) 巹：原作『敬』，據文義改。

(六) 賸：原作『勝』，據文義改。

# 第十五齣

（丑上白）長江後浪催前浪，一替新人趲舊人。自從劉知遠去後，不覺半年以上，(一)音信不通，(二)昨日令我老公兩個商量，叫我姑姑出來改嫁。依我説，萬事皆休。若不依我説，把這賤人十磨九難，就折墮死他。（丑叫）(三)姑姑，姑姑！（旦上唱）

【引子】忽聽嫂嫂呼唤，奴家荒忙到此。

（白）嫂嫂萬福！（丑）姑姑萬福。（旦白）嫂嫂請坐。（丑白）姑姑，自從姑夫去後，不覺半年以來。（旦白）嫂嫂，便是半年了。（丑白）姑姑，昨日有書來了。（旦白）嫂嫂，書上怎麼説？（丑白）書上寫着：軍便當了，因爲上陣落馬，捹死了。（旦白）嫂嫂説死了，趁了嫂嫂甚麽愿？（丑白）(四)書上這們寫來，又不是我寫來，如休閑説。你哥哥説他那裏死了，我這裏改嫁。（旦白）嫂嫂交誰改嫁？（丑）交你。找門廝當户廝對、俊俏兒郎嫁了罷。(五)（旦白）嫂嫂，一馬一鞍，一夫一婦，焉肯再嫁他人？（丑）

(一) 不覺：原作『人不不』，據文義改。
(二) 音：原作『因』，據文義改。
(三) 丑：原作『浄』，據文義改。
(四) 丑：原作『生』，據文義改。
(五) 俊：原作『後』，據文義改。

你如今不嫁？（旦白）奴家就死，終身不嫁！（丑）你真個不嫁？（旦白）嫂嫂，不嫁！不嫁！只是不嫁！（丑白）你真個不嫁，我叫你哥哥出來。李弘一，你好妹子，打的我好呀！（淨上白）湛湛青天不可欺，人心難比水長流。烏江不是無船渡，一夜夫妻百夜恩。（淨白）老婆，老婆！他怎麼打你來？（丑白）左手哄我一哄，右手一巴掌；右手哄我哄，踢我一左脚。踢的老娘尿順屁眼流。（淨白）老婆，打來？（丑）可不打來。（淨白）真個打來？（丑）可不真個打來。（淨白）打了罷。（笑科）精賤人，因何打傷你嫂嫂？〔一〕（旦白）哥哥，奴家不敢。（淨白）你如今改嫁不改嫁？我有四條路兒奈何你。（旦白）哥哥，那四條路兒？對奴家説。（淨白）頭一條路兒，交你上天；第二條路，交你下地；第三條路，交你改嫁。〔二〕若是不依，第四條路兒，小河邊安一般磨，日間挑水三百擔漚麻，夜間挨磨到天明。（旦白）哥哥，頭一件上天無路；第二件入地無門；第三，有夫的婦人實難改嫁；奴家寧依第四條路，情願挑水挨磨。（淨白）我把你這賤人！元來只要受苦。（做打科）（淨唱）

【三學士】頗奈非親却是親，只好做奴婢堪成。作賤劉郎去也無音信，如何不肯改嫁别人？你若不聽嫂嫂哥哥説，作賤身軀不值半分。〔三〕從今後挨磨到四更，挑水到黄昏。（丑唱）

---

〔一〕傷：原作『雁』，據文義改。
〔二〕改：原作『丈』，據文義改。
〔三〕軀：原作『驅』，據汲古閣刊本《繡刻白兔記定本》改。

【前腔】一世爲人只在勤，那討閑飯養你身。（旦唱）嫂嫂，爹娘產業奴有分，如何苦樂不勻。（丑）呸！女生外向，死了外葬，有你甚麼分兒？（丑唱）丈夫的言語須當聽，你有眼何曾識好人？從今後挨磨到四更，挑水到黄昏。（旦唱）

【前腔】好笑哥哥人不仁，〔一〕不念同胞子妹情。劉郎去也無音信，如何交奴改嫁別人。況兼奴有半載身懷孕，〔二〕再嫁傍人作話文。奴情願挨磨到四更，挑水到黄昏。

詩曰：

好笑哥哥人不仁，父母緣何不顯靈。
日間挑水三百擔，〔三〕夜間挨磨到天明。

（旦下）（浄趕打科）（丑白）老公，如今既是這等，你便管他挑水，我便管他挨磨。等這賤人挑的挨的也是一頓打，〔四〕挑不的、挨不的也是一頓打。十磨九難，好歹要他嫁了。見今十月滿足，他若是男怎麼説，是女怎麼説？（浄白）老婆，是女收留養着，是個小厮，殺！必害了他性命。好計，好計！計就月

---

〔一〕仁：原作『三』，據汲古閣刊本《繡刻白兔記定本》改。
〔二〕兼：原作『閑』，據汲古閣刊本《繡刻白兔記定本》改。
〔三〕擔：原作『不』，據汲古閣刊本《繡刻白兔記定本》改。
〔四〕頓：原作『願』，據文義改。

中擒玉兔，謀成日裏捉金鷄。（並下）

## 第十六齣

（旦上唱）

【引子】没奈何臨頭，今朝棄命休。

（旦白）奴家迤邐來到磨坊門首，半掩半開，冷冷清清，只得挨那磨去。一不恨天，二不恨地。

【五更轉】[一]（旦唱）恨命乖，吃折挫。爹娘知苦麽？[二] 哥哥嫂嫂你好哏心做，趕出我丈夫，發奴家挨磨。天不聞，地不應，如何過？（合）奴家那曾，那曾識挨磨。[三] 挑水辛勤，[四] 只爲劉大，只爲劉大。

【五更轉】向磨坊，愁眉鎖，受苦惱没奈何。爹娘在時把奴如花朵。喪了我雙親，[五] 受這般

[一] 轉：原作「傳」，據汲古閣刊本《繡刻白兔記定本》改。下同改。

[二] 娘：原作「嫂」，據汲古閣刊本《繡刻白兔記定本》改。

[三] 識：原作「實」，據汲古閣刊本《繡刻白兔記定本》改。

[四] 辛：原作「心」，據汲古閣刊本《繡刻白兔記定本》改。下同改。

[五] 雙：原作「又」，據汲古閣刊本《繡刻白兔記定本》改。

折磨。(一)（合同前）

【五更轉】挨幾肩，我已朧頭運轉。我腹脇疼腿又酸，身子困倦。(二)我須挨不轉，只爲我的哥哥心變。我爹娘死，我孤單，我如何過？（合同前）

【五更轉】受苦辛，如何過，受勞碌没奈何。只得忍痛，忍痛灣轉坐。受苦在磨坊，有那誰人採我。我思量起，淚滿腮，愁難挨。又待要吊死，吊死在厨房下。（旦白）我死一身由閑，可撇的我劉郎回来倚靠誰過？（旦唱）我死也甘心，怕躭誤了劉大。（合同前）

（旦白）奴家身懷六甲，兒夫去後，看看十月滿足，敢要分免孩兒，遍身疼痛，怎生是好？欲待不挨，哥嫂又打；欲待要挨，腹中不覺疼痛。只得在此盹睡一覺。（做睡科）（丑上白）養家千百口，獨自樂便宜。我交你改嫁，終身不肯改嫁；交你挨磨，你可却在這盹睡得好。（做打科）（旦哭白）嫂嫂，奴家腹中疼痛，嫂嫂休打。你回去，等奴家再挨。（丑白）我去，你不挨我又來打你。得放手時須放手，(三)得饒人處且饒人。（丑下）（旦白）奴家怎是好？不一時嫂嫂打，(四)不一時哥哥罵，我奴家將久喪在他手下。

---

(一) 磨：原作『麼』，據文義改。
(二) 倦：原作『捲』，據文義改。
(三) 放手：原作『前年』，據文義改。
(四) 嫂嫂：原作『奴奴』，據文義改。

這早不知是多早天氣了，推開窗看一看。呀！鷄犬亂鳴了，敢是四更天氣了。（旦唱）

【鎖南枝】星月上，傍四更。莊前犬鷄籬外鳴。哥哥甚言情，把奴挨磨到天明。想我劉郎去也，未知前程，想的誤了年少人。

【前腔】叫天不應，地不聞。胳膊疼實難忍。[一]房兒冷清清，風刮的冷冰冰。料想分娩在今宵，有一個懷藉恨。望祖宗有顯靈，保母子早離身。

（旦白）奴家腹中疼痛甚急，今晚正皆分娩孩兒。本欲在廚房中分娩，恐怕濁污了灶君；[二]本在磨房中分娩，磨房中又冷冷清清。不免將一把敢草鋪在地上，分娩孩兒。正是：烏鴉共喜雀同林，吉凶事全然未保。（旦下）（做分娩科）

## 第十七齣

（末上白）青竹蛇兒口，[三]黄蜂尾上丁。[四]兩般雖是毒，最毒似人心。惡有惡報，善有善報。若還不報，

---

[一] 胳膊：原作『胑轉』，據文義改。
[二] 灶：原作『皂』，據文義改。
[三] 青：原作『清』，據汲古閣刊本《繡刻白兔記定本》改。
[四] 尾：原作『屋』，據汲古閣刊本《繡刻白兔記定本》改。

時辰未到。老夫姓竇，名無，人人口順，呼爲竇老。是李大家都管的便是。李大公在日，把我一見如故。自從李大公亡過之後，(一)被李弘一天殺、天剮，罵老夫無用之物。我如今不在他家，遷移在李三公家居住。李三公説：竇公，如今李弘一這廝把這劉知遠趕出太原府投軍，(二)音信不見回還。每日在家待他妹子朝嗔暮打，(三)逼勒改嫁，他妹子因此不從，叫他日間挑水，夜間挨磨，怎生是好？李三公説：我算來三姐女孩兒今經十月須足。竇公，你去探望一遭。轉灣抹脚，這裏便是磨坊。冷冷清清，并無一人。三姐不知歸于何處。（做咬臍哭科）（末白）待老夫尋叫一聲。呀！那裏這等五五六六的孩兒哭。不免再叫一聲，三姐！（旦白）竇公，奴家在此。（末白）三姐，你敢分娩了。（旦白）奴家分娩了一個小厮兒。（末白）好，好，好！李家祖宗，(四)劉家骨血，兩堂聖賢保佑，落草平安。萬幸，萬幸！三姐，你可曾吃些粥食？（旦白）竇公，我並無嚐些湯水。（末白）娘子少待，我問三叔公討些粥食與你吃。（旦白）竇公即去早來。（做掀倒磨科）（末白）可憐三姐没親娘，苦逼劉郎往外鄉。大風刮倒浮根樹，自有傍人話短長。（末下）

---

(一) 過：原作『這』，據文義改。
(二) 軍：原闕，據文義補。
(三) 待：原作『寺』，據文義改。
(四) 祖宗：原作『時大』，據汲古閣刊本《繡刻白兔記定本》改。

# 第十八齣

（旦抱孩兒上科）（旦上白）娘養我時受千辛萬苦，我今却養孩兒。（旦唱）

【步步嬌】(一)如今養子方知、父母恩厚，各自思前後。哥哥心狠毒，嫂嫂不仁，暗使些兒機謀。逼奴家再招夫，劉知遠你一似喪家狗。(二)猶待訴説冤仇，(三)待説來誰人採揪？免孩兒得到頭，劉郎得自由。（末上唱）

【川撥棹】(四)我聞説道三娘子分娩憂，李三公交我來問候。娘子你缘何頓被着兩眉頭？(五)（旦唱）竇公你近前來説事由，你傍前來説事由。（末白）娘子，我纔打磨坊所過，只聽的你哥嫂二人商量，害你子母二人。（旦白）竇公荅救，荅救。（末唱）我只聽的似家嫂嫂絮絮叨叨，因此上荒忙交我便走。（旦唱）竇公你且藏在後頭，他見了怎干休？他見了怎干休？（丑上唱）

(一)【步步嬌】：原闕，據汲古閣刊本《繡刻白兔記定本》補。
(二)遠：原作『這』，據文義改。
(三)訴：原作『斬』，據汲古閣刊本《繡刻白兔記定本》改。
(四)【川撥棹】：原闕，據汲古閣刊本《繡刻白兔記定本》補。
(五)兩：原作『而』，據文義改。

【五供養】(一)我十中缺九，聞説道三姑姑生下小窮劉。我老公曾分付用機謀，將巧語花言啜哂。若是得入手，管交一命喪清流，(二)管交劉郎絶了後。

【僥僥令】(三)且喜姑姑添小口。(旦唱)嫂嫂，幾度待不收，十月懷躭奴心受。兒女眼前花水上鷗，(四)兒女眼前花水上鷗。

【尾聲】忙把粥食來調口，莫待老來干生受。(五)

(丑白)姑姑，且喜添了個甚麽兒？(旦白)嫂嫂，是個小厮兒。(丑白)不説小厮兒，萬事俱休。説起小厮兒來，就是我眼中釘，肉中刺。好歹害了他性命。姑姑，拿來我看。(旦白)嫂嫂休要諕了孩兒。(丑白)姑姑，你如何死不放，放四五個心你。(六)姑姑，小河兒兩個魚兒，我和你看去。(旦白)嫂嫂，我

(一)【五供養】：原闕，據汲古閣刊本《繡刻白兔記定本》補。
(二)清：原作『情』，據文義改。
(三)【僥僥令】：原闕，據汲古閣刊本《繡刻白兔記定本》補。
(四)眼：原作『腮』，據汲古閣刊本《繡刻白兔記定本》改。下同改。　鷗：原作『漚』，據汲古閣刊本《繡刻白兔記定本》改。下同改。
(五)莫：原作『草』，據文義改。　來：原作『栗』，據文義改。
(六)不放放：底本字跡漫漶不清，據文義補。

不去。（丑白）㈠好歹要和你去。（旦白）罷罷，嫂嫂，我和你看去，只休諕了我孩兒。（丑白）姑姑，你放心。（做推下水科）

【駐雲飛】（旦唱）苦也孩兒！娘將萬苦千辛養下你。（旦白）竇公，我的孩兒石磔磔孩兒放的在此。（旦唱）你看頭臉上都是水，三魂將離體。兒，假若你先歸，死了我孩兒，誰替你娘争口氣。正是父在軍中誰人報與他知，父在軍中誰人報與他知。（末唱）

【前腔】三娘子聽啓，早是一個荷葉兒托住你兒。假若沉落水，怎能勾得見你。他是一個狠心賊，㈡他這等忘恩不念你同胞意。（末白）娘子，不要怨天恨地。㈢（末）只願花開不遇時。㈣李弘一，螃蟹横行到幾時，螃蟹横行到幾時。（旦唱）

【前腔】兄嫂無知，逼勒劉郎寫逼書。逼勒投軍去，發奴在磨坊裏。知生下咬臍兒方纔三日，去他魚池裏。正是人善人欺天不可欺，人善人欺天不可欺。（末唱）

【前腔】三娘子聽啓，有話傷心誰訴你。不由老夫流痛淚，刀割心肝戲。他是一個短命狠心

㈠ 丑：原作『旦』，據文義改。
㈡ 狠：原作『恨』，據文義改。下同改。
㈢ 怨：原作『愿』，據文義改。下同改。
㈣ 願：原作『怨』，據文義改。

賊，他這等忘恩，不念你同胞意。送孩兒稍書寄信回，送孩兒稍書寄信回。

（旦白）竇公，是此怎生是好？（末白）娘子，老夫有一句話，(一)不敢説。（旦白）竇公，但説不妨。（末白）我老夫耳聞的劉官人在賓州太原府投充身役，(二)有些好處。我老夫不辭辛苦，把小官人送到賓州太原府，(三)尋訪劉官人去。若是尋得着，就把孩兒投下，將養成大，着他搬取你，意下如何？（旦白）竇公，三日孩兒，又無乳食，怎生去的？（末白）這事都在老夫身上。老夫逢莊逢店，討些乳食，好歹將養到他那裏。你若不依，我説你子母二人遲早落在他手下。（旦白）既是這等，竇公，只是累及你老人家。（末白）娘子不必多言，將你白絹單裙扯下一副，(四)寫一封血書，見劉官人與他。（旦唱）

【宜春令】竇公聽訴因依，兄嫂不合沒道禮。謝伊恩意，把我孩兒送去爹行去。見劉郎説與他知。方三日離娘懷裏。你若還長成時，休忘了竇公救你恩意。（末唱）

【前腔】三娘子免憂慮，劉官人他在邊廷習學武藝。他未能及第，料想他官差不由己。待老漢送將你兒去，那其間方知祥細。小官人，你若還長成時，休忘了子母今日分離。（旦唱）

---

(一) 夫：原作『在』，據文義改。

(二) 老：原闕，據文義補。

(三) 太：原作『九』，據文義改。

(四) 絹：原作『艄』，據文義改。

【前腔】兄和嫂，兄和嫂忒下的。三日孩兒撇在水底。謝伊恩意，把我孩兒年月殷勤記。見劉郎細説詳細，你説方三日離娘懷裏。你若還長成時，休忘了竇公恩意。（末唱）

【前腔】三娘子免憂愁，事到頭來休久留。倘伊哥嫂，只怕他來時生奸狡。〔一〕待老漢送將兒去，那其間方知詳細。小官人，你若還長成時，休忘了子母今日分離。

（旦白）竇公，到路途上小心在意。（末白）娘子，老夫不必祝付。（旦題詩四句）詩曰：

（旦）孩兒一去痛傷情，鐵打心肝也涙流。

（末）見了劉郎如此説，討取孩兒劉咬臍。（末下）（旦唱）

【臨江仙】孩兒一去涙交流。天呀，馬行十步九回頭。如今不敢高聲哭，闇涙汪汪不敢流。

（下）

## 第十九齣

（生上白）煩惱不尋人，人自尋煩惱。〔二〕下官自從離了三姐，不覺一年以上，做贅在岳太師府中，端的是

〔一〕狡：原作「姣」，據文義改。
〔二〕自：原作「着」，據文義改。

朝朝是寒食，夜夜賞元宵。不知我前妻李氏身體如何？這兩日神思悶倦，憂疑不定，交下官羝羊觸藩，[一]進退兩難。却怎生是好？（貼上）隔窗須有耳，窗外豈無人。相公萬福。（生白）夫人拜揖。（貼）相公在此自言自語，説些甚麽？（生白）下官不曾説甚麽。（貼）你因何説『朝朝是寒食，夜夜賞元宵』？敢是我家款待官人不週？[二]因何説『羝羊觸藩，進退兩難』？（生白）娘子，下官看兵書來。（貼）相公看到那裏？（生白）下官看到《三國志》中間，張飛在霸陵橋與曹操對敵，大喝一聲，橋塌三空，[三]横水逆流。因此曹兵不能近張飛，張飛不能近曹公。這是『羝羊觸藩，進退兩難』。（貼）我則道下官説甚麽，原來在此看《三國志》兵書。（生白）娘子，我下官悶倦，與不才同飲一杯悶酒。[四]交小王兒看守衙門，有事報我知道。左右。（浄白）[五]廳上一呼，堦下百喏。覆大人，[六]那裏使令？（生白）你與我看守衙門，有事報我知道。（浄白）是，小人理會得。（末上白）一路辛勤不自由，遠波喜得到賓州。孩兒送到爹行處，未審他人留不留。老夫多謝天地，一路上小官人並無些事，到得此處，問將人來，説

---

[一] 藩：原作『皤』，據文義改。下同改。
[二] 款：原作『肯』，據文義改。
[三] 塌：原作『捐』，據文義改。
[四] 才：原作『子』，據文義改。
[五] 『浄』下原衍一『浄』字，删。
[六] 覆：原作『福』，據文義改。

劉官人做了九州安撫之職，此間是他衙門，不免逕進去。（浄白）那裏來的？（末白）長官拜揖，小人是徐州沛縣沙陀村來的，尋問劉知遠。（浄喝住）題一個『劉』字，全家皆死。（末白）長官，煩通報。（浄白）大人，報事。（生白）報何事？（浄白）門前有個賨老在此。（生）夫人，下官家中有人來了。（貼白）既然有人，着他進來。（生白）賨公拜揖。（末白）劉官人，你道好呀！撇的我三姐在家，受千辛萬苦。（生白）賨公，我知道，我在家中還吃他哥哥、嫂嫂打罵，休説我不在家中，不知着他怎麼凌逼。賨公，你懷中抱的甚麼東西？（末白）是官人撇下半年的身孕，今經十月滿足，被他哥哥嫂嫂逼凌他改嫁，因此不從，發他日間挑水，夜間挨磨，在磨坊中生下這個孩兒。（生白）賨公，你將來我看。賨公，多虧你，異日不敢有忘。（末白）官人，老大不敢。（生白）賨公，你且少待，等我禀過夫人，却來請你。（生白）（下跪）夫人，下官有句話告禀夫人知道，可是敢説不敢説。（貼白）官人有甚麼大事？請起説與奴家知道。（生白）夫人，下官在先撇下一個前妻李氏，今已一年之上，被他哥嫂逼勒他改嫁，因此不從，發他在磨坊中，日間挑水，夜間挨磨。在磨坊中生下這個孩兒，他不昧前因，央及賨老抱孩兒送在此處。夫人，却是收留他好，不收留他好？（貼白）官人，既是官人的骨血，怎的不收留下？（一）左右，叫賨公進來。（浄白）小人知道。賨公進來。（末白）老夫來了。夫人拜揖。（貼白）賨公萬福。賨公，

（一）怎：原作『忘』，據文義改。

抱孩兒過來我看。官人，這孩兒生的頂平額闊，(一)面耳與鼻和我官人一般模樣。(二)（净白）妳妳説話好差，不相劉爹，相小王兒不成也？（貼白）竇公，自謝你一路上鞍馬勞困。（末白）夫人，那裏有鞍馬勞困，遮着韋子跑了一夜。（貼白）官人，如今抱孩兒收下，交竇公安歇幾日，打發些盤纏，交老人家回去。（生白）夫人説得是。（末白）夫人，夫人在上，我老夫回不去了。（生白）因何回不去？（末白）我老夫這一回去，被李弘一匹夫剮打的老夫肉泥爛醬。(三)（生白）既是這等，夫人就留竇公在此看養孩兒，也是好處。（貼白）官人，易好。（貼題詩）詩曰：

（竇公）向日孩兒你可收，（生、夫人）三年乳哺不須憂。

（末）兒孫自有兒孫福，莫與兒孫作遠憂。（並下）

## 第二十齣

（旦唱）

(一) 闊：原作『例』，據文義改。
(二) 鼻：原作『个』，據文義改。
(三) 匹：原作『去』，據文義改。

【桂枝香】眉兒蹙悴，[一]眼兒流淚。只得捏擔來，挑向肩膀上。微微細雨，奴家兩脚，兩脚難行難立，只得挑水。哏心見兩陣西風起，滴溜溜敗葉兒飛。（旦題詩）

哥哥嫂嫂没前程，苦逼奴家改嫁人。[二]
日間挑水三百石，夜間挨磨到天明。

## 第二十一齣

（小外白）詩曰：　自小稱名號咬臍，家父武藝占高魁。皇恩受命加官爵，[三]百萬軍中聽指揮。（小外白）自我今年長一十六歲，大門未出。多虧父母訓養成人，每日讀念書戰策，學成文武雙全。常言道：[四]一門生二將，父子上凌煙。耳聞的朝廷之有敕旨到來，加陞父親官爵。説加做九州安撫之職。不免唤左右打掃廳堂乾净，[五]齊侍父親早來。（生上唱）

（一）悴：原作『翠』，據文義改。
（二）奴家：原作『孥』，據汲古閣刊本《繡刻白兔記定本》改。
（三）爵：原作『嚼』，據文義改。下同改。
（四）常：原作『長』，據文義改。
（五）唤：原作『嗔』，據文義改。

【卜算子】㈠你如何着眼望旌旗，耳聞消息。（旦唱）聞我丈夫勇猛，世人無及。

（生白）夫人請坐。（貼）官人請坐。（外白）父親拜揖。（生白）孩兒免禮。（小外）母親拜揖。（貼）孩兒免禮。、（小外白）□親，您孩兒耳聞的朝廷有敕旨，加陞父親九州安撫之職，説父親要衣錦還鄉。你孩兒因此等候。（生白）孩兒，你怎生曉的來？㈡（小外）父親，您孩兒每天在院中看兵書戰策，耳聞的左右説來，以此特來參拜父母。（生白）孩兒，既來見我，有何（中闕）上荒郊野外打獵則個。（生白）上（中闕）一十八歲，兒今□馬熟閑，何不（中闕）他去演，一來打圍，二來演陣（中闕）時起身。（小外）告禀爹爹（中闕）衙内去。　到路上不要作賤田苗，他（中闕）命。（貼白）此氣蓋英雄，深淺沙草（中闕）手抽金箭，番身□角弓。（小外）衆人齊仰望（下闕）

## 第二十二齣

（旦唱）（做挑水科）

【綿搭絮】哥哥直恁不思憶，合你共乳同胞，㈢□下的没面皮。發奴晚挨磨，曉去挑水。每

---

㈠【卜算子】：原闕，據汲古閣刊本《繡刻白兔記定本》補。

㈡曉：原作『⿰歹免』，據文義改。

㈢同胞：原闕，據文義補。

日尋根拔樹，討事尋非。(一) 那有些手足之親，(二) 想我爹娘知未之。

【前腔】井深乾旱，旱水難提。天呀，井□□乾，雙淚眼何曾得住止。奴是富豪家女，顛倒做奴婢，(三) 莫怪君無禮，(四) □□是我命如是。

【前腔】尋思情苦，情苦淚雙垂。夫往邊廷，想我的孩兒倚靠誰。這碗淡飯黃虀，交我怎生充飢。每日灣轉獨睡，未曉先起。倘有時刻差遲，亂棒打奴不顧體。

【前腔】別人家哥嫂，哥嫂有情意。偏我哥嫂，哥嫂毒心腸忒下的。自骨肉尚如此，何況區區陌路，那顧人談恥。(五) 我這裏朝夕難挨，想我的劉郎不知幾時回。

（旦白）奴家打水數十茶石，遠遠的望見一攢人馬來了，不免躲在垂楊柳下盹睡一覺，待人馬過去，奴家再去打水。（做盹睡科）(六)（淨上白）冬冬啞鼓響，公吏兩邊排。閻王生死殿，東嶽攝魂臺。（淨唱）揮揮揮，銜內小大人，請歇馬。（小外白）小王兒，這是那裏？（淨白）是徐州地面，銜內略歇息歇息，土街

（一）非：原闕，據文義補。

（二）那有：原闕，據汲古閣刊本《繡刻白兔記定本》補。

（三）婢：原作『好』，據文義改。

（四）禮：原闕，據汲古閣刊本《繡刻白兔記定本》補。

（五）顧：原作『雇』，據文義改。

（六）做：原作『根』，據文義改。

打圍。〔一〕（做打圍赴兔科）（净白）衙内放箭！　一個白兔。（小外白）小王兒，趕兔子！　帶了哥去了。（做趕科）（净白）婦人，我這兔子那去了？（旦白）長官，我不知道甚麼兔子，我是受苦的婦人。（净白）你是受苦的，我不道自受快活哩。我每日跟着馬跑，〔二〕你拿兔子還我。（旦白）長官，我不知道，我是好人家兒女。（净白）你是好人家兒女，我是賊，你不還，我叫衙内大官兒來，皮也揭了你的。（外叫去！（小白）小王兒，那兔兔與那婦人吃了罷，那箭是朝廷賜賞的虎尾金鈚玉箭，〔三〕討將來。（净白）那婦人，兔子與你麻了罷，只還金鈚玉箭來。（旦白）長官哥哥，就打殺奴家，也没有那箭。（净白）衙内，他説没有哩。（小外白）你叫那婦人過來，等我自家問他。（净白）婦人你過來，我衙内親自問你要。（旦白）長官休推我，等奴家自去。衙内萬福。（小外）那婦人請起，我看你屏風雖破，骨格由存。你也不是以下人家女子，因何跣足蓬頭？　細説一遍。（旦白）大人不嫌絮煩，聽奴拜稟。（小外白）但説不妨。〔四〕（旦唱）

【雁過沙】衙内問我甚情懷。（外白）甚情懷？　甚情懷？　因何跣足蓬頭，挑水爲何來？（旦唱）也曾穿着繡底鞋。（外白）你敢是挑水街頭賣？（旦唱）又不曾挑水街頭賣。（外白）你敢是爲非作

〔一〕圍：原作『爲』，據文義改。

〔二〕跟：原作『根』，據文義改。　跑：原作『包』，據文義改。

〔三〕賞：原作『裳』，據文義改。

〔四〕妨：原作『方』，據文義改。

歹，趕你出來？（旦唱）我貞潔婦人，怎敢做事歹？（外白）你曾嫁人家不曾？（旦唱）

【前腔】從東床也曾入門來。（外白）我曉的，你坐家閨女，招贅做女婿來。你那丈夫姓字名誰？（旦唱）招的劉知遠潑喬才。（淨白喝住）衙內，他怎麽説我們老爹的名字？提個劉字就該死砍頭。〔一〕（小外白）小王兒，這厮胡説，天下只你家姓劉？那婦人再説，你爹娘可有？（旦唱）我爹娘早死十六載。（外白）爹娘已死，誰人作賤？（旦唱）哥哥嫂嫂忒毒害。（外白）哥哥、嫂嫂折剁你，你丈夫那去了？（旦唱）九州安府投軍去。（外白）九州安府投軍，曾生一男半女也不曾？（旦唱）養得一子方三日。（外白）三日孩兒，〔二〕在於何處？（旦唱）已送爹行去。

（外白）那婦人，牆上畫棋盤，一子留不住。（旦白）小小蛇兒聚內串，爹爹見他武藝結成雙。（外白）既結雙，你丈夫叫甚麽名字？（旦白）丈夫叫做劉知遠。（外白）你的孩兒叫做甚麽？（旦白）孩兒叫做咬臍郎。（淨白）衙內，拿刀來殺了罷。正是皮孤子迎頭兒説着我老爹的名字，後來又説衙內名字。噲，連小王兒咳連出來。（外白）這厮靠後，不要胡説，等我仔細問他。那婦人，那孩兒身上有些甚麽記號？（旦白）養他之時，無有剪刀，口咬臍腸，把孩兒叫做咬臍郎。（小外白）再有甚記號？（旦白）〔三〕

〔一〕砍：原作「坎」，據文義改。
〔二〕日：原作「歲」，據文義改。
〔三〕（旦白）：原闕，據文義補。

對天買卦，左邊背膊咬了一口，至今有一個巴痕。（外白）小王兒，這事驍騍，他丈夫名字與我父親同也罷；他孩兒叫做咬臍郎，我也叫做咬臍郎也罷；他孩兒也有一個巴痕。且住，等我回家問我父親，便知分曉。那婦人，我不是别人，我是九州安府嫡長親男，因閑採獵到此，你丈夫既是劉知遠，孩兒叫做咬臍郎，我回去着我爹爹查勘你那丈夫根機文書，若是查着他，着他來搬取你，意下如何？（旦白）正是感恩無一報，我中夜一爐香。（做拜科）（做跌倒科）（净白）衙内，怎麽來？怎麽來？（小外白）小王兒，扶起我來。這婦人拜了我一拜，不知甚麽人推下我馬來，跌我這一交，交你把那婦人水桶送到他家去。（净）小人理會得。（净、旦下）（净扮李弘一上白）賤人，你挑水便挑水，無何去這一日，因何來遲？（貼净白）大哥，他不曾來遲。（净白）你是甚麽人？（貼净白）我是刀手。（净白）你刀手不刀手，你進我這屋里來做甚麽？吃我一頓好打。（做打科）（丑抓帽子科）（净白）衙内你是一個禍根子，交我送水桶，吃他一個吊搭嘴漢子、瓢兒嘴老婆儘力子執了扼了我一頓，把我帽子抓將去了。（小外白）由他，到家中着我爹爹與你一個銜絨帽子。（净白）便與我一個不可，我頭。（外白）我和你回家去。正是：黄昏慘慘奔前程，隔曙鐘聲隔曙明。漁父有魚歸竹徑，牧童遥指杏花村。（並下）

# 第二十三齣

（生上白）孩兒一去不回來，不知有甚蹺蹊。（生白）煩惱不尋人，人自尋煩惱。自從咬臍孩兒告及年假，上荒郊打圍去了。説去三五日便回，一去半旬之上，不見回還，好交下官心下憂疑不定。却怎生是好？下官看會文書，看有甚麽人來。（淨上白）相公拜揖。（生白）説話之間，小王兒到此。小王兒，你來了。（淨白）小人不來了，甚麽好吃的菓子？（生白）你和衙内打了甚麽東西？（淨白）只打了我。（生白）這厮説話不伶俐，叫我咬臍孩兒出來，我問他。（淨白）小官兒，老爹有人在。（外上白）柳陰樹下一佳人，説與孩兒共姓名。好似和鈎吞却綫，〔一〕刺人腸肚繫人心。父親拜揖。（生白）孩兒，你來了！你過了幾層山，幾層嶺？打了些甚麽生靈？（小外白）爹，你孩兒到得徐州縣地面，見一白兔，被你孩兒射了一箭，正中白兔。那白兔帶箭而走，孩兒趕到一個八角井上，白兔不知去向。〔二〕柳陰樹下見一婦人，蓬頭跣足，挑水受苦，你孩兒從頭問他根基，那鄉人氏。他説道，我丈夫是劉知遠，往太原府投軍去了。又説我孩兒是咬臍郎。你孩兒又問他，你的孩兒有甚麽暗記？他説，我孩兒身上左脇下有一巴痕。你孩兒説道，我替你查勘你丈夫根基文書，交他搬取你，意下如何？那婦人弄了我一拜，拜的孩兒番觔斗跌下馬來，〔三〕托你孩兒跌了一交。爹爹，以此特來請問爹爹。（生哭曰）孩兒，那婦人休説止拜你一拜，〔四〕他只看你一看，也受他不起。（小外白）爹爹説話好差，我是九州安撫總兵官舍人，他是庶民百姓女子，因何受不的他一拜？（生唱）

〔一〕和：原作『河』，據文義改。
〔二〕向：原作『項』，據文義改。
〔三〕拜：原闕，據文義補。
〔四〕止：原作『心』，據文義改。

【歌兒】(一)我在沙陀村裏受貧寒，無計奈何。李大公招我爲婿，他母老雙親都亡過。孩兒，你既來問我，你娘剖心肝養下你一個。

(小外白)爹爹，却是怎麽説？(生哭白)孩兒，我累次要與你説，見你年紀幼小，不曾與你説。孩兒，那拜你的婦人是你的親娘。(小外白)爹爹，堂上見在母親是誰？(生白)孩兒，那個是你晚母。(小外白)兒對嚴親把事提，誰知子母兩分離。晚母在畫堂受快樂，却交我親娘在磨坊中磨麥挑水。爹爹，你忘恩負義非君子，(二)不記糟糠李氏。你取我親娘回來，萬事俱休；不取我娘來，你孩兒就撞死於堦。(做撞科)(生白)孩兒蘇醒蘇醒。夫人出來，我孩兒。(貼白)關門屋里坐，禍從天上來。孩兒，你親娘在這裏。(小外白)你不是我親娘，我有養我的親娘。(貼白)我打不孝之子，我雖無十月懷躭，也有三年乳哺，也虧我一尺五寸養你大來。這個都是官人説來。(生白)娘子，聽我下官説細。祖居在沙陀村裏，幼小身懷狼狽。白日在街遊蕩，夜宿在馬鳴王廟里。李大公見我身貧，引我回家，招我爲婿。因此我拜堂，兩口兒拜的雙亡了。落在大舅子手內，逐日朝嗔暮打，(三)因此難住。多虧了叔丈賫發盤費，我來到這軍門塞裏，你爹爹招我爲婿。三姐却在受他哥哥嫂嫂之氣，(四)逐日朝打暮罵，逼他改嫁，因此不

(一)【歌兒】：原闕，據汲古閣刊本《繡刻白兔記定本》補。
(二)義：原作『意』，據文義改。
(三)朝：原作『招』，據文義改。下同改。
(四)却：原作『叔』，據文義改。

從，發他磨麥挑水。我臨行有半年身孕，今經十月滿足，生下孩兒，交竇老把他送到這裏。多虧夫人恩德難忘，[一]把孩兒擡舉一十六歲。前日因爲打圍，見他母親身體狼狽，回來問我因由，我備細説與他詳細，以此要取他母親受享榮華富貴。（貼白）官人，你是讀書君子，因何不昧仁義禮智信。姐姐受貧我受富貴，明日持綵杖金冠、鳳冠霞珮取歸來，同享榮華富貴。正是：爲人何處不相逢，路逢仍道難迴避。孩兒，你不必憂慮。（生白）孩兒，謝了你母親。夫人，明日就點精兵一十五萬，我夫妻二人衣錦還鄉。[二]就捉拿大舅子李弘一夫妻二人，報血恨之仇。這是：綵杖金冠去取妻，此情只有老天知。善惡到頭終有報，古往今來放過誰。（並下）

## 第二十四齣

（旦上唱）

【八聲甘州】慨慨悶損，怎生消遣心上横愁。我兒夫一去，憑記數行音信。傷情最苦人易老，那更西風衰暮秋。休休，敗葉兒冷落了颭颭。

【前腔】今後貞潔奈守，算過古往今來比奴希有。我孩兒一去和他父親扶否。十六年並無

---

[一] 德：原作『得』，據文義改。

[二] 衣：原作『依』，據汲古閣刊本《繡刻白兔記定本》改。

書半紙，料想他子父同歡不顧母。休休，猛然見孤雁飛過南樓。

【前腔】我和你往日無仇，發奴磨麥挑水不休。(一) 嫡親骨肉一旦變冤仇。瑠璃井上略站歇，便打死奴家一命休。休休，猛然間小鹿兒撞我心頭。

（旦白）磨來磨去又磨來，肉眼占，撥不開。琉璃井上打水，盹一覺只到是陽臺。（做盹睡科）（生上白）一路辛勤人在奔，(二) 奔波裏踏徐州。我下官不覺到本鄉地面，只得把人馬埋藏在沛縣。我如今仍舊打扮這等時樣，私探李家莊，走一遭。我身邊只帶一個小王兒隨身，我遠遠的望見八角井上盹睡是我三姐，不免叫他一聲：三姐，三姐。（旦白）過往的官人休叫我，我哥哥嫂嫂利害。（生白）我是你丈夫劉知遠。（旦白）我丈夫去時，他説他不得官不回。（生白）娘子，你認我一認看。（生、旦做抱哭科）（旦唱）

【鎖南枝】從伊去，受禁持，不從改嫁生惡意。因此骨肉傷情，發奴磨麥並挑水。只望你身顯跡，(三) 你仍舊的甚狼狽。（生唱）

---

(一) 不：原作『奴』，據文義改。

(二) 辛：原作『心』，據文義改。　奔：原作『由』，據文義改。

(三) 跡：原作『積』，據汲古閣刊本《繡刻白兔記定本》改。

【鎖南枝】娘子，一從分鴛侶，鸞凰兩下飛。受盡了奔勞役，[一]只得苦取功名。此身不由己，身逗遛無所歸，又怎知受禁持。（旦唱）
【鎖南枝】奴分娩産下兒，哥哥嫂嫂生惡意。多虧了竇老心勤，救取兒還你。十六年音信稀，日裏夜裏哭的奴淚雙垂。（生唱）
【鎖南枝】賢妻你聽啓：特來報你知。前日對面娘兒不識，前日打獵衙内井邊廂逢着你。你道他、他是誰，名咬臍須是你孩兒。（旦唱）
【鎖南枝】思前日打獵的，他説道安撫的兒。我見他氣宇軒昂，[二]豈想是奴親生子。我心下憶誰信你，莫不是没見識，賣與人家做奴婢。（生唱）
【前腔】娘子，出言太相欺，九州安撫是我的。掌管着都堂爵禄，一十五萬兵，顯達回鄉閭。我妝恁的來看你，休漏濫這個消息。
（旦白）你十六年在於何處來？（生白）我與岳秀英做了女婿，因此得了這等大官。（旦白）你元來做了岳小姐女婿了，何道相你那裏想我。（旦唱）

[一] 役：原作『投』，據汲古閣刊本《繡刻白兔記定本》改。
[二] 軒：原作『喧』，據汲古閣刊本《繡刻白兔記定本》改。

【鎖南枝】聽你説轉痛心，思知你是薄倖人。你離了家裏戀新婚，撇奴家冷清清。我貞潔守等。你受榮華，奴遭薄倖。上放着青天，終不成誤我前程。（生唱）

【前腔】告娘子免憂，[一]指娘子免憂。若不是秀英，焉能勾做官人。我將綵杖金冠前來取你，你今朝做一個夫人。

（旦白）官人，你既有取我之心，[二]你將甚麼爲記？（生白）我懷中有四十八兩黄金印，這個是李三娘蘇地捧印，劉知遠衣錦還鄉。（浄、丑上白）老婆，我聽得有個九州安撫將領人馬，在沛縣州農，只怕那劉光棍跟將來，接了這丫頭去。我和你上街尋訪一遭。（浄、丑做撞見科）（生白）小王兒，與我拏了這兩個匹夫。（做拏住科）（生領二旦上白）舅舅舅母使心機，今日交他化做泥。善惡有到頭終有報，只爭來早共來遲。

## 第二十五齣

（生白）孩兒，你把打圍事情細説一遍。（小外唱）

【排歌】因孩兒，出路打獵回歸，猛見林中白兔蹺蹊。得他引領來見母。母豈想孩兒，在面

[一] 告：原作『浩』，據文義改。
[二] 既：原作『記』，據文義改。

前相會。花重煙，月再輝，一似蛟龍得遇明珠。（生唱）

【前腔】想當初貧困，想當初貧困，未遇之時，受窘在沙陀村裏狠狽。明王廟曾忍飢，敢蒙太山恩，故招咱爲婿便得伊。伊被二舅争，(一)强發我看瓜，敢蒙叔丈與錢盤費。今日裏爲駙馬，紫綬金章，今朝和氣。花重煙，月再輝，一似蛟龍得遇明珠。(二)（旦唱）

【前腔】恨兄嫂嫉妬，恨兄嫂嫉妬，發奴磨麥井挑水。險些兒孩兒死。(三)竇老忙扶起，(四)密地送與□□□，并無音信希。思量咬臍，荷夫人大恩怎敢爲。怎知今日子母團圓。(五)大家齊和喜，(六)百歲效于飛。（貼唱）

【前腔】想那日雪裏，想那日雪裏，見喝號此聲如虎。□□□樓當時撇下衣，嚴父知詳細，方欲問起，見紅光紫霧來照□□□可疑，交奴共結鸞凰飛。怎知今日子母團圓。大家齊賀

---

(一) 伊：原作『尹』，據文義改。
(二) 珠：原作『白』，據文義改。
(三) 險：原作『顯』，據文義改。
(四) 忙：原作『疘』，據文義改。
(五) 圓：原作『园』，據文義改。下同改。
(六) 大家：原闕，據文義補。

喜，百歲效于飛。
（前闋）想你不是落後的。舅舅不曾作賤你。你（中闋）没了面皮。怎知今日子母團圓。大家齊（中闋）效于飛。（生唱）
【前腔】李弘一，你從説誓，有這般窮臉（中闋）河水清，做蠟燭照天地。尋思此言難恕你。但看叔丈（中闋）閑言再莫休提起。休提起，一筆盡撇東流水。東流水（中闋）人怎比。人怎比，金章紫綬綵光輝。排畫戟，人擁隨，筌（中闋）蓬户裏，蓬户裏。
【尾聲】貧者莫要相輕賤，富者領（中闋）時，衣錦還鄉歸故里。
湛湛青天不可欺，未曾舉意天早知。
善惡到頭終有報，只争來早共來遲。

# 新刻出像音註增補劉智遠白兔記

# 目録

**新刻出像音註五代劉智遠白兔記下卷**

# 新刻出像音註增補劉智遠白兔記上卷

豫人敬所謝天祐校
金陵對溪唐富春梓

## 第一折　開場

〔鷓鴣天〕（末白）桃花落盡鷓鴣啼，(一)春到鄰家蝶未知。世事只如春夢杳，幾人能到白頭時？歌金縷，醉玉巵，(二)幕天席地是男兒。等閑好着看花眼，爲聽新聲唱竹枝。（問内）且問後房子弟，搬演誰家故事？那本傳奇？（内應）搬演『李太公招贅劉智遠，琉璃井上子母相逢《白兔記》』。（末云）元來此本傳奇。看官，聽吾道其終始。〔臨江仙〕（白）五代沙陀劉智遠，英雄冠絶當時。皇天作合李爲妻。嫂兄因奪志，苦節不依隨。汲水還挨磨，房中産下嬰兒。當時痛苦咬兒臍。別離十五載，井上有逢期。

(一) 夾批：鷓鴣：音『柘姑』，鳥名。
(二) 夾批：巵：音『枝』。

總詩：
　　好賭傾家劉智遠，剪髮受苦李三娘。
　　投軍偶遇岳元帥，汲水幸會咬臍郎。

## 第二折

【喜遷鶯】（生）身生季世。(一)正戈戟沿途，(二)煙塵滿地。浪裏飄萍，空中飛絮，何時得遇寧日。長戢鳳鸞雙翼，(三)誤殺驊騮千里。(四)有負五陵豪氣，未吐虹霓。

〔鷓鴣天〕（白）少年豪宕不羈時，(五)贏得傍人道薄兒。自恥未能師孔孟，豈愁無地學夷齊。懷寶劍，捲龍旂。不逢王霸怎施爲？好藏雛鶚垂雲翅，留到秋風高處飛。自家姓劉名高，表字智遠，祖貫沙陀村人氏。早亡父母，終鮮兄弟，生來閥閲之家，養就鷹鸇之志。陳師鞠旅，能通八卦九宫；講武窮經，盡

---

(一) 夾批：季世：五代時。
(二) 夾批：戟沿：音『棘員』。
(三) 夾批：戢：音『緝』。
(四) 夾批：驊騮：音『華留』，良馬。
(五) 夾批：宕：音『蕩』。

識六韜三略。英雄本學萬人敵，志氣當如千丈虹。素性猖狂，專好賭博飲酒，以致家業凋零，不能自立。雖則有時悔暗，終又着迷。此乃性質之偏也。只見酒債尋常行處有，錢神終見到頭空。今日天氣融和，滿川花柳。竹間青帘招遊客，花底黄鸝唤醉人。正騷人行樂之時，過客沽飲之際，不免步入酒家，沽酒一醉何如。（行）此間便是。酒翁，快來！（净扮酒保上）高懸酒旆颭東風，桃杏花開醉客容。路在遠村歸不得，倩人扶上五花驄。自家酒黄公是也。本錢微少，難同市上酒家；沽客稀疏，自是村中野店。蒜葱韮薤似珍饈，炒焙煎炮非豆腐。招牌上寫個青香美酒，酒杯中斟來歛艷流霞。日間門外迎賓，晚下燈前算帳。賣酒時酸的澀的淡的價錢都説一般，收銀時六成七成八成九成釐等等鬧成足色。買賣不分多寡，和氣贏人；世情要認虚真，癡心折本。清酒賣與貴客，現錢記得不多；渾酒賖與貧人，假賬要開加倍。笑臉怕喫殘杯冷炙，破腹無災；全憑糟粕豆渣，餵猪得利。畢吏部曾爲酒盗，相逢猶設隄防；鄭廣文是個貧胎，到此不煩接待。解貂沽飲，却愁疑是偷來；荷鍤隨行，又怕干連人命。正是：心驚胆戰求營利，竈後鍋前日夜忙。又没一文錢積趲，朝朝落得鬅頭光。（生云）久聞黄公酒肆，特來沽酒飲。（净云）有，有。取酒來。（生云）村店無人，黄公呵，你斟我酌何如？（净云）當得奉承。（生飲酒）

【黄鶯兒】（生）桃杏錦村孤，聽流鶯唤客沽。野橋流水堤邊路。茅茨漸幽，磁杯酒稠，疏籬日轉鶯花暮。（合）飲醍醐，(一)無人勸酧，隨處操瓢觚。

（浄）大官好酒量呵！（生云）不瞞黄公説，（唱）

【前腔】枕麯糟丘，作高陽酒醉徒。行看拍破兒童手。我看古人呵，歌節一斗，持螯幾甌，玉山未倒還呼酒。（合）自賡酬，村深店幽，新醸賽瓊酥。

【前腔】（浄）殺盡摘園蔬，慢傾觴酒液浮。疏狂醉濕春衫袖。歌誰再酧，呼呶未休，頽顔側弄僛僛舞。（合）醉糢糊。村醪盡無，白酒過牆頭。

（生云）黄公，我已醉矣，且回去。銀子一錠，奉還你的酒錢。改日我再來沽飲。（浄）如此，多謝，多謝！

詩：

（生）流水溪橋畔，（浄）荒村野店中。

（生）酒傾三百盞，（浄）沉醉倚東風。

(一) 夾批：醍醐：音『提胡』。

# 第三折

【一剪梅】（丑）東風送煖捲珠簾。青瑣人閑，金屋人閑。芬芳花柳閗春妍。檻外風煙，眼底風煙。

（丑白）本爲張家女，嫁李郎妻。不會拈針指，偏能説是非。自家醜奴是也。自小多般乖覺，長來分外精神。生來不短不長，學得百伶百俐。甘美美幾句話兒真可聽，光油油一雙嬌眼會睃人。多情事事知聞，無病常常咳嗽。臉上白麻數點，不搽紅粉自風流；眉邊緑鬢雙彎，未貼翠鈿尤雅淡。雖無閉月羞花之貌，却有番雲覆雨之心。鼓舌摇唇，定要將無作有；論黄數黑，分明以假爲真。進説言先看疑心，去冷語回消恶氣。多説聰明伶俐，定教顛倒是非。癡呆的片語可欺，對面機關調弄；乖活的不時不信，因人轉眼挑唆。不愁姊妹姑娘，半句便傷和氣；那怕翁姑伯叔，一言便結冤仇。真個是賽過蘇秦遊説口，安排孫武鬼神機。嫁一個丈夫，名唤李洪信，徒有文冠面目，全無知覺聰明。不能整頓生涯，盡會奉承房事。枕席上無般不會，眼面前惟命是從。誠然酒桶飯包，果是行尸走肉。朝三暮四，我看他不似獼猴；左奉右承，他視我强如父母。正是：婦人前世修，今世嫁愚夫。呆漢無人管，偷閑得自由。還有一個小姑姑，名唤三娘。生得嬌嬌滴滴，異樣聰明；俏俏乖乖，十分俊俏。偏我不曾主意，被他參破機關倚靠。任他拿班做勢，欺淩哥嫂，無般使性。争奈公婆在上，無奈他何，且自含在心頭。只是你不思佐我姑娘日，也有爲人媳婦時。晴春天氣，已曾安排下酒筵花亭之上，請公婆玩賞，不免叫我丈夫、三姑娘同請則個。（叫介）三姑娘、李官人，請出公婆。今日我要安排酒與公婆上壽則個。

（浄扮李洪信上）

【前腔】（浄）緑楊影裏錦花鞭。人過前川，馬過前川。（旦）驚回春夢曉妝殘。鶯燕聲喧，蜂蝶聲喧。

（相見）（丑）今日良辰美景，請公婆花亭上玩賞一番。（旦）嫂嫂好賢會。請爹媽出來。

【謁金門】（外）春色煖，衰鬢因春催換。簾幕東風輕又軟，忽驚雙紫燕。（占）門外落花千點，老去春光有限。（合）願去金樽長是滿，年年花下勸。

（外）百轉嬌鶯早報春。（占）雙飛乳燕午依人。（浄）暖風晴日致輕塵。（丑）簾捲金鈎銷日色，滿斟玉液問花神。（合）畫堂人勸樂聲平。（外）你兄妹請我出來，有何話説？（衆）孩兒、媳婦聊備菜蔬，花亭之上請爹媽玩賞。（外、貼）好，好！也是你一點孝心。（請行）聽鶯行過小溪橋，楊柳迎人舞細腰。莫待子規枝上喚，教人羞見錦春嬌。

【祝英臺】（浄）見錦春嬌花日暖，翠柳鎖晴煙。金樽玉斝，雪鬢霜髤，能有幾個芳年？啼鵑。在枝頭急喚春歸，人在桑榆愁歎。（合）願明年，還向花前酧勸。

【前腔換頭】（丑）堪羨。只見庭午風輕，花簇畫欄杆。香浮翠幕，色照華筵。人人閬苑登仙。須勸。把金巵倒盡韶光，一任花飛粉片。（合前）

【前腔換頭】（旦）惟願。長見那繡錦屏前，人醉杏花天。鶯調嫩舌，花吐芳心，韶光未老誰憐？驚歎。只愁着日暮椿庭，春去萱花色淡。（合前）

【鮑老催】（外）亭幽晝閑。亭幽晝閑。碧桃花外東風軟，綺羅筵上金樽滿。見紫陌上，緑堤邊，花陰畔，斜曛亂影人争散。桃花色上遊人面，好風吹散鶯花斷。

【前腔】（貼）金樽已殘。金樽已殘。風吹雪鬢絲絲亂，一簾花霧朦朧看。見人歸去，玉蹄忙，霞觴慢，煖風薰得遊人倦。頹然醉把春衫换，倩人扶過花林畔。

【尾聲】今春樂事無多見，準擬明年春又還，拚取花前再醉顔。

# 第四折

（末扮馬明王上云）寶閣玲瓏上接天，香焚百和散青煙。街前瞻拜黄金像，叩齒先祈降福田。吾乃馬明王之神是也。考察一方之善惡，推行四季之灾危。福善禍淫，報應捷如影響；救灾解難，求祈立見靈通。因此鄉人恭赴，祭賽不絶。吾神照見沙陀劉智遠，（一）日後當享大位，二世相傳。李氏三娘又當母儀天下。争奈一富二貧，人緣未合。今日吾神降誕之日，豪傑少年，都來還願賭博。幸得智遠爲人好

（一）陀：原作『駝』，據汲古閣刊本《繡刻白兔記定本》改。

賭，吾神暗顯神通，盡令他素手無措，流落廟中。李太公收回，將三娘作配，以就夫婦，豈不美哉！正是：大抵乾坤都一照，免教人在暗中行。（浄上）不耕不織不愁貧，衣食全憑木偶人。神酒福衣須得用，朝鐘暮鼓也勞心。自家馬明王廟中廟祝是也。爐内焚香，合堂躬身三叩齒；神前作禮，低頭設拜半彎腰。未明便起打鐘，無過百八；日晚須教槌鼓，定是三通。朔望討籤，上中下三般有驗；晨昏討筶，勝陰陽兩片齊開。或時假降邪神，願求布施；驀地妄言禍福，要索祈禳。三牲福事通神，到廟便言留飯；一陌紙錢方與，出門便説無茶。正是：福事通神還有準，紙錢還願並無功。家家賽願都燒紙，廟祝原來只吃風。今日馬明王降誕之日，各處人來還願。殿前廊下，香燈不絶。自去焚香點燭齊整，多少是好。正是：人頭挨拶無今日，廟宇森嚴在此時。（下場介）（小生、丑扮賭錢人上）

【普賢歌】（衆唱）生平賭博不輸錢，贏得人來也枉然。先須沽酒慢消閑，醉把煙花又亂纏。不顧家中過活難。

（小生、丑）賭博場中要用心，眼精手快便贏人。假饒跌得渾身過，一抹須教認不真。自家張鬼混、李神遊是也。家無活計，賭博爲生。若贏時，（一）銀簪、牙杖、手帕、汗巾，那數件拿來過采；倘輸去，皂靴、衣服、網巾，這幾般剥得精光。有錢在手，十字街頭張哥哥、李哥哥尋花問酒；無鈔在腰，三叉路口東

（一）夾批：贏：音『盈』。

站站、西站站喪魄消魂。(一) 家中少米無柴，全然不顧； 眼下豐衣足食，且自由他。 正是： 天生一對精光棍，賭博場中第一人。 今日馬明王廟中賽願，我兩個到此開場賭博，多少是好。（生扮劉智遠上）

（唱）

【前腔】昨宵中聖夢難成，曉起簷頭鵲噪聲。 忽驚鬧巧賽神靈，車馬紛紛造殿庭。 喜逐多人緩步行。

今日是馬明王廟中慶誕，有人賭錢，不免罄囊將去，賭得幾貫錢來沽酒爲樂，豈不美哉。 列位老兄，帶挈小生賭一會，何如？（丑、小生）請，請！ 好，好！（賭介）（輸介）（生、丑、小生下）（生）罷，罷，罷。大丈夫既是輸錢，何須煩惱。 怎奈空手飢餓，怎生區處？

【鎖南枝】（生）也是我身無主，好賭錢。 一擲千金去不還。 囊篋盡消然，衣衫又難掩。 似這等素手歸，誰見憐？ 枉教我自悲傷，苦追怨。

【前腔】想着我丈夫志，美少年。 勉力爲人殆不能。 何苦把家筵，蕩盡千千萬。 都是我將此身，飢又寒。 也不用發悲歌，感長嘆。

常言古之豪傑未遇之時，不修小節者多矣。 我今日一飢難忍，不免躲在廟中影壁之後，奪取還願福鷄

---

(一) 夾批： 叉： 音『差』。

充口，有何不可？ 正是： 君子豈穿窬，大德不修，小德亦何妨。

【臨江仙】（外、衆上引）遠涉不辭筋力倦，杖藜扶過橋西。不因神聖有靈威。 豈能移老步，正好掩柴扉。

老足行來步步遲，廟門翹首見靈威。 村坊善惡災祥事，都仗神明暗護持。 老拙夜來夢賜我金龍一條，不知今日來此，有何奇遇，不免入去。 廟祝！ （浄上）（相見科）（生上，取鷄介）（浄）有賊。打！ 打！（生）休胡説，不要動手打。（浄、外）是那個如此無狀？ （生）是小生。（外）你是甚麼人？ （生）小生東村劉珙之子劉智遠是也。 冒瀆太公，休得見罪。（外）原來劉大郎。[一] 你令尊與我同輩之人。 你一貌堂堂，爲何幹出這事？ 辱没了你令尊。（生）小生不幸父母早亡，有失家教。 只因好賭，家業凋零。今日將錢賭盡，肚中飢餒。 無錢難以度活，無如奈何，只得役此小德度日充飢。（外）夜夢神賜金龍，莫非應在此人身上？ 不免收留回去，看他如何。 劉大郎，將鷄還廟祝。（生）如此，感德不淺。

詩：

自慚賭博致身窮，莫怨時乖運不通。
今日得君提掇起，免教身在污泥中。

---

〔一〕 大：原作『太』，據後文改。

# 第五折

【寶鼎兒】（貼）春歸别苑，蝶過牆頭，韶光早去。紫陌上亂飄殘絮，花塢外蕊飛紅雨。[一]（旦）驚問落紅憐嫩緑，窗下停針無語。見燕燕鶯鶯，頻催急唤，春還幾許？

〔西江月〕昨夜燈花連爆，今朝喜鵲頻喧。兩般佳兆喜相傳，吉夢何時得見？員外去謁神明，去多時不見回還。孩兒，你我出門顒望則個。（旦）爹爹去久不回，不知甚事牽絆。（貼）兒，你看喜鵲在簷前喧噪，有何凶吉？（旦）爹爹回來，便知端的。

【傍妝臺】（貼）翠煙中，花飛故苑玉樓空。明春還有花相似，霜鬢又見改衰容。你爹爹呵，須憑藜杖相扶去，老足還憂路不平。（合）歸來路，有幾重，空教凝望畫橋東。

【前腔】（旦）慢傷情，倚欄無奈落花風。鶯梭織斷堤邊緑，蝶衣拍損樹頭紅。繡窗纔向開金鏡，忽憶嚴君在路中。（合前）（外帶智遠上）

【二郎神】（外）夢神錫與，夢神錫與，果向神前有異逢。須知尚父兆飛熊，傳説中興第一功。今日得人龍，想協夢中。

---

[一] 夾批：塢：音『沃』。

（喜相見介）（旦）爹爹，廟中回來，有何好事，説與孩兒知道。（外）這不你女孩兒家説的事。你且方便。（旦）孩兒知道了。緩步金蓮歸繡閣，且將針繡錦鴛鴦。（下）（外）老安人，快着人去請三叔來，與他計較。（内叫）（末扮三叔上）

【菊花新】（末）光輝棠棣並春容，别去連朝數未晴。今日畫堂中，忽聽得傳呼有命。

兄弟分居屋，情親貌却疏。别來無一日，不見似三秋。自家是李相是也。哥哥謁廟回來，令人叫我，不免看他一會，有何話説？（相見介）（外）不瞞三弟説，夜夢金龍，今日廟中賽願，遇見一人衣衫藍縷，錢財賭盡，流落廟中。收他回來，特請賢弟看看此人若何。（末）是甚麽人？（外）是東莊劉琠之子劉大郎也。（末）哥哥，我家正要得一人。（貼）賭錢之人，有何好處？快令他去罷。（末）叫來與尊嫂看看。（見介）（生上）不因採藥迷歸路，怎見桃花洞裏天？（末）漢子，你一貌堂堂，爲何流落？（生）好酒賭錢，不才至此。（末）既如此，想你有些力量。我家廐中有紅鬃烈馬一匹，〔一〕煩你控馭回來，再有話説。（生）如此就去。正是：不愁廐中無良馬，只恐人無馭馬才。（下）（末上）哥哥不可輕視此人。我見他人才一表，故令他看紅鬃烈馬，試他力量。如今離亂之世，收留必有用處。（外）説得是。他氣象真無比。一則人才出衆，二則故家子弟。正是：休將經濟手，看作等閑人。（下）（末）且喜哥哥依吾之所見，我想此人後日必有好處。且將駑馬志，經試棟梁材。（下）

〔一〕烈：原作『列』，據文義改。下同改。

# 第六折

（生上云）驥馬難逢伯樂來，東風苜蓿向誰開？須知一旦能千里，只恐人無馭馬才。劉智遠孔方失意，黐蘖多情。時運不逢，孤身流落。多承李太公收我回來馬房中看馬，分明是看我力量，然後用我。我自揣學成文武之才，當際明良之會。控馳良馬，揀閱名駒。智遠不知太公有何良馬在於廄中，不能制馭，却教我來制伏。嘗聞始皇七馬，追風、躡影最良；周穆八龍，騰露、奔霄可貴。不羨沃洼之所産，何須大宛之生來。駃騠與駟驥類形，騏驥同騄騟併力。名駒千六，魯郊放牧衆皆知；騋駝三千，衛國産來人盡曉。上短下長，寬骨淺腦，緩耳燥鬃者，乃爲駕馬；寬頭細頸，弱脊肥軀，大蹄瘦膝者，則是羸駒。當放防主之的盧，須擇通神之騕褭。雖曰《馬經》所載，全憑眼力無差。頭像王侯，方厚更宜肥碩；目爲卿相，光明又要修長。脊做將軍之剛强，肚比邊城之固斂。口有色朱之色，果然覓到華陽；鼻生正玉之形，定是御旁造父。李太公叫我來看馬，未必無意。我想古人以良馬而比君子者，正是今日之事而已。

【駐馬聽】（生唱）千里霜蹄，眼掣銀蟾氣吐霓。落在尋常槽櫪，餵飼無時，奴隸相欺。秋風高處苦嗚嘶，(一)形羸骨瘦駑駘比。(二)今日須知，馬無伯樂徒千里。

(馬上介)(生)業畜，那裏走！(控馬介)真個好馬！

【前腔】(唱)赤兔真奇，(三)腹歛頭方又齧蹄。(四)耳豎鬃披赤鬣，(五)目映星懸，步捷雲飛。良駒誤落在荒堤，雖能千里無人識。今遇相知，定教從此爲名騎。

且喜馬服控馭，不免松在那裏。

【前腔】(唱)自愧無爲，好似龍駒難展蹄。悔殺當時錯誤，好賭貪杯，落魄無依。平生氣概有誰知？傍人門下爲奴隸。何必傷悲，丈夫豈學窮途泣。

詩曰：

力撼天關氣斗牛，暫從良馬效驊騮。
今朝權借驅馳力，有日終逢鵬鶚秋。

---

(一) 夾批：嘶：音『西』。
(二) 夾批：羸：音『雷』。駑：音『奴』。駘：音『胎』。
(三) 夾批：赤兔：呂布之馬。
(四) 夾批：齧：音『業』。
(五) 夾批：豎：音『疏』。鬃：音『宗』。鬣：音『列』。

# 第七折

（末上云）兩岸桃花色自芳，爲含春意惹劉郎。當時不有神仙眷，豈憚天台路渺茫。我想劉郎爲人而有紫色，眼多白睛。食禄千鍾，富何如之；前程萬里，貴不可言。俺哥哥雖則帶他回來，若非以厚禮相待，決不可留。夜來尋思到有一説，待我到哥哥處與他計議，又怕我哥哥不肯。等他相見之時，再作道理。

【玉芙蓉】（末）劉郎美少年，才貌真堪羨。這等在哥哥家裏，却怎麽留得他？要羈留除是、牽紅有分。他是個緑窗空有乘龍客，繡幕東風坦腹人。（合）人有願，怕天緣未準。流水飛花，兩情愁怕武陵春。（外上）

【前腔】姻緣未可期，心口還相問。我有一女，先言之日，不是門户相對，決不肯議婚姻。念劉郎年貌、家聲厮稱。須知蝶有憐花意，只恐花無戀蝶心。（合前）

（末）哥哥你道甚麽？（外）我不曾説甚麽。（末）我聽見了，你不要瞞我。（外）我想劉智遠是個豪傑之人，叫他看馬，如此決不能留。必須要我方纔説的，方可留得此人。（末）若非這等處置，怎生輕易留他？況東村劉氏，亦故家相對，便招贅他在家，日後有好處。（外）你我心中意同，但不知嫂子若何。（末）也要等嫂嫂出來，計議相同纔可。（外）這也道得是理。你嫂子也來了。

【前腔】（貼）昨宵夢未安，今日還思忖，[一]弟和兄怎向晝堂私論。（末）我與哥不曾説甚麽。（占）叔叔，我知道了，不要瞞我。（唱）只因議結姻親事，豈可欺瞞乳哺人。（外）老安人，你心意如何？（占唱）（合前）

（末）好，好，嫂嫂也有此意了。（占）叔叔，我看劉智遠一貌堂堂，後日必有好處。欲將女兒招他，只恐他賭錢好酒性子，不可躭誤女兒。（末）這人不是等閑之人，豈可不知改過。不必愁也。（占）只怕女兒不肯，這事却難。（末）哥哥、嫂嫂，三娘是個乖人，明日教劉智遠灑掃廳堂，三娘看見，自然有情願之意。（外）此説甚通。叫劉智遠過來。（叫介）（生）纔向厩中施控馭，又聞堂上唤劉高。（末）看馬如何？（生）好一疋紅鬃烈馬，非智遠不能控馭。（外）好！好！生受你。明日有客临，煩你灑掃堂屋。（生）謹領。

（外云）明日堂前貴客臨，（末云）煩君掃去地埃塵。

（占云）晝堂不許睁眉眼，（生云）俛首難辭這苦辛。

## 第八折

【謁金門】（生）時乖蹇，遠離家鄉被人輕賤。蒙東命我掃廳前，只得聽他指點。

[一] 忖：原作『村』，據文義改。

(生)身傍人間愧不才,[一]衣衫藍縷自傷懷。堂前掃地人輕視,盡是輸錢換得來。劉智遠高皇之後,漢室宗親。胸藏十萬之甲兵,未經所試;氣啖三千之虎賁,擬待其時。前日在馬明王廟中將錢賭盡,只落得素手無聊,猶如喪家之狗。正是:一呼百喏盡成空,羞向人前説貧窘。何似當初莫賭錢,今朝免致身如此。感蒙李太公收我回來,昨日令我看馬,今朝教我掃地。這都是下賤之事,奴隸所爲。誰想劉智遠身軀七尺,浩氣三千,落在塵埃之中,難免貧賤之辱。欲待奔走他鄉,另取安身之策,争奈中原孤弱,藩鎮專權。天下分崩,煙塵滿地。不如姑此數日,另作區處,以圖長遠之計。正是:蛟龍豈是池中物,會見風雲上九天。來此間,果然一座好精製畫堂。真個是話不虛傳呵![二]

【江頭金桂】(生唱)我只見畫堂空砌,畫堂深鎖無人到,落盡春風滿地花。庭閑人到稀。为甚的塵埃堆積?想是燕墮啣泥,污却了堦前地。欲待下箒輕揮,又恐怕紅塵飛起。(做灑水介)因此上先將水灑,免得沙漠被風吹,却將人青眼蒙蔽。更不許塵埋几席,塵埋几席。你看,被我劉智遠灑掃得何等潔潔浄浄。正是:半點俗塵不到,四時風月長存。霎時間潔浄庭除,光生四壁。細思知,洞開門户如吾意,自在人家清晝遲。(下)(丑、旦上)

【前腔】(唱)往常見香塵滿地,風吹起惹衣。今日裏人來浄掃,不見半點塵飛,襯金蓮無践跡。

[一] 間:原作『門』,據《樂府萬象新》改。
[二] 話:原作『活』,據文義改。

一時間厦屋光輝，輕塵如洗。細看那人執箒，他的人品高奇，想不是下流之輩。爲甚的身無所倚？身無所倚？（丑）姐姐，你不知道。這人只因喫酒賭錢，以致如此。（旦）只因好賭傾家，博換得此身狼狽。細思知，梅香，不要輕視此人。古云：大鵬有日同風起，扶摇直上九萬里。（唱）他是個大鵬未展垂天翅，九萬雲程終有期。（下）（生上）

【前腔】（唱）自念太公意美，那日在馬明王廟中，相逢攜我歸。只道他以另眼相看，誰想他不垂青眼，(一)把我輕賤如泥，畫堂前令掃地。既在矮簷下，怎敢不低頭。只恨我時乖運蹇，未逢明主。自恨我未濟明時，權爲奴隸。昔有韓信乞食於漂母，無資身之策；受辱於胯下，無兼人之勇。想當初韓侯未遇，曾受胯下淩欺。後來棄楚歸漢，蕭何三薦，位至三齊王。那時節顯威風誰可比？正好傷今思古，不覺義氣激昂。自許我心懷壯氣，心懷壯氣。記得書中有云：彼丈夫也，我丈夫也，有爲者亦若是。異日裏若得施爲，決不讓三齊獨貴。細思知，身當驅虜平胡日，掃地堂前又是誰？

（丑上）劉大哥，歡來不似今日，喜來不似今朝。如今老安人將我招贅你爲養老義婿。（生）咄，死奴才！（丑）你駡我奴才，你看馬掃地，又不是奴才？

(一)垂：原作『誰』，據《大明天下春》改。

【摧滚】（丑唱）劉大哥你好癡，不解其中意。我到有你心，你到無我意。奴似崔鶯鶯，郎似張君瑞。中間只少俏紅娘，做成一本《西厢記》。

（生）咄！奴婢逞英雄，（丑）你我一般同。（生）千年爲奴婢，（丑）萬年做長工。（生趕丑下）（生）適纔掃地，怎麽有個女子藏在簾裏瞧我掃地？想她年紀與我相等，只好配與我劉智遠爲一對夫妻，真個厮稱。（詩）命我掃廳堂，佳人簾裏藏。正是：未來休指望，過去莫思量。（下）（丑、旦上）

【江頭金桂】(一)暗地裏偷睛牢覷，他神清貌又奇。更羡他龍行虎步，天日高姿，氣昂昂誰可比。梅香，這人好不志氣呵！枉自有表表威儀，因何志餒？雖則是輸錢失意，自古道，男子漢志在四方。憤發當爲。免得似今朝喪氣，辜負他身爲男子。身爲男子。似這等七尺之軀，却怎生置身無地。細思知，晏嬰也是尋常輩，愧殺英雄擁蓋隨。

（丑）小姐，你往常間不曾説着半句男兒漢的事，不曾閑了半刻工夫。今日爲何只管説着他怎的？（旦）梅香，你不知，那人精神秀麗，人物軒昂。頭角未成，先識塵中之宰相；功名到手，定爲天下之奇才。暫須落於貧窮，終不流於下賤。眼前如此，後面難期。（唱）

【皂羅袍】想他不是塵埃俗子，論當時肉眼誰知。猶如白璧掩光輝，誰人肯抱荆山泣。驊騮

(一) 江頭金桂：原作『前腔』，據《大明天下春》改。

欲逞，(一)荊棘滿堤；　蛟龍欲變，風雲未期。　終須有到天衢日。

(丑)小姐，想這人也没老婆。(旦)

【前腔】料他未諧伉儷。(丑)姐姐，你想他呵，我對老安人説，將你招了他罷。(旦)啐！　這衷情緘口休提。　除非冰下有人知，傳令父母心生喜。　高堂有意，事有可期。　休輕出語，令人致疑。孟光終有梁鴻配。

【滴溜子】(旦)今日裏，今日裏，枳棘鳳棲。　何時遇，何時遇，梧桐鳳飛。　誤植了公門桃李，似明珠投暗迷。　蛟龍淺水，氣吐虹霓，山藏劍輝。

【鮑老催】緑窗麗日，緑窗麗日。　曉來玉鏡臺邊立，藍田未種雙雙璧。　怕攀不得丹鳳尾、錦鴛翼。　尾生不抱橋邊水，文君自解琴中意，安能月下人傳示。

【余文】鵲橋未駕銀河裏，空教織女罷仙機，盼望殺牛郎無會期。

詩曰：

漫道春從天上來，畫堂綺翠勝蓬萊。
一雙白璧原無價，兩朵奇花次第開。

(一) 夾批：驊：音『華』。

## 第九折

【夜行船】（貼唱）畫屏孔雀開雙翼，爛熳花枝光輝金璧。（末）烏鵲橋邊，銀缸影裏，相見洞天人喜。

（相見介）（末云）昨日之事，〔一〕想必三娘見了劉智遠，你今背地問一聲，看他意下如何。今日好個吉辰，就此結親極美。（貼）理會得。（叫介）（旦上介）

【前腔】（旦唱）寶鏡初開金匣小，粉黛描來花鈿貼了。堂上頻呼，閨中傳報，蓮步還須移早。

（見介）（旦云）不知母親喚我有何話説？（貼云）你爹爹與三叔在堂上議親事，教我來問你。（旦）事由父母，如何問我？孩兒不知是那一家？（占）便是那堂上掃地的劉智遠，你看見他不曾？（旦）女孩兒家，誰去看他？（笑）（下介）（占）員外、三叔，他冷笑去了。（外）既是如此，叫劉郎出來。（叫介）（生上）一掃願教天下定，人間從此絶埃塵。（相見介）（末）劉郎，家兄因見你人才一表，要把侄女招你，心下如何？（生）小生自因不才，蕩了家業，身雖貧賤，志氣尚存。太公不肯見留，小生就行。若把盛婢招贅小生爲義媳，實難從命。（末）差矣！我家兄無子，所生一女。況令尊乃東村劉珙，乃有名

---

〔一〕昨：原作「作」，據文義改。

望，與我家門户相當，故此把侄女招你，爲一門佳婿，決無他意。（生）如此，卑人感恩非淺。（外）今日吉日良辰，就此成婚。你更衣來。（生）正是：時運不臨招不至，姻緣到處却難逢。（占）只是一件，孩兒又不在家，媳婦又不知事，怎生區處？（末）你媳婦爲人，好妝晃子，只説央他來做賓相，他自然就歡喜。（占）也説得是。（叫聲介）（丑上）

【窣地錦襠】（丑上）忽驚窗外叫吁忙，笑整花容過畫堂。深深堂下拜姑嫜，爲問因何喜氣揚。

（相見介）（外）媳婦，今日我與婆婆主婚，三叔公爲媒，把三姑娘招贅劉智遠爲婿，你可做賓相，不可推辭。（丑云）既然如此，小媳婦大承了。（占）媳婦，叫三姑早。（丑）三姑娘、劉姑夫早上。

【謁金門】（生）人俊逸，擁翠堆紅佳麗。飄飄金袖香風裏，争似神仙隊。（旦）緑鬢巧妝嬌美，紅錦謾聯環珮。猶有雙眉描未起，留待郎添翠。

（丑喝）新郎、新人交拜。

【山花子】（生）鯫生何幸諧仙眷，蔦蘿松柏高扳。玉屏開光生綺筵，繡幃閑瑞藹門闌。（合）問嫦娥如花正妍，才郎貌美還少年。天生一對金鳳仙，勝似雙雙、玉種藍田。

【前腔】（旦）嬌癡二八無閨範，守香幃豈識蘋蘩。幸榮枯玉臺鏡員，慢嬌羞合巹杯乾。（合）洞天花燭春光滿，勝瑶臺洞府神仙。喜乘龍牽紅有緣，論冰清玉潤何慚。

請賓相致語送房。（丑）公婆、三叔公休怪。伏以詩首《關雎》，兹重人倫之典；禮行雁奠，爲堅夫婦之儀。諧两姓之姻緣，始二家嗣續。畫屏孔雀，綵鸞丹鳳閗雙飛；錦帳芙蓉，玉蕊金花開並蒂。郎似荆山之美玉，温潤無瑕；女如上苑之奇花，嬌香有色。結婚姻於此日，成樂事於今宵。翡翠衾中，尤雲殢雨；[一]鴛鴦枕上，倚玉偎香。撒帳謾陳，諸君雅静，以爲錦帳之榮華呵。

【尾聲】（合）四遥鼎沸笙歌亂，燭影摇紅捲繡簾，未許黄昏錦帳閑。

（丑）公婆好没主意。我丈夫不在家，就把三姑招了一個大油花。等待他歸來，再作一個區處。

詩：

（外）謾道春從天上來，（占）畫堂倚翠勝蓬萊。

（生）一雙白璧原無價，（合）兩朵鮮花次第開。

## 第十折

【夜行船】（生）花壓欄杆春正遲，見遊蜂粉蝶雙飛。（旦）嫩緑嬌紅，正當此際，成就百年姻契。

---

[一] 雲：原作「雨」，據文義改。

(生)三娘，當此春光明媚，景物祥妍，蝶怕隨人，鶯聲聒耳，今日我和你到前村沽買一壺便是。(一)(旦云)正是。買花兼换酒，同醉杏花村。(生)前面一牧童，問他一聲。

【金井梧桐】(生)問酒誰家有好，前去問牧童。那牧童原來是個啞子。他遥指杏園中。好新豐，青帘風動。(二)當此春光明媚，景物鮮妍之際，正好提壺挈榼，緩步扶筇，(三)咱兩個醉東風也囉！(旦)劉郎，是甚麼子響得好？(生)三娘，上苑笙歌春富貴，西郊絃管醉東風。雙雙共出莊門，聽取西郊，樂聲相送。(合)百年歡笑，兩情正濃，夫妻好似鸞和鳳。

(旦)劉郎，我和你到溪邊遊玩一番。(生)三娘，你看當此融和景節之時，沙上兩個鴛鴦交頸睡得好。(旦)劉郎！正是：日暖鴛鴦沙上睡，啣泥紫燕遶梁飛。野外牧童牛背穩，短笛無腔信口吹。(生)果然春景堪圖畫，綺陌東風正可人。

【前腔】(旦唱)沙暖鴛鴦睡，啣泥燕子忙，楊柳拂簾櫳。劉郎，前面雨來了。(生)三娘，不是雨，是桃花亂落如紅雨。(四)(旦)花拖雨濛濛，鶯聲巧弄。(旦)劉郎，是甚麼子香呵？(生)三娘，古云『來

(一) 今：原作『千』，據文義改。
(二) 夾批：帘：音『連』。
(三) 夾批：筇：音『窮』。
(四) 落：原作『洛』，據文義改。

歲春三月，花香襯馬蹄』。（旦唱）香襯輪蹄歸去，桃杏浸堦紅，人如在錦屏中。也囉！劉郎，那水邊幾枝花，開得鮮艷得好。（生云）三娘，待我摘一枝與你戴。雙雙手撚花枝，斜插金釵，鬢邊雙鳳。（合唱）百年歡笑，兩情正濃，恩情莫遣如春夢。（生唱）

【前腔】莫學襄王夢，巫山十二峰，幸喜遇芳容。多承三娘恩愛，卑人當銘肺腑。向其中，肯把言語陪奉。日前在馬明王廟中，多感令尊收我回家，得與芳卿諧偶。得伊提掇，免在污泥中。這恩德感無窮。也囉！又蒙三叔丈如此扶持。一心感荷叔公，把卑人相敬斯重。（合）夫妻諧老，兩情正濃。劉郎，只一件呵，哥哥愚蠢之人，嫂嫂搖舌之婦。怕他回來，心腸更別。恩情又恐如春夢。

（旦唱）

【前腔】門闌多喜氣，(一)君家意頗濃，褥隱繡芙蓉。聖人云，妻子好合，如鼓瑟琴。兩情濃，琴調瑟弄。好姻緣相會，女婿近乘龍。人都道喜相逢。也囉！劉郎，你方纔説道，得我爹爹收留。伊家感我爹爹，異日身榮，莫忘恩寵。（合前）（生唱）

【前腔】前世曾結會，今世遇嬌容，好似蝶和蜂。兩重重，麗日和風。魚水歡情誰共？三娘，又一件話説，只慮你爹娘年老，難保吉和凶。我夫婦靠着誰。也囉！（旦）劉郎，我和你拜告

---

(一) 喜：原作『氣』，據汲古閣刊本《繡刻白兔記定本》改。

天地。雙雙共拜神明，（生）三娘，願你爹娘壽年高聳。（合前）

【尾聲】園林此日無邊景，轉眼韶光瞬息空，只恐人如一夢中。

（丑扮張醜奴上云）天有不測之風雲，人有暫時之禍福。（旦）嫂嫂，爲甚慌慌張張？（丑）姑夫、三姑，你不知道，公婆兩人今日一病，十分沉重，死去復生，將喚你兩人去分付。快去！快去！正是：青龍和白虎同行，吉凶事全然未保。（丑下介）（生、旦哭介）

【皂羅袍】（旦唱）不幸雙親老病，料形衰豈能更生。劉郎呵，親還死去在幽冥，一雙夫婦身無定。（生）三娘，怎説這話？（旦）兄雖無語，嫂決不容。家門隱禍，終須搆成。還愁剖破樂昌鏡。（生唱）

【前腔】自念孤窮有幸，遭逢着此日牽紅。情蒙岳父結姻盟，義兼叔父爲媒證。兩情相願，六禮告成。豈愁今日，蕭牆禍釁。三娘，你哥哥有甚話，我也不愁他。婦人饒舌何須聽。

詩曰：

一場樂事又成悲，生死雙親未可知。
痛切只愁傷骨肉，不須多慮是和非。

# 第十一折

【駐馬聽】（丑唱）連喪雙親，雙親。哽咽無言獨自嗔。兒夫南莊索債，一自離家，不見回程。公婆默默喪幽冥，教我女人獨自難安殯。珠淚偷零，珠淚偷零，倚門顒望兒夫信。(一)

（丑云）爲人不自持，常被小姑欺。今日公婆死，奴奴出氣時。公婆在日時，常被三娘小賤人攻發我的陰私，屢被公婆淩辱，此恨難消。丈夫不在家，公婆主張小賤人嫁與劉窮鬼。夫妻一對，十分氣高。如今公婆身死，丈夫將次回来，定要千計百較，拆散他夫婦兩人，方消心中之氣。三娘呵！正是：從前作過事，豈知有今朝。

【前腔】（浄唱）索債回程，回程。忽聽得烏鴉叫幾聲。想是離家日久，甘旨疏違。禍福無憑。烏鴉連叫兩三聲，兩三聲。他那裏叫，我这裏聽。叫得咱心下戰兢兢，教人怎不縈方寸。忙轉家庭，忙轉家庭，哭聲未斷哀聲近。

（浄云）離家三五日，勝似兩三年。竟日思歸路，終朝夢倒顛。自從離家，南莊索債數日，日則烏鴉亂噪，夜則魂夢顛倒，想是家中有甚麼蹺蹊事。今日且喜到家，入去便知端的。（見丑，驚介）娘子，你爲

---

(一) 夾批：顒：音『容』。

何披麻戴孝？（丑）從你去後，公婆因喫做親筵席，傷食病死了。（净哭介）到誰家喫做親筵席？（丑）自家。（净）我家又無男婚女嫁，有甚做親筵席喫？（丑）自你去後，公公廟中賽願，見個流落漢子，名唤劉智遠，在廟中偷鷄，收録回來。三叔公爲媒，將三姑招贅了他。奴曾苦勸他，三姑在傍挑唆公婆，把我打駡。且是又叫我做冰相，滅了我的嘴。你如今回來，有甚主意？（净怒云）有這等的事！自古道：家用長子，國用大臣。縱然有叔父在上，也該等我回來。這丫頭好無知。

【剔銀燈】（净唱）親懷意終無怨理，妹何人敢不遵禮？視親兄不如螻蟻，自專主便諧鴛配。頓令人衝冠怒起，定教他夫妻兩拆離。（丑唱）

【前腔】家門事説來自恥，又恐怕良人增愧。（净云）有甚事快説來，快説來！（丑唱）使劉郎堂前掃地，唤三姑窗間暗覷，兩下裏那時有意，這醜陋外人怎知？（净合前）

（净云）罷了！罷了！這賤人幹出此事，玷辱門風，欺淩哥嫂，怎容得他？娘子，你如今有何高見來？（丑）依我的計，你如今不要惱，只説我不該做賓相，故意打我。等那劉窮與三姑來勸時節，等我叫他寫了休書，退了三姑，却不是好。此計若何？（净云）好計！好計！（丑云）打便打，不要打重了，教我難忍呵。（净）我自有分曉，不須叮嚀了。（打丑介）（丑）打壞了人。

【四邊静】（旦上引）堂前喧鬧爲何因？忙步前來問。（見净介）呀！原來是兄長轉家門，爲甚心懷忿？（合）哥哥，雙親棄塵，痛難禁。且自哭靈幃，休得多争論。（生上介）（唱）

【前腔】哭聲未斷鬧聲聞，惱亂人方寸。（生云）此位是誰？（旦云）是大舅。[一]（生）原來是大舅。大舅見禮。（净）誰是大舅？（生）郎舅本是弟兄情，爲甚不相認？（合前）

【前腔】（净）當初誰敢主婚姻，擅自諧秦晉。[二]（旦）那時哥哥不在家，爹爹、母親主婚，三叔公做媒。（净唱）我又不在天南海北去了。縱我遠離門，何不通書信？（合）這場禍因，怨何人？我曉得了，這都是你這賤人要做賓相。多因是牝鷄鳴，[三]打死方消恨。（丑唱）

【前腔】高堂有意結朱陳，張主無咱分。正是失火在城門，殃及池魚困。（合前）

（净打丑介）好，好！你快叫劉窮寫下休書，退了三娘，萬事俱休。若不退呵，三娘，我直打死你！（丑）三姑娘，劉姑夫，没奈何，人命關天，倘或丈夫打死我，也連累你。只望你二人暫時順他性子，寫下休書。待他退性，我將休書還你，决無他意。（生笑介）三娘，你哥哥原來是個癡人，故裝圈套，要拆我夫妻。這般人，我看他一似小兒戲也。（旦）我先與你説，如今怎麼好？（生）不妨事，待我耍他一耍。大舅舅，你不要因我與三娘，致令你夫妻不和。便寫下休書，休了三娘罷。（丑）你若肯寫休書呵，免得

[一] 舅：原作『舊』，據文義改。下同改。
[二] 夾批：擅：音『善』。秦晉：二国名。
[三] 夾批：牝：音『品』。

這場禍事。好了，好了，待我取紙筆來。(一)（寫介）

【一封書】（生）劉智遠，同里人，岳父垂憐恩愛深。將親女，招贅身，(二)叔丈爲媒成契姻。無端大舅心狼毒，逼寫休書勒退親。寫休書，可寒心，(三)留與官司辨假真。

休書寫下，你且收了。姑容三兩日，收拾了就去。（净）只要寫了休書，若是兩三日間，由他偎偎去罷。（生）多謝大舅。（净）妹夫，還要打個手印脚模。

【番卜算】（生）愁多怨多，愁多怨多。逼我寫休書，退了老婆。你這般無仁義，恁摧挫。又不是私婚暗娶，却教我打個手印脚模。（生下）

（净云）娘子，好計！好計！多虧你了。（丑云）若不設這個計較，劉窮怎麽肯去？怎麽趕得他出門？只容三日，又作一處。（净云）好計！好計！不施萬丈深潭計，怎得驪龍項下珠。

詩曰：

設就天機計又奇，不愁父母不東西。
持弓挾彈施陰毒，暗拆鴛鴦兩處飛。

---

(一) 待：原作『代』，據文義改。
(二) 夾批：贅：音『注』。
(三) 寒：原作『含』，據文義改。下同改。

# 第十二折

【七娘子】（末上）風高何處驚悲雁，念鶺鴒無時不歎。（一）子婿相仇，家門多難，當時悔把姻親贊。

（末白）孤雁悲鳴過畫樓，西風一枕淚空流。更兼子婿相成怨，添得心懷日日憂。當初是我不合爲媒，把三娘招劉郎，不幸兄嫂俱亡，張醜奴不賢之婦，挑唆李洪信終日炒鬧，不肯相容。我今日坐視不言，枉了當初一片好心。欲待説來，張醜奴饒舌多端，反生怨恨。處在兩難之地，如何是好？不免前去解勸他則個。（行介）（浄、丑上）休書一紙在其中，不怕劉窮不出門。若到官司先告發，定教打斷脊梁筋。休書雖有一張，當言三日便去。如今過了多時，他兩個就似春三二月猫兒狗子，一發開不得交了。怎生是好？（丑）不妨事，我和你把休書事訴告三叔公，決定叫劉窮去。再不肯去，告到官司，兩下離異，何難之有？（浄）説得是。（末）你與劉郎郎舅之情，二家之情，終日作炒，怎麽使得？（浄）三叔你不知道。先父在時，置下這些家業，非一朝一夕之故，今日被這窮鬼喫酒蕩棄，不由不惱。

【桂枝香】（浄唱）先君在日，資財頗積。常念你保守艱難，忍被他人蕩費。（末）劉郎不曾費了

（一）夾批：鶺鴒：音『即令』。

你甚麼。（淨唱）料貪杯好賭，貪杯好賭，不尋生計，家筵將棄。細思知，今番不逐劉窮去，終須無了期。

（末）且問你，你把甚麼道理教他去？

【前腔】（丑唱）良人主意，劉窮親筆。情願寫下休書，願把三姑來退。有這條道理，這條道理。他致身無地，我何須相逼。他若不肯去時節，把休書，陳告公門裏，官司定拆離。

（末）既有休書，將來我看。（淨）就把與三叔看，千萬不可毁我的。（末看書，笑介）這等休書，如何使得？若告到官，你夫妻自取罪。（丑）當初是三叔公爲媒，今日把大話來唬我。（末）婦人家有何道理。叫洪信過來，待我解與他聽。（丑）官人快來。（淨）却怎的道？（丑）那休書被劉窮耍了，三叔公解與你聽。（末）聽我道：

【前腔】（末唱）休書有意，深藏至理。他道『劉智遠，同里人，岳父垂憐恩愛深』。分明説是你父相招，不是他强求匹配。『將親女，招贅身，叔丈爲媒成契姻。』況爲媒有我，爲媒有我。『無端大舅心狠毒，逼寫休書勒退親。』明言是你心懷毒計。『寫休書，可寒心，留與官司辨假真。』到官司，察出真情僞，你夫妻兩受虧。

（淨怨丑）好計，好計，自家招罪。（丑）此計不成，又尋别計。（末）李洪信，這是劉郎特故寫休書與你。你依我説，與他和睦了，免得鬧炒，你兩人也不受他的虧。（淨）領命，領命。尊叔請回步。（末）郎舅須知是至親。（浄）如兄若弟免生嗔。（丑）只怕有恨劉郎意。（末）兄妹難同陌路人。（下）（浄）若不是三叔將休書看出，險些幹差了事。[一]（丑）一不做，二不休。既是劉窮有這等肚腸，强逼他不得。口嘴越要奉承他，暗地設下軟計，害他殘生，方遂心願。（浄）怎麼害得他？（丑）我家卧龍崗上那百畝瓜園，近來有一瓜精，晝夜作怪，要生食人。如今心生一計，只説把瓜園分與他，明日就設一席，與他賠禮。他是好酒之人，將酒灌得醉了，將花言巧語勸着他，賺到瓜園去看瓜，假借瓜精之手害他，有何難處？（浄云）此計甚妙。

詩曰：

休書一紙却無功，再設機關又不同。
願借害人妖怪手，劉窮定見喪冥中。

## 第十三折

【雙勸酒】（生上唱）萬里衝霄鴻鵠志，奈遨遊困倦淩雲翅。[二] 飛颺欲去不回時，[三] 被慮鴛鴦

[一] 險：原作『顯』，據文義改。
[二] 困：原作『因』，據文義改。
[三] 夾批：颺：音『揚』。

兩字。

好姻緣作惡姻緣，辜負天台閬苑仙。[一] 不是阮郎心意好，辭家西去到天邊。自從贅入李家之後，夫唱婦隨，家和人樂。誰想兄仇其妹，嫂疾其姑，炒鬧無休，不能安靜。欲待分情剖愛，辭去李門，爭奈夫婦之情一時難捨，只得姑此熬煎，如之奈何？ 正是：一天煩惱無人識，萬結愁腸只自知。今日且看他夫婦見我，有甚麽話説。道尤未了，他兩個早已來了。（浄、丑上介）

【前腔】（浄、丑）一計未成還一計，暗機謀豈能逃避。陳平六出未爲奇，賽過圯橋黄石。

（丑云）去在劉窮面前，只是一個小心，只説前事誤被他人唆使，以致冒犯，今日特地賠話，只要他醉，就好教他去瓜園去。（浄）説得是。（浄）賢妹夫，我家被外人唆使，以致郎舅不和。我思量父母將三妹招你，並没嫁資，今日將瓜園百畝與賢妹夫，外置酒賠禮，休要見罪了。（生）大舅，郎舅至親，若有此心，知遠何敢如此？（丑）劉姑夫，我夫婦有些不是，只看公婆死的分上，把閑事丢開罷，不必介懷。[二]（生）説開就罷，何消置酒。（浄）妹夫，古人道得好，『三杯和萬事，一醉解千愁』。將酒來。（丑）有。

【懶畫眉】（浄）金波玉液爲君開。[三]（生）大舅先飲此杯。（浄）妹夫，你心下猜疑，我就先飲了。悔

---

[一] 閬：原作『浪』，據文義改。

[二] 介：原作『界』，據文義改。

[三] 夾批：液：音『亦』。

殺當初自不才，噬臍何及愧心懷。(一) 望將舊恨今朝解，和氣春風滿面來。（丑唱）

【前腔】良人不合誤相猜，仇恨如今恨氣乖，終朝勸諫與君諧。（生）感謝舅母厚意。（丑）從前錯誤今休怪，杯酒中間一笑開。（生唱）

【前腔】當初大舅未歸來，誤把姻親率爾諧，此情難記在心懷。金樽今日何消待，縱有閑情一洗開。

（丑）你若是這等說，方見你有容納之量。如今一家和睦，我心中十分之喜。久聞劉姑夫好酒量，好膽氣，奴家並不曾見你飲。今日盡飲幾杯，大家把前事丢開罷。（生）如此，感德。（淨勸酒介）（生醉介）這等知事的舅子，賢會的舅母，一家這等，何懼外人乎？（丑）有劉姑夫這般好漢，誰敢欺負？只因你大舅懦弱，被人相欺。（生）誰敢欺我大舅？（丑）別没人欺，只是我家卧龍崗上瓜園中瓜熟，有人偷瓜，看瓜人常被偷瓜人打。你大舅懦弱，常被他欺負。况如今瓜園又分在劉姑夫名下，若取得這口氣，不被人笑恥。（生）何不早說？我就去看，有誰來打。（丑）劉姑夫不可輕易，偷瓜的都是潑皮好漢。（生）劉智遠專打的是潑皮好漢。（丑）既是姑夫肯，喫幾杯酒助些威風。（生）好，好！我平生一分酒，十分氣力。多拏些酒來。（淨、丑勸酒介）（生）我醉了。拿棍子來，我去看瓜。（丑）劉姑夫，你去，

（一）夾批：噬：音『示』。

不可與三姑娘知，恐他阻你興頭。（生）君子行止，不决於婦人。怎説這話？（净）賢妹夫，善自方便。

（净）壯君行色酒三杯，（丑）行看瓜園莫待遲。

（生）此去只憑心自決，（净）休教閨内婦人知。（下）

## 第十四折

【步步嬌】（旦唱）自與劉郎諧伉儷，㈠恩愛如魚水。歌嫂機謀，將我夫妻拆散鴛鴦侣。默地自尋思，只落得雙垂淚。（生上）

【前腔】（生唱）蓋世英雄誰能敵？自恨時不利。大舅舅母使心機，把我夫妻恁般離異。醉酒轉家庭，與三娘説詳細。（旦唱）

【前腔】你在誰家喫得醉醺醺、醺醺醉，撇得你妻子在家中冷清清無依倚。冤家，你在那裏閑遊戲得歡喜，枉教奴受多磨、受勞役。㈡（生）説甚麽受多磨、受勞役，不必多憂慮。正是

㈠ 夾批：伉儷：音『抗麗』。

㈡ 夾批：役：音『域』。

醉舞酣歌日，[一]酕醄飲宴時。[二] 相識滿天下，知心能有幾？ 得一日，過一日。得一時，過一時。古云，人生不樂待何如，都來三萬六千日。

（旦云）冤家，你在那裏吃得這等醉醺醺的？（生云）三娘，自古道：公子登筵，不醉即飽。是你哥嫂請我賠禮，與我和睦了。（旦）劉郎，我只說是誰請你，原來是他。冤家，只怕你喫你呂太后筵席了。（生）我劉智遠人無七尺，量有千鍾。雖有呂太后的筵席，安能惑我？

【紅納襖】（旦）你好似紙蝴蝶忒煞輕，紙欄杆怎靠人？ 好一似風裏楊花無定準，霧暗雲迷有甚晴？ 爲人枉志誠，枉費爹娘三叔恩。冤家鐵石心，不記得夫妻結髮情。他那裏醉朦朧語言都不省，只落得頓足搥胸也！ 短歎長吁千萬聲。（生唱）

【前腔】你是婦人家見識昏，我就裏機關您怎聞？（旦）冤家，你縱有機關，怎出得他的圈套？（生）我假意兒與他相和順，他把家私與我均半分。三娘，你錯認了劉智遠。本是簪纓豪貴客，權做癡呆懵懂人。[三]（旦）冤家，辜負我爹娘三叔恩情。（生唱）一來不忘了岳丈岳母恩，二來不忘了三叔說合情，三來敢忘了夫妻結髮義？（旦）你既不忘了夫妻恩義，緣何寫休書休我？（生）

---

[一] 夾批：酣：音『含』。

[二] 夾批：酕醄：音『毛陶』。

[三] 夾批：呆：音『捱』。懵：音『孟』。懂：音『董』。

三娘，你説我寫的是休書？是牛皮寫榜，就如你哥嫂的招稿。（旦）冤家，你且把昨日寫的休書讀與我聽着。（生）聽我道：（云）劉智遠，同里人，岳父垂憐恩愛深。將親女，議結婚，叔丈爲媒成契姻。無端大舅心狼毒，逼寫休書勒退親。寫休書，可寒心，留與官司辨假真。三娘，我口兒念，心兒裏想。手兒裏雖然滴溜溜寫與他，怎奈我筆尖兒不順情。

（旦）冤家，我的哥嫂請你喫酒，爲着甚的？（生）你哥嫂請我，只爲卧牛崗上百畝瓜園，常年被人侵害，托我前去看守，家私均分我一半。（旦）劉郎，這是哥嫂用毒計害你。卧牛崗上有瓜精害人，不要去。（生）三娘，站開。怕甚麽瓜精。劉智遠天生的豪傑，不説起瓜精便罷，説起瓜精，我酒醒一半。（旦）他瓜精是個妖怪，會吃人，不要去！不要去！

【一江風】（旦唱）你爲人膽似天來大，那神鬼事誰不怕？豈不聞李豹遇天神，此事無虚詐。恨只恨哥嫂用機謀，交奴家苦苦埋怨他。你今朝若到瓜園也，定教死在黄泉下。

【前腔】（生唱）你是個婦人家，怎説出孩童話。那鬼神事都是假。（旦）劉郎，真個有瓜精。我爹爹在日，年年祭賽，瓜精少出來害人。爹爹死後，無人祭賽，因此上瓜精大顯威光。（生）你方絮絮叨叨，我的酒已醒矣。論人生頂天立地在三光下，那鬼邪吾不怕。昔日我高帝往芒碭山經過，前有一大蛇當道，高祖提劍在手，曰：『吾若有福，蛇遭吾手。吾若無福，吾遭蛇口。』言未畢，仗劍揮之，蛇爲兩段。後來而開漢家四百年之基業。爲人何怕鬼，心正不怕邪。望賢妻不必憂愁也，縱有瓜精我

去拿。（旦）

【前腔】果是有瓜精，你好心膽大。夫，你要去看瓜，莫説是别人，就是你妻子聞也心驚怕。劉郎你好差，不聽妻兒話。若還去守瓜，定死在瓜園下。上告我夫君，聽取妻兒話。（生唱）

【前腔】我心正邪難入，平生不信邪。今朝去看瓜，休得言三語四阻當咱。咱若不看瓜，怎生禁得哥嫂罵。三娘，若念夫婦情，親自送水茶。不念夫婦情，憑在你心下。伏望我賢妻，休把咱牽掛。（推旦下科）定教他死在英雄下。

【前腔】（旦滚唱）劉郎你好差，你好差，殘生必喪他。哥嫂用計差，賺我劉郎去看瓜。倘若有疏危，怎與你干休罷。劉郎，你是我的夫，我是他的妻，久後終須靠着他，教我怎生丢得下。

劉郎從早到如今，不曾吃飯，被俺哥嫂賺醉，怒吽吽不由阻當，瓜園去了。不免取些水飯與他充飢，勸他回來，多少是好。

下場詩：

兄嫂無情輩，劉郎嗜酒徒。

此行惟有我，躭盡死生憂。

# 第十五折

【金錢花】(旦上)自從生長閨門,閨門。豈知途路艱辛,艱辛。只因夫婦兩情真,送水飯,過前村。羞與見,路中人,路中人。(下)

(丑上云)三娘這小賤人,提着水飯,必是送去瓜園與劉窮喫。不免趕去路上傾了他的,餓死他,可不美哉。

【清江引】(丑唱)劉窮酒醉應難醒,賺去瓜園徑。無奈小妖精,要救殘生命。急慌忙、趕回來莫待等。(旦上)

【金錢花】行來步疾如雲,如雲。頓教羅襪生塵,生塵。回頭追趕似飛奔。難移步,怎藏身。遮掩去,過深林。(旦下)(丑上)

【清江引】迢迢遠望不見影,四下人悄静。多想在前途,追過羊腸徑。走得我、脚難擡心氣壅。[一](丑下)(旦上)

[一] 夾批:壅:音『永』。

【金錢花】(唱)鞋弓路遠難行，難行。追來躲閃無門，(一)無門。只將素袖掩啼痕。村僻處，又無人。這場鬧，有誰聞？有誰聞？

(丑趕上)三娘，你在那裏去？(旦云)我送些水飯到瓜園，與刘郎喫，你趕來則甚？(丑云)家中佐工的也没飯，你藏送與劉窮喫。(傾飯介)路傾水飯喂鴉鵲，人與瓜精當點心。(丑下)

【跌落金錢】(旦唱)無端嫂不情，忍將水飯傾。一心要害劉郎命。哥哥呵，回思妹與兄，同胞共乳生，因何常把讒言聽？此去劉郎若保無事呵，便罷。若是劉郎死不明，一家怎得寧？空教我冀積如山重。

奴家送些飯與劉郎充飢，誰想被他趕至中途傾了，不免回去，再整些來與他充飢。

詩曰：

只因夫婦恩情美，追趕難逢半路憂。

明日不辭親送與，死生惟願苦相求。

(一) 夾批：躲：音『朵』。

## 第十六折[一]

（浄扮瓜精上）胎骨金精百煉成，一年磨出電光横。當時渴飲匈奴血，今日何人有不平？吾乃金劍之精，飛電之神是也。想當初自從强秦呑併六國，吾神埋没光芒，不逢真主。幸得我主漢高皇收服西秦，埋伏在地，因斬妖蟒，天下知名。滅楚霸之沐侯，誅秦楚之啖虎。中原有主，四海無家。雖爲漢祖之功，能仗吾神之力。一自高祖遐升之後，傳遞非人，把我遺在卧牛崗上，經今五百餘年，劍數已盡，又將出現。人間喜得新主劉智遠，王氣將陞，貧胎已脱。喜李太公相留，贅爲門婿，只恐迷戀新婚，誤却真主。今夜來此看瓜，不免大顯神通，化作流光入地，使知吾神埋伏在此，扶助真主。前到邠州耀武揚威，以成大事，豈不美哉？正是：瓜園自此無神鬼，邊塞從今有血腥。（下）

## 第十七折

（生上白）飲若長蛟吐醉顔，百杯猶覺未成歡。一聲長笑地天闊，鬼哭神號人膽寒。劉智遠一生好酒，量飲千鍾。半世賭錢，家傾萬貫。錢輸盡未曾失色，酒醉來傍若無人。正是：夜來帶得三分醉，氣化虹霓萬丈高。怎奈凡夫將我做無能之輩！我智遠不佐便罷，要做便佐出天大的事來。昔日高皇誅秦

（一）六折：原闕，據文義補。

滅楚，便佐了大漢皇帝。時運若來，何難之有？當今之世，只有岳父一人是天下豪傑，有眼力，知人好歹。一見我不是尋常之輩，便把個閨門女子招我爲婿，此恩此德，何日可報？大舅李洪信夫妻二人，不曉事體，見岳父身死之後，就勒立休書，退還親事，又將酒來灌得我沉醉，使我來瓜園内看瓜。分明是假借瓜精之手，要害我的性命。（笑介）量我劉智遠，天生有福人，異日當要經綸天下，豈怕鬼神之事乎？來到此間，不免趲行幾步。

【端正好】（生唱）身在黑甜鄉，步向青門裏。星天迷小徑，草露迷沾衣。三杯軟飽人增力，壯起英雄氣。

【滚繡球】氣吽吽山斗齊。(一) 眼濛濛星漢稀。豁心胸長吞天地，四下裏人無踪跡。黑模糊木葉淒淒，怕甚麽鬼魅魃魑。(二) 顫高林宿鳥飛，(三) 咽寒蛩古道悲。(四) 黑暗的難分天地。任教膽大肌生粟，幾陣妖風對面吹，酒壯神威。

【倘秀才】（唱）暗覷着星明露水，怕聽得寒雁南歸。野曠煙昏醉眼迷。只見天昏地慘，斗轉

(一) 夾批：吽：音『烘』。
(二) 夾批：魅：音『妹』。魃魑：音『夭離』。
(三) 夾批：顫：音『戰』。
(四) 夾批：蛩：音『窮』。

星移，教我心膽難摧。

【滚繡球】（唱）到瓜園路徑崎。望迢迢有畝畦。[一]吸玉露蟲嘤聲細，墮遊絲撲面蛾飛。見藤蘿護短籬，掛林稍枝蔓低。暗沉沉令人心醉，忽剌剌越聽風悲。更闌悄静孤深處，只怕妖魔當路岐，魄散魂飛。（内喊介）

【倘秀才】平地裏妖光閃起，霎時間電掣星飛。黑焰烏風亂滚催，似翻天覆地響如雷，怎辨東西。（浄上）（鬥介）

【白鶴子】（唱）你是何方妖鬼，輒敢黑夜張威。枉自有藍面紅髯怪眼奇，不怕你口噴出妖光焰氣。

【前腔】你莫不是妖狐九尾，莫不是水怪山魑，[二]莫不是殿上流烏地下歸，莫不是木偶泥神爲厲？

【前腔】我雖没有五丁精力，也不要風角先知，也不用咒水飛符天使威，也不用獸牌靈異。

【倘秀才】只憑着蛇矛七尺，點破你鬼使神機。撥動天關星斗回。妖形怪跡，膽落心摧，化

[一] 夾批：畦：音『肥』。
[二] 夾批：魑：音『离』。

作塵泥。

（淨滚下）（生云）原來妖怪戰鬦我不勝，化作火光，攢入土中去了。我想漢高祖因斬了妖蛇，後來作了一朝天子，我今降了妖鬼，倘後也有甚好處，也不見得。

【尾聲】（生）等閑此日降妖鬼，料得他時福分齊，方顯男兒志氣時。

我與瓜精鬦了一夜，自覺氣力不加，神思勞倦，不免在此草茵之上少睡片時，等到天明，掘開土中，看是何物，多少是好。正是：未去殿前問天子，先來草上見周公。（生睡介）（旦上介）

【駐雲飛】（唱）疏淡晨星，晴日東方尚未明。霧障孤村暝，犬吠柴門静。嗏，茅店漸鷄鳴，曉風輕。草映星明，徑小迷踪。濕透鞋弓，舉步難行。玉露沾衣重，村落人家夢未醒。（又）

【前腔】香霧空濛，星淡無光天漸明。人起荒村静，鳥亂深林應。嗏，籬落爨煙輕，峭寒生。玉露芙蓉，金井梧桐。風送疏鐘，雲鎖晴峰。獨向無人徑，一步行來一慘情。（又唱）

【前腔】兄嫂無情，他曉得瓜園内有瓜精害人性命，賺醉劉郎獨夜行。暗害夫身命，拆散雙鸞鳳。嗏，我劉郎不是被酒，他如何便肯去？他帶酒逞英雄，怒吽吽。他惡氣奔騰，舉步前行。不怕瓜精，要與争强勝。生死劉郎未可明。（又唱）

【前腔】蓮步遲行，辛苦難辭路不平。劉郎，我和你夫婦情深重，水飯親交送。嗏，兄嫂計謀成，忒無情。趕到途中，把水飯長傾。挽我回程，假手瓜精，要害劉郎命。揾住羅衫哭咽聲。

步步行來近，聲聲願吉昌。許多藤蔓地，翻作戰沙場。一路憂心，來到瓜園。原來倒睡在地上，沉沉而醉，不免唤醒他吃飯。

【雁過沙】（旦唱）你沉醉眼朦朧，身卧草茵中。一天風露曉寒生，如何此地能成夢。（叫介）渾身濕透單衣重，萬唤千呼不應聲。

劉郎，你醉了，我叫你不要來，不依我。（又唱）

【前腔】諫阻不依從，想被鬼迷踪。（哭介）推來搶去不回醒，多因自喪冥途境。劉郎爲我長傾命，痛裂肝腸兩淚零。（醒介）

【前腔】（生唱）勞倦睡方醒，忽聽叫呼聲。回身試向問此情。是那一個？（旦）是我。（生）(一)原來是三娘。緣何得入瓜園境？清晨暗霧迷芳徑，襪小鞋弓怎步行？

（旦）因你昨夜不曾喫飯，特地送些水飯與你充飢。（生唱）

【前腔】不憚遠來程，水飯自賫行。夫妻到此見真情，今日送這飯呵，勝如舉案齊眉敬。若是昨夜拿來更好些。（旦）夜間已曾送來，只因嫂嫂半路趕上傾了我的，後又回去再整來，因此來遲。（生）

---

(一) 生：原作『旦』，據文義改。

豈知此輩真狼性，不念同胞共乳生。

（旦）這事且不說他。昨夜來到，因何把林檎樹木砍倒，瓜藤踹碎？必有妖怪來。（生）更深到此，站足未定，見一怪物，手持電光之劍，與我戰到五更，化作火光入地。待我掘開，看是何物。（掘土介）呀！原來是石匣一個，金劍一把，兵書一册。石匣上有字幾行，看怎麼道。（云）寶劍光芒，塵土埋藏。五百年後，付與劉郎。兵書一册，百戰奇謀。前程萬里，起向邠州。大漢張道陵記。三娘，張道陵是個異人，五百年前定下今日之事，又且指我前往邠州，必有好處。（旦）劉郎，既是這等，撮土爲香，拜謝天地。

【出隊子】（生唱）孤窮智遠，孤窮智遠，五百年前先注名。身當此日應期生，寶劍埋藏有異靈。天意最分明，雲路得通。

【前腔】（旦唱）皇天垂眷，皇天垂眷，否泰今朝有變更。分明天意勉君行，莫憚邠州萬里程。唾手取功名，夫婦顯榮。

（生）寶劍如此，決非妖妄。要回家中拜别叔丈，又恐你哥嫂破我采頭。欲待就此拜别，夫婦之情，一時難忍，無可奈何。（旦）大丈夫當順天意，割愛辭别，勿爲兒女之志，以阻功名之念。（生）遠遠看見，來的好像三叔丈，就此告别更好。（旦）正是了。（末）機謀真莫測，鬼祟最難防。只爲憂心切，行來步步忙。張醜奴不賢之婦，將劉郎賺醉，夜到瓜園，三娘亦自趕來，不知夫婦二人，性命如何，不免前去看一看。（相見介）（生）何勞三叔丈到此，恩德難消。（末）只爲憂念不能釋懷，故此來相看。（生）一事告稟叔丈得知，我每日在家與大舅争鬧是非，不成道理。近聞得邠州招軍買馬，小生欲辭叔丈前去投軍，倘得寸進，自當報答大恩。（末）求取功名是好事，不知何日起程？（生）就此告别。（末）何不回家取些路費？（旦）恐我哥嫂破他采頭，故此拜辭三叔。（末）如此却好。我隨身有些微，權且奉以爲前途備用。但得功名到手，早早即便回來。（生）感謝不盡，謹領尊教。（末）再送幾步。

【鬦黑麻】（末）君此去從軍邊鄙。忍淚辭家，歸期未擬。假若是劍戟功成，早傳雙鯉。莫戀他鄉，不思故里。（合）秋聲四起，離人苦痛悲。兩眼相看，天涯咫尺。

【前腔】（生）感叔丈情深無已，告别登途，反辱贐禮。去日别無所托，却有三娘在家，只愁他骨肉情傷，孤身無倚。遠望垂青，報恩瓊李。（合前）

（末）一鞭行色夕陽中，（生）别淚揮來樹葉紅。（旦）金凳慢敲芳草嫩，（末）玉音傳報仗東風。（下）

（旦）劉郎，奴家再送幾步，以表夫婦之情。（生）不消遠送。

【尾犯序】（旦）邠州萬里途。迢遞關河，風霜朝暮。黄葉西風，總是離愁。還憂。（生）三娘，書劍有此靈異。（旦）豈憂你功名不就，只怕你淹留日久。須記玉關信杳，早寄雁來秋。

【前腔】（生）孤身事遠遊。仗劍隨行，河梁分手。不爲蝸名，豈拆鸞儔。聽剖：願此去驅平胡虜，趁青草復歸境土。那時節榮歸晝錦，少慰别離憂。（旦唱）

【前腔】行行不可留。心事千般，臨岐難辭。三月懷娠，未擬熊羆。〔一〕還憂。可憐我親無父母，只爲你情慳手足。君去後鬩牆有變，〔二〕獨自怎支吾？（生）

【前腔】心躭去後憂。〔三〕骨肉相戕，〔四〕情如狼虎。你哥嫂若不相容，叔丈不可作主。叔丈恩深，恥向清秋。夜剖。你須將懷胎自守，使異日箕裘有後。今日孤身事割破，相對淚盈眸。

〔鷓鴣天〕斜陽衰草欲清流，（生）碧天紅樹不勝愁。（旦）淒涼旅舍身常困，（生）寂寞深閨淚獨流。（旦）凝望眼，立長途，馬蹄輕動去難留。歸家獨向清秋夜，長恨長思無了休。（下）

## 第十八折

【齊天樂】（淨上）丈夫謀霸圖王，武略雖諳，文韜未講。號令嚴明，旌旗整肅，鼙鼓震天上。諸藩應響，掠地攻城，納叛招降。御几遷移，京師瓦礫將威强。

（云）萬里山河勢已傾，一朝神器大家風。也知秦鹿無常主，是疾將軍一逐戎。自家王彥章是也。膂力

〔一〕夾批：羆：音『皮』。
〔二〕夾批：鬩：音『宜』。
〔三〕夾批：躭：音『單』。
〔四〕夾批：戕：音『墻』。

千斤，(一)英雄百倍。只爲唐王懦弱，武備不修，小將未能見用，因此失身落爲草寇。幸得我主大梁王東除西蕩，勦滅諸藩，將欲順天之命，都號大梁。天子封小將爲都督先鋒，統領百萬雄兵，洗清天下。料想疆内之地，將寡兵微，一戰勝兵取之，不必憂也。惟有邠州一路，四分五裂，(二)虎踞龍盤，山河險固。況節度使岳彦真智足多謀，兵精粮足，不先征進，異日必爲肚内之憂。自今秋高馬肥，正是用兵之際，不免校點精兵，長驅大進，要使勢如破竹，建立奇功，多少是好。衆校何在？（丑、小生上云）血染征袍照日紅，將軍刀馬氣如虹。轅門拱聽將軍令，頃刻天山一箭功。有何使令？（浄）我主大梁王賜我一劍，掃浄四方。參軍、參將以下，不聽號令者，斬首轅門，以嚴軍令。汝等諸將聽使令，點起雄兵十萬，虎賁三千，旌旗須要鮮明，器械必當齊整，騎軍前發，步卒後行。左右後先，分成隊伍；粮草輜重，約束其中。精選鄉道，軍將一人，導引前軍，望邠州進發。軍馬依次而行，一遵軍律，無得延違。（丑、小生）得令。

【金錢花】（浄）龍駒跨上如飛，如飛。震天金鼓聲催，聲催。威風千丈颭旌旗。誅藩國，盡無餘。敲金凳，凱歌回。（下）

---

(一)　膂：原作『臂』，據文義改。
(二)　裂：原作『烈』，據文義改。

# 第十九折

【齊天樂】（外上）生來本是儒生，誤殺緋袍，愧懸金鏡。文武才全，職居方面，果是軍門倚重。兼天氣勇，烈膽難摧，血刃無情。方命藩臣，欺君國賊勢難容。

（外云）當年把筆戴纓冠，白髮如今上鎮藩。手内强持三尺劍，叛臣無日不心寒。下官姓岳名彦真，官拜邠州節度使。講周公之書，文能伏衆；學孫吴之策，武用大兵。掌百萬之貔貅，爲一方之保障。一自黄巢統兵以來，中國無人，群雄方命，中原喪亂，家國淩夷。遂使戎臣朱温操弄兵權，京師震恐，帝主遷移。蒙聖旨宣召諸藩應救，正要驅兵前進，曾被賊將王彦章賊兵先發，當住吾軍。我邠州南連諸藩，北近契丹，乃爲國家咽喉之徑，萬一有失，唐國之江山休矣。又且王彦章梟勇之人，不可輕敵。不免出下榜文，招募四方智謀勇略之士，以勦國賊，多少是好。（末云）陣上旌旗明曉日，腰間寶劍炫秋霜。一聲號令驅征馬，白日揮來將力强。將軍有何使令？（末）目今朱温造反，欲起兵討賊。你與我張掛榜文，招納智謀之士，不得違令。一同前去。（末）領軍旨。

詩曰：

叛馬長驅出漢中，滿城煙燼帝王宫。
草萊時有冥鴻志，願借扶王一箭功。

# 第二十折　智遠行路

【駐雲飛】（生）一自離家，離家。曾記三娘囑付咱，送別瓜園下。說了幾句衷腸話。嗏，途路少嗟呀。劉智遠投軍，李三娘心牽掛，何日身榮回轉家？

遠逾劍閣千重路，西出秦關萬里城。回首家山何處是，一行歸雁入空鳴。自從瓜園得寶劍神書，伏煩皇天明示，前往邠州寨上，建立武功。因此辭別三娘，一路前來到此。風餐水宿，夜住曉行。誰知路遠天涯，艱辛歷盡，一時間不得徑到邠州，好愁悶人也！

【二犯江兒水】（唱）空目斷邊城萬里，空身杖策行。怕雲迷古道，人恐長亭，歸鴻無定影。染盡樹頭紅，飄殘桐葉風。水冷天清，水落山空，頓教人感離愁萬種。回首見家山萬里，又恐怕行囊將罄，怎教人盼秦關不記程。（生唱）

【前腔】憶自辭家西去，秋高客怪晴。霜林有恨，衰草無情，蒼煙迷去境。對日顧行踪，連宵夢故城。身在功名，魂在家庭，須信道大丈夫離別輕。倘此去遭時不逢，只落得行程無定，今日裏路途間空慮生。

【前腔】自恨我身如蓬梗，親姻事偶成。奈泰山傾倒，晨牝高鳴，鶺鴒情未省，欲去步難行，回思心又驚。兄妹相刑，姑嫂相陵，恐怕他摧殘出生死情。但只願功名有成，及早得榮歸鄉井。免教他自相戕勢不容。

【前腔】昔日在瓜園酒醉，幾乎一命傾。幸得天符天賜，寶劍爲靈，令人心自警。此去問蒼穹，[一]期成汗馬功。按轡談兵，拔幟登城，要與他掃煙塵天下寧。只圖着淩煙掛名，豈敢望草廬定鼎，也須索覓封侯禄萬鐘。

（生云）一路思想，來在此間，原來是邠州界上了。原來張掛有榜文在此處，且去看那榜文怎麽道。（告示）邠州節使以大義布告天下：方今國賊朱温賜號全忠，設心簒逆，[二]乘國家之寢弱，賜狼虎之凶殘。荼毒生民，刼遷天子。劍血漂流於四野，爨煙斷絶於兩京。罪惡滔天，王綱掃地。正臣子不共戴天之時也。末職欽承朝命，遠處邊城。握藩屏於一方，越軍門於萬里。勤勞赴難，雖懷討賊之心；按劍行兵，決定折衝之士。欲使威行於無敵，顧將計出於萬全。顧問之間，在識草廬之傑士；榜招之下，豈無莘野之農夫。嗟以岩穴英賢，草茅俊彦，蘊藉智謀之志，弘恢經濟之才。懷寶迷邦，不求用也。藏珠待價，誰則知之？同爲尺土之人民，皆是大君之臣子。得包屍於馬革，死又何慚；寧降志於虞庭，生安可忍？將軍怯戰，定爲巾幗之丈夫；豪傑不從，自是鬚眉之婦女。願畫軍前之策，畫成陣上之謀。壯千里之威風，作三軍之勇氣。唐室再興於此舉，梁兵殄滅於無遺。位列公卿，一時榮達。名

[一] 穹：原作『窮』，據文義改。
[二] 簒：原作『纂』，據文義改。

垂竹帛，千古流傳。肯詣轅門，收無殊札。原來節度榜文在此，招募智謀之士，正我劉智遠得展驥足之時。乃五百年前天賜寶劍神書，果不相誣。明日敬詣他帳下則個。

詩曰：

斜日含山露欲生，歸鴉點點逐人鳴。

明朝倒盡懸河口，(一)帳底風生主將驚。

## 第二十一折

(外上云)早豎旌旗欲出關，先鋒誰敢跨征鞍。千軍易得終須易，一將難求果是難。自從出下榜文，招募四方之士，但見軍卒之才，紛然而至。先鋒之任，兀自無人。賊將王彦章大軍將近，不日興師交戰。我部下三軍，皆無王彦章之才，又非敵手。萬一有失，先挫吾軍鋭氣，如之奈何？左右，你看有投軍的没有？(末)堦前聽號令，叩首出轅門。禀上爺爺，有投軍的。(外)都着他來見。(末)投軍的見。(生上)强臨虎穴探文豹，敢問龍門釣巨鰲。此間便是，進去見他。(外)那投軍的，家住那裏？姓甚名誰？一一道來。(生)聽禀：

---

(一) 河：原作『呵』，據文義改。

【皂羅袍】（生唱）伏望高明聽稟：（外）家住那裏？（生）念小生徐州，沛縣愚民。東村劉琠父之名，劉高便是名無隱。少年失怙，家業漂零。贅居李氏，岳丈又傾。拋家棄室投明鏡。（外）你有武藝否？

【前腔】（生）重聽愚人上稟：念區區武藝皆能。文師孔孟理猶明，[一]武兼頗牧雄堪並。[二]謀遵呂望，機勝孔明。破圍衝陣，用軍最精。須教便把天山定。

【前腔】（外）據爾之言可敬，乃唐家多幸，又遇斯人。暫時注爾後槽名，出軍委爾先鋒印。彦章凶猛，須當小心。用兵神速，爾休覷輕。凱歌還唱東甌令。

那劉高雖然爾雄，未見其才，令收後槽看馬，等待操試武藝，再行補役。（生）莫言誇哲無良手，未見龍騎問後槽。（外）爲軍之道，嚴信爲先。久未按行，不知各部軍將。今夜改換衣裝，扮作健兒模樣，行按諸營，休得落後。（衆軍）領鈞旨。[三]要知軍心勤惰性，盡在微行考察時。（下）

出像音註劉智遠白兔記上卷終

---

[一] 夾批：孔：孔子。孟：孟子。

[二] 夾批：頗：廉姓。牧：李姓。

[三] 鈞：原作『釣』，據文義改。

# 新刻出像音註五代劉智遠白兔記下卷

金陵書坊唐對溪梓

## 第二十二折

（生上云）胡沙千里夜初歇，明月滿天人自孤。塞外雁來知有意，清宵夢到故園無。誰想到此落在後槽，日則餇馬，夜則提鈴喝號，好悶人也！天色已晚，月冷風寒，不免倚闌短歌一首。（哥介）寒冷冷兮風怒號，冷颼颼兮風難熬。提鈴喝號兮發浩歌，更殘夜静兮將如何？（作嘆介）（一）

【駐馬聽】（生唱）薄暮雲收，萬里長空一色秋。明月當空照徹，遠映關河，近射朱樓。夜深還過女牆頭，一番員缺何須數，露冷凋裘。露冷凋裘。家山隔斷風煙暮。

---

（一）嘆：原作『漢』，據文義改。

【前腔】征雁聲孤，寥落天邊感壯夫。隱隱城頭暮角，塞上鳴笳，攪動離愁。佳人對目望邊郵，(一)一般清苦無人訴。兩處躭憂。兩處躭憂。功名不就難回首。

如此長夜，不能成寢，不免把兵書看幾篇則個。

【前腔】檢閱兵符，兵者，詭道也。古人能行仁義之師者，乃何人能也。尚父兵行仁義籌。謾道穰苴有律，管樂成功，孫武傳謀。春秋戰國一時休，可觀秦楚無良手。(二)獨有韓侯。獨有韓侯。英雄未許能驅獸。

【前腔】今古難求。三國以來，惟有南陽諸葛孔明而已。泄露天機八陣圖。明曉三分鼎足，忿舉王師，抗魏連吴。皇天不祚國難扶，平生志氣都辜負。李靖之徒。李靖之徒。談兵豈敢争先後。

觀書不覺勞倦，待睡片時，等天明放馬長坡，散悶消愁則個。正是：枕書獨卧邊城月，(三)離夢不驚鶩馬肥。(生卧倒介)(外小衣同丑上)玉兔西沉斗柄横，邊城樵鼓已三更。軍中肅静無人馬，時有悲笳三兩聲。行按東南營中，各喜軍卒各卒軍律，無敢怠慢。來到此間，知是後槽，不覺斜日西沉，一天燦爛。

(一) 夾批：郵：音『尤』。
(二) 可：原作『丫』，據文義改。
(三) 枕：原作『桃』，據文義改。

正當初冬十月，夜分之際，(一)斗柄西橫於牛女之間，吴越之分。但見列宿分張，五星衝犯，有失常度。天象如此，能得天下無事乎？

【後庭花】(外)我只見紫微垣氣未清，慧芒生射主星。若不是金星犯角明無定，怎這般戰馬紛紛道路壅。無奈斗門中隱隱微星，微星欲明冥。繚繞着雲幾重，少不得諸蕃兵動。見積屍出本宫，傍天溷外屏空。看參旗昏不明，正應着天子兵。雖然如此，幸得叛逆賊星不久。

【青歌兒】呀，豈怕妖蓬爲厲，覷着西南數丈流紅。賊呵，你欺君上有天星應，細推詳妖難勝。蓬火數丈，寇於西南，不三年叛臣伏誅。舉着他不久遭刑，那時節定教他國安寧。

【寄生草】看森羅星不盡，望祥光氣若虹。上有雲氣如此，其下必有異人。忽如山嶽能摇撼，又如狼虎能吞併。雖然如此，有爲猛將之象，尤有可佳。緣何華蓋結幢旛，(二)勝似他黄金堦上起樓臺，强如他泰山雲裏翻龍鳳。你看此氣名爲天子之氣，莫不是後槽有主？(驚介)後槽有此異人，待我入去，便知端的。(入介)這是

---

(一) 際：原作『祭』，據文義改。

(二) 夾批：旛：音同『凡』。

甚麼人氏？（丑云）是新來投軍的劉智遠。（外）不要驚他，且回去。

【入賺】何處覓英雄，空有三軍衆。不由人望芒碭心不戰恐。謾道是雕鶚巢棲鸞鳳種，(一)真個是虎狼穴豢養飛龍。(二)今夜之事，只有你我知之，不可漏泄。(三)（丑）爺爺分付，小人不敢。（外）誰知道今夜奇逢，料想斯人有異能，權令立武功。有一日人歸天命，好將這鎮藩城番作了帝王宮。（下）

（生醒介）一夢初醒，不覺軍中更漏已盡。不免槽頭飼馬一番，多少是好。（内叫操軍介）（生）既是練兵，少不得也去走一遭。

詩曰：

主將披星上將臺，一聲鼓響陣門開。
將軍不爲封侯印，豈挾桑弧奪錦來。(四)

---

(一) 夾批：雕鶚：音『凋惡』。
(二) 夾批：豢：音『患』。
(三) 漏：原作『陋』，據文義改。
(四) 弧：原作『孤』，據文義改。

# 第二十三折（一）

（外上白）凛凛寒風動戰袍，征鞍長壓陣雲高。弓懸營壁旄頭墜，劍倚岐峒鬼魅號。賊兵犯界，刻日興師交戰，不免號令三軍，操演精熟，免得臨陣有失，多少是好。左右何在？（净、丑）三代漁陽再度遼，（二）角弓在臂劍横腰。匈奴似欲知名姓，休跨陰山更射雕。（三）啓軍師，有何鈞旨？（外）你分付各營，但見新來投軍者，未得凋伍的，都着他即時旗招同上教場操練，不得有違。即時傳令。（傳語介）（生上介）負劍到邠州，凝笳渡隴頭。雲黄知塞近，草白見邊秋。（跪見介）（外）你是不曾補伍的？（生）是。（外）看你人才一表，可充作騎軍。（生）不敢奉命。（外）你不充旗軍，你要做甚麽的？（生）明公在上，乞借一言。自從黄巢伏誅，朱温作亂，外連蒲處，内結宦官，威震四方，名傳天下。所可畏者，獨明公之智，邠州之險矣，故差梟將王彦章先擊邠州。邠州一動，其餘諸藩如摧枯拉朽耳，（四）不足爲憂。此明公不可不知。小人不才，願假一旅之師，稱賊兵無備之時，半路先擊，以挫其志，然後徐徐圖進，恢復神州，萬全之策也。區區軍卒之役，誠小人不敢聞命。（外云）看你言語誇大，意氣剛强，料

---

（一）二十三：原作『二十二』，據文義改。
（二）陽：原作『阴』，據文義改。
（三）陰：原作『陽』，據文義改。
（四）餘：原作『除』，據文義改。

能武事。但恐小知陣法，不可爲先鋒。（生）小人頗知陣法。（外）既知陣法，便賜與令旗一面，令劍一把，擺下陣來與我看看。（生）大小三軍，聽吾使令，主帥使吾此劍操演陣法，各宜小心，依吾令旗左旋右轉，旗指則進，旗招則退，旗展則開，旗卷則聚。不可違吾號令。

【一枝花】（生唱）堂堂畫鼓催，整整旌旗建。旗頭先壓隊，跳盪不離鞍。奇正相連，左右安排遍，中軍護衛嚴。四下裏弓弩齊張，萬馬中刀鎗緊按。

【小梁州】定天盤二十八宿，按五方五色旗旛，惟有天樞正位休移换。侯羅壓陣，紫氣臨壇。計都爲主，月孛當權。左太陽先後盤旋，右太陰趁逐循環。列宿上各正其方，五星内休相衝犯，九曜裏主客相參。鎮天罡六六，右滿中藏，八九都分散。列圍埸形似卵。[一]四頭八尾能更變，旋動天垣。[二]

【尾聲】先將布陣時辰辨，再按當星號令傳，相生相尅輸赢見。展軍門手段，將軍脚大安，又不妃嬪宫中笑習演。

陣勢已完，請爺爺觀看。（外看介）看此陣四面聯絡，八方繚繞。紛紛紜紜而不亂，混混沌沌而不散。

[一] 夾批：卵：音『暖』。

[二] 夾批：垣：音『完』。

上應天星，名爲渾天儀陣。孔明之八陣，李靖之六韜，皆此法也。能排此陣，真天下之奇才。且自收陣散軍，別有號令。（生捲旗收陣介）（外）左右，取盔一付，好馬一匹來，與劉將軍掛先鋒印。（外）劉先鋒，你與我點起一萬人馬，前去退賊，不得有違。

詩：

萬馬千軍掛鐵衣，一聲砲響擂征鼙。[一]

令旗招動三軍去，賊膽先寒見將威。

## 第二十四折

【金瓏璁】[二]（旦上）繡幃生寂静，夢回愁聽征鴻。試將繒纊裁成。[三]風欲便，寄邊庭。與劉郎瓜園分別之後，不覺殘冬天氣，閨中冷落，歲暮相催。思想劉郎，雪刃生寒，和露飲殘胡虜血；霜鞍怯冷，披星踏破馬蹄冰。須然遠爲功名，只恐難熬苦楚。欲造寒衣一件，寄與劉郎。少伸夫婦之情，遠禦風霜之苦。但絲絲綫綫，意在君邊；暮暮朝朝，愁添心上。北塞風聲聞戰鼓，六出滿天飛絮

[一] 鼙：原作「皮」，據文義改。
[二] 瓏：原作「玲」，據曲牌名改。
[三] 夾批：繒纊：音「曾廣」。

舞。寂寂深閨少婦愁，迢迢遠塞征人苦。（旦作裁剪衣介）

【醉扶歸】（旦唱）迢迢遠塞征人苦，胡塵萬里戍殘冬，夜隨鞍馬露長空。無情刀劍冰霜冷，衣單無奈五更風，因此上孟姜自把寒衣送。

寒衣越送幾千里，爲倩傍人寄雙鯉。豈但重重禦朔風，短長須趁劉郎體。

【前腔】短長須稱劉郎體，未裁先想去時容。試將金剪巧裁成，令人心地添愁省，絲絲剪斷再難同。好似我，拆開一對鸞和鳳。

且喜寒衣奴已造完，不免封固，以待便人寄去。正是：玉關此去三千里，欲寄音書那得聞。（淨、丑上）劉窮欲去不還鄉，且教三娘改嫁郎。若是不從兄嫂命，先須打罵後商量。我想劉智遠此去投軍，決不回來。和你到妹子繡房中勸他改嫁，看他怎麼說。（旦見介）（丑）三姑，這衣服是誰的？（旦）是我做與劉郎的。（淨）且放在那裏，聽我說話。（旦）哥哥請道。（淨）妹子呵！

【梁州序】（淨）青春嬌態，粉容翠臉，當把門楣高選。當初的事呵，無端父母，錯將誤配窮酸。劉智遠若是成家之子，招贅他有何不可？況取輕狂好酒，賭博輸錢。日費千千貫。把家筵都蕩盡，不知慚。妹子，仰望終身畢竟難。你是外人，我也不敢勸你。親手足，盡言勸。到不如，早把于飛換。免躭誤，這芳年。

【前腔】（旦唱）百年伉儷，兩情繾綣。多想赤繩牽綰。當初的事呵，劉郎何意，因春誤入桃源。

況有嚴君作主，叔父玉成，孔雀屏開選。當時擬作好姻緣，今日何辜出此言。（合）夫與婦，本無怨，安能忍把恩情斷。生拆散，有何顔？

【前腔】（丑唱）笑劉窮鹵莽無端，(一)正生成一條窮漢。且貪杯好賭，不求營幹。兀自狂言浪語，遊手幫閑，(二)不顧人輕賤。投軍求貴顯，料應難。流落他鄉定不還。若是外人也不勸你，（合）親姑嫂，盡言勸。到不如，早把于飛換，免躭誤，這芳年。

【前腔】（旦唱）想劉郎氣象如山，貌堂堂多人稱羨。論才能器量，決非貧賤。争被蒼天久困，不遇其時，有志難舒展。縱貪杯好賭，豈須嫌。異日登雲料不難。（合）夫與婦，本無怨。安能忍把恩情斷。生拆散，有何難？

（浄）賤人！（打介）

【皂角兒】（浄）這妮子敢開妄言，把兄嫂任般欺慢。定教他拆散鳳鸞，不容你再諧姻眷。況吾家比陶朱有萬千，豈容你夫妻方占。（合）此身要安，千難萬難。除非改嫁，從吾心願。

【前腔】（旦唱）自古道婦無二天，又何須苦相逼遣？你看古之節婦呵，夫死去冰霜自堅，心匪

(一) 夾批：鹵：音『魯』。

(二) 夾批：幫：音『邦』。

石如何可展？况劉郎雖遠去有時還，忍教我此心更變。（合）極爲此言，豈不自慚？任教打罵，終須留戀。

【尾聲】㈠今朝苦被相淩賤，追憶親亡空淚漣，忍氣吞聲怎盡言？

（净云）打罵不肯嫁，怎麽好？（丑）洪一官，我有一計，把他頭髮剪下，繡鞋脱去，打爲奴婢。日間汲水，夜間挨磨。他受苦不過，他自然改嫁了。（净）此計大妙，只怕他不肯。（丑）三姑，只是一件，你若改嫁，打也不打你，罵也不罵你，依舊叫你做三姑。不嫁呵，剪去頭髮，日挨磨，夜汲水，打爲奴婢。（旦）哥、嫂，任你打罵爲奴，教奴嫁也嫁不成。寧可剪下頭髮，夜間挨磨，日間汲水，㈡怎肯把名節污損呵！

【金瓏璁】（旦）骨肉苦傷殘，歎兒夫阻隔關山。空自把翠眉攢，鎮日常縈絆。兄嫂逼奴改嫁難，無計策只得剪下雲鬟。

奴家被哥嫂毒害，只得剪下頭髮，挨磨則個。

詩：

劉郎奇特世無雙，舉案難期效孟光。

---

㈠ 聲：原作「時」，據曲牌名改。

㈡ 日：原作「且」，據文義改。

兄嫂怒嗔謀未絶，一朝拆散錦鴛鴦。

## 第二十五折(一)

【四朝元】(唱)鴛鴦拆散，分開兩下單。歎旅跡雲山，何時得返？夫在邠州，奴在沙陀。人分兩地，愁共一般。各相思千萬，奴倚欄望盼，奴倚欄望盼。只見煙水茫茫，雲山淡淡。暮雨淒淒，朝煙黯黯。目斷衡陽雁。嗏，鎮日裏悶煎煎。兄嫂狼心，頓把人輕賤。逼奴改嫁夫，不怕人倫變。(合)這場嘔氣，堆堆積積，向誰分辨。無門分訴更如何？哥哥聽信嫂搬唆。紅顔勝人多薄命，喫人輕賤受人磨。

【前腔】恩成冰炭，空將珠淚彈。此乃爹娘爲主，三叔爲媒。奈緣爹娘不幸，以致如此。歎爹娘亡早，那更嫂嫂搬唆，哥哥聽讒，逼奴身改嫁。逼奴身改嫁。奴爲改嫁不從，因此上觸犯雷威，咬碎銀牙。取了釵鬟，(二)剥了衣衫，脱了繡鞋。將奴打做奴婢看。自恨遭磨難，(三)嗏，運蹇與

(一) 第二十五折：原闕，據文義補。
(二) 夾批：鬟：音『環』。
(三) 夾批：難：去聲。

時艱。(一) 要絶奸謀，除非把我青絲斷。妾身白玉姿，豈受纖瑕玷。（合前）

英雄别後展經綸，兄嫂狼心太不仁。留取丹心貫白日，故將慘意剪烏雲。

【前腔】烏雲撩亂，頭髮呵，休想龍鳳盤。奴只爲節義綱常，髮膚不管。古云：『身體髮膚，受之父母，不敢毁傷。』欲要剪呵，持刀心自酸。想當初梳汝，想當初梳汝，總角襟纓，拂髦施簪。翠繞珠圍香薰麝蘭。眉畫春山淡。嗏，早知道有今番，到不如披剃空門，誦些經和懺。(二) 爹娘呵，生我男子身，免受今朝患。（合）這場苦楚，噥噥唧唧，空成嗟歎。

嗟來災禍實難逃，思想夫君珠淚抛。一片真心難盡説，一齊分付與金刀。

【前腔】金刀爍爍，(三) 教人裂碎腸。今被哥嫂逼嫁不從，剪去頭髮。呵，頭髮！看青絲可愛，（做剪介）欲使刀下心疼，渾身都是汗。奴家剪去頭髮，拿過鏡妝照取。向妝臺廝看，向妝臺廝看。好苦呵，今日剪得無一絲餘剩，真個羞人。到不如打碎青銅，扯破髮幔。折斷牙梳，丢開髻攔。（怒介）推倒梳妝案。嗏，哥嫂太無端。絶義施奸，與豺狼又何間。(四) 若要奴改嫁時，除非海枯

(一) 夾批：艱：音『奸』。
(二) 夾批：懺：慚□。
(三) 夾批：爍：音『灼』。
(四) 夾批：間：去聲。

與石爛。（合）這場苦楚，唧唧噥噥，空成嗟嘆。（下）

## 第二十六折

（小生上）節臺幕裏供文案，劍戟門前聽使令。刀筆慢言無處用，蕭曹原不負平生。吾乃岳節使爺爺府中一個堂候官便是。今日岳節使爺爺整理軍務，只得在此伺候。道尤未了，節使爺爺早上。

【菊花新】（外上）棘門空把壘營安，(一)細柳終須號令嚴。門外將旗懸，威風半空招颭。(二)

（外云）拜將登壇出戰餘，不知勝負事何如。登城遠望城頭馬，疑有將軍報捷書。從遣劉智遠出戰，此人負大將之才，料能勝敵，不在話下。句夜因見此人有異相，常常記在心懷。我有一女，欲招爲婿，不知何如。等他回来，别作商議。正是：好事多從無意得，良緣端自有天成。（生扮劉智遠上）

【前腔】（生唱）風飄旗布陣雲消，駐馬門前脱戰袍。按甲捲旌旄，只聽得凱歌聲鬧。

此間就是帥府，下免入去見。（相見介）（外）先鋒勝負若何？（生）托朝廷洪福，仗主帥虎威，與賊相拒，大獲全勝。賊已逃回東京，氣已盡喪。望主上結連藩鎮，(三)共勦賊人則個。（外）如此却好。安排

---

(一) 夾批：壘：音『磊』。
(二) 夾批：颭：音『展』。
(三) 上：原作『喪』，據文義改。

得勝筵席，與先鋒慶賀，別有話説。請往，請往。（生）此是小將分内之事，不勞如此。（外背云）堂候，你對劉先鋒説，我有小姐，欲招爲婿，問他肯應承否。（傳語介）（生）恩蒙主帥抬舉，奈有前妻，不敢奉命。（外）既有前妻，我女願居其次。（生）只恐貴門小姐不能相容。（外）我女頗有賢淑，何須慮也。擇定今日吉日良時，叫小女出來，與你結配良緣，成就百年伉儷，以遂于歸之願。管家那有？請小姐上堂奠雁。

【菊花新】（旦、貼上）雲鬟珠玉步玲瓏，金鳳釵摇綺翠叢。絳蠟照銀屏，又恐相逢如夢。

〔想王孫〕（衆）大開帥府玉堂深，雲母屏前花映人，絳羅衣繞射香塵。到黄昏，銀燈高照繡裀中。（小生）請新郎、新人交拜。（二人交拜科）

【畫眉序】（生唱）玉府綺羅筵，錦繡叢中擁霞仙。正天桃開遍、玉堂春暖。側烏紗玉貌天成，映紫綬宫袍紅染。（合）此時身在瑶池宴，榮華占斷人間。

【前腔】（占）金屋貯嬋娟，强唤登筵覺羞慚。畫堂深猶勝、樂宫瓊苑。玉釵横緑鬢雲生，金珮響翠裙花綻。（合前）（外）

【前腔】晴日壓重簷，東閣初開綺窗閑。喜門楣今日、得逢東坦。歎仙郎無福難消，幸淑女有緣相見。（合前）（小生）

【前腔】金谷擅名園，(一)寶鴨香消捲珠簾。繞雲屏輕煙、散入別院。舞霓裳彩袖成行，歌象板金甌雙勸。（合前）（淨唱）

【滚終】天生連理枝，偶結鴛鴦伴。富貴畫堂開，嬌嬌珠玉風光滿。燈花撩翠，銀缸猶燦。但願得兩情堅，同心綰。（丑）

【滴溜子】今生願，今生願。夙世有緣，一雙鳳鸞。休論桃源劉阮，(二)姻緣福禄全。巫山未遠，弱水無瀾，明月正圓。

【尾聲】洞房花壓羅幃軟，猶恐氈衾翡翠寒，今日人温到百年。

詩：

天教此日結良姻，人物風流富貴春。

百歲永同諧老願，婦隨夫唱結同心。

---

(一) 夾批：金谷：石崇金谷園。擅：音『善』。

(二) 夾批：劉：名晨。阮：名肇。

# 第二十七折

【霜天曉角】（丑唱）牢籠圈套，設就多奇妙。汲水又還挨磨，這苦又經多少。

三娘小賤人被我，小賤人被我剪下頭髮，打爲奴婢，日間汲水，夜間挨磨。如今天色已晚，不免整頓磨盤，教他出來挨磨。正是：兩片團圓石，一條鐵石心。行來無數步，日夜苦磨人。三姑快來。（旦唱）

【前腔】耽煩受惱，苦向誰人告？恨殺無情兄嫂，這磨難何時了？

煮豆燃豆萁，豆在釜中泣。本是同根生，相煎何太急。奴家不從改嫁，被哥嫂剪下頭髮，教我挨磨，被他拷打，只得前去。（見介）嫂嫂，叫奴家作甚？（丑）三姑，哥哥叫我監你挨磨。一不許怨哥嫂，二不許你躲懶，三不許提起劉智遠。犯了一條事，責一下。且來先打一下樣板。（旦）不須如此，待我去挨。

【香羅帶】（旦唱）愁腸千萬束。嫂，這般樣重磨難挨，教奴家怎移步？恨只恨無情哥嫂忒狼毒。（丑）你又埋怨哥嫂。（打介）（旦唱）嫂，打開我鳳友鸞交，逼奴再嫁夫。（丑）你若肯嫁人，莫說挨磨打你，罵你也不罵你一聲。（旦唱）嫂，奴豈肯傷風敗俗？（丑）你怎的躲懶不挨？（打介）（旦）呀，我和你姑嫂之情，你苦苦打我則甚？這兩次看哥哥面，權且讓你。（丑）你這等說呵，我偏要打你，待怎的？（旦唱）嫂，你是個蛇蝎心腸。哥，不念我同胞手足。（丑）你只埋怨我哥嫂，我就怕打你？（旦云）你好没來由。（搶板打丑介）（丑走介）

【前腔】（旦唱）我是個堂上姑姑，你是個厨下嫂。自古道，大還大，小還小。奴須是，李員外親生之女，怎受得無情苦楚？（丑）三姑，你打我，你明日生下兒子，也要我來看顧你。（旦云）是我差矣。倘我後日生下兒子，他夫婦謀害死了，教我空受苦楚。不免陪個小心，暫時哄他。（跪介）嫂嫂，是奴家一時見差，望嫂嫂念姑嫂之情。（丑）三姑娘請起來。不管我事，都是你哥哥叫打你。我今再不打你，你慢慢在此挨，我且自睡去。（下）（旦唱）這茅簷破壁奴獨自守，只見門外有重疊疊的雲山，遮不住愁來路。

且喜嫂嫂回去，不免將磨强挨一會。

【五更轉】只得强捱數步，只得强捱數步，奈力倦怎馳走？憶昔爹娘嬌養，那曾出門户。今日裏到做個挨磨汲水下賤奴。可憐見形衰貌朽，香肌憔悴纖腰瘦。天！奴家受這等苦楚，不如懸梁自盡罷了。欲待要尋一個無常路途，（哭介）到是奴家差矣。記得當初瓜園分别之時，奴説身懷有孕。他説：『三娘，你在家小心。倘或生得是男，也接續劉家宗祀。』欲待要尋一個無常路途，争奈我有十個月懷胎。我死却又恐怕劉郎絶後。休休，憔悴了秋月春花，等閒也麼光陰虚度。

争奈我力倦難挨，腹中飢餒，不免在磨上歇息片時。

【下山虎】（唱）劉郎去後，倏忽麥秋。料應張策後，飛黄馳驟。奴爲你受勞碌、受淩辱，怎當他心上愁來眉上憂。只怕他是個棄舊奸雄也，莫將奴辜負，朱門貪戀人豪富。此恨怎消，枉教奴對着一盞殘燈伴影孤。

【前腔】别離數月，如隔三秋。舉目雲山遠，望斷歸舟。你莫將奴辜負，反歎恩情如朝露。他是個奇男子、烈丈夫，怎做得區區薄倖徒。苦，蛩將鳴户牖，唧唧啾啾。自思李氏三娘做怨囚。恨悠悠，淚雨盈眸。風喧鐵馬，聲鬧門户，誰念我獨守空房生意憂。天，好苦呵！不要久坐，還有一籮麥子。欲待不捱，只恐哥嫂打駡，真個難捱。

【駐雲飛】（旦唱）磨重難捱，夜静無人訴怨懷。苦把時光捱，熬得形骸在。嗏，郎去在天涯，自疑猜。邊塞塵埃，遠憶愁如海。不向東風怨未開。（做腹痛介）

【前腔】（旦唱）驀地疼來，屈指將彌十月胎。多想懷分解，自把身寧耐。嗏，争奈瘦形骸，料難捱。痛觸心懷，生死須臾待，體魄相離眼倦開。

（旦做倒科）（末扮土地引鬼抱兒子上）（詩）九重天上抱金童，五色雲中駕六龍。天降紫微傳九五，祥光高照玉霄宫。吾乃九天降生神是也。因爲沙陀劉智遠日後當即大位，李三娘位正中宫，見今十月懷胎已滿，欽奉玉帝敕旨，降下紫微星托生爲子，差吾神抱送李三娘解懷。三娘，聽我分付你：此子異日大貴，不在多言，急急令人送到邠州，休得違慢。（丢兒介）大抵乾坤都一照，免教人在暗中行。（下）

（旦醒云）怪哉，怪哉，分明有人指點。

【前腔】體困難擡，奴幸生來一小孩。幸免身災害，未斷兒臍帶。磨房中那討剪刀，怎生是好？

不免將口咬下臍來罷。嗏，血濺口難開，痛傷懷。（做咬介）咬下臍來，齒上腥痕在，啼破兒聲苦自哀。（抱兒看介）

【前腔】（唱）一夢奇哉，彼時昏悶倒地，如有神人送此孩。生下兒堪怪，生得令人愛。天，奴受苦楚，今喜產下此子，使奴不勝之喜。嗏，不覺笑顏開，自心裁。體貌形骸，酷似劉郎態。古云：『龍生龍子，鳳生鳳兒。』信也。正是虎父還生虎子來。

神人説此子後有大貴，教我令人送到邠州。量我一身尚難存濟，怎生得人送去？待明日去與叔叔商議，又作個區處。

詩：

謝得神明傳報語，從天降下紫微星。
道他異日非常貴，協夢方纔稱母情。

## 第二十八折

（末上云）昨夜祥光照，今朝喜氣生。我家無厚德，應兆在何人？聞説三娘夜來生下一子，料想李洪信不能相容，不免去探望他一遭。三娘何在？且去看他看。

【雙勸酒】（旦上）天上麒麟誰抱送，喜吞日先懷入夢。憂喜相關心尚恐，目斷邠州遠徑。

叔叔，老天庇佑，昨晚生下一子。（末云）誰替剪下衣帶來？（旦）房中又無剪刀，只得將口咬下。（末）好苦！好苦！就叫名作咬臍郎罷。（旦）料我哥嫂決不能相容，意欲送邠州與劉郎看養。爭奈缺少盤費，無人送去，望叔叔主張。（末）如此却好。竇員老義奴夫妻二人，雖則小人，到有忠義之心。我這裏賫發盤纏與他，着令送去，料想他不可相辭之理。（旦）如此，感謝！（竇上）絶妻方遠去，狼子苦無情。骨肉相煎處，(一)傍人抱不平。自從劉官人去後，三娘子被兄嫂這等磨貶，真個好苦呵！聽得三員外叫，不免同去詢問一聲。（相見介）（末）三娘夜來生下一子，恐怕兄嫂害他，欲着你夫妻兩人送到邠州與官人，你心下若何？（竇）既蒙員外、三娘子恩深難報，莫説是邠州，便赴水火，亦不敢推辭。（末）如此却好。我有盤費在此，你收拾行李，便此起程。（竇）小人便去。（旦）多感三叔，無恩可報。且回尊步，待我寫書一封，分付他去。（末）正是：

路在天涯裏，情通一紙書。

（旦云）我在這裏寫書，你夫妻去收拾便行。（竇）理會得。（旦寫書介）

【鏵鍬兒】（旦唱）三娘端肅書拜首，遠寄劉郎幕去收。自別瓜園後，兄嫂結冤仇。日夜無辜，逼奴再偶。堅志不從，反遭捶楚。(二)

---

(一) 煎：原作「牋」，據文義改。

(二) 夾批：捶：音「垂」。

【鬥黑麻】（唱）剪去香雲，蓬頭跣足。〔一〕汲水難捱，挨磨受苦。磨房中幸産麒麟，剪刀無有。咬下兒臍，血痕在口。又恐怕兒遭毒手，遠送到邠州。子父之情，恩加乳哺。

【憶多嬌】朝與暮，頻看顧。愛子雖勤，須當母苦。莫爲何人，休留日久。功名得就，早早回來莫誤。

（書尾）（詩介）兒生在磨房，小字咬臍郎。表我今日苦，呼名怨不忘。書已寫完了，竇員、義奴你來，這兒子也交付與你去。

【摧拍】念此子生不遇時，出娘懷便遭禍危。你夫妻受我一拜。死生在你，死生在你。途路風霜，懷抱休離。愛若親生，乳哺須宜。（合）今日裹子母東西，空慘戚苦悲啼。（竇唱）

【前腔】承委命決不敢違，途路間自當愛息。我與此兒，我與此兒，形影難離，生死相依。乳哺劬勞，豈在憂疑。（合前）

【鷓鴣天】（旦）胎血未乾兒乍别，（竇）淚痕如綫母還悲。（旦）窮途豈忍啼聲苦，（竇）遠道休憂恩愛遲。（下）（旦唱）兒呵，今日去，幾時歸？倚門長望淚雙垂。磨房此日無天日，口血腥腥只爲誰？

〔一〕夾批：跣：音『選』。

詩：

恐兒遭毒寄邠州，兒去邠州母釋憂。
在路不知安與否，教人長憶淚雙流。

## 第二十九折

【步步嬌】（竇上）力倦相扶難移步，風雨前村路。兒啼苦未休，聒碎離腸，越覺途中苦。豈敢怨當初，勞碌甘擔受。

（義）漢子，走不動了，在此權坐一會，歇息則個。（竇）行走不得，少坐片時。（義）我説三娘在家，十分好生受苦。（竇）只爲心抱不平，到此休相埋怨，只得奔程前去。真個這般時候，寥落路途，（一）怎不教人生愁悶呵！

【征胡兵】（竇）寒風吹斷梅花信，煙樹渺茫。驛使音書近，行人道路長，到此添愁況。（兒啼介）你多是啞啞爲娘啼，令人感傷。（竇、義坐久介）

【前腔】（義）抱兒終日難離手，趲程又忙。力盡愁邊路，雲孤見故鄉，回首空凝望。兒子把

（一）落：原作「洛」，據文義改。

來，想是脱了毒手。只怕他子去母躭憂，將身殞喪。㈠

（竇）李洪信天殺的！

【歌兒】不思兄妹生同氣，忍將骨肉自傷。儘教他汲盡三家井，難捱一磨房。（義）這也不干李洪信事。是則是張醜奴不良婦，造下了此冤人怎防？

這兒子好苦。

【前腔】（竇唱）未生三日兒離母，説與路人也斷腸。今日這兒子抱了去呵，恰正是趙武冤還在，程嬰志未忘。兒子脱離，虧了何人？若不是三員外懷仁義，怎能勾得這嬰孩出禍殃。

【尾聲】話長難盡窮途上，晚翠孤霞帶夕陽，投宿還愁客舍荒。

曰：

馬啼争去客，渡口唤歸人。
燈火前村近，行忙極苦辛。

㈠ 夾批：殞：音『愠』。

# 第三十折

【鳳凰閣】（貼唱）紅顔薄命，界破殘妝淚落。先君一日棄弓刀，撇下女郎無靠。黄沙白草，空望斷空鞭路遥。

秋胡五日辭妻去，臣女二朝抱父還。離别更遭經歷苦，此身何用在人間。自從劉將軍去後，與李克用合兵，不幸先君病喪，將軍又不見還。雖然是整頓國家，得全忠義，奈别奴家孤身在室，一則疼父之淪亡，二則念夫之勝負，朝暮躭憂，何時可了？不免叫院子過來，打探消息。院子何在？（末上）去時軍將曾違令，承奉家門盡屬吾。奔走街頭身不暇，畫簾深處又聞呼。夫人有何使令？（貼）將軍一去，不見音信回來，令人憂念。你在門外探聽消息，看事意如何。（末）理會得。（竇、義上）帥府高懸百尺竿，兩行戰戟壯威嚴。從來未見將軍令，到此如何不膽寒。途中聞得劉智遠已來受職，贅入岳節使府中，來到此間便是，不免大膽入去則個。（末驚問通報介）（占云）你是甚麼人，敢大膽來我府中？（竇、義）夫人在上，容小人夫婦一言禀上。（占）你姓甚名誰，何處人氏？

【香柳娘】（竇唱）鄙人名竇員，鄙人名竇員，沙陀鄉貫。（貼云）你抱這小厮爲何？（竇唱）爲攜此子來逃難，望夫人聽言，望夫人聽言。乃父漢宗傳，姓劉名智遠。（貼云）他父在那裏去了？（竇唱）爲從軍在邊，爲從軍在邊。經年未還，將妻拋閃。

（貼云）他妻子在家何事？（竇唱）

【前腔】受淩辱萬千，受淩辱萬千，兄嫂逼遣。逼他改嫁不從。（竇唱）繡鞋脱下香雲斷，朝汲盡井泉，朝汲盡井泉。夜宿磨房間，甘心也無怨。幸天天見憐，幸天天見憐。佑生此男，怕遭毒陷。

（貼云）既然如此，兒子怎得送來？（竇唱）

【前腔】賴叔父更賢，賴叔父更賢，情難忍見。把盤纏賫發我來，教離虎穴休遲緩。我一路上呵，受千難萬難，受千難萬難。負璧渡秦關，登高又涉險。（貼云）如此多虧了你。（竇唱）這辛勤自甘，這辛勤自甘。決非妄談，有書呈看。

（旦接書看介）原來是李氏姐姐所生的孩兒，今着你夫婦二人，送來與將軍看養。一路上多虧了你二人。如此快抱將過來。（貼抱兒哭介）

【洞仙歌】（貼唱）兒啼苦爲誰？多因是離母悲。兒，如今到此，只我是親娘，何須恁哭啼。在路上多虧了我兒子呵。途中誰洗兒，胎血尚腥沾，血痕猶染衣。怎忍不垂淚。（竇）

【前腔】夫人賢更稀，兒今得所依。便加憐恤恩，强如在母時。夫人今日如此看養他呵，長大事親幃，豈知誰是親，一般奉母儀。敢忘今日義。

（貼云）我兒脱離大難，感謝皇天庇佑，得到此間，就唤名作劉承祐罷。（竇、義）望夫人主張。（貼）本當就遣人到沙陀去接李夫人到此，争奈將軍在外，兵戰未回。我这裏且尋下好奶子抱養，等將軍回來，又作道理。

（貼云）千里兒來苦，（賓云）相逢有一天。

（貼云）沙陀還有母，（賓云）重會在何年？

## 第三十一折

【尾犯】（浄上）背地自追思，無不容。一妹妹有何辜？教他挨磨汲水。想當初呵，心上火煙燃不起，枕邊聆聽來自迷。[一] 休説起前程往事，自覺悔時遲。

男子無剛氣，癡心聽婦人。今朝雖自誤，此志已難申。想當初何故，把我三娘千般淩辱，只爲誤聽不賢之婦百計挑唆，以致兄妹之情，以恩成怨。可惱！可惱！

【玉交枝】（浄唱）一家骨肉，妹和兄曾無怨尤。此情頓覺如狼虎，今日説來自醜。忍將親妹打爲奴，争如笑破傍人口，暗教咱傷情淚流。

[一] 聆：原作『玲』，據文義改。

【前腔】不賢之婦，與三娘薰蕕不投。(一)暗中空使牢籠手，如簧巧語搬鬥。今朝方悟此根由，當將手足情如舊，又須防杯中鴆謀。(二)

【前腔】休因自悟，想劉郎魁梧丈夫。向日有人在邠州來，側聞身上青雲路，兵權遠鎮胡虜。留得三娘在，劉智遠那時節回來還好說話，若是没了三娘呵，求妻不見怎干休？一時怒發滅門户，怎教人心中不愁。

如今要如何處置？

【前腔】愁眉轉蹙，細思量終無妙籌。（再思介）想起來時，只是挨磨汲水這些事，暗令人替他辛苦，裝成外面如故。如此處置呵，須知兄妹不相仇，又令潑婦心無咎，這其間方後憂。雖然這等説，只恐不賢之婦知道，怎生是好？罷，罷。手足之情，無如奈何。便是惡婦知之，只得陪個小心便了。正是：自家骨肉休生怨，兄妹難同陌路人。（下）

## 第三十一折

【念奴嬌】（生上）兵多戰勝是男兒，殿後猶慚策馬。雲合鬥尤除國賊，誰念赤符自掛。百死

(一) 夾批：蕕：音『由』。
(二) 夾批：鴆：音『枕』。

一生，苦無惡戰，功業成虛話。何時鹿死，此志大家干罷。

國士徒雙手，雲臺百戰空。賊亡君未立，事業已成空。自從李克用一齊起兵征討，披堅執鋭，髀肉皆滿，(一)出百死於一生，以圖恢復。豈知克用已亡，其子存勗不遵父命，屢自僭稱。吾有百戰之功，虛勞無益，此心實不能甘。況存勗無人君之良，又非唐室宗親，禍亂之原，終不可止。我與存勗同事之人，失今不去，久後必無葬身之地。尋思同鄉石敬唐，恢弘大度，人君之雄也，與存勗雖有婚姻之好，而知不相牟。欲往投之，恨無合義。近聞契丹入寇中原，乘此之機，提兵遠去。一則往説石敬唐，二則回邠州拜岳父墳墓，三則便道回家，訪前妻李氏消息，實大便也。左右，你與我鳴金招部下三軍，即日該奉盡起招軍，往拒契丹，休得有誤。(衆)領鈞旨。(生)牽馬來。

【金錢花】(唱)垓前吹散軍兵，軍兵。渡口豈知鷄鳴，鷄鳴。猊貐遠引馬前行。提寶劍，遠投明。還須擬，建功名。

詩曰：

叩首欽承君命，爵賞人人歡慶。
朝中天子三宣，閫外將軍一令。

---

(一) 肉：原作『内』，據文義改。

# 第三十三折

【謁金門】（貼上）人去遠，時序幾經寒暖。捻指星霜催歲晚，無奈相思怨。十五年來人面，鏡裏朱顔偷换。望斷長安人不見，天外鳴雙雁。

〔長相思〕曉風吹，晚風吹，猶恐風吹戰馬啼。塞外人未歸。長相思，短相思，減却青年兩鬢絲。不思去年時。自從將軍去後，一十五載，不見回來。前日有報，不見統兵回來。今日早起，喜鵲頻呼，想必回來，令人憂喜交集。方知分曉，不勝懸望之至。（生扮劉智遠領兵上）

【武陵春】故國江山依舊在，風景不如前。畫戟朱門别幾年，人去雀聲喧。馬蹄歸來誰再問，勝負亦徒然。抵事劉郎意，相抛不得此情堅。

繫馬在庭堦，絲鞭未離手。佳人慰問時，别去平安否？且喜來到家中，不免入去則個。（生、旦相見哭介）

【玉樓春】（生唱）自從别後音信杳，辜負春風人易老。若識泰山别去時顛倒，何不當初歸日早。

【前腔】（貼）眼枯淚盡痛先君，誰憐望斷長安道。愁心一片苦難言，悲喜相看淚猶落。

自從將軍去後一十五載，不幸先君已死。日夜懸懸，不知何故，久無音信。（生）將在軍不得私反家事，是以久失音信。（貼）如今軍事寧浄否？（生）幸朱温未滅，存朂僭稱，故以契丹爲名，統兵回來，往投石敬唐。思欲便道還鄉，探問前妻李氏消息。不知我去一十五年，家中曾有書來否？（占）有書來。（生）把書來看。（占遞書與生，生看書介）原來我妻在家中受苦，還送孩兒咬臍郎在何處？（占）咬臍名字，奴家隱下，替他改過，名唤劉承佑，免得他常思親母。見在學館中習讀兵書戰策，閑暇引軍出郊打圍未回。（小生）風動角弓鳴，將軍獵渭城。草枯鷹眼疾，〔一〕雪浄馬蹄輕。聞我父親回來，不免入去則個。（占）這是你父親，急須下拜。（小生）父親在上，容孩兒百拜。（生）從你生長一十五載，未得見面。如今成人長大，所習何事詩書？（小生）春秋戰策，孫吴兵法，孩兒頗能通曉。（生）你便説來我聽。（小生）父親在上，容兒説來。

【耍孩兒】（小生）自古兵爲凶器非常用，繫國存亡衆死生。華夷無奈相吞併，一時間怎得清寧。師陳涿鹿非誇武，〔二〕滅竄三苗豈算兵。討平有扈王師定。因此上三皇五帝，百戰千贏。

（生云）用兵制勝，何者爲先？（小生）

〔一〕疾：原作『淚』，據王維《觀獵》詩改。

〔二〕夾批：涿：音『作』。

【六煞】要威行須算奇，未興師先正名，名其爲賊敵人恐。興言可檄英雄怒，奮臂能呼豪傑從，(一)須教氣壯三軍勇。豈不見齊桓假力，楚霸無功。(二)

（生）爲將之道，何者爲先？（小生）

【五煞】智如神識見明，信相期號令行，休輕殘害生靈命。澠池隊裏將軍戰，(三)細柳營中天子驚。能將五字分毫省。管教你兵行有紀，計出無窮。

（生云）行兵之道何如？（小生）

【四煞】未行軍粮草隨，要揚威器械精。旌旗先後嚴軍令。遠經險阻防腰繫，已過平夷怕後攻，遊哨探馬頻須警。休犯了以飢遇飽，反主相迎。

（生云）安營布陣之法何如？（小生）

【三煞】觀陣法明奇正，論安營相地形。憑高據險期先勝。陣參天地觀師尚，(四)營按東西歎

---

(一) 夾批：臂：音『閉』。

(二) 夾批：楚霸：項羽。

(三) 夾批：澠：音『免』。

(四) 夾批：師尚：吕望。

卧龍，[一]勢如山嶽難摇動。又須要水粮不絶，首尾相通。

（生云）出戰之道何如？（小生）

【二煞】量衆寡明强弱，料吾軍觀敵鋒。虚張聲勢疑軍衆。安知詐敗無埋伏，豈有驕兵苦戰征。中軍出馬奇兵應。須記得勢如破竹，疾若追風。

（生云）何爲攻守之法？（小生）

【煞尾】明問論誰攻守，失人心令不行，軍情向背知謀中。動摇陣脚忙驅戰，斷絶軍粮急破城，守無怠惰攻須猛。那怕你旌旗百里，鐵壘千重。

【尾聲】兵家不可期，權謀須預明。此其大略言難罄，幾時間得攬兵權當自逞。

（生云）吾觀不讀父書知事，你可先帶人馬三千，前往中原沙陀村外開元寺中駐扎，我同母親隨後趕至，不得違誤。（小生）遵命。

詩曰：

初出行程好用心，沿途不可擾黎民。
開元寺舍尤屯合，引領軍前待二親。

---

[一] 夾批：卧龍：孔明。

# 第三十四折

（小生扮小將軍上）手執七星寶劍，脚跨禿爪烏龍。射了隻折脚雁，打破了錦屏風。自家非別，乃小將軍劉咬臍是也。領了父親嚴命，着我領兵回去探我生母，屯合開元寺中。今日同衆軍遊山打獵，不免操練一番。小校何在？（淨、丑上）去時魚遊春水，回來緑暗紅稀。驚起賓鴻中彈，打着正拗雙飛。伏將軍，有何使令？（小生）衆軍士，你每整理軍馬，遊山打獵，徑往沙陀走一遭。（衆云）得令。

【點絳唇】（小生）帳下三軍，帳下三軍，英雄猛似虎，披掛似天神。撲咚咚催車鼓響，咭琤琤趲上金鈴，(一)活喇喇咆響振天驚。手下的，人人都要弓一張，帶着狼牙箭幾根。你緊着眼用着心，見兔放鷹。白馬閃閃隊隊帶着紅纓，(二)獵犬兒吠汪汪一似飛雲。白馬兒經過幾鄉村。獐麂鹿兔都不見，(三)烏鴉喜鵲盡藏形。

（淨、丑）禀小將軍，西北上有一陣雁來了。

【前腔】（小生）只見天邊鴻雁轉西城。衆軍校，人人都要緊着眼，個個都要用心勤。手下的，

---

(一) 鈴：原作「玲」，據文義改。

(二) 夾批：隊：音「對」。

(三) 夾批：麂：音「紀」。

你急急與我放着海青，你疾忙與我解着絨繩。那海青海青，尾兒上帶着金鈴，那海青海青，脚似鋼丫，嘴似鐵釘。那海青海青，骨碌碌抓住天鵝的眼睛。只見那天鵝頭上碎紛紛、血淋漓滚落在地埃塵。（衆吶喊介）

【前腔】衆軍卒，休得要吶喊聲頻，我这裏又不許人來馬轉，暫歇郵亭。(一)手下的，我欲待要尋個秦樓楚舘，沽飲芳樽。衆軍校，你向前去問牧童。（丑）禀將軍，這牧童是啞子。（小生）只見那牧童遥指杏花村。（丑、淨）我和你爲衆軍，大家去攪擾良民。（小）衆軍校，你休得要擾害良民。我爹爹前有軍令，你違吾者把軍令施行。路上有花並有酒，一程分作兩程行。

詩：

今朝歇馬暫停眠，來日鷄鳴早看天。
正是雁飛不到處，果然人被利名牽。

## 第三十五折

【胡搗練】（旦挑桶上）風凛凛，雪霏霏，蘆花絮薄寒侵體。跣足一肩風雪裏，能將情苦訴

(一) 夾批：郵：音『由』。

伊誰？

〔菩薩蠻〕茫茫千里迷村徑，踏破行踪雙足冷。來到井欄邊，單衣汲井泉。雪風當面割，肩重泥途滑。盤僻步難移，還愁歸去遲。向日蒙俺哥哥令人替俺汲水，嫂嫂知道，炒鬧一場。今日這等大雪，逼令我來汲水，真個好苦也呵！雪中跣足，難禁冷割如刀；井上凝冰，怎奈寒侵到骨。正是：一肩挑盡人間雪，兩足熬過天下寒。古道千山鳥飛絶，孤舟簑笠獨垂竿。不免去汲則個。

【鶯集御林春】（唱）似這等天日無光，散梨花墜雪。斜稱風威當面烈，把蒼山壓倒千疊。平白地郊原占了，家家閉户人踪滅。昏慘慘凍屋無煙，愁雲遍野，密灑漫空猶未歇。

這雪呵！

【前腔】謾説道雪裏貧人，怎如我苦切？雪凍肩寒身又怯，怎當得兩耳刀裂？亂紛紛尋頭撲面，衝風閉口難開舌。熬不過凍足如冰，單衣似鐵。顫倒風中遭滑跌。(一)（跌介）（起介）

【前腔】可憐見帶雪沾泥，更渾身透徹。到骨僵寒筋力怯，(二)哭啼啼淚冷腮頰。今日裏身無所主，雪中凍死誰憐説？好教我瘦骨難支，寒威未輟，忍把微軀甘氣絶。

風雪越大，不免鬧閨前到井邊去則個。

---

(一) 夾批：顫：音『戰』。

(二) 夾批：僵：音『姜』。

【古水仙子】雪雪雪，舞長空霏又斜。風風風，冰梅幾片風吹謝。慘慘慘，慘寒煙野徑天低。啞啞啞，顫枯樹飢烏聲咽。單單單，身子單衣袂劣。行行行，雪風狂舞袖難遮。寒寒寒，畫橋水斷寒冰結。凜凜凜，茅簷雪凍銀簷折。(一) 苦苦苦，苦將淚眼枉流血。

【尾聲】一天苦雪千山潔，這等天氣，怎麼有一簇人馬官道上來？尤有行人尋路轍。只管汲水回去，休要看他。早汲寒泉歸去也。(暫下)

(小生引衆卒上)掃雪尋行徑，敲冰渡馬蹄。鐵衣侵骨冷，尤有雪風吹。衆軍門，風雪大，不能前去，且就驛舍中權歇片時。(衆進介)(小生)驛卒何在？(丑上)雪冷紅氈裹耳邊，風狂披甲摘鈴穿。夜來飛虎旗爲被，遮得頭來脚露天。(見介)(小生)怎麼不來迎接？(丑)前面没有報來，小人不知，望乞赦罪。(小生)我問你，這般天氣怎麼有個婦人在井邊汲水？(丑)婦人的寃苦，一言難盡，望將軍叫來自問便知端的。(小生)叫那婦人過來問他。(衆傳介)(旦見介)(小生)這婦人，地凍天寒，不消下禮。(旦)受苦之人，禮數不週，望將軍恕罪。

【不是路】(小生)舉目相看，看這婦人，你不似人家奴婢顏。雪風天，爲甚衝寒汲井泉？濕衣單，蓬頭跣足真可憐。這其間，令人疑惑還驚歎。婦人呵，試說其寃，試說其寃。

(一) 夾批：折：音『舌』。

【風入松】(旦)恭承明問自羞慚，這苦情啓齒難言。(小)但説不妨。(旦唱)薄情夫婿相抛閃，致此身受苦千般。(小云)因何受這苦楚？(旦唱)只因骨肉家門難，將軍垂聽訴吾冤。

(小云)甚冤枉，你從頭説來。(旦唱)

【前腔】幼蒙父母最矜憐，雀屏開爲選良緣。(小生)你招贅丈夫叫甚麼名字？(旦唱)虧心短行劉智遠。(小)天下多有同名，原來你丈夫與我父親同名，以後何如？(旦唱)不久間親喪黄泉，嫂兄驟起蕭牆變。我丈夫見哥嫂日夜炒鬧，一朝心忿離家園。

(小生)你丈夫離家到那裏去，做甚麼勾當？(旦唱)

【前腔】邠州妄意去求官，從他去後，致令我手足傷殘。我那歌嫂呵，忍心害理相逼遣。逼我改嫁不從，脱繡鞋剪下雲鬟，日間汲水愁無限，夜間挨磨不容眠。

【前腔】幸得皇天憐念，嬰兒産下磨房間，又怕哥嫂毒害，送邠州遠去天邊。(小)兒子去了幾年？(旦唱)一十五載時光换。(小生)你兒子與我同庚，去後也有信來否？(旦唱)杳無個音信回還。(小)既你兒子在邠州，我是邠州生長的，可替你挨問。你的兒子叫甚名字？(旦唱)當時磨房中産下兒子，没有剪刀，只得咬下臍來，就以此爲名，咬臍名字終身怨，這場冤苦盡來難。

(小生)我爹爹領邠州節度使，統領大兵，不日由此經過。既是你兒子、丈夫都在邠州，想必只在我爹爹帳下。你可寫下家書一封，等我爹爹大軍到日，我替你軍中挨問，何如？(旦)如此感謝不盡。(小)左

右，取我隨行紙筆與他。（旦云）有累將軍。容奴家寫來。（挑雪入硯）

【香羅帶】（旦）松君帶雪研，寒侵指尖。霜毫未染呵凍筆，花箋慢疊寫寒暄也。當日輕離別，有何難？今朝懸望淚空彈。（寫介）别時容易見時難，望斷關河煙水寒。似這等阻隔關河也，屈指從今十六年。

（寫介）十六年來人面改，八千里外客心安。

【前腔】從他去未還，我在家中呵，千難萬難。人間苦楚都歷遍，劉郎，你不回來呵，此身便死有誰憐也。自古道，婦爲夫死。雖則是生無怨，死含寃，劉郎甘自忍心戕。（寫介）伯仁爲我空憐死，齊女含冤枉拜官。假若是久不回還也，斷絶今生夫婦緣。

（寫介）鴻雁不傳君不至，井欄流淚待君看。

【前腔】裁成詩半篇，愁煩轉添。頓然疑慮偷望眼，我看這小將軍呵，聲音笑貌與容顏也，好似劉郎態一般般。方纔説他父親與我劉智遠丈夫同名姓，説起他的名又與我孩兒共年庚。父同名姓兒共年，似這等年貌無差也，暗地令人心自歡。

（小云）婦人，你書寫完，怎麽這等歡喜？

【尾聲】喜逢今日鱗鴻便，仗寄艱危書半緘，子母夫妻擬再圓。

（遞書介）待小妾拜謝。（小云）不消下禮。左右，收了書，婦人另日開元寺回話。（旦）如此多感。

詩曰：

驛舍逢君至，梅花折一枝。

隴頭人見面，寄與莫遲遲。

## 第三十六折

【西地錦】（小、衆上）豺獺皆知報本，閑看草木聯榮。物類尚然如此，爲人怎不思親。

（小云）子母多年天一方，忽然書信到衡陽。眼前跋涉勞無怨，見母今猶可壽昌。自家爲因乳母之言，遊獵探親消息，偶於義井見一婦人，姓名籍貫皆同，但不敢相認。人家有這般哥嫂，不仁不義，下得狠毒心腸，把他汲水挨磨。衆軍卒先回，留下三五人跟我步行回府。（衆）領軍旨。

【點絳唇】（小）汗濕衣襟。衆軍士，你與我輕摇紈扇。（衆）禀小將軍，天時炎熱，可往涼亭避暑一會。（小唱）避炎蒸直奔涼亭。瞬息只見楊柳青青，夾道陰，緩緩行。使人心下添愁悶，飢餐渴飲多勞頓。衆手下，你與我問酒家沽取兩三巡。

我思想起來，人爲萬物之靈，最爲同類相親。看起這等婦人，撞遇這般狠毒哥嫂，真個可憐。（衆打馬走科）

【混江龍】（小生）論人生禀陰陽之氣、天地之靈，受胞胎方得成人。既爲官須要五倫全、三綱正。上有君來下有親，君親臣子職，須當兩盡。爲人似那婦人，夫妻子母兩參商，可不與外人評論？爲人似我爹爹，夫妻子母兩週全，可不得外人欽敬。

【前腔】仰不愧於天，俯不怍於人。説起他夫來，與我爹爹同名姓。説起他兒來，到與我咬臍共年庚。他既不是我娘來，緣何與我一家大小同名姓？既若是我娘來，我邠州堂上有萱親。好教我展轉傷情。

我思想那婦人呵，拜我禮，

【前腔】我本是個降龍伏虎小郎君，到當不得那裙釵拜敬。那婦人呵，邊言邊語邊淚零，可憐見命在逡巡。手下的，你與我牽過馬來，我揚鞭躍馬轉家庭，將此書報與爹爹來歷分明。假若不是我娘來，當與那節婦伸冤恨。假若是我娘來，願學取趙氏孤兒殺佞臣，那時節方稱吾心。

行説話間，不覺到了邠州。前日沙陀遇那婦人，説起好苦，我替他帶得書到爹爹帳下查問此人，與此婦人伸冤。當日婦人約我在開元寺中回話，(一)同去訪母，再作理會便了。

詩曰：

(一) 人：原作『婦』，據文義改。

打獵回程仔細思，沉吟轉覺淚雙垂。
大鵬飛上梧桐樹，自有傍人説是非。

# 第三十七折

【慶宣和】（浄扮僧上）命犯孤辰慶作僧，説法談空。無奈夜來被窩中，脚冷脚冷。魆地尋思覓俊英。怕弄奸情，施主拿去送公庭。送公庭。

（浄扮和尚上接生介）（浄云）本來如夢幻泡影，踏遍西方色亦空。盡説菩提生貝葉，誰知片片落西風。吾乃開元寺中一個和尚是也。剪髮披剃坐禪壇，(一)對三尊佛；誦經諷咒作梵音，(二)滿耳餘音。却愁慾火難禁，更長漏永；無奈塵緣未斷，酒盡杯乾。(三)西方豈有聖人，中國亦無長者。參禪禮佛，大家都是念彌陀；説法傳經，無地不曾談兒語。正是：西方路上生茅塞，(四)何處有人行得開。連日風雪，被經過官軍寺中嚷鬧，又説甚麼節使來了。今日只得寺門外立地，迎他則個。遠遠望見人馬，想必

(一) 剃：原作『替』，據文義改。
(二) 夾批：咒：音『晝』。
(三) 夾批：乾：音『干』。
(四) 夾批：塞：音『色』。

是來到了。

【憶秦娥】（生上）滿天風雪初收霽，馬蹄凍履堅冰碎。堅冰碎。銀缸遍地，瓊瑶千里。

（淨跪接科）（生云）和尚迴避。

【憶秦娥後】（占）重重深護氈輿弊，貂裘無奈寒風起。寒風起。玉纖擁袖，金蓮圍綺。

（小生上云）日淡天無色，雪晴冰更堅。淩寒來塞上，拱手立親前。父母途路中多受了辛苦。（生、貼）這般天氣，怎免風霜。承祐，路上不曾打攪百姓麼？（小生）孩兒豈敢。（生云）你去在那裏回，有甚麼異聞？（小生）嚴父母在上，容孩兒説來。

【駐馬聽】（小生）上告嚴親：因打兔兒没處尋。只見蒼鬢皓首，駕霧騰雲，行至莊村。見一個婦人井邊汲水淚盈盈，蓬頭跣足容顔損。問説原因，李家員外是他爹名姓。

（生）你可曾問他丈夫叫左甚麼名字？（小唱）

【前腔】匹配夫君，嫁與劉智遠辜恩負義人。只因哥嫂狠毒，分散瓜園，前去投軍。哥嫂逼他再重婚，身懷有姙難從順。因此堅心，因此堅心，怎敢違却夫君命。（又唱）

【前腔】懷姙將期，逐出荷花池畔居。喜得劉家有後，産下嬰孩，名唤咬臍。哥嫂直恁太無知，將兒意欲來謀死。竇老夫妻，竇老夫妻，將兒送往邠州地。（又唱）

【前腔】（生、貼）語話蹺蹊，他是何人你是誰？天下有同名同姓，凡事三思，然後而爲。心中展轉自猜疑，其中難辨真和僞。兩淚交垂，兩淚交垂，井邊稍帶一封家書寄。

（生云）書在那裏？拿來我看。（小生云）書在此。（遞書介）（生讀書介）別時容易見時難，望斷關河煙水寒。十六年來人面改，八千里外客心安。伯仁爲我空憐死，齊女含冤枉拜官。鴻雁不傳君不至，井邊流淚待君看。三娘好苦！

【一江風】（生）見鸞箋，寫出心中怨，清淚流難斷。在窮途阻隔關山，音信難傳，致使遭磨難。非干去不還，豈因心忍殘，今朝誤作虧心漢。

（痛哭介）（小生背問介）嚴父觀書信，如何兩淚垂？其中情切事，試説與兒知。（占云）雪中親見母，對面不相知。爲説當年事，吾兒即咬臍。（小生）娘呵，你生承祐，這般長大，怎説這話？（占）吾兒非是我生，你母李氏，當時磨房生你，没有剪刀，將口咬斷臍帶，因此上叫做咬臍郎。又恐你舅舅害你，令人送你到邠州。我撫養你，因慮你因名思義，長念親娘，是我改名承祐。昨日雪中遇的，分明是你親娘。故此你爹爹痛苦。（小生）好苦！好苦！承祐逆天之罪，兀的不痛殺我也。（哭倒介）（生）子母相見，何須痛苦。

【前腔】（小生）母含冤，有子難相見，空使肝腸斷。痛若空桑，誰復矜憐，見我親娘面。（怒起

介）左右，拿刀來！ 頓覺怒衝冠，一時愁更難。爹爹，容孩兒馘斬冤家漢。(一)

（生云）因要替你親娘報仇，故此一將不打關節，令人不知是我回來。今夜我自微行到磨房中，親見你母，看事意若何。你將大千圍了沙陀村之地，不可走漏李洪信，拿住明正其罪。（小生）奉嚴命。

（生云）忿殺無情漢，（小生）要斬不義人。

（占云）仇冤今日盡，（衆云）快樂一家春。

## 第三十八折

【掛真兒】（旦上）離恨窮愁何日了？ 空目斷水遠山遥。雪霽雲歸，天清月照，無奈風寒靜悄。

（旦云）薄情不來良夜静，(二)凍雪能消殘漏永。清虚照地雪光行，潔白涵空色更冷。兩輪磨石近寒人，百結鶉衣夜作衾。(三) 瑶堦倒漾銀蟾影，入我空房照素心。前日井邊見那小將軍年貌與吾兒相似，又是邠州來的，父親亦名劉智遠。世間有此異事，懷疑在心。今夜磨房孤冷，令人愈生感歎。正是：雲捲

(一) 夾批：馘：音『國』。
(二) 情：原作『夜』，據《大明天下春》改。
(三) 夾批：鶉：音『淳』。

雪初霽，月寒人更孤。磨房多寂寞，懊恨我兒夫。

【四朝元】（旦唱）雲收霧捲，雪晴月正員。見一天霽色，四壁光寒，坐來人自慘。更磨房冷淡，更磨房冷淡。雪映窮簷，冰涵碧漢。對月無言，因風有感，驀自生愁歎。（一）嗏，萬里共長天。劉郎，你在地北天南，兩情難遣。移步問嬋娟，征人何日還？愁眉淚眼。月呵，夫夫婦婦，有無相見？

【前腔】（生）天高月淡，相涵霽雪寒。正更闌籟靜，萬頃茫然，乘舟人興返。來到這裏，便是磨房，不免入去。（作打門介）見磨房空掩，見磨房空掩。不免叫一聲。（叫介）（旦云）是誰？（生云）是我。（旦云）漢子，你錯認了我。聽我説與你。（詩）十六年來別藁砧，閱牆無地可容身。甘心忍死形如朽，不比星前月下人。你快出去，快出去，不要在此遲延。（生）三娘，我乃是前度劉郎，歸來路遠。（旦）既是劉郎，爲何聲息不同？（生唱）間別多年，聲音難辨。（旦作疑介）既是我的劉郎，當初在那裏分別？有甚麽事跡？（生唱）當日遭家難，嗏，你哥嫂把我灌醉，賺到瓜園中去。幸免喪黄泉。天賜留題，神書寶劍。夫婦在瓜園，別離容易間。我去一十六載，知你在家受苦。風風雨雨，特來相見。

（一）夾批：驀：音『默』。

（旦）原來真是劉郎。（哭恨介）

【前腔】（旦）名虧行短，中心豈不慚？自瓜園別去，何處留連？不思歸故苑。望衡陽雁斷，衡陽雁斷。骨肉相戕，雲鬟被剪。歷盡艱難，敢生嗟怨。此恨何時遣？嗏，捱過苦多年，熬定形骸，甘爲下賤。夫婿枉徒然，苦甘空自憐。何勞遠念，生生死死，豈須相見。

【前腔】（生）關河路遠，羈身未得還。（旦）書也寄不得一封回來？（生唱）更四方兵革，萬里塵煙，音書難寄轉。從邠州統兵討賊，淹留軍中一十五年，近時纔得回到邠州。見上林有雁，見上林有雁，知在家中，苦遭磨貶。日夜兼程，不辭涉險，今與兒同返。嗏，（旦）你今做甚麼官？（生）拜將掌兵權，威鎮藩城，職居方面。富貴異當年，榮華歸故園。一家歡忭。悲悲喜喜，啓門相見。

（旦）如此也不枉了我受苦恁般，開了門罷。（見介）

【天下樂】（旦）别淚流乾苦自傷，相逢如夢却羞郎。（生）楚天吴月遥相共，關塞千重路渺茫。

（旦）間别多年，且喜榮耀。（生）有累受苦，負罪多矣。（旦）竇員夫妻送兒與你，見在何處？（生）竇員夫妻送兒子到邠州，不幸不服水土，夫婦病亡。兒子今已長成，昨日雪中與你相見。（旦）那小將軍是我兒子！可喜，可喜！當時見他顔貌，説你姓名，我心中十分疑惑。如何我説咬臍名字，他還不曉得？（生）當時兒子到邠州，我因提兵遠出，是岳氏改名劉承祐，故此不知咬臍名字。（旦）岳氏是甚麼人？他怎麼改我兒子名字？（生）我到邠州投岳節使麾下，因爲破賊有功，蒙將親女招吾爲我婿，故有岳氏。（旦云）原來你在邠州有如此之快樂，如何肯回來顧我？（哭介）

【刮鼓令】（旦唱）聞言不敢嗔，痛傷情淚滿襟。豈知今日無恩信，辜負當年結契姻。那日兩離分，杳然不見通音問。疑作天涯寥落人，誰知別後變初心。

（生）初心原不如此，事勢到頭，無如奈何。

【前腔】（旦）辜恩不可聞，爲何人受苦辛？你看我，肩痕尚在愁難盡，磨石無情苦到今，蓬首斷香雲。明知兄嫂狼心輩，不念夫妻結髮情，忍將舊愛待新人。

（生）三娘，只說你受苦，但不知你丈夫在邊塞苦不可言。

【前腔】（生唱）從軍事遠征，歷風霜苦怎禁？爭奈劉智遠命運不濟，岳節使招軍已完，只投得一名馬役頭。(一) 日間打草，夜間巡更。那日間打草多勞倦，奈夜間提鈴喝號夢難成。若說起岳氏，有恩於爾我。若不是岳帥親生女，怎得皇家寵愛深？終不然去到邠州就做官不成？只虧十月懷躭苦。三娘，你送得兒子到邠州，深虧岳氏撫養，纔得成人，終不然你兒子自己會大？多虧岳氏三年乳

(一) 役：原作『投』，據文義改。

哺恩。三娘，你莫將賢婦當仇人。

【前腔】（生）新人出宦門，（旦）美嬌娥掌上珍。他嬌姿貌美，日近日親。妾色淡容衰，日遠日疏。三千色淡容顔好，十六年來寵愛深。（生）三娘，當初把你招贅之時，容貌本等標致。今被哥嫂磨滅，容顔不比往前。（旦）不似磨房人。料君之心，正念羞花之貌，那顧我憔悴之容。不如殺身以從君可也。（唱）難將衰貌移君寵，甘向黄泉作怨魂。（生）夫婿遠回，當共歡娛，你如此嗟怨，亦不可取。（旦云）妾若在，愛必分。妾若死，甘休罷。免將新愛舊人分。〔一〕

【前腔】（旦唱）新婚與舊婚，辨人情識假真。須知貴賤無雙美，只恐妍媸有二心。〔二〕（生）我非負義之人，何以妍媸之誚？（旦云）閒話休題，閨閫之事，休定尊卑。（生云）婦人家好不大量，尊卑自有先後，豈可變易綱常？爲丈夫的，身居兩難之地，將他爲大你爲小，你又先歸劉氏之門；將你爲大他爲小，他又是千金之軀，以此兩情難向。三娘，你是賢會的人，憑你説的將那個爲大？（旦）依我説，是我爲小，他爲大便了。（生）人心則同。我一路尋思，也是如此。（旦怒介）（生）真是小人。我當初曾説破，家有前妻，不可重婚再娶。他説我女頗賢，願居其次。（旦）你也曾講過了。（夫）我讓他爲大，打甚麽緊，

〔一〕免：原作『愛』，據《樂府萬象新》改。
〔二〕夾批：妍：音『言』。媸：音『癡』。

只是禮上去不得。爾當自詳，免致後悔。小大禮爲尊，恩情莫論新和舊，名分休因疏間親。既然名正而言順，自然和氣以安寧。一家怡樂值千金。

詩曰：

間別年來久，誰知再得逢。
明朝冤恨雪，此夜磨房空。

## 第三十九折

【虞美人】（貼上）牽情一夜渾無寐，料此日人相會。尤如花檻裏，芙蓉芍藥、含情故遣開雙蒂。

夫君夜來去探李氏姐姐，如今已明，想是回來，不免在此等候則個。

【前腔】（生、旦上）相逢此日人如醉，更雀躍身無地。（旦）孤愁今日已，樂昌鏡合、雙雙不羨江南美。

（貼）久聞姐姐賢德無雙，有失問候。（旦）感謝夫人養子之恩，無德可報。（生）夜來分付兒子圍住沙陀村，想必拿李洪信夫妻來見，即殺死。（末）厲堦原自婦人生，豈識亡身禍亦成。欲向貴人來免脱，却愁不記舊人情。（末）張醜奴不賢之婦，造此冤家。誰知劉智遠身掌兵權，殺人如蟻，今日回來報仇。

張醜奴死不足惜，只是李洪信這愚夫誤遭此禍。老夫曾與劉智遠有恩，欲待苦相求免，又不知他意下如何。來到開元寺中，大膽入去。（相見介）（云）恭喜劉大人榮耀回來，賀喜！賀喜！（生）惶恐，惶恐。昔蒙叔丈贅納在下，感謝不盡。承蒙贐行之禮，送子之恩，此德尤難報答。左右，取黄金千兩，名馬十疋，送到三員外府中去。（末）禮物分毫不敢領受。一言告禀，不知大人肯容納否？（生）忝在至親，叔丈有話但說，何須謙遜。（末云）如此，老夫方纔說知。

【大聖樂】（末唱）亡兄昔日相逢，喜爲君開孔雀屏。預知今日光門户，誰想兄嫂亡後，愚子媳誤相淩。李洪信，張醜奴，夫妻萬萬難饒死，劉大人呵，憲度汪汪料有容。老夫拜揖，别無所求，但乞原情赦免，若不看老夫之面，須念我兄嫂前情。

【前腔】（生）聞言唯唯當從，難免胸中氣不平。無知洪信真狼子，聽悍婦妹難容。叔丈龍眼請看。（指旦介）蓬頭跣足何堪苦，婢膝奴顔實可矜。叔丈一言之勸，劉智遠不敢不遵。只恐吾兒切齒，終不免刀劍無情。

（末吐舌介）願乞岳氏夫人一言相勸。

【前腔】（占唱）婦人言語須聽，敢望君家曲聽從。愚夫愚婦無知識，罹罪詈固當刑。（一）依奴

---

（一）夾批：罹：音『利』。詈：音『古』。

家婦人之見，姑全陰德功非小，留與兒孫貴不窮。非敢因言告免，只恐怕踐生靈。

（生云）他既不念手足之情，我又顧甚麽陽德？夫人不必相勸。（末云）劉大人如此見執，望三娘一言告免千萬則個。

【前腔】（旦）千愁萬苦無窮，兄嫂冤仇殺稱情。我爹爹若是再有個兒子，將他殺死，以雪了仇恨。堪憐父母無人祀，豈忍家門一旦空。我爹爹當初招贅相公，只爲光輝門户，看覷後人。如今把我哥哥殺了，不念雙親初意，今日裏反絶其宗。

（跪介）（生）夫人請起。既是你這般説，且饒他殘生，痛決四十，以雪此恨。（末）多謝不殺之恩，李門宗祀有幸。（生）門外攘鬧，諒是兒子拿這李洪信、醜奴來也。（小生上）目裂睁來轉怒嗔，(一)此仇不共戴天深。生呑悍婦無情肉，剜視仇人不二心。（占）此是你生母。（小生見旦，拜，哭科）

【縷縷金】（小生）生不識，母慈顔。關山千萬里，見來難。（旦）有子無懷抱，別來長歎。（衆）喜皇天眷戀假良緣，雙雙揾淚眼。

（小生）兒生來未滿三月，拜違母親一十五載，多累母親受苦，有失奉養，望恕孩兒不孝之罪。（旦）母子再相逢，萬千之喜。（小生）此是何人？（生）是恩人李太公。（小生）太公在上，容承祐拜謝。（拜介）

---

(一)　裂：原作『烈』，據文義改。

子母若非太公，決無今日。此恩此德，山海深重，死生不敢相忘。（老云）老夫須然薄情，何勞賢侄罣念。（生）仇犯拿來了麽？（小生）孩兒夜來圍住他家，拿了這賊男婦二人，俱枷杻在寺門前，聽父親自己發落。（生云）叫衆卒押過他來。（卒扮淨、丑上）誰知作惡終有報，到此難逃劍下殃。一陌紙錢燒福地，但求轉禍降吉祥。（衆云）禀老爹，拿得犯人二名在此。（生云）你就是李洪信、張醜奴二人麽？

【鎖南枝】（生）賊夫婦，忒不仁，兄妹天倫骨肉親。何故把狼心，苦逼情何忍？你這賊如何不想今日？到此時，喪魄魂。賊，磔肉餧飢猫，[一]未免心頭恨。

（淨、丑）只求速死。（小生怒）（唱）

【前腔】難容忍，惡怒嗔，父母冤仇萬丈深。（拔劍介）拔劍斬仇人，豈是心殘忍。寶劍光，濺血痕。剮下賊頭來，此恨尤難盡。

（怒欲砍，旦扯住介）（旦云）你外翁只是舅舅一人，今番殺了，滅了李氏宗枝，且饒他。（小生）母親尊命。今日饒此賊，只是饒你不得了。（旦）哥哥請起。（淨起）（謝介）（云）拾得頭來安頸項，唤回魂魄出棺材。（驚喜介）（小生）砍了這賊婦罷。（衆勸免介）（生）殺此蠢物，污了刀劍，終須無益。吾兒，可將鞭背三百，逐回父母家幽禁，以報母親一十六年之苦。另選名族，與大舅再婚再娶。（丑云）荷蒙不

[一] 夾批：磔：音「則」。餧：音「畏」。

殺，逐回母家，實所不忍，敢求姑容一言，願求自盡。賦曰：　自惜少年作李妻，三姑無奈亦相欺。贅郎不久公婆死，正是前仇報覆時。威福作來心未悟，釀成今日禍來隨。死生到此不由我，追悔當年亦已遲。寄語人間誣薄兒，[一]埃中豪傑少人知。等閒着眼休相笑，風送扁舟自有期。忍死終須心自愧，有何面目在生時。堦前血濺痕尤在，留與人間作話題。（觸堦死介）（生）張醜奴死有餘辜，不足憐惜。且喜子母夫妻、郎舅兄妹一家具在，可爲家慶萬金之喜。（拜介）

【金錢花】（衆唱）一家怡樂如春，如春。榮華價值千金，千金。從前離合夢中尋。憂苦事，杳無聞。今日裏，慶生辰。

【前腔】（衆唱）英雄自古窮身，窮身。有時奮奪青雲，青雲。今朝寄語與時人。窮典策，燠寒心。[二]　空物色，枉相親。

總詩：

義士貞妻世所難，[三]不良愚婦死尤慚。
瓜園古跡形何在，汲水泉欄淚尚斑。

---

[一] 兒：原作「見」，據文義改。
[二] 夾批：燠：音「欲」。
[三] 貞：原作「真」，據文義改。

姑嫂不容情甚毒，妹兄冰炭少相關。
英雄自有擎天手，橋梓榮歸雪舊冤。

音註出像劉智遠白兔記下卷終

# 繡刻白兔記定本

# 目録

**白兔記下**

# 白兔記目録

## 卷上（一）



（一）原卷上、卷下目録分置各卷卷首，現統一改置書首。

## 卷下



(一)　卷下内文實爲二十齣，此目録漏計第十八齣，據文義，第十八齣齣名擬作『憶母』。依次，目録中第十八齣、十九齣實爲第十九齣、二十齣。

# 白兔記上

## 第一齣　開宗(一)

（末上）

【滿庭芳】五代殘唐，漢劉知遠，生時紫霧紅光。李家莊上，招贅做東床。二舅不容完聚，生巧計、拆散鴛行。三娘受苦，産下咬臍郎。知遠投軍，卒發跡到邊疆。得遇繡英岳氏，願配與鸞凰。一十六歲，咬臍生長。因出獵、識認親娘。知遠加官進職，九州安撫，衣錦還鄉。

(一) 各齣齣目名原省，據目録補。

# 第二齣　訪友

（生上）

【絳都春引】年乖運蹇，枉有沖天氣宇。最苦堂堂七尺軀，受無限嗟吁。似餓虎巖前睡也，困龍失却明珠。

結交須結英與豪，莫結區區兒女曹，正所謂也。自家姓劉名舝，字智遠，本貫徐州沛縣沙陀村人氏。自幼父親早喪，隨母改嫁，把繼父潑天家業，盡皆花費，被繼父逐出在外。日間在賭坊中搜求貫百，夜宿馬鳴王廟安身。這苦怨天不得，恨自己難言。正是：時運苦淹留，何須去强求？百花逢驟雨，萬木怕深秋。怒氣推山岳，英雄貫斗牛。一朝時運至，談笑覓封侯。那堪正值隆冬天氣，積雪堆瓊。江上漁翁，兩兩披蓑拽棹；人間過客，個個失路迷踪。你看好大雪！

【絳都春】彤雲佈密，見四野盡是銀妝玉砌。迸玉篩珠，迸玉篩珠，只見柳絮梨花在空中舞。長安酒價增高貴，見漁父披蓑歸去。（合）鼻中但聞得梅花香，要見並没覓處。

【前腔】（小生上）堪覷。青山頓老，見過往行人、失路迷踪。下幕垂簾，下幕垂簾，酌酒羊羔歌《白苧》。紅爐獸炭人完聚，怎知道街頭貧苦？（合前）

晚來風雪滿乾坤，四野人家盡掩門。暗想劉兄在何處，許多心事向誰論。正是：相識滿天下，知心能幾人？自家當初結義十個弟兄，各自投東往西去了，止剩弟兄三人。大哥劉智遠，二哥郭彥威，自家史弘肇。大哥流落天街，我已懷揣百貫，不免尋訪他，買三杯五盞，與他敵寒，有何不可。呀！遠觀不審，近覷分明。有個漢子呆立在彼，上前看來。（見介）（生）兄弟何來？（小生）小弟見天氣寒冷，特來尋兄。欲買三杯五盞，與兄敵寒。（生）兄弟，我好恨也！（小生）敢是恨小弟來遲？（生）那個恨你。

【皂羅袍】自恨一身無奈。論奔波勞役，受盡迍災。通文會武兩尷尬，目今怎得將來買？（合）朝無依倚，怎生佈擺？夜無衾蓋，怎生擺劃？日長夜永愁無奈。

【前腔】（小生）勸你寬心寧耐。論韓信乞食漂母堪哀。忽朝一日運通泰，男兒志氣終須在。（合）那時腰金衣紫，日轉九階。一朝榮貴，名揚四海。那時節駟馬高車載。

哥哥，小弟見天氣嚴寒，懷揣貫百，欲買三杯五盞，與兄暖寒。但哥哥能飲，小弟頗酌。買酒吃不醉，買飯吃不飽。哥哥且到寒家去，有濁醪與哥哥盡醉方歸。（生）如此多謝。只一件，多時不到宅上，恐怕嫂嫂見外，不當穩便。（小生）哥哥說那裏話。（生）如此多感。（小生）穿長街，過短巷，這裏便是。哥哥少待，等我叫出拙妻出來。（叫介）（丑上）隔腦！隔腦！（小生）混堂裏洗澡，這不是隔腦。快來！快來！（丑）來了！來了！

【十棒鼓】奴奴生得如花貌，言語又波俏。丈夫叫做廿一郎，奴奴喚做三七嫂。方纔房中補衣補襖。

（小生）大嫂快來！（丑）忽聽老公叫，慌忙便來到。那個？一個兩個，三四五六七八九十來個。（小生）眼見虛花了。（丑）蜜蜂見我臉上花斑斑的，在我臉上採花。（小生）那些個賽過西施？（丑）那個在此？（小生）是汝劉伯伯。（丑）今日也劉伯伯，明日也劉伯伯，怎麼不見劉老娘？（小生）淺水灘頭氽下一個坐婆來，這不是劉老娘？（丑）來得快，我要一個老娘劉。（小生）韓信乞食于漂母，這不是老娘劉？（丑）我如今又要一個老娘劉不劉。（小生）哎！渾不過三，哥哥且請坐。（丑）劉伯伯，多時不見，吃得這般臉兒紅丟丟的，好像個老猴孫屁股。（小生）不要取笑。（丑）不囉，我說劉伯伯指日封侯。（小生）且住，前日做下的濁醪有麼？（丑）甚麼叫做濁醪？（小生）清酒叫香醪，白酒叫濁醪。（丑）原來如此。只是天寒，如此大風大雪，我請東村頭張媽媽，西村頭李媽媽，他一鍾，我一鍾，盡數都吃没了。（小生）咳！怎麼好？我請劉伯伯到家，你與我妝個面皮纔好。（丑）不然，我前日洗裹脚，剩得些乾麵在此。我打些合鍋素麵，吃後飲酒如何？（小生）如此甚好。你快打來。（丑下）（小生）哥哥請坐了。（丑上）麵在此。

【梧葉兒】（生）智遠多蒙恩顧，感蒙愛憐。得魚後怎忘筌？待等春雷動，管取來報賢。

（合）這嚴寒，吃一碗合鍋素麵。

【前腔】（小生）一碗家常飯，何須苦掛牽？略且止饑寒。有日春雷動，管取朝帝輦。（合前）

【前腔】寧可添一斗，怎禁一口添？全不管家筵。每日要柴和米，醬醋油共鹽。（合前）

（生）相識如同親眷，（小生）朝朝每日厮見。
（丑）劉伯少坐片時，吃一碗合鍋素麵。

## 第三齣　報社

（外上）

【三台令】歌聲百里喧傳，喜膝下兒孫滿前。晚景樂豐年，爇明香答謝蒼天。

自樂村莊得自由，地爐煨芋度春秋。但願子孫榮秀日，何須談笑覓封侯。老夫李文奎，世居沙陀村住居。祖遺下田産，春種秋收。雖無千鍾之粟，頗有桑麻之樂。自家所生子女三人。長子洪一，次子洪信，次女三娘。且喜一門和氣，外無牽掛。今日這般天氣，瑞雪飄飄，梅花綻蕊，正宜賞玩。院子，請太婆，叫春兒請三娘，一同出來賞玩。（老旦上）

【前腔】桑麻粗守田園，喜膝下兒孫滿前。（旦上）竹離茅舍，前村雪裏，問道野梅開未？（丑上）待春兒折取一枝，惟有暗香撲鼻。

（相見介）（外）你看幾樹老寒梅，冷淡不嫌溪畔静，精神偏向雪中開。（老旦）飛雪徘徊，頃刻妝成銀世界，須臾變作玉樓臺。（旦）月色更奇哉，惟有暗香來。（外）今日天寒大雪，梅花正開，請你同女孩兒出來，一同賞玩。（老旦）孩兒將酒過來。（旦）酒在此。

【鶯啼序】(外)隨車縞帶逐亂飛，攪銀海生輝。睹前村草舍茅簷，盡是玉筯低垂賀來年。時豐歲稔，喜今歲先呈祥瑞。(合)雪晴時，梅梢上，淡月三白總相宜。

【前腔】(老旦)馮夷特地助威，掃雲散天霽。向雲衢推出銀蟾，萬里光瑩如洗。姑射與嫦娥鬥美，問梅道那些個爲最？(合前)

【前腔】(旦)詩人先自品題，勝玉骨冰肌。雪光映月色交輝，一點暗香撲鼻。月照梅在奴紗窗上弄影，向雪裏精神越美。(合前)

【前腔】(旦)撒鹽未是比宜，不若柳絮風吹。看長空素魄團圓，並無一點塵翳。看梅花香清韻美，比三姐嬌容無二。(合前)(浄領衆上)

【入賺】特來咨啓，馬鳴王顯聖多靈異。照舊規，今冬社主伊家裏。(外)莫躊躕，非干老漢相推避。只爲農事冗，不來報我應失計。(老旦)自當留意，可辦下福禮三牲，銀瓶注酒斟醁醸。(旦)花數枝，年年獻上香和紙。小心傳示，小心傳示。

(衆)老員外拜揖。今年社主是老員外爲頭，特來報知。(外)咳，果然是我。你們不來報知，我幾乎忘記了。今年社會，可勝似上年麽？(浄)今年齊整。跳鬼判的，踹蹺的，做百戲的，不能盡述。我們演與太公看。

【插花三台令】(衆舞)打和鼓喬妝三教，舞獅豹間着大旗。小二哥敲羅擊鼓，使牛兒簫笛亂

吹，浪猪娘先呈百戲，駟馬勒妝神跳鬼。牛筋引鼠哥一隊，忙行走竹馬似飛。（舞下）（外、老旦、旦）

【尾聲】答還心願皆如意，果然是人歡神喜。祭賽鳴王平安過四時。

（外）福禮三牲要志誠，（老旦）祭賽鳴王果是靈。

（旦）凡事勸人休碌碌，（衆）舉頭三尺有神明。

## 第四齣　祭賽

（浄扮道士上）官清公吏瘦，神靈廟祝肥。鄉閭來朝賀，社户保災非。自家馬鳴王廟中提典是也。今年會首，却是前村李大公承賽。昨日已去報知，今日擺下香案，待我請神則個。（念介）奉請東方五千五百五十五個大金剛，都是銅頭、銅腦、銅牙、銅齒銅將軍，都到廟裏吃福鷄，嚼福鷄。天尊！（内介）道人，不見下降。自古東方不養西方養，奉請西方五千五百五十五個大金剛，都是鐵頭、鐵腦、鐵牙、鐵齒、鐵將軍，都到廟裏吃福鷄，嚼福鷄。天尊！（内介）爲何又不來？道人，我家養家神道在那裏？（内介）請他出來。（馬鳴王鬼判上介）神道自古敬如父母，使如奴僕。今年會首，乃前村李文奎，他家極志誠。若還討筊，要聖筊便是聖筊，不可三疑四惑。若還不聽我説，我教你不要慌。暫辭神道去，迎取會首來。（生上）

【金焦葉】奈何奈何，恨蒼天把人躭誤。自恨時乖運苦，怎禁這般折挫？　　朦朧喑啞家豪富，智慧聰明却受貧。年月日時該分定，算來由命不由人。我劉智遠身上無衣，口中無食，受這般狼狽。風雪又大，無處趕趁，不免到馬鳴王廟中去躲避則個。

【一江風】凍雲垂，凛凛朔風起，刮體難存濟。自思之，枉有一旦英雄，到此成何濟。身寒肚又饑，身寒肚又饑，愁煩訴與誰。空教我滴盡英雄淚。

此間已是廟前，進得門來。你看東廊下風又大，西廊下雪又緊。且往正殿上去。呀！且喜大開在此，不免把平昔心事，訴與鳴王知道。

【前腔】告神祇，神聖聽咨啓，可憐三日無糧米。淚偷垂。只得撮土爲香，拜告天和地。神聖，别人賭錢，十賭九贏，偏我智遠呵，蒲牌買快時，蒲牌買快時，十番九遍輸，望神聖與我空中庇。

呀！你看旌幡隊隊，鼓樂喧天，想是賽會的來了。不免躲在供桌底下，取些福禮充飢，有何不可？正是：　一日不識羞，三日不忍餓。（躲介）（外、老旦上）

【疏影急】祥光影裏，見宫殿盡是金裝玉砌。（旦）寶閣珠樓，瑠璃鴛瓦侵雲起。（末、丑）金釘朱户光耀日，兩廊下塑猙獰小鬼。（合）巧裝成神像多靈異，威嚴相貌世間無比。

（外）阿婆，你看好一座殿宇。前面山如岳岱，後邊水繞連天。香煙不絶噴龍涎，願保人間康健。（老旦）只見耀日山門華麗，兩廊畫壁神仙。（旦）御書牌額字新鮮，敕賜鳴王寶殿。（外）果是好一座殿宇，叫當直的請廟官出來。

【小引】（浄上）廟官來，廟官來，打點香爐蠟燭臺。但辦志誠心，何勞神不靈？但辦志誠意，何勞神不至？

（末）我員外在這裏，上前相見。（浄）老員外稽首。（外）廟官少禮。（末）見了大婆。（浄）三錢一隻。（末）怎的説？（浄）大鵝。（末）不是，是大婆。（浄）嗄，大婆稽首。（末）見了三娘。（浄）五錢一隻。（末）怎的説？（浄）你説是山羊。（末）不是，是三小娘。（浄）嗄，就是前年在此燒香，扒在欄干上，幾乎跌在水裏去的，至如今這等長成了。稽首！（丑）還有我在此。（浄）叫道人快把十王殿門關了。（丑）怎麼説？（浄）我見你這鬼婆婆都走出來了。（丑）啐！你這醮鬼。（浄）我倒是個妙人。（外）休得胡説！快請神道。（浄通誠介）水也水也，井水三擔，河水三擔。（末）減省些。（浄）減省兩擔半。（外）院子過來。一是誤，二是故，這廟官不致誠，請張廟官出來。（末照前與浄説介）（浄）實不相瞞，早上吃幾杯早酒，一時唐突太公。自今以後，誠誠致致，致致誠誠。停一會香金錢與老哥兩個八刀。（末）那個要你的，菓兒與我幾個便了。（浄）菓子小事。（末照前與外説介）（外）這也罷，只要志誠便了。（浄指末介）老員外，此是何人？（外）是我掌家的。（浄）何爲掌家？（外）我諸事都托他。（浄）不好了，托人托了鬼了。（外）怎麼説？（浄）方纔香金錢他要分我一半。（末）那個要你的。（浄）我若不説，不見你的好情。（末）休得取笑。（浄又通誠介）上八定，下八定，中八定，三八二十四定。桌子歪邪，扛得端正。香煙蓬蓬，神道空中。香煙□□，大王吃肉。鷄兒雖小，蒲燈底下好塊大肉。奉請馬大王細嚼細嚼，慢吞慢吞，骨頭留與廟祝，請祭主來上坑。（末收科介）

【花滚】（外）然起道德香，然起道德香，超三界爐煙細。嵬閣嵬樓殿，通情旨。弟子家住，沙陀村裏。（合）同家眷男女，到來瞻禮。

【前腔】（老旦）舉眼望瑶池，舉眼望瑶池，早以知慚愧。見臘雪呈祥，預報豐年瑞。並無旱涸蟲蝗，麥生雙穗。（合前）

【前腔】（旦）三娘本嬌媚，三娘本嬌媚，父母多年紀。生長村莊勤紡績，攻針指。願降慈祥，父母雙全喜。（合前）

（生偷鷄介。衆驚介）（外）神道靈異，把我祭物金龍爪去了。（末）這方見太公來得志誠。（净混介）

【前腔】三牲不見來，三牲不見來，几案上空空的。酒菓又全無，又没些香和紙。馬鳴王粗眉毛、大眼睛、落腮鬍，有些不歡喜。（外）你們休得胡言語。（合前）

（净）請女眷後殿焚香，請老員外散福。（外）還早，年規討筊後方纔散福。

（老旦）神道親臨下降，（旦）願得消除災障。

（净）爲香金錢還得志誠，三抛都是上上。

（老旦、旦、丑俱下）（净）請老員外通誠。（外通誠介）（净打筊介）好筊，好筊！三聖連迎筊，災殃疾病消。再停三五載，平步上青霄。目下有個貴星，落在莊上來。老員外請後殿散福。（浄扯末介）一隻福鷄，休拿了去，大家分一分也好。（末）我怎麼拿汝的福鷄？（外）放手麼，我家當直，怎扯住了他？（浄）小道念得口乾舌燥，便只這個福鷄，被他拿了我的。（外）嗳，不是。你方纔不曾見來，我拜下去時，只見滿殿紅光，神帳裏現出五爪金龍，把福鷄爪去了。（浄）我家神道是泥塑木雕，那得五爪金龍？（外）自家不敬神，安得神人敬？你既不信，明日賠你一隻罷了。（外、末下）（浄）你這神道，一隻鷄也管不得，怎麼管一方一境？還不進去。（神道下）（浄）且住，這樣悔氣，待我叫喊一叫。（喊介）一隻福鷄兒，落在誰家。若不還我，要罵的。（内介）（浄）啐！我是不知死活的。呀！在那裏吃響？（取桌，見生介）呀！到是你偷了我福鷄兒。打這蠻子。（相打介）（外上）且住，不要打。怎麼這等？（浄）是他偷我福鷄。（外）這是我遠方來的侄兒。我賠你一隻鷄罷。（浄）常在我廟中打攪。得放手時且放手，得饒人處且饒人。（下）

【好姐姐】（外）看你堂堂貌美，因甚的不謀生理。家居那裏？姓名還是誰？聽吾語，你肯務農耕田地，帶你歸家作道理。

【前腔】（生）祖居在沙陀村裏，字智遠劉家嫡子。雙親早亡，此身無所倚，蒙週濟。若得太公收留取，結草啣環當報你。

（外）堂堂七尺貌英雄，（生）自恨時乖運未通。

（外）今日得吾提掇起，免教人在污泥中。

## 第五齣　留莊

（老旦上）

【七娘子】孩兒美貌體天然，似洛浦神仙，荏苒芳年。（旦）凜烈寒風垂幕，喜得晴明天氣。

（老旦）孩兒，你父親在廟中賽願，這時候不見回來。我和你在莊前莊後觀看一番則個。莊前莊後牧牛羊，村北村南稻滿場。（旦）家有餘糧鷄犬飽，户無徭役子孫康。好個村景。（老旦）

【尾犯序】村落少人煙，見横塘水暖，宿鷺如拳。喜野梅開遍，時有香傳。消遣。飲香醪時煨芋栗，採山花斜插鬢邊。（合）茅簷下，見矓曈父老，歡笑舞晴暄。

【前腔】（旦）家筵聊自遣，喜莊農自種，百畝良田。數十個人家，相聞鷄犬。聲遠。聽摇船漁歌唱晚，見牧童騎犢困眠。（合前）

【前腔】（老旦）今朝天色漸嚴寒，霜凝萬瓦，冰筯掛在簷前。更有喜鵲聲聲，在枝上喧傳。欣然。料必是特來報喜，願子母歡諧老年。（合前）

【前腔】（旦）亭前修竹兩三竿，清閒度日，宜暑宜寒。野蔌山肴，足可飢餐。心閑。紙糊簾竹鈎半捲，飲村酒三杯自遣。（合前）（外同生上）

【入賺】（外）才貌兼全，見你身狼狽又飢寒。太婆，是我領歸來，好生與我行方便。（老旦）聽伊言，我與他人不面善。未知他家住何州並那縣，恩多又恐番成怨。（生）婆婆出語何難見，公公見我身狼狽、又飢寒。休疑我，分明咫尺家不遠。（旦）莫埋怨，口食身衣宿世緣。母親，留在家中聽使喚。（老旦）休强言，守閨女不當汝占先。（旦）奴自歸房拈針綫。再難相勸，再難相勸。（旦下）

【纏枝花】（外）休得把他相輕賤，此漢身强健。春種秋收休辭倦，自然不用愁衣飯。（合）記得買臣未遇挑薪賣，後來發跡何難。

【前腔】（老旦）公公既要行方便，何勞我心多執見。漢子，只怕他命乖福分淺，在我家中不常遠。（合前）

【前腔】（生）上告公公見憐，再告婆婆聽言，這恩德銘心鏤肝。若是收留在宅上，大凡事自當向前。（合前）

【尾聲】這恩德緣非淺。（老旦）取出青蚨數貫。（外）要青蚨何干？（老旦）留與他人作雇錢。

（外）太婆，這漢子不是受雇之人。

（外）不須憂慮不須嗟，你且寬心度歲華。

休戀故鄉生處好，受恩深處便爲家。

# 第六齣　牧牛

（生上）

【似娘兒】受雇度年時，無煩惱無是無非。三杯濁酒堪消遣。牧羊放馬，轉過疏籬。

富則親兮貧則退，此乃人間真小輩；貧則親兮富則疏，此是人間大丈夫。自家劉智遠，多感李太公收留在家，着我鋤田耕地，都不曉得。在此牧牛放馬。太公見我身上寒冷，與我幾杯酒吃。將馬上料，身子有些困倦，不免卧牛崗上，少睡片時則個。正是：歸來飽飯黄昏後，不脱簑衣卧月明。一磨去，二磨來，兩眼膠粘撥不開。卧牛崗上一覺睡，夢魂飛入楚陽臺。（生做睡介）（外上）踏破鐵鞋無覓處，得來全不費工夫。前日在馬鳴王廟中賽願，收留一個漢子，叫做劉智遠。此人鋤田耕地都不曉，止會牧牛放馬。我家有一疋暴劣烏追馬，諸人降他不伏。此人一降一伏。我見他身上寒冷，把酒飯與他吃了，不知去那裏去睡了。不免到莊前莊後閑步一迴。（生作鼾介）（外）呀！那裏雷響？冬行春令，必致人間災病。此是萬民有災。霎時間有大雨來了。小廝，房上曬的東西收了，就有大雨下來。

【小桃紅】臘天不雨，喜在莊農。愛日暄晴晝也，轉過疏籬步蹤踵。極目看西東，四下裏影無踪。只聽得雷聲也，莫不是老倒無能？怨天公令自行冬。

遠遠望見卧牛崗邊一道火光，透入天門。莫非小的失火？待我觀看。

【下山虎】見一人高卧，見一人高卧，倒在蒿蓬。鼻息如雷振也，氣如吐虹。我把兩眼摩挲，覷他貌容。呀！元來是霸業圖王一大雄，更有蛇穿竅定須顯榮。振動山河魚化龍。

咳！自古道：『草盧隱帝主，白屋出公卿。蛇穿五竅，五霸諸侯。蛇穿七竅，大貴人也。』我家一洼之水，怎隱得真龍在家？眉頭一皺，計上心來。我小女三娘，未曾婚配他人。趁此漢未發達之時，將女兒配爲夫婦，後來光耀李家莊。我要招他爲婿，只是没人做媒，央我兄弟做媒便了。

【蠻牌令犯】（外）急急去報三公。（旦上）見怪非怪，其怪自害。（外）女孩兒因甚出閨門？（旦）怪哉怪哉真怪哉，見五色蛇兒墜紫青紅，一步步趕來，後影也無踪。（外）孩兒，你爲何到此？（旦）奴家在繡房中做女工針指，只見天窗下調下一條花蛇。奴家緊趕緊走，慢趕慢行，趕到這裏，不見這蛇了。（外）我兒，你可要見這蛇麽？（旦）奴家要見，在那裏？（外）這不是蛇。（旦）見着後，見着後使奴心驚，莫不是妖精把他纏定？（外）女孩兒休得氣衝衝，大貴人蛇穿七竅中。一朝運通，九霄氣沖，異日軒昂，把妻子來封。

（旦）爹爹，那漢子怎麽有許多的蛇在他身上？（外）孩兒，蛇穿五竅，五霸諸侯。蛇穿七竅，大貴人也。我家一洼之水，怎隱得真龍在家？孩兒，你未曾婚配，趁此漢未發達之時，將你配爲夫婦，後來光耀李家莊。我欲招他爲婿。你意下如何？（旦）爹爹，他是我家牧牛放馬之人，如何使得？

【傍妝臺】爹爹做事不思維，他是我家牧牛的。緣何把我與他做夫妻？爹聽啓，兒拜啓，山鷄怎與鳳凰棲？

【前腔】（外）孩兒你好不思維，難道劉郎窮到底。不記得馬鳴王廟裏，現出五爪金龍來取鷄。爹言語，兒記取，後來必定掛朝衣。

你自進去，我自有主張。（旦下）

（外）畫虎未成君莫笑，安排牙爪始驚人。

（淨上）一年之計在於春，一生之計在於勤，一日之計在於寅。春若不耕，秋無所望；寅若不起，日無所辦；少若不勤，老無所歸。自家不是别人，李洪一是也。好笑我家爹娘，在馬鳴王廟中賽願，(一)收留一個漢子，叫做劉窮。自到我家，鋤田耕地，一些不曉，止曉得牧羊放馬。終日使鎗弄棍，騎了馬走到東，走到西，哄得我莊上人不務生理。我今日回家，尋見了他，着實打他一頓，趕他出去便了。（生鼾介）（淨）呀！雷響，敢是天雷地雷霹靂？看看雷到頭上來了。呀！前面一道火光，敢是卧牛崗邊失火？呀！元來是劉窮睡在此。你看鼻子裏蛇鑽進鑽出，敢是弄蛇的？待我打這蠻子。且住。這劉窮蠻子曉得弄拳的。我若打輸了，别人尤可，大娘子知道，一世話靶。待我叫娘子出來幫打。（叫介）娘子、房下、令正、渾家、拙荆、山妻，怎麼好？自古道：三朝媳婦，月裏孩兒，引慣了他了。罷罷，我的娘。（丑上）來了，聽得老公叫，慌忙走來到。（淨、丑見介）（丑）大官人叫我怎麼？（淨）叫你出來

（一）王：原闕，據文義補。

幫打劉窮。（丑）怎麼要打他？（浄）他吃了大碗酒，大塊肉。今日也徒，明日也徒，他便徒了，我去徒那個？（丑）説得有理。打劉窮，打劉窮！（生起介）（外上）打那個？（浄）劉窮。（外）怎麼打他？

【駐馬摘金桃】他本是豪門，住在沙陀小李村。我與他公公來往，與我家中有些薄親。他暫時落薄暫時貧，領歸來自然依本分。何故怒生嗔？交他進也無門，退也無門。全不有大人苦樂不均。

【前腔】（浄、丑）上告嚴尊，他又不是我家相識我家親。況兼官司文榜，不許窩藏面生喬人。當初來歷不分明，被兩鄰覺察難藏隱，打教他須防人不仁。出入無憑，胡做胡爲一個真歹人，累及我莊門。

（外）哇！還不進去。（浄）偏不進去，偏要你趕他出去。（外）我不趕他，偏要趕你夫妻出去。（浄）你真個不趕他出去？告你。（外）告我甚麼？（浄）告你忤逆兒子。（浄下）（丑）公公，兒子是你養的，管得他。我是你大媳婦，外人動也動不得。（外）還不進去。（丑）公公，我是冢婦，你休得無禮。（下）

【憶多嬌】（外）你休怨憶，莫歎息。將他做小兒一般見識，巧語花言都勾訖。凜凜雄威，凜凜雄威，管取前程顯赫。

【前腔】（生）蒙感激，承愛惜。你便是親生父母、將何報德？自恨時乖遭困厄。暮打朝嗔，暮打朝嗔，如何過得？

（外）賢侄，你且不要煩惱。少間央李三公來，與你説話。自有好處，不消回去。

暫時落薄暫時貧，你且寬心過幾春。
惟有感恩並積恨，萬年千載不生塵。

## 第七齣　成婚

（末扮李三公上）

【生查子】村莊守己，茅屋悄然而已。門闌多喜色，女婿近乘龍。老夫前村李三公，俺哥哥要把侄女招劉智遠爲婿，央我做媒，親事喜得成了。今日黄道吉日，待哥哥出來。（外上）久旱逢甘雨，他鄉遇故知。（貼上）洞房花燭夜，一對好夫妻。（見介）（外）劉官人從了麼？（末）哥哥，親事成了。今日好個日子，就結了親便了。（外唤介）掌禮人過來。（净上）人間婚娶禮，天上注多星。老員外、老孺人、三老官人作揖。（外）禮人，我三娘今日贅劉智遠爲婿，今良時已至了，請劉官人出來結親。（末）哥嫂，大媳婦他是個冢婦，叫他扶侄女出來。（叫介）

【麻婆子】（丑上）畫燭畫燭光摇映，賓相兩邊排。聞知姑娘嫁窮胎。好酒吃大碗，好肉吃大塊。吃得桃花上臉來。

公婆、叔公，今日爲何這等鬧熱鬧熱？（外）大媳婦，你三姑娘與劉官人結親。（丑）我丈夫不在家，那個做主？（末）侄婦娘子，有公婆做主。（丑）只怕你們做不得主。（浄）大娘子差了，凡事有大人家在，怎麼做不得主？（丑打浄介）（浄）怎麼打我？（丑）你是何人？敢來多嘴。（浄）大娘子，我是認得你的。（丑）你認得我甚麼？我拳頭上走得馬，臂膊上立得人，清清白白的。你説甚麼？（浄）阿呀！假乖甚的。我手裏嫁了你七八遭了，虧你不羞。（丑作羞下介）（浄念介）一枝花插滿庭芳，燭影摇紅晝錦堂。滴滴金杯雙勸酒，聲聲慢唱賀新郎。吉日良時第一請。

【七娘子引】（生上）蒙君不棄我身寒，今日裏喜結良緣。（旦上）一朵奇花今有主，姻緣感謝蒼天。

（拜堂介）（外、老旦作倒介）不要拜了。

【天下樂】（外）我女孩兒，喜室家男女及時，看雙雙俏如比翼。五百年前結會，相看到此不暫離，行坐如魚水。圖伊改門閭，滿家都榮貴。（合）豈容易，雙雙盡老，百歲效于飛。

【前腔】（生）智遠洛啓，荷公婆收録提攜，幸一身免遭污泥。五百年前結會，山鷄怎與鳳凰飛？深感不嫌棄。銘心在肺腑，難報恩和義。（合前）

【前腔】（旦）謝荷爹媽，與奴家成配姻契，效丹山彩鸞鳳飛。五百年前結會，今生願共連理枝，當盡蘋蘩禮。奴今願父母，福壽雙全喜。（合前）

【前腔】（末）吉日良時，請新郎合把交杯，喜筵前滿堂和氣。五百年前結會，郎才女貌多俊美，配合成一處。如今但願取，夫榮與妻貴。（合前）

【越恁好】洞房羅幃裏，洞房羅幃裏，殷勤泛金杯。才郎好似潘安貌，女賽西施，一雙兩好如魚水。珠翠列兩行，笙歌擁入蘭房裏。笙歌擁入蘭房裏。（生、旦下）

【尾聲】（衆）劉郎誤入桃源裏，羨滿門恩情樂意，願百歲夫妻直到底。

少女配少郎，門户兩相當。

百事分已定，浮生空自忙。

（老旦下）（外末吊場）（外）兄弟，我有言語囑付你，可牢記在心。方纔拜堂，我頭暈二次，我早晚不測。劉官人在家，你可照管他夫妻二人便了。（末）哥哥，你説那裏話來。（外、末並下）

## 第八齣　遊春

（生上）

【一剪梅】春色撩人似酒濃。花影重重，日影重重。（旦上）賣花聲過小橋東。簾捲春風，人在春風。

（生、旦）春遊上苑景融和，夏宴凉亭看芰荷。秋玩月明冬賞雪，一生好景莫蹉跎。（生）自從與娘子成親之後，不曾到莊前莊後遊玩。今日閑暇，同三娘遊玩片時如何？（旦）官人先請，奴家隨後。（生）動問娘子，前面那廝手中拿的甚麽東西？（旦）這牧童手中提着磁瓶瓦罐，將去沽酒。（生）就把沽酒爲題。

【金井水紅花】沽酒誰家好？前村問牧童。遥指杏園中，好新豐。清帘風動，正好提壺挈榼，那更玩無窮。咱兩個醉春風也囉。雙雙共出，共出莊門。聽取西郊，樂聲風送。（合）和你百年歡笑，兩情正濃。百年諧老，兩情正濃。夫妻正好，又恐如春夢。

【前腔】（旦）沙暖鴛鴦睡，啣泥燕子融。楊柳拂簾籠，雨濛濛。雛鶯舌弄，香襯輪蹄歸去，桃杏漸輕紅。人如在錦屏中也囉。雙雙轉過，轉過疏籬。手捻花枝，插在鏤金釵鳳。（合前）

【前腔】（生）莫學襄王夢，巫山十二峰。何幸遇芳叢，向其中。語言倍奉。得伊提掇起，免在污泥中。這恩德感無窮也囉。一心感得，感得公公。把我前人，相敬廝重。（合前）

【前腔】（旦）門闌多喜氣，豪富意頗濃。褥映繡芙蓉，兩情同。琴調瑟弄。輳合姻緣會，佳婿近乘龍。人都道喜相逢也囉。伊家感得，感得公公。異日身榮，莫忘恩寵。（合前）

（末上）天有不測風雲，人有旦夕禍福。劉官人，你夫妻只管在此快活，更不知丈人、丈母久病在床。請僧人道士，保禳保禳。（生）小生就去。

（末）我哥哥一病懨尫羸，（生）智遠慌忙請太醫。

歡喜未來愁又到，只争來早與來遲。

## 第九齣 保禳

（浄上）

【水底魚兒】懊恨爹娘，無知忒性剛。招劉窮爲婿，在家中惹禍殃。爹娘死了，那時我主張。趕劉窮出去，喜喜歡歡笑一場。

煩惱不尋人，人自尋煩惱。好笑我家爹爹没分曉，招那劉窮爲婿，喫傍人笑話。我李洪一，妹子嫁了偷鷄賊，又落得個混名。那一日拜堂時節，那蠻子有法的，拜得我爹爹七死八活。什麼來由？我想起來，都是前村三叔老烏龜。（末上）（暗聽介）畜生，你罵那個？（浄）三叔，侄兒駡了叔叔，該死了。小侄焉敢駡老叔乎？（末）畜生，你知道也不知道？（浄）我不知道。（末）你父母有病，不去保禳保禳。（浄）叔叔，我與他没相干。（末）怎麽你没相干？（浄）自從他養下來，我如今成人長大了，我與他没相干。（末）父母有病，你去灼龜祈禱問卜纔是。（浄）我是去不得的。（末）怎麽去不得？（浄）叔叔，自古道『子不問卜』。（末）畜生，子曰不問卜。也罷，請幾個道士來解禳解禳。（浄）侄兒没有銀子使用。（末）我幫你些。（浄）假如要用一兩，三叔幫多少？（末）幫你一錢。（浄）太少，對半便了。又是一説，道士做了一日功果，晚間又要三牲謝將，費事。請和尚何如？（末）這也使得。（浄）和尚不要請多了，若多了，那經卷念不念？那裏查他？沙陀寺有一個碧長老，極志誠，去請他來誦些經典如何？（末）既如此，就去請來。（净）三叔少待，轉灣抹角，此間就是。碧長老，李大官人請你誦經。（内應介）他是七郎主兒不在家。（净）三叔，那和尚道我是七郎主兒不在家。敢是我爹娘該走了？（末）你敢少了他經錢，故此叫你七郎主。（净）前日念十部大經，與他三分低銀。（末）恰又來，如今説我，他就出來。（净）他若不出來，笑你麼？長老，前村李三老官人請你。（丑扮僧上）來了，來了。

【頌】急急修，急急修，和尚好吃爛豬頭。西天活佛没得與我做，再來陰涼樹下舔鼻頭。無量佛阿彌陀佛。

（净）炎涼出於僧道，打你這秃賊。我請七郎主不在家，説了三官人就出來。（丑）實是不在家，我家道人説的，喚小僧何幹？（净）我問你，有咒死經麼？（丑）只有消災經，没有這樣經。（净）我父母有病，若咒得死他，重重相謝。（丑）大官人這等孝心。（净）三叔，碧和尚來了。（丑見介）三老官人稽首。（末）長老，我兄嫂有病，請你誦經，保禳保禳。（丑）用香花燈燭，還要均眷。（净）封綫冰冰片。（丑）均眷女子。（净）叫我大娘子出來，被這和尚笑我。還叫妹子出來。三妹快出來。

【一枝花】（旦上）焚香頂禮，拜告天和地。爹娘一病甚尫羸，交我雙垂淚。

（見介）（净）你看人家養女兒何用？父母病哭到不哭，唱將出來。（丑）休得取哄，請大官人獻香。（净）還是三叔請。（丑）家有長子，還是大官人。（净）元來你只管説我是小，三叔大。今日恰是我來。（末）休得胡説，志誠些。

【五更轉犯】（净）我獻香，香供養，（介）就把松柴權當香。爹娘死了，我便爲家長。趕出劉郎，心兒裏快活帳。（合）願慈悲顯現，顯現降臨道場，消除這災障。

【前腔】（旦）辦志誠，燈供養，獻光明照十方。神通顯現，顯現花臺上。保佑爹娘，身康無恙。（合前）

【前腔】（末）我獻燈，燈光亮，作善須降祥。陰空保佑，保佑福無量。願我哥嫂身位安康。（合前）

【前腔】（丑）我獻花，花供養，花開花落滿園香。也有青蓮花、紅蓮花、白蓮花、五色樣蓮花，插在銀瓶上。又不見饅頭，饅頭共粉湯。（合前）

（丑）大官人，肚中青花田了。（净）腹中飢了麽？妹子，厨下看點心師父喫。（旦下）（送麵上）（净）一個和尚，吃這大碗，待我喫些。（吃介）忒少了。妹子，可有麵了麽？（旦）没有了。（净）怎麽好？只得省些鼻涕和在裏面。碧長老喫麵。（丑）怎麽這樣糊塗麵？（净）是這等的。（丑跌倒介）（净）不要慌，待我耍他一耍。和尚，和尚。一分齋，二百個錢，是那個的？（丑起介）是我的。（净）和尚，你喫麵怎麽跌倒了？（丑）大官人，我直至崑崙山去取法水來救汝父母。（净渾介）（丑）法水在此，不要换手，不許回頭。（净）半世人不回頭，直待幾時？（内介）（净）不好了，爹爹媽媽死了。打這和尚。（丑下）

（末）我哥一命喪黄泉，（衆）闔家大小淚漣漣。敗壞不如豬狗相，人生莫作等閒看。

## 第十齣　逼書

（生上）

【臨江仙】蓋世英雄一旦休，不知和他有甚冤仇？猶如秋雨，一點一聲愁。（旦上）一別爹娘苦痛哉，被兄嫂日夜沉埋。夫妻兩口渾無計，哥哥不念同胞共乳胎。（生）閉户推窗莫要來，推將出去又還來。（旦）朝嗔暮打何日了，不知兄嫂甚情懷。

（淨上）甚情懷？甚情懷？雙雙趕出十字街。想戀妻兒無見識，不如及早兩分開。（生見介）大舅作揖。（淨）不要叫大舅。今日爲始，只叫老相公。（生）好個老相公。（淨）劉窮穿那個的？喫那個的？（生）穿太山，喫太山。（淨）太山亡後。（生）太山亡後，穿大舅，喫大舅。（淨）你還叫大舅，叫我老相公。（生）偏不叫。（淨）偏要你叫。喫人一碗，服人使唤。把身穿的衣服還我。（生）太山與我的，決不脱下來。（淨）如今要官休，私休？（生）官休便怎麽？私休便怎麽？（淨）官休寫一紙狀兒，告你不合拜死丈人丈母，該一個死罪。（生）私休？（淨）私休寫下休書，離了我妹子，再不許李家莊上來打攪。（生走）李三娘不曾做歹事。（淨）我妹子閨門女兒，做甚麽歹事？（生）我劉智遠不曾做賊，怎麼寫休書與你？（净）你不曾做賊？（生）我在那裏做賊？（净）鐵嘴。馬鳴王廟裏這福鷄，可是你偷的麼？（生）飲食之類，不在其內。（净）飲食之類，不在其內。酒店裏的東西，都喫他娘，一個錢也不要與他。不要説閑話，休書寫也不寫？（生）不寫。（净）偏要你寫。（生）偏不寫。（净）這蠻子説他不過，叫老婆出來計較。老婆快出來。（丑上）聽得老公叫，慌忙走來到。（見介）（丑）老公，怎麼説？（净）老婆，劉窮教他寫休書不肯，脱他身上衣服又不肯，怎麼好？（丑）待我慢慢裏哄他脱下來與你。（净）我看你本事。（丑）劉姑夫，怎麼在此與大舅争鬧？（生）大舅好没來由，怎麼教我寫休書？又要脱我的衣服，好没緊要。（丑）姑夫，他這等無禮，待我罵他。大賊好無禮，你父母亡得幾時，就欺負劉姑夫了。你還不跪着我。（净）偏不跪。（丑）偏要你跪。（净介）（丑）姑夫，你不要惱，我埋怨了他。就是身上衣服，姑夫脱下來，待我送與三姑娘收了。（生脱介）你這等賢慧，就脱何妨？舅母，這個纔是。（丑）衣在這裏了。（净）好家婆，好家婆！

【山坡羊】（生）三娘不知何處，你哥嫂直恁無理。無端逼寫，逼寫休書去。心慘淒。妻，你在房中怎得知？今番打散，打散鴛鴦對。一點一畫難提筆起。思之，愁煩訴與誰。傷悲，交人珠淚垂。

【玉交枝】（净、丑）伊休執見，枉傷悲徒然淚漣。急急寫下休書，今日與你盤纏。遲延少待乞大拳，披蔴惹火燒身怨。莫待等江心補漏船，莫待等江心補漏船。

【前腔】（生）愁拈班管，展花箋盈盈淚漣。夫妻指望同百年，誰知付與花箋。畫一畫滿懷愁萬千，丢一丢頓覺心驚戰。怎寫得休書盡言，怎寫得休書盡言。

你既要我寫，可打稿兒來。（浄）不打緊，你寫我念。大晋國沙陀村住劉智遠，只因身伴無依，每日在沙陀村裏放刁，勒要李太公女兒成親。成親之後，不合拜死丈人丈母，情知有罪。養膳妻子不活，（生介）（浄）情願棄離妻子前去。並無親人逼勒，各無番悔。如先悔者，甘罰花銀若干若干。若干年月日時，寫個花字。（浄、丑介）（生）權歇三年。（丑）丈夫權歇三年，第四年老婆元是他的。休書要五指着實。（浄）我是男子漢，不曉得。你是女人家，曉得許多事體。（丑）老公，實與你説了罷，連你十七個老公了。（浄）阿呀！心肝，千離萬離，不要離了我。（浄看休書介）（旦上）（扯破休書介）

【前腔】叔叔搭救，訴不盡啣冤負屈。没來由逼寫休書，將他苦苦熬煎。天天，共乳同胞不見憐，鐵石人五臟心不善。止不住盈盈淚漣，止不住盈盈淚漣。

（末上）自不整衣毛，何須夜夜號。咳，你們爲何在此鬧炒？（生）告叔公知道，不知爲甚，大舅逼智遠寫休書。（末）那有此理！

【石榴花】我哥哥眼内識賢人，情願將伊妹子結成親。他暫時落薄暫時貧，你們休得閑争論，被傍人聞知作話文。大凡事須要相和順。劉郎發跡爲官後，大家榮耀李莊門。

【前腔】（浄）非因小侄怒生嗔，那得閑衣閑飯養閑人。又不會鋤田車水與耕耘，夫妻兩口長歡慶。因此上逼他寫下休書退了親。（旦）哥哥，這個怎麼使得？奴家有半年孕了。（丑）叫一個收生婆落了他身孕。劉窮若是身發跡，直待黄河水澄清。

【前腔】公公前日不識人，山鷄怎逐鳳凰群？又没家舍又身貧，却不如馬力共牛筋。那些個半斤逢八兩門，傍人恁般行徑。他還發跡爲官日，做枝蠟燭照乾坤。

【前腔】（生）我每年少正青春，更有武藝果超群。我暫時落薄暫時貧，只得忍氣吞聲。你如何只管打駡人？不學跨下韓信。男兒有顯達身榮日，果然一步跨青雲。（下）

（末）他宿世是夫妻，何須苦拆離？

世情看冷暖，人面逐高低。

（浄、丑吊場）休書被妹子扯碎了，一不做二不休。（丑）怎麽好？（浄）我如今把家私三分分開。（丑）那三分？（浄）我一分，兄弟一分，妹子一分。自從嫁了劉窮，没有花粉田。我如今把卧牛岡上六十畝瓜園，内有個鐵面瓜精。青天白日，時常出來現形，食啖人性命，白骨如山。着他去看瓜園。那個瓜精出來，把他喫了。那時着我妹子嫁人。（丑）好計！好計！

計就月中擒玉兔，謀成日裏捉金烏。（下）

# 第十一齣　説計

（生上）

【生查子】滿腹愁如織，此恨何日白？難道男兒不淚垂，事到如流水。

當初只道好姻緣，今日番成劈面冤。無限心中不平事，滿懷怨苦向誰言？卑人深感岳父收留爲婿，誰想一旦身亡，被舅舅憎嫌，無可奈何。若得一日發跡，李洪一，那時有冤報冤，有仇報仇。（淨暗聽上）妹丈，那個有仇報仇？（生）大舅，這是耍笑。（淨）妹丈，我昨日醉了衝撞，休怪休怪。（生）我和你郎舅家，決不怪你。（淨）我想起來，妹子自嫁你没有陪嫁裝奩。把家私三分分開，一分我得，一分二舅得，這一分分與你。（生）我是外人。（淨）不是分與你，妹子没有陪嫁裝奩。卧牛岡上六十二畝瓜園，一年四季有瓜。東瓜西瓜，南瓜北瓜。出產之所，争奈四圍牆倒，常被小人偷瓜盜果。（生）待我去看瓜園，拿幾個偷瓜的，纔見手段。（淨）妹丈，且不要慌，喫些酒兒去有興。大娘子看酒來。（丑上）三杯和萬事，一醉解千愁。酒在此。（見介）（丑）姑夫，昨日衝撞你，休怪休怪。（淨遞酒與生介）

【剔銀燈】閑時節三言兩語，從今後一筆勾除。郎争舅子因合理，從此後一團和氣。（合）一杯衝破了是非，今晚向瓜園中調理。

【前腔】（生）劉智遠得罪自知，因貧困多蒙週濟。有緣千里能相會，這恩德何日忘之。（合

前）

【前腔】劉姑夫聽奴拜啓，切莫要專心勞記。兒夫性剛忒没禮，把閑事一筆勾除。（合前）

（浄）切莫要與三姑娘得知。（生）醉了，不喫了。（浄渾介）

聽我一言斷送，須要勤耕苦種。

若不聽我良言，各自尋條蛇弄。

（生吊場）得他心肯日，是我運通時。多謝大舅夫妻回心轉意，把家私三分分開。請我喫得醉了，分付我不要與三姐説。我夫妻同甘苦的，怎不要説？三姐三姐，取護身龍過來。（叫介）

【一枝花】（旦上）哥哥忒恁毒，嫂嫂渾無計。夫妻分散怎施爲？逼寫休書，閃得我没存濟。

（生作醉介）叫三姐，三姐。（旦）官人，那裏喫得這等大醉？（生）三姐，是你哥嫂請我喫的。喫酒不打緊，還有一樁喜事。（旦）喜從何來？（生）把家私三分均分。（旦）那三分？（生）大舅夫妻一分，二舅夫妻一分，分一分與我。不是分與我，只因没有陪嫁裝奩，分與你。（旦）分在那裏？（生）卧牛岡上六十畝瓜園，被小人偷瓜盜果，取護身龍過來，待我去看瓜。（旦）不説起看瓜猶可，若説起看瓜，正中了哥嫂之計。（生）怎麽中他計策？（旦）那瓜園中有鐵面瓜精，害人性命。我爹爹在常時宰殺豬羊，祭賽瓜精。自從爹爹死後，無人祭賽他。日間現形，食啖人性命。官人，只怕你去時有路轉無門。（生）不説起瓜精猶可，若説起瓜精，惱得我一點酒也没有了。就把古人比着你聽。（旦）那個古人？（生）昔日漢高祖姓劉名邦，也是徐州沛縣人氏。身充亭長，聚集義兵，殺奔淮上，經過北山，見一木牌上書着大字：『此山有一蟒蛇，食啖人性命。前軍不能退，後軍不能進。』那高祖逕奔此山，果見一蟒蛇，身長數丈。張牙舞爪，兩眼似銅鈴，口如血盆。那劉邦側身躲過，腰間取出青鋒寶劍，搜！一劍分爲兩段。後來做了帝王之分。（旦）他是古人，你怎麼學得他？（生）他也姓劉，我也姓劉。男子漢不入虎穴，焉得虎子。我妻，待要去平伏了瓜精，纔見我手段。若被瓜精喫了，一來出脱你，二來免受你哥嫂之氣。快取護身龍來。（旦）官人，瓜精利害，休要去。

【一江風】（生）你是個婦人家，説這般輸機話。神鬼偏不怕。我爲人頂着天地神明，生長在三光下。平生不信邪，平生不信邪，心正可去也。總然有鬼吾不怕。

【前腔】（旦）你後生家，説這般過頭話。神鬼誰不怕，怕你五行乖。官人，奴家有個古人，比與你聽。不記得梅嶺陳辛，季寶遇着金神，此事無虛詐。我哥哥使計策，我哥哥使計策。奴家苦恨他，怕你死在黃泉下。

他那裏有鬼，去不得。

【臨江仙】（生）他那裏有邪魔，俺這裏偏不怕。（生下）（旦）別時容易見時難。夫妻成拆散，惟有我身單。一夜枕邊都是淚，來朝清早看分明。

## 第十二齣　看瓜

（生上）

【虞美人】可惜英雄都喪棄，無煩惱要尋煩惱。遥望卧牛岡上，今晚便知分曉。

踏破天涯路，平生不信邪。李洪一夫妻，夜來把冷熱酒灌醉，着我到此看瓜。若不來被他笑話。你看四野無人，天色傍晚，趲行前去。

【祝英臺】漸黄昏天欲暝，一抹淡雲飄。孤鶩暮鴉，秋水長天月照。小澗溪橋。挾掉。見漁父收綸歸去，又見前村深杳。睹此景天然一段難描。尋思李洪一這般樣做作，交你一報還一報。只見烏鴉喜鵲同枝噪，吉凶事全然難保。

迤邐行來，已到卧牛岡上。瓜園門半開半掩，四野無人。怎麼没有鬼？記得岳父母墳塋在高藤樹底下，不免把冷熱酒的事情，告訴與他知道。岳父母，今晚望你保佑無事。（生拜）（告訴介）

【鎖南枝】靈魂聽咨啓，今晚中他計。舅舅着我看瓜，要害吾身己。望祖宗，陰保庇。有凶時，化爲吉。

【前腔】默默自思之，吉凶尚未知。四野全無踪跡，那更地冷天昏。猛可的狂風起。心下疑，自三思。害生靈，有何意？

【前腔】何妖怪，甚麼鬼，和咱比個英雄勢？我把兩眼摩挲，看他來踪跡。黑魆魆，一個鬼。不下來，待何時？

【前腔】妖精聽吾語，天交我來斷送你。生死今宵園内。到此不免將一塊瓦打上去，看他如何？

却元來宿鳥驚棲，唬得我肝腸碎。望祖宗，陰保庇。有凶事，化爲吉。

（鬼上）那裏生人氣？（生）我是村中好漢。（鬼）好漢好漢，生喫你一半，死喫你一半。（生）拿住妖精，一刀兩段。（殺介）（鬼下）（生）業畜鬥俺不過，放一道火光，逕入地裂去了。〔一〕待我掘開來看，却元來一塊石皮。下面石匣裏面，頭盔衣甲，兵書寶劍。我劉智遠喜的是兵書。明月之下，觀看則個。有幾行字在上：『此把寶刀，付與劉暠。五百年後，方顯英豪。』劉智遠前程有分了。愛戴的是頭盔，還藏在石匣内，把泥土蓋着。前程有分，轉身三次，青草鋪滿。前程無分，青草不生。（轉身介）果然青草生滿，不免拜告瓜園土地。

【剔銀燈】當答謝瓜園中土地，勞看守、刀甲頭盔兵書寶劍埋藏此，得前程方來取你。神明聽吾訴與，休洩漏天公事機。

遠遠望見一個婦人，好似三姐，不免躲在一邊則個。要知心腹事，但聽口中言。（躲介）

【醉扶歸】（旦上）好苦切甘生受，只得到此且藏羞。奴與哥哥有甚冤仇，只得慌忙便走。裙兒破忙把飯來兜。（合）淚濕透衣衫袖。

【前腔】丈夫！丈夫！信他甜言説誘，誰知今日悔成憂。百歲夫妻一旦休，先在卧牛岡上

〔一〕裂：原作『烈』，據《新編劉知遠還鄉白兔記》改。下同改。

埋屍首，恩愛都付與水東流。（合前）

言之未已，又到瓜園門首。你看門兒半開半掩，不免捱身進去。呀！丈夫衣服哨棍，都撇在此。瓜藤樹木，盡皆踏壞。我那丈夫莫非被瓜精害了殘生？奴家指望送飯與你充飢，你被瓜精食啖性命。奴家做一碗羹飯與你，回到房中，尋個自盡。苦！一嫁劉郎得半春，爲人莫作婦人身。奴家一似失群雁，兄嫂如同陌路人。身孕未知男共女，枕邊難舍意和恩。眼中滴盡千行淚，撮土爲香事有因。

【前腔】怕兄嫂成僝僽，慌忙到此少了香和酒。又没資財與奴收受，夜來做事不依奴口。誰人知道我心憂？（合前）

【前腔】指望和你白頭相守，誰知今日不長久。百歲夫妻一旦休，半年身孕伊知否？或男或女要當留。（合前）

有才無壽少年亡，折散鸞凰實可傷。
歸家不敢高聲哭，只恐人聞也斷腸。

（生）三姐，三姐。（旦）有鬼，有鬼。（生）不是鬼，是人。（旦）是人高叫三聲。（生）三姐，三姐。（旦）就是鬼，也是我丈夫。

【哭相思】（生）夜來不聽妻言語，果有恓惶處。

（旦）官人，夜來曾見甚麽？（生）三姐，夜來一更無事，二更悄然。三更之後，果見鐵面瓜精。與俺鬥上三四十合，那業畜鬥俺不過，放一道火光。鑽入地裂去了。（旦）官人，若不是你手段高强，閃些兒被他喫了。（生）三姐手中拿的甚麽？（旦）奴家送一碗飯，與你充飢。（生）這到用得。三姐，飯便有了，可有下飯麽？（旦）官人，你好不識時務。（生）怎麽不識時務？（旦）這碗飯，奴家瞞了哥嫂，拿來與你喫的。（生）三姐，我不要喫了。（旦）怎麽的？（生）三姐只爲這碗飯，受了你哥嫂多少嘔氣。

【醉扶歸】自恨我好不唧嗰，這碗淡飯怎入口。（旦）胡亂充飢莫要愁。你身上衣服破了。（生）胸前衣破爲與瓜精鬥。（合）悶似湘江水，涓涓不斷流，濕透衣衫袖。

【前腔】（旦）謝我爹娘陰祐，夫妻今日再廝守。畢竟是你前程顯達，夜來不落瓜精手。（合前）

遠遠望見來的是我哥哥。（生、旦下）

## 第十三齣(一) 分別

（淨上）閻王註定三更死，定不留人到四更。夜來劉窮必被瓜精喫了。這裏是瓜園中。（向地拾介）這裏眼珠子？不是，是肥皂核。這是腰子？不是，是酪蘇。這是頭髮？不是，是棕櫚樹皮。拾了劉窮

（一）第十三齣：原闕，據文義補。

骨頭，把蒲包包好了，與妹子看，叫他嫁人。（生暗上聽）（打浄介）（浄叫介）有鬼！有鬼！倒是劉窮，三叔救救。（末上）隔牆須有耳，窗外豈無人。怎麽打他？（浄）三叔，我被劉窮打殺了。（末）起來！死了元何還會説話？（浄）滿身都死了，嘴是活的。（起介）咗！劉窮，你這蠻子。打便打得我好，再不要上我家來。我去打鐵鋪，二錢銀子打一把斧頭，劈你一個陽筊。（末）還不進去。（浄）三叔，我腰子被蠻子打横了。（浄下）（末）當初只道一不是，如今却是兩無情。劉官人，你怎麽使得打他？他若不是處，你來告訴我。我自整治他。如何將他打倒地下？（生）是小生不才了。（旦）官人，你怎麽就認了？把冷熱酒事情，告訴三叔知道。（生）叔公請息怒，你不知其故。前日逼我寫休書，叔公儘知。夜來夫妻二人，思量一計，把家私三分均分。我只道好情，把冷熱酒灌醉了卑人，着我去看瓜。乘其醉中，一到瓜園内。一更無事，二更俏然，三更時候，只見鐵面瓜精，連鬥了三十餘合。鬥俺不過，放道火光去了。他方纔手拿着蒲包，拾我骨頭回去，與三姐看了，教他嫁人。這個使得使不得？（末）元來這等無禮，只是少打了他。（生）我在此望叔丈做主。（末）劉官人，你與那畜生冰炭不同爐了。我老夫打聽得太原并州岳節使，招軍買馬，積草聚糧。你有武藝過人，如何不去？倘然一刀兩劍，取個前程，有何不可？（生）卑人要去，只是缺少盤纏。（末）這個小事，老夫着人送來。

【桂枝香】（生）叔丈聽告，容吾分道。只因缺少盤纏，交我如何是好？多因命乖，多因命乖，吃他胡炒。是我分緣不到。自今朝，拜别恩人去。李洪一冤家恨怎消？

【前腔】（旦）自從爹爹死了，止有嫡親兄嫂。他緣何反面生嗔？拆散夫妻兩口。望叔叔做主，望叔叔做主。想是姻緣不到，怎得夫妻諧老？自今朝，拜別分離去，交奴苦怎熬？

【前腔】（末）聽吾言道，不須煩惱。你若缺少盤纏，頃刻令人送到。他若昧心，他若昧心，上有蒼天知道，必然還報。自今朝，步輦登程去，堅心莫憚勞。

文似擎天碧玉柱，武如跨海紫金梁。
異日身榮多發跡，休忘受苦李三娘。

（末下）（生、旦吊場）（生）三姐，我今日就要去了。（旦）官人你去，没有説話分付奴家。（生）三姐，此去有三不回。（旦）那三不回？（生）不發跡不回，不做官不回，不報得李洪一冤仇不回。（旦）夫妻間没有説話。（生）妻，你有半年身孕，養下女兒，憑你發落；養下男兒，千萬與我留下，是劉暠骨血。我若去後，無知哥嫂定然逼你嫁人。不强似劉智遠，切莫嫁他。勝似我的，嫁了也罷。

【獅子序】（旦）伊説話太無情。（生）你哥嫂無情。（旦）又道是一牢永定寧，死後如何交我改嫁人？是我腹中有孕，怎交兒女從別姓？你出言語忒煞傷情，這恩德如鹽落井。（合）分別去各辦志誠，便做鐵石心腸也須交淚零。

【前腔】（生）上告妻妻聽，怕你執不定。你哥嫂忒毒狠，只恐你口説無憑準。我獨自守孤另，恐躭閣兩下成病。（合前）

【入賺】（丑上）去程已緊，李三公多憐憫。些少盤纏相贈恁。（生）這恩德山樣高來海樣深，

生死難忘叔丈恩。你與我回言拜禀，異日身榮來報恩。（丑）謹依台命，謹依台命。（丑下）

【金蓮子】（生）辦登程，辦登程，渡水登山莫暫停。天憐念，天憐念，名利早成。回歸此日再歡慶。

【前腔】（旦）叮嚀囑付三四聲，野草閑花莫要尋。將恩愛，將恩愛，番成作畫餅。只恐别時容易瘦伶仃。

【尾聲】（生、旦）生離死别皆前定，未知何日得見恁？鐵石心腸也淚零。

楊柳堤邊問信音，一時難捨枕邊人。

流淚眼觀流淚眼，斷腸人送斷腸人。

# 白兔記下

## 第一齣　途嘆

（生上行路）

【梨花引】渡水登山，何日得到邠州？

自别恩妻無限愁，李洪一冤冤相報幾時休？　途中跋涉多勞頓，不知何日到邠州？

【集賢賓】麻鞋緊繫一似飛，只得步輦登程。野草閑花愁滿地，過前村小橋流水。漁翁釣叟，動浪板歌聲摇拽。堪玩處，遥望遠浦帆歸。

劉智遠行到此間，無計奈何。　幾度晚行芳草徑，也曾夜宿杏花村。　在家不道生身好，出外方知行路難。

【前腔】不恨你來却恨誰？　此恨何日忘之？　話别叮嚀心慘凄，撇不下少年賢妻。行行淚滴，我爲你越添憔悴。思念憶，真個是寸腸千里。

五里又單牌，磨穿幾度鞋。

雁飛不到處，人被利名牽。

## 第二齣　投軍

（外扮岳節使上）

【梁州序】掌握三軍膽氣雄，有千里威風。朝廷敕命守山東，咱不免行吾軍令。

馬跨征鞍將掛袍，柳梢枝上月兒高。將軍未掛封侯印，腰下常懸帶血刀。自家姓岳名動，官拜節度使之職。如今四方離亂，民遭塗炭，士民荒凉。朝廷有旨，着俺招軍買馬，積草聚糧。正是『君王有難思良將，人到終年憶子孫』。左右的，與我扯起招軍旗。叫街坊上民庶，三百六十行做買賣的，願投軍者，旗下報名。（净、丑應介）

【水底魚】買馬招軍，何年得太平。願立旗下，做個頭目人。

長官，我每投軍的。（净、丑稟介）[一]（外）着他進來。（净、丑見跪介）（外）漢子姓甚名誰？那裏人氏？（净）小人是王旺，山東人。（外）有甚本事？（净）小人會使砲。（外）怎見得？（净）銅砲鐵砲

[一] 净丑：原作『介』，據文義改。

些兒大，未逢藥綫雲裏磨。百萬軍中無敵手，打死好漢千來個。（外）那個姓甚名誰？（丑）小人湖州人氏，叫我是張興。（外）有甚本事？（丑）曉得使弓。（外）怎見得？（丑）此弓實堪誇，猴猿精藝加。算來無用處，只好不楞不楞彈綿花。（外）左右的，與我將他籍貫年貌，都上了號簿。如今軍充馬足，把招軍旗放下了罷。

【醉扶太平】（生上）聞説招軍，智遠慌忙來到。

長官，（淨）兩張張半。（生）我是投軍的。（淨）稟老爺，轅門外一人投軍。（外）方纔分付你，軍完馬足，放下招軍旗。違俺將令，斬訖報來。（淨）爺爺，添來的壽，增來的福，有增無減。（外）令進來。（淨）爲你險些兒去了吃飯的家火。（生）有累了。（淨）投軍的進來。（生進見外）（跪介）（外）漢子那裏人氏？

【引軍旗】（生）小人住在沙陀村裏，自小習兵機。十八般武藝皆能會，願立旗下聽差使。（合）忽朝名掛在雲臺上，方知武藝精細。

【前腔】（外）聽他説兵機，此漢真奇異。諳曉六韜三略法。那隊少人？（淨）都完了，長行隊少人。（外）權時收拾在長行隊。（合前）

那漢子叫甚麼名字？（生）小的姓劉。（外）軍中只叫劉健兒。長行隊去，日間打草，夜間提鈴喝號，只怕你受不得苦。（生）受得苦中苦，方爲人上人。

英雄才貌實堪誇，喝號提鈴度歲華。
正是學成文武藝，合當貨與帝王家。

## 第三齣　强逼

（旦上）

【慶青春】冷清清，悶懷戚戚傷情，好夢難成。明月穿窗，偏照奴獨守孤另。

一種黄連分兩下，那邊受苦這邊愁。自從丈夫去後，被兄嫂淩逼。兒夫杳無音信回來。好苦！

【集賢賓】當初指望諧老年，和你厮守百年。誰想我哥哥心改變，把骨肉頓成抛閃。凝望眼穿，空自把欄杆倚遍。兒夫去遠，悄没個音書回轉。常思念，何日裏再得團圓？

（丑上）長江後浪催前浪，世上新人趲後人。姑娘爲何啼哭？（旦）嫂嫂，奴家丈夫不在，腹中有孕，因此愁悶。（丑）姑娘，你哥哥説道，劉郎去後，杳無音信回來，未知死活存亡。不如嫁個門當户對的，也是了當。

【攬群羊】（旦）嫂嫂話難聽，激得我心兒悶。一馬一鞍，再嫁傍人論。夫去投軍，誰敢爲媒證。那有休書，誰敢來詢問。你如何交奴交奴再嫁人？

【前腔】（丑）姑姑你試聽，日夜裏成孤另。尋個良媒，嫁個多聰俊。虚度青春，白髮來侵鬢。

你如何如何不改嫁人？

姑娘嫁得好，多住幾日。嫁得不好的，就回來也不難。（旦）説那裏話！（淨上）恨小非君子，無毒不丈夫。娘子，着你去叫妹子嫁人，如何？（丑）他千不肯萬不肯。（淨）他是這般説。叫他過來。（丑）姑娘，你哥哥叫你。（旦）哥哥有何説話？（淨）嫂嫂着你嫁人，如何不肯？

【前腔】（旦）哥哥共乳同胞一母生，今日如何反面嗔？休聽枕邊言聒，且自寧心。親舊情親，姊妹莫相争。待奴身孕始傾。若得後來重復事，金甌再覆李門庭。

（淨）若不嫁人，依我四條門路。（旦）那四條門路？（淨）一條，三十三天，玉皇殿上捉漏。（旦）交我上天無路。（淨）二條門路，去十八層地獄，閻王殿前去淘井。（旦）這是入地無門。（淨）第三條，早早嫁人。（旦）决不改嫁。（淨）第四條，日間挑水三百擔，夜間挨磨到天明。（旦）奴家願從第四條門路。

【三學士】（淨）堪笑非親却是親，把你做乞丐看承。劉郎去了無音信，何不改嫁别人？你若不依兄嫂説，打交身軀不直半分。（合）從今後挨磨到四更，挑水到黄昏。

【前腔】（丑）一世爲人只要勤，那得閑衣閑飯養閑人。（旦）爹娘産業都有分，何故苦樂不均平？（丑）丈夫言語須當聽，有眼何曾識好人？（合前）

【前腔】（旦）好笑哥哥人不仁，不念同胞兄妹情。劉郎去了無音信，何故改嫁别人？况兼奴有身懷孕，再嫁傍人作話文。（合）奴情願挨磨到四更，挑水到黄昏。

【尾聲】哥哥嫂嫂没前程，苦逼奴家再嫁人。日間挑水三百擔，夜間挨磨到天明。

（旦下）（净、丑吊場）老婆，叵奈賤人執性不肯，情願挑水挨磨。我如今使個計策，做一雙水桶，兩頭尖的橄欖樣，交歇又歇不得，一肩直挑在厨下去。你便管他挨磨。（丑）水缸鑽些眼，水流了出來，越挑越不滿。（净）你便打他不挨磨。如今賤人身上將要分娩，你在荷花池邊，造一所磨房，五尺五寸長，罰這賤人進裏面磨麥，交他頭也擡不起。待他分娩，或男或女。不要留他，這是劉窮的骨血。過了三朝滿月，你把花言巧語，哄那小厮，抱在手中，把他撇在荷花池内渰死了，絶其後患。削草若除根，萌芽再不發。好計！好計！

計就月中擒玉兔，謀成日裏捉金烏。

## 第四齣　巡更

（生上）

【山歌】四顧青山失翠微，烏鴉變作鷺鷥飛。天宫勿念人寒冷，凍殺街頭劉健兒。

【前腔】（净、丑上）雪落紛紛似銀鋪，萬里江山如畫圖。鷺鷥失隊難尋覓，黑和尚變化白師姑。

劉健兒，怎麽不買凍魚酒來我每吃？（生）不曾支糧，支了糧請你每一醉。（净、丑）也罷。劉健兒，今晚巡更，該你巡夜。一更是我，二更是他。三更四更五更都是你。老爺有銅牌花號爲準，交你更次提鈴喝號。

【金錢花】（衆）我打一更鼓兒，鼕鼕鼕。一棒鑼聲，噹噹噹。將軍馬上醉醺醺，躍馬揚鞭齊和聲。（二三更照前唱）

鼓打三更交半夜，來朝吃個凍魚兒。（衆下）（生吊場）

【月雲高】自別三娘面，勞役受萬千遍。到此投軍，數目都招遍。落在長行隊，提鈴報更點。湯風冒雪圖榮顯。受此飢寒，没個可憐見。天，天若肯週全，際會風雲，方表劉暠字智遠。

三更牌在那裏？好大風雪，前面跨街樓下，躲避風雪則個。（生躲介）（小旦扮岳小姐上）

【探春令】彤雲繚繞，[一]六花飛遍。樓臺銀砌。擁紅爐，添獸炭，猶嫌冷。看貧者誰肯相憐？

盡道豐年瑞，豐年瑞若何？長安有貧者，宜瑞不宜多。奴家岳氏秀英，不免上層樓上，做些女工針指。

【月雲高】獨上層樓去，聽他甚行止。仔細聽來後，（生喝號介）（小旦）却是巡更輩。喝號提鈴，聲音振屋宇，交奴聽得心憔悴。落在長行隊，難禁這勞役。臘雪滿天飛，凍死街頭，那

---

（一）繚：原作『獠』，據文義改。

有人來憐你？

（生叫介）三更牌在那一家？

【前腔】（小旦）喝號三更鼓，聲音似龍虎。款款推窗看，只見紫霧紅光護。前生做人做人修不足，今世裏罰令你受勞碌。好苦！倒跌倩誰扶？未審家鄉，家鄉在何所？

奴家有恤孤念寡之心，見他身上寒冷，我爹穿不了的舊衣，撇一件與他遮寒。天上人間，方便第一。

（小旦下）

【孝順歌】（生）巡更過轉過營，凜烈寒風淒慘人。跨街樓下暫安身，朦朧睡未醒。忽見天賜紅袍，撇來遮我身。料莫是天顯應，有前程可前進。

若得應時還得見，果然勝似岳陽金。

## 第五齣　拷問

（外上）

【菊花新】庭前三友奈歲時，報道梅開數枝。珠簾繡幕低垂，瑞雪遍街銀砌。

江南三尺雪，盡道十年豐。紅爐添獸炭，唱飲雪兒歌。今日官裏大排筵宴，賞雪觀梅。叫左右傳話後堂與大小姐，取紅錦戰袍，穿着入朝。（末）去問二小姐。（内應介）曬在層樓上不曾收得。（末回稟外介）矖在層樓上，不曾收得。（末）張興、王旺。（外）叫張興、王旺。（淨、丑見外跪介）（外）夜來是你巡更，紅錦戰袍矖在層樓上，不曾收得。（淨、丑）不知。（外）巡更不嚴，賊盜生發，左右與我拶起來。（雜上）有事不敢不報，無事不敢亂傳。禀老爺，小的首告的。（外）首告甚麼？（淨）新來軍漢劉知遠，不知那裏偷得一件紅錦戰袍，穿在身上，在馬房中打睡。（外）阿也！阿也！有這等事。快與我拿來！

（衆）甕中捉鱉，手到拿來。（拿生上）（外）綁了。

【玉交枝】這厮無禮，這錦袍官裏賜的。新充小卒當差使，如何盜取衣袂？從實訴供休要違，遲延罪犯難饒恕。照軍令將他斬取，照軍令將他斬取。

【前腔】（生）停威息怒，聽小人從頭禀覆。新充小軍當差使，焉敢盜取衣袂。昨夜三更巡警過，忽見紫袍空中墮。料莫是天宮賜我，料莫是天宮賜我。

（外）賊情事不打不招。（淨打生）（打不下介）（外）張興有弊，王旺打。（丑打生）（打不下介）（淨）王旺也有弊。（外）取板子過來自打，怎麼盜了錦袍？（貼旦上）休將屈棒打平人。（外）把劉健兒吊在馬房裏。（淨押生下）（外）叫二小姐出來。

【醉扶太平】（小旦上）聽得鬧吵，想爲錦征袍囉唣。

（見介）（外）孩兒，我在此拷打賊情事，怎麼説休將屈棒打平人？（小旦）爹爹聽奴告禀。

【蠻牌令】昨夜二更時，見臘雪滿空飛。提鈴喝號至，可傷悲。頂門上紅光燜爍，聲音似虎嘯龍嘶。非是奴强胡爲，自不合把爹爹衣袍與他遮取寒威。

【前腔】（外）你是守閨女，輒敢亂胡爲。繡房中不去拈針指。他是個單身健兒，知他姓甚名誰？伊無禮太愚癡，輒敢把衣袍與他遮取寒威。

（小旦）告爹爹知道，奴家夜來層樓上做女工針指，只見窗外紅光焖爍，紫霧騰騰。奴家推窗一看，元來是巡軍。見他身上寒冷，奴家有慈悲好心。本待拿一件舊衣與他遮寒，不想拿錯了，把爹爹戰袍與他。奴家自知有罪。（外）進去！

（小旦）是非只因多開口，煩惱皆因强出頭。（下）

（下）（浄、丑上）（禀外介）老爺，馬房裏火發。（外）怎麽的？（浄）把劉健兒吊在馬房裏，都是火，把繩索燒斷了。（外）把劉健兒放了放了。（浄）老爺，放了劉健兒，火也没有了。（外）左右，你兩人方纔打劉健兒，見甚麽來？（浄）小人打下，只見空中五色蛇爪住板子，不容打下。（外）不要做聲。你曾見甚麽來？小人打下，見空中五爪金龍。（外）不要則聲。（浄）老爺可曾見甚麽？（外）我不信，自家取板子打下去，果見金甲天神爪住板子。（浄、丑介）老爺也不要開口。人人如此，個個一般。羊屎不搓，個個團圞。（外）咗！退下去。此人明日爵位大似我的，我如今將二小姐招他做個東床。（浄）怎麽爲東床？（外）女婿爲東床。（浄）禀老爺，戰袍有幾件？（外）只有一領。（浄）再有二領。他是東床，我每兩個南床北床。（外）休得胡説，明日分付管家，安排酒席，權且冠帶成親。後來有功，奏過聖上，加他官職。

姻緣本是前生定，曾向蟠桃會裏來。（下）

（淨、丑）如今世俗，手脚零碎的到好。（下）

## 第六齣　挨磨

（旦上）

【于飛樂】無計解開眉上鎖，惡冤家要躲怎生躲。怨我爹娘，招災惹禍。

梁上掛木魚，吃打無休歇。啞子吃黄連，有口對誰説。自從丈夫去後，哥嫂逼奴改嫁不從，罰我在日間挑水，夜間挨磨。一不怨哥嫂，二不怨爹娘，三不怨丈夫，只是我十月滿足，行走尚且艱難，如何挨得磨？

【五更轉】恨命乖，遭折挫。爹娘知苦麽？哥哥嫂嫂你好横心做，趕出劉郎，罰奴挨磨。叫天不應，地不聞，如何過？（合）奴家那曾，那曾識挨磨。挑水辛勤，只爲劉大。

【前腔】向磨房，愁眉鎖，受勞碌也是没奈何。爹娘在日把奴如花朵。死了雙親，被哥嫂凌辱。爹娘死，我孤單，如何過？（合前）

【前腔】挨幾肩，頭暈轉。腹脅遍疼腿又酸，神思困倦挨不轉。欲待縊死在房中，恐怕躭閣智遠。尋思起，淚滿腮，如何過？（合前）

【前腔】腹内疼，欲分娩。有誰人來看管？陰空保佑，保佑奴分娩。但願無虞，早得夫妻相見。思量起，我孤單，如何過？（合前）

奴家神思困倦，不免就在磨房打睡片時。（丑上）好人不肯做，只要嫁劉大。劉大不回來，情願去挨磨。（叫介）姑娘那裏？叫他不應，打他一頓。磨到不挨，睡得好。（旦）磨子重，挨不動。（丑）這樣磨子叫重？（旦）嫂嫂，奴家腹中一陣陣疼痛，挨不動了。（丑渾介）（旦）嫂嫂請歇息。（丑）歇息歇息，莊上人要麵吃。如何遲誤了，準準打八十。南無阿彌陀佛，彌陀佛。（旦）嫂嫂，你也是婦人家，不曉得婦人家疼痛？譙樓上幾更時分了？

【鎖南枝】星月朗，傍四更，窗前犬吠鷄又鳴。哥嫂太無情，罰奴磨麥到天明。想劉郎去也，可不辜負年少人。磨房中冷清清，風兒吹得冷冰冰。

【前腔】叫天不應，地不聞，腹中遍身疼怎忍？料想分娩在今宵，没個人來問。望祖宗，陰顯應。保母子，兩身輕。

天那，好苦！（生兒介）嫂嫂，借脚盆來使一使。（丑）散了，不曾箍得。（旦）把身上衣服展乾了罷。嫂嫂，剪刀借來使一使。（丑）小厮偷去換糖吃了。（旦）我那兒，做娘的瓦片不曾準備得，就把口來咬斷臍腹，有命活了，無命死了。正是：

青龍共白虎同行，吉凶事全然未保。（下）

## 第七齣　分娩

（淨扮竇公上）青竹蛇兒口，黄蜂尾上針。兩般皆未毒，最毒是婦人心。我是李太公家火公竇老兒便是。我家老員外在時，何等看承我。前村三老官人收留我在家，三阿媽交我去看三小娘分娩，不知是男是女。此間已是磨房，三小娘開門。（旦）是那個？（淨）我是竇老。（旦）你來做甚麽？（淨）三阿媽着我來問你，分娩怎麽了？（旦）夜來生下一個小厮。（淨）虱來押殺了。（旦）是個男兒。（淨）好、好！爺去投軍，家裏添個餘丁，謝個青天白天。三小娘，（旦）怎麽？（淨）小官人身上，怎麽乾净了？（旦）我與嫂嫂借脚盆不肯，將身上衣服展乾净了。（淨）好苦惱，浴也不曾洗，大起來生狗癬疥，怎麽好？三小娘，（旦）怎麽説？（淨）小官人臍腸怎麽斷了？（旦）問嫂嫂借剪刀，他回我小厮偷去换糖吃了。（淨）怎麽斷了？（旦）奴把口來咬斷了。（淨）咬了瘦的還好，咬了壯的，就是一段肝白腸。明日怎麽念個佛？（旦）竇公，你去了罷，起動你。（下）

（淨）李洪一你好不思惟，却將親妹受孤恓。常將冷眼看螃蟹，看你横行得幾時？

## 第八齣　岳贅

（外上）

【花心動】一段姻緣，正是前生繫定。紅綫絲纏，繡褥花裀。洞天福地，這好事今朝重見。

鬱鬱門闌多喜氣，雙雙女婿近乘龍。下官昨日奏過朝廷，招劉智遠爲婿。分付左右安排喜筵，可曾完備麽？（末）俱已完備多時了。（外）請劉官出來。（末請介）

【前腔】（生上）想是前生曾留戀，今日裏誤入桃源。（小旦上）珠簾捲，畫堂列綺席華筵。（生、小旦見外拜介）

【黑麻序】（外）吾奉朝宣，掌三軍節使，品騭爲官。家居福地，更兼文武雙全。擎拳。今朝遇大賢，門闌喜氣添。（合）兩情歡，願取夫妻諧老，共結百年。

【前腔】（生）深感不棄貧寒，守居在沙陀村裏，受盡迍邅。欣然。平步上九天，姻緣非偶然。（合前）

【前腔】（小旦）奴今拜賀椿萱，念奴家生居陋室微賤，想前世共結良緣。非淺。夫妻美少年，雙雙拜謝天。（合前）

【尾聲】（衆）今朝共合爲姻眷，美滿夫妻共百年，雙雙齊效鶼鶼。

一對夫妻正及時，郎才女貌兩相宜。
在天願爲比翼鳥，入地共同連理枝。

# 第九齣　送子

（旦上）

【臨江仙】父母一朝拋棄，夫妻兩下分張。哥哥嫂嫂鐵心腸，交奴受萬千磨障。今日我身分娩，始知恩愛難忘。自將心事細思量，眼下這般情況。

我兒，生下你來，受了萬千疼痛苦楚。想我母親養我下來，也受這般苦楚。

【步步嬌】（旦）養子方知娘生受，各自思前後。哥哥心狠毒，嫂嫂不仁，暗使機謀。苦逼我再招夫，閃得我一似喪家狗。

【江兒水】悶似湘江水，涓涓不斷流。老天知道和天瘦，共乳同胞一個娘生受。又不是隨娘改嫁瓜葛柳，罰奴磨麥生受。遠在兒孫，近只在一身當受。

【川撥棹】我欲待訴説個冤仇，我欲待訴説個冤仇，待説來誰人採揪？天若還念我孤單，天若還念我孤單，願孩兒易長易壽。子母每得到頭，免使劉郎絶嗣後。（淨扮竇老上）

【前腔】聞知三娘分娩無憂，聞知三娘分娩無憂，李三公交咱來問憂。（内丑叫介）閑人不許入磨房！（淨）聽伊家絮絮叨叨，聽伊家絮絮叨叨，睹前望後。（旦）竇老，你緣何頻覷看兩頭？你緣何頻覷看兩頭？

【前腔】近前來問事由，近前來問事由。（浄）我聽得伊家嫂嫂絮絮叨叨，只得慌忙便走。

（旦）你且窩藏在僻處，他見了怎干休？他見了怎干休？（浄作躲介）（丑上）

【五供養】十中缺九，喜姑姑産下窮劉。兒夫曾囑付，怎干休？把花言覓誘，倘説得兒入手，管交一命喪清流。

【僥僥令】喜姑姑添小口，幾度待不收。十月懷胎娘生受。兒子是眼前花水上鷗，兒子是眼前花水上鷗。

【金錢花】姑姑分娩無憂？無憂？（旦）深謝嫂嫂躭憂，躭憂。心兒悶怎干休？（丑）把一筆盡都勾。

【尾聲】如今幸喜身唧嵧，把粥食頻調産後，莫待老來病成不救。

（丑）姑娘夜來生下男子是女？（旦）生下一個兒子。（丑）且喜且喜，待我看看。我兒，父親去投軍，家中添一個餘丁。（旦）嫂嫂，新養的孩兒，不要驚了他。（丑）我曉得。這是我骨血，我的兒，他就叫我舅母、舅母。（旦）嫂嫂休要取笑。（丑）姑娘可曾取乳名麽？（旦）叫咬臍。（丑）不好，待我改一個名，叫他希奇。此兒實希奇，大窮養下小窮兒，留在家中有後患，不如撇在荷花池。（丑下）（旦哭倒介）

（浄竇老上）劉家香火，李家祖宗來哩，再不要慌。三小娘，小官人在此。

【哭相思】（旦）耳邊忽聽叫三娘，猶如死去重生。

（淨）我救得在此。（旦見淨介）

【駐雲飛】苦養孩兒，萬苦千辛生下你。頭臉上都是水，七魄將離體。兒，空教你枉出世。死了孩兒，誰來與娘争口氣？好朵鮮花不遇時，好朵鮮花不遇時。

【前腔】（淨）聽説因依，鐵打心腸也淚垂。直恁的行無禮，不得生惡意。嗏！他是小孩兒，與你何干？撇在荷池裏。人善人欺天不欺，人善人欺天不欺。

（淨）三小娘，這個孩兒，留在此不得了。（旦）竇公，怎麼好？（淨）你哥哥不仁不義，一定要下落他性命，怎麼養得到五歲十歲？我老人家打聽得劉官人在并州，有些勾當。我不辭辛苦，將小官人送到并州，待他顧乳母養他長成。也得子母團圓。（旦）三日孩兒，那有娘乳與他吃？（淨）三小娘不要愁，我趲得些錢在身畔，買塊糕兒喂他。他若要乳吃，路途間人家有小厮吃乳的，我就雙膝跪下：『奶奶，没娘的小厮，求一口乳兒與他吃。』一路討將去，不要愁。（旦）竇公請上，待奴家拜你一拜。

【宜春令】竇公聽訴因依，兄嫂無知，將他撇在水。謝伊恩義，把我孩兒送到爹行處。見劉郎訴説詳細，問的實甚年歸計？（合）我兒，長成時，休忘了竇公恩義。

【前腔】（淨）三娘聽拜咨啓，在邊廷習學武藝。要歸無計，料想着他身不由己。待老漢送將他孩兒，便知他行藏在何處？（合前）

三日孩兒撇在池，鐵打心腸也淚垂。

若見劉郎備細説，記取名兒叫咬臍。

# 第十齣　求乳

（丑上）

【步步嬌】傳得杜康真緑醼，真個多奇異。酸的似如醋，臭的是馬尿。

老婦膽大心粗，賣酒不納課租。不怕秦王霸王，賒酒留當則去。賽過文君當壚，强如師姑婆婆。老婦忙忙便把店開，挑水燒湯待客來。正是不將辛苦意，如何打動世間財？

【三月海棠】（浄上）年老人，登山涉水多勞頓。送孩兒知他認也不認。傷情。母在家中思兒苦，怎知兒在此没投奔。我移步趲行程，無言不覺淚沾襟。

老漢蒙李三娘着我送孩兒，到并州太原府去還劉大郎。一路辛苦，來到這裏。夜來在客店中安歇了一宵，感得店主娘與孩兒吃一夜乳。如今想孩兒肚又飢，這裏是酒店，想有婦人，再問他買些與他吃。多少是好？（浄、丑見介）（丑）公公那處來？莫不是買酒吃？（浄）老漢吃不多，娘子酒有好的？酒名最多。（云云介）（浄）好的打來。（丑）酒在此。呀！公公，你如何抱着一個孩子？（浄）娘子娘子，你若説這個孩兒，一言難盡。（丑）待説何妨。

【紅衲襖】（浄）告娘行聽拜啓，這孩兒便是寃苦兒。纔離娘與娘分離。他父親在并州太原府爲官。送此兒步着千山萬水，望娘行可憐，他是無母兒。（净跪介）覓些乳與他止肚飢，免致黄泉作小鬼。

【前腔】（丑）聽伊言交我惡怒起，他還有舅舅親人，下得將他厮控持。料他三日孩兒有何罪？嫡親子母成痛悲。兒母在家中恩愛你，願天天遮護恁。便做鐵打心腸也淚垂。

公公，如今吃得飽了，你好生與他送去。（净）多謝！多謝！

特地送兒曹，殷勤走一遭。

侯門深似海，不許外人敲。

## 第十一齣　見兒

（生上）

【聲聲慢】梁唐多事，萬姓荒荒，妻子盡皆流蕩。國祚方興時，遇太平盛世。家家户户人無事，慶豐年民不號啼。拜跪。願乾坤一統，聖壽天齊。

古人有言：『得寵思辱，居安慮危。』劉智遠自贅岳府，朝朝寒食，夜夜元宵，竟不知恩妻李三娘信息如何？一似和針吞却綫，刺人腸肚繫人心。（小旦上）若將容易得，便作等閑看。相公在此看甚麽？（生）看兵書。（小旦）看到那裏？（生）看到曹操與張飛對陣，曹兵把張飛追至霸陵橋，大喊一聲，霸陵橋分爲兩段。（小旦）其實好名將。相公，那一個勝，那一個敗？

【高陽臺】（生）權統雄威，兵分八陣，名鎮四方威勢。吕望六韜，更兼孫武兵書。張飛。喝水斷橋聲似雷，論軍令不斬不齊。（合）奏到凱歌回，管取淩煙閣上，姓字名題。

【前腔】（小旦）聽啓。慈父嚴尊，見伊武藝，將奴配君爲妻。征戰之功，那時蔭子封妻。須知。赤心報國酬聖主，食天禄滿門榮貴。（合前）

（浄上）一路辛勤不自由，如今且喜到并州。三日孩兒送到此，未審劉郎收不收？長官，我是問路的。（末）問那裏去的？（浄）此間可是岳府？（末）正是。（浄）有個劉智遠？（末）割舌頭！（浄）走到割舌頭的所在來了。（末）你是那裏來的？（浄）我是徐州沛縣沙陀村火公竇老遞送家書的。（末）少待，待我通報。（末進稟生介）稟老爺，徐州沛縣沙陀村火公竇老，送家書在外。（小旦）相公，人有善念，天必從之。相公常想家中没有信息，今日有人來了。（生）夫人，待下官去看來。（小旦）請穩便。（生）火公竇老。（浄跪見介）老爺，小人走錯了。（生扶起介）是我，起來。（浄）你一發擴充了。（生）懷抱小厮是那個？（浄）是你的兒子。

【山坡羊】（生）幸然孩兒來至，不覺交人垂淚。謝伊送我孩兒到此，面貌與娘俱無二。竇老，兒可有乳名了麽？（浄）三娘没有剪刀，把口咬斷臍腸，叫他咬臍郎。（生）兒名咬臍，是你親娘自取的。聞伊見説，見説肝腸碎。兩淚交流一似珠。孩兒，你親娘在那裏？孩兒，爹在東時娘在西。

（净）劉官人不要啼哭了，三姐在家受苦，早早回去。（生）竇公，待我進去禀過夫人。（净）這裏又是一個夫人。（生）我入贅在岳府了。（净）劉官人，石灰布袋，處處有跡。（生進介）（小旦）相公，甚麽人？（生）夫人，實不相瞞，前日府中説没有妻子。下官不才，我有前妻李氏三娘，生下一子，着火公竇老送到這裏來。夫人肯收，着他進來。夫人不肯收，早早打發他回去。（小旦）相公説這不仁不義言語。既是前妻姐姐養的孩兒，着人千山萬水送來，怎麽説收也不收？前妻姐姐養的，就是我養的一般，快着人抱進來我看。（生）賢哉夫人！竇公，夫人着你進來。見了夫人。（净進見小旦）（拜介）

【柰子花】感夫人愷悌仁慈。劉官人，三姐呵，磨房中産下孩兒。嫉妒嫂嫂撇在水裏，是老夫救來還你。（合）看此兒，端的是相公嫡子。

【前腔】（小旦）看孩兒容貌希奇，與相公面龐無二。收留在此猶如嫡子，長成時莫忘了竇公恩義。（合前）

【前腔】（生）我在沙陀村裏狼狽，荷公婆招我爲婿，他大舅憎嫌心生惡意。今日且喜孩兒送至此間，夫人好好與他看養，長成時教他武藝。（合前）

三日孩兒你可收，三年乳哺不須憂。
兒孫自有兒孫福，莫與兒孫作遠憂。

## 第十二齣　寇反

（浄領衆上）

【北一枝花】昔日做朝内官，今做個山中寇。俺只爲朝中奸詐多，有功的恨殺爲仇。殺功的即便封侯，因此上撇了名鎖和勾。

山中虎吼應龍聲，古木陰陰似堡城。五百英雄同下塞，猙獰個個虎狼心。自家蘇林老將是也。只因朝廷有功不賞，有罪不誅，以致落草爲寇，哨聚山林。風高放火，無非劫掠民財；月黑殺人，盡是傷殘民命。兹者人强糧足，分付嘍羅，點起人馬，打奪州城，占住糧草，以圖大業。多少是好？（分付介）

【豹子令】（浄）頭帶金盔八寶攢，八寶攢。茜紅袍帶血腥膻，血腥膻。雄威赳赳誰來犯？鐵人見俺也心寒，也心寒。（合）張弓躍馬下山關，下山關。

【前腔】（衆）主將威名似斗山，似斗山。嘍囉武藝有千般，有千般。群雄拒敵如逢俺，教他個個不生還，不生還。（合前）

吶喊下山坡，牛羊影也無。

欲求生富貴，須下死工夫。

# 第十三齣　討賊

（生上）

【賀聖朝】自來獨逞英雄，四夷皆懼威風。朝廷敕命守山東，管交一戰成功。

策就平戎拜衮龍，擅車驅驟冠群雄。神物豈堪終伏櫪，會見車書四海同。下官深感岳丈，官爲大尉。茲者太行山强梁作反，朝廷昨日報馬已到，拜下官爲總兵元帥，前去收伏此賊。因點選衣甲，庫中並無一件中用，因思向年在那沙陀村卧牛岡上瓜園内，有天賜寶刀，金盔衣甲，兵書戰策，並李家莊暴劣紅騌馬。不免差人去取來一用，必然取勝收功。多少是好？旗牌何在？（末上）猛虎臺前出入，貔貅帳上傳宣。伏元帥。有何使令？（生分付介）

【四邊静】蘇林賊黨侵邊地，差吾去當備。那更辦赤心，捐軀答聖主。（合衆）願聽鈞旨便驅馳，攜取寶刀回，成功最爲易。

【前腔】（衆）將軍號令如金石，星夜便前去。時刻莫遲延，違令怎饒你？（合）願聽鈞旨便驅馳，攜取衣甲回，成功最爲易。

賊黨不尊王命，疆埸指日澄清。

朝中天子三宣，閫外將軍一令。

# 第十四齣　凱回

(外上)

【鳳凰閣】端居高拱，聖主垂福無窮。(生)出師征進志英雄，管取山河一統。(小旦)更望取天山掛弓，淩煙閣擬畫儀容。

(外)一封丹詔下神京。(小旦)仗劍長驅莫暫停。(生)自愧才非文共武，果然集義統三軍。(外)王事急，整車輪，正是國難見忠臣。(小旦)太平元是將軍定，纔有將軍見太平。(末上)金甲頭盔及戰書，取來多少費工夫。邊疆一統民無害，一將成功萬骨枯。稟元帥爺，軍器都在此了。(生)既如此，火速傳與二爺史弘肇知道，即便披掛爲前部先鋒，前途等候，我隨後就來了。(末得令下)(外)孩兒將酒過來，爲你丈夫少壯行色。(生)多謝！

【排歌】(外)戰馬如龍，斷蛇寶刀，衝衝氣貫青霄。鵬摶萬里借扶搖，方顯池中雲雨蛟。

(合)施三略，展六韜，功高賞厚受封褒。收王土，絶虜囂，麒麟閣上姓名標。

【前腔】(小旦、生)頗牧同休，孫吴並高，堂堂間世人豪。折衝禦侮在今朝，忠藎須教冠百僚。

(合前)

(生)戎事已急，就此拜别。(外、旦)佇聽佳音，凱歌報捷。(下)(小生扮史弘肇領衆接生上)

【番鼓兒】恁諸軍，恁諸軍，疾速忙前進。並力夾攻，教他聞風怕影。（淨領衆上）手持刀劍，潑無徒敢來對陣。（合）活捉與生擒，得戰時奏凱回程。

【雙勸酒】（生）叵耐畜生，輙敢無禮。[一] 速來拜降，免你身歸泉世。常言道養兵千日，今朝用人之際。（淨）打爺大拳誰敢當敵，槍刀便起，交伊奔走無地。大兵若來時，殺交伊片甲無回。

（戰介）（淨敗下）（生）且喜賊已大敗，待我追入巢穴，盡滅其餘。兄弟，你可與我寫捷書一封，飛報朝廷，不得有違。

喜孜孜鞭敲金凳響，笑盈盈齊唱凱歌回。（下）

## 第十五齣[二]　受封

（旦上）

【胡搗練】兄嫂沒前程，罰我挨磨到天明。把我孩兒撇在水，火公救不見回音。

[一] 輙：原作『輟』，據文義改。
[二] 十五：原作『十六』，據文義改。

自家骨肉尚如此，何況區區陌路人。哥嫂逼奴改嫁不從，罰我挨磨挑水。日不得閒，夜不安枕，且往井邊挑幾肩水。

【桂枝香】孩兒一去，眼中流淚，全無力氣精神。更兼紛紛細雨，酸疼兩腿、兩腿難移，前去如何存濟？　悶心兒。一兩陣西風起，滴溜溜敗葉飛。

【前腔】肌膚憔悴，肩挑着水。捱不過這般樣淒涼，怎忍得恓惶滋味？　奴元是李家、李家嫡親兒女，今爲奴婢。想劉郎他那裏厭厭悶，我愁煩只爲伊。

【前腔】兒夫別後，思量無計。指望竇老回歸，怎知全無一字？　交奴展轉、展轉越添憔悴，如何得睡？　悶心兒。欲寄音書去，山遥路更迷。

【前腔】哥哥毒害，是我前生結債。他將我萬種淩辱，這苦何日得泰？　我願丈夫、丈夫榮歸故里，稱奴心意。告神祇願得兒夫至，還鄉衣錦歸。

琉璃井内碧沉沉，奴與夫君一樣清。
日間挑水無休歇，夜間挨磨到天明。

# 第十六齣[一] 汲水

（生上）

【番卜算】三箭定天山，一戰成奇績。捷音今已達彤庭，料想加官職。

漢將承恩西破戎，捷書飛報未央宮。天子預開麟閣待，祇今誰數貳師功？下官平賊已來，即令史弘肇上本去了。想在目下，定有好音來也。

【卜算先】（小生上）喜色動龍顏，恩詔傳丹鳳。

聖旨已到，跪聽宣讀。皇帝詔曰：『臣立其勳，君隆其報。此今古之常經，國家之通誼也。兹爾劉暠，治兵仁勇，而屢收征伐之功；報國精忠，而卒成底定之業。特陞爾爲九州安撫使。先鋒史弘肇遏勍敵而戰每先登，相主帥而功成一統。雖古名將，不是過也。特陞爾爲九州安撫使部下團練使，掌管一十六萬雄兵，專聽安撫使節制。嗚呼！崇德報功，以彰盛典。而協力攄忠，[二]以酬知遇。朕于爾輩，有深望焉。望闕謝恩。』（生、小生）萬歲、萬歲、萬萬歲！兄弟，我輩蒙朝廷如此弘恩，敢不盡心爲國。你即時馳回本營，將有功者盡行開録，以憑陞授。（小生應下）（生）今日且喜太平無事，不免請夫人出

[一] 十六：原作『十七』，據文義改。
[二] 攄：原作『慮』，據文義改。

來，到後花園中閑玩一番，多少是好。（請介）

【卜算後】（小旦上）夫榮妻貴福無窮，偕老百年同。（生相見）（見介）

【柳揺金】（生）春光明媚，遊人似蟻，金勒馬嚬嘶。萬紫争妍麗，粉蝶兒成對飛。忽聽得賣花聲過，忽聽得賣花聲過，轉過畫橋西。欲買幾朵花來妝個花籃花轎兒。（合）朝歡暮樂，效學于飛，效學于飛，和你永諧連理。

【前腔】炎威可畏，涼亭避暑。浴罷晚涼時，纖手調冰水。佳人雪藕絲。聽操瑶琴一曲，聽操瑶琴一曲，句句有相思。一似冰盤浸浮瓜與沉李。（合前）

【前腔】金梧飄墜，紈扇懶揮，牛女會佳期。只見丹桂飄金蕊，風傳香韻美。遥望着碧天如洗，遥望着碧天如洗，萬里月揚輝。夫人，我和你一似皓月澄清團圓到底。（合前）

【前腔】嚴冬天氣，彤雲布密滿空飛。只見上下同一色，千山失翠微。畫閣紅爐深處，畫閣紅爐深處，歡宴飲瓊巵。相公，我和你滿拚沉醉，共樂共樂銷金帳裏。（合前）（小生扮咬臍上）

【繞地游】朱扉畫戟，畫堂中萬千丰麗。幸吾父品登高位，文武中盡稱爲最。

自小稱名號咬臍，家尊武藝占高魁。皇朝敕賜加官爵，百萬貔貅聽指揮。正是一門生二將，父子上淩煙。常言道『良田千頃，不如薄藝隨身』。爹媽在堂，上前參見。（生）孩兒在那裏來？（小生）告爹娘知道，如今春三二月，各衙舍人都去郊外打圍，孩兒欲去，未敢擅便。（小旦）相公，孩兒年幼，去不得。

（生）夫人，我比他這年紀，十八般武藝件件皆能。叫老郎軍士，衙內郊外打圍。他人婦，別人妻，不可大驚小怪。衙内回來説了，綑打四十，決不饒你。（生、小旦下）（小生）曉出鳳城東，分圍沙草中。紅旗遮日月，白馬驟西風。背手抽金箭，番身挽角弓。衆人齊仰望，一雁落空中。（下）

# 第十七齣(一) 訴獵

（旦挑水桶上）

【綿搭絮】别人家兄嫂有親情，唯有我的哥哥、下得歹心腸惡面皮。罰奴夜磨麥，曉要挑水。每夜彎拳獨睡，未曉要先起。那些個手足之親，想我爹娘知未知？

【前腔】井深乾旱，水又難提。一井水都被我吊乾了。井有榮枯，淚眼何曾得住止？（介）奴是富家兒，顛倒做了驅使。莫怪伊家無禮，是我命該如是。倘有時刻差遲，亂捧打來不顧體。

【前腔】尋思情苦淚雙垂。夫在邊廷，想我孩兒倚靠誰？吃淡飯黄虀，强要充飢。哥嫂每夜裏巡更不睡，討是尋非。哥嫂他那裏昧己瞞心，料想蒼天不負虧。

前面一簇人馬來了，我神思疲倦，且在井邊少睡片時。（小生引衆卒上）

(一) 十七：原作『十六』，據文義改。以下依次改。

【窣地錦襠】連朝不憚路蹊嶇，走盡千山並萬水。擒鷹捉鶻走如飛，遠望山凹追兔兒。

叫老郎軍士，這裏是那裏所在？（净衆應介）這裏是沙陀村。（小生）怎麽來得這等快？（左右應介）就如騰雲駕霧來了。（小生）一個白兔兒，在前面井邊婦人身邊去了（衆介）（小生）那婦人可見白兔兒麽？（旦）奴家是受苦婦人。（衆）曾見我白兔兒？（旦）不見。（小生）叫他過來，待我問他。（衆叫旦介）白兔兒不打緊，上有金皮玉箭在上。（旦）有了白兔，就有金皮玉箭，奴家實是不見。（小生）那婦人好人家宅眷，爲何跣足蓬頭？有甚情懷？

【雁過沙】（旦）衙内問我甚情懷，（小生）爲何鞋也不穿？（旦）也曾穿着繡鞋。（小生）敢是挑水賣的？（旦）不曾挑水街頭賣。（衆）敢是作歹事？（旦）貞潔婦女，怎肯作事歹？（小生）被甚麽人淩賤你？（旦）被無知兄嫂忒毒害。（小生）有父母麽？（旦）雙親早喪十六載。（小生）曾有丈夫麽？（旦）東床也曾入門來。（小生）他在家出外？（旦）九州按撫投軍去。（小生）有甚本事？（旦）十八般武藝皆能會。（小生）你丈夫姓甚名誰？（旦）嫁得個劉智遠潑喬才。（净、衆諢介）(一)天下有同名同姓者多，羞他羞他。（小生）你丈夫曾有所出？（旦）懷抱養子方三日。（小生）三日孩兒可在家麽？（旦）被火公竇老送到爹行去。（小生）去幾年了？（旦）小小花蛇腹内藏，爹

(一) 諢：原作『渾』，據文義改。下同改。

娘見他異相配鸞凰。一别今經十八載。親生一子叫做咬臍郎。

（丑諢介）（小生）也羞他一羞。婦人，吾乃九州按撫之子。你丈夫在俺爹爹麾下從軍，我回去與爹爹説知，軍中帖出告示，捱查你丈夫取你去。意下何如？

【香羅帶】（旦）衙内聽拜禀。（拜介）（小生作倒介）不要拜了。（旦）容奴説事因。一從間别鸞鳳兩處分，被哥哥嫂嫂苦逼分離也。朝朝挑水，夜夜辛勤。日日淚珠暗零。（合）異日説冤，恨取薄倖人。苦也天天，甚日得母子團圓説事因？

【前腔】（小生）娘行免淚零，聽吾説事因。俺爹爹管軍兼管民。我去與爹爹説了，軍中挨問姓劉人也，教他取你，免伊家淚零。（衆介）多只數日少半旬。（合前）

多謝衙内問信音，有苦何須問的真。

若還再得重相見，猶如枯木再逢春。

（小生）叫左右，可挑水桶送他回去。（淨扮李洪一上）（打丑介）（小生）怎麼哭？（丑）他家花嘴花臉一個人，把我一頓打。（小生）就説我是軍。（丑）他説打斷肋。（小生）甚麼時候？（衆）黄昏快了。

黄昏將傍赴城門，隱隱鐘聲隔岸聞。

漁人罷釣歸竹徑，牧童遥指杏花村。

# 第十八齣　憶母

（生上）

【卜算子】盼望旌旗，每日耳聞消息，聞得孩兒回至。

孩兒郊外打圍，這時候還不見回來。（小生上）柳陰枝下一佳人，夫婿孩兒同姓名。好似和針吞却綫，刺人腸肚繫人心。爹爹，孩兒拜揖。（生）孩兒回來了，打得多少飛禽走獸？（小生）聽孩兒告禀：

【普天樂】望蘆葭，淺草中分圍跨馬。見一個白兔前面過，趕到前村柳陰之下。見一個婦女身落薄，跣足蓬頭吃折挫。被兄嫂日夜沉埋，他行行淚洒，口口聲聲只怨劉大。

（生）我兒，説話不明，如昏鏡不磨。你只管説甚麽劉大劉大？我問你打了多少飛禽走獸？（小生）告爹爹知道，孩兒前往郊外打圍，草中趕走一個白兔。孩兒一箭正中，那兔連箭便走。孩兒加鞭拍馬，直趕到徐州沛縣，地名沙陀村，八角琉璃井邊，有一個婦人，跣足蓬頭。問起根由，却被哥嫂磨滅，在井邊汲水。我問他可有丈夫，他的丈夫名字與爹爹相同。問他可有孩兒，孩兒的名字與孩兒相同。我問他丈夫那裏去了，他説往九州按撫投軍去了。我就對他説，俺爹爹九州按撫。我回去禀過爹爹，軍中帖出告示，捱問你丈夫書來夫妻重會。那婦人拜孩兒兩拜，孩兒跌倒兩次。不知爲何？（生）孩兒，你不要受他兩拜便好。（小生）爹爹好差矣。孩兒是九州按撫之子，受那村僻婦人兩拜不起？（生）我兒，做爹爹的幾次要對你説。因你不知世事。你道爹爹官從何處來？渴飲刀頭血，困來馬上眠。受盡苦中苦，方爲人上人。

【歌兒】我在沙陀村受狼狽、也是没極奈何。爲父的日間在馬鳴王廟中棲身，感李太公領歸我，他把嫡親兒招我爲夫婦，兩老雙雙都亡過。被大舅争强，把我鸞凰都躭誤。兒，既來問我，華堂享富貴的是你繼母，那村僻婦人是你親母。剖剖心腸，磨房中生下你兒一個。

（小生）華堂享富貴的？（生）是繼母。（小生）井邊打水的？（生）就是汝親娘。（小生哭介）兒對嚴尊把事提，誰知母子各東西。舅舅不念同胞養，一子初生號咬臍。繼母堂前多快樂，却交親母受孤恓。爹爹，忘恩負義非君子，不念糟糠李氏妻。今日還我親娘來見面，萬事全休不用提。若還親娘不見面，孩兒便死待何如？（小生哭倒介）（生）夫人快來！（小旦上）隔牆須有耳，窗外豈無人？我兒，娘在此。（小生）你不是我親娘。（小旦）畜生，嘴邊乳腥未退，胎髮未除。雖無十月懷胎，也是三年乳哺。那見得不是你親娘？（生）夫人請息怒，聽下官分剖。祖居沙陀村裏，流落在馬鳴王廟中。李太公收留我回家，他把嫡親女兒招我爲婿。兩老皆亡過後，被大舅争强，逼勒鸞凰兩下，只得投奔從軍。感蒙你父不棄微賤，招我爲女婿。因孩兒打獵井邊，認了親娘。畜生，休得要尋死覓活，休得要號天哭地。若不是夫人抬舉，怎年得一十六歲？還不過來拜了母親。（小旦）畜生，若不看相公分上，着實打你一頓。相公既有前妻姐姐在家，何不將我鳳冠接取到來，同享榮華，願爲姐妹。（生）若得賢哉夫人美意，勝似萬般週濟。

【江兒水】（小生）那日因遊獵，見村中一婦人，滿懷心事從頭訴。裙布釵荆添悽楚，蓬頭跣足身落薄，却元來親娘生母。爹爹，你負義辜恩，全不念糟糠之婦。

（生）我兒不要啼哭，明日與史弘肇叔叔説，點起三千壯士，把李家莊圍住了，拿了李洪一夫妻兩口，捆將出來，刀刀割肉，劍劍抽筋。

彩鳳金冠去取妻，此情莫與外人知。
黄河尚有澄清日，豈可人無得運時？

## 第十九齣　私會

（旦挑水上）

【八聲甘州】懨懨悶損，怎消遣心上横愁。兒夫別後，淚泣楚聲無投。傷情最苦人易老，那更西風吹暮秋。休休，猛然間小鹿兒撞我心頭。

【前腔】今後潔可奈守，算古往今來似奴稀有。孩兒一去，到如今杳不回頭。十六年來音信杳莫有，父子同歡不念母。休休，猛聽得孤雁叫過南樓。

神思困倦，就在井欄邊少睡片時則個。（旦作睡介）

【山歌】（丑上）牧童兒，牧童兒，騎上黄牛短笛吹。春遊芳草地，夏賞緑荷池。秋飲黄花酒，冬吟白雪詩。爹娘養我能快活，誰知此地受孤悽。爹娘養我如金寶，如今不值半文錢。自家李家莊上看牛的牧童是也。今朝放十三頭牛，出來不見了一頭，想是風大吹了一頭去了，待我叫他一聲。黄牛呵！（内應介）（丑）呀！元來棒柸三丫頭在此睡着了，待我藏過了他水桶。我不見牛，他不見水桶，要打與他一同打。（旦醒介）

【粉蝶兒】睡思朦朧，覺來時却是牧童在此。

牧童，我的水桶在那裏？（丑）你可見我黄牛麽？（旦）我不曾見你黄牛。（丑）我也不曾見你水桶。（旦）小厮，你去尋將來，與你兩個錢。（丑）你把錢與我麽？待我尋將來。（旦）小厮還我。（丑）三小娘，水桶在此，把錢與我。（旦打丑介）畜生，你見我哥嫂磨滅我，你也來戲弄我。自古道得好：『勢敗奴欺主，時乖鬼弄人。』（旦下）（丑哭介）（生上）路塗不平，傍人減削。牧童。（丑）甘草木通。（生）那個打了你哭？（丑）走路便走路，管甚麽閑事？（生）牧童，方纔挑水的婦人是誰？（丑）你問他怎麽？（生）你説了把錢與你。（丑）錢不利市，銀子罷。（生）就是銀子。（丑）坐着説，話長。我這裏叫做李家莊，有個李太公太婆，養兩個兒子，一個女兒。大兒子叫李洪一，小兒子叫李洪信，女兒叫三娘。李太公在馬鳴王廟中賽願，收留一個劉窮在家，也不曉得鋤田耕地，只會牧牛放馬。有一疋烏追馬，諸人降他不伏，被鑾子一降一伏。李太公見他異相，因此把女兒招他爲婿。成親之後，不想太公與太婆俱亡。那鑾子去九州按撫投軍去，十六年一竟不回。那婦人被哥嫂挑水挨磨，又要逼他改嫁不從，日夜磨折他，是受苦的。你問他怎麽？（生）原來如此。多謝你了。銀子在此，可收去。（丑諢下）（生叫介）（旦上）颭風驟雨，不入寡婦之門。（生叫介）三姐。（旦）甚麽人叫我三姐？哥嫂得知，決不干休，你快去。（生）是劉智遠回來在此。（旦）那個不曉得劉智遠是我丈夫？（生）三姐，分别之時，我説三不回。（旦）那三不回？（生）不發跡不回，不做官不回，不報得李洪一冤仇不回。（旦）這話與丈夫在瓜園中説的，閑人那個曉得？待奴看來。呀！（見介）

【臨江仙】（生、旦）一十六年不見面，今朝又得再相逢。

【鎖南枝】（旦）從伊去後，受禁持，不從改嫁生惡意。因此骨肉參商，罰奴磨麥並挑水。止望你身顯跡，又誰知恁狼狽。

【前腔】（生）一從散鴛侶，鸞凰兩處飛。受盡奔波勞役，只爲苦取功名，此身不由己。身逗留，無所依。那知你，受狼狽。

【前腔】（旦）奴分娩，産下兒，嫉妒嫂嫂撇在水。幸得竇老辛勤，寄取來還你。十六年杳無音信歸，日夜裏受孤恓。

【前腔】（生）娘行聽咨啓，我把真情訴與伊，對面娘兒不識。那日井邊相逢打獵一衙内尋兔的，你道是誰？（旦）是那個？（生）名咬臍是你孩兒。

【前腔】（旦）思前日，有個打獵的，他説九州按撫兒。見他氣宇軒昂，誰想是吾嫡子。心下疑難信。你莫不是没見識，賣與官家做奴婢。

【前腔】（生）出語大相欺，九州按撫，是我爲品級。都堂爵位，掌管一十五萬官兵，權顯達還鄉里。我妝舊時私探你，休泄漏莫與外人知。

三姐，前日在瓜園分别，今日磨地相逢，大家把苦來説一説。（旦）你的也説與我知道，我的苦也説與你知道。（生）三姐，自從瓜園分别，逕到并州，岳節度使招軍買馬。命苦！到那裏軍完馬足，不用了。被我苦苦哀告，收我在長行隊，日間押馬草，夜間提鈴喝號。那一晚臘月二十，雪又大風又大，正該我巡更。巡到跨街樓底下躲避風雪，岳府小姐在層樓做女工針指，見我身上寒冷，將一件舊衣服與我遮寒。拏錯了，把父親身上紅錦戰袍。來日要入朝賞雪觀梅，遍尋不見。查問起，到是我穿在身上。拿我去要打打不得，要殺又殺不得。他見我有異相，他就把繡英小姐與我爲妻。在彼朝朝寒食，夜夜是元宵。拿你的苦説與我聽。（旦）我的受用，不比你的受用。來這裏看，這是磨房，這是水桶。（丢桶介）（旦倒）（生扶介）

【鎖南枝】（二）（旦）聽伊説轉痛心，思之你是個薄倖人。伊家戀新婚，交奴家守孤燈。我真心待等。你享榮華，奴遭薄倖。上有蒼天，鑒察我年少人。

【前腔】（生）告娘行聽咨啓，望娘行免淚零。若不娶繡英，怎得我身榮？將彩鳳冠來取你，

（二）鎖：原作『孝』，據《新編劉知遠還鄉白兔記》改。

取你到京中做一品夫人。

三姐，我有三台金印在此，你可收下。三日後來取你，還我金印。如不來取你，就把他撇在萬丈深潭。他不能出世，我不能做官。（旦）官人，如今哥嫂知道了怎麼好？（生）你如今往三叔家住下。（旦）曉得哥哥使心機。（生）明日教他化作灰。善惡到頭終有報，只争來早與來遲。（旦取水桶）（生踢介）（同下）（浄上）事不關心，關心者亂。我家牧童回來說，劉窮回來偷老婆。這入娘的，想夢指望偷老婆。我見他打得他希爛。（生暗上）（聽見介）（浄）請了，你回來了。（生）回來了。（浄）修網巾的出牌額，照舊。去時穿這件衣服，如今原是這件衣服。李家莊上養得人的。（生）你方纔要打我麼？（浄）前日在瓜園裏受了你的虧，如今請兩個教師教會了拳頭，隨你文打也得，武打也得。（生）文打便怎麼？武打便怎麼？（浄）文打四抱腰，武打不要扯我鬢脚毛。（生）隨你怎麼打？（浄）且不要忙，先走一個勢與你看看。（生打介）（浄倒介）（生下）（丑上）那個打我的老公？（浄、丑諢打介）（丑）是我是我！（浄）那個？早說便好。早是你說了，鵜鴣嘴都打尖了。（丑）今日也請教師，明日也學拳，可買些肉與他喫便好。今日也豆腐，明日也豆腐，學這豆腐拳來打老婆。（浄）如今且計較起來，到沙陀村寺裏勸農老爹那裏告他。（丑）告他甚麼來？（浄）妹夫打大舅，首告逃軍事。（丑）有理，先演一演。（浄）你做了官，我來告。（丑介）（浄）我叫告狀，你便叫屈。（丑叫屈介）（浄）告甚麼狀？（丑）老爺，告妹夫打大舅逃軍事。（浄）拿狀子上來。（丑遞介）（浄念介）告狀人李洪一，年三十六歲。爹是李太公，娘是李太婆。馬鳴王廟賽願，拾得劉窮，把阿妹三娘做老公。十六年不見面，今日回來打舅公。頭髮打

得粉粉碎，牙齒打佐一把骨，鼻子打做兩個窟衕。老爺牆頭上施行。（諢介）（下）

## 第二十齣　團圓

（小生領衆上）

【剔銀燈】蒙尊命來迎我母親，心如箭馬不留停。姻緣本是前生定，故令個白兔來引。艱辛。十六年命屯，今喜得枯枝再春。

【前腔】（旦上）望孩兒終日倚門，怕兒夫語言不定。哥哥嫂嫂忒薄倖，全不念手足情親。艱辛。十六年命屯，料今日枯枝再春。（小生入相見）（抱介）

【一封書】兒不孝遠離，我娘行無所爲。兒名喚咬臍，一十六年如夢裏。娘呵，若不在沙陀村來打獵，怎能勾母子夫妻重會期？（合）母和兒痛傷悲，這段冤仇必報取。

請母親起程。（行介）

【前腔】（旦）從別你你爹，兄嫂無情苦禁持。説不盡那時，罰奴磨麥並挑水。我受了千辛並萬苦，又誰知母子夫妻重會期？（合前）

（小生）請母親下轎。爹爹母親有請。（生、小旦上）

【稱人心】青山綠水年年好，不知人換幾千秋。

（生、旦、小旦相見介）（末上）世事短如春夢，人情薄似秋雲。（入相見介）（生）呀！智遠正欲造府奉謝，何勞叔丈遠來？（末）不敢。（生）夫人孩兒，過來拜了叔公。（末）此一位是何人？（生）軍中岳氏夫人。（末）這一位？（生）是咬臍。（末）我的外甥，你娘爲你受了千辛萬苦，如今如此長成了，可喜！可喜！（生）叔公，若將冤報冤，如狼去食血。若將恩報恩，如湯去潑雪。可奈李洪一夫妻二人如此狠毒，此恨如何消得？叫左右，把李洪一夫妻二人挪過來。（挪上）（净、丑）妹子救救！（生）這是無知大舅、舅母。（小生）把他砍了。（净、丑）叔爺救我一救，我是劉家香火。（末）劉官人，當初是他不仁不義，只看先兄分上，可以饒恕。若論他爲惡，挫屍萬段不足，何足惜哉！（旦）相公，恩將恩報，非爲人也。仇將恩報，纔爲人也。若把哥哥典刑，奴家父母在九泉之下也不瞑目。我死之後，怎見父母之面？我受十六年之苦，命該如此，也不怨他。把我哥哥饒了罷？（生）左右，把李洪一放了。（净放介）（生）李洪一，今日黄河水清不清？（净）滴溜清的。（生）帶過那婦人來，那當初曾有言：『劉郎若得身發跡，做枝蠟燭照乾坤。』（丑）這是有的。（生）這潑婦怎生饒得？叫左右，分付有司，取香油五十斤，麻布一百丈，把這潑婦做個照天蠟燭，以泄此恨。（左右應下）（净）燒得這狗入的好。（生）叫左右，一壁厢打點祭禮，到我岳父、岳母墳上祭掃。一壁厢將黄金五十兩，與叔公重修馬鳴王廟。一壁厢備馬一疋，去取竇老至我府中養老終身。孩兒，將酒過來。

【大環着】（衆）因孩兒出路，因孩兒出路，打獵沙陀，偶見林中白兔蹺蹊。若非他引見母，怎能勾夫妻相會？前生裏今日奇，從此團圓永效于飛。

【紅繡鞋】春有秀陌瑤池，瑤池。夏有流觴曲水，曲水。秋玩月，與冬時。觀瑞雪，賞寒梅。拚今宵，共沉醉。

【尾聲】貧者休要相輕棄，否極終有泰時，留與人間作話題。

湛湛青天不可欺，未曾舉意早先知。

善惡到頭終有報，只爭來早與來遲。

# 附録一　散齣輯録

# 目録

# 風月錦囊

《風月錦囊》（全名《新刊耀目冠場擢奇風月錦囊正雜兩科全集》，又名《全家錦囊》）收録《新刊摘匯奇妙戲式全家錦囊大全劉智遠》之《開宗》《訪友》《遊春》《逼書》《看瓜》《分别》《巡更》《挨磨》《汲水》《訴獵》《私會》等十一齣，輯録如下。

## 開　宗[一]

【滿庭芳】五代殘唐，漢劉智遠，生時紫霧潛光。[二] 李家莊上，招贅做東床。[三] 一舅不容完

（一）原不分齣，據汲古閣刊本《繡刻白兔記定本》分齣並酌加齣名。
（二）生：原闕，據汲古閣刊本《繡刻白兔記定本》補。
（三）做：原作『五』，據汲古閣刊本《繡刻白兔記定本》改。

娶，心生巧計，拆散鴛鴦。三娘受苦，磨房下生咬臍郎。智遠投軍卒，發跡到边疆。得遇秀美岳氏，配與鸞鳳。一十六歲，咬臍生長，因遊獵識認親娘。智遠加官進職，(一)九州安撫，(二)衣錦還鄉。(三)

## 訪友

【絳都春】彤雲布密，見四野盡是銀砌瓊銀。迸玉篩珠，(四)迸玉篩珠，(五)柳絮梨花隨風舞。長安酒價增高沽，見漁翁披着蓑衣歸去。(六)（合）望空中，但聞要尋個梅花，並無覓處。

【前腔換頭】（末）疑野，青山頓老，見行人往來、迷踪失路。繡幕垂簾，醉酌羊羔歌《白苧》。(七)紅爐内添獸炭人歡聚，怎知街頭貧苦。（合前）

---

(一) 加：原作『如』，據汲古閣刊本《繡刻白兔記定本》改。
(二) 撫：原作『无』，據汲古閣刊本《繡刻白兔記定本》改。
(三) 衣錦：原作『昏帛』，據汲古閣刊本《繡刻白兔記定本》改。
(四) 迸：原作『送』，據汲古閣刊本《繡刻白兔記定本》改。珠：原闕，據汲古閣刊本《繡刻白兔記定本》補。
(五) 迸玉篩珠：原不疊，據汲古閣刊本《繡刻白兔記定本》改。
(六) 翁：原作『扇』，據文義改。
(七) 苧：原作『回』，據汲古閣刊本《繡刻白兔記定本》改。

（末）相識滿天下，知心能幾人？哥，你身上寒冷，[一]如何是好？（生）

【皂羅袍】自恨我一身無奈，嘆奔波勞役，受盡迍災。通文通武兩兼旺，自今怎生將來賣？（合）朝無依倚，夜無衾蓋。家筵蕩費，怎生布擺？日長晝永愁無奈。

【前腔】（末）勸你寬心寧奈，論韓信乞食漂母，也只忍耐。有朝一日命通泰，男兒志氣終須在。（合）腰金衣紫，日轉九街。一朝榮貴，名揚四海。那時駟馬高車載。

【玉包肚】淩雲豪氣，恨時乖難施。運至鎗刀下建功成績，此是我等之輩。（合）腰金衣紫，知他是何日？想蒼天不負虧。

【前腔】（末）伊休掛慮，平功名終須有日。待付大家，青史管取姓名題。（合前）

只爲貧寒□□□，暫時落泊且寬心。[二]

正是未歸三尺土，果然難保一生身。

---

[一] 冷：原作『令』，據汲古閣刊本《繡刻白兔記定本》改。

[二] 暫：原作『斬』，據文義改。

## 遊　春

【金井梧桐】沽酒誰家好，(一)前去問牧童，遥指杏園中。好新豐，青帘風動。正好提壺挈榼，緩步扶筇，咱兩個醉東風也囉。雙雙共出莊門，聽取西郊，樂聲相送。(合)百年歡笑，兩情正濃，恩情又恐如春夢。

【前腔】(旦)沙暖鴛鴦睡，啣泥燕子忙。楊柳拂廉籠，花拖雨濛濛。鶯聲弄，香襯輪蹄歸去，(二)桃杏浸輕紅，人如在錦屏中也囉。雙雙手撚花枝，斜插金釵，綵鸞雙鳳。(合前)

【前腔】莫學襄王夢，巫山十二峰。何幸遇芳容，(三)向其中，(四)語言陪奉。得伊提掇，免在污泥中，這恩德感無窮也囉。一心感荷公公，把我前人，相敬廝重。(合前)

【前腔】門闌多喜氣，豪家意頗濃。褥擁繡芙蓉，兩情和，琴調瑟弄。好姻緣相會，女婿近乘

---

(一) 沽酒誰家：原闕，據汲古閣刊本《繡刻白兔記定本》補。
(二) 襯：原作『觀』，據汲古閣刊本《繡刻白兔記定本》改。
(三) 幸：原闕，據汲古閣刊本《繡刻白兔記定本》補。
(四) 向：原作『回』，據汲古閣刊本《繡刻白兔記定本》改。

龍，人都道喜相逢也囉。〔一〕伊家感荷公公，異日身榮，莫負恩寵。（合前）〔二〕

## 逼書

【一封書】（生）提筆起，心痛酸，思憶三娘難上難。是你哥嫂來逼勒，〔三〕寫退書，退還親，一筆退還李家去。三娘，料想今生難見面，除非夢裏再相逢。寫休書，退還親，一筆都勾不用心。

洪一太無知，〔四〕逼我寫休書。
因緣是前定，何必苦相欺。

〔一〕囉：原作『羅』，據文義改。
〔二〕（合前）：原闕，據汲古閣刊本《繡刻白兔記定本》補。
〔三〕勒：原作『勤』，據文義改。
〔四〕洪：原作『共』，據汲古閣刊本《繡刻白兔記定本》改。

## 看瓜

【金錢花】(旦)只因路上崎嶇，崎嶇。憶昔嬌花孩兒，(一)孩兒。樂安公主有誰知？姻緣事，果非易，百歲裏，效于飛。

【前腔】幸然遇着佳期，佳期。盡老如魚戲水，戲水。孩童短笛斷柴扉。姻緣事，果非易。百歲裏，效于飛。

【前腔】只因喪了娘兒，娘兒。漁翁罷釣回歸，(二)回歸。昏鴉數點故人稀。姻緣事，果非易。百歲裏，效于飛。

【前腔】只因兄嫂無知，無知。二人設計相欺，相欺。我恨知遠是貧兒。送水飯，與充飢。百歲裏，效于飛。

金風未動蟬先覺，暗送無常總不知。

---

(一) 花：原作『蒼』，據文義改。

(二) 罷：原作『能』，據文義改。

# 分別

【駐雲飛】(生)拜別妻言，我去求官只靠天。世事如情淺，不枉心頭願。嗏，夫妻淚連連。告妻言，堂上三叔望你相看管。若得身榮答謝天，若得身榮答謝天。

【前腔】(旦)告稟兒夫，你去求官休忘奴。只望前程路，不可思鄉故。嗏，神力兩相扶。保我兒夫，惟願皇恩放轉回鄉故。若不回時來取奴，若不回時來取奴。

【前腔】(生)拜別賢妻，我去京城難顧你。乃是天差去，無計脱身己。嗏，夫妻淚雙垂。告妻知，與我紫守家筵，須用家和氣，莫等傍人談笑你。

【前腔】(旦)扯住君衣，(一)百歲姻緣難定期。指望同連理，(二)誰想相抛棄。嗏，今月兩分難。有頭無尾，交我獨守空房冷落雙垂淚。暮想朝思只戀你，暮想朝思只戀你。

默默自思量，妻兒生忒傷。

願你投軍去，衣錦早還鄉。

---

(一) 扯：原作『杜』，據文義改。

(二) 連：原作『速』，據文義改。

## 巡更

【金犯令】（貼）堪嘆春天景致，和風麗日遲。看王孫遊戲，寶馬頻嘶，真個動人情意美。攜手我和伊，雙雙歸繡幃。（丑）不知姐姐秀個甚的？（貼）繡個蝶兒。（丑）他立在那裏？（貼）他立在花枝。〔一〕（丑）被甚麼打散？（貼）被風飄，粉蝶兒驚又起。

（丑）姐姐，春景過了，夏景又來。

【前腔】（貼）夏宴涼亭之上，菖蒲泛酒巵。看啣泥燕子，〔二〕來往交飛，雙雙並入花枝裏。鴛鴦戲蓮池，荷花香噴起。（丑）姐姐，秀個甚的？（貼）繡個水底魚兒。（丑）他立在那裏？（貼）他在鬪水遊戲。（丑）被甚麼打散？（貼）被黃梅雨打沉波裏。

（丑）夏景已過，秋景又來。

【前腔】（貼）翫賞中秋，明月銀河耿耿清。聽蟬聲哽咽，對景孤燈，怎不交人傷痛情。思想牛女星，鵲橋重會期。（丑）姐姐，秀個甚的？（貼）繡個蜻蜓。（丑）他在那裏？（貼）他在點水

---

〔一〕花：原作『化』，據文義改。

〔二〕啣：原作『御』，據文義改。

交飛。（丑）被甚麽打散？（貼）被胡燕打落兩處飛。

（丑）秋天已過，冬天又來。

【前腔】（貼）堪嘆冬天，曉角朔風滿面吹。看紅爐暖閣，唱飲聲低，羊羔美酒飲數杯。將身傍窗幃，雪花飄蕩起。（丑）姐姐，秀個甚的？（貼）繡個獅兒。（丑）他在那裏？（貼）立在雪壓梅枝。（丑）被甚打散？（貼）被紅日消雪梅枝起。

應時難得見，勝似洛陽金。

【月兒高】（生）自別三娘面，勞碌受萬千。指望投軍貴，數目都招遍。落在他人隊，[一]提鈴報更點。天，天若肯週全，風雲際會，[二]方表劉智遠。

## 挨磨

（旦上白）悶似長江水，涓涓不斷流。[三]有如秋夜雨，一点一聲悲。自別劉郎去後，哥嫂逼奴改嫁。只因奴家不肯，責奴挨磨汲水，日夜不得安歇，如何是好？

[一] 隊：原闕，據汲古閣刊本《繡刻白兔記定本》補。
[二] 際：原作『濟』，據汲古閣刊本《繡刻白兔記定本》改。
[三] 涓涓：原作『淮淮』，據汲古閣刊本《繡刻白兔記定本》改。

【五更轉】强挨磨，受勞碌。形貌苦，清清冷冷没情緒。(一) 哥哥，生本同胞，養來共乳。恨命乖，吃折挫，受這苦。哥哥嫂嫂好毒害，趕出劉郎，責奴挨磨。

【前腔】守磨房，愁眉鎖。勞碌怎奈何？哥哥嫂嫂横心做。自别劉郎，逼奴再嫁。天不聞，地不應，打罵如何過？奴家那曾識挨磨？汲水勤勞，只爲劉大。

腹中這般疼痛，如何挨得？只得添上些，自挨則個。

【前腔】挨幾肩，難存住。肚疼痛，一身又無主。只得甘忍灣灣去，受些磨折，淚珠如雨。爹娘死，望陰中，相救護。怨天怨地，只愁奴身懷，子母何時完聚。

正是青龍共白虎，吉凶事全然未保。

## 汲水

【畫眉序】(生)燈月照庭前，人在閻浮能幾年？賞元宵佳節，好景偏宜，看花燈玩賞芳菲。雙雙去花前遊戲。共伊且請回家去。(合)一杯好酒歡飲。

(一) 冷冷：原作『呤呤』，據文義改。

【前腔】（貼）暑天好佳期，日裏炎炎怕人醉。是門前楊柳，正青蟬鳴，看鴛鴦戲水蓮池。(一)涼亭上浮瓜沉李。共伊且請歸蘭房内。（合前）

【前腔】（生）秋風漸涼時，機上牛郎共織女。看東籬黄菊，漸開花枝，也聽得孤雁聲悲。正思忖交人珠淚。共伊且請同歡會。（合前）

【前腔】（貼）冬天好寒威，風雪紛紛正當時。看空中飛絮，片片飄綿，紅爐内美酒羊羔。同共賞銷金帳裏。共伊且請鴛帳内。（合前）

【尾聲】才貌天然配匹，鴛鴦一對相宜，百歲姻緣情意美。

共君同設盟言，彼此心堅意堅。

上天齊同碧漢，入地共返黄泉。

## 訴獵

【風入松】（旦）小將軍休問我情懷。（外）問你便如何？（旦）説起海闊天大。（外）家住那裏？好心説來。（旦）奴家住在沙陀村裏。（外）婦人家做了甚麼歹意？（旦）守貞潔全没意歹。（外）

(一) 蓮：原作『連』，據文義改。

雙親還在不在？（旦）雙親死全喪埋。（外）雙親在日，曾把你嫁人不曾？（旦）把奴家嫁與劉智遠那喬才。

（外）娘子佐幾時夫妻？(一)

【前腔】（旦）只做得六十日夫妻和諧。（外）被甚麼人拆？（旦）被哥哥嫂嫂生毒害，因此上把我鴛鴦打開。（外）你丈夫去了幾年？（旦）從別後一十六載。（外）如何跣足蓬頭，在此汲水？（旦）自從兒夫去，逼奴嫁奴不肯，剝了奴衣服，脱下繡羅鞋。

（外）原來這般受苦。

【前腔】（旦）奴受千般苦萬磨滅趕打睚，日挑水夜把磨來挨。（外）曾養下有兒子沒有？（旦）他去時節奴身已有懷胎。（外）養下兒子名叫甚的？（旦）咬臍郎是我親孩。（外）這婦人無禮，如何敢説我名字？（旦）告將軍，天下多有同名同姓者。（外）後來如何？（旦）被哥哥嫂嫂欲殺害。那時虧得豆老相救，直送去邠州軍寨。

（外）那裏□□甚人？

【前腔】（旦）我兒夫臨別道來。（外）他去佐甚麼？（旦）他去投軍卒逞英雄。（外）他有甚麼武

---

(一) 幾：原作『己』，據文義改。下同改。

藝？（旦）論他武藝，端的占魁。（外）既有武藝，佐甚麽官？（旦）想他不做擎天柱，也做棟梁材。（外）曾有書信回來没有？（旦）去許多年全没信回。（外）他還在不在？（旦）知他死知他在？

（外）娘子，我爹爹在太原府做官，你寫一封書來，我與你帶去，詢問此人。

【前腔】（旦）小官人憐憫苦哀哉，望求好言好語相解。救奴家脱離苦海，奴情願把丘山頂載。强如做了千功果，勝設萬僧齋。多謝官人，奴家就寫。

【一封書】三娘寫，書一封，寄與邠州劉相公。從別後受苦辛，兄嫂逼勒别嫁人。日間挑水三十擔，夜間挨磨到天明。寄家書，淚淋淋，急早回來救奴身。

謝得將軍救妾身，由如枯木再逢春。
逢人且説三分話，未可全抛一片心。

## 私會

【淘金令】（生）抛離數載，景致依然在。門前桃李，盡是劉高親手栽。門牆倒敗，喜得後廳還在。廚房下糞草成堆。劉郎去了多年，想是無人布擺。馬房中曾到來，劉知遠曾在此受苦撡。那傍是磨房，果是三娘受苦災。

三娘開門。(旦)嫂嫂，奴家在此挨磨。(生)不是哥嫂，是劉知遠。(旦)果是劉郎，嫂嫂帶去鑰匙怎好？

【前腔】(生)且莫疑猜，把迎風户半開。(旦)既是劉郎，説當初在那裏相别？(生)三娘，我和你在瓜園相别，把鸞鳳拆散開。自别了一十六載，今日回來，喜得故人還在。你不開門，少刻打破進來見你。(旦)劉郎切莫打破，哥嫂又生是非。(生)且放愁懷，管教枯木再花開，夫婦又和諧。李洪一，這段冤仇必須殺害。

(旦)劉郎，委的哥嫂帶去鑰匙。(生)你站開去，待我踢破進來。(打開介)三娘，你還這般苦。(旦哭介)劉郎，你去多年，指望你身榮回來，又這般藍縷。

【皂羅袍】指望你一身榮貴，指望你錦衣歸。誰想依然身藍縷，枉教挨磨并汲水，有何臉面轉鄉回井？(一)　衣冠不整轉回故里，你全然不怕人羞耻。

【前腔】(生)把我一身輕棄，欲待要報伊知。收伏鑾兵都歸順，我奉聖旨回鄉故里。我喬妝打扮特來探取。三娘不信，如今月明白無人，你看腰金帶，黄金玉帶藏腰繫。

【前腔】(旦)你既一身發跡，緣何不把半行書寄？暗思昔日養孩兒，受盡苦楚多拳踢。哥

(一)　井：原作『錦』，據文義改。

哥嫂嫂心生毒計，嫂嫂把我孩兒丢在魚池里，(一)感得豆老送兒與你。不知孩兒今何在？

【前腔】(生)見你血書一紙，方知你在此受苦禁持。欲待差人來接你，忽然差我邊庭去。功勞未遇，信音罕稀。三娘，我去一十六載，孩兒長成。三娘，你兒曾相見了。(旦)不曾見。(生)日前趕兔兒與你重相會。

(旦)那小的就是我孩兒？(生)是了。

【前腔】(旦)那日從伊分離，被哥哥嫂嫂萬般禁持。逼勒奴重嫁再招婿，奴身不肯受狼狽。千般磨滅，萬般是非。裙衫脱去，除却鳳釵。終朝挨磨并汲水。

【前腔】(生)賢妻聽我説啓，我受高官爵位極品，九州安撫身顯跡。後來得意思量你，看我喬裝恁的，莫相漏泄。衣錦還鄉，軒昂氣宇。多年苦了鴛鴦侶。(生)上告三娘聽咨啓，因失紅袍再娶。岳氏妻真賢會，與你養孩兒。

【前腔】(旦)悶似湘江水，涓涓不斷流。交人淚濕衣襟袖。那日相會趕兔兒，不知是我親生兒子。我兒生得十分乖，百萬軍中與奴傳書信。把舊絃再整，月缺再圓，枯枝又遇春風動。

---

(一) 在：原作『王』，據文義改。

# 詞林一枝

《詞林一枝》(全名《新刻京版青陽時調詞林一枝》)卷四收録《白兔記》之《劉智遠夫婦觀花》一齣,輯録如下。

## 劉智遠夫婦觀花

【夜行船】(生)花壓欄杆日正遲,見遊蜂粉蝶雙飛。(旦)嫩緑嬌紅,正當此際,成就百年姻契。

(生)燕爾新婚正及時,青春年少兩相宜。(旦)若非昔日同庚會,安得今朝在繡幃。(生)花如貌,柳如眉,諧老今生不暫離。(旦)在天願爲比翼鳥,入地共成連理枝。劉郎,與你到後花園中遊玩,意下若何?(生)三娘,如此請行。(旦)乍離畫堂深處,轉過繡閣樓前。劉郎,此間便是。(生)三娘,春景繁華,紅白相映。(旦)劉郎,古人云:有花方酌酒,無月不登樓。到忘覺提壺酒來此玩賞。(生)三娘,和你出前村沽買一壺便是。

【金索掛梧桐】問酒誰家有？前村去問牧童。牧童哥，那裏有酒賣麼？呀！原來是個啞子。（旦）爲何啞了？（生）那個是我娘子，休得要胡說。（旦）那牧童怎麼說？（生）那牧童是個啞子，不會說話。三娘，我說借問酒家何處有，他口不言來心自省。那牧童摇指杏園中。（旦）劉郎，前面是甚麼所在？（生）三娘，前面是新豐市上。乍入新豐市，犹聞舊酒香。共同沽一醉，終日卧斜陽。好新豐。（旦）劉郎，前面擺來擺去是甚麼東西？（生）三娘，那是賣酒的招牌，號作青帘，上面有字，待我念與你聽。閬苑蓬萊沽美酒，劉伶卿相解金貂。青帘風動，正好提壺挈盒，緩步兒出扶筇。（旦）劉郎，你喫酒來麼？（生）没有喫酒。（旦）不曾喫酒，爲何你臉帶桃花？（生）自古道：面赤非因酒，桃花色自紅。咱兩個醉東風也囉。三娘，且和你出莊門外遊玩一番。你看那踏青遊玩、陌上尋芳之侶，羅綺相親，何等玩耍。（旦）劉郎請先行，妾身隨後。（生）我和你攜手一齊同行，雙雙共出莊門。（旦）劉郎，甚麼子響得好？（生）那是王孫公子遊玩，奏的鼓樂聲喧。你生長深閨，那裏聽得急管繁絃。且喜上苑笙歌春富貴，西郊絃管醉東風。聽取西郊外樂聲相送。（合）百年歡笑，兩情正濃，夫妻好似鸞和鳳。

（生）三娘，我和你到溪邊遊玩一番。（旦）呀，劉郎，那沙上兩個鳥兒，到交頸睡得好。（生）三娘，那就是鴛鴦，可似人間夫婦，雙雙交頸而眠。正是：日煖鴛鴦沙上睡，啣泥紫燕遶梁飛。

【前腔】沙暖鴛鴦睡。（旦）劉郎，又有一對鴛鴦飛過去了。（生）那不是鴛鴦，是呢喃燕子。正是：年年有個春三月，燕子啣泥遶畫梁。啣泥燕子忙，楊柳拂簾櫳。（旦）劉郎，前面雨來了。（生）三娘，不是雨。那是三月天，柳拖煙。一朝雲霧起，天與地相連。（旦）劉郎夫，你是個男子漢常在外，怎比我婦人家不出閨門？那曉得三月天，柳拖煙，草芊芊，露未乾，梅柳花開二月天，錯認是雨濛濛。又聽得鶯聲三弄。（旦）那裏香得這等好？（生）正是：水向石邊流出冷，風從花裏過來香。香襯馬蹄歸去，桃杏滿園紅，人如在錦屏中也囉。（旦）劉郎，前面甚麼花？（生）那是多鵲花。（旦）開得紅艷，我到愛戴一枝。（生）你既愛戴，待我取來。（旦）待奴家自己摘來。（生）看蒼苔滑，卻要仔細。（旦）我曉得。（一）纖纖玉手撚花枝，此花付與劉郎手。你與奴斜插在鬢雲中。（生）好到好了，只是單了一枝，待我再取一枝來，湊成一對。三娘過來，我替你戴。（旦）劉郎，你且站退，待我和你戴了這花。（生）我是男子漢，不戴這草花。（旦）劉郎，你戴這花，我有個比方。正是男子漢大丈夫，有一日登金榜姓名揚，插宮花，飲御酒。這草花權當一枝宮花，待奴家與劉郎斜插在帽簷邊。（生）三娘，前面有所魚池，我和你去打個照面。還是三娘生得好，還有卑人生得好。（旦）如此卻好。（生）三娘，我在這邊叫，你在那邊應。（生叫介）（旦作整花不應介）（生）爲何不應我？（旦）我這裏整花忘覺應，你再叫過就是。

---

（一）曉：原作「晚」，據文義改。

（生）三娘。（旦）有。（生）如今到你叫我了。（旦）劉郎。（生）有。效取一對彩鸞丹鳳。（合前）

【前腔】（生）莫學襄王夢，巫山十二峰。幸喜遇芳容。多承三娘恩愛，卑人當銘肺腑。向其中，肯把語言陪奉。日前在馬明王廟中，多蒙令尊收我回家，得遇芳卿。得伊提掇，免在污泥中，這恩德感無窮也囉。又蒙三叔公如此扶持。一心感荷叔公，把卑人相敬厮重。（合）夫妻諧老，兩情正濃。劉郎，只一件呵，哥哥愚蠢之人，嫂嫂摇舌之婦。怕他回來，心腸更變，恩情又恐如春夢。

【前腔】（旦）門闌多喜氣，君家意頗濃。褥隱繡芙蓉。(一)聖人云：妻子好合，如鼓瑟琴。（合）兩情和，琴諧瑟弄。好姻緣相會，女婿近乘龍，人都道喜相逢也囉。劉郎，你方纔説道，得我爹爹收留。伊家感我爹爹，異日身榮，莫忘恩寵。（合前）

【前腔】（生）前世曾結會，今世遇嬌容，好似蝶和蜂。兩重重，麗日和風，魚水歡情誰共。三娘，又一件事，只慮你爹娘年老，難保吉和凶，我夫婦靠着誰也囉。（旦）劉郎，我和你，拜告天地。雙雙共拜神明。（生）三娘，願你爹娘，壽年高聳。（合前）

【鎖南枝】（丑）忙來報，不敢遲，官人娘子聽拜啓。員外與安人，兩兩歸泉世。請娘行，歸家去。買棺材，埋葬取。

(一) 褥：原作『槈』，據《新刻出像音註增補劉智遠白兔記》改。

【前腔】(旦)聽凶訃，魂似飛，傷情硬咽珠淚垂。爹娘今死矣，兒婿靠誰主。思量起，添憔悴。苦難言，心如醉。

【前腔】(生)歡未已，愁便至，誰知離別在須臾。緣是我命乖，刑殺該如是。不由人，不痛悲。苦傷懷，肝腸碎。

# 八能奏錦

《八能奏錦》（全名《鼎雕崑池新調樂府八能奏錦》）卷六收録《白兔記》之《承佑遊山打獵》（目録中作《承祐遊山打獵》）一齣，輯録如下。

## 承佑遊山打獵

【得勝令】（小）曉出鳳城東，須臾剪草中。紅旗遮白日，疋馬驟西風。背手拈金彈，翻身挽角弓。衆軍齊喝采，一箭落長空。

左右的，太老爺分付：你衆軍士跟隨我遊山打獵，不許你們擾害良民。若違號令，斬首示衆。帶馬伺候。

【點絳唇】帳下三軍，（又）英雄猛似虎，披掛賽天神。撲咚咚催軍鼓響，急琤琤趲將金鈴，活喇喇砲響振天庭。左右的，你人人挽着弓一把，個個搭着狼牙箭幾根。你们須要緊着眼、用着心，與我見兔放鷹。白馬閃灼灼頭戴紅纓，黃犬兒吠汪汪走似飛雲。白馬兒經過幾鄉村，獐麅兔鹿皆不見，烏鴉鳥雀盡藏身。

【前腔】天邊鴻雁綫如雲，(一)急急與我放海青。解絨繩，那海青嘴似鋼針，脚似鋼釘，一飛飛入天鵝陣。那天鵝見了猛驚慌忙逃生命，那海青後面跟。那海青罩住天鵝的眼睛，頭骨上碎紛紛血淋淋。下來了番天覆地，（又）活喇喇倒在地埃塵。

【前腔】衆軍士與我喝采聲頻，俺這裏人勞馬倦暫歇在郵亭。左右，如今是中午時候，每人賞你銀子三分，各人去買飯喫。你與我向前村，尋覓芳樽。（衆）小將軍每人賞銀子三分，各人收下。倚着將軍勢，大家去店上搶些東西來喫。大家去擾害良民。（小）哇！左右的，你欺我年紀小管你不得，太老爺怎麼分付？休得要擾害良民，若違吾命，就把軍令施行。路上有花并有酒，一程分作兩程行。

左右的，各人整頓行李刀弓，即日起程。

【餘文】忙把刀弓來整，向前不可遲停。疾忙擒覓那飛禽，若還得遇轉回程。人人緊着眼，個個用着心。從今後見兔放鷹，大家齊唱宜春令。（又）

(一) 鴻：原作『紅』，據文義改。

# 樂府玉樹英（存目）

《樂府玉樹英》（全名《新鍥精選古今樂府滚調新詞玉樹英》）卷四收録《白兔記》（劇名原題作《咬臍記》）之《李三娘義井傳書》《劉知遠夫妻相會》兩齣，僅存目録，曲文皆佚。

# 樂府紅珊

《樂府紅珊》（全名《精刻繡像樂府紅珊》）卷三收録《白兔記》之《李三娘磨房生子》一齣，輯録如下。

## 李三娘磨房生子

【霜天曉角】（丑）牢籠圈套，設就多奇妙。汲水又還挨磨，這苦楚經多少。

三姑小賤人被我剪下頭髮，打爲奴婢。日間汲水，夜間挨磨。于今天色已晚，不免整頓磨盤，教他出來挨磨。正是：兩片團團石，一條鐵石心。行來無數步，日夜苦磨人。三姑快來！

【前腔】（旦）躭煩受惱，苦向誰人告。恨殺無情兄嫂，這磨難何時了。

煮豆燃豆萁，豆在釜中泣。本是同根生，相煎何太急？奴家不改嫁，被哥嫂剪下頭髮，教奴挨磨。被他拷打，只得前去。（見介）嫂嫂叫奴家作甚？（丑）三姑，你哥哥叫我監你挨磨。一不許怨哥嫂，二不許躲懶，三不許提起劉智遠。犯了一條罪，打上一下樣板着。（打介）（旦）嫂嫂不消如此，待我去挨。

【香羅帶】（旦）愁腸千萬束。嫂，似這般重磨難捱，教奴家怎移步。恨只恨無情哥嫂忒狠毒。（丑）我哥嫂怎的狠毒？（打介）（旦）嫂，還要說你不狠毒。打開奴鳳友鸞交，逼奴改嫁夫。（丑）你若肯嫁人，莫說挨磨打你，罵也不罵你一句。（旦）嫂，奴豈肯傷風敗俗。（丑）你怎的躲懶不挨？（打介）（旦）呀！我和你姑嫂之情，你苦苦打我則甚？這兩次看哥哥面，權且讓你。（丑）這等說，偏要打你。（旦）嫂，你是個蛇蝎心腸。哥，不念我同胞手足。（丑）只管埋怨我哥嫂，我就怕打你不成？（打介）（旦）好没來由！（奪板打丑介）我是個堂上姑，你是個厨下嫂。自古道：大還大，小還小。奴須是李員外親生女孩，怎受得無情苦楚。（丑）三姑你打我，你明日生下兒子，也要我來看顧你。（旦）是我差矣！倘日後生下兒子，他夫婦要謀害死了，教我空受苦也！不免陪個不是。（跪介）嫂嫂，是奴見差，不要相怪。（丑）三姑請起來，不干我事，都是你哥哥叫我打你。我今再不打你，你且慢慢挨着，我自睡罷。（丑下介）（旦）這茅簷破壁，教奴甘自守。只見門外重疊疊雲山，（又）遮不住愁來路。

路險難迴避，愁來只自當。形容盡枯槁，誰念斷柔腸。

【五更轉】（旦）只得强挨數步，（又）奈力倦怎馳走。憶昔爹娘嬌養，那曾出門户。今日裏到做個汲水捱磨下賤奴。可憐見形衰貌朽，香肌憔悴纖腰瘦。奴家受這等苦，不如尋個自盡便了。欲待要尋個無常路途。到是奴家差矣！記得當初分別之際，説奴身懷有孕。劉郎道，三娘你在家小心，倘或生得是男，也接續劉家宗祀。欲待要尋個無常路途，争奈我有十個月懷胎。我死後又恐怕劉郎絶後。休休，憔悴了秋月春花，等閒也麽虚度。

虚度這光陰，情懷没半星。天涯干禄客，杳絶雁鴻音。

【下山虎】劉郎去後，倏忽幾秋。料應是張策後，飛黄馳驟。奴爲你受勞碌、受凌辱。怎當他心上愁來眉上憂。只怕他是個棄舊奸雄也，莫將奴辜負。朱門貪戀人豪富，此恨怎消，枉教奴對着一盞殘燈伴影孤。

【前腔】别離數載，如隔三秋。舉目雲山遠，望斷孤舟。你莫將奴辜負，久嘆恩情如朝露。他是個奇男子、烈丈夫，(一)怎做得區區薄倖徒。苦，蛩將鳴户牖，唧唧啾啾。自思李氏三娘作怨囚，恨悠悠，淚雨盈眸。風喧鐵馬，聲鬧門户，誰念我獨守空房生意憂。

還有這些麥子，索性閛閶挨了罷。

【駐雲飛】重磨難捱，夜半無人訴怨懷。苦把時光捱，熬得形骸在。嗏！郎去在天涯，自疑猜。邊塞塵埃，遠憶愁如海，不向東風怨來開。（叫腹疼介）

(一) 丈：原作『文』，據文義改。

【前腔】驀地疼來，屈指將彌十月胎。多想懷分解，自把神寧奈。嗏！爭奈瘦形骸，料難捱。痛觸心懷，生死須臾待，體魄相離眼倦開。

（倒介）（末抱兒上）九重天上抱金童，五色雲中駕六龍。天降紫微傳九五，祥光高照玉霄宫。吾乃九天降生神是也。因爲沙陀劉智遠日後當即大位，李三娘位正中宫，見今十月懷胎已滿，欽奉玉帝敕旨，降下紫微星托生爲子，差吾神抱送。李三娘聽我分付：你此子異日大貴，不在多言。急急令人送到邠州，休得違慢！（丢兒介）大抵乾坤都一照，免教人在暗中行。（下）（旦醒。生子介）

【前腔】體困難擡，奴幸先生一小孩。幸免身無害，未斷兒臍帶。磨房中那討剪刀，怎生是好？不免將口咬下臍來。嗏！血濺口難開，痛傷懷。咬下臍來，齒上腥痕在，啼哭兒聲苦自哀。

【前腔】一夢奇哉，彼時昏倒在地，如有神人送此孩。産下兒堪恠，生得令人愛。我受這苦楚，今日得子，使我不勝之喜。嗏！不覺笑顔開，自心裁。體貌形骸，酷似劉郎態，正是虎父還生虎子來。

神人説此子後有大貴，教我令人送到邠州。量我一身尚難存濟，怎生得人送去。待明日與叔父商議，又作區處。

神明傳報語，天降紫微星。
異日非常貴，方纔稱母情。

# 玉谷新簧

《玉谷新簧》(全名《鼎鐫精選增補滚調時興歌令玉谷新簧》)卷三收録《白兔記》之《智遠夫妻賞花》(目録中作《智遠夫妻觀花》)一齣,輯録如下。

## 智遠夫妻賞花

【水紅花】(生、旦)春色煙煙意頗濃。花影重重,日影重重。賣花聲過小橋東。人立東風,簾卷東風。

一對夫妻正極時,郎才女貌兩相宜。(旦)在天願爲比翼鳥,入地共成連理枝。(生)三娘,久聞岳丈造得有一所好花園,同你一遊,未知意下若何?(旦)劉郎,妾願同往。騎馬着玉鞭,平步上青天。(生)謾道登科早,姮娥愛少年。

【金索掛梧桐】(旦)你問酒誰家有?(生滚)三娘,你寬站在柳陰中,待我向前村,問牧童。清明時節雨紛紛，路上行人欲斷魂。借問酒家何處有，牧童遥指杏花村。（旦）劉郎，前面是甚麼所在？（生）三娘，是新豐市。（滚）乍見新豐市，犹聞舊酒香。抱琴沽一醉，終日卧斜陽。好新豐。（旦）劉郎，那前面擺來擺去的是甚麼東西？（生）三娘，那是賣酒的招牌，號作青帝。上面有字，待我念與你聽。（滚）上寫着：閬苑蓬萊沽美酒，劉伶卿相解金貂。青帝風動，正好提壺揭盒，緩步扶筇。（旦）劉郎，你的臉紅，敢是先飲酒了？（生）三娘，我没有飲酒。（滚）自古道：面赤非因酒，桃花色自紅。咱兩個只飲得醉東風也囉。三娘，莊門外有好景致，同你出去遊耍一會。攜手共出莊門外。（滚）纔出門外百花開，可惜光陰去不來。夫妻二人同遊玩，王孫公子奏樂來。聽取西郊，他那裏樂聲相送。（合）百年歡笑，兩情正濃。夫妻諧老，琴調瑟弄。夫妻好似鸞和鳳。（又）

【前腔】（生）沙暖鴛鴦戲。（旦）劉郎，這飛來飛去的是甚麼鳥兒？（生滚）三娘，年年有個春三月，燕子啣泥遶畫梁。啣泥燕子忙，楊柳拂玲瓏。（旦）劉郎，雨來了。（生）三娘，不是雨，乃是三月天柳拖煙。一朝雲霧起，天與地相連。（旦滚）劉郎的夫，你是個男子漢，奴是個婦人家。從小未曾出閨門，那曉得三月一春景，天草芊芊，煙拖柳，柳拖煙，烏鴉踏散樹稍，綿綿玲瓏柳絮飛。元來是春景下霧，錯認做雨朦朧。（又）忽聽得鶯聲三弄，香襯馬蹄歸去也。桃杏花開滿園紅，我和你如在錦屏中也囉。（旦）劉郎，那枝花紅紅得好，我要摘取一枝來戴着。（生）三娘，看蒼苔活，我同你去。（滚）雙雙攜手，同往花臺上。只見：百花開放朵朵紅，水裏連天天連水，一枝分作兩枝紅。你看岸上桃花映水紅。（旦）遇酒飲三盞，逢花插一枝。纖纖手撚花枝，輕摘此花，付與劉郎手。（生）三娘，我與你斜插在鬢雲中。（旦）劉郎，我還要一枝，湊成一對。（生）三娘，待我採過來。纖纖手撚花枝，此花付與三娘手。（旦）劉郎，我與你斜插在帽簷邊。（生）此花是你婦人家用的，我是個男子漢，要他怎的？（旦）劉郎的夫，說甚麽男子漢大丈夫，有日裏登金榜宴瓊林，插宫花，飲御酒，權把此花當作一枝宫花。我與你斜插在帽簷邊，湊成一對彩鸞丹鳳。（合前）

【煞】歌殘扇底風，翠袖香飄動。莫學採蓮人，笑語花間哄。此時此日，兩情厮弄，但願這年華人長共。

# 摘錦奇音

《摘錦奇音》（全名《新刊徽板合像滚調樂府官腔摘錦奇音》）卷二收録《白兔記》之《三娘汲水遇子》、《李氏義井傳書》（佚）、《咬臍見父訴情》（目録中作《承祐獵回見父》）三齣，輯録如下。

## 三娘汲水遇子

【普天樂】（旦）千辛萬苦有誰知？打散鴛鴦兩處飛。爹娘不幸喪泉世，這話難提起，汲水勤勞訴向誰？

（丑）三姑，你哥哥説道飯有人喫，水没人挑。（旦）嫂嫂，念奴是女流之輩，只曉得拈針挑綫，那曉汲水之途？（丑）三姑，不管我事，是你哥哥叫你汲水，你汲不汲憑在你，我不理。（丑下）（旦）叫一聲劉郎夫，當初嫁與你之時，實指望白頭相守，誰知你綣戀煙花，一去不回。

【甘州歌】（旦）害得奴懨懨瘦損，（又）千愁萬恨，鎖在眉頭。哥嫂逼勒奴家重婚偶，只因奴不從，上剪青絲，剥去羅衣，脱下繡鞋，將奴百般拷打，打作丫頭。叫一聲哥嫂呵！嫂嫂本是外來之人，縱有毒害妹子之心，爲哥的合當將好言語勸解纔是。哥，奴非是螟蛉之子、庶生之兒，奴本是李員外親生女孩，何故與妹子結下了苦冤仇？叫一聲爹娘呵！爹娘，今日有你兩老在生之時，女孩兒不受這無情苦楚。自古道：生則爲人，亡過爲神。何不把魂靈兒相保佑？我心中暗忖。奴家忖將起來，昔日在磨房之中生下咬臍兒，又恐怕哥嫂毒害，着竇老送往邠州，（一）未知他夫婦此去吉凶若何？忖只忖送兒竇老，一去邠州不見回首。咬臍兒，你那裏天長地久，父子們快樂無憂。虧只虧你娘親在家中，日汲水夜挨磨跣足蓬頭，叫一聲老天呵！天，你既要起風，不須下雪。既要下雪，不須起風。到是奴差矣。風雪乃國家之祥瑞，怎敢埋怨于天呵。猛然間只見雪風起，刮得奴冷冷颼颼，猛抬頭只見孤雁飛過野南樓。罷罷，休休，千休萬休，不如死休。待汲水，只見白兔兒正撞着桶稍頭。

【引】（小）白兔皺眉不見影，（二）向前面有人問個分曉，若拿住定不相饒。

---

（一）竇：原作「豆」，據《新刻出像音註增補劉智遠白兔記》改。下同改。

（二）皺：原作「晝」，據文義改。下同改。

（丑、末）禀小將軍，白兔不曾見。尋着一枝箭，箭上有字。（小）箭是凋翎箭，兔是月中皇。咬臍來打獵，井邊遇親娘。左右，叫那婦人過來。（丑）婦人，你拿了白兔，我將軍叫你過來。（旦）這般大雪紛紛，那曉得甚麽白兔？你替我傳言拜上將軍，有問則問，無問則罷，休問我苦情懷。（丑復命唱介）

【不是路】（小）舉目相觀，看他不是人家奴婢顔。雪風天，婦人爲甚衝寒在此汲井泉？濕衣單，蓬頭跣足真可憐。這其間令人疑惑還驚嘆，有甚冤枉試説其冤。（又）

【風入松】（旦）説出來海闊天大。（小）你家住那裏？（旦）家住在沙陀村裏。（小）這般大雪，你在此汲水，敢是不守貞節？（旦）將軍説道，大雪紛紛，奴家在此汲水，説奴家不守貞節。咳！將軍，奴家是女流之輩，四德三從，奴念念不忘了。奴守貞潔全無意歹，奴本是李員外親生女孩。（小）你父母可在？（旦）將軍，若留得爹娘在時，今日不來汲水了。可憐雙親喪泉埋。（小）可曾配人不曾？（旦）把奴配劉智遠那喬才。（小）做了幾時的夫妻？（旦）將軍，若説起夫妻，言之可羞。只做得六個月夫妻和諧，被哥嫂心生毒害，把奴錦鴛鴦打開。哥嫂逼奴家改嫁奴不從，除去釵兒剥去衣服脱下一雙繡羅鞋。我受千般苦萬磨滅甘打捱，日汲水晚把磨來挨。（小）你丈夫去時，可有身孕没有？（旦）他去時奴有懷胎，咬臍兒是奴親生孩。（小）可在家否？（旦）怕哥嫂心生毒害，敢得忠心竇老，將兒送往邠州寨。臨别時也曾道來，他去投軍卒逞英才。（小）你丈夫有甚麽本事？（旦）若論武藝端的占魁，想他不做擎天柱，也做棟梁材。（小）你丈夫去了幾年？

（旦）從別後，去了一十六載。（小）有音信回來没有？（旦）杳没個音信回來。將軍問我丈夫本事，我説若論本事端的占魁。問我去了幾年，我説去了十六載。可有音信回來，我説音信杳無，我丈夫未知存亡若何。呀！大雪紛紛，你妻子在井邊汲水，也思念着你，你在那裏？知我的苦，不知我的苦了？冤家，奴只得在此閑語閑講。知他死知他在？（又）

【前腔】（小）聽伊説罷痛傷懷，不由人珠淚盈腮。問他丈夫兒子今何在，説起來都在我爹爹軍寨。婦人，你可識字麼？（旦）字跡頗曉。（外）添我奇逢了。既識字，何不寫下一封書來。我替你帶往邠州，去查夫問子回。管教你母子重歡會，夫婦再和諧，水不汲來磨不挨。婦人呵！免得你終日受苦哀哉。休憂慮免傷懷。（又）

（旦寫吟介）別時容易見時難，望斷關河煙水寒。十六年來人面改，八千里外客心安。伯仁爲我空憐死，齊女含冤枉拜官。鴻雁不傳君不至，井欄流淚待君看。書已寫完，不免拜謝他。將軍請上，容奴拜謝。

【前腔】（旦）將軍憐念苦哀哉。請問列位長官，將軍有多少年紀？（末）一十六歲。（旦）將軍小小年紀，去到邠州恐忘卻這封書信。煩列位長官，倘遇我薄倖的兒夫，你説劉某你妻子在家好苦。你説我受苦不致緊，他是個男子漢，心腸歹恐變卻初心，可不誤奴家終身之仰望了。望求你列位，把好言好語相勸解。千萬叫他早回來，救奴家脱離了苦海。若得我丈夫回來呵！把列位做個丘山戴，勝造

千功果萬修齋。（又）

（小）左右，叫那婦人郵亭上見禮。

【小桃红】（小）婦人你試聽，聽我説緣因。俺爹爹領了九州安撫職，上管軍來下管民。我與你帶書去查問，問姓劉人。叫他取你同歡慶，免得你終日淚溋溋。左右，我與他帶這書去不致緊。若是他丈夫、兒子在我爹爹帳下，急急打發他回來。若是不在我爹爹帳下，他説書又帶與衙内將軍，去人又不見回來。終日裏望夫夫不至，望子子不回，真個是可憐見。這婦人冷清清倚定在磨房門，他那裏悲悲切切訴原因，俺這裏凄凄慘慘不堪聞。無物兒堪比，但願他母子團圓訴此情。（合）哭一聲天來叫一聲天，天，天憐念難中人。

【前腔】（旦）衙内你試聽，聽我説原因。説起令尊大人，與我丈夫同名姓。衙内將軍，又與我兒同年庚。將軍小小年紀，看他心伶俐志聰明，曉詩書識人倫。衙内一十六歲，咬臍也一十六歲，你不思量母親身從何來。兒，你好忘恩負義，貪戀着榮貴椿庭，不顧受苦娘親。養育恩情，一旦如甕落井。（合前）

詩曰：

驛舍逢君至，梅花折一枝。

隴頭人面改，寄與莫遲遲。

## 咬臍見父訴情

【憶秦娥】(生)滿天風雪初收霽，馬蹄凍履堅冰碎。銀缸遍地，瓊瑶千里。(小)柳陰樹下一佳人，父子孩兒共姓名。好似和針吞卻綫，刺人腸肚繫人心。爹爹拜揖。(生)孩兒回來了，把一路事情説來，與我知道。

【駐馬聽】(小)上告嚴親，鷹打兔兒没處尋。忽遇蒼鬚皓首駕霧騰雲，引孩兒去到一莊村見一個婦人。井邊汲水淚盈盈，蓬頭跣足容顔損。曾問原因，(又)李家員外是他爹姓名。(生)可曾配人没有？

【前腔】(小)匹配夫君嫁與劉。(生)兒爲何不説？(小)爹爹恕孩兒不孝之罪，孩兒纔敢説。(生)你只管説來。(小)嫁與劉智遠辜恩負義人，恨只恨哥嫂狠毒，分别瓜園前去投軍。哥嫂逼勒再重婚，身懷有孕難從允。因此上堅心，(又)怎敢違卻夫君命。(生)他可曾生下是男是女？

【前腔】(小)懷孕將期，趕逐荷花池畔居。幸喜劉家有後，生下孩兒名唤咬臍。又恐怕哥嫂生毒計，將兒撇在魚池内。敢得三叔提攜，(又)將兒送往邠州地。

【前腔】(小)語話蹺蹊，他是何人爹是誰？天下有同名共姓，凡事三思然後施爲。我爹爹見俺説起那婦人，爲何吊淚？我曉得了。使我心中展轉自猜疑，其中難辨真和僞，爲何兩淚雙垂？（又）井邊稍帶一封家書至，望爹爹查問詳和細。

可要查此人，教他回去。（生）見母親來。（小虚下）（生念書介）

【一江風】（生）見鸞箋寫出心中怨情，淚流難斷。在窮途阻隔關山，音信難傳，致使遭磨難。非干去不還，豈因心忍殘，今朝誤作虧心漢。

（小）嚴父觀書信，爲何兩淚淋。其中有何事，試説與兒聽。

【一封書】（生）書不來時由自可，見了這封書，好教我珠淚垂。兒，愁人莫對愁人説，説起愁來，好教我愁殺人。井邊相會是你親生母，堂上卻是晚母親。好傷情，淚盈盈，父哭兒啼痛碎心。

（小）兒知嚴親把事提，親娘在家受孤恓。負義忘恩都是你，不記糟糠李氏妻。空養孩兒十六歲，不如一命喪溝渠。（貼）你娘在此。（小）你不是我的親娘。

【北新水令】（小）聽説罷肝腸碎，撲簌簌珠淚垂。井邊相會説因依，原來是親娘的身穿着撲簌簌襤褸衣，頭挽着亂蓬蓬剪髮齊眉。你在此享榮華受富貴，不記得李家莊上爲門婿。接取我親娘到此，孩兒萬事總休提。不接我親娘到此，拚死溝渠待何如。傍人不道兒不孝，道爹爹辜恩。（生）非是我辜恩負義，也只爲官差拘繫。因此上躭誤佳期，躭誤你娘歸期。（貼）相公不必淚偷垂，孩兒不必恁傷悲。我將鳳衣送與你親娘的，情願拜他爲姐姐我爲妹妹。

【前腔】（小）謝深恩實難酧你。花謝有芳菲時節，月缺有團圓之日。刻日裏趲歸期，急登程莫待遲。救娘脱離了禍坑裏，猶如枯木逢春日。恨只恨李洪信天殺的，把嫡親妹子剪髮除衣打爲奴婢。恨不得插雙翅，飛到沙陀村裏。

# 吴歈萃雅

《吴歈萃雅》收録《白兔記》之《寒況》《遊春》兩齣的部分曲文，輯録如下。

## 寒況

【絳都春】彤雲布密，見四野盡是銀妝玉砌。迸玉篩珠，柳絮梨花在空中舞。長安酒價增高貴，見漁父披簑歸去。（合）鼻中只覺梅花香，要見並無覓處。

【前腔】堪覷，青山頓老，見過往行人迷踪失路。下幕垂簾，酌酒羊羔歌《白苧》。紅爐獸炭人歡聚，怎知道街頭有貧苦？（合前）

【皂羅袍】自恨一生無奈，論奔波勞役受盡迍災。通文會武兩尷尬，目今怎得將來買？朝無依倚怎生佈擺，夜無衾蓋怎生擺劃，日長夜永愁無奈。

【前腔】勸你寬心寧耐，論韓信乞食漂母堪哀。忽朝一日運通泰，男兒志氣終須待。那時腰金衣紫日轉九階，一朝榮貴名揚四海，那時駟馬高車載。

【梧葉兒】知遠多蒙恩顧，感蒙愛憐。得魚後怎忘筌？待等春雷動，管取來報賢。（合）這嚴寒，喫一椀合鍋素麵。

【前腔】寧可添一斗，怎禁一口添？全不顧管家筵。每日要柴和米，醬醋茶油共鹽。（合前）

## 遊　春

【梧蓼金羅】沽酒誰家好，前村問牧童，遥指杏花中。好新豐，青帘風動。正好提壺挈榼，那更玩無窮，咱兩個醉春風也囉。雙雙共出，共出莊門。聽取西郊，樂聲風送。（合）和你百年歡笑，兩情正濃。百年諧老，兩情正濃。夫妻正好，又恐如春夢。

【前腔】沙暖鴛鴦睡，銜泥燕子融，楊柳拂簾櫳。雨濛濛，雛鶯舌弄。香襯輪蹄歸去，桃杏漸輕紅，人如在錦屏中也囉。雙雙轉過，轉過疏籬。手捻花枝，插在鏤金釵鳳。（合前）

【前腔】莫學襄王夢，巫山十二峰，何幸遇芳叢。向其中，語言陪奉。得伊提掇起，免在污泥中，這恩德感無窮也囉。一心感得，感得公公。把我前人，相敬厮重。（合前）

【前腔】門闌多喜氣，豪富意頗濃，褥映繡芙蓉。兩情同，琴調瑟弄。輳合姻緣會，佳婿近乘龍，人都道喜相逢也囉。伊家感得，感得公公。異日身榮，莫忘恩寵。（合前）

# 大明天下春

《大明天下春》(全名《精刻彙編新聲雅雜樂府大明天下春》)卷七收録《白兔記》(原劇名題作《咬臍記》)之《智遠掃地》《花園遊觀》《三娘寄書》《磨房重逢》四齣,[一]輯録如下。

## 智遠掃地

(生)自家乃漢室之苗裔,因前日在馬明王廟中把錢賭盡,以此素手無聊,猶如喪家之狗。正是:一呼

---

[一] 《海外孤本晚明戲劇選集三種》之一《大明天下春》目録雖將《百花評品》一齣定爲《咬臍記》的散齣(《白兔記》又名《咬臍記》),但《百花評品》一齣並不源於《白兔記》,此處不予收録。據《樂府菁華》所收《百花評品》,其曲詞與《大明天下春》所收《百花評品》一齣大略相同,然並未注明出處,故此齣的來源仍未明確。見(俄)李福清、(中)李平編《海外孤本晚明戲劇選集三種》,上海古籍出版社 1993 年版。

萬歲盡成空，羞向人前説貧褸。何似當年莫賭錢，今朝免致身如此。多蒙李太公收我回來，昨日看馬，今日掃地，都是下賤之事，奴隸所爲。誰知劉知遠身軀七尺，浩氣三千。落在塵埃之中，難免貧賤之辱。欲待奔走他鄉，另取安身之策。爭奈中原孤弱，藩鎮專權，天下分崩，煙塵滿地。不如姑住數日，又作區處，以圖長遠之計。正是：蛟龍豈是池中物，會見風雲上九天。來此畫堂便是。

【江頭金桂】我只見畫堂空砌，畫堂深鎖無人到，落盡春風滿地花。庭閑人到稀。爲甚的塵埃堆積？只想是燕墮啣泥，污却了堦前地。欲待要下掃輕揮，又恐怕紅塵飛起。因此上先將水灑，免得沙漠風吹，却將人青眼矇蔽。更不許塵埋几席。（重）自我劉知遠灑掃之後，真個是半點俗塵不到，四時風月長存。一時間厦屋光輝，輕塵如洗。細思之，洞開門户如吾意，自在人間清晝遲。（下）

【前腔】（旦）往常見香塵滿地，風吹起惹衣。今日何人清潔掃，紅塵飛盡自增輝。不見半點塵飛，襯金蓮無踐跡。霎時間潔浄庭除，光輝四壁。細看那人執帚、人品高奇，想他不是下流之輩。爲甚的身無所倚？（重）（丑）小姐，這人因好賭錢，以致如此。（旦）他只因好賭傾家，博換得此身狼狽。細思之，梅香，不要輕視此人。古云：『大鵬有日同風起，直上扶摇九萬里。』他是個大鵬未展垂天翅，九萬雲程終有期。（下）

【前腔】（生）自念太公意美，前日在馬明王廟中，相逢携我歸。只道他以非常看待，誰想他不垂青眼，把我輕賤如泥，畫堂前來掃地。既在矮簷下，怎敢不低頭。也只是我時乖，該遭此顛沛。自恨我未濟明時，權爲奴隸。昔日韓信乞食於漂母，無資身之策；受辱於胯下，無兼人之勇。想當初韓侯未遇，曾受胯下淩欺。後來棄楚歸漢，蕭何三薦，位至三齊王，誰敢輕慢。那時顯威風誰可比？正好傷今思古，不覺義氣激昂。自許我心懷壯氣。（重）記得書云：彼丈夫也，我丈夫也，有爲者亦若是。異日裏若得施爲，決不讓三齊獨貴。細思之，身當驅虜平胡日，掃地堂前又是誰？

（丑）劉大哥好了。歡慶到，喜時定在今朝。如今老安人將我招贅你們，爲個養老女婿。（生）癩蝦蟆照鏡，好個俊蟲兒。不知羞也！去，死奴才！（丑）你駡我死奴才，你看馬掃地，又不是死奴才？

【摧拍】（丑）劉大癡又癡，全然不曉其中意。我到有你心，你到無我意。妾比崔鶯鶯，郎似張君瑞。中間少個俏紅娘，(一)做成一本《西廂記》。

（生）蹺蹊奴婢逞英雄。（丑）你命我命一般同。（生）千萬萬載爲奴婢。（丑）你萬年千載做長工。

（生）適纔掃地，怎麽有個女子在簾裏瞧我掃地？想他年紀與我相當，只好與知遠一對夫妻，真個是廝稱也呵！令我掃廳堂，佳人簾裏藏。未來休指望，過去莫思量。

【江頭金桂】（旦）暗地裏偷睛牢覷，他神清貌又奇。更羨他龍行虎步，天日高姿，气昂昂誰

---

(一) 俏：原作「悄」，據《新刻出像音註增補劉智遠白兔記》改。

可比。梅香，這人好没志氣呵！　枉自有表表威儀，因何志餒？　雖則是輸錢失志，自古道：男子漢志在四方。　發憤當爲。　免得似今朝喪氣，辜負他身爲男子。（重）似這等七尺之軀，却怎生置身無地。　細思之，晏嬰也是個尋常輩，愧殺英雄擁蓋隨。

（丑）小姐，你往日没有半句説着男子漢，今日只管説他怎的？（旦）梅香，你看此人精神秀麗，志氣軒昂。頭角未成，先識塵中之宰相；　功名到手，定爲天下之奇才。　暫時落於貧窮，終不流於下賤。

【皂羅袍】想他不是塵埃俗子，論當時肉眼無知。　猶如白璧掩光輝，誰人肯抱荆山泣。　驊騮欲騁，荆棘滿堤；　蛟龍欲變，風雲未期。　終須有到天衢日。

（丑）小姐，此人如此落魄，料他也没有妻子。

【前腔】（旦）料他未諧伉儷。小姐，你既然念嘆其人，何不與老安人説招贅他做一個女婿，却不好也！（旦）啞！　賤人，這話不是我女孩兒家講的。　這衷情緘口休提。　除非是月老得先知，傳令父母心歡喜。　高堂有意，事應可期。　休輕出語，令人致疑。　孟光終有梁鴻配。（重）

【滴溜子】（旦）今日裏，今日裏，枳棘鳳棲。　何時遇，何時遇，梧桐鳳飛。　誤植了公門桃李，似明珠暗迷。　蛟龍淺水戲，氣吐虹霓，山藏劍輝。

【鮑老催】緑窗麗日，緑窗麗日。　曉來玉鏡臺邊立，藍田未种雙雙璧。　怕攀不得丹鳳尾、錦鴛翼。　尾生不抱橋邊水，文君自解琴中意，安得月下人傳示。

【餘文】鵲橋未駕銀河裏，空教織女罷仙機，盼望殺牛郎無會期。

謾道春從天上來，畫堂綺翠勝蓬萊。
一雙白璧原無價，兩朵奇花次第開。

## 花園遊玩

【齊天樂】（生）凝雲翠樹，生風轉午，高槐閑庭弄影。細柳池塘，涼風幾座，紈扇猶揮未定。（旦）南窗夢醒，怕香汗流珠，粉黛妝慵。謾向冰山，玉簾高捲水晶宫。

〔臨江仙〕（生）點點紫榴消永日，薰風幾度清涼。荷花開滿小池塘。霎時經細雨，粉面緑羅裳。一架薔薇香滿，緑槐影裏涼。蕉翻翠袖出東牆。因風移午日，碧色上紗窗。（旦）一對夫妻，想天緣之作合；兩情魚水，喜人願之相投。休辜百歲之光陰，且盡今朝之樂事。當此清涼之際，和你到後花園中玩賞片時，你意下如何？（生）首夏日長，正宜玩賞。謹當隨步同行。

【金索掛梧桐】（旦）一對鴛鴦侣。（攜手同行）相攜碧翠叢，濃緑重重。劉郎，那一朵鮮艷紅的，是甚麼樣好花？（生）三娘，當此夏景，榴花噴火，照眼鮮明。（旦）一枝紅榴花色映。劉郎，我心下愛那一朵花，借手採將過來。（生）三娘，古語道得好：『遇酒飲三杯，遇花插一枝。』（旦）仔細看。（生採介）（旦）笑倩劉郎輕折。（生）插在那裏？（旦）斜插鬢雲中。（生）三娘，今日帶此花，真個美貌。

越顯得翠玲瓏也囉。（旦）劉郎，奴家行了幾步，不覺有些熱。香肌潤，素羅輕。（生）三娘，當此夏天炎熱，待卑人扇你一扇，謾將紈扇輕輕揮動。三娘，青春不可虛度，光陰難得再來。（合）玉容易減，時不再逢，恩情莫遣如春夢。

（生）三娘，這涼亭是甚麼亭子？（旦）此是荷花池館。

【前腔】（生）池館荷花滿。（旦）劉郎，怎的水上一朵并頭蓮，水裏也有一朵是何如？（生）三娘，荷花出水面，映着一枝紅。流光倒影重，翠蓋幔摇風。（旦）劉郎，是甚麼子這等香得好？（生）三娘，正是：荷花紅傳粉，風送異香來。粉妝紅香風時送。三娘，同你到花臺看取。（旦）我不去，那橋上青苔會滑，人過不得。（生）不妨事，我攜着你過去。謾自雙雙攜手，行過畫橋東。（旦）劉郎，橋下清水如鏡，和你打個照影。（照介）人而在鑑中行也囉。（旦）劉郎，怎的這一帶浮萍草分往做兩邊去？（生）適纔有一對鴛鴦在此戲水，見我和你來，驚散游往那邊去，因此上浮萍草分爲兩邊。文鴛戲破浮萍，涵空碧影，新波翻動。

三娘，我和你在此畫欄杆上坐一會兒。

【醉扶歸】（旦）畫欄杆下香肩並。（照水介）劉郎，怎的水面一點紅？（生）三娘，原來是你臉上胭脂被汗漬弔下水，因此上一點紅。胭脂潤濕汗流紅。（旦）身上熱得緊。（生）三娘，既是熱，脱下一件衣服就涼。（旦）輕羅脱盡體生風。劉郎，你還要採那一朵花過來我戴。（生）是那一朵？（旦）就是那葉下一朵。（生採介）（旦睡介）（生）灑然俱在清虛境。三娘戴花，原來睡了，這人真個沒心。臉上汗大得緊，我將扇扇他幾下。晝長人倦睡蓬鬆。（叫介）三娘。（旦驚介）劉郎，是甚麼子驚我這一跳？（生）三娘，我見你睡着汗大，滿面如雨，我將扇上你幾下，故此汗乾，你着一驚。（旦）原來如此。（生）三娘，這花插在那裏？（旦）劉郎，你自己戴着。（生）男子漢不戴花，就戴花也沒有戴處。（旦）我替你簪在這裏。（生）不好觀看，這是眼前花。（旦）這花如同當作宮花一般，但願你一舉成名，插宮花湊成雙鳳。劉郎，卻不曾帶得手鏡來，到魚池内照取。劉郎真個生得好。（生）還是三娘生得好。（旦）劉郎，你要依我三件事。（生）那三件？（旦）一不要賭錢，二不要飲酒，三要聲叫聲應，半步不離。（生）戒賭便可，戒酒是劉智遠量千鍾，怎麼戒得不要喫酒？（旦）終不然全叫你不要了。（生）憑三娘，戒幾鍾？（旦）本該喫十鍾，只喫五鍾。（生）只喫幾鍾，那一鍾也要喫了。（旦）劉郎，你聽差矣。只喫五鍾，減半而飲。（生）如此便是。（旦）劉郎，我和你同向池邊照看，妝殘低照池邊影。

（生）三娘，我和你到竹林中陰處坐片時。

【前腔】搖金舞鳳淇園種。（旦）劉郎，怎的濃陰匝地？（生）龍孫乍長晝陰濃。（旦）劉郎，是甚麼子爪住髻兒？（生）三娘，原來是竹枝，玉人未覺竹枝輕。（旦）劉郎，墜下一根金鳳釵，替我撿起來。

（生）鬢邊挽墜黃金鳳，相偎相倚翠微中，一雙人立蒼苔徑。

（旦）劉郎，拿衣服來，我穿起回去罷。（生）三娘，一同回去。

【終滚】歌殘扇底風，香袖風飄動。不學採蓮人，笑語花間應。碧梧翠竹，彩鸞丹鳳。（合）但只願這韶華人長共。

【前腔】（旦）新蟬噪柳風，嫋嫋摇輕影。簾捲對南薰，鶯老園林静。此時此景，猶如蓬地。（合前）

【餘文】園深日永無邊景，轉盼西風换碧空，只恐人如一夢中。

（丑）天有不測之風雲，人有旦夕之禍福。（旦）嫂嫂，爲甚慌慌張張？（丑）公婆今日得沾一病，十分沉重，死去復生，呼唤你夫婦分付後事。快去，快去！凶吉須臾頃，離亡瞬息時。

【皂羅袍】（旦哭介）不幸雙親老病，料形衰豈能更生。親還死去在幽冥，一雙夫婦身無定。（生）三娘，怎説這話？（旦）劉郎，我哥哥愚懵之人，嫂嫂饒舌之婦。況日前與我情不相合，萬一父母不幸，見我夫婦在他眼前呵，兄雖無語，嫂決不容。家門隱禍，終須搆成。還愁剖破樂昌鏡。

【前腔】（生）自念孤窮有幸，遭逢着此日牽紅。情蒙岳父結姻盟，義兼叔丈爲媒證。兩情相願，六禮告成。豈愁今日，蕭牆禍臨。就是你哥嫂有甚話説，我也不愁他。婦人饒舌何須聽。

一場樂事又成悲，生死雙親未可期。
痛切只愁傷骨肉，不須多慮是和非。

# 三娘寄書

【胡搗練】（旦）風凜凜，雪霏霏，蘆花絮薄寒侵體。跣足一肩風雪裏，能將情苦訴伊誰？

〔菩薩蠻〕茫茫千里迷村徑，踏破行踪雙足冷。來到井欄邊，單衣汲玉泉。雪風當面刮，肩重泥途滑。盤僻步難移，還愁歸去遲。蒙哥哥令人替俺汲水，嫂嫂知道，炒鬧一場。今日這等大雪，逼淩我汲水，真個好苦也呵！雪中跣足，難禁冷割如刀；井上凝冰，怎奈寒侵到骨。正是：一肩挑盡人間雪，兩足熬過天下寒。

【鶯集御林春】似這等天日無光，散梨花墜雪。斜趁風威當面洌，把蒼山壓倒千疊。平白地郊源占了，家家閉户人踪滅。昏慘慘凍屋無煙，愁雲遍野，密灑漫空猶未歇。

【前腔】這雪呵，謾説道雪裏貧人，怎如我苦切？雪凍肩寒身又怯，怎當得兩耳刀裂？亂紛紛尋頭撲面，衝風閉口難開舌。熬不過凍足如冰、單衣似鐵，顛倒風中遭滑跌。

【前腔】可憐見帶雪沾泥，更渾身透徹。倒骨僵寒筋力竭，哭啼啼淚冷腮頰。今日裏身無所主，雪中凍死誰憐説？風雪越大，不免闌閫前到井邊則個。好教我瘦骨難支，寒威未輟，忍把微軀甘氣絶。

【古水仙子】雪雪雪，舞長空霏又斜。風風風，冰梅幾片風吹謝。慘慘慘，寒煙野徑天低下。

啞啞啞，顫枯樹饑鳥聲咽。單單單，身子單衣袂劣。行行行，雪風狂舞袖難遮。寒寒寒，畫橋水斷寒冰結。凛凛凛，茅簷雪凍銀簪折。苦苦苦，苦將淚眼汪流血。

【餘文】一天苦雪千山潔。（內喊介）（旦）呀！這等天氣，怎麼有一簇人馬官道上來？猶有行人尋路轍。只管汲水回去，休要看他。早汲寒泉歸去也。

（小生、衆上）掃雪尋竹徑，敲冰渡馬蹄。鐵衣侵骨冷，猶有雪風吹。衆軍士，風雪大，不能前去，且就驛舍中權歇片時，多少是好。（丑）雪冷紅氈和耳戴，狂風披甲摘鈴穿。夜來飛虎旗爲被，遮得身來腳又寒。（跪見介）（小生）驛丞，怎麼不來迎接？（丑）去接上司，不在驛中。（小生）我問你，這等天氣，怎麼還有個婦人在井邊汲水？（丑）這婦人冤苦，一言難盡，望將軍叫來自問便知端的。（小生）叫那婦人過來問他。（旦見介）（小生）婦人，地凍天寒，不消下禮，立地説話。

【不是路】舉目相看，不似人家奴婢顔。雪風天，爲甚衝寒汲井邊？濕衣單，跣足蓬頭真可憐。這其間，令人疑惑還驚歎。婦人呵，試説其冤，試説其冤。

【風入松】（旦）恭承明問自羞慚，這苦情啓齒難言。（小生）但説無妨。（旦）薄情夫婿相拋閃，致此身受苦千端。（小生）因何受這苦楚？（旦）只因骨肉家門難，將軍垂聽惜吾冤。

（小生）有甚冤枉，説來。

【前腔】（旦）幼蒙父母最矜憐，孔雀屏開，爲選良緣。（小生）你招贅丈夫叫甚名字？（旦）虧心短幸劉知遠。（小生）天下多有同名，原來你丈夫與我父親同名，且問你父母還在否？（旦）將軍，若是父母在不見其事，不久間親喪黄泉，哥嫂釀起蕭牆變。我丈夫見哥嫂日間炒鬧，一朝心憤離家園。

（小生）你丈夫離家去做甚麽勾當？

【前腔】（旦）邠州妄意去求官，從他去後，致使我手足傷戕。我那哥嫂呵，忍心害理相逼遣。逼我改嫁不從，脱繡鞋剪斷雲鬟，日間汲水愁無限，夜來挨磨不容眠。

【前腔】英兒産下磨房間，又怕哥嫂毒害，送邠州遠去天邊。（小生）兒子去了幾年？（旦）一十六載時光换。（小生）你兒子與我同庚，去後也有書信回來麽？（旦）杳無個音信回還。（小生）你兒子叫甚名字？（旦）當時磨房中産下兒子，没有剪刀，只得親口咬下臍帶，就以此爲名呵，咬臍名字終身怨，這場冤苦盡來難。

【前腔】（小生）聽伊説罷痛傷懷，正是歡處不知愁處苦，不由人珠淚盈腮。我只道你丈夫兒子今何在？左右，天下有幾個邠州？（衆）禀將軍，天下只有一個邠州。（小生）我爹爹領邠州節度使統領大軍，不日由此經過。天下既是一個邠州，想必只在我爹爹帳下，這婦人可曉字麽？（旦）奴家字跡頗曉。（小生）既曉字，何不修下一封書來？我與你帶到中軍帳查問姓劉回，那時節夫妻相會子母團圓。水不汲磨不挨，勸你休憂慮免傷懷。

（旦）既如此，感謝不盡。（小生）(一)左右，取我隨行紙筆與他。（衆與介）

【香羅帶】（旦）松君帶雪研，寒侵指尖。霜毫未染呵凍管，花箋謾疊寫寒暄也。當日輕離別，有何難？今朝長望淚空彈。別時容易見時難，望斷關河煙水寒。似這等阻隔關山也，屈指曾經十六年。

十六年來人面改，八千里外客心安。

【前腔】從郎去未還，我在家中呵，千難萬難。人間苦楚都歷遍，劉郎，你不回來呵，此身便死有誰憐也。自古道，婦爲夫死。雖則生無怨，死含冤，劉郎甘自心忍戕。伯仁爲我空憐死，齊女含冤枉拜官。假若是久不回還也，斷絶今生夫婦緣。

鴻雁不傳君不至，井闌流淚待君看。（詩）別時容易見時難，望斷關河煙水寒。十六年來人面改，八千里外客心安。伯仁爲我空憐死，齊女含冤枉拜官。鴻雁不傳君不至，井闌流淚待君看。

【前腔】裁成詩半篇，愁煩更添。頓然凝慮偷望眼，我看這小將軍呵，他聲音笑貌與容顔，也好似劉郎態一般。適間説他父親，亦名劉智遠，他又與我兒同年。父同名姓兒共年，似這等年貌無差也，暗地令人心自歡。

---

(一) 生：原闕，據汲古閣刊本《繡刻白兔記定本》補。

（衆）禀將軍，這婦人是假情，在背地裏發笑。（小）婦人，你爲何背地裏發笑？

【尾聲】（旦）喜逢今日鱗鴻便，仗寄艱危書半緘，母子夫妻擬再圓。

驛舍逢君至，梅花折一枝。〔一〕

隴頭人見面，寄與莫遲遲。

## 磨房重逢

【掛真兒】（旦）離恨窮愁何日了？空望斷水遠山遥。雪霽雲歸，天清月照，無奈風寒静悄。

薄情不來良夜静，凍雪未消殘漏永。清輝照地雪光行，潔白涵空風色冷。兩輪磨石寒近人，百結鶉衣夜作衾。瑶堦倒漾銀蟾影，入我空房照素心。前日井邊見那小將軍年貌與吾兒相似，又説他父亦名劉智遠。世間有此異事，令人疑惑不定。今日幸喜雪晴雲斂跡，惟有月寒人更孤。

【四朝元】雲收霧捲，正是：數陣彤雲飛漢外，一輪皓月照天中，雪晴月正圓。只見銀河清淺，星斗斕斑。見一天霽色，四壁光寒，這明月光被四表照臨，上下那一個不愛？惟有我李氏三娘，对月思人人不至，怪他偏向别離明。坐來人自慘。寂寂磨房人不到，迢迢玉漏轉遲遲。茅簷破壁奴甘守，正值凄

〔一〕 折：原作『拆』，據《新刻出像音註增補劉智遠白兔記》改。

凉冷落時。更磨房冷淡，似這等雪映穹簷，冰涵碧漢。月，惟爾等之監觀無私，緣我之衷腸誰訴。對月無言，因風有感，驀自生愁嘆。遥憶故人千里外，今宵共見月華明。夫，你在邠州也見此月，奴在家中也見此月。正是：人居兩地，月共一輪。嗏！萬里共長天。劉郎夫，奴在天南，你在地北。地北天南，兩情難遣。移步步問嬋娟，嬋娟呵！何日平胡虜，良人罷遠征。單問你，征人何日返？淚痕不似君恩斷，拭卻千行又萬行。止不住愁眉淚眼。（重）三娘前世修緣那些不全，使我今世不得團圓。夫夫婦婦，有無相見？（生）一別三娘十六年，今朝喜得轉回旋。夜静更闌來到此，幸喜天高月正圓。

【前腔】（生）天高月淡，你看雪霽彤雲歛，晴光漾月光。光涵霽雪寒。左右，開元寺鼓轉幾敲了？（丑）禀老爺，鼓轉三更了。（生）忽聞畫角起更樵，傳報已轉鼓三敲。滿目淒淒霜露重，四顧茫茫好寂寥。正更闌籟静，萬頃茫然，乘舟人興返。來此不覺是磨房。左右，你且回開元寺去，明早准備大馬來此伺候。（丑應，下介）（生）呀！原來此磨房關鎖在此。見磨房空掩，俺只見磨房空掩。日前孩兒帶來書上説，伯仁爲我空憐死，齊女含冤枉拜官。想三娘被李洪信天殺的磨滅不過，身死也不見得，三娘妻呵！我在邠州遠涉轉回程，夜静更深到此尋。重門半掩無人在，枉使披星戴月行。裏面又没個燈兒影，想是三娘妻不存。不免回到開元寺，分付孩兒與衆軍將沙陀村圍了，拿住李洪信斬首報冤。今夜暫回開元寺，明朝來講是和非。（旦）架上掛木魚，直打無休歇。啞子喫黄連，這苦對誰說。苦，天呵！（生）俺這裏舉足未行三五步，忽聽得磨房叫苦聲。謝天謝地，感謝神明。喜得妻還在，不免叫聲，三娘開門。（旦）是誰？（生）是我。（旦）人豈没個名字？夜静更深，説甚麽汝我，莫錯認了。聽我説與你知道，十六年來别藁砧，鬩牆無地可容身。甘心忍死形如朽，不比星前月下人。快去。（生）三娘呵！我是前度劉郎。（旦）既是劉郎，期間怎的不回？（生）三娘，邠州到此路有八千。不躭辛苦，故特來見你，歸來路遠。（旦）就是聲音也不相似。（生）常言山水千年不改，人面一旦不同。我與你間别多年，因此上聲音難辯。（旦）既是劉郎，當日有甚異事來？（生）當日遭家難。嗏！你哥嫂把酒灌醉我，賺到瓜園，假瓜精之手害吾性命，幸免喪黄泉。（旦）守瓜之事那個不知，還有甚麽異事？（生）還有感蒙天賜留題，神書寶劍。（旦）劍上如何道？（生）三娘，真個仔細，聽我道來。寶劍光芒，塵土埋藏。〔一〕五百年後，付與劉郎。又道，兵策神符，百載奇謀。前程萬里，起向邠州。夫婦在瓜園，别離容易間。三娘，我與你分别之後，光陰迅速，歲月屢遷。天時人事，不覺又增一番新氣象矣。到如今時移物换，時移物换。憐念夫妻情意長，不思迢遞轉家鄉。宿水餐風多寂寞，衝寒冒雪苦難當。風風雨雨，特來相見。（旦）瓜園分别去投軍，杳然不見雁鴻音。當初只道你是奇男子，誰想是個名虧倖短人。

〔一〕埋：原作『理』，據《新刻出像音註增補劉智遠白兔記》改。

【前腔】名虧倖短，你抛妻子而不顧，棄家業而不返，負義忘恩，你豈不自愧？中心豈不慚？自瓜園别去，何處留連？不思歸故苑。終朝含淚盼斜陽，盼望斜陽空斷腸。你去一日懸一日，那得音書字半行。望衡陽雁斷。（重）兄嫂閔牆變，凌辱苦難當。寧受千般苦，豈肯亂綱常。骨肉相戕，雲鬟被剪。歷盡艱危，敢生嗟怨。我思想起來，此恨何時遣？似這等夫婿枉徒然，苦甘空自憐。

（生）三娘，我身雖羈絆他鄉，而寸心常念及你。（旦）何勞遠念，何勞遠念。幾番要尋個自盡，俛首思之，還想你有個好處。生生死死，豈須相見。

（生）三娘不必痛傷懷，且把愁眉展放開。夫去不來非薄倖，奈阻關河未得回。

【前腔】（生）關河路遠，羈身未得旋。（旦）人難回家，書也寄不得一封回來？（生）三娘，我自到邠州，岳節度使統兵征討在外一十五年，近時纔得回轉邠州。更四方兵革，萬里塵煙，音書難寄轉。

（旦）你没書回來也罷，日前我寄得有一封書來與你，見不曾見？（生）三娘，曾見你書結句上道：鴻雁不傳君不至，井欄流淚待君看。見上林有雁，知你在家中，苦遭磨貶。日夜兼程，不辭涉險。

（旦）閒話休説，且問你兒子在那裏？（生）今與兒同返。（旦）聽得與兒同歸，使奴有不勝之喜，且問你功名之事若何？（生）嗏！拜將掌兵權，威震藩城，職居方面。（旦）方面的官乃諸侯地位。（生）富貴異當年，榮華歸故園。三娘，管教你憂中變喜，一家歡忭。（旦）説甚麼歡忭？今晚夫妻不能勾相見了。（生）三娘，拿鑰匙出來，待我開門，與你相見。（旦）鑰匙被哥嫂拿去。（生）呀！幸喜此門半鎖在此。(旦)劉郎，既如此，你外面啓鎖，我裏面啓拴，悲悲喜喜，啓門相見。

【天下樂】(相見哭介)別淚流乾苦自傷，妻子在家受苦，今見你榮耀回來，好似夢中一般。相逢如夢卻羞郎。(生)楚天吴月遥相望，關塞千重路渺茫。

(旦)間別多年，賀喜榮耀。(生)有累受苦，負罪多多。(旦)竇員夫婦送兒與你，今在何處？(生)竇員夫妻送兒子到邠州，不服水土，雙雙而亡。(旦)如此可傷。(生)我不曾虧他，以禮厚葬。(旦)難得他夫婦一片好心，既是厚葬，也自罷了。劉郎，今夜怎的兒子不帶來見我？(生)日前驛舍中避雪，與你帶書的便是。(旦)那小將軍是我的兒子，真個乖巧！(生)劉智遠的兒子當耍不成？古云：『有其父必有其子。』(旦)不要争，大家有分。只一件，當時見他顔貌，説你姓名，我心中十分疑惑。如何我説咬臍名字，他還不知道？(生)當時兒子到邠州，我提兵遠出，是岳氏改名劉承佑，故此不知咬臍名字。(旦)岳氏是甚麼人？他怎麼與我兒子改名字？(生)實不相瞞，我到邠州投岳節使帳下，因爲破賊有功，蒙將親女招吾爲門婿，故有岳氏。(旦)原來如此。且問你，或過了三年五載而娶，或週年半載而娶？(生)幸得有功，半載而成。(旦)呀！我只説你流蕩而忘返，誰知你因粉黛以羈身。今聞此言，心如刀割。(背云)如今他貴高而威重，使奴敢怒而不敢言。

【刮鼓令】聞言不敢嗔，痛傷情淚滿襟。(生)三娘，愁煩之語，何須傷情太過？(旦)我父母當初將妾身以托於君者，爲妾終身之望也。豈知今日無恩信，就是在瓜園相別之際，奴家曾説妻孤頻靠君，須記早附鱗鴻一紙書。原來你棄舊而戀新婚，有乖前約。辜負當年結契姻。那日兩難分，杳然不見通音信。別後一十六載，音信杳然，想你爲東西南北之人。疑作天涯寥落人。（生）非我不回，奈貘府軍情事緊，苦被延留，實不得已也。（旦）延留實不得已，贅婚還自主張？豈知別後變初心。（生）長笑黃允之作事，久慕朱弘之爲人。初心原不如此，奈事勢到頭，無如之何？（旦）説甚麼事到頭來，無如之奈？你長往而不顧，言出而行違。

【前腔】辜恩不可聞。自古嫁一夫靠一生，你把妻子丢在家中，受盡千磨萬難之苦，虧你過得。奴受淒涼有萬千，夜間挨磨不容眠。更有一般淒慘處，雪霜風裏汲清泉。爲何人受苦辛？兄嫂忍心害理，晝夜將奴苦磨。常念當初之盟，甘心忍受。君若不信，且到月亮下看是怎的。（生）妻，看你肩痕尚在愁難盡。（旦）這是甚麼？（生）是磨盤。（旦）那個不曉得是磨盤。兩片團團石，一條鐵作心。行來無數步，最苦是磨人。鐵石無情苦到今。兄嫂逼奴改嫁，我心匪石，不可轉也。我心匪席，不可捲也。見我不允，要剪去頭髮，脱下繡鞋。哥哥執杖子，嫂嫂拿剪刀，稍若不從，只管亂打。蓬首斷香雲。天殺的，怎下得這等毒手！（旦）君豈不曉，明知哥嫂狼心輩，不念夫妻結髮恩。久留貘府魚書杳，一念新婚忘舊交。忍將舊愛待新人。

【前腔】新人出宦門，岳氏是宦門之女，怎比我荆布之妻。美嬌娥掌上珍。（生）當初岳父把你招我之時容貌果然標致，(一)還是三娘容貌好，今日被哥嫂磨滅，看起來還是岳氏好些。三娘，我豈在貌上相待不成？(旦)他嬌姿而寵固，日近日親。妾容衰貌醜，日遠日疏。我三千色淡容顏改。(背云)奴與他不過數月夫妻，岳氏與他已經一十六年。他十六年來寵愛深，不似磨房人。料君之心，必念羞花之色，那顧我憔悴之容？不如殺身以從君可也。難將衰貌移君寵，甘向黃泉作怨魂。(生)夫婿遠回，當共歡娱。你如此嗟怨，亦不可取。(旦)妾若在，愛必分。妾既死，情休罷。免將他新愛舊人分。

(生)三娘，只說你受苦，但不知丈夫在邊塞之時，苦不可言。

【前腔】從軍向遠征，歷風霜苦怎奈？爭奈劉知遠命運不濟，岳節使招軍已完，只投得一名馬頭軍。那日間打草多勞倦，到夜來提鈴喝號夢難成。那岳氏是我恩人，若不是岳氏親生女，怎能得皇家寵愛深？(旦)你去後莫說別的，只虧我十月懷胎苦。(生)多虧岳氏三年乳哺恩。(旦)我的兒子是他養大？(生)三娘，兒子是他養成。你莫把賢婦當仇人。

【前腔】(旦)新婚與舊婚，人家後母多有不惜前母之子，看起岳氏與我撫養兒子成人，真個賢會，辯人情識假真。岳氏須宦門之女，也屬劉氏之婦。只恐怕崢嶸之日，無心戀衰朽。須知貴賤無雙美，只恐姸媸有二心。(生)我非負義之人，何以姸媸譏誚？(旦)閑話休提，閨閫之事，誰定尊卑？(生)婦

(一) 標：原作『嫖』，據《新刻出像音註增補劉智遠白兔記》改。

人家好没大量，尊卑之事自有先後，豈可變異綱常？　爲丈夫的身居兩難之地，將他爲大你爲小，你又先歸劉氏之門；　將你爲大他爲小，他又是小姐，以此兩情難處。　三娘，你是個賢會的，憑你説來，將那個爲大？（旦）依我説，我爲小，讓他爲大罷。（生）人心則同。　我一路思忖，也是如此説。〔一〕（旦）我説你心歹，果然是真。（生）小人好不大量，我當初曾説破來，〔二〕家有前妻，不敢再娶婆時，〔三〕岳帥道：『劉將軍，曾説妻分大小，子無的庶。　我女頗賢，願居其次，不必推辭。』（旦）你也曾講過了，就讓他爲大打甚麼緊？只是理上去不得，小大禮爲尊，恩情莫論新和舊，名分休因疏間親。　依你説我爲大了，明日相會怎麼稱呼？（生）姊妹相稱。（旦）明日相見，争大小的事不要對他講罷。（生）要與他講明。（旦）你對他説不打緊，使我姊妹不和順，就是你也不安，不要提起罷。（生）我哄你，此話不是我爲丈夫講的。　惟願你一家怡樂值千金。

間别多年久，誰知再相逢。
明朝冤恨雪，此夜磨房空。

---

〔一〕忖：原作『付』，據文義改。
〔二〕破：原作『被』，據《新刻出像音註增補劉智遠白兔記》改。
〔三〕婆：原作『破』，據文義改。

## 群音類選

《群音類選》『諸腔類』卷一收録《白兔記》之《磨房生子》《子母相逢》《磨房相會》三齣，輯録如下。

### 磨房生子

【霜天曉角】（丑）牢籠圈套，設就多奇妙。汲水又還挨磨，這苦又經多少。

三娘小賤人，被我剪下頭髮，打爲奴婢。日間汲水，夜間挨磨。如今天色已晚，不免整頓磨盤，教他出來挨磨。正是：兩片團圓石，一條鐵石心。行來無數步，日夜苦磨人。三姑快來。

【前腔】（旦）躭煩受惱，苦向誰人告？恨殺無情兄嫂，這磨難何時了。

煮豆燃豆萁，豆在釜中泣。本是同根生，相煎何太急？奴家不從改嫁，被哥嫂剪下頭髮，教我挨磨，被他拷打，只得前去。（見介）嫂嫂，叫奴家作甚？（丑）三姑，哥哥叫我監你挨磨。一不許怨哥嫂，二不許你躲懶，三不許題起劉知遠。犯了一條事，責一下。且來先打一下樣板。（旦）不須如此，待我去挨。

【香羅帶】（旦）愁腸千萬束，嫂這般樣，重磨難挨。教奴家，怎移步？恨只恨，無情哥嫂忒狠毒。（丑）你又埋怨哥嫂。（打介）（旦）嫂，打開我鳳友鸞交，逼奴再嫁夫。（丑）你若肯嫁人，莫説挨磨打你，罵也不罵你一聲。（旦）嫂，奴豈肯傷風敗俗！（丑）你怎的躲懶不挨磨？（打介）（旦）呀！我和你姑嫂之情，苦苦打我則甚？這兩次看哥哥面，權且讓你。（丑）你這等説呵，我偏要打你待怎的？（旦）嫂，你是個蛇蝎心腸。哥，不念我同胞手足。

（丑）你只管埋怨我哥嫂，我就狠打你。（旦）你好没來由。（搶板打丑介）（丑走介）

【前腔】（旦）我是個堂上姑姑，你是個厨下嫂。自古道：大還大，小還小。奴須是，李員外親生之女，怎受得無情苦楚？（丑）三姑，你打我。你明日生兒子，也要我看顧。（旦）是我差矣！倘我後日生下兒子，他夫婦謀害死了，教我空受苦楚。不免賠個小心，暫時哄他。（跪介）嫂嫂，是奴家一時見差，望嫂嫂念姑嫂之情。（丑）三姑娘，請起來。不干我事，都是你哥叫打你，我今再不打你。你慢慢在此挨，我且自睡去。（下）（旦）這茅簷破壁奴獨自守，只見門外有重疊疊的雲山，遮不住愁來路。

且喜嫂嫂回去，不免將磨强挨一會。

【五更轉】（旦）只得强捱數步，只得强捱數步，奈力倦怎馳走？憶昔爹娘嬌養，那曾出門户？今日裏，倒做個挨磨汲水下賤奴。可憐見形衰貌朽，香肌憔悴纖腰瘦。天！奴家受這等苦楚，不如懸梁自盡罷了。欲待要尋一個無常路途。（哭介）倒是奴家差矣，記得當初瓜園分別之時，奴説身懷有孕，他説三娘你在家小心，倘或生得是男，也接續劉家宗祀。欲待要尋一個無常路途，爭奈我有十個月懷胎。我死卻又恐怕劉郎絶後。休休，憔悴了秋月春花，等閑也麼光陰處度。

爭奈我力倦難挨，腹中飢餒，不免在磨上歇息片時。

【下山虎】劉郎去後，倏忽幾秋。料應張策後，飛黄馳驟。奴爲你受勞碌受凌辱，怎當他心上愁來眉上憂。只怕他是個棄舊奸雄也，莫將奴辜負。朱門貪戀人豪富，此恨怎消。枉教奴對着一盞殘燈伴影孤。

【前腔】別離數月，如隔三秋。舉目雲山遠，望斷歸舟。你莫將奴辜負，反嘆恩情如朝露。他是個奇男子烈丈夫，怎做得區區薄倖徒。苦蛩鳴户牖，唧唧啾啾。自思李氏三娘做怨囚，恨悠悠，淚雨盈眸。風喧鐵馬聲鬧門户，誰念我獨守空房生意憂。

天，好苦呵！不要久坐，還有籮麥子。欲待不捱，只恐哥嫂打罵，真個難捱。

【駐雲飛】磨重難捱，夜静無人訴怨懷。苦把時光捱，熬得形骸在。嗏！郎去在天涯，自疑猜。边塞塵埃，遠憶愁如海。不向東風愁未開。（做腹痛介）

【前腔】驀地疼來，屈指将彌十月胎。多想懷分解，自把身寧耐。嗏！争奈瘦形骸，料難捱。痛觸心懷，生死須臾待，體魄相離眼倦開。

（做倒科）（末扮土地引鬼抱子上）九重天上抱金童，五色雲中駕六龍。天降紫微傳九五，祥光高照玉霄宫。吾乃九天降生神是也。因爲沙陀劉知遠，日後當即大位，李三娘位正中宫。現今十月懷胎已滿，欽奉玉帝敕旨，降下紫微星，托生爲子，差吾神抱送李三娘解懷。三娘聽我分付：你此子異日大貴，不在多言。急急令人送到邠州，休得遲慢。（丢兒介）大抵乾坤都一照，免教人在暗中行。（下）（旦）怪哉！怪哉！分明有人指點。

【前腔】體困難擡，奴幸生來一小孩。幸免身災害，未斷兒臍帶。磨房中那討剪刀，怎生是好？不免將口咬下臍來罷。嗏！血濺口難開。痛傷懷。（做咬介）咬下臍來，齒上腥痕在，啼破兒聲苦自哀。（抱兒看介）

【前腔】一夢奇哉。彼時昏悶倒地，如有神人送此孩。生下兒堪怪，生得令人愛。天，奴受苦楚，今喜產下此子，使奴不勝之喜。嗏！不覺笑顔開，自心裁。體貌形骸，酷似劉郎態。古人云：『龍生龍子，鳳生鳳兒。』信也！正是虎父還生虎子來。神人説此子後有大貴，教我令人送到邠州。量我一身尚難存濟，怎生得人送去？待明日與叔叔商議，又作個區處。

謝得神明傳報語，從天降下紫微星。
道他異日非常貴，協夢方纔稱母情。

## 子母相逢

（旦挑桶上）

【胡搗練】風凜凜，雪霏霏，蘆花絮薄寒侵體。跣足一肩風雪裏，能將情苦訴伊誰？

〔菩薩蠻〕茫茫千里迷村徑，踏破行踪雙足冷。來到井欄邊，單衣汲水泉。雪風當面刮，肩重泥途滑。盤僻步難移，還愁歸去遲。向日蒙俺哥哥令人替俺汲水，嫂嫂知道，炒鬧一場。今日這等大雪，逼令我來汲水。真個好苦也呵！雪中跣足，難禁冷割如刀；井上凝冰，怎奈寒侵到骨。正是：一肩挑盡人間雪，兩足熬過天下寒。古道：千山鳥飛絶，孤舟蓑笠獨垂竿。不免去汲則個。

【鶯集御林春】似這等天日無光，散梨花墜雪。斜稱風威當面烈，把蒼山壓倒千疊。平白地郊原占了，家家閉户人踪滅。昏慘慘凍屋無煙，愁雲遍野，密灑漫空猶未歇。

【前腔】這雪呵！謾説道雪裏貧人，怎如我苦切？雪凍肩寒身又怯，怎當得兩耳刀裂？亂紛紛尋頭撲面，衝風閉口難開舌。熬不過凍足如冰，單衣似鐵，顫倒風中遭滑跌。

（跌介）（起介）

【前腔】可憐見帶雪霑泥，更渾身透徹。到骨僵寒筋力怯，哭啼啼淚冷腮頰。今日裏身無所主，雪中凍死誰憐説。好教我瘦骨難支，寒威未輟，忍把微軀甘氣絶。風雪越大，不免開閨前到井邊去則個。

【古水仙子】雪雪雪，舞長空霏又斜。風風風，冰梅幾片風吹謝。慘慘慘，慘寒煙野徑天低。啞啞啞，顫枯樹饑烏聲咽。單單單，身子單衣袂劣。行行行，雪風狂舞袖難遮。寒寒寒，畫橋水斷寒冰結。凛凛凛，茅簷雪凍銀簪折。苦苦苦，苦將淚眼枉流血。

【尾聲】一天苦雪千山潔。這等天氣，怎麽有一簇人馬官道上來？猶有行人尋路轍。只管汲水回去，休要看它，早汲寒泉歸去也。

（暫下）（小生引衆卒上）掃雪尋竹徑，敲冰渡馬蹄。鐵衣侵骨冷，尤有雪風吹。衆軍們，風雪大，不能前去，且就驛舍中權歇片時。（衆進介）（小生）驛卒何在？（丑上）雪冷紅氈裹耳邊，風狂披甲摘鈴穿。夜來飛虎旗爲被，遮得頭來脚露天。（見介）（小生）怎麽不來迎接？（丑）前面没有報來，小人不知，望乞赦罪。（小生）我問你，這般天氣，怎麽有個婦人在井邊汲水？（丑）婦人的冤苦，一言難盡，望將軍叫來自問，便知端的。（小生）叫那婦人過來問他。（衆傳介）（旦見介）（小生）這婦人，地凍天寒，不消下禮。（旦）受苦之人禮數不週，望將軍恕罪。

【不是路】（小生）舉目相看，看這婦人，你不似人家奴婢顔。雪風天，爲甚衝寒汲井泉？濕衣單，蓬頭跣足真可憐。這其間，令人疑惑還驚歎。婦人呵！試説其冤，試説其冤。

【風入松】（旦）恭承明問自羞慚，這苦情啓齒難言。（小生）但説不妨。（旦）薄情夫婿相抛閃，致此身受苦千般。（小生）因何受這苦楚？（旦）只因骨肉家門難，將軍垂聽訴吾冤。

（小生）甚冤枉？你從頭説來。

【前腔】（旦）幼蒙父母最矜憐，雀屏開爲選良緣。（小生）你招贅丈夫叫甚麼名字？（旦）虧心短倖劉知遠。（小生）天下多有同名，原來你丈夫與我父親同名，以後何如？（旦）不久間親喪黄泉，兄嫂驟起蕭牆變。我丈夫見哥嫂日夜炒鬧，一朝心忿離家園。

（小生）你丈夫離家，到那裏去？做甚麼勾當？

【前腔】（旦）邠州妄意去求官，從他去後，致令我手足傷殘。我那哥嫂呵，忍心害理相逼遣。逼我改嫁不從，脱繡鞋剪下雲鬟。日間汲水愁無限，夜來挨磨不容眠。

幸得皇天憐念。

【前腔】嬰兒産下磨房間，又怕哥嫂毒害，送邠州遠去天邊。（小生）兒子去了幾年？（旦）一十五載時光換。（小生）你兒子與我同庚，去後也有信來否？（旦）杳無個音信回還。（小生）既你兒子在邠州，我是邠州生長的，可替你挨問，你的兒子叫甚名字？（旦）當時磨房中産下兒子，没有剪刀，只得咬下臍來，就以此爲名。咬臍名字終身怨，這場冤苦盡來難。

（小生）我爹爹領邠州節度使統領大兵，不日由此經過。既是你兒子、丈夫都在邠州，想必只在我爹爹帳下。你可寫下家書一封，等我爹爹大軍到日，我替你軍中挨問何如？（旦）如此感謝不盡。（小生）左右，取我隨行紙筆與他。（旦）有累將軍，容奴家寫來。（挑雪入硯介）

【香羅帶】（旦）松君帶雪研，寒侵指尖。霜毫未染呵凍筆，花箋慢疊寫寒喧也。當日輕離別有何難？今朝懸望淚空彈。（寫介）別時容易見時難，望斷關河煙水寒。似這等阻隔關山也，屈指從今十六年。（寫介）十六年來人面改，八千里外客心安。

【前腔】從他去未還，我今在家中呵，千難萬難。人間苦楚都歷遍。劉郎，你不回來呵，此身便死有誰憐也。自古道，婦爲夫死。雖則是生無怨死含冤，劉郎甘自忍心殘。（寫介）伯仁爲我空憐死，齊女含冤枉拜官。假若是久不回還也，斷絶今生夫婦緣。（寫介）鴻雁不傳君不至，井欄流淚待君看。

【前腔】裁成詩半篇，愁煩轉添。頓然疑慮偷望眼。我看這小將軍呵，聲音笑貌與容顏，也好似劉郎態一般般。方纔説他父親與我劉知遠丈夫同名姓，説起他的名，又與我孩兒共年庚。父同名姓兒共年，似這等年貌無差也，暗地令人心自歡。（小生）婦人，你書寫完，怎麼這等歡喜？

【尾聲】（旦）喜逢今日鱗鴻便，仗寄艱危書半緘，子母夫妻擬再圓。

（遞書介）待小妾拜謝。（小生）不消下禮，左右收了書。婦人，另日開元寺回信。（旦）如此多感。

驛舍逢君至，梅花折一枝。

隴頭人見面，寄與莫遲遲。

（附）【錦庭樂】望蘆笳芊草中提鞭策馬，偶有個白兔兒在我面前過。趕到前村柳陰坡下，見一個婦女身落薄，跣足蓬頭早折挫。他説道被兄嫂日夜沉埋、行行淚灑。口口聲聲，只怨着劉大。

## 磨房相會

【掛真兒】（旦）離恨窮愁何日了，空目斷水遠山遥。雪霽雲歸，天清月照，無奈風寒静悄。

薄倖不來良夜静，凍雪能消殘漏永。清虚照地雪光行，潔白涵空色更冷。兩輪磨石近寒人，百結鶉衣夜作衾。瑶堦倒漾銀蟾影，入我空房照素心。前日井邊見那小將軍，年貌與吾兒相似，又是邠州來的，父親亦名劉知遠，世間有此異事，懷疑在心。今夜磨房孤冷，令人愈生感嘆。正是：雲捲雪初霽，月寒人更孤。磨房多寂寞，懊恨我兒夫。

【四朝元】雲收霧捲，雪晴月正圓。見一天霽色，四壁光寒，坐來人自慘。更磨房冷淡，磨房冷淡。雪映窮簷，冰涵碧漢。對月無言，因風有感，驀自生愁嘆。嗏！萬里共長天。劉郎，你在地北，我在天南。兩情難遣，移步問嬋娟。征人何日還？愁眉淚眼。月呵！夫夫婦婦，有無相見？

【前腔】（生）天高月淡，相涵霽雪寒。正更闌籟靜，萬頃茫然，乘舟人興返。來到這裏，便是磨房，不免入去。（作打門介）呀！見磨房空掩，磨房空掩。不免叫一聲。（叫門介）（旦）是誰？（生）是我。（旦）漢子，你錯認了，你聽我說與你。十六年來別藁砧，閱牆無地可容身。甘心忍死形如朽，不比星前月下人。你快出去，快出去！不要在此遲延。（生）三娘，我乃是前度劉郎，歸來路遠。（旦）既是劉郎，爲何聲息不同？（生）間別多年，聲音難辨。（旦作疑介）既是我的劉郎，當初在那裏分別？有甚麼事跡？（生）當日遭家難。嗏！你哥嫂把我灌醉，賺到瓜園中去，幸免喪黄泉。天賜留題，神書寶劍。夫婦在瓜園，別離容易間。我去一十六載，知你在家受苦。時移物換，風風雨雨，特來相見。

（旦）緣來真是劉郎。（哭恨介）

【前腔】（旦）名虧行短，中心豈不慚。自瓜園別去，何處留連？不思歸故苑，望衡陽雁斷。衡陽雁斷。骨肉相殘，雲鬟被剪，歷盡艱難。敢生嗟怨，此恨何時遣？嗏！捱過苦多年，熬定形骸，甘爲下賤。夫婿徒然，苦甘空自憐。何勞遠念，生生死死，豈須相見。

【前腔】（生）關河路遠，羈身未得還。（旦）書也寄不得一封回來？（生）更四方兵革，萬里塵煙，音書難寄轉。從邠州統兵討賊，淹留軍中一十五年，近時纔得回到邠州。見上林有雁，上林有雁。知在家中，苦遭磨貶。日夜兼程，不辭涉險，今與兒同返。嗏！（旦）你今做甚麼官？（生）拜將掌兵權，威震籓城，職居方面。富貴異當年，榮華歸故園。一家歡忭，悲悲喜喜，啓門相見。

（旦）如此，也不枉了我受苦，恁般開了門罷。（見介）

【天下樂】（旦）別淚流乾苦自傷，相逢如夢卻羞郎。（生）楚天吴月遥相共，關塞千重路渺茫。

（旦）間别多年，且喜榮耀。（生）有累受苦，負罪多矣。（旦）竇員夫婦送兒與你，見在何處？（生）竇員夫妻送兒子到邠州，不幸不服水土，夫妻病亡。兒子今已長成，昨日雪中與你相見。（旦）那小將軍是我兒子？可喜可喜！當時見他顔貌，説你姓名，我心中十分疑惑，如何我説咬臍名字，他還不曉得？（生）當時兒子到邠州，我因提兵遠出，是岳氏改名劉承祐，故此不知咬臍名字。（旦）岳氏是甚麼人？他怎麼改我兒子名字？（生）我到邠州投岳節使麾下，因爲破賊有功，蒙將親女招吾爲婿，故有岳氏。（旦）原來在邠州有如此之快樂，如何肯回來顧我？（哭介）

【刮鼓令】聞言不敢嗔，痛傷情淚滿襟。豈知今日無恩信，辜負當年結契姻。那日兩離分，杳然不見通音問。疑作天涯寥落人，誰知别後變初心。

（生）初心原不如此，事勢到頭，無如奈何。

【前腔】（旦）辜恩不可聞，爲何人受苦辛。你看我，肩痕尚在愁難盡，磨石無情苦到今。蓬首斷香雲。明知兄嫂狼心輩，不念夫妻結髮情，忍將舊愛待新人。（生）三娘，只説你受苦，但不知你丈夫，在邊塞苦不可言。

【前腔】從軍事遠征，歷風霜苦怎禁。争奈劉知遠命運不濟，岳節使招軍已完，只投得一名馬頭軍，日間打草，夜間巡更。那日間打草多勞倦，奈夜間提鈴喝號夢難成。若説起岳氏，有恩與爾我。若不是岳帥親生女，怎得皇家寵愛深？終不然去到邠州，就做官不成。只虧十月懷躭苦。三娘，你送得兒子到邠州，深虧岳氏撫養，纔得成人。終不然你兒子自己會大？多虧岳氏乳哺恩。三娘，你莫將賢婦當仇人。

【前腔】新人出宦門，美嬌娥掌上珍。他嬌姿貌美，日近日親。妾色淡容衰，日遠日疏。三千色淡容顏好，十六年來寵愛深。（生）三娘，當初把你招贅之時，容貌本等標致。今被哥嫂磨滅，容貌不比往前。（旦）不似磨房人。料君之心，正念羞花之貌，那顧我憔悴之容？不如殺身以從君可也！難將衰貌移君寵，甘向黄泉作怨魂。（生）夫婿遠回，當共歡娱，如此嗟怨，亦不可取。（旦）妾若在，愛必分；妾若死，甘休罷。休將新愛舊人分。

【前腔】新婚與舊婚，辨人情識假真。須知貴賤無雙美，只恐妍媸有二心。（生）我非負義之人，何爲妍媸之誚？（旦）閑話休題，閨閫之事，休定尊卑。（生）婦人家好不大量，尊卑自有先後，豈可變易綱常？爲丈夫的身居兩難之地。將他爲大，你爲小，你又先歸劉氏之門；將你爲大，他爲小，他又是千金之軀。以此兩情難向。三娘，你是賢會的人，憑你説將那個爲大？（旦）依我説，是我爲小，他爲大便了。（生）人心則同，我一路尋思也是如此。（旦怒介）（生）真是小人！我當初曾説破，家有前妻，不可重婚再娶，他説，我女頗賢，願居其次。（旦）你也曾講過來。夫，我讓他爲大，打甚麼緊？只是禮上去不得，你當自詳，免至後悔。小大禮爲尊，恩情莫論新和舊，名分休因疏間親。既然名正而言順，自然和氣以安寧。一家怡樂值千金。

間別年來久，誰知再得逢。

明朝寃恨雪，此夜磨房空。

# 徽歌集

《徽歌集》卷一收録《白兔記》之《新婚遊賞》《獵回詢父》二齣，輯録如下。

## 新婚遊賞

【一剪梅】（生扮劉智遠上）春色撩人似酒濃，花影重重，日影重重。（旦扮李三娘上）賣花聲過小橋東，簾捲東風，人在春風。

（生、旦云）春遊上苑似酒濃，夏宴凉亭看芰荷。〔一〕秋翫月明冬賞雪，一生好景莫蹉跎。〔二〕（生）自與李三娘成親之後，〔三〕不曾到莊前莊後遊翫，今日閒暇，同三娘遊翫片時如何？（旦）官人先請，奴家隨後。

---

〔一〕似酒濃夏宴：原闕，據汲古閣刊本《繡刻白兔記定本》補。　荷：原作『何』，據汲古閣刊本《繡刻白兔記定本》改。

〔二〕莫蹉跎生自：原闕，據汲古閣刊本《繡刻白兔記定本》補。

（生）三娘，前面那厮手中拿的甚麼東西？（旦）這牧童手中提着磁瓶瓦罐，將去沽酒。

【金井水紅花】（生唱）沽酒誰家好，前村問牧童，遥指杏園中。好新豐，青帘風動。正好提壺挈榼，那更玩無窮。咱兩個醉春風，也囉。雙雙共出，共出莊門。聽取西郊，樂聲風送。

（合）和你百年歡笑，兩情正濃。百年諧老，兩情正濃。夫妻正好，又恐如春夢。

【前腔】（旦）沙暖鴛鴦睡，呢喃燕子融，楊柳拂簾籠。雨濛濛，雛鶯舌弄。香襯輪蹄歸去，桃杏漸輕紅。人如在錦屏中，也囉。雙雙轉過，轉過疏籬。手撚花枝，插玉鏤金釵鳳。（合前）

【前腔】（生）莫學襄王夢，巫山十二峰，何幸遇芳叢。向其中，語言倍奉。得伊提掇起，免在污泥中。這恩德感無窮，也囉。一心感得，感得公公。把我前人，相敬廝重。（合前）

【前腔】（旦）門闌多喜氣，豪富意頗濃，褥映繡芙蓉。兩情同，琴調瑟弄。輳合姻緣良會，佳婿近乘龍。人都道喜相逢，也囉。伊家感得，感得公公。異日身榮，莫忘恩寵。（合前）

（末扮李三公上云）天有不測風雲，[一]人有旦夕禍福。劉官人，你夫妻只管在此遊翫，更不知丈人丈母，得病甚危，須急請僧道保禳方好。

（末）哥哥一病慚尫羸，（生）知遠慌忙請太醫。

---

[一] 測：原作「側」，據汲古閣刊本《繡刻白兔記定本》改。

（旦）歡喜未來愁又到，（合）只争來早與來遲。

## 獵回詢父

【卜算子】（生扮劉智遠上）盼望旌旗，每日耳聞消息，聞得孩兒回至。（小生扮咬臍上）柳陰枝下一佳人，夫婿孩兒同姓名。好似和針吞却綫，刺人腸肚繫人心。爹爹，孩兒拜揖。（生）孩兒回來了，打得多少飛禽走獸？（小生）聽孩兒告禀。

【普天樂】（小生）望蘆葭，淺草中提鞭策馬。偶有個白兔在面前過，趕向前村柳陰坡下。見一個婦女身落薄，跣足蓬頭吃折挫。他説被兄嫂日夜沉埋，他行行淚灑。口口聲聲，口口聲聲，只怨着劉大。

（生）我兒，説話不明，如昏鏡不磨。你只管説甚麽劉大劉大？我問你，打了多少飛禽走獸？（小生）告爹爹知道，孩兒前往郊外打圍，草中趕起一個白兔。孩兒一箭正中，那兔連箭便走。孩兒加鞭拍馬，直趕到徐州沛縣，地名沙陀村，八角琉璃井邊，有一個婦人，跣足蓬頭。問起根由，却被哥嫂磨滅，在井邊汲水。我問他可有丈夫，他的丈夫名字與爹爹相同；問他可有孩兒，孩兒的名字與孩兒相同。我問他丈夫那裏去了，他説往邠州按撫投軍去了。我就對他説，俺爹爹邠州按撫，我回去禀過爹爹，軍中貼出告示捱問。你丈夫歸來，夫妻重會。那婦人拜孩兒兩拜，孩兒跌倒兩次，不知爲何？（生）孩兒，你不要受他兩拜便好。（小生）爹爹好差矣。孩兒是邠州按撫之子，受那村僻婦人兩拜不起？（生）我兒，做爹爹的幾次要對你説，因你不知世事。你道爹爹官從何處來？渴飲刀頭血，困來馬上眠。受盡苦中苦，方爲人上人。

【歌兒】（生）我在沙陀村受狼狽，也是極没奈何。爲父的日間在馬鳴王廟中棲身，感李太公領歸我，他把嫡親女招我爲夫婦，兩老雙雙都亡過。被大舅争强，把我鸞凰都躭誤。兒，既來問我，華堂享富貴的是你繼母，那村僻婦人是你親母。剖剖心腸，磨房中生下你兒一個。

（小生）華堂享富貴的？（生）是繼母。（小生）井邊打水的？（生）就是你親娘。（小生哭科）兒對嚴尊把事題，誰知母子各東西。舅舅不念同胞養，一子初生叫咬臍。繼母堂前多快樂，却教親母受孤恓。爹爹，忘恩負義非君子，不念糟糠李氏妻。今日還我親娘來見面，萬事全休不用題。(一)若還親娘不見面，孩兒便死待何如？（小生哭倒科）（生）夫人快來！（小旦）隔牆須有耳，窗外豈無人？我兒，娘在此。（小生）你不是我親娘。（小旦）畜生，嘴邊乳腥未退，胎髮未除，雖無十月懷胎，也是三年乳哺，那見得不是你親娘？（生）夫人請息怒，聽下官分剖。祖居沙陀村裏，流落在馬鳴王廟中。李太公收留我回家，他把嫡親女兒招我爲婿。兩老皆亡過後，被大舅争强，逼勒鸞凰兩下，只得投奔從軍。感蒙你父不棄微賤，招我爲女婿。因孩兒打獵井邊，認了親娘。畜生，休得要尋死覓活，休得要號天哭地。

---

(一) 休：原作『體』，據汲古閣刊本《繡刻白兔記定本》改。

若不是夫人擡舉，怎年得一十六歲？還不過來拜了母親。（小旦）畜生，若不看相公分上，着實打你一頓。（小生跪科）望母親饒恕孩兒之罪。

【江兒水】（小生）那日因遊獵，見村中一婦人，滿懷心事從頭訴。裙布釵荆添凄楚，蓬頭跣足身落薄，却原來親娘生母。爹爹，你負義辜恩，全不念糟糠之婦。

（小旦）相公，你既有前妻姐姐在家，何不差人將我彩鳳金冠接取到來，同享榮華富貴？我願居其次。

（生）深謝賢哉夫人美意！我兒不要啼哭，明日與史弘肇叔叔説，點起三千壯士，把李家莊圍住了，拿了李洪一夫妻兩口，綁將出來，刀刀割肉，劍劍抽筋。

彩鳳金冠去取妻，此情莫與外人知。

黄河尚有澄清日，豈可人無得運時？

# 徽池雅調

《徽池雅調》（全名《新鋟天下時尚南北徽池雅調》）卷一收録《白兔記》之《汲水遇兔》、《夫妻磨房相會》（目録中作《磨房相會》）兩齣，卷二收録《小將軍打獵遇母》（目録中作《打獵遇母》），輯録如下。

## 汲水遇兔

【朝元歌】（旦）懨懨瘦損千愁萬恨，訴與老天知。重疊疊鎖在眉尖上，悶堆積在我心中。哥嫂逼奴家改嫁重婚偶，奴不從，將奴家上剪青絲下脱繡鞋。日汲水晚挨磨，打做丫頭。叫一聲哥嫂呵！哥，嫂乃是外來之人，奴也難怪他來！哥，我和你本是同胞兄妹，又非是各父共娘，爲甚的與妹子結下苦冤仇？叫一聲爹娘呵！爹娘，當初生下女孩兒之時，把孩兒當做掌上之珠。自從兩個老人家亡過之後，女孩受不盡萬般苦楚，但願你生爲人，亡過爲神，望你魂靈兒相保佑，忽然間暗中思忖。奴家思忖甚的而來？那日在磨房之中，生下咬臍郎之時，哥嫂就有毒害之心。多蒙竇老抱兒同往邠州，未知此去安身何所？慮只慮送兒竇老。兒，你若到邠州父子相會，快樂攸攸。怎知娘在家日間汲水，夜挨磨，跣足蓬頭？叫一聲老天呵！天，既要下雪，何須起風？既要起風，何須下雪？猛然間一陣朔風起，吹得奴家寒冷颼颼。猛擡頭，又只見孤雁飛過野南樓。千休萬休不如罷休休，休休。待汲水，白兔兒撞入在桶梢頭。

## 夫妻磨房重會

【淘金令】（旦）思量命蹇，遭逢兄嫂害。不幸爹娘早亡，遭着狠心哥嫂。逼奴改嫁，奴家不從。設下三條道路，投河自縊也可，嫁人也可。若是不然，剪下青絲髮，脱下繡羅鞋。因此上設下了重沉沉的磨兒，李三娘拚着一片鐵石心腸。只得慢慢挨，挨磨等夫來。這磨房之中物件，好比幾個人來。這磨篩好似狠心的哥嫂，這麥子好似奴家與劉郎一般，又被磨兒磨將下來，又被篩子打分爲兩處呵！似這等，夫不能見面，面不能見夫。重疊疊，碎紛紛，被他們打下篩。日前八角井邊，偶遇着一位小將軍。他方便替奴把書帶，又許我查夫問子來。若得夫妻相會，母子團圓。那時節水不汲來，磨不挨。狠心腸哥嫂呵！斷然不受災，豈受兄嫂害。

（生）皂蓋紛紛點翠苔，猶如仙子下瑶階。門前桃李依然在，盡是劉高親手栽。我劉智遠一自瓜園别後，李洪信不思兄妹之情，把三娘剪髮除衣，日間汲水，夜來挨磨。日前孩兒與三娘相會，帶書一封與我，方知三娘在家受苦。今晚回來，本待頂冠束帶相見，奈婦人家見識淺，有話他也不説了。我如今假扮作未遇家來，這便是磨房，怎么裏面無人？想是李洪信知我回來，接了妹子回家，也未可知。他既回頭，我便罷休。且到開元寺中住了，又作道理。（旦）苦！（生）裏面分明是三娘叫苦，且站在一傍，聽他裏面説些甚麽話？（旦）苦！怎的天還不明，鷄還不唱？

【宜春令】恨金鷄不打更。呀！此非州城縣廓之所，如何有更鼓響？奴家忖到了，想是來往官員在開元寺中屯劄，故此有更鼓之聲。聽樵樓畫鼓頻頻，天邊皓月照人明。月，你高照當空，照着人間。夫唱婦隨，同歡同樂，也有好處。照着我李氏，這般苦命怎的？怎的不去照華堂？明皎皎，羞答答，偏照奴身李三娘，倚定磨房門。（生行介）（旦）呀！這般時候，外面還有人行走。我想那人今晚必無栖身之所，他的命兒與我李三娘差不多兒。又只見窗兒外路兒上，分明有個人行，劉郎一去不回程。我爹爹當初在馬明王廟裏賽愿，看他威貌堂堂，把奴招贅于你，指望日後有個好處，榮耀奴家，誰知道一去不回程。悔當初到不如恩斷情，情斷恩，恩情兩下分乾浄。

（生）三娘，開門。（旦）哥嫂，我在這裏挨磨。（生）不是你哥嫂，是我劉郎回來。（旦）就是劉郎，我也在此挨磨。（生）三娘，果是劉郎回來，不消疑猜，快快開門。（旦）既是劉郎，當日在那裏分别？你試説來。

【江頭金桂】（生）抛離數載，景致依然在。門前桃李槐，盡是劉高親手栽。只見門樓倒壞，糞積成堆，想是無人佈擺。自從瓜園別後，懊恨大舅，無端把我錦繡鴛鴦拆散開。日前見你有書來，書上寫有幾般辛苦幾般災，還有幾多恩和愛。（旦）既曉得幾般受苦幾般災，因甚的一去不回來？可見男子漢心忒歹。（生）非是我心腸忒歹，都只爲官司有差，久繫身軀不得來。你把憂愁放下懷，迎風户半開。這段冤仇，必須殺害。

三娘，快快開門。（旦）鑰匙哥嫂拿去了。（生）水飯怎麼送來吃？（旦）若是記得，拿一碗來。（生）倘忘懷了？（旦）你妻子就餓一餐。（生）三娘，不須煩惱。我且到開元寺中安宿一宵，來日相見。（旦）敢怕不是劉郎！若是劉郎，往日英雄那裏去了？（生）三娘，你可有躲身之處否？你且閃開，待我打下來。（旦）我且問你，有官就打下門來，没有官不要打。（生）三娘閃開，一聲怨氣沖牛斗，那怕千重鐵磨門。（生打門相見介）

【桂枝香】（生、旦）多年離别常掛懷念，多因兩下無緣。默默終朝長嘆，奈緣慳分淺，鴛鴦拆散重相會面。對蒼天夫婦重相見，花再重開月再圓。

（生）一别三娘十六秋，容顔相見不如初。（旦）幾回要把衷腸訴，及至相逢半句無。恭喜劉郎做官回來。（生）不要説起，早去一日也好，遲去一日也好，落在後槽投得一名馬頭軍。（旦）馬頭軍有幾品？（生）論不得品數。（旦）這等大得緊。（生）在你家看馬一樣。（旦）在我家看馬，去到邠州也是看馬，難道你爹娘埋在馬頭山上？（生）三娘，我在邠州聞見你挨磨。今晚回來，你還在此挨磨，你家父母埋在磨盤山上？（旦）我挨磨是爲你。（生）我看馬也是爲你。（旦）不要來惱我。（生）不要來氣我！三娘不消煩惱，我再去一年，偷也偷一個官來見你。（旦）冤家再去三年，官是準有，只是妻子等不得了。一別瓜園十六年，杳然不見音信傳。哥嫂在家常打罵，全無半句怨夫言。我爲你幾個天光没飯喫，幾度寒冬没衣穿。百般苦楚奴受盡，如何還説去求名？

【皂羅袍】實指望一身榮貴，指望你衣錦榮歸。誰知道你依舊身襤褸，枉教奴挨磨并汲水。你是大路來，小路來？（生）大路來怎麽樣？小路來怎麽樣？我怕那個不成？（旦）世間那有怕人的道理？你頂冠束帶回來，與妻子争光，是那般模樣回來。衣冠不整，你轉回故里。有何顔面再見親戚？全然不怕人羞恥。（生）休把我一身輕棄，又待要改换門閭。（旦）把你一身改换一改换。（生）三娘，我如今把磨折了。左邊做一個花園，右邊做個御樓，中間起一個都憲坊，夫妻將就過日子也罷。（旦）快醒來，不要説夢話。磨房不要拆，馬房整起來。你在那邊看馬，我在這邊挨磨。傍人看見，一對好現世夫妻。（生）誰知我收伏蠻夷皆投順，吾奉聖旨還鄉閭。（旦）奉聖旨有官了？（生）是本官的，我替他奉。（旦）你可有分？（生）我那裏有分？（旦）没分，講他怎的？（生）你問他怎的？巧妝打扮特來探取，私行到此何人漏洩？三娘，也罷！一個朋友送我一件寶貝，與你看一看。（旦）是個現世寶。（生）我黄。（旦）快不要慌，敢是你偷鷄事發了。（生）我有黄金玉帶藏腰繫。

（旦）恭喜你一身榮貴一身發積，全然不把半行書寄。暗思昔日養孩兒，受盡了哥嫂多圈套。夫妻日夜用謀機，孩兒撇在魚池内。（生）可不淹死了罷了。（旦）救得了。（生）救得一個兒子，險些閉殺了一個老子。（旦）感得竇老提攜殷勤救取，千山萬水送來與你。（生）我未曾見他。（旦）未審嬌兒今何處？（生）日前見你血書一紙，方知受苦禁持。本要差人來接取，忽然命我征蠻去。功勞未遂音信罕稀，一十六載孩兒長成，日前井邊與你重相逢。（旦）那日一陣人馬，不知是馬上的，馬下的？（生）劉智遠兒子豈在馬下！那帶紫金冠的便是。（旦）好乖巧。他昂昂志氣，堂堂貌美，虧了他百萬軍中與奴帶信回。（生）孩兒不見家書猶自可，見了時悶似湘江水，涓涓不斷流，空交淚濕衣衫袖。孩兒的話説完了，父親的話還不曾提起來。上告三娘聽啓，有樁事説與伊知。提鈴喝號受孤恓，因失紅袍。（旦）失了，尋一尋就是。（生）紅袍内有許多故事，我與你説，不要煩惱。（旦）你又做官，孩兒又長成，天樣大海樣深的事，也不煩惱。（生）因失紅袍再娶了岳氏妻。（旦）恭喜！賀喜！與孩兒娶了妻。（生）三娘，不要污口。不是孩兒，是你家兒子的老子。（旦）也恭喜。（生）三娘賢慧。（旦）甚麽賢慧？（生）狗還不曾去。（旦）説不得，今日咬也咬他一口。你是個男子漢負心的，我若容你，只怕天不容你。（生）做狗，做狗，把我咬了這一口。岳氏夫人多賢慧。（旦）甚麽賢慧？（生）虧了他堅心着意，與你養孩兒。（旦）我的現成兒子，要他養怎的？（生）當初有了幾歲送來？（旦）有三朝帶血的娃子。（生）可知道他若是不賢慧，將兒子磨滅死了，今晚那有個丈夫回來？十個也不回來了，你去想一想。（旦）這等説起來，到也賢慧。也罷！看兒子分上，饒你罷。（生）好了，人家兒子替父親講得分上。（旦）只怕你貪戀多嬌女。（生）怎敢忘了舊日絲蘿李氏妻？殘花再發，缺月再輝，枯枝又遇春風際。

## 小將軍打獵遇母

【駐雲飛】（旦）哥嫂無情，剥去衣衫逼嫁人。苦！若留得我爹娘在，莫説是汲水，就是出門也不能勾了。自嘆奴薄命，雙親俱不幸。嗏！自從瓜園兩離分，好傷情。奴家受此這般苦楚，本待要尋個自盡。欲待丈夫回來訴説冤情，咬臍回來見他一面。(一) 今冬不回，想是相會無緣了。兒，受苦冤情雖索罷休，前生燒了斷頭香，今世遭逢薄倖郎。（又）本是繡閣香閨女，到如今跣足蓬頭成不得人。

【出隊子】（小生）白兔皺眉不知音耗，前面有個人料得分曉。急急拿來，死生難保。（衆）（丑）一箭射在這婦人水桶裏，待我拔出來。古怪！這枝箭起先没有字，如今有兩行字，禀上將軍。（小讀）箭似雕翎箭，兔是月中王。咬臍來打獵，井邊遇親。（衆）娘？（小生）没有個娘字。（衆）添個娘字

(一) 咬：原作『胶』，據文義改。

好押韻。（小生）教他還了我白兔兒。（衆）我一個白兔緊趕緊走，慢趕慢走，趕在你這裏就不見了，好好放出來。（旦）列位掌官，煩言拜上，你小將軍念奴是受苦之人，得問就得問，不得問休問我苦情懷。（丑）苦情懷！　好好放出白兔來，吃了肉還了皮，吃了皮還了四個蹄，難道連皮毛都吃了？（旦）此乃是大路傍，又非是小路邊。來的來，往的往，風緊雪大身上衣單。汲水只顧汲水，那曾見白兔兒走將過來，休憂慮免疑猜。

（小生）叫這婦人近前來，有甚麽冤枉替他伸冤。（丑復白）（旦）聞知小將軍邠州來的，我丈夫也在邠州，不免放下水桶，問個信息回去。（見介）

【賺】（小生）舉目相觀看，此婦人不是人家奴婢顔。雪風飄零，爲甚冒雪衝寒汲井泉？濕衣單，跣足蓬頭真可憐。這其間，令人疑惑還驚嘆。婦人，你是誰家婦，那家眷？有甚麽冤枉？且在郵亭上來講，試説其冤。（又）

【風入松】（旦）恭承明問自羞慚，這苦情啓齒難言。薄情夫婿相抛閃，致此身受苦千端。只因骨肉家門難，將軍垂聽訴奴冤。幼蒙父母最矜憐，雀屏開爲選良緣。(一)（衆）你丈夫叫做甚麽名字？（旦）虧心短倖劉智遠。（衆驚）（小生）夫乃婦之天，怎麽言夫之過？（旦）非是小婦人言夫

---

(一)　緣：原闕，據汲古閣刊本《繡刻白兔記定本》補。

之過，只因他去邠州一十六載，棄家而不返，抛妻而不顧。這的不是虧心短倖，短倖的那劉智遠。不久間親喪黄泉，歌嫂釀起蕭牆變。一朝身奮離家園，邠州妄意去求官。致令得手足傷殘，忍心害理相逼遣。逼奴改嫁不從呵！脱繡鞋剪下雲鬟。日間汲水愁無限，到晚來捱磨不容眠。（小生）可有兒子否？（旦）嬰兒産下磨房間。又恐哥嫂毒害，送邠州遠去天邊。（小生）如今幾多年紀？（旦）一十六載時光换，杳没一封音信回還。（小生）你兒子叫做甚麽名字？（旦）説起兒子名字好苦，當初磨房之中産下孩兒没有剪刀，只得將口咬下臍來，就此爲名。咬臍名字終身怨。（小生）比如你兒子在此，你可認得？（旦）那時三朝血塊送往邠州，一十六載杳無音信。雖在眼前，那裏認得？將軍呵！這場寃苦訴來難。

【前腔】（小生）聽伊説罷痛傷懷，正是：歡處不知愁處苦，不由人珠淚盈腮。只道你，丈夫兒子今何在？説起來，都在邠州軍寨。問那婦人可曉字麽？（旦）奴家略曉一二。（小生）既曉字何不修下一封書來，我與你帶到中軍帳，查問姓劉回。那時節夫妻相會，子母團圓。管教你水不汲來磨不捱。婦人呵！免得終日受苦哀哉，勸你休憂慮免傷懷。

（旦）如此感謝不盡。（小生）叫左右取我隨行紙筆與他。

【香羅帶】（旦）松君帶雪研，寒侵指尖。霜毫未染呵凍管，花箋謾疊寒喧也。當日輕離别有何難，今朝長望淚空彈。似這等阻隔關山也，屈指曾經十六年。

【前腔】從郎去未還。我在家中呵！千難萬難，人間苦楚都歷遍，劉郎，你不回來呵！斷絶今生夫婦緣。

（詩）鴻雁不傳君不至，井邊流淚待君看。别時容易見時難，望斷關河煙水寒。十六年來人面改，八千里外客心安。伯仁爲我空憐死，齊女含冤枉拜官。

【前腔】（旦）裁成詩半篇，愁煩更添。頓然疑慮偷望眼，我看這小將軍呵！他聲音笑貌與容顔，也好似劉郎態一般。適間説，他父亦名劉智遠，他又與我兒同年。父同名姓兒共年，似這等年貌無差也，暗地令人心自歡。

（衆軍禀介）將軍，這婦人是假情，在背地裏發笑。（小）婦人，你爲何背地裏發笑？

【尾聲】（旦）喜逢今日鱗鴻便，仗寄艱危書半緘，母子夫妻擬再圓。（衆上、小）西地錦豺獺，皆知報本閑。看草木聯榮物類尚然，如此爲人怎不思親？

自家因乳母之言，游獵探親消息。偶于義井見一婦人，姓名籍頭皆同，但不敢相認。人家有這般哥嫂，不仁不義，下得狼毒心腸，把他汲水挨磨。衆軍率先回，留下三五人，跟我步行回府。（净）領鈞旨，下。

【點絳唇】（小）汗濕衣襟，衆軍士，你與我輕摇紈扇。（衆）禀小將軍，天時炎熱，可往涼亭避暑一會。（小）避炎蒸直奔涼亭，瞬息只見楊柳青青夾道陰，緩緩行使我心下好添愁悶人。

看這婦人，撞遇這般狼毒哥嫂，真個可憐！

【混江龍】論人生稟陰陽之氣，天地之靈，受胞胎方得成人。既爲官須要五倫全、三綱正。上有君來下有親，君親臣子職，須當兩盡。爲人似那婦人，夫妻子母兩參商，可不與外人評論。爲人似我爹爹，夫妻子母兩週全，可不得外人欽敬。那婦人説他夫來，與我爹同名姓。説起兒來，到與我共年。他既不是我娘來，緣何與我一家同名姓？若是我娘來，我邠州堂上有萱親。好教我展轉傷情。想那婦人拜我一禮呵！我本是個降龍降虎小郎君，到當不得那裙釵拜。那婦人呵！邊言邊語邊淚零，可憐他命在逡巡。那婦人來拜你一拜，爲何慌恐？我享了榮華，忘了他苦楚，叫你稟我得知，你我若是遲延，卻不道兩相躭誤了。我飛身躍馬轉家庭，將此事稟告我爹尊。查問可有姓劉人，教他早早還鄉井。若不是娘親，當與妾婦伸冤憾，效取趙氏孤兒殺佞臣。

# 時調青崑

《時調青崑》（全名《新選南北樂府時調青崑》）收録《白兔記》之《三娘汲水》《磨房相會》兩齣，輯録如下。

## 三娘汲水

【駐雲飛】（旦）哥嫂無情，剥去衣衫，逼奴改嫁人。若是留得我爹娘在日，謾道來此汲水，就是在此間行走，也不能得勾。自恨奴薄命。唔！爹娘你就雙不幸，提起好傷情。奴家不幸，爹娘早亡，遭遇狠心腸的哥嫂，逼奴改嫁他人。怎知李氏三娘心如鐵石，節操松筠。他就設下計來，逼奴家日汲清泉，晚來挨磨，幾番受苦不過，欲待尋一個自盡。只落得自思自想，等待丈夫回來，訴説苦情。咬臍家來相見一面。唔！夫兒，你今冬若回，相會有期。今冬不回，見面無日。奴把受苦寃情則索罷休，想前生燒了斷頭香，今世遭逢薄倖郎。瓜園兩離分好傷情，可憐見夫不念結髮情，子不念養育恩。自你別後存亡未審，唔！夫兒，怎知道你娘親吃盡了多勞頓。唔！兒，兒，你娘親自幼在香閨繡閣，只曉得拈針抽綉，那曉得汲水挨磨的苦情了？兒，你娘親昔爲繡閣閨中女，到如今，跣足蓬頭成不得人。（又）

## 磨房相會

【淘金令】（旦）思量命蹇，遭逢哥嫂害。不幸爹娘早喪，遇着狠心哥嫂。逼奴改嫁，奴家不從。設下三條計來，投河自縊也可，嫁人也可。若是不然，剪下青絲髮，脱下繡羅鞋。因此上設下一付重沉沉的磨兒，李三娘拚着一片鐵石心腸。只得慢慢挨，挨磨等夫來。這磨房之中物件好比幾個人來，這個篩子好似狠心的哥嫂，這麥子好似是奴家與劉郎一般，被磨兒磨將下來，又被篩子打分爲兩處。似這等，麩不能見麵，麵不能見麩。重疊疊，碎紛紛，被他們打下篩。日前在八角琉璃井邊，偶遇着一位小將軍。那將軍年紀雖小，到有一點陰德之心。他方便替奴把書帶，又許我查夫問子來。水我汲得，你有了。磨我挨得，你勾了。有一日夫妻相會，子母團圓。那時節水不汲來，磨不挨。狠心腸的，哥嫂斷然不受災，豈受哥嫂害。

（生）皂蓋紛紛點翠苔，猶如仙子下瑶階。門前桃李依然在，盡是劉高親手栽。我劉智遠自從瓜園别後，李洪信不思兄妹之情，把三娘剪髮除衣，日間汲水，夜來挨磨。日前孩兒與三娘相會，帶書一封與我，方知三娘在家受苦。今晚回來本待頂冠束帶相見，奈婦人家見識淺，有話他也不説了。我今假扮未遇，回來探問一個消息。這便是磨房，怎麽裏面無人？想是李洪信知我回來，接了妹子回家，也未可知。他既回頭，我便罷休。且到開元寺中住下，又作道理。（旦）苦！（生）裏面分明是三娘叫苦，且站在一傍，聽他裏面説些甚話？（旦）苦！怎的天還不明，鷄還不叫？

【宜春令】恨金鷄不打更。呀！此非州城縣廓之所，爲何有更鼓響？奴家忖到了，想是來往官員在開元寺中屯扎，故有更鼓響。聽樵樓畫鼓頻頻，天邊皓月照人明。月，你照着人間，夫唱婦隨，也有好處，照着我李氏這般苦命怎的？怎的不去照華堂？明皎皎，羞答答，偏照奴身李三娘，倚定在磨房門。呀！這等時候，外面還有人行走。我想這人的命，與我李氏三娘争差不多。又只見窗兒外路兒上，分明有個人行。恨只恨劉郎一去不回程。我爹爹當初在馬明王廟中賽愿，見你一貌堂堂，把奴招贅于你，指望日後有個好處，榮耀奴家。誰知道他一去不回程。早知今日，悔不當初。到不如與他恩斷情，情斷恩，恩情兩下分乾浄。

（生）三娘開門。（旦）哥嫂，我在這裏挨磨。（生）不是你哥嫂，是我劉智遠回來。（旦）就是劉郎，我也在此挨磨。（生）三娘，果是我劉高回來。不消猜疑，快快開門。（旦）既是我劉郎，當日在那裏分别？你試説來。

【江頭金桂】（生）抛離數載，景致依然在。門前桃李槐，盡是劉高親手栽。只見門樓倒壞，糞草成堆。敢則是李洪信他好酒貪杯，想是無人佈擺。（旦）眼前事情不要講他，你只説在那裏分別？（生）自從分別在瓜園，天賜留題，神書寶劍。恨只恨大舅，無端把你我錦繡鴛鴦拆散開。日前見你有書來，書上寫有幾般受苦幾般災，還有許多恩和愛。（旦）既曉得幾般受苦幾般災，緣何一去不回來？可見男子漢心腸忒歹。（生）非是我心腸忒歹，都只爲官司有差，久繫身軀不得來。因此上連夜回來，幸喜三娘還在。你且把憂愁放下懷，迎風户半開。歡歡喜喜啓門相待，這一段冤仇必須殺害。

# 樂府萬象新

《樂府萬象新》(全名《梨園會選古今傳奇滚調新詞樂府萬象新》)前集卷四收録《白兔記》(劇名原題作《咬臍記》)之《智遠畫堂掃地》、《三娘磨房生子》、《夫妻磨房重會》(目録中作《夫婦磨房重會》)三齣;後集卷三收録《智遠夫妻玩賞》一齣,佚。輯録如下。

## 智遠畫堂掃地

【謁金門】(生)時乖運蹇,遠離家鄉被人輕賤。蒙東命我掃廳前,只得聽他指點。

身傍人間愧不才,衣衫襤褸自傷懷。堂前掃地人輕賤,盡是輸錢換得來。劉智遠前日在馬明王廟中把錢賭盡,素手無聊,感蒙李太公收我回家。昨日馬房中看馬,今日畫堂前掃地,都是下賤之事,奴隸所爲。我雖身軀七尺，浩氣三千，(一)落在塵埃之中，難免貧賤之辱。只得姑待數日，另作區處，以圖長久之計。正是：蛟龍豈是池中物，會見風雲上九霄。來此便是畫堂，好幽雅。

【江頭金桂】俺只見畫堂空砌，庭閑人到稀。爲甚的塵埃堆積？想是燕墮啣泥，污却堦前地。欲待要下帚輕揮，又恐怕紅塵飛起。因此上先將水灑，又免得沙漠風吹，却將人青眼濛蔽。更不許塵埋几席，又霎時間潔浄庭除，光生四壁。細思知，洞開門户如吾意，自在人間清晝遲。

【前腔】(旦)往常見香塵滿地，風吹起惹衣。今日裏人來浄掃，又不見半點塵飛，襯金蓮無踐跡。霎時間夏屋光輝，輕塵如洗。細看那人執帚人品高奇，想他不是下流之輩。爲甚的身無所倚？只因好賭傾家，博换得此身狼狽。細思知，他是個大鵬未展垂天翅，九萬雲程終有期。

【前腔】(生)自念太公意美，相逢携我歸。誰想他不垂青眼，把我輕賤如泥，畫堂前來掃地。自恨我未濟明時，(二)權爲奴隸。想當初韓侯未遇，又曾受胯下之淩欺。那時節顯威風誰可

(一) 三：原作『二』，據《新刻出像音註增補劉智遠白兔記》改。
(二) 未：原作『來』，據《新刻出像音註增補劉智遠白兔記》改。

比？我自許心懷壯氣，異日裏若得施爲，不讓三齊獨貴。細思之，又身當驅虜平胡日，掃地堂前又是誰？（又）

【前腔】（旦）暗地裏偷睛牢覷，只見他神清貌又奇。更羨他龍行虎步，天日高姿，气昂昂誰可比。枉自有表表威儀，因何志餒？雖則是輸錢失志，憤發當爲。免得似今朝喪氣，辜負他身爲男子。（又）似這等七尺之軀，却怎生置身無地。細思知，晏嬰也是尋常輩，愧殺當初擁蓋隨。

（丑）小姐，你往常間再不説起半句男子，今日只管説他怎的？（旦）梅香，你看此人精神秀麗，志氣軒昂。頭角未成，先識塵埃之宰相；功名到手，定爲天下之奇才。暫雖落於貧窮，終不流於下賤。

【皂羅袍】（旦）想他不是塵埃俗子，論當時肉眼誰知。猶如白璧掩光輝，誰人肯抱荆山泣。驊騮欲騁，(一)荆棘滿堤；蛟龍欲變，風雲有期。終須有到天衢日。

【前腔】（旦）想他未諧伉儷。（丑）小姐，你既然這般念他，何不對着老安人説，招他做個門婿，却不好也。（旦）賤人，這豈是女孩兒説的話。這衷情緘口休提。除非冰下有人知，傳令父母心歡喜。高堂有意，事猶可期。休輕出語，令人致疑。孟光終有梁鴻配。

(一)　騁：原作『聘』，據《大明天下春》改。

【滴溜子】（旦）今日裏，（又）枳棘鳳飛。何時遇，（又）梧桐鳳飛。誤植了公門桃李，似明珠謾暗迷。蛟龍淺水，氣吐虹霓，山藏劍輝。

【鮑老催】緑窗麗日，（又）曉來玉鏡臺邊立，藍田未種雙雙璧。怕扳不得丹鳳尾、錦鴛翼。尾生不抱橋邊水，文君自解琴中意，安得月下人傳示。

【餘文】鵲橋未駕銀河裏，空教織女罷仙機，盼望殺牛郎無會期。

## 三娘磨房生子

【霜天曉角】（丑）牢籠圈套，設盡多奇妙。汲水又還挨磨，這苦楚經多少。

三姑小賤人被我剪下頭髮，打爲奴婢，日間汲水，夜來挨磨。如今天色已晚，不免整頓磨盤，教他出來挨磨。正是：兩片團團石，一條鐵石心。行來無數步，日夜苦磨人。三姑快來。

【前腔】（旦）躭煩受惱，苦向誰人告？恨殺無情兄嫂，這磨難何時了？

煮豆燃豆萁，豆在釜中泣。本是同根生，相煎何太急。（旦見介）嫂嫂，叫奴家作甚？（丑）三姑，你哥哥叫我監你挨磨。一不許怨哥嫂，二不許躲懶，三不許提起劉智遠。犯了一條罪，打上一下。（旦）不消如此，待我去挨。

【香羅帶】愁腸千萬束。嫂，似這般磨重難挨，教奴家怎移步？恨只恨無情哥嫂心狠毒。（丑）

我哥嫂怎麼狠毒？（旦）打開奴鳳友鸞交，逼奴改嫁夫。奴豈肯傷風敗俗？嫂，你是個蛇蝎心腸。哥，不念同胞手足。（丑）你只管埋怨我哥嫂，我就怕打你？（旦怒介）你好沒來由，

【前腔】我是個堂上姑，你是個厨下嫂。自古道，大還大，小還小。奴是李員外親生女孩，怎受得無情苦楚？（丑）三姑，你打我，你明日生兒子，也要我來看顧着你。（旦）是我差矣。倘後日生下兒子，他夫婦要謀害我何难？教我空受苦楚，不免陪個不是。（跪介）嫂嫂，是奴家見差，不要怪我。（丑）三姑娘請起來。不管我事，都是你哥哥叫我打你。我今不打你，你慢慢挨，我且去睡了。（旦）這茅簷破壁教奴甘自守，只見門外重疊疊雲山，又遮不住愁來路。

路險難迴避，愁來只自當。形容盡枯槁，誰念斷柔腸。

【五更轉】（旦）只得强挨數步，（又）奈力倦怎馳走？憶昔爹娘嬌養，奴那曾出門户。今日到做個汲水捱磨下賤奴。可憐見形貌朽，香肌憔悴纖腰瘦。天！奴家受這等苦楚，不如懸梁自盡罷了。欲待要尋個無常路途，（又）争奈我有十個月懷胎。我死後又恐怕劉郎絶後。休休，憔悴了秋月春花，等閒也麼虛度。

虛度這光陰，情懷没半星。天涯干禄客，卿絶雁鴻音。

【下山虎】劉郎去後，倏忽暮秋。料應張策後，飛黄馳驟。奴爲你受勞碌、受凌辱，怎當他心上愁來眉上憂。只怕他是個棄舊奸雄也，莫將奴辜負，朱門貪戀人豪富。此恨怎消，枉教奴

對着一盞殘燈伴影孤。

【前腔】別離數月，如隔三秋。舉目雲山遠，望斷歸舟。你莫將奴辜負，反嘆恩情如朝露。他是個奇男子、烈丈夫，怎做得區區薄倖徒。苦，蛩將鳴户牖，唧唧啾啾。自思李氏三娘作怨囚。恨悠悠，淚雨盈眸。[一] 風喧鐵馬，聲鬧門户，誰念我獨守空房生意憂。還有這些麥子，索性閙閏磨了罷。

【駐雲飛】磨重難捱，夜静無人訴怨懷。苦把時光捱，熬得形骸在。㗛！郎去在天涯，自疑猜。边塞塵埃，遠憶愁如海。不向東風怨未開。（做腹痛介）

【前腔】驀地疼來，屈指将彌十月胎。多想懷分解，自把身寧耐。㗛！争奈瘦形骸，料難捱。痛觸心懷，生死須臾待，體魄相離眼倦開。（倒介）

（末抱兒上）九重天上抱金童，五色祥雲駕六龍。天上紫微傳九五，祥光高照玉霄宫。吾乃九天降生神是也。因爲沙陀劉智遠日後清平海宇，當即大位，李三娘正位宫中，今十月懷胎已滿，欽奉玉帝敕旨，降下紫微星托生爲子，差吾神抱送。李三娘，聽我分付你：此子異日大貴，不在多言，急急令人送到邠州，休得遲慢。（丢子介）大抵乾坤剛一照，免教人在暗中行。（旦醒介）

---

（一）雨：原作『两』，據《新刻出像音註增補劉智遠白兔記》改。

【前腔】體困難擡，知道先生一小孩。免身災害，未斷臍兒帶。磨房中那討剪刀，怎生好？不免將口咬下臍帶。嗏！血濺口難開，痛傷懷。（咬介）咬下臍來，齒上腥痕在，啼哭兒聲苦自哀。

（抱兒看介）

【前腔】一夢奇哉，彼時昏悶在地，如有神人送此孩。生下兒堪怪，生得令人愛。天，我受這苦楚，今得此子，使奴不勝之喜。嗏！不覺笑顔開，自心裁。體貌形骸，酷似劉郎態。正是虎父還生虎子來。

神人説此子後有大貴，教我令人送到邠州。量我一身尚難存濟，怎生得人送去？待明日與叔父商議，又作區處。

神人傳報語，天降紫微星。
異日非常貴，方纔稱母情。

## 夫妻磨房重會

【掛真兒】（旦）離恨窮愁何日了？空望斷水遠山遥。雪霽雲歸，天清月照，無奈風寒静悄。

薄倖不來良夜静，凍雪未消殘漏永。清輝照地雪光行，潔白涵空風色冷。(一) 兩輪磨石寒近人，百結鶉衣夜作衾。瑶堦倒漾人蟾影，入我空房照素心。前日井邊汲水，見那小將軍年貌與吾兒相似，又是邠州來的，父親又名劉智遠。世間有此異事，憂疑在懷。今夜磨房孤冷，令人愈生感嘆。正是：雲捲雪初霽，月寒人更孤。

【四朝元】(旦)雲收霧捲，正是：幾陣彤雲飛漢外，一輪皓月照天中。雪晴月正圓。見一天霽色，四壁光寒，坐來人自慘。寂寂磨房人不到，迢迢玉漏轉遲遲。茅簷破壁奴甘守，正值凄涼冷落時。更磨房冷淡，(又)呀！這月被雲遮，爲何這等光輝得好？雪映穹簷，冰涵碧漢。對月無言，因風有感，驀自生愁嘆。嗏！萬里共長天。劉郎夫，奴在天南，你在地北。地北天南，兩情難遣。移步步問嬋娟，征人何日返？止不住愁眉淚眼，(又)夫夫婦婦，有無相見？

【前腔】(生)天高月淡，光涵霽雪寒。正更闌籟静，萬頃茫然，乘舟人興返。呀！原來此磨房關鎖在此，見磨房空掩，不免打叫一聲，三娘開門！(旦)是誰？(生)是我。(旦)人没有名字？夜静更深，講甚麼你我，你莫錯認了。你且聽我説與你知道。(詩)十六年來别藁砧，閲牆無地可容身。甘心忍死形如朽，不比星前月下人。你快去，快去，不要在此遲延。(生)我是前度劉郎。(旦)既是劉郎，日

(一) 潔：原作『挈』，據《新刻出像音註增補劉智遠白兔記》改。下同改。

間怎的不回來，如何黑夜回來？（生）只爲歸來路遠。（旦）就是聲音也不相似。（生）我與你間別多年聲難辨。（旦）你既是劉郎，當時相別有甚事表記？在那裏分袂了？當日遭家難，嗏！你哥嫂將我灌醉，賺到瓜園，要假瓜精之手，害吾性命。幸免喪黄泉。天賜留題，神書寶劍。夫婦在瓜園，別離容易間。到如今時移物換。又憐念夫妻情意長，不思迢遞轉家鄉。宿水食風多寂寞，衝寒冒雪苦難當。風風雨雨，特來相見。

（旦）真個是劉郎回來了。（詩）瓜園分別去投軍，杳然不見雁鴻音。當初只道你是個奇男子，誰想是個名虧行短人。

【前腔】（旦）你名虧行短，中心豈不慚？自瓜園別去，何處留連？不思歸故苑。望衡陽雁斷。骨肉相殘，云鬢被剪。歷盡艱難，敢生嗟怨。此恨何時遣？嗏！你去邠州竟不回，妾身爲你受熬煎。算來你去十六載，妻子含冤二八年。捱過苦多年，熬定形骸，甘爲下賤。似這等夫婿枉徒然，苦甘空自憐。（生）三娘，我一身雖羈絆他鄉，而寸心常念在你。（旦）何勞遠念，（又）生生死死，豈須相念。

【前腔】（生）關河路遠，羈身未得旋。更四方兵革，萬里塵煙，音書難寄轉。（生）三娘，曾見你書云結句上道：鴻雁不傳君不至，井闌流淚待君看。見上林有雁，（又）知在家中，苦遭磨貶。日夜兼程，不辭涉險。（旦）閒話休說，且問我兒子今在何處？（生）今與兒同返。（旦）聽説一聲孩兒回來，使奴不勝之喜。我且問你去十六年之久，功名何如？（生）嗏！拜將掌兵權，威震藩城，職居方面。富貴異當年，榮華歸故苑。一家歡忭。悲悲喜喜，啓門相見。

【天下樂】（旦）別流淚甘苦自傷，妻子在家受苦，陡然見你榮耀回來，好似夢中一般，相逢如夢卻羞郎。（生）楚天吴月遥相望，關塞千重路渺茫。

（旦）間別多年，且喜榮耀。我且問你，那時孩兒送到邠州，是誰替我撫養？（生）多得岳氏撫如親生。

（旦）岳氏是甚麼樣人？（生）實不相瞞，我到邠州投岳節使帳下。因爲破賊有功，蒙將親女招我爲婿，故有岳氏。（旦）我只道你流蕩而忘返，誰知你只粉黛以羈身。今聞此言，令人悲怨。（背云）他如今富貴，使我敢怨而不敢言。

【刮鼓令】聞言不敢嗔，痛傷情淚滿襟。我父存日，將妾身以托於君，以君爲妾終身之望也。豈知今日無恩信，辜負當年結髮姻。那日兩離分，杳然不見通音信。疑作天涯流落人，豈知別後變初心。

【前腔】辜恩不可聞，爲何人受苦辛？兄嫂忍心害理，將我汲水挨磨，互相晝夜。今之言違昔語，君既不信，且看這是爲甚人！你看肩痕尚在愁難盡，磨石無情苦到今，蓬首斷香雲。（生）無情哥嫂，怎下得這般毒手！你明知哥嫂狼心輩，你全不念夫妻結髮恩，忍將舊愛待新人。

【前腔】（旦）新人出宦門，岳氏是宦家之女，怎比我荊布之妻？美嬌娥掌上珍。三千色淡容顔稿，奴與他不過數月夫妻，岳氏與他已經一十六載，十六年來寵愛深，不是磨房人。正是難將衰貌移君寵，甘向黄泉作怨魂，免將新愛舊人分。

（生）三娘，只説你受苦，但不知我丈夫在邊塞苦不可言。

【前腔】從軍向遠征，歷風霜苦怎禁？那日間打草多勞倦，夜間提鈴喝號夢難成。若不是岳帥親生女，怎得皇家寵愛深？（旦）我兒今在那裏？（生）虧你十月懷胎苦，多賴那岳氏三年乳哺恩。三娘呵，你莫把賢婦當仇人。

【前腔】（旦）新婚與舊婚，辯人情識假真。須知貴賤無雙美，只恐妍媸有二心。（生）我非是負義之輩，何以妍媸見誚？（旦）我非論小大禮爲尊。恩情莫論新和舊，名分休因疏間親，一家怡樂值千金。

# 南音三籟

《南音三籟》戲曲卷摘録《白兔記》之《寒況》《遊春》《回獵》三齣的部分曲文，輯録如下。

## 寒況

【絳都春序】彤雲布密，見四野盡是銀妝玉砌。迸玉篩珠，只見柳絮梨花空中舞。長安酒價增高貴，見漁父披簑歸去。（合）鼻中只覺梅花香，要見並無覓處。

【前腔】堪覷，青山頓老，見過往行人迷踪失路。下幕垂簾，酌酒羊羔歌《白苧》。紅爐獸炭人歡聚，怎知道街頭貧苦？（合前）

## 遊春

【梧蓼金羅】【梧葉兒】沽酒誰家好，前村問牧童，遥指杏花中。【水紅花】好新豐，青帘風動。正好提壺挈榼，那更玩無窮，咱兩個醉春風也囉。【柳搖金】雙雙共出，共出莊門。聽取西郊，樂聲風送。（合）【皂羅袍】和你百年歡笑，兩情正濃。百年諧老，兩情正濃。夫妻正好，又恐如春夢。

【前腔】沙暖鴛鴦睡，銜泥燕子融，楊柳拂簾櫳。雨濛濛，雛鶯舌弄。香襯輪蹄歸去，桃杏漸輕紅，人如在錦屏中也囉。雙雙轉過，轉過疏籬。手撚花枝，插在鏤金釵鳳。（合前）

【前腔】莫學襄王夢，巫山十二峰，何幸遇芳叢。向其中，語言陪奉。得伊提掇起，免在污泥中，這恩德感無窮也囉。一心感得，感得公公。把我人前，相敬厮重。（合前）

【前腔】門闌多喜氣，豪富意頗濃，褥映繡芙蓉。兩情同，琴調瑟弄。輳合姻緣會，佳婿近乘龍，人都道喜相逢也囉。伊家感得，感得公公。異日身榮，莫忘恩寵。（合前）

## 回獵

【錦纏樂】【錦纏道】望蘆葭，淺草中分圍跨馬。見一個白兔兒在面前過，趕到前村柳陰之下。【普天樂】見一個婦女身落泊，跣足蓬頭喫折挫。他説被兄嫂日夜沉埋，他行行淚灑，口口聲聲只怨劉大。

# 樂府遏雲編

《樂府遏雲編》（全名《彩雲乘新鐫樂府遏雲編》）收録《白兔記》之《遊園》一齣，輯録如下。

## 遊　園

【金井水紅花】沽酒誰家好，前村問牧童，遥指杏花中。好新豐，青帘風動。正好提壺挈榼，那更玩無窮。咱兩個醉春風也囉。雙雙共出，共出莊門。聽取西郊，樂聲風送。（合）和你百年歡笑，兩情正濃。百年諧老，兩情正濃。夫妻正好，又恐如春夢。

【前腔】沙煖鴛鴦睡，啣泥燕子融，楊柳拂簾櫳。雨濛濛，雛鶯舌弄。香襯輪蹄歸去，桃杏漸輕紅。人如在錦屏中也囉。（合）和你雙雙轉過，轉過疏籬。手撚花枝，插在鏤金釵鳳。（合前）

【前腔】莫學襄王夢，巫山十二峰，何幸遇芳叢。向其中，語言倍奉。得伊提掇起，免在污泥中。這恩德感無窮也囉。一心感得，感得公公。把我前人，相敬厮重。（合前）

【前腔】門欄多喜氣，豪富意頗濃，褥映繡芙蓉。兩情濃，琴調瑟弄。輳合姻緣會，佳婿近乘龍。人都道喜相逢也囉。伊家感得，感得公公。異日身榮，莫忘恩寵。

# 詞林逸響

《詞林逸響》收録《白兔記》之《遊春》《寒況》兩齣的部分曲文，輯録如下。

## 遊　春

【梧蓼金羅】沽酒誰家好，前村問牧童，遥指杏花中。好新豐，青帘風動。正好提壺挈榼，那更玩無窮，咱兩個醉春風也囉。雙雙共出，共出莊門。聽取西郊，樂聲風送。（合）和你百年歡笑，兩情正濃。百年諧老，兩情正濃。夫妻正好，又恐如春夢。

【前腔】沙暖鴛鴦睡，銜泥燕子融，楊柳拂簾櫳。雨濛濛，雛鶯舌弄。香襯輪啼歸去，桃杏漸輕紅，人如在錦屏中也囉。雙雙轉過，轉過疏籬。手捻花枝，插在鏤金釵鳳。（合前）

【前腔】莫學襄王夢，巫山十二峰，何幸遇芳叢。向其中，語言陪奉。得伊提掇起，免在污泥中，這恩德感無窮也囉。一心感得，感得公公。把我人前，相敬厮重。（合前）

【前腔】門闌多喜氣，豪富意頗濃，褥映繡芙蓉。兩情同，琴調瑟弄。輳合姻緣會，佳婿近乘龍，人都道喜相逢也囉。伊家感得，感得公公。異日身榮，莫忘恩寵。（合前）

## 寒況

【絳都春序】彤雲布密，見四野盡是銀妝玉砌。迸玉篩珠，只見柳絮梨花在空中舞。長安酒價增高貴，見漁父披簑歸去。（合）鼻中只覺梅花香，要見並無覓處。

【前腔】堪覷，青山頓老，見過往行人迷踪失路。下幕垂簾，酌酒羊羔歌《白苧》。紅爐獸炭人歡聚，怎知道街頭有貧苦？（合前）

【皂羅袍】自恨一生無奈，論奔波勞役，受盡迍災。通文會武兩尷尬，目今怎得將來買。朝無依倚怎生佈擺？夜無衾蓋怎生擺劃？日長夜永愁無奈。

【前腔】勸你寬心寧奈，論韓信乞食漂母堪哀。忽朝一日運通泰，男兒志氣終須待。那時腰金衣紫日轉九階，一朝榮貴名揚四海，那時節駟馬高車載。

【梧葉兒】知遠多蒙恩顧，感蒙愛憐。得魚後怎忘筌？待等春雷動，管取來報賢。（合）這嚴寒，喫一椀合鍋素麵。

【前腔】寧可添一斗，怎禁一口添？全不顧管家筵。每日要柴和米，醬醋茶油共鹽。（合前）

# 纏頭百練二集

《纏頭百練二集》（全名《新鐫出像點板纏頭百練二集》）之『嗔囉曲』收録《白兔記》之《掃地》《會妻》二齣，輯録如下。

## 掃地

【謁金門】（生上）時乖運蹇，遠離家鄉被人輕賤。蒙東命我掃廳前，只得聽他指點。

身傍人間愧不才，衣衫襤褸自傷懷。堂前掃地人輕賤，盡是輸錢换得來。劉智遠，前日在馬明王廟中把錢賭盡，素手無聊，感蒙李太公收我回家。昨日馬房中看馬，今日畫堂前掃地，都是下賤之事，奴隸所爲。智遠身軀七尺，浩氣三千，落在塵埃之中，〔一〕難免貧賤之辱。且姑待數日，另作區處，以圖長久

〔一〕落：原作『若』，據《新刻出像音註增補劉智遠白兔記》改。

之計。正是：蛟龍豈是池中物，會見風雲上九霄。

【江頭金桂】俺只見畫堂空砌，庭閑人到稀。爲甚的塵埃堆積？想只是燕墮啣泥，因此上污却堦前地。欲待要下帚輕揮，又恐怕那紅塵飛起。因此上先將水洒，先將水洒，免得沙漠風吹，却將人青眼蒙蔽，更不許塵埋几席。自我洒掃之後，真個是半點塵埃不到，四時風月常存。一時間厦屋光輝，輕塵如洗。細思之，洞開門户如吾意，自在人間清晝遲，自在人間清晝遲。

【前腔】（旦、丑隨上）（旦）往常見香塵滿地，風吹起惹衣。今日何人清潔掃，紅塵飛盡自增輝。不見半點塵飛？襯金蓮無踐跡。潔浄庭除，光生四壁。細看那人品高奇，想他不是下流之輩，爲甚的身無所倚，身無所倚？（丑）小姐，這人只因好賭錢，以致如此。（旦）他只因好賭傾家，博换得此身狼狽。細思之，梅香，不要輕視此人。大鵬有日同風起，扶摇直上九萬里。他是個大鵬未展垂天翅，九萬雲程終有期，九萬雲程終有期。

【前腔】（生）深謝太公意美，相逢携我歸。誰想他不垂青眼，把我輕賤如泥，畫堂前來掃地。既在矮簷下，怎敢不低頭？自恨我未濟明時，權爲奴隸。想當初韓侯未遇，曾受跨下之凌欺。後來位至三齊，那時顯威風誰可比？正是傷今思古，不覺義氣激昂。自許我心懷壯氣，彼丈夫兮我丈夫，異日裏若得施爲，決不讓三齊獨貴。細思之，身當驅虜平胡日，掃地堂前人是誰？適纔掃地，怎麼有個女子在簾内瞧我？我想他年紀與我相稱，正好與智遠做一對夫妻也。令我掃廳堂，佳人簾内藏。未來休指望，到此便思量。

【前腔】（旦）暗地裏偷睛覷，(一)視他神清貌又奇。更羨他龍行虎步，天日高姿，气昂昂誰可比。梅香，這人好没志氣。枉自有表表威儀，因何志餒？雖則是輸錢失志，自古道得好：男兒志四方。發奮當先，免得似今朝喪氣，辜負他身爲男子，身爲男子。似這等七尺之軀，却怎生置身無地？細思之，晏嬰也是尋常輩，愧殺英雄擁蓋隨。

（丑）小姐，你往日没有半句言語，説着男子漢，今日只管説他怎的？（旦）梅香，你看此人，精神秀麗，志氣軒昂。頭角未成，先識塵中之宰相；功名到手，定爲天下之奇才。暫時落於貧窮，終不流於下賤。

【皂羅袍】想他，不是塵埃俗子。論當時肉眼無珠，猶如白玉掩光輝，誰人肯抱荆山泣。驊騮欲騁，荆棘滿堤。蛟龍欲變，風雲未期，終須有到天衢日。

（丑）小姐，此人如此落魄，料他也還没有妻子麼。

【前腔】（旦）想他，未諧伉儷。（丑）小姐，你既然憐念，何不對媒人説，招他做個女婿也好。（旦）呸！賤人，這話不是女孩兒家講的。這衷情緘口休題，除非是冰下有人知，傳令我父母心歡喜。高

（一）睛：原作『情』，據《新刻出像音註增補劉智遠白兔記》改。

堂有意事應可期，休輕出語，令人致疑。孟光終有梁鴻配，孟光終有梁鴻配。（下）

## 會　妻

【掛真兒】（旦上）離恨窮愁何日了，空望斷水遠山遥。雪霽雲歸，天清月照，無奈風寒静悄。薄倖不來良夜静，凍雪未消殘漏永。清輝照地雪光行，潔白涵空風色冷。兩輪磨石寒近人，百結鶉衣夜作衾。瑶堦倒漾銀蟾影，入我空房照素心。前日井邊，見那小將軍，年貌與我兒子相似；又是邠州來的，父親亦名劉智遠。世間有此異事，憂疑在心。天早下雪，今又晴了，見微微明月色，霧散與雲收。

【四朝元】雲收霧捲，昨日雪霏霏，朔風透玉肌。今夜天心轉，雪霽月光輝。雪晴月正圓。見一天霽色，四壁光寒，坐來人自慘，更磨房冷淡，磨房冷淡。西風降雪下凡塵，陽衰陰盛結成冰。月照茅簷同一色，教奴觸景倍傷情。只見雪映穹簷，冰涵碧漢。對月無言，因風有感，驀自生愁嘆。嗏！萬里共長天。劉郎夫，我與你地北天南，兩情難遣。今宵月圓人未圓，故人千里共嬋娟。舉頭但見天邊月，不見兒夫返故園。只落得且去移步問嬋娟，問我征人何日返，止不住愁眉淚眼。夫夫婦婦，有無相見？有無相見？

（生上）一别家鄉十六春，今宵方得轉寒門。夜行無燭難移步，淡月朦朧照我行。

【前腔】天高月淡，昨夜西風透骨寒，瓊瑶降下積千山。幸得陽回光碧漢，助我劉高返故園。相含霽雪寒。夜半孤行倍慘情，恓然四野絶無聲。山長水遠多勞頓，只爲回家看故人。正是更闌籟靜，萬頃茫然，乘舟人何日返？後花園内起茅廬，定是三娘在此居。呀！怎的柴門封鎖號，相應他哥嫂取回歸？見磨房空掩，磨坊空掩。

獨步私行不見妻，不如且轉寺中居。明朝天亮跟尋問，辨出其中是與非。（行介）（旦）好苦呵！（生）呀！裏面有人叫苦，想必三娘還在此，不免且站着，聽他怎麼樣説。（旦）天！你尚未明；鷄，你怎麼不叫？孤身不寐夢難成，地凍天寒苦怎禁？金鷄未叫天未曉，教人無奈恨沉沉。

【一封書】（旦）恨金鷄不叫聲，今日井欄邊，聽見有人言。其中有官長，譙樓報聲連。猛聽得譙樓上，畫鼓聲頻。只見穿窗皓月明。月，不照綺羅筵，偏照奴孤另。又只見紗窗外有人行。你那裏躡足潛踪，我這側耳來聽。劉郎夫，你去後無音信，夫，你好一似石沉在大海無踪影，去悠悠綫斷風箏。夫，你一別後不回程，教奴家倚定門兒，長望短望越傷情，越添愁悶。何日裏得逢君，那時節喜上眉尖，丢了愁悶，永遠相和順。（生）三娘，開門。（旦）你是那個？（生）是我。（旦）漢子，你來錯了路頭，聽我説與你知道。十六年來别藁砧，閲牆無地可棲身。甘心忍死形如朽，不比星前月下人。（生）我是前度劉郎。（旦）冤家，你既是劉郎，怎麼日間不回家來？（生）只爲歸來路遠。（旦）聲音不似劉郎的。（生）間别多年，聲音難辨。（旦）既是劉郎，當初有甚異事？（生）思憶當年運未通，被伊哥嫂暗朦朧。兵書寶劍天交與，卧龍岡上顯威風。當日遭家難，嗏！幸免喪黃泉。天賜留題，神書寶劍。（旦）你當初在那裏分別？（生）瓜園分別去投軍，鎮日奔波苦用心。今日回來桃李在，門前塌倒好傷情。夫婦在瓜園，別離容易間。時移物換，風風雨雨，特來相見，特來相見。

【前腔】（旦）名虧行短，劉郎你是讀書之人，孔子之言亦覽聞。言而無信非君子，輗軏之情怎得存？你心自不慚。當日瓜園分別時，叮嚀囑付早回歸。誰知一去無消息，辜負糟糠李氏妻。自瓜園別去，何處留連？不思歸故苑，望衡陽雁斷，衡陽雁斷。骨肉相戕，云鬢被剪。歷盡艱難，敢生嗟怨，此恨何時遣？嗏！捱過苦多年，熬定形骸，甘爲下賤。（生）妻，世間道理一般。我爲丈夫的，豈不念你不成麼？（旦）夫婿枉徒然，苦甘空自憐。夫，你受恩榮，前呼後擁；我遭磨折，寂寞孤單，受苦千端，何曾見你一面？何勞遠念，生生死死，豈須相見？豈須相見？

（生）賢妻聽我說原因，非是卑人負你情。只爲功名難顯耀，水遠山遥以滯身。

【前腔】關河路遠，羈身未得旋。更四方兵革，萬里塵煙，音書難寄轉。只見上林有雁，上林有雁，知在家中，苦遭磨貶。日夜兼程，不辭涉險，今與兒同返。（旦）我且問你，居何官職？說我知之，然後開門相見。（生）三娘聽我說英雄，草寇收除顯大功。皇上賜我先鋒印，九州安撫顯威風。拜將掌兵權，威震藩城，職居方面。富貴榮華歸故園，一家歡忭。三娘，且回悲作喜，快啓門相見。（旦）劉郎，只隔一重門，夫妻不得相見。（生）三娘，幸喜此門半鎖。悲悲喜喜，啓門相見，啓門相見。

【天下樂】（合）別流淚乾苦自傷，相逢如夢却羞郎。楚天吴月遥相望，關塞千重路渺茫。

（旦）間別多年，恭喜榮耀。（生）有累受苦，負罪良多。（旦）且喜你今夜回來，怎麽不同兒子來見我？（生）三娘，你曾見了兒子麽。（旦）説鬼話！你在邠州，我在沙陀，怎麽與兒子相會？（生）前日雪中相見的小將軍，替你帶書的，就是兒子。（旦）那個小將軍，是我兒子？真個乖巧得緊！（生）自古道，有其父，必有其子。劉智遠的兒子，當耍不成？（旦）不要争，大家有分。劉郎，那兒子是不孝之子。（生）怎的不孝？（旦）前日雪中相見，曉得父同名姓；我又説咬臍名字，他怎麽不認我？（生）當時兒子到邠州，我因提兵遠出，是岳氏改名劉承祐。（旦）岳氏是甚麽人？（生）三娘，我與你分别之時，去到邠州，投於岳節使帳下。因我破賊有功，强將親女招贅，故有岳氏。（旦）呀！我只説道你流蕩而忘返，誰知你粉黛以羈身。聞得此言，使我欲怒而不敢怒，欲言而不敢言呵！

【刮鼓令】聞言不敢嗔，痛傷情，淚滿襟。豈知今日悔前盟，辜負當年結契姻。那日兩難分，杳然不見通音問。疑作天涯寥落人。（生）非是不回來，幕府軍情事緊，苦苦一留，實不得已。（旦）延留須不得已，贅婚還自主張！豈知別後變初心。

（生）初心原不如此。倘不成就親事，反受其辱。（旦）你長往而不顧，言清而行違！

【前腔】辜恩不可聞，爲何人受苦辛？肩痕尚在愁難訴，磨石無情苦到今，蓬首斷香雲。

(生)無情哥嫂，怎禁得這等毒！(旦)君豈不曉得？明知哥嫂狼心輩，全不念夫妻結髮恩，忍將舊愛待新人。

(旦)三娘，只説你自己受苦之事，那裏曉得我邊塞之上，其間苦楚，難以盡言！

【前腔】從軍向遠征，歷風霜苦怎禁？争奈智遠時運未至，去到邠州，岳節度招軍已完，只投得一名馬頭軍。那日間打草多勞倦，夜間提鈴喝號夢難成。夜間寒冷實難禁，岳氏將袍蓋我身。等得榮華回晝錦，分明是我大恩人。若不是岳帥親生女，怎得皇家寵愛深。(旦)你去後莫説别的，只虧我十月懷胎苦。(生)多虧岳氏三年乳哺恩。(旦)我的現成兒子，是他養的？(生)終不然不是他恩養，難道你兒子自己會大不成？你莫把賢婦當仇人。

(旦)劉郎，我且問你，還是新人好，還是舊人好？(生)我看起來，新舊都一般。(旦)劉郎，自古道新人多愛寵，舊人忘却情。

【前腔】(旦)新婚與舊婚，辨人情識假真。岳氏須是宦門之女，也屬劉氏之婦。只恐多顧千金之女，無心戀衰朽之容。須知貴賤無雙美，只恐妍媸有二心。

(生)我非負義之人，何以妍媸爲誚哉？(旦)閑話也不消細説，我和你且定閨閫之事，分一尊卑。

(生)婦人家好不大量。尊卑自有先後，豈可變易綱常？爲丈夫的，身居兩難之地，欲將他爲大你爲小，你先進劉門；將你爲大，他又是千金之軀。我心下躊躇不定，千難萬難。三娘，你平日第一是賢慧的人，憑你們説，誰大誰小？（旦）由你自己鋪排就是。（生）這個事，畢竟要三娘張主何如？（旦）依我説，讓他爲大，奴家爲小就是了。（生）人心則同。我一路尋思，也是這樣説。（旦悲介）（生）方纔説得好好的，一霎之間，就變了腔！當初我已曾與他説過，家有幼妻，決不從命。再娶重婚，被人恥笑。岳節度道，小女頗賢，願居其次。（旦）講過之事，只索由你；只是可見你男子漢心腸歹。我就讓他爲大，打甚麼要緊？我仔細思量起來，世間並没有先進夫門者爲小，這禮上也去得，去不得？

【前腔】（合）小大禮爲尊，恩情莫論新和舊，名分休因疏與親，一家怡樂值千金，一家怡樂值千金。

間别年來久，誰知再得逢。
明朝冤恨雪，此夜磨坊空。

# 玄雪譜

《玄雪譜》(全名《新鐫繡像評點玄雪譜》)卷三收録《白兔記》之《回獵》一齣，輯録如下。

## 回獵

【卜算子】(生)盼望旌旗，每日耳聞消息，聞得孩兒回至。

孩兒郊外打圍，這時候還不見回來。(小生上)柳陰枝下一佳人，夫婿孩兒同姓名。好似和針吞卻綫，刺人腸肚繫人心。爹爹，孩兒拜揖。(生)孩兒回來了，打得多少飛禽走獸？(小生)聽孩兒告稟：

【普天樂】望蘆葭，淺草中分圍跨馬。見一個白兔面前過，趕到前村柳陰之下。見一個婦女身落泊，跣足蓬頭喫折挫。被兄嫂日夜沉埋，他行行淚灑，口口聲聲只怨劉大。

(生)我兒，説話不明，如昏鏡不磨。我問你打了多少飛禽走獸，只管説甚麼劉大劉小？(小生)告爹爹知道，孩兒前往郊外打圍，草中趕走一個白兔。孩兒一箭正中，那兔連箭便走。孩兒加鞭拍馬，直趕到徐州沛縣地名沙陀村，八角琉璃井邊。有一個婦人跣足蓬頭，問他根由，卻被哥嫂磨滅，在井邊汲水。我問他可有丈夫，他的丈夫名字與爹爹相同。又問他可有兒子，兒子的名字與孩兒相同。問他丈夫那裏去了，他説邠州投軍去了。我就對他説，俺爹爹見是邠州按撫，我回去禀過爹爹。軍中帖出告示，捱問你丈夫回來，夫妻重會。那婦人拜孩兒兩拜，孩兒跌倒兩次，不知爲何？（生）孩兒，你不要受他兩拜便好。（小生）爹爹差矣！孩兒是邠州按撫之子，受那村僻婦人兩拜不起？（生）我兒，爹爹幾次要對你説，因你不知世事。你道爹爹官從何處來？渴飲刀頭血，困來馬上眠。受盡苦中苦，方爲人上人。

【歌兒】（生）我在沙陀村受狼狽，也是没極奈何。你爹爹當時貧困，日間惟在馬鳴王廟中棲身。那時有個李太公來賽願，他見我有些異相。就領歸我，把嫡親女兒招我爲夫婦。（小生）如今外公、外婆在麽？（生）你爹爹好命薄，誰知拜堂之後，兩老雙雙都亡過。（小生）可有舅舅、舅母？（生）説那潑男女怎麽？只爲舅舅舅母争强，逼鸞凰兩下都躭誤。兒，你既來問我，你道華堂中享富貴的是誰？（小生）是我親娘。（生）那裏是你親娘？前日井邊汲水的，那便是你剖剖心腸，磨房中産下兒一個。

（小生）華堂享富貴的是誰？（生）是繼母。（小生哭介）兒對嚴尊把事提，誰知母子各東西。舅舅不念同胞養，一子初生號咬臍。繼母堂前多快樂，卻教親母受孤恓。爹爹，忘恩負義非君子，不念糟糠李氏妻。今日還我親娘來見面，萬事全休不用提。若還親娘不見面，孩兒便死待何如？（小生哭倒介）（生）夫人快來。（小旦上）隔牆須有耳，窗外豈無人。我兒，娘在此。（小生）你不是我親娘。（小旦）畜生，嘴邊乳腥未退，胎髮未除。雖無十月懷胎，也是三年乳哺，那見得不是你親娘？（生）夫人息怒，聽下官分剖：孩兒因打獵直至徐州沛縣，沙陀村八角琉璃井邊，見了親娘，故此啼哭。若不虧夫人撫養，怎得一十六歲？還不過來拜了母親。（小旦）畜生，若不看相公分上，着實打你一頓。相公，既是前妻在家，何不將我鳳冠接取到來，同享榮華，愿爲姐妹。（生）若得賢夫人美意，感恩非淺。

【江兒水】（小生）那日因遊獵，見村中一婦人。滿懷心事從頭訴，裙布荆釵添凄楚。蓬頭跣足身落薄，卻元來親娘生母。爹爹你負義辜恩，全不念糟糠之婦。

（生）我兒不要啼哭，明日與史弘肇叔叔説，點起三千壯士，把李家莊圍住，拿了李洪一夫妻便了。

彩鳳金冠去取妻，此情莫與外人知。
黄河尚有澄清日，豈可人無得運時。

# 醉怡情

《醉怡情》（全名《新刻出像點板時尚崑腔雜出醉怡情》）卷七收録《白兔記》之《遇友》《鬧鷄》《生子》《接子》四齣，輯録如下。

## 遇友

【絳都春引】[一]（生）年乖運蹇，枉有沖天氣宇。最苦堂堂七尺軀，受無限嗟吁。似餓虎巖前睡也，困龍失卻明珠。

結交須結英與豪，莫結區區兒女曹。一擲千金渾似膽，半生北斗與偏高。自家姓劉，名高，字智遠。本貫徐州沛縣沙陀村人氏，自幼父親早喪，隨母改嫁，把繼父潑天家業盡皆花費，被繼父逐出在外。日間

[一] 絳：原作「降」，據汲古閣刊本《繡刻白兔記定本》改。下同改。

在賭房中搜求貫百，夜宿馬鳴王廟安身。這苦怨天不得，恨自己難言。正是：時運苦淹流，何須去强求？百花逢驟雨，萬木怕深秋。怒氣催山嶽，英雄貫斗牛。一朝時運至，談笑覓封侯。那堪正值隆冬天氣，積雪堆瓊。你看江上漁翁兩兩披簑拽棹，人間過客個個失路迷踪，真好大雪也！

【絳都春序】彤雲佈密，見四野盡是銀妝玉砌，迸玉篩珠，只見柳絮梨花在空中舞。長安酒價增高貴，見漁父披簑歸去。（合）鼻中只覺梅花香，要見並無覓處。（下）

【前腔】（小生）堪覷，青山頓老，見來往行人迷踪失路。下幕垂簾，酒酌羊羔歌《白苧》。紅爐獸炭人完聚，怎知道街頭貧苦？（合前）

晚來風雪滿乾坤，四野人家盡掩門。暗想劉兄在何處，許多心事向誰論。相識滿天下，知心能幾人？自家當初結義兄弟十人，各自投東往西去了。正剩弟兄三人。大哥劉智遠，二哥郭彦威，自家史弘肇。大哥流落天街，我今懷揣幾貫，不免尋他，買三杯五盞與他禦寒。呀！遠遠來的，好似大哥模樣。（生）兄弟何來？（小生）大哥。（生）兄弟，我好恨。（小生）敢是恨小弟來遲了。（生）那個恨你？

【皂羅袍】自恨一身無奈，論奔波勞役，受盡迍災。通文會武兩尷尬，目今怎得將來買？朝無依倚怎生佈擺？夜無衾蓋怎生擺劃？日長夜永愁無奈。

【前腔】（小生）勸你寬心寧耐，論韓信乞食漂母堪哀。忽朝一日運通泰，男兒志氣終須在。那時腰金衣紫日轉九階，一朝榮貴名揚四海，那時節駟馬高車載。

大哥，小弟見天氣嚴寒，懷揣貫百，與兄禦寒。只是大哥能飲，小弟頗酌。買酒吃不醉，買飯吃不飽。莫若到小弟家下去，有湯醪在家與兄盡醉，如何？（生）如何多謝。只是一件，多時不曾到宅上去，恐嫂嫂見外，不當穩便。（小生）小弟與兄怎生相與，卻説此見外之言。（生）如此請行。（小生）穿長街，過短巷。此間已是，大嫂快來。（丑上）

【十棒鼓】奴奴生得如花貌，言語又波俏。丈夫叫做廿一郎，奴奴唤做三七嫂。方纔在房中，補衣補襖。（小生）大嫂快來。（丑云）聽得老公叫，荒忙便來到。

那個在此？（小生）劉伯伯在此。（丑）今日也是劉伯伯，明日也是劉伯伯，怎麼不見留老娘？（小生）不要取笑，過來見了劉伯伯。（丑）劉伯伯，許久不見。吃的臉兒紅丢丢的，好像猢猻屁股。（小生）不要取笑。（丑）不囉，我説劉伯伯指日封侯。（小生）前日做下濁醸，取來與伯伯禦寒。（丑）前日天氣寒冷，大風大雪，我請東村頭張媽媽，西村頭李媽媽，他一鐘我一盞都吃完了。（小生）我請劉伯伯到此，怎麼好？（丑）不妨事，我前日漿裏腳，還剩得些乾麵在那裏，待我打些合鍋素麵，如何？

【梧葉兒】智遠多蒙恩顧，感蒙見憐。得魚後怎忘筌？待等春雷動，管取來報賢。（合）這嚴寒，吃一椀合鍋素麵。

【前腔】寧可添一斗，怎禁一口添？全不管家筵。每日要柴和米，醬醋油共鹽。（合前）

相識如同親眷，朝朝每日廝見。

劉伯伯少坐片時，吃一椀合鍋素麵。

## 鬧　鷄

【小引】（浄上）廟官來，廟官來，打點香爐蠟燭臺。但辦志誠心，何愁神不靈？但辦志诚意，何愁神不至？至至至。

自家乃馬鳴王廟中一個提典便是。今日鳴王誕辰，會首是前村李文魁。此人清奇古怪的，待我請了神道來。道人，正殿上打掃潔浄，焚香點燭，把鐘鼓打打，待我請神道出來。（内應介）奉請東方五千五百五十五個大金剛，都是銅頭銅腦銅牙齒銅脚將軍。道人，神道可曾來？（内）（不曾來）不曾來。自古：東方不養西方養，待我再請。奉請西方五千五百五十五個大金剛，都是鐵頭鐵腦鐵牙齒鐵脚將軍。道人，神道可來？（内）（不來）不來罷休！請了養家神道來了，罷休。道人，坑板上請了養家神道出來。（内應）正是香板上。（神判上）神道，今年會首前李村文魁，此人極清奇的。少間跌笓，要聖就是聖，要陰就是陰。你若不陽不陰，仔細看。暫辭神道去，迎候祭主來。（下）（生上）

【金蕉葉】奈何奈何，恨蒼天把人躭誤。自恨時乖運苦，怎禁這般折挫？

癡聾喑啞家豪富，智慧聰明卻受貧。年月時該分定，算來由命不由人。我劉智遠身上無衣，口中無食，受這般狼狽。風雪又大，無處趕趁，不免到馬鳴王廟中躲避則個。

【一江風】凍雲垂，凜凜朔風起，刮體難存濟。自思之，枉有一旦英雄，到此成何濟？身寒肚又飢，這愁煩訴與誰？空教我滴盡英雄淚。

來此已是廟中了，你看東廊下風又大，西廊下雪又緊，且往正殿上去。爲何這等燈燭輝煌？不免把我平昔事情，告訴神道一番也。

【前腔】告神祇，神聖聽咨啓，可憐我三日無糧米。淚偷垂，只得撮土爲香，拜告天和地。神聖，別人賭錢，十賭九贏。偏我智遠呵！鋪牌買快時，十番到有九遍輸，望神靈與我空中庇。

（内吹打介）呀！你看旗幡隊伍，鼓樂喧天，想是賽會的來了。不免躲在供桌底下，取些福禮充飢，多少是好。正是：一日不怕羞，三日不忍餓。（躲桌介）（下）

【疏影急】(一)（外）祥光影裏，見宮殿盡是金裝玉砌。（老旦、正旦）寶閣珠樓，琉璃鴛瓦侵雲起。（丑、末）金釘朱户光耀日，兩廊下塑猙獰小鬼。

（外）阿婆，你看好一個殿宇。前面山如岳岱，后邊水繞連天。香煙不絶噴龍涎，願保人間康健。（老旦）耀日山門華麗，兩廊畫壁神仙。（旦）御書牌額字新鮮，敕賜鳴王寶殿。（外）院子，請廟祝出來。（末）廟祝在麽？（淨上）官清公吏瘦，神靈廟祝肥。那個？（末）員外在此。（淨）員外稽首了。（末）

---

(一) 影：原作『引』，據汲古閣刊本《繡刻白兔記定本》改。

見了大婆。（淨）三錢頭。（末）什麼三錢？（淨）你說一隻大鵝。（末）大婆。（淨）大婆見禮。（末）見了三小娘。（淨）五錢頭。（末）什麼五錢？（淨）你說山裏羊。（末）三小娘。（淨）三小娘見禮了。（丑）我在此。（淨）不好了！道人，十王殿門開了，走了一個鬼婆婆出來。（丑）啐！這醮鬼！（淨）我到是妙人。（末）休得取笑！請神道。（淨）阿阿阿，上八定，下八定，中八定，三八二十四定。檯子歪邪，杠得端正。香煙蓬蓬，神道空中。香煙馥醉，神道吃肉。鷄兒神小，鋪燈廊下，一塊大肉。奉請馬鳴王慢嚼細吞，細吞慢嚼。骨頭骨腦，留些與廟祝吞吞。祭主虔誠上坑，參神禮拜。（末）上香。

（淨）正是，上香。

【花滚】（外）然起道德香，然起道德香，超三界爐煙細。巍閣巍樓殿，通情旨。弟子家住在沙陀村裏。（一）（合）同家眷男女，到來瞻禮。

【前腔】（老旦、正旦）舉眼望瑶池，舉眼望瑶池，早以知慚愧。見臘雪呈祥，預報豐年瑞。並無旱涸蟲蝗，麥生雙穗。（合前）

【前腔】（淨）三牲不見來，三牲不見來，几案上空空的。酒菓全無，又没些香和紙。馬鳴王粗眉毛、大眼睛、躐蹋嘴、落腮鬍，有些不歡喜。（引衆）你們休得胡言亂語！（合前）

---

（一）弟：原作『第』，據文義改。

（淨）請女眷後殿焚香，請老員外散福。神道親臨下降，願得災除消障。香金錢多送我些，筊牌直拋到梁上。（外）都是上上。（淨）都是上上。（外）廟祝，舊規要問三筊。（淨）員外，請通誠。（外）神道，弟子李文奎叩問三筊：第一筊人口平安，第二筊問田蠶茂盛，第三筊問六畜興旺，如好付之上上之筊。（淨）神道，會首李文奎問人口平安，付之聖筊。（拋筊介）（外）不要動，便好。（淨）不動，是聖筊。咳！神道，田蠶茂盛也要聖筊。又是聖筊。神道，六畜興旺也是聖筊。（外）不要動。（淨）不曾動，是個聖筊。（外）可有判語？（淨）有判語。三聖連迎筊，災殃疾病消。再停三五日，平步上青霄。看這判語，目下有個貴星，落在寶莊。（外）神道，果有貴星落在小莊，當重修廟宇，再塑金身。（淨）老員外，後殿請素齋。（外下扯末介）大叔，這隻福鷄不要拿了去，便好。（末）我拿什麽福鷄？（淨）大叔，小道辛辛苦苦念了半日，不要取笑。（末）不曾拿。（掙介）（外上）這是我家當值的，爲何扯住了他？（淨）不是。就是這隻福鷄，原是小道的，尊管收了去，爲此與他取討。（外）呵！就是這福鷄麽？你不曾見我方纔拜下去，只見滿殿紅光，神帳中伸出五爪金龍爪了去了。（淨）員外，又來説笑話了。神道泥塑木雕的，舍子五爪六爪？（外）你自家不敬神，安得人人敬。你不信也罷，我賠你一隻罷了。（淨）取笑，取笑。（外下）（淨）好神道！一隻福鷄管不牢，做舍神道？還不走！（神鬼下）待我向鄰舍叫叫看會？四鄰八舍，廟裏一隻福鷄走出來，收得還了我。（内應）鷄是死的活的？（淨）不死不活，喉嚨頭割了一刀，(一)出了丢血的哩！（内）死活不知，做什麼道士！（浄）説得有理，好悔氣！（生）（吃響介）(二)（浄）噲！那裏喫骨頭響？想是供桌下，老鼠做了窠了。待我移開了桌兒來看。（見生介）咦！我念得口乾舌苦，到是你這蠻子唊在肚裏。快還我福鷄來，饒你的打，不□要打哩！（生）改日買一隻還你。（浄）等不得，如今就要。（生）如今没有。（浄）没有要打哩！（打介）阿嚶！救人，救人。（外上）不要動手。（浄）老員外，就是這隻福鷄，原來是這蠻子偷來吃了。在此打他，不想反被他打了，出醜了。（外）罷了。這是我遠方侄兒，我賠你一隻罷了。（浄）員外，令侄到得罪了。員外有幾位令侄？（外）止得一個。（浄）再見幾個便好，一個偷鷄，一個偷魚，一個偷肉。（外）不要取笑！（浄）得放手時須放手，得饒人處且饒人。（浄下）（外）

【好姐姐】看你堂堂貌美，因甚的不謀生理。家居那裏？姓名還是誰？聽吾語，你肯務農耕田地，帶你歸家作道理。

【前腔】（生）祖居沙陀村裏，字智遠，劉家嫡子。雙親早亡，此身無所倚。蒙週濟，若得太公收留取，結草啣環當報你。

　堂堂七尺貌英雄，自恨時乖運未通。

---

(一) 嚨：原作『龍』，據文義改。

(二) 吃：原作『乞』，據文義改。

今日得吾提掇起，免教人在污泥中。

## 生子

【于飛樂】（旦上）無計解開眉上鎖，惡冤家要躲怎生躲？

梁上掛木魚，吃打無休歇。啞子吃黄連，有口對誰説。自從丈夫去後，哥嫂逼奴改嫁不從，罰奴日間挑水，夜間挨磨。一不怨哥嫂，二不怨爹娘，三不怨丈夫。只是我十月滿足，行走尚且艱難，如何挨得這磨子？

【五更轉】恨命乖遭折挫，爹娘知苦麽？哥哥嫂嫂你好横心做，趕出劉郎罰奴挨磨。叫天不應地不聞，如何過？（合）奴家那曾識挨磨？挑水辛勤也只爲劉大。

哥嫂，你把這磨房造得能低。

【前腔】向磨房愁眉鎖，受勞碌也是没奈何。爹娘在日把奴如花朵，死了雙親被哥嫂凌辱。爹娘死，我孤單，如何過？（合前）（一）

（一）前：原闕，據汲古閣刊本《繡刻白兔記定本》補。下同補。

【前腔】捱幾肩頭暈轉，腹脇遍疼腿又酸。〔一〕神思困倦捱不轉，欲待縊死房中，恐怕躭閣智遠。尋思起，淚滿腮，如何過？（合前）

奴家一時神思困倦，不免就在磨房打睡片時。（丑上）好人不肯做，只要嫁劉大。劉大不回來，情願去捱磨。咦！爲何磨子不響？待我進去看看。呀！好賤人，磨到不捱，偷懶打睡。待我打他起來。（打介）好賤人，偷懶打睡。（旦）磨子重，捱不動。（丑）你哥哥要買豆青石、紫石，是我説了方便，如今單皮鼓舍重。（旦）嫂嫂，我腹中疼痛，捱不動了。（丑）腹中疼痛，想是要分娩了。待我教你一個法兒，疼陣來得急了，把頭髮稍啥在口裏，一個惡心，一掙掙了下來哩！（旦）嫂嫂，請歇息歇息。（丑）歇息歇息，田裏人要麵吃。你若不捱，准准打你八十，南無阿彌陀佛。〔二〕（丑下）（旦）嫂嫂，你也是婦人家，難道不曉得婦人家苦楚？聽樵樓上幾更時分了。

【鎖南枝】星月朗傍四更，窗前犬吠鷄又鳴。哥嫂太無情，罰奴磨麥到天明。劉郎去，可不辜負年少人。磨房中冷清清，風兒吹得冷冰冰。

阿唷！阿唷！

【前腔】叫天不應地不聞，腹中遍身疼怎禁？料想分娩在今宵，没個人來問。望祖宗陰靈

---

〔一〕酸：原闕，據汲古閣刊本《繡刻白兔記定本》補。

〔二〕阿：原作『陀』，據文義改。

應，保母子兩身輕。

阿唷！天那！且喜産下一個孩兒了，嫂嫂！（内應介）爲舍？（旦）脚盆借我用用。（内）脚盆撤了，不曾箍得。（旦）天那！不免把衣展乾乾浄了。嫂嫂，剪子借我用用。（内）剪子，小二偷去换糖吃了。（旦）天那！臍腸如何得斷？也罷，不免牙齒咬斷臍腸便了。天那！正是：

青龍共白虎同行，吉凶事全然未保。

## 接子

【聲聲慢】（生上）梁唐多事，萬姓荒荒，妻子盡皆流蕩。

古人云：『得寵思辱，居安慮危。』我劉智遠自贅岳府，朝朝寒食，夜夜元宵，竟不知李氏三娘信息如何？正是：甘草黄連分兩下，那頭苦了這頭甜。（小旦上）若將容易得，便作等閑看。相公在此何幹？（生）下官在此看兵書。（小旦）看到那裏了？（生）看到曹操與張飛對陣，曹兵把張飛追至霸陵橋。那張飛大喊一聲，霸陵橋遂分爲兩段。（小旦）好雄將。

【高陽臺】權統雄威，兵分八陣，名震四方威勢。吕望六韜，更兼孫武兵書。張飛一聲大喝斷橋也，論軍不斬不齊。凱歌回，凌慶煙閣上，姓字標題。

（浄上）一路辛勤不自由，如今且喜到邠州。〔一〕三日孩兒送到此，未審劉郎收不收。一路問來，説此間已是岳府了。那裏一個紅頭將軍在那裏，待我去問他一聲。噲！紅頭將軍。（雜）哇！什麽人？（浄）小老兒問路的。（雜）問什麽路？（浄）這裏可是岳府麽？（雜）正是。（浄）我要尋一個人。（雜）尋那個？（浄）要尋劉智遠。（雜）哇！割了舌頭。（浄）阿呀！千辛萬苦走到割舌頭的所在来了，你們這裏舌頭賣多少一斤？（雜）這是俺爺的名字，亂叫！（浄）阿是你們老爺的名字？煩你通報一聲，説徐州沛縣沙陀村，火公竇老遞送佳音。（雜）通報得的麽？（浄）通報得的。（雜）住着！啓爺，外面有個徐州沛縣沙陀村，火公竇老遞送佳音。（生）知道了！夫人，想是家下有人在。（旦）相公，請出去看來。（生）什麽人在此？（浄）阿呀！老爺，小老兒只是問路的。（生）竇公起來，我就是劉官人。（浄）你就是劉官人？好闊綽，戴了這東西認不出來，這東西認不出了。（生）你手中抱的是誰？（浄）這是你的尾巴。（生）

【山坡羊】〔二〕幸然孩兒來至，不覺教人垂淚。謝伊送我兒到此，看他面貌與娘渾無二。竇公，此子可曾取名？（浄）他名咬臍，是你娘親自取的。（生）我聞伊見説，肝腸碎，兩淚交流一似珠。孩兒，你娘在那裏？孩兒，你父在東時娘在西。

---

〔一〕邠：原作『汾』，據文義改。
〔二〕坡：原作『玻』，據汲古閣刊本《繡刻白兔記定本》改。

竇公，你原抱了此子，待我進去禀過夫人。夫人若收留，收在此。夫人若不收留，我多打發盤纏你回去。（浄）你又有舍夫人？（生）我贅在岳府中了。（浄）你到是石灰布袋，處處有蹟的。（生）夫人，下官前妻李氏三娘生下一子，着火公竇公送到這裏。夫人若收留他在此，若不收早早打發他去。（小旦）相公，説那裏話？既是前妻姐姐生的孩兒，就如奴家生的一般，快抱進來。（生）多謝夫人。竇公，夫人收了，着你進來相見，見了須要下個全禮。（浄）曉得的。你吃鹽多，我吃醋多，這樣的也要分付得。（進見介）這位就是夫人，好比三小娘，生得越發標致。夫人請臺坐，待小老兒拜見。（小旦）老人家，不須拜得。

【柰子花】（浄）感夫人慷慨仁慈。（倒介）老人家頭重脚輕，跌了倒去在。劉官人，小官人不在香房生的。磨房産下孩兒，嫉妬嫂嫂撇落在水。是老漢救來還你，長成時休忘了竇公恩義。

【前腔】（小旦）看孩兒容貌希奇，與相公面龎無二。收留在此，猶如嫡子。長成時教他些武藝，長成時莫忘了竇公恩義。

三日孩兒你自收，三年乳哺不須憂。

兒孫自有兒孫福，莫與兒孫作遠憂。

（小旦）相公，這竇公年紀老了，不須回去，留他在此燒香點燭罷了。（生）多謝夫人。竇公，夫人説你年紀老不便回去，留你在此燒香點燭便了。（浄）留我在此燒香點燭，看起來我竇老命裏這火字傍，再脱不去的。（生）賓老，隨我到書房中。（净）還有書房？到要看看。（生）這裏就是。（净）好，就是畫落仙宫，如何還想家下臭馬坊？（生）賓老，坐了。（净）坐到要坐坐好，兩日在夜航船挨壞了，告坐不曾説得。（生）罷了！我有事問你，李三公可好麽？（净）三阿爹好夫妻，兩個齋僧布施好。（生）李洪一夫妻怎麽了？（净）你説這天殺的潑男女，做舍子越狠了。（生）三小娘可好麽？（净）那個就是你的對頭，三小娘好！三小娘好！（生）爲何啼哭起來？（净）自從你賊精出來了，哥嫂逼他改嫁不從。日間挑水，夜間磨麥，有舍好？有舍好？（生）我那妻呵！（净）咳！猫兒哭老鼠，假慈悲。我不説再不哭，我説了，假意兒我那妻呵！（生）我如今就要人去接他到來，同享榮華。（净）這個纔是。（生）賓公，我府中人且多。（净）人多吃了我不成？（生）不是。倘有人問起，説你家老爺在家中作何勾當。你把那有興頭的話講些，没興頭的説話不要講起。（净）我曉的！在這裏有人問我，説你們老爺在家作何勾當，我要説文，説你撇蘭寫字、燒香吃苦茶，如何？若説武，使槍弄棍、射箭走馬，如何？走來馬鳴王廟裏偷福鷄吃，是我再不説。阿彌陀佛！

# 樂府歌舞臺

《樂府歌舞臺》（全名《新鐫南北時尚青崑合選樂府歌舞臺》）收録《白兔記》之《三娘奪棍》《出獵》《汲水》《傳書》《回獵》《掃堂》六齣，存《三娘奪棍》一齣，輯録如下。

## 三娘奪棍

【步步嬌】（旦）自與劉郎偕伉儷，恩愛如魚水。哥嫂用謀機，要將我夫妻拆散鴛鴦侶。默地自尋思，只落雙垂淚。（生持棍作醉態上介）

【前腔】（生）蓋世英雄誰能敵，自恨時不利。大舅大妗使心機，把我夫妻恁離異。大舅説道，看瓜之事不可與三娘知道。我想將起來，夫婦之情豈可瞞他。移步見三娘，一樁樁、一件件與他説個真詳細。（旦見扶介）

【大迓鼓】你在誰家吃得醉醺醺，醺醺醉？撇得你妻子在家中冷清清，無依倚。寃家，你在那裏閑遊戲得歡喜？枉教奴受多磨受勞役。（生云）三娘，你説甚麼受多磨受勞役？不必多憂慮。正是：醉舞酣歌日，酕醄酩酊時。相識滿天下，知心能有幾？今朝有酒今朝醉，明日愁來明日當。得一日來過一日，得一時來過一時。我和你是年少夫妻，隨高隨低，隨緣隨分隨時過。（旦云）天！你把這閑言閑語都丢下，且進蘭房坐。

冤家，你在那裏吃得這等醉醺醺的？（生云）三娘，自古道：公子登筵，不醉即飽。是你哥哥請我貼禮，與我和睦了。（旦云）冤家，我只道是那一個請你，原來是狼毒的哥嫂，只怕你吃了吕太后的筵席。（生云）三娘，我劉智遠身長七尺，量有千鐘，雖有吕太后筵席，焉能害我？（旦云）劉郎，我看你好似甚的而來？

【紅衲襖】你好似紙蝴蝶忒殺輕，紙闌干怎靠穩？好一似風裏楊花無定準，露暗雲迷有甚情？爲人不志誠，枉費爹娘三叔恩。冤家的，你是鐵石心，不記得夫妻結髮情。他那裏醉朦朧語言都不省，只落得頓足搥胸也，短嘆長吁千萬聲。

【前腔】（生）你是個婦人家見識昏，我袖裏機關你怎聞？（旦云）冤家，你縱有機關，怎出得他的圈套子？（生）我假意兒與他相和順，他把那家資與我均半分。三娘，你錯認了我劉智遠。我本是簪纓豪貴客，權作癡呆懵懂人。（旦云）冤家，你就忘了我爹娘三叔之情？（生）第一來不忘了岳丈岳母恩，二來不忘了三叔説合盟，三來呵！難忘我夫妻結髮情。（旦云）你既不忘夫妻恩情，縁何又寫下休書？（生云）三娘，你説我寫的是休書？　那就是哥嫂的招稿。（旦云）既不是休書，你且念與我聽着。（生云）三娘，你聽我念來。　我上寫着：　劉智遠同里人，岳父垂憐恩愛深。　將親女招贅身，叔丈爲媒成契姻。　無端大舅心狼毒，逼寫休書勒退親。　含淚寫痛傷情，留與官司辨假真。　三娘，你可聽得仔細麼？（旦不語介）（生云）我把你哥嫂當作兒童戲，口兒裏這般樣説來，心兒裏那般樣想。　手兒裏雖然活溜溜寫與他，怎奈我筆尖兒不順情。

（旦云）這個也罷！　哥嫂請你吃酒，爲着那一件來？（生云）三娘，你若不問我，險些兒忘了一樁大事。只爲卧龍岡上有百畝瓜園分在你名下，我就要去看瓜。（旦云）劉郎，這是我哥嫂用計要害你性命，那瓜園裏有精怪會害人，不要去！（生云）三娘站開，我劉智遠乃天生的豪傑，不説起瓜精我酒沉沉而醉，説起瓜精酒醒一半。（旦云）劉郎，那瓜精會吃人不要去，快不要去！

【一江風】（旦）你爲人膽似天來大，那神鬼事誰不怕。　豈不聞李豹遇天神，此事無虛詐。　恨只恨哥嫂用機謀，教奴家苦苦怨着他。　夫，你今朝若到瓜園也，定教死在黄泉下。（旦奪棍介）

【前腔】（生）你是個婦人家，怎説出孩童話？　那神鬼事都是假。（旦云）劉郎，真個有瓜精。　我爹爹在日每年設祭，此精怪少得出來。　如今我爹爹亡過，無有祭賽，他是以常時出來作怪，害人性命。（生云）三娘放手。　自古道：　死生有命，富貴在天。　論人生頂天立地在三光下，那鬼邪吾不怕。　我想昔日，我漢祖高皇帝往芒碭山經過，遇一大蛇當道。　高祖提劍在手，祝曰：　吾若有福，蛇遭吾手。　吾若無福，吾遭蛇口。言畢，仗劍揮之，蛇爲兩段。後來遂開漢家四百年之基業，安知今日之智遠，不爲異日之高祖乎？爲人何怕鬼，英雄不畏邪。望賢妻，不必憂愁也，縱有瓜精我去拿。

【前腔】（旦）果是有瓜精，你好心膽大。夫，你要去看瓜，妻子聞説也心驚怕。伏望我夫君，聽取妻兒話。若還去守瓜，定死在瓜園下。

【前腔】（生）我心正邪難入，平生不信邪。今夜去看瓜，休得言三語四阻擋咱。咱若是不看瓜，反惹你哥嫂恥笑咱。三娘，若念夫婦情，親身送水茶。不念夫婦情，憑在你心下。伏望我賢妻，休把咱牽掛。（推倒旦）（生下介）定教那瓜精，死在我英雄手下。（旦哭唱介）

【滾煞】劉郎你好差，不聽妻兒話。癡心去守瓜，殘生必喪他。哥嫂用計差，賺我劉郎去守瓜。倘若有疏虞，怎與你干休罷。劉郎，他是我的夫，我是他的妻。久後終須靠着他，教奴怎生丟得下？

劉郎從早至今不曾吃飯，被我哥嫂賺醉。他聞説瓜精怒吽吽，往瓜園而去，不由阻諫。我與他夫婦之情，不免送些水飯與他充飢，還要小心勸他回來，纔是道理。（旦）正是：路逢險處難迴避，事到頭來不自由。

# 歌林拾翠

《歌林拾翠》（全名《新鐫樂府清音歌林拾翠》）收録《白兔記》之《智遠沽酒》《畫堂掃地》《夫妻話別》《咬臍出獵》《三娘汲水》《義井傳書》《回獵見父》《磨房相會》八齣，輯録如下。

## 智遠沽酒

【喜遷鶯】（生）身生季世正戈戟，沿途煙塵滿地。浪裏飄蓬，空中飛絮，何時得遇？寧日長戢，鳳鸞雙翼，誤殺驊騮千里。空負五陵豪氣，未吐虹霓。

〔鷓鴣天〕少年豪宕不羈時，嬴得旁人道薄兒。自恥未能師孔孟，豈愁無地學夷齊。懷寶劍，捲龍旂，不逢王霸怎施爲？好修鵰鶚垂雲翅，直向秋風高處飛。自家姓劉，名高，字智遠，祖貫沙陀村人氏。早喪父母，終鮮兄弟。生來閥閲名家，養就鷹鸇之志。陳師鞠旅，能通八卦九宮。講武窮經，盡識六韜三略。英雄本學萬人敵，志氣當如千丈虹。素性猖狂，專好賭博飲酒。以致家業凋零，不能自立。雖則有時悔悟，終又着迷，此乃性質之偏也。真個酒債尋常行處有，錢神終見到頭空。今值春景，天色融和，滿川花柳。竹間青帘招遊客，花底黄鸝唤醉人。(一) 正騷人覽勝之時，才子賞芳之際，不免步入酒家，以沽一醉。（行科）迤邐行來近早到，杏花村此間便是。且叫一聲，酒保那裏？（浄扮酒保上科）（七言句）高懸酒旆颭東風，桃杏花開醉客容。路在遠村歸不得，倩人扶下五花驄。自家黄公是也，本錢微少。雖問世上，酒家沽客稀疏，自是村中野店，葱蒜韮薤似珍羞，炒焙煎炮非豆腐。招牌上寫個清香美酒，酒杯中斟來瀲灩流霞。日間門外迎賓，晚下燈前筭帳。買賣不分多寡，和氣贏人。世情要論虚真，癡心折本。清酒賣與貴客，現錢計得不多。濁酒賒與貧人，假帳要討加倍。怕吃那殘杯冷炙，破腹無災。全憑這糟粕豆渣，餵豬得利。畢吏部曾爲酒盜，相與猶設提防。漢廣文是個窮胎，到此不煩接待。解貂沽酒，卻愁疑是偷來。荷鍤隨行，又怕干連人命。正是：心驚膽戰求蠅利，灶後鍋前日夜忙。又没半分錢鈔積，大家落得嘴頭光。（相見科）原來是劉大官人，有勞光降。（生）久聞黄公好酒，特買一壺以消愁悶。（浄）既承下顧，愧無佳殽，待我取酒來。（生）村店無伴，黄公，你斟我酌，何如？（浄）當得奉陪，大官人，酒到。（浄把盞科）（生飲唱介）

【黄鶯兒】（生）桃杏錦村孤，聽流鶯唤客沽。野橋流水堤邊路。茅茨幽景，磁杯酒稠，疏籬

(一) 醉：原作『層』，據《新刻出像音註增補劉智遠白兔記》改。

日轉鶯花暮。（合）飲醍醐，無人勸酧，隨處自操觚。

（净）大官人好酒量。（生）黄公，不瞞你説。

【前腔】（生）我躭麯糟丘，作高陽酒醉徒。行看拍破兒童手，我想古人呵！擊節一斗，持螯幾甌，玉山未倒還呼酒。（合）自賡酧，村深店幽，新釀賽瓊酥。

（净）大官人再飲一杯。

【前腔】（生）殺盡摘園蔬，謾傾觴酒液浮。疏狂醉濕春衫袖，清歌再酌呼。盧未休頳顔，側弄傲傲舞。（合）醉模糊，村醪盡無，濁酒過牆頭。

（生）黄公，紅日沉西，我已醉矣。且收拾起，我回去。這有一錠銀子，奉還酒錢，你可收下，明日再來。

（净）如此多謝了，有慢了。

流水溪橋畔，荒村野店中。

酒傾三百盞，沉醉倚東風。

## 畫堂掃地

【謁金門】（生）時乖運蹇，離别家鄉被人輕賤。蒙東命我掃廳前，只得聽他指點。

身傍人門愧不才，衣衫襤褸自傷懷。堂前掃地人輕視，盡是輸錢换得來。智遠乃高皇之後，漢室宗親，胸藏十萬之甲兵，未經所試。氣吐三千之虎賁，擬待其時。前日在馬明王廟中將錢賭盡，只落得素手無聊，猶如喪家之狗。正是：一呼百萬盡成空，徒向人前説困窮。何似當初休賭博，今朝免墮污泥中。感蒙李太公收我回來，昨日令我看馬，今朝叫我掃地。這都是下賤之事，奴隸所爲。誰想劉智遠身軀七尺，浩氣三千。落在塵埃之中，難免下賤之辱，欲待奔走他鄉，求取進身之策，爭奈中原孤弱，藩鎮奪權，天下分崩，煙塵滿地。不免姑待數日，另作區處，以圖長遠之計。正是：蛟龍豈是池中物，會見風雲上九天。來到此間，果然好一座畫堂。真個是天上神仙府，人間富貴家，真乃砌得好也。

【江頭金桂】我只見畫堂空砌，畫堂深鎖無人到，落盡春風滿地花。庭閑人到稀，爲甚的塵埃堆積？人間年年春三月，燕子啣泥補舊巢。想是燕墮銜泥，污却了堦前地。欲待下帚輕揮，又恐怕紅塵飛起。（灑水介）因此上先將水灑，免得沙漠風吹。却將人青眼蔽，更不許塵埋几席。（又）你看我灑掃得潔潔浄浄，那屋宇越加光生了。正是：半點俗塵不到，四時風月常存。霎時間潔浄庭除，光生四壁。細思知，洞開門户如吾意，自在人家清晝遲。（旦上覷生介）（生見虚下介）

【前腔】（旦、丑上）（旦）往常見香塵滿地，風吹起惹衣。今日裹人來浄掃，不見半點塵飛。襯金蓮無踐跡，一時間厦屋光輝，輕塵如洗。細看那人執帚，他的人品高奇。想不是下流之輩，爲甚的身無所倚。（又）（丑）姐姐，你不知這人好酒、賭博，把萬貫家財費盡，以致如此。只因好賭傾家，博換得此身狼狽。（旦）梅香，你不可輕視此人。今雖落魄，久後必有好處。古云：大鵬有

日同風起，扶摇直上九萬里。細思知，大鵬未展垂天翅，九萬鵬程終有期。（旦、丑虚下）（生上介）

【前腔】（生）自念太公意美，那日在馬明王廟中，相逢攜我歸。只道他把我另眼相看，誰想他不垂青眼，把我輕賤如泥。向這畫堂前來掃地。既在矮簷下，怎敢不低頭？只恨我時乖運蹇，未逢明主。自恨我未際明時，權爲奴隸。我想韓信曾乞食于漂母，無資身之策。受辱于胯下，無兼人之勇。想當初韓侯未遇，曾受胯下凌欺。後來棄楚歸漢，蕭何三薦，築壇拜將，滅趙收燕，位至三齊王。那時節，顯威風誰可比。正好傷今思古，不覺義氣激昂。自許我心懷壯氣。又記得書中有云：彼丈夫也，我丈夫也。有爲者亦若是。異日裏若得施爲，決不讓三齊獨貴。細思之，身當驅虜平胡日，掃地堂前又是誰？

（丑上笑云）劉大哥，你歡來不似今日，喜來不似今朝。如今員外與安人商議，把我招贅你做養老女婿。（生）咄！死奴才。（丑）你罵我作奴才，你看馬掃地，又不是奴才？

【攛滚】（丑）劉大哥你好癡，不解其中意。我到有你心，你到無我意。奴似崔鶯鶯，郎似張君瑞。中間只少個俏紅娘，做成一本西厢記。

（生）哇！奴婢逞英雄。（丑）你命我命同。（生）千年爲奴婢。（丑）萬載做長工。（生趕丑下）（生）適纔掃地，那斑竹簾裏，有個女子只管瞧我。想他年紀與我上下不多，只好配我劉智遠，做一對夫妻。真個厮稱命我掃廳堂，暗見佳人簾内張。正是：未來休指望，過去莫思量。（下）（旦、丑上介）

【江頭金桂】(旦)暗地裏偷睛牢覷，他神清貌又奇。更羡他龍行虎步，天日高姿。气昂昂誰可比。梅香，我看那人好没志氣。枉自有表表威儀，因何志餒。雖則是輸錢失意。自古道：男子漢志在四方，又道是淩雲之氣。你奮發當爲，免得似今朝喪氣，辜負他身爲男子。(又)似這等七尺之軀，却恁的置身無地。細思知，晏嬰也是尋常輩，愧殺英雄擁蓋随。

(丑)小姐，你往常間並不説着半句男子漢的事，不肯閑了半刻女工，今日爲何只管説着他怎的？(旦)梅香，你那裏知道？我看那漢子精神秀發，志氣軒昂，頭角未成。先識塵中之宰相，功名到手，定爲天下之奇才。今暫落于貧窮，終不流于下賤。眼前如此，後來可期。

【皂羅袍】(旦)我看他不是塵埃俗子，論當時肉眼誰知？猶如白璧掩光輝，誰人肯抱荆山泣。驊騮欲騁，荆棘滿堤。蛟龍欲變，風雲未期。終須有到天衢日。

(丑)小姐，我想那人好酒賭博，畢竟不曾娶得老婆。

【前腔】(旦)料他未諧伉儷。(丑)小姐，你這等想得他緊，我去對老安人説，將你招贅他便了。(旦)咄！這丫頭好大膽，誰許你到人前亂開口説話。這衷情緘口休題。則除是冰下有人知，傳令父母心歡喜。高堂有意，事猶可期。休輕出語，令人致疑。孟光終有梁鴻配。

【滴溜子】(旦)今日裏，今日裏，枳棘鳳棲。何時遇，何時遇，梧桐鳳飛。誤植了公門桃李，似明珠投暗迷。蛟龍淺水，氣吐虹霓，山藏劍輝。

【鮑老催】綠窗麗日，綠窗麗日。曉來玉鏡臺邊立，藍田未种雙雙玉。怕扳不得丹鳳尾、錦鴛翼，尾生不抱橋邊水。文君自解琴中意，安得月下人傳示。

【餘文】鵲橋未駕銀河裏，空教織女罷仙機，盼殺牛郎無會期。

## 夫妻話別

【駐雲飛】（旦提水飯）疏淡晨星，晴日東方尚未明。霧障孤村暝，犬吠柴門靜。嗏！茅店漸鷄鳴，曉風輕。銀漢無聲，徑小迷蹤。濕透鞋弓，舉步難行，玉露沾衣重。村落人家夢未醒。

【前腔】香霧空濛，月落星稀天漸明。人起荒村靜，鳥亂深林應。嗏！籬落爨煙輕，峭寒生。玉露芙蓉，金井梧桐。風送疏鐘，雲鎖晴峰。獨向無人徑，一步行來一慘情。

【前腔】兄嫂無情，你賺醉劉郎獨夜行。暗害兒夫命，拆散雙鸞鳳。嗏！我劉郎不是飲酒，他也不肯去。他帶酒逞英雄，怒哞哞。惡氣填胸，奮發威風。舉步前行，不怕狐精，要與他争强勝。生死劉郎未可明。

【前腔】蓮步遲行，辛苦難辭路不平。劉郎，我和你夫婦恩情重，水飯親相送。嗏！兄嫂計謀深，忒無情。趕到途中，將奴水飯傾。挽我回程，假手瓜精，要害我兒夫命。搵濕羅衫氣暗吞。

步步行來近，聲聲願吉昌。許多藤蔓地，翻作戰沙場。一路憂心，來到瓜園。原來睡倒在地上，還沉沉而醉。不免叫醒他起來，多少是好。（叫介）劉郎！

【雁過沙】你沉醉眼朦朧，身卧草茵中。一天風露曉寒生，如何此地能成夢。（叫介）冤家，渾身濕透單衣重，萬喚千呼不應聲。劉郎，你酒醉了，不聽我妻子的諫。

【前腔】阻諫不相從，想被鬼迷蹤。（哭介）（推介）推來覆去不回醒，多應是自喪冥途境。劉郎呵！你爲我把命傾，痛裂肝腸兩淚零。

（生醒介）（旦）幸喜劉郎醒了，謝天謝地。

【前腔】（生）勞倦睡未醒，忽聽叫呼聲，回身試向問此情。是那一個？（旦）是我。（生）原來是三娘。緣何親入瓜園境。清晨暗霧苔封潤，襪小鞋弓怎步行。

（旦）因你昨夜不曾吃飯，故此送些水飯與你充飢。

【前腔】（生）妻，你不憚遠來程，水飯自賫行。夫妻到此見真情。今日送這飯呵，勝如舉案齊眉敬。三娘，若是昨夜拿來更好些。（旦）昨夜已曾送來，只因嫂嫂半路趕上，傾了我的。後又回去再整辦，以此來遲。（生怒介）豈知此輩真狼性，不念同胞共乳親。

（旦）這事且休說，昨夜果有瓜精來否？（生）三娘，我更深到此站足未定，見一怪物藍面獠牙，手持電光之劍，與我戰了數合殺我不過，化作火光入地，我將木棍插此爲記。天色已明，喜得三娘又到，待我掘開土泥看是何物。（做掘介）呀！原來是石匣一個，金劍一把，兵書一册。石面上有字幾行，待我看是怎麼道。（念介）寶劍光芒，塵土埋藏。五百年後，付與劉郎。兵書一册，百載奇謀。前程萬里，起向邠州。大漢張道陵記。三娘，張道陵乃是那白日飛昇的神人，五百年前定下今日之事，又賜我寶劍兵書，指引我前往邠州，日後定有好處。（旦）劉郎，既然蒙天神指示，我和你撮土爲香，禱告拜謝一番，多少是好。

【出隊子】（生）孤窮智遠，（又）五百年前先注名。身當此日應期生，寶劍埋藏有異靈。天意最分明，雲路將升。

【前腔】（旦）皇天垂眷，（又）否泰今朝有變更。分明天意勉君行，莫憚邠州萬里程。唾手取功名，惟願得夫婦顯榮。

（生）三娘，自古道：男兒立大節，不武便爲文。況寶劍兵書，蒙天所賜。我打聽得邠州節度使岳彥威，招募智勇忠義之士，爲丈夫的今有此行之意。奈夫婦恩情，不忍分離。今事勢至此，不由智遠不去。欲同三娘回家拜辭三叔丈，恐怕你哥嫂語言不利，阻我采頭。只索就此瓜園分手，你意下若何？（旦）妾聞男子之生也，桑弧蓬矢以射四方。君有大志，速宜進取。勿爲兒女之態，留連枕席之歡，以失事機之宜，誤卻功名之會。且當順天應人，相時而動。妾在家中，毋屢內顧。（生）三娘言之有理，卑人可以放心前去。遠遠望見，那來的好似三叔丈一般。（旦）那正是我三叔來了。（末上）機謀真莫測，鬼祟正難防。只爲憂心切，行來步步忙。張醜奴這不賢之婦，將劉郎賺醉夜到瓜園，聞説三娘也趕來在此，不知他夫婦二人性命何如？待老夫前去看一看。（衆相見介）（生）有勞叔丈到此，恩德難消難受。（末）老夫夜來聞得此事，憂念莫釋，睡夢難成，故來相看。幸得無恙，使我不勝之喜。（生）一事告稟叔丈得知，念智遠每日在家，與大舅争鬧是非，不成道理。聞得邠州岳節度使招軍買馬，恢復唐朝。小生欲辭叔丈前去投軍，倘得寸進，當效啣結之報。（末）説那裏話來，求取功名乃是好事，但不知何日起程。（生）就此告辭了。（末）賢侄婿何不回家取些路費？待老夫整備一杯薄酒餞行纔是。（旦）叔爹，他恐怕我哥嫂説破他的采頭，以此不肯回去，只此拜辭罷。（末）這也説得是。賢侄婿，幸得我身傍帶有數兩碎銀，在此權奉，以爲途中路費。若得功名到手，即便回來。（生）多蒙叔丈所賜，令人感謝不盡。謹領尊言，決不爽約。（末）待老夫略送幾步，少盡别情。

【鬭黑麻】（末）君此去從軍邊鄙。忍淚辭家，歸期未擬。假若是劍戟功成，早傳雙鯉。莫戀他鄉，不思故里。（合）聽秋聲四起，離人苦痛悲。

【前腔】（生）感叔丈情深無已。告别登途，反辱贐禮。兩眼相看，天涯咫尺。叔丈呵！卑人此行，别無所托，只有三娘在家，望叔丈早晚看顧一二。只愁他骨肉情傷，孤身無倚。遠望垂青，報恩瓊李。

（末）賢侄婿不須掛念，侄女在家，老夫自當看顧，你在邊庭自宜保重。（生）多蒙承教。（末）一鞭行色夕陽中。（生）别淚揮來樹葉紅。（旦）金鐙謾敲芳草緑。（衆）玉音傳報仗東風。（末）老夫不及遠送了，早去早回。（下）（旦）劉郎，待奴家再送幾步，以表夫婦之情。（生）三娘，不勞遠送罷。

【尾犯序】（旦）邠州萬里途。迢遞關河，風霜朝暮。黄葉西風，總是離愁。還憂。（生）三娘，書劍有此靈異，你還憂着那一件來？（旦）劉郎，奴豈憂你功名不就，只怕你淹留日久。須記玉關信杳，早付雁來秋。

（生）三娘，卑人遠去，你在家中自要小心奈煩者。

【前腔】（生）孤身事遠遊。仗劍隨行，河梁分手。不爲功名，豈拆鸞儔。聽剖。三娘，當今天下干戈擾攘，中原無主，夷虜猖狂。衣冠淪于左衽，輿圖入于不毛，倘蒼天憐念，此行殺退胡人，復取故土。那時封爵歸來，也不枉今日之苦。願此去驅平胡虜，趁青年復取境土。那時節，榮歸晝錦，少慰别離憂。

（旦）劉郎，你那裏去也終須去，我這裏留也實難留。

【前腔】（旦）行行不可留。心事千般，臨岐難辭。劉郎，我和你聚首未及半年，到有三月娠已。三月懷娠，未擬能羆。還憂。（生）三娘，你又憂着甚的來？（旦）劉郎夫，可憐我親無父母，只爲你情慳手足。君去後，鬩牆有變，獨自怎支吾？

【前腔】（生）心躭去後憂。骨肉相戕，情如狼虎。你哥嫂若不相容，叔丈還可做主。叔丈恩深，凡百須當乞處分。你好把懷胎自守。三娘，請受卑人一禮。（旦）劉郎，你怎説着這話？（生）卑人此拜不爲别的，嘗聞古人云：不孝有三，無後爲大。我今惓惓囑托，只爲那宗祀之傳。三娘妻，你須要牢牢謹記。（拜介）使異日箕裘有後。承宗祀一脈炎劉，相對淚盈眸。

【鷓鴣天】（旦）斜陽衰草渭河流。（生）碧天紅樹不勝愁。（旦）悽涼旅舍身宜保。（生）寂寞深閨淚免流。（先下介）（旦悲介）請了，請了。凝望眼，立長途，馬蹄躑躅去難留。我歸家獨向清秋夜，長恨長思無了休。

## 咬臍出獵

〔引〕（小生上）曉出鳳城東，三軍指顧中。紅旗遮日月，白馬嘯西風。背手拈金彈，翻身扯角弓。衆軍擡眼看，一雁落長空。（衆）稟將軍，今日出門好個采頭。（小生）你們整頓旌旗隊伍，遊山打獵去走一回。

【點絳唇】帳下三軍，英雄猛似虎，披掛賽天神。撲鼕鼕催軍鼓響，咭錚錚攢將金鳴，劃喇喇砲響震天庭。手下的，人人都帶弓一把，各插着狼牙箭幾根。那海青在手内擎，尾子上帶着個金鈴。左右，與我牽馬過來。白馬兒閃灼灼灑着紅纓，獵犬兒吠汪汪走似飛雲。追忙裏經過幾鄉村，杳没個走獸與飛禽。真好古怪得緊！獐狐鹿兔都無影，烏鴉喜鵲盡藏形。衆軍士用心勤，人人須要緊着眼，個個都要抖精神，也索要見兔放鷹。

（衆）禀小將軍，那西北上有群鴻雁來了。

【前腔】遥望見天邊，鴻雁轉西城。手下的，你疾忙與我放着海青，急急的解下絨繩。海青直闖入天鵝陣，那天鵝見了猛鷲。看海青抓住了天鵝的眼睛，他爪似鋼針、嘴似鐵釘。把天鵝頭上搚得碎紛紛、血淋淋，骨碌碌滾在地埃塵。

（衆喊介）（小生）手下的，我和你人馬在此經過，休要吶喊，恐鄉民百姓不知是官兵，他疑是强寇。那時騷動百姓，男女逃奔。若有人傳與爹爹，須教罪及汝等呵！

【前腔】衆軍士休得要吶喊聲頻，我這裏不許你人來馬往驚唬鄉村。手下的，我一時勞倦，可尋舘馹歇息再去。（衆）有壺床在此，請小將軍權坐一坐。（小生）一霎時神疲力倦，暫歇在郵亭。（衆）啓上將軍，今日打圍手下人都辛苦了，乞賞賜些銀子買酒吃。（小生）手下的，我這裏有一錠銀子在此，你們拿去每人與他三分。你們向前去尋覓坊村，大家沽酒消愁悶。（衆）蒙小將軍賞賜，我和你衆軍人的銀子。他教我向前去尋問坊村，遥望前村掛酒旗，那牧童指引杏花村。老哥，我和你倚着小將軍的名目，向那前村人家搶些酒肉來吃罷。我和你爲衆軍，大家去擾害黎民。（小喝介）哇！你這些該死的，好大膽呵！衆軍卒，誰許你擾害良民。我爹爹有將令在先，你若是依咱令，明日裏論功加賞。你若是違吾令，俺便把軍法施行。（衆）你看小將軍年紀雖然幼小，説出來的話兒好不利害。誰敢去騷擾鄉村，那鷄犬也安寧。路上有花并有酒，兩程攢作一程行。

（衆）得令。（下）

## 三娘汲水

【胡搗練】（旦挑桶上）風凛凛，雪霏霏。蘆花絮薄寒侵體，跣足一肩風雪裹。難將情苦訴伊誰？

連日蒙哥哥令人替我汲水，嫂嫂知道，吵鬧了一場。今日只得自己出來汲水，又是這般大雪，好苦人也！正是：一肩挑盡人間雪，兩足熬過天下寒。

【駐雲飛】（旦）兄嫂無情，剥去衣衫逼嫁人。好苦！若是留得爹娘在時，莫説是汲水，就是要出門外，也不能勾了。自嘆奴薄命，雙親俱不幸。嗏！自從瓜園兩離分，好傷情。奴家今日受這般苦楚，本待要尋個自盡。欲待丈夫回來訴説冤苦，咬臍回來見他一面。今冬不來，想是相見無緣了。兒夫呵！我把受苦的冤情則索罷休。前生燒了斷頭香，今世遭逢薄倖郎。奴本是繡閣香閨女，到如今跣足蓬頭成不得人模樣。

（小生同衆上）掃雪尋行路，敲冰渡馬蹄。鐵衣侵骨冷，猶有雪風吹。（射兔不見，衆尋介）

【出隊子】（小生）白兔畫眉，（又）不知音耗。前面有個人，料得知分曉。急急拿來，生死難保。（衆）呀！怎麽一箭射在這婦人水桶裏？（丑）待我拔出來。呀！好古怪，這枝箭怎麽有兩行字在上面。禀小將軍，請看。（小生看念）箭是雕翎箭，兔是月中王。咬臍來打獵，井邊遇親。（衆）娘。（小生）箭上没有『娘』字。（衆）添上個『娘』字纔押韻。（小生）叫他還兔兒來。（衆）小娘子，我一個白兔緊趕緊走，慢趕慢走，趕到你這裏就不見了，好好放出來。（旦）列位長官，此乃是大路邊，又非是小路傍。來的來，往的往，那曾見什麽白兔兒走將過來。休憂慮免疑猜。（丑）免疑猜，免疑猜，好好放出白兔來，吃了肉還了皮，并還四個蹄，難道連皮毛吃了不成？（旦）長官呵！念奴是受苦之人，你得問便問，不得問休問我苦情懷。

（丑）苦情懷，苦情懷，我是崩州打獵來。（衆）邠州怎麽説崩州？（丑）邠崩是一韻的。（旦）原來是邠州來的，不免放下水桶，前去問他一聲，討個信息回去也好。（見介）

【不是路】舉目相看，婦人呵！看你不是人家奴婢顔。雪風天，爲甚冲寒汲井泉？濕衣單，蓬頭跣足真可憐。這其間，令人疑惑還驚歎。婦人呵！想是父母上參商，兄弟乖張。（旦）奴受冤枉，一言難盡。（小生）有什麽冤枉？（又）到亭子上來講。試説其冤。（又）

【風入松】（旦）恭承明問自羞慚，這苦情啓齒難言。（小生）但説不妨。（旦）薄情夫婿相抛閃，致此身受苦千般。（小生）因何受此苦楚？（旦）只因骨肉家門難，將軍垂聽訴吾冤。

（小生）有甚冤枉？只管説來。

【前腔】（旦）幼蒙父母最矜憐，孔雀屏開爲選良緣。（小生）你丈夫叫甚名字？（旦）虧心短幸劉智遠。（衆）哇！哇！這是太爺的名字，怎麽説出來？（小生）天下同名同姓者多，不必怪他。我問你，爹娘還在麽？（旦）不久間親喪黄泉，哥嫂釀起蕭牆變。（一）我丈夫呵，一朝心忿離家園。（小生）你丈夫離家園，到那裏去做甚勾當？

【前腔】（旦）邠州妄意去求官。從他去後呵！致令我手足傷殘。我兄嫂呵！忍心害理相逼遣。逼奴改嫁不從，將奴脱繡鞋，剪斷雲鬟。日間汲水愁無限，夜來挨磨不容眠。（小生）曾生得有兒子麽？（旦）幸得老天見憐。

【前腔】嬰兒產下磨房間。恐怕兄嫂害他，送邠州遠去天邊。（小生）兒子送去幾多年了？（旦）一十六載時光换。（小生）你兒子與我同年，從他去後，可有書信來麽？（旦）杳没個音信回還。（小生）你兒子叫甚名字？（旦）説起我那兒子名字，好苦殺人也！當初在磨房之中産下孩兒，那有剪刀？只得將口咬下臍來，就以此爲名了。咬臍名字終身怨。（小生）比如你兒子在此，你可認得他麽？（旦）那時方三朝血塊，送往邠州去了。至今一十六載，杳没音信。縱然在眼前，我那裏認得他了？將軍呵！這場冤苦訴來難。

【前腔】（小生）聽伊説罷傷痛懷。正是歡處不知愁處苦，不由人珠淚盈腮。只道你丈夫兒子今

---

（一）釀：原作『攘』，據文義改。

何在？說起來都在邠州軍寨。左右，天下有幾個邠州？（衆）稟小將軍，只有一個邠州。（小生）我爹爹邠州節度使，統領大軍。既天下只有一個邠州，你丈夫、兒子必在我爹爹帳下。我問你，曉得字麽？（旦）略曉一二。（小生）好也！好也！你既曉得字，何不寫下一封書來。我與你帶往邠州，去查夫問子來。管教你夫妻相會，母子和偕。那時節水不汲來，磨不挨。婦人呵！免得你終朝在此，受這般苦哀哉。你休憂慮，免傷懷。

（旦）如此感謝不盡。（小生）左右，取我隨行筆硯與他。（取付介）

## 義井傳書

【香羅帶】（旦）松筠帶雪研，寒侵指尖。霜毫未染呵凍管，花箋慢疊寫寒暄也。當日輕離別有何難，終朝長望淚空彈。（寫介）別時容易見時難，望斷關河煙水寒。是這等阻隔關河也，屈指曾經十六年。

（寫介）十六年來人面改，八千里外客心安。

【前腔】從郎去未還，我在家中呵！千難萬難。人間苦楚都歷遍，劉郎，你不回來呵！此身便死有誰憐也。自古道：『婦爲夫死。』雖則是生無怨死含冤，劉郎甘心自忍殘。（寫介）伯仁爲我空憐死，齊女含冤枉拜官。假若是久不回還也，斷絕今生夫婦緣。

（寫介）鴻雁不傳君不至，井邊流淚待君看。

【前腔】（旦）裁成詩半篇，愁煩更添。頓然疑慮偷望眼，（背介）我看這小將軍呵！他聲音笑貌與容顏也，好似劉郎態一般。又說父同名姓兒共年，是這等年貌無差也，暗地令人心自歡。

（笑介）（衆）啓將軍，這婦人都是假情。方纔只管啼哭，如今又發起笑來，恐是風狂的。（小生）不要胡說，那婦人爲何發笑？（旦）感蒙將軍帶書，我想丈夫、兒子相見有期了。

【尾聲】（旦）喜逢今日鱗鴻便，仗寄艱危書半緘，母子夫妻擬再圓。

（旦遞書介）（小生）異日開元寺回話。（旦）拜謝。（小生坐倒介）（衆）不要拜，不要拜，拜得將軍不自在起來。（旦）

驛舍逢君至，梅花折一枝。
隴頭人見面，寄與莫遲遲。

（下）（小生）我想天下爲兄嫂的甚多，誰似他兄嫂，不念姑妹之情，剪髮剥衣，打爲奴婢，日間汲水，夜來挨磨，虧他下得這樣狠心。這也罷了！又有這等丈夫，去了一十六年竟不回來，不念妻子在家受苦，好薄幸也！更有這等一個兒子，與我一般長大，全然不想身從何來，何以爲人了？

【駐雲飛】堪歎人生，人禀陰陽天地靈，受胞胎得成人。須要正三綱、全五倫。嗏！（衆）啓將軍，何爲三綱？（小生）君爲臣綱，父爲子綱，夫爲妻綱。（衆）何爲五倫？（小生）父子有親，君臣有義，夫婦有別，長幼有序，朋友有信是也。上有君來下有親，君親一理，爲人子的須當盡。我看他一家人，兄仇其妹，嫂妬其姑，夫不顧妻，子不念親，好比甚的而來？好比做犬馬，區區禽獸生。（又）

【前腔】漫自評論，你不念千朵桃花一樹生。忍教他汲盡一家井，磨房中清冷誰偢問？嗏！那婦人有個兒子，也與我一般年紀了。料他長大已成人，不念父母深恩。娘睡濕床薦，抱兒眠乾穩。十月懷胎三年乳哺，（又）爲娘的，（又）吃盡了多勞頓，便是鐵石人間也淚零。（又）

【前腔】驀地思親，怎不教人珠淚零？左右的，方纔那婦人分明是我娘親。（衆）將軍認那婦人做娘，就如孔夫子執御，連學生都低了。且堂上見有太夫人，怎麼他是將軍的母親？（小生）既然不是我的娘親，緣何一家大小同名姓？嗏！（衆）只是那婦人苦得緊！將軍既替他帶書，若早到得一日也好。（小生）到是我一時就忘懷了，快帶馬。（帶馬介）飛身躍馬轉家庭，將此事對家君試説個來歷緣因。假若不是我娘親呵！當與節婦伸冤恨。（衆）倘若這寄書的是太夫人，卻怎麼？（小生）這還了得，我效取趙氏孤兒殺佞臣。（又）

（小）井邊偶遇苦裙釵，爲寄家書淚滿腮。

（生）就理不知真與僞，教人戚戚痛心懷。

## 回獵見父

【引】（生）孩兒打獵未回歸，使我心下常縈繫。

孩兒打獵未見回來。叫門上的，小將軍早晚回來，即便通報。（雜）曉得。

【引】（小生）柳陰之下一佳人，父同名姓兒共庚。憶來好似生身母，堂上元自有萱親。

（雜）報，小將軍打獵而回。（生）卸卻戎妝相見。（雜）啓小將軍，卸卻戎妝相見。（小生）分付將獐、狐、鹿、兔，擺在丹墀。（相見介）（小生）爹爹在上，孩兒拜見。（生）馬上勞頓，只行常禮。（小生）爹爹拜揖。（生）孩兒少禮，坐下了。一路打獵，可曾見些什麼？（小生）爹爹聽禀。

【駐馬聽】（小生）上告嚴親，因打兔兒沒處尋。見一人蒼鬢皓首，駕霧騰雲將兒引至莊村。（生）可曾見什麼？（小生）見一婦人，井邊汲水淚盈盈，蓬頭跣足容顔損。（生）可曾問他麼？（小生）曾問緣因。（生）是誰家女子？（小生）李家員外是他爹名姓。（生）可曾配人否？（小）曾配夫君。（生）姓甚麼？（小生）嫁與劉。（生）爲何欲言又忍？（小生）有犯爹爹姓名。（生）天下同名同姓的也多，但説不妨。（小生）他嫁與劉智遠辜恩負義人。一自瓜園分別前去投軍。哥嫂逼勒再重婚，身懷有孕難從命。

（生）可曾分娩否？

【前腔】（小生）懷孕將分，趕出荷花池畔居。幸喜劉家有後，産下嬰兒名喚咬臍。哥嫂日夜用謀機，將兒撇在魚池内。（生）可曾救得否？（小生）感得竇老提攜，將兒送往邠州地。（生哭介）

【前腔】（小生）此事蹺蹊，他是何人爹是誰？天下有同名同姓，凡事三思然後而爲。心中展轉自猜疑，其中必有詳和細，爲甚兩淚交頤？[一]（又）小校，取書過來。（雜）書在此。（小）井邊稍帶家書至，望爹爹與他查問詳和細。

（生）我兒回來，可曾見你母親否？（小生）不曾。（生）後堂去見母親來。（小生）堂前辭嚴父，堂後見慈親。（下）（生看書悲介）

【一江風】見鸞牋，寫出心中怨。血淚流難見。窮途阻隔關山，音信難傳，致使遭磨難。非干去不還，（又）豈見心忍殘，今朝到作虧心漢。

【前腔】（小生）嚴親，觀書信緣何兩淚垂？其間詳和細，説與兒知會。（生）孩兒，你爹爹不見家書由自可，見了這封家書，不由人肝腸碎。（小生）爹爹，井邊的是什麽人？（生）井邊相會，他是你親生母。（小生）堂上的？（生）堂上萱親是你養育娘。好傷情，痛傷情，父哭兒啼痛

[一] 頤：原作『順』，據文義改。

碎心。（小生哭倒介）（生）夫人快來。（貼上）堂上相喧語，未審是何因？我兒起來。

【刮鼓令】㈠（小生）聽伊説罷肝腸碎，不由人撲簌簌珠淚垂。井邊相會説因伊，那知道是我親娘的。一見了如醉如癡，舒不開兩道眉，揾不住雙垂淚。（生）你娘親身穿着甚麼衣？（小生）身穿着撲喇喇襤褸衣。（生）頭上戴着什麼？（小生）既無穿的，又焉有戴的了？爹，他頭挽着亂蓬鬆剪髮齊眉。母親，取些茶我吃。（貼虛下）（小生）爹，我那娘親也成不得個人了。你在這裏享榮華，全不想李家莊上爲門婿。爹爹，你若接我母親到此，孩兒萬事總休提。若不接取我母親到此呵！孩兒一命歸泉世。（生）我兒，人道你不孝了。（小生）爹，人不道兒不孝，道爹爹辜恩負義。

（又）

【前腔】（生）非是我辜恩負義，只爲皇差緊繫。躭閣了歸期，誤了佳期。（貼上）孩兒吃茶。（小生）我不吃了。爹爹，母舅是誰？（生）就是李洪信。（小生）恨只恨李洪信天殺的，將一個嫡親妹子剪髮除衣，打爲奴隸爲奴僕受禁持。（貼）相公，你休憂慮。孩兒，你免傷悲。相公，你家中既有前妻子，停妻再娶非仁義。孩兒呵！我將這鳳冠霞帔，送與你親娘穿起。他若是一心

㈠ 鼓：原作『骨』，據曲牌名改。

一意，我願拜他爲姐姐我爲妹妹。（小生）可是真言？（貼）焉有假意？（小生）謝娘親大發慈悲，說甚麼生的養的，劉承佑一般奉侍。（生）刻日裏選歸期。（小生）爹爹，那書上寫得好苦！他說道：早來三日重相見，遲來三日鬼門關。你還說甚麼選歸期！即忙把軍兵點起，將李家莊重重圍住。把那李洪信天殺的賊，萬剮淩遲，方遂吾心意。我恨不得插翅飛到沙陀村裏。

## 磨房相會

【淘金令】（旦）思量命蹇，遭逢兄嫂害。不幸爹娘早喪，遇着狠心哥嫂，逼奴改嫁。奴家不從，設下三條計來，投河自縊也可，嫁人也可。若是不然，剪下青絲髮，脫下繡羅鞋。因此上設下一副重沉沉的磨兒。李三娘拚着一片鐵石心腸，只得慢慢挨，挨磨等夫來。這磨房之中物件，好比幾個人來。這個篩子好似狠心的哥嫂，這麥子好似奴家與劉郎一般，被磨兒磨將下來，又被篩子打分爲兩處。似這等麩不能見麵，麵不能見麩。重疊疊，碎紛紛，被他們打下篩。日前八角琉璃井邊，偶遇着一位小將軍。那將軍年紀雖小，到有一點陰德之心。他方便替奴把書帶，又許我查夫問子來。水，我汲得，你有了。磨，我挨得，你彀了。有一日夫妻相會，子母團圓，那時節水不汲來，磨不挨。狠心的哥嫂，斷然不受災，豈受哥嫂害。

（生）皂蓋紛紛點翠苔，猶如仙子下瑤堦。門前桃李依然在，盡是劉高親手栽。劉高自從瓜園別後，李洪信不思兄妹之情，把三娘剪髮除衣，日間汲水，夜來挨磨。日前孩兒與三娘相會，帶書一封與我，方知三娘在家受苦。今晚回來，本待頂冠束帶相見，奈婦人家見識淺，有話也不說了。我今假扮未遇回來，探問一個消息。這便是磨房，怎麼裏面無人？想是李洪信知我回來，接了妹子回去，也未可知。他既回頭，我便罷休。且到開元寺中住下，又作道理。（旦）苦！（生）裏面分明是三娘叫苦，且站在一旁，聽他裏面説甚麼？（旦）苦！怎的天還不明，鷄還不叫？

【宜春令】恨金鷄不打更。呀！此非州縣城郭之所，爲何有更鼓響？奴家忖到了，想是往來官員，在開元寺中屯扎，故此有更鼓響。聽譙樓畫鼓頻頻，天邊皓月炤人明。月，你炤着人間，夫唱婦隨，也有好處。炤着我李氏三娘，這般苦命怎的？怎的不去炤華堂？明皎皎，羞荅荅，偏炤奴身李三娘，倚定在磨房門。呀！這等時候，外面還有人行走。我想這人的命，與我李氏三娘也差不多。又只見窗兒外路兒上，分明有個人行。恨只恨劉郎一去不回程。我爹爹當初在馬明王廟中賽愿，見你一貌堂堂，把奴招贅于你。指望日後有個好處，榮耀奴家。誰知道你一去不回程。早知今日悔當初，到不如與你恩斷情。情斷恩，恩情兩下分乾净。

（生）三娘開門。（旦）哥嫂，我在這裏挨磨。（生）不是你哥嫂，是我劉智遠回來。（旦）既是劉郎，我也在此挨磨。（生）三娘，果是我劉高回來。不消猜疑，快快開門。（旦）既是劉郎，當初在那裏分别，試説來。

【江頭金桂】（生）抛離數載，景致依然在。門前桃李槐，盡是劉高親手栽。只見門樓倒壞，糞草成堆。敢則是李洪信他好酒貪杯，想是無人佈擺。（旦）眼前事情不要講他，你只説在那裏分别？（生）自從分别在瓜園，天賜留題，神書寶劍。恨只恨大舅，無端把你我錦繡死央拆散開。日前見你有書來，上寫有幾般受苦許般災，還有幾多恩和愛。（旦）既曉得幾般受苦幾般災，緣何一去不回來？可見男子漢心腸忒歹。（生）非是我心腸忒歹，都只爲官司有差，久繫身軀不得來。因此上連夜回來，幸喜三娘還在。你且把憂愁放下懷，迎風户半開。歡歡喜喜啓門相待，這一段寃仇必須殺害。

三娘，快快開門。（旦）鎖匙哥嫂拿去了。（生）水飯怎麼送來？（旦）若記得，送來。若忘懷，你妻子就餓一餐了。（生）三娘，不須煩惱，我且到開元寺中安歇一宵，來日相見。（旦）敢怕不是劉郎，若是劉郎，往日英雄那裏去了？（生）三娘，你可有躲身之處？且閃開，待我打下門來。（旦）且住，有官就打下門來，若無官不要打。（生）三娘閃開。一聲怒氣沖牛斗，那怕千重鐵磨門。（打下門相見介）

【桂枝香】（生旦）多年離别常懷罣念，多因兩下無緣。默默終朝長歎，奈緣慳分淺，死央拆散重相會面。謝蒼天夫婦重相見，花再重開月再圓。

（生）一别三娘十六秋，容顔相貌不如初。（旦）幾回要把衷腸訴，及至相逢半句無。恭喜劉郎做官回來。（生）不要説起，早去三日也好，遲去三日也好。不前不後，剛剛投得一名馬頭軍。（旦）馬頭軍有幾品？（生）論不得品級。（旦）這等大得緊了。（生）在你家看馬一樣。（旦）在我家看馬，去到邠州也是看馬，難道你爹娘埋在馬頭山上？（生）我在邠州聞你在家挨磨。今晚回來，你還在此挨磨，你父母埋在磨盤山下不成？（旦）我挨磨是爲你。（生）我看馬也是爲你。（旦）不要來惱我。（生）不要來氣我。再去三年，偷也偷個官來見你。（旦）冤家，再去三年，官則有准，只是你妻子等不得了。一别瓜園十六年，杳然不見信音傳。兄嫂在家常打罵，全無半句怨夫言。我爲你幾個天光没飯吃，幾度寒冬没衣穿。百般苦楚奴受盡，如何還説去求官？

【皂羅袍】（旦）寔指望一身榮貴，盼着你衣錦榮歸。又誰知依舊身襤褸，枉教奴挨磨并汲水。你今你還是從大路來，是小路來？（生）大路來，小路來，怎麼樣我不成？（旦）世上那有怕人的道理！你今頂冠束帶回來，與妻子增光。這般模樣回來呵！衣冠不整，轉回故里。有何顔面再見親戚，全然不顧人羞恥。

【前腔】（生）休把我一身輕視，我待要改换門閭。（旦）你且把一身改换一改换。（生）我如今把磨房拆了，左邊做一個花園，右邊起一所御書樓，中間起一個都憲坊，我們夫妻將就過日子罷！（旦）快醒來，不要説夢話。磨房不要拆，馬房整起來。你在那邊看馬，我在這邊挨磨。旁人看見，好一對現世的夫妻。（生）誰知我收服蠻夷皆投順，吾奉聖旨還鄉閭。（旦）奉聖旨是有官了？（生）是本官的，我替他奉。（旦）你可有分？（生）我那裏有分？（旦）既没分，説他怎的？（生）你問他怎的？我喬妝打扮特來探取，私行到此何人漏洩？三娘，也罷！一個朋友送我一件寶貝，與你看一看。（旦）是個現世寶。（生）我有黃。（止介）（旦）不要慌，敢是偷鷄事發了。（生）我有黃金玉帶藏腰繫。

【前腔】（旦）恭喜你一身榮貴，賀喜你一身發跡。全然不把半行書寄。暗思昔日養孩兒，受盡兄嫂多磨折。夫妻日夜用謀機，將兒丢放魚池内。（生）可不淹殺了我那兒？（旦低聲）救了。（生）救得一個兒子，險些悶死一個老子。（旦）感得竇老提攜，慇懃救取，千山萬水送來與你。（生）我不曾見他。（旦）未審嬌兒今何處？

【前腔】（生）日前見血書一紙，方知你受苦禁持。本待要差人接取，忽然命我征蠻去。功勞未遂音信罕稀，一十六載時光易。幸你孩兒日前在八角井邊，與你曾相遇。（旦）那一陣軍馬，不知是馬上的？馬下的？（生）劉智遠的兒子豈在馬下？那帶紫金冠的便是！（旦）好乖巧。（生）我的兒子怎麽不乖巧？（旦）還是我生的乖。（生）還是我養的乖。（旦）不要爭，你我都有分。他昂昂志氣，堂堂貌美，虧了他百萬軍中與我帶信回。（生）孩兒，不見家書猶自可，見了時悶似湘江水，涓涓流不息，空教淚染衣衫濕。

孩兒的話說完了，父親的話還不曾講完。

【前腔】（生）上告三娘聽啓，有椿事訴與伊知。提鈴喝號受孤恓，因失紅袍。（旦）濕了，曬一曬。（生）紅袍内有許多故事，我對你說，卻不要着惱。（旦）你今做官回來，孩兒又長成，天樣大的事，也只是一笑了。（生）你除非對天盟下誓來，我就對你説。（旦）我不曉得盟誓。（生）我教你説，天地神明，日月三光，今丈夫做官，孩兒長成。有件事對我説，我若煩惱怎的怎的。（旦依生説介）（生）你也説怎的怎的，須認作個甚麼物件纔是。（旦）我若煩惱，就是一個狗。（生）因失紅袍再娶了岳氏妻。（旦）恭喜你，賀喜你，又與孩兒娶了妻。（生）三娘，不要污口。不是兒子的，是兒子的老子。（旦）原來是你。（生）是區區。（旦）也恭喜。（生）三娘賢慧。（旦）甚麼賢慧？（生）三娘，狗還不曾去。（旦）咬也咬他一口。你是個男子漢負心的，我若容你，只恐怕天不容你。（生）做狗，做狗，把我咬了一口。還是岳氏夫人多賢慧。（旦）甚麼賢慧？（生）虧他堅心着意，與你養孩兒。（旦）我的現成兒子要他養怎的？（生）當初有了幾歲，送到邠州？（旦）三朝帶血的哇子。（生）可知道，他若是個不賢慧的，將兒子磨折死了，今晚那有個丈夫回來了？你去想一想。（旦）這等説起來，到也賢慧。也罷！看兒子分上，饒了你罷。（生）好！好！人家兒子替父親也説得面情。（旦）只怕你貪戀多嬌女。（生）我怎敢忘了舊日絲蘿李氏妻。殘花再發，缺月又輝，枯枝又遇春風際。（又）（並下）

# 樂府名詞

《樂府名詞》(全名《新鐫彙選辨真崑山點板樂府名詞》)上卷收録《白兔記》之《知遠遊春》一齣,輯録如下。

## 知遠遊春

【金井水紅花】沽酒誰家好? 前村問牧童。遥指杏園中,好新豐。清帘風動,正好提壺挈榼,那更玩無窮。咱兩個醉春風,也囉。雙雙共出,共出莊門,聽取西郊樂聲風送。(合)和你百年歡笑,兩情正濃。百年偕老,兩情正濃。夫妻正好,又恐如春夢。

【前腔】沙暖鴛鴦睡,啣泥燕子融。楊柳拂簾籠,雨濛濛,雛鶯舌弄。香襯輪蹄歸去,桃杏漸輕紅。人如在錦屏中,也囉。和你雙雙轉過,轉過疏籬。手捻花枝,插在鏤金釵鳳。(合前)

【前腔】莫學襄王夢,巫山十二峰。何幸遇芳叢,向其中。語言倍奉,得伊提掇起,免在污泥

中。這恩德感無窮，也囉。一心感得，感得公公。把我前人，相敬厮重。（合前）

【前腔】門闌多喜氣，豪富意頗濃。褥映繡芙蓉，兩情同。琴調瑟弄，輳合姻緣會，佳婿近乘龍。人都道喜相逢，也囉。伊家感得，感得公公。異日身榮，莫忘恩寵。（合前）

# 詞珍雅調

《詞珍雅調》（又名《彙選古今詞宗》《詞林正體》《詞林正本》《詞珍》《遺懷雅調》等）之《翰苑詞珍》貞集收録《白兔記》之《劉智遠李三娘完娶新詞》《劉智遠李三娘花園遊玩》二齣，輯録如下。

## 劉智遠李三娘完娶新詞

【畫眉序】無意入桃源，豈料仙娥降塵寰。感尊翁見愛，不棄微寒。同歡會合巹杯浮，合歡帶同心相綰。（合）此時淑女逢君子，真個是輻輳天緣。

【前腔】婚娶理當然，奇偶同庚古難全。似西施貌美，遇着潘安。花燭映緑鬢朱顔，珠翠擁雲鬟粉面。（合前）

【滴溜子】喜今日藍橋路，果通銀漢。料前生蟠桃會，曾結分緣，得遂室家之願。嬌姿天遣配英豪，似雙雙飛燕，端不負姮娥偏愛少年。

【鮑老催】人人都羨，連城雙璧成姻眷，襄王巫女何足嘆。這姻緣，非尋俗，宜繾綣。羅幃繡幕春風軟，百年夫婦永和諧，琴調瑟弄宫商按。

【雙聲子】郎俊彦，郎俊彦，博古今，通文翰。女貌鮮，女貌鮮，戴珠冠黄金釧。美雙全，美雙全。幸有緣，幸有緣。似蕭史弄玉，跨鶴乘鸞。

【尾聲】歡娱偏覺今宵短，華筵樽俎已闌珊。人都散，只見月影牆頭過八磚。

## 劉智遠李三娘花園遊玩（新）

【金索掛梧桐】一對鴛鴦侶，相携翠碧叢，濃緑影重重。一枝紅，榴花色弄。笑倩劉郎輕折，斜插鬢雲中。越顯得翠玲瓏，也囉。香肌潤，素羅輕，慢將團扇輕輕揮動。（合）玉容易減，時不再逢，恩情莫遣如春夢。

【前腔】池館荷花滿，流光倒影重，翠蓋慢摇風。粉妝紅，香風時送。慢自雙雙携手，行過畫橋東。人如在畫圖中，也囉。文鴛戲破浮萍，涵空碧影，新波翻動。（合前）

【醉扶歸】畫欄杆下香肩並，臙脂潤濕汗流紅。輕羅脱盡體生風，悄然俱在清虚境。晝長人倦鬢鬅鬆，妝殘低照池邊影。

【前腔】摇金舞鳳淇園種，龍孫乍長緑陰濃。玉人未覺竹枝輕，鬟邊挽墜黄金鳳。相偎相倚翠薇中，一雙人立蒼煙徑。

【滚終】歌殘扇底風，香袖風飄動。不學採蓮人，笑語花間應。碧梧翠竹，彩鸞丹鳳。（合）但願這韶華，人長共。

【前腔】新蟬噪柳風，嫋嫋摇輕影。簾捲對南薰，鶯老園林静。此時此際，猶如蓬境。（合前）

○劉郎，我和你一對夫妻，想天緣之作合；兩情魚水，喜人願之相投。休辜百歲之光陰，且盡今朝之樂事。花園既玩，雖愜情懷；恨未村沽，且舒鬱悶耳。○三娘，人生百歲，光陰幾何？念渠未及司馬之才，頗遂文君之願。嗟彼德耀，愧我梁鴻。爾既樂於村醪，吾當前村問酒。○劉郎不棄，沽飲一番。○娘子若用，卑人同去。

【金井梧桐】問酒誰家有，好前去。問牧童，遥指杏園中。好新豐，青帘風動。正好提壺挈榼，緩步扶笻。咱兩個醉春風，也囉。雙雙共出莊門，聽取西郊樂聲相送。（合）百年歡笑，兩情正濃，夫妻悄似鸞和鳳。

【前腔】沙暖鴛鴦睡，啣泥燕子忙。楊柳拂簾籠，花拖雨濛濛。鶯聲巧弄，香襯輪蹄歸去，桃

杏浸堦紅。人如在錦屏中，也囉。雙雙手撚花枝，插近金釵，鬢邊鸞鳳。（合前）

少年夫婦兩相宜，手撚花枝插鬢欹。

比目佳魚争逐伴，鶼鶼好鳥效于飛。

# 萬錦清音

《萬錦清音》（全名《方來館合選古今傳奇萬錦清音》）收録《白兔記》之《遊春》一齣，輯録如下。

## 遊　春

【梧寥金羅】沽酒誰家好？前村問牧童。遥指杏花中，好新豐。青帘風動，正好提壺挈榼，那更玩無窮。咱兩個醉春風，也囉。雙雙共出，共出莊門。聽取西郊，樂聲風送。（合）和你百年歡笑，兩情正濃。百年諧老，兩情正濃。夫妻正好，又恐如春夢。

【前腔】沙暖鴛鴦睡，啣泥燕子融。楊柳拂簾櫳，雨濛濛。雛鶯舌弄，香襯輪蹄歸去，[一]桃杏

[一] 蹄：原作「啼」，據汲古閣刊本《繡刻白兔記定本》改。

漸輕紅。人如在錦屏中，也囉。雙雙轉過，轉過疏籬。手捻花枝，插在鏤金釵鳳。（合前）

【前腔】莫學襄王夢，巫山十二峰。何幸遇芳叢，向其中。語言陪奉，得伊提掇起，免在污泥中。這恩德感無窮，也囉。一心感得，感得公公。把我前人，相敬廝重。（合前）

【前腔】門闌多喜氣，豪富意頗濃。褥映繡芙蓉，兩情同。琴調瑟弄，湊合姻緣會，佳婿近乘龍。人都道喜相逢，也囉。伊家感得，感得公公。異日身榮，莫忘恩寵。（合前）

# 崑弋雅調

《崑弋雅調》（全名《新刻精選南北時尚崑弋雅調》）雪集收録《白兔記》之《遊山打獵》《義井傳書》二齣，月集收録《磨房相會》一齣，輯録如下。

## 遊山打獵

（小）手提七星劍，腳跨禿爪龍。射了折足雁，打破錦屏風。

自家劉承祐是也。今奉爹爹嚴命，前往沙陀村遊獵二番。小校，教場起馬！（衆）得令！（科）（小）帳下多少人馬？（衆）一哨人馬。（小）不要許多，只要帳下三軍。（衆向内云）將軍分付，只要三軍前去。（内）曉得。

【北端正好】（小）帳下三軍，帳下三軍，聽吾號令。英雄猛似虎，披掛賽天神。撲鼕鼕催軍鼓響，急爭爭趲上近嶺。（科）連天砲響振天驚。人人各帶弓一把，個個帶着狼牙箭几根。

緊着眼，用着心，見兔放鷹，見兔放鷹。白馬兒閃爍爍頭戴紅纓，獵犬兒吠汪汪走似飛雲。麞麂兔鹿皆不見，只見烏鴉喜鵲盡藏身。天邊鴻雁轉西沉，疾忙與我解絨繩，放海青。那海青，眼似銅鈴，爪似鋼□，嘴似鐵釘。一飛飛入在天鵝陣，天鵝見了猛驚。天鵝前面走，海青後面跟，那海青爪住天鵝眼睛。天鵝頭上碎紛紛，血淋淋，活喇喇滚落在地埃塵。（衆科）（小）衆軍人，休得要吶喊聲頻，俺這裏人勞馬倦，暫歇郵亭，暫歇郵亭。（科）（衆）禀將軍，衆人肚飢不？（小）每人賞你三分銀，大家沽酒消愁悶。（衆）夥計，將軍賞我和你去買甚麽東西，和你算算。（丑）一分銀子買得酒一瓶，一分銀子糴得米兩升，一分銀子買豆心。（衆）不勾吃。（丑）大家去擄掠良民，大家去擄掠良民。（小）唗！衆軍人休得要擾害良民，你若依吾令，一個個論功陞賞。你若違吾令，回轉邠州禀告爹爹，就把軍令施行，就把軍令施行。（衆）將軍年紀雖小，且是利害！他説道若還依他令，論功陞賞。若還違他令，把你們割卵抽筋，把你們割卵抽筋。（丑）軍令施行。（小）路上有花并有酒，一程分做兩程行，一程分做兩程行。（衆）白兔來了。（小）看弓箭過來。（科）曉出鳳城東，須臾剪草中。紅旗遮日月，白馬走西東。背手拈弓彈，番身扯角弓。衆軍齊喝采，一箭落長空。看馬來，衆軍趕上。（科）忙把雕弓頓整，向前村尋覓那飛禽。人人着眼，個個用心，大家齊唱【宜春令】，大家齊唱【宜春令】。（衆）禀將軍，白兔走在這花園裏去了。（小）帶住馬。（科）來此是那裏？這花園是誰家的？前去問來。（衆）曉得。（向内）□！這裏叫做甚麼地名？（内）沙陀村八角井。（丑）這花園誰家的？（内）李家的。（丑）不是你家的，是我家的？（内）李家的。（丑）李家的？（科）禀將軍，此間是沙陀村八角井，花園是李家的。（小）進去看來。（丑）這門頂上了，你膽小的跳過牆去，我膽大的在外面等。（衆）我膽小的在外面，你膽大的跳進去。（丑）好，待我跳進去。且慢，不知裏面虛實何如？（衆）待我撿個石頭打進去看看。（科）裏面實地，不打緊，跳進去。（丑）來，幫一幫。（科）開了門着，大家進來。（小）將馬帶進花園。（科）去尋白兔來。（丑）尋白兔。（科）這枝箭插在這井邊水桶上，拿去見將軍。白兔尋不見，撿得一枝箭。箭上有行字，將軍念一念。（小）箭是鵰翎箭，兔是月中王。咬臍來打獵，井邊遇親，（衆）娘。（小）没有個娘字。（丑）若没有個娘字，成不得下韻。（小）你前去看有甚麼人。（丑）曉得。（科）（内）好苦！（丑）老虎來了，快拿膝子銃來！（衆）鳥子銃，甚麼膝子銃？（丑）聽見説老虎，我就興起來了！（衆）慌了，甚麼興了？（丑）興慌興慌。（衆）和你前去仔細看來。（内）苦！（丑）原來是個婦人，在井邊叫苦，去回覆將軍。（科）禀將軍，只有一個婦人，在井邊汲水。（小）你去叫他來問。（丑）曉得。婦人，我將軍叫你。（内唱）

【哭相思】（旦）噯！列位長官，借你口中言，傳我心中事，你與我多多拜上小將軍。傳言上覆你將軍，廣行方便路，陰騭滿乾坤。念奴是含冤婦，受苦人。你行你的路，奴汲奴的水，知音便得問，不知音，則索罷休罷休罷。罷了罷休。問奴家苦情懷。（丑）苦情懷，苦情懷，將我白兔放出來。（内）大路在山前，小路在山後，奴家汲水只顧汲水，那曾見白兔兒撞將過來？

你休憂慮莫猜疑，你休憂慮莫猜疑。(丑)稟將軍，那婦人説道。(丑照旦云前)(小)他那裏訴情懷，俺這裏審情懷，我打從邠州一路上來，不曾見個婦人跣足蓬頭不穿一雙鞋。其中必有冤苦事，叫他一一從頭訴上來。(丑)婦人，我將軍説道，俺這裏審情懷，你那裏訴情懷，我打從邠州一路上來，不曾見個婦人跣足蓬頭不穿一雙鞋。其中有甚麼冤苦事，叫你一一從頭爬上臺，叫你一一從頭爬上臺。

(衆)訴上來！(丑)是，訴上來。婦人，我將軍叫你。(旦)待奴向前相見。(上科)

## 義井傳書

【不是路】(小)舉目相看，看他不是人家奴婢顔。雪風天，因甚衝寒汲井泉？濕衣單，跣足蓬頭真可憐，這其間使人疑慮還驚嘆。你是誰家婦，那家眷，有甚冤枉事。婦人呵，你且上郵亭，試説其冤，試説其冤。

【風入松】(旦)恭承明問自羞慚。(科)(丑)不要走，不要走。我將軍今年一十六歲，還没有破陽。(旦)這苦楚啓齒難言。只爲薄情夫婿相抛閃，致使我受苦千端。只因骨肉家門難，幼蒙父母最矜憐，雀屏開爲選良緣。(小)你丈夫叫甚名字？(旦)嫁與虧心短倖劉智遠。(丑)呸！我家太老爺的名字，你敢講？你就該墮該拌該磨！(小)天下同名共姓者多，不要怪他。婦人，夫乃婦之天，爲何言夫之過？（旦）噯，罷了。將軍，非是小婦人言夫之過，他抛妻不顧，棄家不返，兀的不是虧心短倖劉智遠？（小）你父母可在否？（旦）不久間親喪黄泉，哥嫂釀起蕭牆變。我丈夫呵，他一朝心忿離家園。（小）如今那裏去了？（旦）邠州安意去求官，致令得手足傷殘。我那哥嫂呵，他忍心害理相逼遣。逼奴改嫁不從，脱繡鞋剪斷雲鬟。日間汲水愁無限，夜來挨磨不容眠。（小）且問你丈夫有甚麼手段？（旦）將軍，若論我丈夫的才學，文通孔孟，武貫孫吴。他去獻策逞英才，想他不做擎天柱，也做棟梁材。（小）可有兒子没有？（旦）幸喜皇天見憐，嬰兒産下磨房間。又恐哥嫂毒害，感竇老送往邠州遠去天邊。（小）去了幾年？（旦）一十六載時光换。（小）可有書信回來否？（旦）杳没個音信回還。（小）你兒子叫甚名字？（旦）説起我兒子的名字，真個好苦！當初磨房之中産下時節，没有剪刀，將口咬下臍來，以此爲名。咬臍名字是奴家終身怨，我場冤苦訴難難，我場冤苦訴難難。

【前腔】（小）聽伊説罷好傷懷，正是歡處不知愁處苦。不由人珠淚盈腮。我問他丈夫兒子今何在，却原來都在邠州軍寨。若在我爹爹帳下則可，若不在我爹爹帳下，虧了這婦人。左右，你問那婦人，可曉得字否？（丑）將軍問你，曉得字否？（旦）略曉一二。（丑）他説曉得兩個。（小）婦人呵，你既曉字跡，(一)何不修下一封書來，我與你帶往邠州寨。查問姓劉人，與你查夫問子來。管教你夫妻相會，母子團圓，那時節你水不汲來磨不挨。你休憂慮，免傷懷。左右，取文房四寶過來與他。(丑)曉得。(科)文房四寶在此，我教道你寫：怎的又怎的，如何又如何。(衆)啐！甚麼怎的又怎的？不是那樣寫，待我來教道他：修書一封，寄與老公。自你別後，夜夜不空。一晚和尚，一晚齋公。如若不回，苦情萬種。

【香羅帶】(旦)松筠帶雪研，(科)(丑)他罵你鬆軍爛腳臁。(衆)他説『松筠帶雪研』。(旦科)寒侵指尖，(科)霜毫未染呵凍管，把花箋謾寫寒暄也。當日輕離別，有何難，終朝長望淚偷彈。似這等阻隔關山也，屈指曾經十六年。(科)十六年來人面改，八千里外客心安。從郎去未還，此身便死有誰憐也。自古道，婦爲夫死。雖則是生無怨，死含冤，劉郎甘心自忍戕。(科)伯仁爲我空憐死，齊女含冤枉拜官。假若是久不回還也，斷絕今生夫婦緣。(科)鴻雁不傳君不至，井邊流淚待君看。李三娘謹封，付與劉郎開拆。裁成詩半篇，愁懷更添，頓然疑慮偷望眼。(科)(小)左右，看馬伺候。(旦)看此小將軍，我聽他聲音相貌容顏也，好似劉郎態一般。似這等父同名姓子共庚，暗地令人心喜歡。

(一) 曉：原闕，據文義補。

（衆）這婦人爲何發哂？（旦）列位長官，非是小婦人發哂。

【尾聲】幸喜今日鱗鴻便，伏寄艱危書半篇。將軍請上，受奴一禮。母子思情，全賴扶持。（科）

（丑）不要拜，不要拜，拜得將軍不自在。（旦）列位長官，非是小婦人要拜一禮，只怕你將軍事冗，忘記得帶書之事。煩你列位去到邠州，若見我丈夫時節，你道是早回三日重相會，遲回三日鬼門關上做夫妻，遲回三日鬼門關上做夫妻。（下）

（小）左右，帶馬出花園門。（丑）曉得。（科）（小）左右，世間有這樣狠心的哥嫂，好似甚的？（丑）這個是秤砣包饅首，鐵做心腸。（小）好似老虎咬蓑衣，没些人氣。有這樣的丈夫，去了一十六年，不念妻子，好似甚的？（丑）這個是鄱陽湖裏漂鴨蛋，叫做浪蕩子。（小）也不是。這個叫做牆上走馬，轉不得頭。（丑）是出乎無奈了。（小）人間有這樣兒子，年方一十六歲，不思母親，好似甚的？（丑）這個是冬瓜蔓上生茄子，亂雜種。（小）不是這樣説，叫做燕子啣泥空費力，養大毛乾各自飛。

【駐雲飛】（小）嘆論人生，性禀陰陽天地靈。受胞胎得成人，爲人要全三綱五倫正。嗏。

（丑）何爲三綱？（小）君爲臣綱，父爲子綱，夫爲妻綱。（丑）何爲五倫？（小）君臣有義，父子有親，夫婦有别，長幼有序，朋友有信。上有君來下有親，上有君來下有親。君親臣子，爲臣子一體須當盡，還須要報國丹心盡子情。

【前腔】（小）謾自評論，李洪信的賊，你不念同胞共乳生，任教汲盡王家井。磨房清冷誰偢問，嗏，虧你下得這狠心。枉爲人，似這等兄仇其妹，嫂妬其姑，好似甚的而來？好一似犬馬，區區禽獸生，區區禽獸生。

【前腔】（小）默地思之，提起教人珠淚垂。咬臍的狗才，你方一十六歲，不念母親，你身從何來？嗎狗才，你枉了長大與成人。不思量娘睡濕床蓆，抱兒眠乾枕。三年乳哺十月懷胎，爲娘的吃盡了多勞頓。左右，方纔那婦人是我的娘親。（衆）將軍，邠州有太夫人在，怎麼説那婦人是娘親？（小）既然不是我娘親，緣何一家大小同名姓？（科）番身躍馬轉家庭。（衆）將軍慢些，衆人趕不上。（小）非是我馬兒去得緊，不顧你衆軍人。適纔那婦人，苦叮嚀，細叮嚀，他道是早回三日重相會，遲回三日鬼門關上做夫妻。俺本是男子漢大丈夫，豈肯失信於他人？恨不得插翅飛到爹爹跟前，將此書查一個來歷分明。若還不是我娘親，當與節婦伸冤恨。（衆）若還是你娘親？（小）若還是我娘親，了得！了得！定效取趙氏孤兒殺佞臣！

## 磨房相會

【淘金令】（旦）思量命蹇，遭逢哥嫂害。不幸爹娘早喪，遭着狠心哥嫂。逼奴改嫁，奴家不從。設下三條計來，投河自縊也可，嫁人也可。若是不然，剪下青絲髮，脱下紅繡鞋。因此上設下一副重沉沉的磨兒，李三娘拚着一片鐵石心腸，只得慢慢挨，挨磨等夫來。這磨房之中物件，好比幾個人來。這篩子好似狠心的哥嫂，這麥子好似奴與劉郎，被磨兒磨將下來，又被篩子打分爲兩處。似這等，麩不能見麵，麵不能見麩。重疊疊，碎紛紛，被他們打下篩。日前在八角琉璃井邊，遇着一位小將軍。那將軍年紀雖小，到有一點方便之心。他與我帶家書，又許我查夫問子來。管教我水不汲來磨不挨，哥不凌來嫂不害。斷然不受災，豈受哥嫂害。

（生）皂蓋紛紛點翠苔，猶如仙子下瑶堦。門前桃李依然在，盡是劉高親手栽。自從瓜園別後，李洪信不思兄妹之情，把三娘剪髮除衣，日間汲水，夜來挨磨。日前孩兒與三娘相會，寄書一封與我，方知三娘在家受苦。今晚回來，本待頂冠束帶相見，奈婦人家見識淺，有話也不說了。來此便是磨房，怎么裏面無人？想是李洪信知我回來接妹子回家，也未可知。他既回心，我便罷休。且到開元寺中住下，又做道理。（旦）苦！（生）裏面分明是三娘叫苦，且站一傍，聽他說些甚麼？（旦）怎的天還不明，鷄還不叫？苦！

【宜春令】恨金鷄不打更。呀！此非州城縣廓之所，爲何有更鼓之聲？奴家忖到了，想是來往官員住開元寺中屯扎，（一）故有更鼓響。聽樵樓畫鼓頻頻，天邊皓月炤人明。月，你炤着人間夫唱婦隨，也有好處；炤着我李氏三娘，這般苦命怎的？怎的不去炤華堂，明皎皎，羞答答，偏炤奴身李三

（一）扎：原作『札』，據文義改。

娘，倚定在磨房門？呀！這般時候，外面還有人行走。我想這人的命，與我李氏三娘爭差不多。又只見窗兒外，路兒上，分明有個人行。恨只恨劉郎一去不回程。早知今日，悔不當初。到不如他恩斷情，情斷恩，恩情兩下分乾浄。

（生）三娘開門。（旦）哥嫂，我在這裏挨磨。（生）不是你哥嫂，是劉智遠回來。（旦）就是劉郎，我也在此挨磨。（生）三娘，果是我劉高回來，不消猜疑，快快開門。（旦）既是劉郎，當初在那裏相别？試說來。

【江頭金桂】（生）抛離數載，景致依然在。門前桃李槐，盡是劉高親手栽。只見門樓倒壞，糞草成堆，敢則是李洪信好酒貪杯，想是無人佈擺？（旦）眼前事不要講，只說在那裏分别？（生）自從分别在瓜園，天賜留題，神書寶劍。恨只恨大舅無端，把我錦繡鴛鴦拆散開。日前見你有書來，書上寫有幾般受苦幾般災，還有許多恩和愛。（旦）既曉得幾般受苦幾般災，緣何一去不回來？可見男子漢，心腸忒歹。（生）非是我心腸忒歹，都只爲官司有差，久繫身軀不得來。因此上連夜回來，幸喜三娘還在。你把憂愁放下懷，迎風户半開。歡歡喜喜，啓門相待。這段冤仇，必須殺害。三娘開門。（旦）鑰匙哥嫂拿去了。（生）這等我轉到開元寺中住一宵。（旦）只怕你不是劉郎！（生）怎的？（旦）既是劉郎，往日英雄那裏去了？（生）是了，當初收伏王彦章，被我如擒，何況一所磨房，隔斷夫婦不能相會？三娘，裏面有藏身之所否？（旦）怎的？（生）

待我打下房門。（旦）我問你，有官就打，没有官不要打。（生）劉智遠是蹺性人，没有官，偏要打！一聲怒氣沖斗牛，那怕千重鐵磨門。（見介）你不是三娘，老了。（旦）不是劉郎，生了髭鬚。（生）豈不聞少年子弟江湖老？（旦）紅粉佳人白了頭。（生）多年間別，長懷思念。多因兩下無緣，默默終朝長嘆。奈緣慳分淺，鴛鴦拆散相會轉。告蒼天，夫妻又得重相會，花再重開，月再圓。

# 綴白裘

《綴白裘》三編、八編、十編分别收録《白兔記》之《養子》《回獵》《麻地》《相會》《送子》《鬧鷄》六齣，輯録如下。

## 養　子

【引】（旦上）無計解開眉上鎖，惡冤家要躲怎躲？

梁上掛木魚，吃打無休歇。啞子吃黄連，有口難分説。自從丈夫去後，哥嫂逼奴改嫁不從，罰奴日間挑水，夜間挨磨。咳！我一不怨我爹娘，二不怨我哥嫂，三不怨我丈夫。

【五更轉】只恨奴命乖遭折挫，爹娘知苦麽？哥哥嫂嫂你好横心做，趕出劉郎罰奴挨磨。叫天不應地不聞，如何過？（合頭）奴家那曾識挨磨挑水？辛勤也只爲劉大。

我在此間閑話，哥嫂知道，又要出來絮聒了。

【前腔】我只向磨房愁眉鎖，受勞碌也是没奈何。爹娘在日把奴如花朵，死了爹娘被哥嫂將奴凌辱。爹娘死，我孤單，如何過？（合頭）奴家那曾識挨磨挑水？辛勤也只爲劉大。

阿唷！阿唷！腹中一陣陣疼痛起來，我想只在此夜要分娩了。欲待要挨，怎奈磨兒又重；欲待不挨，哥嫂又要打罵。罷！罷！罷！

【前腔】我只得挨，阿唷！挨幾肩，頭暈轉。腹脇遍疼腿又酸，神思困倦。我好挨不轉，欲待縊死在磨房，恐怕擔閣了智遠。思起，淚滿腮，如何遣？（合）願天保佑奴分娩。若得父子團圓，夫妻重見。

一時神思困倦，不免就在磨兒上打睡片時，起來再挨。神思苦難挨，磨兒吓，醒來依然在。（丑上）好人弗肯做，情願嫁劉大。劉大弗居來，罰他去挨磨。咦！那了，弗聽得磨子響？等我進去看看介。好吓！到困着拉裏！（打介）好困吓！（旦）阿呀嫂嫂吓！（丑）磨没弗牽倒拉裏困！（旦）怎奈磨兒重，挨不動。（丑）呧介個女娘家，弗知好怯！呧𤞣阿哥要買紫石磨、青石磨、黄石磨。我説：罷，弗要討個中生個便宜，將就子點罷。倒説推弗動。走開！來讓我推拉呧看，如何？呧真當道是個磨子了，個是戲房裏個單皮鼓噓！（旦）嫂嫂，請歇息，歇息罷。（丑）歇息，歇息，田裏人要麵吃！若没麵吃，要打你七十八十！咳！呧出來！香阿弗曾點來，等我去點子香燭，念完子佛，再來打呧個臭花娘！南無阿彌陀佛，臭花娘！南無阿彌陀佛，臭淫婦！（下）（旦）嫂嫂吓，你也是婦人家，怎麽不知婦人家的苦楚？呀！腹中疼痛，想是要分娩了。但不知什麼時候了，待我推窗一看。呀！

【鎖南枝】星月朗傍四更，窗前犬吠鷄又鳴。哥嫂太無情，罰奴磨麵到天明。想劉郎去没信音，磨房中冷清清，風兒吹得冷冰冰。阿唷！天吓！腹中一霎時又疼痛起來，想是要，阿唷！阿唷！這一回一發疼痛得緊。阿唷唷！娘吓！

【前腔】叫天天不應，阿唷唷！叫地地不聞。腹脇遍身疼怎禁？料想分娩在今宵，俏没個人來問。阿呀！娘吓！望祖宗陰顯靈，保佑母子兩身輕！

（養介）嫂嫂。（丑內）嗜個？（旦）借腳盆使一使。（丑內）腳盆撒拉虱，弗曾箍來。（旦）吓！有了，只得把身上舊衣服，展乾净了罷。嫂嫂。（丑內）阿是叫命傣？只管叫！（旦）剪刀借來使一使。（丑內）剪刀不拉，阿二偷出去换糖吃哉。（旦）兒吓！娘的綫瓦不曾准備得，這便怎麼處吓？有了，只得把牙齒咬斷臍腸，就叫你『咬臍』罷。兒吓！正是：青龍與白虎同行，吉凶事全然未保。（抱兒下）

## 回獵

【引】（生上）盼望旌旗，每日裏耳聞消息。

孩兒往郊外打圍，這時候還不見回來。（四小軍引小生上）柳陰之下一佳人，夫與孩兒同姓名。好似和針吞卻綫，刺人腸肚繫人心。（衆稟介）衙内回府。（衆下）（小生見生介）爹爹拜揖。（生）我兒回來了，你在郊外打得多少飛禽走獸？細細説與我知道。（小生）爹爹聽稟：

【普天樂】望蘆葭，淺草中分圍跨馬。見一個白兔兒在面前過，直趕到，（生）趕至那裏？（小生）前村柳陰之下，見有個婦女身落薄，他跣足蓬頭遭折挫。他説是被兄嫂日夜沉埋，行行淚灑，他口口聲聲只怨着，（生）怨着誰來？（小生）怨着劉大。

（生）嗨，説話不明，猶如昏鏡。我問你打了多少飛禽走獸，説什麽劉大劉小？（小生）爹爹聽稟：孩兒往郊外打圍，就大大擺下一個圍場，只見那草叢中趕出一個白兔，那時孩兒就取聖上所賜的金披御箭，一箭。（生）可曾射中？（小生）正中那兔。那兔兒就帶箭而走。（生）可曾趕？（小生）孩兒就緊趕緊走，慢趕慢行。（生）趕至那裏？（小生）直趕至徐州沛縣沙陀村，八角琉璃井邊。（生）爲何去得能遠？（小生）連孩兒也不知。坐在馬上，猶如騰雲駕霧一般。那兔兒不見，有個婦人跣足蓬頭在井邊汲水，孩兒問他取討兔兒。那婦人説：『不見什麽兔兒。』孩兒就説：『這箭乃聖上所賜金披御箭，還了我箭，我把這兔兒賞你罷。』那婦人説得好。（生）他怎麽説？（小生）他説有箭必有兔，有兔必有箭。（生）這也説得不差。你可曾問他可有丈夫？（小生）孩兒問他可有丈夫，爹爹，好奇怪！他丈夫的名字與爹爹一般。（生）吓！與我一般？你可曾問他可有所出？（小生）孩兒又問他可有所出，阿喲！爹爹，他孩兒的乳名又與咬臍相同。我問他丈夫往那裏去了，他説：『丈夫往九州安撫從軍。』那時孩兒就説：『我乃九州安撫之子，待我回去稟過爹爹，軍中出一告示，捱查你丈夫回來，使你夫妻完聚，骨肉團圓。』那婦人感激孩兒，就拜孩兒兩拜。阿喲！爹爹，不知何故，孩兒就頭暈兩次。（生）千不合，萬不合，你不該受那婦人兩拜纔是。（小生）爹爹差矣，爹爹乃九州安撫，孩兒雖不才，也是個帶刀上殿的指揮使，就受這村僻婦人兩拜，何害于理？（生）吓！我兒，你道我做爹爹的官從何來？（小生）是祖父功勳遺下來的。（生）嗄！那裏是什麼祖父功勳遺下來的，我渴飲刀頭血，睡來馬上眠。受得苦中苦，方爲人上人。（小生）爹爹，説與孩兒知道。

【青歌兒】（生）我在沙陀受飢寒，也是没極奈何。你做爹爹的日間在賭場中搜求貫百，夜間在馬明廟裏安身。那日正遇着李大公、李大婆前來賽愿，見我有些異相。荷恩公，他就領歸我，就把嫡親女招贅爲夫婦。你做爹爹的好不命苦，誰想做親之後，二老雙雙一旦皆亡過。（小生）可有舅舅、舅母麼？（生）咻！還要提起那狗男女！我被惡舅夫妻生嫉妬，逼鸞凰兩下分開。兒呵！你今日裏既來問我，你道那後堂中享榮華受富貴的是誰？（小生）這是我的親娘。（生）這不是你的親娘。那井邊汲水的，這便是剖、剖心腸，在磨房中産下兒一個。

（小生）呀！兒對嚴親把事提，誰知母子各東西。舅舅不念同胞養，一子初生號咬臍。繼母堂前多快樂，卻教生母受孤恓。阿喲，爹爹阿！忘恩負義非君子，不念糟糠李氏妻。今日還我親娘來見面，萬事全休總不提。（生）阿呀！一時那得親娘來見面？（小生）若無親娘來見面，也罷！咬臍一死待何如？（哭倒介）（生）阿呀！我兒甦醒！夫人快來！（貼上）隔牆須有耳，窗外豈無人？我兒，你親娘在此。（小生）你不是我親娘！（哭介）（貼）哫！畜生！你嘴上乳腥未退，鬢邊胎髮猶存。雖無十月懷胎，也有三年乳哺。怎見得不是你的親娘？氣殺我也！（生）夫人請息怒。方纔這畜生遇見了親娘，故爾在此啼哭，待下官責治他。哫！畜生！休得要尋死覓活，號天哭地！你若無夫人撫養，怎得今年一十六歲？還不過來拜了親娘！（小生）不是我親娘，我不拜！（哭介）（貼）千不是，萬不是，多是相公不是！（生）怎麼反是下官不是？（貼）你既有前妻姐姐在家，何不將我鳳冠霞帔接取前來，仝享榮華？今日反受這畜生的氣！（生）多謝賢德夫人。（小生）多謝賢德母親。（貼）哫！我不是你親娘，誰要你拜！不許拜！少間進房來，孤拐都敲斷你的！（生）夫人息怒，請進去罷。吓！丫環看茶，夫人進來了。吓！兒阿，方纔若非做爹爹的在此，倘或被他責幾下，成何體面？（小生）吓！爹爹還我親娘來吓！（生）吓！兒吓！你要見親娘，一些也不難。我明日與你三千人馬，仝叔叔史弘肇前去把李家莊團團圍住。（小生）團團圍住。（生）拿住了李洪一夫妻，將他二人刀刀見血。（小生）刀刀見血。（生）劍劍抽筋。（小生）劍劍抽筋。（生）我將彩鳳金冠去取妻，此情莫與外人知。（小生）黃河尚有澄清日，豈可人無得運時？（生）速去。（小生）速去。（生）快來。（小生）快來。（生下）（小生）阿哈哈哈！（笑下）

## 麻地

【八聲甘州】（旦挑水桶上）懨懨瘦損，怎經得心上橫愁？兒夫去後，杳無一紙書投。傷心最苦人易老，那更西風吹暮秋。悠悠，猛聽得雁聲叫過瓊樓。

奴家從早挑水，不覺神思困倦，不免就在此打睡片時。（坐地睡介）（丑吹笛上）

【山歌】牧童兒，牧童兒，手裏拿子橫笛了，拉牛背上吹。春遊芳草地，夏賞緑荷池，秋飲黄花酒了吓，冬吟子個白雪詩。我裏爹娘道我能快活了。（哭介）囉裏曉得我拉牛背上受孤恓！

（笑介）哈哈哈！自家非别，李家莊上一個牧童便是。今早放子五條牛出來，數來數去，只剩得兩雙半哉，㈠弗見子一條哉。居去大官人曉得子要打個，等我來尋尋看勒介。噲！我裏一條牛伴拉囉𤈻，放子出來。弗放出來，我是要罵哉嘘！（見旦介）睖個是打丕三了頭吓，好𤈻水没弗挑倒，拉裏困。我弗見子牛，居去要打個，讓我囥攏子渠個水桶，居去大家打兩記，鬧熱點。（固水桶介）噲！我裏一條牛伴來囉𤈻？放放出來；弗放出來，我是要罵哉嘘！（旦醒介）

【引】睡眼朦朧，醒來卻是牧童。

（丑）噲！我裏一條牛。（旦）吓，我的水桶那裏去了吓？一定是這牧童藏過了吓。牧童，你可曾看見我的水桶麼？（丑）是，呸阿曾看見我個牛？（旦）没有看見。（丑）介没我也弗曾看見。（旦）你看見

㈠兩：原作『面』，據文義改。

那個拿在那裏？去，取了來，把錢與你買糖吃。（丑）傄個不銅錢，拉我買糖吃？（旦）正是。（丑）不，幾個來我？（旦）與你三個。（丑）少，我要五個。（旦）就與你五個。（丑）介没要個嘘。（旦）那個哄你？（丑）我是弗曾拿，我看見爛鼻頭阿二拿厾。呧僕轉子頭，閉子眼睛，我去討還呧。（旦）這狗才！（丑）呔！阿二！（按鼻介）做傄？（介）呧爲傄拿子三小娘個水桶？（按鼻介）我弗曾拿。（介）毴養個！我明明看見呧拿個，還耍賴來。呧快點拿子出來，還子三小娘，不銅錢拉呧買糖吃。（按鼻介）不，幾個拉我介？（介）三個。（按鼻介）少來。（介）五個。（按鼻介）介没拿子去，同錢就拿來。（介）是哉。（挑介）賣田鷄吓，賣田鷄吓！着！水桶拉裏哉？拿銅錢來。（旦）吓，你要錢麽？取手來。（丑）噢。（伸介）（旦）哇！（打介）（丑）阿唷哇！（旦）狗才！哥嫂欺我，你也來欺我麽？正是：勢敗奴欺主，時衰鬼弄人！（下）（丑哭介）（生上）路見不平，傍人剷削。（丑哭介）銅錢無得，到是一記手心！（生）吓，牧童。（丑）呸！甘草弗見，傄個木通？是我哭吓，弗曾哭完來，就拉厾叫哉！（生）如此，你哭。（丑）要哭個。（又哭介）（生）可曾哭完？（丑）哭完了。（生）我且問你，方纔那汲水婦人是那一家的？（丑）呸，出來！走呧個路！我裏大官人弗是好惹個嘘！（生）你對我講了，把錢與你買糖吃。（丑）嗳嗳，弗要，弗要。（生）爲何？（丑）銅錢弗利市個，我要銀子。（生）就與你銀子。（丑）不，幾哈來我？（生）與你一分。（丑）少勒，我要七厘。（生）一分多，七厘少。（丑）呧欺瞞我弗識數個傄？阿要我數拉，呧聽：一厘，二厘，三厘，四厘，五厘，六厘，七厘。數阿要數半日厾，一分就完哉。（生）就與你七厘。（丑）拿銀子來。（生）講了與你。（丑）説子勒，不拉我？（生）正是。（丑）介没我裏到麻地上，去坐子勒説。（生）使得。（丑）幾裏來捉捉捉！（生）做什麽？（丑）趕開子蛇蟲百脚好坐，弗没要鑽到呸屁眼裏去個嘘。（生）胡説，你也坐了。（丑）噢，我也坐子勒説。噲！客人，我裏還是説官話呢，説直話？（生）你也會講官話？（丑）啐！説得出奇個好官話。（生）如此，到是官話罷。（丑）説官話，單差有兩個白字，弗許捉個嘘。捉子白字，我説弗説個虱。（生）隨你講，便了。（丑）介没我説哉嘘。噲，這個芥人，我這裏叫做『須州』，『白眼』，『腮代差』。（生）敢是徐州沛縣沙陀村？（丑）硬毦一條筋！弗説哉。（生）爲何？（丑）説過弗許捉白字個，呸一連牽就捉子七八個。（生）如今隨你講，便了。（丑）是介罷。官話搭子直話，對相子説罷。（生）也使得。（丑）這裏李家莊上有一個李大公、李大婆，其年到馬明王廟裏去賽岸。（生）賽愿。（丑）正是。賽愿，賽愿。收留一個漢子叫傛賊劉窮。（生）呸！不可背後駡人。（丑）此人鋤田耕種，一些不曉。單會使鎗弄棍，牧牛放馬。李大公莊上有一匹『兵力的烏龜馬』。（生）豹劣烏騅馬。（一）（丑）吓，吓！豹劣烏騅馬。客人，你爲何傛曉得？（生）有此馬名。（丑）諸人降他不伏。個燒愿心個好奔吓！七個八個，窮，呷得説道：是呸來哉。不來，劉窮一把領鬃毛，一騎騎得上去，個燒愿心個看見子個劉七個八個，田東頭奔到田西頭，一降就伏。李大公見他有些異相，就把方纔挑水個三丫頭，配爲夫婦。個劉窮拜堂有傛法術，個兩個老娘家纔不拉渠拜殺哉！（生）人那裏拜得死？（丑）是我親眼見個，是

（一）騅：原作『錐』，據文義改。下同改。

介一拜一個，兩拜一雙，纔拜殺哉。李大公亡後，郎舅不和，把家私三分分開。（生）那三分？（丑）哪，第一分，分在大官人李洪一名下；第二分，竟分在二官人李洪信名下；將第三分，竟分在那劉窮名下。（生）吓，他是個外姓之人，怎麽也分與他？（丑）有個原故：李大公在日，没有備得贈嫁妝奩，將卧牛崗上六十五畝大瓜園分派與他，以爲妝奩之費。個個瓜園裏有一個青面的毛了精。（生）瓜精。（丑）李大公在日，時常宰殺豬羊祭獻，故此不出來現形。李大公亡後，大官人囉裏肯祭獻？渠爲此日間出來現形，夜間出來食啖人之性命。大官人夫妻兩個商量，拿個冷熟酒灌醉子個劉窮，説道：目今瓜已熟了，偷瓜賊甚多。只説叫渠去看瓜。個個劉窮不知是計，一奔奔到瓜園裏，一更無事，二更悄然；一到到子三更天氣，阿呀！弗説哉！（生）爲何不説了？（丑）説子，夜裏我要魘個了。（生）不妨，有我在此。（丑）吓，有客人拉乱。阿呀！囉裏曉得一到到子三更天氣，一個瓜精跳子出來哉！噲！客人，你道個瓜精那哼個樣式？（生）怎麽樣的？（丑）一個頭竟像西瓜頭，頸竟像絲瓜；一個身體，到像冬瓜；兩隻臂巴，到像生瓜；兩條大腿，到像苦瓜；一個屁股，到像南瓜；兩個卵子，像香瓜；蕩蕩能一張毛乱竟像黄瓜。手裏拿了一把巴蕉扇，是介赤塔赤塔走出來乘風涼，東一張，西一望，説：『唔！囉裏生人氣？囉裏生人氣？』個個劉窮看見子個瓜精，奔得去，就是一記耳光。個個瓜精説道：『我與你取笑，怎麽打我一記汝光？我如今要吃你了！』張開子個牢□是介一口，竟拿個劉窮吃子下去哉。（生）竟被他吃了？（丑）個個瓜精弗在行，吃人個弗搭我商量商量，先拿渠個衣裳脱突子，乾乾净净個吃子下去，倷弗好？個個瓜精要緊子點，帶衣裳吞子下去哉。個個劉窮來瓜精肚裏打起拳來哉。偖偖個開四門，番觔斗，豁虎跳，拿瓜精喉嚨頭，個點瀉吐纔撈乾哉。瓜精說道：『我好口渴，要吃呷茶，没好。我要吃松蘿茶，要吃芥片茶。』個個瓜園裏囉哩來個茶吃？一奔奔到魚池邊，張開子個牢味是介，古都古都，一魚池個水纔吃乾哉。個個劉窮拉瓜精肚裏，說道：『不好了！大水來了！』竟游起水來哉。豎蜻蜓，蹈水車，一腳蹈痛子瓜精個小肚子。個個瓜精說：『阿唷，阿唷！好肚裏痛，好肚裏痛！我要折冷痢哉。』兩隻前腳巴撈子松樹，一個屁股向子天，是介必力，必力，拍韃，一個劉窮竟彈到冷州去哉。（生）敢是冰州？（丑）冰阿是冷個？有數說個冷冰冰，冷冰冰。自從劉窮去後，杳無音信，哥嫂逼他改嫁不從。苦惱吓！罰他日間挑水無休歇，盆盆盆；夜間挨磨到天光，盆盆盆，拍韃。（生）做什麼？（丑）弦綫斷哉銀子來。（生）此事有幾年了？（丑）十六年哉。（生）你今年幾歲了？（丑）十五歲。（生）十五歲那知十六年前之事？（丑）有個原故：我裏個爺爺拉李家裏做工，個夜頭奔得居來，搭我裏阿媽一頭困子，說李家裏那長，李家裏那短。我伴拉阿媽肚裏，聽得明明白白個。（生）如今那姓劉的在此，你可認得他？（丑）啐！個個毬養個燒子灰，我還認得渠個來。（生）你認我是什麼樣人？（丑）是，哂到像我個兒子。（生）唔！我就是劉官人。（丑）偖個？你就是劉窮了？阿呀！弗好哉！等我去報拉大官人得知，劉窮來裏偷家婆哉。我要鞭你介一頓，亦弗是我個對手。我去報拉大官人得知介：劉窮拉裏偷家婆哉！（下）

## 相會

（生）吓，三姐開門。（旦內）客官行路自行，我哥嫂不是好惹的嚧！（生）你丈夫劉智遠在此。（旦）那個不曉得我丈夫叫劉智遠！（生）可記得瓜園中分别有三不回？（旦）那三不回？（生）不做官不回；不發積不回；不報李洪一冤仇不回。（旦）呀！這是瓜園分别之言，有誰人知道？只索上前看來。（旦上）阿呀！我那丈夫吓！（生）阿呀！三姐吓！（各哭見介）

【哭相思】一十六年不見面，今朝又得相逢。

（生）阿呀，妻吓！你受了苦了！（旦哭介）

【鎖南枝】從伊去受禁持，不從改嫁生惡意。因此骨肉參商，罰奴磨麥并挑水。只望你身顯赫，又誰知恁狼狽？（生）

【前腔】一從散鴛侶，鸞凰兩處飛。受盡奔波勞役，只爲苦取功名，此身不由己。我身逗遛無所依，那知伊恁狼狽？（旦）

【前腔】奴分娩産下兒，被狠心嫂嫂將他撇在水。感得竇老相憐，救取兒還你。去了一十六載杳無音信回，日夜裏叫娘受孤恓！（生）

【前腔】娘行聽咨啓，我把真情訴與伊，對面娘兒不識。那日井邊相逢打獵，一衙内與你取免的，你道他是誰？名咬臍就是恁孩兒。（旦）

【前腔】思前日有個打獵的，他説是九州按撫兒。見他氣宇軒昂，定是官家子。我心下疑，難信伊。莫非你没見識，賣與官家做奴婢？（生）

【前腔】出言太相欺。九州按撫是我爲極品。都堂爵位掌管一十六萬兵，權顯達還鄉里。阿呀，妻吓！我是妝做的特來私探你，休洩漏莫與外人知。

（旦）元來爲此。昔日瓜園分別。（生）今朝麻地相逢。大家坐了，把苦情來説一説。（旦）有理，你先説。（生）吓，我先説。（各坐介）當初瓜園分别，一路辛苦，不必説了。到了邠州，岳節度使在那裏招軍買馬，誰想去遲了，他那裏兵完馬足，不用了。那時被我哀求不過，只得收在長行隊裏，日間打馬草，夜間提鈴喝號。那夜正輪到我巡更，那風又大，雪又緊，只得在跨街樓下躲避風雪。樓上秀英小姐在那裏做些針指，聽我有凍哭之聲，他就起憐念之意，欲取一件舊衣與我遮寒，誰想被一陣狂風將燈吹滅，拿了他父親的紅錦戰袍。次日他父親入朝賞雪觀梅，不見了此袍，各處尋覓，到見我穿在身上。那時拿我去，吊又吊不起，打又打不下。見我有些異相，就把秀，（旦）秀什麽？爲何不説了？（生）説了，恐三姐着惱。（旦）我不惱，你説。（生）就把秀英小姐招我爲婿。在彼朝朝寒食，夜夜元宵，何等的受用吓！三姐，把你的受用也説一説。（旦）吓！你的受用怎及得我的受用來？你且隨我來。（各起走介）這不是磨房？這不是水桶？（生接看介）吓，阿呀，妻吓！你受了苦了！（旦）阿呀，苦吓！（哭介）

【荷葉鋪水面】聽伊説心痛悲，思之你是一個薄倖的！伊家戀新婚，教奴受孤恓。我把真情待你，你享榮華，我遭狼狽！上有蒼天鑒察。你這昧心的！（生）

【前腔】告娘行聽咨啓，聽咱説個詳和細。若不娶秀英，怎得身榮貴？伊休怨憶，我將彩鳳金冠前來接你。接你到邠州，做個極品夫人位。

（旦）我不信。（生）你不信，我有三台金印一顆，你且收下。倘三日後不來接你，你將他撇在萬丈深潭；他也不得出世，我也不能做官。（旦）既如此，我也不回去了。我住在三叔家裏，等你來接我便了。（生）有理。（旦）哥哥嫂嫂使心機。（生）明日叫他化作灰。（旦）善惡到頭終有報。（生）只争來早與來遲。（旦）阿呀，夫吓！你來接我的嘘！（生）阿呀，妻吓！我來接你便了。（旦）阿呀，苦吓！（哭下）（生）呔！李洪一，你這狗男女！叫你不要慌！（下）

## 送子

【聲聲慢】梁唐多事，萬姓荒荒。妻子盡皆流蕩。

古人云：『得寵思辱，居安慮危。』我劉智遠自贅岳府，朝朝寒食，夜夜元宵，竟不知李氏三娘信息如何？正是：甘草黄連分兩下，那頭苦了這頭甜。（小旦上）若將容易得，便作等閒看。相公在此何幹？（生）下官在此看兵書。（貼）看到那裏了？（生）看到曹操與張飛對陣，曹兵把張飛追至霸陵橋，那張飛大喊一聲，霸凌橋遂分爲兩段。（貼）好雄將也！（生）

【高陽臺】權統雄威，兵分八陣，名振四方威勢。吕望六韜，更兼孫武兵書。張飛一聲大喝斷橋也，論軍令不斬不齊。凱歌回，凌煙閣上姓字標題。

（浄上）一路辛勤不自由，如今且喜到邠州。三日孩兒送到此，未審劉郎收不收。一路問來，説此間已是岳府了。那裏有一個紅頭將軍在那裏，待我去問他一聲。喂！紅頭將軍。（丑上）什麽人？（浄）小老兒問路的。（丑）問什麽路？（浄）這裏可是岳府麽？（丑）正是。（浄）我要尋一個人。（丑）尋那個？（浄）要尋劉智遠的。（丑）呔，割舌頭！（浄）阿呀！千辛萬苦，再弗道是走子割舌頭個場哈來哉。喂！將軍，唔乱幾里個舌頭賣幾哈一斤？（丑）這是老爺的名字，你敢亂叫。（浄）個就是唔乱老爺個名字了？唔去，唔去報。（丑）報什麽？（浄）你去説，徐州沛縣沙陀村，火公竇老遞送佳音。（丑）報得的麽？（浄）弗番道，唔去報嘿哉。（丑）住着。（進介）啓爺，外面有個徐州沛縣沙陀村，火公竇老遞送佳音。（生）夫人，想是下官家裏有人到此，待下官出去看來。（貼）相公請便。（下）（生）竇公，竇公。（浄）外甥弗見舅公。（見介）阿呀，老爺吓！我是問路個噓。（生）起來，你可認得我麽？我就是劉官人。（浄）偖個，唔就是劉官人了？臭賊頭浪戴子個個，身浪着子個個，直頭認弗出哉。（生）竇公，你手中抱這孩子是誰家的？（浄）個個就是唔個尾巴。（生）這就是我的孩兒？

【山坡羊】幸我孩兒來至，不覺含悲垂淚。竇公吓！謝伊送我兒來至此，覷他面龐與娘渾無二。竇公，他叫什麽名字？（浄）叫偖名字麽？三娘子與嫂嫂借剪刀没有，把口來咬斷臍腸的。名咬臍，是他娘自取的。（生）我聞伊見説，使我肝腸碎，兩淚交流一似珠！孩兒，你親娘在那裏？孩兒，爹在東時娘在西！

竇公，你原抱了。（浄）我弗抱哉。（生）爲何？（浄）我是抱弗哭男兒個。（生）不是吓，待我進去禀過夫人，然後出來。（浄）傍個，呸亦有子傍夫人拉裏哉了？（生）我又贅在此了。（浄）真正石灰布袋，處處有跡個！呸就來吓。（生）就出來的。夫人。（貼上）怎麽？（生）下官前妻李氏三娘所出一子，如今着人送來。若夫人肯收，着他進來；若夫人不肯收留，原着人送去。不知夫人意下如何？（貼）相公説那裏話？既是姐姐所生，就如我養的一般。快抱進來。（生）多謝夫人。竇公，待我抱了，夫人着你進去。見了夫人，須下個全禮。（浄）這個是弗消分付，我會拉裏。（生）夫人，孩兒在此。（貼）好個孩兒！（浄）夫人請上，待老漢拜見。（貼）老人家不消了。（浄）

【柰子花】謝夫人慷慨仁慈。（跌介）（生）起來。（浄）有子兩年年紀，兩頭重子介，弗好個。望收留新養孩兒。劉官人，呸道個小官人拉囉裏養個？在磨房中養下孩兒。被無知嫂嫂撇在水，是老漢救來還你。（合）若長成，休忘了竇公恩義。（貼）

【前腔】看孩兒容貌稀奇，與相公面龐無二。收留在此猶如嫡子。長成時，教他些武藝。（合）若長成，休忘了竇公恩義。

（貼）三日孩兒我自收，三年乳哺不須憂。兒孫自有兒孫福，莫與兒孫作遠憂。老人家年紀老了，留在此燒燒香，點點燭，(一)不要放他回去罷。（下）（生）賓公，隨我到書房裏來。（淨）還有偺書房亙來？（生）這裏就是。（淨）好吓！比我裏馬坊裏天差地遠。有趣，有趣！（生）賓公，我且問你：李三公夫妻一向好麼？（淨）好，越清健哉。（生）李洪一夫妻二人比前如何？（淨）咻！個兩個天煞個，越弗好哉！（生）我少不得有日會他！（淨）正是應該個。（生）三姐一向好麼？（淨）囉個？（生）三姐一向好麼？（淨）三小娘？好，好，好！（哭介）自從呩個臭賊出來子嘿，哥嫂逼他改嫁不從，罰他日間挑水無休歇，夜間挨磨到天明。有偺好！（生）阿呀，我那妻吓！（淨）呔！劉窮猫兒哭老鼠，假慈悲！當初三小娘熱一碗，冷一碗不呩吃子，呩那間拉裏享榮華，受富貴，就忘記子俚哉。無情無義個！（生）賓公，非是我不想，只因王事在身，難以回去。（淨）啐！蓋個無逷煞個老老，我那倒埋怨俚起來？阿呀，老爺，我老老是個樣性格，老爺弗要氣。（生）還有一説，倘然我不在府中，夫人問及你，有興的話多説幾句，没興的話不必提起。（淨）個是吃鹽比呩喫醬多覺搭個。倘然夫人問我説：『賓老，你老爺在家裏做偺？』我説：『文呢，着碁，看畫，彈琴，做詩，燒香，吃茶；武呢，踢球，打彈，跑馬，射箭。』（生）吓！好有竅！（淨）走得來，馬鳴王廟裏個隻鷄嘿，再弗提起個。（生）休得取笑，隨我來。（生下）（淨）呩看説着子俚個搠心説記了，對子戲房裏是介直閘介進去哉。（下）

---

(一) 燭：原作『獨』，據文義改。

# 鬧鷄

（浄上）官清公吏瘦，神靈廟祝肥。自家馬鳴王廟中一個廟官的便是。今日是鳴王的聖壽，會首是前村李大公。此人清奇古怪，比衆不同。自古：工欲善其事，必先利其器。不免排下香案，先請下神道，有何不可。道人。（内）怎麼？（浄）拿個鐃鈸、鐘鼓打起來，待我請神道。（内應打介）（浄）洞中空虚光朗，大元爐焚寶香。虔誠拜請。奉請東方五千五百五十五個大金剛，都是銅頭銅腦銅牙銅齒大將軍尊神。（内）不見下來。（浄）弗見下來吓，東方請弗來，西方去請。又數説個：『東方不養西方養。』再打起鐘鼓來。（内又打浄念介）奉請西方五千五百五十五個大金剛，都是鐵頭鐵腦鐵牙鐵齒大將軍尊神。（内）不見來。（浄）阿呀！東請弗來，西請弗來，難爲子邀客個哉。曉得哉，像是我今朝吃子牛肉麵了，故此請弗下來。噯！求人不如求自己。道人，坑缸板浪扛子養家神道出來罷。（内）香閣板浪？（浄）正是香閣板浪。（作抱神判鬼上介）神道，今年會首是前村李文魁，此人最是志誠，年常舊例要討三個筶，隔歇他要陰筶就是陰筶，要陽筶就是陽筶。啞若是弗陰弗陽，是啞個兒兒子阿，宴點進子戲房，眉毛根纔掃啞個下來虱吓！道人，燒起茶來伺候。暫辭神道去，崙等祭主來。（下）

【一江風】（生上）雪晴時，拂拂和風起，冉冉寒威退。自思之，枉有一旦英雄，到此成何濟！身寒肚又飢，身寒肚又飢，愁煩訴與誰？空教我滴盡英雄淚！

迤邐行來，已是馬明王廟前。爲何今日燈燭輝煌？嗄！我倒忘了，今日是鳴王爺的聖誕。我不免進去將平日心事告訴神道一翻。

【前腔】告神祇，神靈聽咨啓：可憐我三日無糧米。淚偷垂，我劉智遠只爲身畔無錢，香也不曾買得一炷。罷！只得撮土爲香，拜告天和地。別人賭錢十賭九贏，偏我劉智遠呵！蒲牌買快時，蒲牌買快時，十翻倒有九遍輸。望神靈與我空中庇。

（内吹打介）呀！你聽那邊鑼鼓聲喧，想是賽愿的來了。不免躲在案桌底下，取些福物充飢，有何不可。正是：一日不識羞，三日不忍餓。（躲桌下介）（外上）

【女臨江】跋涉不辭筋力悴，杖藜扶過橋西。（老旦、正旦、丑、末上）（老旦）不因神聖顯威靈，豈能移老步，叩首了歸依？

（外）大婆，你看好一座廟宇！（老旦）便是。（外）後面山如岳岱，前邊水遠平流；香煙不斷永千秋，願保人間福壽。（老旦）只見耀日山門華麗，兩廊壁畫神仙。（旦）御書碑額字新鮮，『敕賜鳴王寶殿』。

（外）當值的，請廟官出來。（末）曉得，廟官！（淨上）來哉，來哉。

【雜犯宮調】廟官來，廟官來，點起香爐蠟燭臺。但辦志誠心，何愁神不靈？但辦志誠意，何愁神不至？至至至！

（末）好，住休。（淨）若弗住休，直到開年立秋。（末）休胡說！大公在此。（淨）大弓拿得來，讓我射箭。（末）晦！會首李大公。（淨）吓！會首李大公位𠃵囉裏？（末）在殿上。（淨）介嘿說一聲。

(末)廟官出來了。(净)大公拜輯。(外)少禮。(末)見了大婆。(净)三錢一隻。(末)什麽?(净)呸説大鵝。(末)掌家大婆。(净)吓! 大婆拜輯。此位是何人?(末)三娘。(净)交泰。(末)怎麽?(净)三陽嘿,交泰哉那。(末)是三小娘。(净)三小娘拜輯。咳! 那得我裏弗老! 個年來燒香,欄杆阿巴弗着個來,那間個樣長成哉。(丑)道士,還有我拉裏來。(净)弗好哉! 道人快點拿個,十王殿關好子。(丑)爲傄了?(净)走子鬼婆婆出來哉。(丑)啐! 醮鬼!(净)我倒是個妙人。(丑)渾道士!(外)休得胡説! 快請神道。(净)是哉。伏以水,水,水,井水三擔,河水三擔。(外)怎麽要這許多水?(净)無水無漿,不成道場。(外)減些罷。(净)要減省點,每樣擔半。(外)當值的,那廟官一是誤,二是故,不至誠,請了李廟官罷。(末)是李廟官。(净掩末口介)爲傄了請起李廟官來?(末)大叔道你一是誤,二是故,不志誠,故此要請李廟官。(净)阿呀! 使弗得個。没奈何,煩大叔對大公説:『今朝天氣冷,吃子呷早酒,一時亂話。如今誠誠志志,志志誠誠,再弗敢哉。』全仗大叔幫襯幫襯。停歇香金、福鷄、三果纔搭伍八刀。(末)什麽八刀?(净)喏! 少頃事畢搭伍分。(末)那個要你的果子! 便拿幾個去,與我小兒吃便了。(净)果子是小事體,有,有,有。(末)大公,張廟官説今朝天氣冷,吃了幾杯早酒,一時胡言亂語。如今改過前非,誠誠志志,志志誠誠,再不敢了。(外)改過了麽?(末)改過了。(外)請過來。(末)請你過去。(净)大公,適間得罪,吃子幾杯早酒了,一時唐突。莫怪,莫怪。(外)講明了就是。如今志誠些。(净)俪俪弗消分付。大公,此位是宅浪個傄人?(外)是我家當值的。(净)傄叫當值?(外)家中諸事託他承值,故此叫當值的。(净)介嘿大公，啞託人託子鬼哉。（外）爲何？（净）方纔央俚拉大公面前説聲，個星香金福物，纔要分我個乩。（末）呸！　方纔是你説與我分，那個要你的！　爛小人！（净）弗嚛，説明白子，啞拿去吃嘿，安逸個嚛。（外）不要閑説。請神道。（净）是哉。伏以奉請上八定，中八定，下八定，三八二十四定：　桌子歪斜，圾墊端正。香煙濛濛，神道空中；　香煙馥郁，神道吃肉。鷄兒雖小，墩脯底下一塊壯肉。奉請馬鳴王慢呑細嚼，細嚼慢呑，骨頭骨腦剩些，與廟祝呑呑。請祭主上坑。（末）上香。（净）正是，上香。我忒個急子點了直鬧哉。（外）神道，弟子李文魁：

【滚遍】燃起道德香，燃起道德香，超三界爐煙細。業守田園，保佑豐稔無災異。人口咸寧，吉祥如意。（合）同家眷男女，特來瞻禮。

（生桌下伸手偷鷄介）（衆）阿唷！　爲何滿殿紅光？（外）不要嚷。（净）足見大公來意至誠，無不感應。（衆）這也奇了！（老旦、正旦合）

【前腔】稽首拜神祇，稽首拜神祇，擺設牲和醴。燭影爐煙，繚繞連天際。願無水旱蝗蟲，麥生雙穗。今日裏，仗名香，叨神庇。（合）合家眷男女，特來瞻禮。（净看介）

【前腔】三牲不見鷄，三牲不見鷄，桌上空空的。酒果全無，又没香和紙。一派虚花，如同見鬼。馬鳴王蠟塌嘴，空歡喜。（外）你每休得胡言亂語！　神道非同兒戲，好把虔心對聖祇。神道親臨下降，願得消除災障。（净）香金多與我些，筶牌抛在梁上。（外）上上。（净）正是，上上。

（外）大婆，你同三小娘先回去，我隨後就來。（二旦應下）（丑）呸䍃倒去哉，我還要到後殿，去散子福列去來。（下）（外）張廟官，常年規矩，要討三個笤。（淨）請大公通誠。（外）神道，弟子李文魁叩問三笤：第一笤要保合家安吉，人口平安。付其聖笤。（淨）喂！神道，方纔分付呸個弗要淘氣，順順溜溜介來吓。（外打笤介）（淨）好！是聖笤。（外）謝天地，果然是聖笤。第二笤保佑官司不染，火盜無侵，也要聖笤。（外打淨翻介）（外）（一）不要動。（淨）弗曾動，是聖笤。（外）第三笤要保六畜興旺，田蠶茂盛，也付聖笤。（外打淨翻介）（外）不要動。（淨）弗曾動，亦是聖笤喂。（外）卦書上可有判語？（淨）有個。三聖連連大吉昌，年豐歲稔喜非常。六畜田蠶都茂盛，貴星落在李家上。看此卦上不惟六畜興旺，還有個貴星在寶莊。（外）應在幾時？（淨）説個時辰來。（外）午時。（淨）好！五馬歸槽，目下就見。（外）神道，若果有貴星落在我莊，自當重修廟宇，再塑金身。（淨）請大公後殿拈香。（外）正是。我還要各殿拈香。（淨）大公請。（外下）（淨扯末介）道人，拿點鹽醋來。（末）做什麽？（淨）那，姜姜我搭呸説個，個隻福鷄拿出來，我搭呸消□落子嘿是哉。（末）吶！我何曾拿什麽福鷄？（淨）大叔弗要簍咭，呸原説三果嘿，呸收子去，個隻福鷄嘿，我搭呸兩個八刀個喂。（末）呸！我何曾拿你的福鷄！（淨）便只得我搭呸兩個人拉裹，弗是呸囉個拿個？小道辛辛苦苦念子半日，那説呸倒獨啖哉？故倒弗相干䍃！（扯末介）（末）這是那裹説起！（外）爲何在此喧嚷？（淨）大公，是個個

（一）外：原作『末』，據文義改。

阿拉，就是個隻福鷄吓。小道念子半日，念得口苦舌乾，思量要受用個哉，竟不拉吤個位大叔纏拿子

去哉。個沒阿覺道阿拉？（末）我何曾拿他的？（外）吓！庙官不是他拿的，方纏你不曾見麽？

（净）看見儕個？（外）老夫方纏拜下去的時節，只見紅光滿殿，神帳中伸出五色金龍抓去了。（净笑

介）大公介星年紀哉，還會說鬼話個來。我拉裏二三百年哉。（外）二三十年。（净）正是。二三十年弗

曾看見儕個五爪金龍。（外）老夫親眼見的。（净）弗相信。個菩薩是泥塑木雕個，難道就活起來哉？

（外）你若不信，老夫賠還你一隻便了。（净）弗要騙我吓。（外）就着人送來。（净）大公有心賠，揀介

一隻壯點個吓。（外）這個容易。（同末下）（净）好拿得乾净相，要算會偷物事個哉。喂！判官小

鬼！吤吤兩個鈸，能大個四隻眼睛，一點事藥弗管，要吤做儕！（打鬼判下）菩薩，我且問吤：人

人道是吤坐觀天下，立見四方；一隻鷄擺拉吤面前弗見子，那管個一方一境個人吓？吃糧弗管事，

還弗走進去來！（打下）說嘿是介說，讓我再尋尋看。喂！四鄰八舍，我裏一隻福鷄，阿曾走到囉

虱？放還子我，弗放出來，我是要罵個噓！（内）鷄是死的，活的？（净）弗死弗活，頭頸底下割子

點血，滾湯裏滅子一個浴個哉。（内）呸！死活弗知，還要做道士！（净）咳！真正渾道士哉！（生

桌底下吃響介）（净）喂！囉裏響吓？拉虱供桌底下多時弗收拾，□道王紫狼，弗知是野猫做了窠拉

哈哉？等我掇開來看。（掇桌生起介）（净）咦！我沒念得口苦舌乾，個隻鷄倒是吤唊拉肚裏哉！

（生）嗨！是我吃了。（净）説得好自在，是我吃了！阿有點鷄翅膀、〔一〕鷄頭、鷄尾剩哉？（生刜牙介）吃完了。（净）倒拉厾希牙我，刜起牙子來哉！還我來！（生）改日買一隻賠你罷。（净）改日吓，個倒等弗及，今日要個！（生）今日没有。（净）今日偏要！（生）偏没有！（净）無得吓，雪落頭裏打出汗來，嚛，弗怕㑚弗賠！（打生，生拿桌壓倒净介）（净）阿呀！弗好哉，弗好哉！（外上）不要動手，不要動手！（生放介）（净）弗定當哉。（外）起來。（净起介）我倒問㑚，㑚厾今日備僚大筵席了，拿我道士做起壓桌來，打個入娘賊！（作打生，生亦欲動手介）（外）你每不要動手，有話好好的講，卻爲着何事來？（净）大公，起初弗曉得，冤枉子宅上大叔。囉裏曉得個隻福鷄，倒是個賊坯吃哉。（外）是那個？（生作揖介）（外看介）是他吃的麼？（净）正是。打個入娘賊！（外）不要打，這是我的遠房侄兒，我賠還你的鷄就是了。（净）是介了。喂！大公，個樣阿侄有幾個厾？（外）只他一個。（净）再有幾個嘿好。（外）爲何？（净）哪宅上若是備起酒來，偷鷄個偷鷄，偷肉個偷肉，一點物事弗要買個哉。（外）不消説了。我回去就賠來。（净）多謝多謝。大公説子，且饒㑚個賊坯！（生）唗！炎凉出于僧道！（净）大公，聽聽看，偷我個鷄吃子，倒説是炎凉出于僧道！阿有介一款禮個？（外）看我分上，不要聽他。（净）既是介，個個萬忽常常拉我廟裏來，不俚打攪得怕哉。大公，㑚阿使得，收留子俚居去罷？（外）待我留他回去是了。（净）大公，弗曉得是令侄了，小道是介無鷄之談。大公嘿，

〔一〕 膀：原作『幫』，據文義改。

弗要鷄鳴而氣吓。（生看浄介）（浄）看我儕？姜姜吃得一隻鷄，莫非再拿我個道士得來，生擘擘吃子下去了？（下）（生）多謝大公相勸。（外）漢子，

【好姐姐】看你堂堂貌美，因甚的不謀生計？家居那裏？姓名還是誰？聽我語，你肯務農桑耕田地，帶你回家作道理。

【前腔】（生）祖居在沙陀村裏。（外）上姓，大名？（生）字智遠劉家嫡子。（外）你父母在麽？（生）雙親早喪。（外）倚靠何人？（生）此身無所倚。（外）你肯隨我回家去麽？（生）蒙週庇，若得大公相留取，結草啣環當報伊。

（外）既肯隨我回去，可會鋤田耕種麽？（生）不曉得，只會牧牛放馬。（外）既如此。我家有一匹豹劣烏騅馬，諸人降他不得，你可降得麽？（生）降得。（外）還有一件，我家兒子心性不好，凡事不要記懷。（生）曉得。（外）看你堂堂七尺貌英雄。（生）自恨時乖運未通。（外）今日得我提拔起。（生）免教人在污泥中。（外）隨我來。（生）是。（同下）

# 綴白裘新集

《綴白裘新集》(全名《時興雅調綴白裘新集初編》)陽集收録《白兔記》之《生子》《送子》《出獵》《回獵》四齣,輯録如下。

## 生子

【于飛樂】(旦上)無計解開眉上鎖,惡冤家要躲,怎生躲?

梁上掛木魚,吃打無休歇。啞子喫黄連,有口對誰説。自從丈夫去後,哥嫂逼奴改嫁不從,罰奴日間挑水,夜間挨磨。一不怨哥嫂,二不怨爹娘,三不怨丈夫。只是我十月滿足,行走尚且艱難,如何挨得這磨子?

【五更轉】恨命乖,遭折挫,爹娘知苦麽?哥哥嫂嫂你好横心做,趕出劉郎,罰奴挨磨。叫天不應,地不聞,如何過?(合)奴家那曾識挨磨、挑水辛勤,也只爲劉大。

哥嫂，你把這磨房造得能低。

【前腔】向磨房，愁眉鎖，受勞碌也是没奈何。爹娘在日把奴如花朵，死了雙親，被哥嫂凌辱。爹娘死，我孤單，如何過？（合前）

【前腔】捱幾肩，頭暈轉，腹脇遍疼腿又酸。神思困倦捱不轉，欲待縊死房中，恐怕躭閣智遠。尋思起，淚滿腮，如何過？（合前）

奴家一時神思困倦，不免就在磨房打睡片時。（丑上）好人不肯做，只要嫁劉大。劉大不回來，情願去挨磨。咦！爲何磨子不響？待我進去看看。呀！好賤人，磨到不挨，偷懶打睡。待我打他起來。（打介）好賤人，偷懶打睡。（旦）磨子重，挨不動。（丑）你哥哥要買個青石、紫石，是我説了方便，如今單皮鼓舍重。（旦）嫂嫂，我腹中疼痛，挨不動了。（丑）腹中疼痛，想是要分娩了。待我教你一個法兒，痛陣來得急了，把頭髮稍啥在口裏，一個惡心，一掙掙子下來哉！（旦）嫂嫂，請歇息，歇息。（丑）歇息歇息，田裏人要麵吃。你若不挨，准准打你八十，南無阿彌陀佛。（丑下）（旦）嫂嫂，你也是婦人家，難道不曉得婦人家苦楚？聽樵樓，

【鎖南枝】星月朗傍四更，窗前犬吠鷄又鳴。哥嫂太無情，罰奴磨麥到天明。劉郎去没信音，磨房中冷清清，風兒吹得冷冰冰。

阿唷！阿唷！

【前腔】叫天不應地不聞，腹中遍身疼怎禁？ 料想分娩在今宵，没個人來問。 望祖宗陰靈應，保母子兩身輕。

阿唷，天那！ 且喜産下一個孩兒了，嫂嫂！ (内應介)爲舍？ (旦)脚盆借我用用。(内)脚盆撒子，不曾箍得。(旦)天那！ 不免把衣服展乾浄了。 嫂嫂，剪子借我用用。(内)剪子，小二偷去换糖吃哉。(旦)天那！ 臍腸如何得斷？ 也罷，不免牙齒咬斷臍腸便了。 天那！ 正是：

青龍共白虎同行，吉凶事全然未保。

## 送子

【聲聲慢】(生上)梁唐多事，萬姓荒荒，妻子盡皆流蕩。

古人云：『得寵思辱，居安慮危。』我劉智遠自贅岳府，朝朝寒食，夜夜元宵，竟不知李氏三娘信息如何。 正是： 甘草黄連分兩下，那頭苦了這頭甜。(小旦上)若將容易得，便作等閑看。 相公在此何幹？(生)下官在此看兵書。(小旦)看到那裏了？(生)看到曹操與張飛對陣，曹兵把張飛追至霸陵橋。 那張飛大喊一聲，霸陵橋遂分爲兩段。(小旦)好雄將。

【高陽臺】權統雄威，兵分八陣，名振四方威勢。 吕望六韜，更兼孫武兵書。 張飛一聲大喝斷橋也，論軍令不斬不齊。 凱歌回，凌煙閣上姓字標題。

（浄上）一路辛勤不自由，如今且喜到邠州。三日孩兒送到此，未審劉郎收不收。一路問來，説此間已是岳府了。那裏一個紅頭將軍在那裏，待我去問他一聲。噲！紅頭將軍。（雜）哇！什麼人？（浄）小老兒問路的。（雜）問什麼路？（浄）這裏可是岳府麼？（雜）正是。（浄）我要尋一個人。（雜）尋那個？（浄）要尋劉智遠。（雜）哇！割了舌頭。（浄）阿呀！千辛萬苦，走到割舌頭的所在來了，你們這裏舌頭賣多少一斤？（雜）這是俺爺的名字，亂叫！（浄）阿是你們老爺的名字？煩你通報一聲，説徐州沛縣沙陀村，火公竇老遞送佳音。（雜）通報得的麼？（浄）通報得的。（雜）住着。啓爺，外面有個徐州沛縣沙陀村，火公竇老遞送佳音。（生）知道了。夫人，想是家下有人在。（旦）相公，請出去看來。（生）什麼人在此？（浄）阿呀！老爺，小老兒是問路的。（生）竇公起來，我就是劉官人。（浄）你就是劉官人？好闊綽，戴了這東西認不出來，這東西認不出了。（生）你手中抱的是誰？（浄）這是你的尾巴。（生）

【山坡羊】幸然孩兒來至，不覺教人垂淚。謝伊送我兒到此，看他面貌與娘渾無二。竇公，此子可曾取名？（浄）他名咬臍，是你娘親自取的。（生）我聞伊見説肝腸碎，兩淚交流一似珠。孩兒，你娘在那裏？孩兒，你父在東時娘在西。

竇公，你原抱了此子，待我進去稟過夫人。夫人若肯，留收在此。夫人若不收留，我多打發盤纏你回去。（浄）你又有舍夫人？（生）我贅在岳府中了。（浄）你到是石灰布袋，處處有蹟的。（生）夫人，下官前妻李氏三娘生下一子，着火公竇老送到這裏。夫人若收留，他在此。若不收，早早打發他去。（小旦）相公，説那裏話？既是前妻姐姐生的孩兒，就如奴家生的一般，快抱進來。（生）多謝夫人。竇公，夫人收了，着你進來相見。見了，須要下個全禮。（浄）曉得的，你吃鹽多，我吃醋多，這樣的也要分付得。（進見介）這位就是夫人，好比三小娘，生得越發標致。夫人請臺坐，待小老兒拜見。（小旦）老人家，不須拜得。

【柰子花】（浄）感夫人慷慨仁慈。（倒介）老人家頭重脚輕，跌了倒去。劉官人，小官人不在香房生的。在磨房産下孩兒。嫉妬嫂嫂撇落在水，是老漢救來還你。長成時，休忘了竇公恩義。

【前腔】（小旦）看孩兒容貌希奇，與相公面龐無二。收留在此猶如嫡子。長成時，教他些武藝。長成時，莫忘了竇公恩義。

三日孩兒你自收，三年乳哺不須憂。
兒孫自有兒孫福，莫與兒孫作遠憂。

（小旦）相公，這竇公年紀老了，不須回去，留他在此燒香點燭罷了。（生）多謝夫人。竇公，夫人説你年紀老，不便回去，留你在此燒香點燭便了。（浄）留我在此燒香點燭，看起來我竇老命裏，這火字傍再脱不去的。（生）竇公，隨我到書房來。（浄）還有書房？到要看看。（生）這裏就是。（浄）好，就是畫浪仙宫，如何還想家下臭馬坊？（生）竇老，坐了。（浄）坐到要坐坐好，兩日在夜航船挨壞了，告坐不曾説得。（生）罷了！我有事問你，李三公可好麼？（浄）三阿爹好夫妻，兩個齋僧布施好。（生）李洪一夫妻怎麽了？（净）你説這天殺的狗男女，做舍子越狠了。（生）三小娘可好麽？（净）那個就是你的對頭，三小娘好！三小娘好！（生）爲何啼哭起來？（净）自從你賊精出來了，哥嫂逼他改嫁不從。日間挑水，夜間挨磨，有舍好？有舍好？（生）我那妻呵！（净）咳！猫兒哭老鼠，假慈悲。我不説再不哭，我説了，假意兒我那妻呵！（生）我如今就差人去接他到來，同享榮華。（净）這個纔是。（生）竇公，我府中人口多。（净）人多，吃了我不成？（生）不是。倘有人問起，説你家老爺在家中作何勾當。你把那有興頭的話講些，没興頭的説話不要講起。（净）我曉得！在這裏有人問我，説你們老爺在家作何勾當？若説文，説你撇蘭寫字，燒香吃苦茶如何？若説武，使鎗弄棒，射箭走馬如何？走來馬明王廟裏偷福鷄吃，是我再不説出來的呢。

## 出獵

【綿搭絮】（旦挑水桶上）別人家兄嫂有親情，惟有我的哥哥下得歹心腸、惡面皮。罰奴夜磨麥，曉要挑水。每夜攣拳獨睡，未曉要先起。那些個手足之親，想我爹娘知不知？

【前腔】井深乾旱，水又難提。被我吊乾了。井有榮枯，淚眼何曾得止住？阿呀，苦吓！奴是富家兒，顛倒做了驅使。莫怪伊家無禮，是我命該如是？倘有時刻差遲，亂棒打來不顧體。

呀！遠遠望見一簇人馬來了，我這裏神思困倦，不免就此少睡片時。（小生引四卒上）

【窣地錦襠】[一]連朝不憚路崎嶇，走盡千山并萬水。擒鷹捉鵠走如飛，遠望山凹追兔兒。（衆）就如騰云駕霧一般。（小生）爲何來得這等快？（衆）這裏是沙陀村了。（小生）那個白兔往前面井邊婦人身邊去了。（衆）婦人，可見我的白兔麽？（旦）奴家是受苦的婦人，不曉得什麽白兔。（小生）吓！婦人，兔兒不打緊，有金皮玉箭在上。你還了我箭，我把這兔兒賞你罷！（旦）有兔必有箭，有箭必有兔。奴家實是不見。（小生）我看你這婦人，像個好人家宅眷，爲何跣足蓬頭在此汲水？（旦）衙内聽稟。

【雁過沙】衙内聽啓奴的情懷。（小生）爲何鞋也不穿？（旦）也曾穿着繡鞋。（小生）敢是挑水賣的？（旦）不曾挑水街頭賣。（衆）敢是作了歹事？（旦）貞潔婦女，怎肯作事歹。（小生）被什麽人淩賤得如此？（旦）被無知兄嫂忒毒害。（小生）可有父母麽？（旦）雙親早喪十六載。（小生）可有丈夫麽？（旦）東床也曾入門來。（小生）你丈夫往何處去了？（旦）九州安撫投軍去。（小生）他有什麽本事去投軍？（旦）十八般武藝皆能會。（小生）你丈夫姓甚名誰？（旦）嫁得個劉智遠潑喬才。（衆渾介）（小生）你可有所出麽？（旦）懷抱養子方三日。（小生）如今你孩兒在那裏？

---

[一] 窣：原作『穿』，據汲古閣刊本《繡刻白兔記定本》改。

（旦）被火公竇老送到爹行去。（小生）去了幾年了？（旦）小小花蛇腹内藏，爹娘見他異相配鸞鳳，一别今經十八載。親生一子叫做咬臍郎。

（衆又渾介）（小生）吓！婦人，我非别人，乃九州安撫之子。你丈夫既在我爹爹麾下從軍，待我回去，禀過爹爹。軍中出一告示，捱查你丈夫，叫他回來，與你夫妻完聚。你意下何如？

【香羅帶】（旦）衙内聽拜禀。（拜介，小生作倒介）（衆）不要拜，不要拜，拜得我衙内有些不自在。（旦）容奴説事因。一從間别鸞凰兩處分，被哥哥嫂嫂苦逼分離也。朝朝挑水，夜夜辛勤。日日淚珠暗零。（合）異日説冤，恨取薄倖人。苦也天天，甚日得母子團圓説事因？

【前腔】（小生）娘行免淚零，聽吾説事因。俺爹爹管軍兼管民。我去與爹爹説了，軍中挨問姓劉人也。叫他取你，免伊家淚零。（衆合）多只數日，少半旬。（合前）

多謝衙内問信音，有苦何須問的真？

若還再得重相見，猶如枯木再逢春。

（小生）叫左右，可挑了水桶送他回去。（浄扮李洪一上打丑，丑哭介）（小生）爲何啼哭起來？（丑）他家一個花嘴花臉的人，把我一頓打。（小生）你就該説是軍。（丑）我原説是個軍，他説打斷你的觔。

（小生）什麽時候了？（衆）黄昏時候了。

黄昏將傍赴城門，隱隱鐘聲隔岸聞。

漁人罷釣歸竹徑，牧童遥指杏花村。

## 回獵

【引】（生上）盼望旌旗，每日裏耳聞消息。

孩兒往郊外打圍，這時候還不見回來。（小生帶衆上）柳陰之下一佳人，夫與孩兒同姓名。好似和針吞卻綫，刺人腸肚繫人心。（稟向生介）（衆下）（小生見生介）爹爹拜揖。（生）我兒回來了？你在郊外打得多少飛禽走獸？細細説與我知道。（小生）爹爹聽稟。

【普天樂】望蘆葭，淺草中分圍跨馬。見一個白兔兒在面前過，直趕到，（生）趕至那裏？（小生）前村柳陰之下。見有個婦女身落薄，他跣足蓬頭遭折挫。他説是被兄嫂日夜沉埋，他行行淚灑，他口口聲聲只怨着，（生）怨着誰來？（小生）㈠怨着劉大。

（生）嗨，説話不明，猶如昏鏡。我問你打了多少飛禽走獸，説甚麽劉大劉小！（小生）爹爹聽稟，孩兒往郊外打圍，就大大擺下一個圍場，只見那草叢中趕出一個白兔，那時孩兒就取聖上所賜的金皮御箭，一箭。（生）可曾射中？（小生）正中那兔，那兔兒就帶箭而走。（生）可曾趕？（小生）孩兒就緊趕緊

---

㈠ 生：原闕，據文義補。

走，慢趕慢行。（生）趕至那裏？（小生）直趕至徐州沛縣沙陀村八角琉璃井邊。（生）爲何去得能遠？（小生）連孩兒也不知，坐在馬上猶如騰雲駕霧一般，那兔兒不見，有個婦人跣足蓬頭在井邊汲水，孩兒問他取討兔兒。那婦人說：『不見什麽兔兒。』孩兒就說：『這箭乃聖上所賜金皮御箭，還了我箭，我把這兔兒賞你罷。』那婦人說得好。（生）他怎麽說？（小生）他說有箭必有兔，有兔必有箭。（生）這也說得不差。你可曾問他可有丈夫？（小生）孩兒問他可有丈夫，爹爹好奇怪，他丈夫的名字與爹爹一般。（生）吓！與我一般？你可曾問他可有所出？（小生）孩兒又問他可有所出，阿喲！爹爹，他孩兒的乳名又與咬臍相同。我問他丈夫往那裏去了，他說：『丈夫往九州安撫從軍。』那時孩兒就說：『我乃九州安撫之子，待我回去禀過爹爹，軍中出一告示，捱查你丈夫回來，使你夫妻完聚，骨肉團圓便了。』那婦人感激孩兒，就拜孩兒兩拜。阿喲！爹爹，不知何故，孩兒就頭暈兩次。（生）千不合，萬不合，你不該受那婦人兩拜纔是。（小生）爹爹差矣！爹爹乃九州安撫，孩兒雖不才，也是個帶刀上殿的指揮使，就受這村僻婦人兩拜，何害于理？（生）吓！我兒，你道我做爹爹的官從何來？（小生）是祖父功勳遺下來的。（生）嗨！那裏是什麽祖父功勳遺下來的？我渴飲刀頭血，睡來馬上眠。受得苦中苦，方爲人上人。（小生）爹爹，說與孩兒知道。

【歌兒】（生）我在沙陀受飢寒，也是没極奈何。你做爹爹的日間在賭場中搜求貫百，夜間在馬明王廟裏安身。那日正遇着李大公、李大婆前來賽願，見我有些異相。荷恩公，他就領歸我，就把嫡親女招贅爲夫婦。你做爹爹的好不命苦，誰想做親之後，二老雙雙一旦皆亡過。（小生）可有舅舅、舅母麼？（生）咻！還要題起那狗男女！我被惡舅夫妻生嫉妒，逼鸞凰兩下分開。兒呵！你今日裏既來問我，你道那後堂中享榮華、受富貴的是誰？（小生）這是我的親娘。（生）這不是你的親娘，那井邊汲水的，這便是剖、剖心腸，在磨房中產下兒一個。

（小生）呀！兒對嚴親把事提，誰知母子各東西。舅舅不念同胞養，一子初生號咬臍。繼母堂前多快樂，卻教生母受孤恓。阿喲！爹爹阿！你忘恩負義非君子，不念糟糠李氏妻。今日還我親娘來見面，萬事全休總不提。（生）阿呀！一時那得親娘來見面？（小生）若無親娘來見面，也罷！咬臍一死待何如？（哭倒介）（生）阿呀！我兒甦醒！夫人快來！（貼上）隔牆須有耳，窗外豈無人？我兒，你親娘在此。（小生）你不是我親娘！（哭介）（貼）哇！畜生！你嘴上乳腥未退，鬢邊胎髮猶存。雖無十月懷胎，也有三年乳哺，怎見得不是你的親娘？氣殺我也！（生）夫人請息怒。方纔這畜生遇見了親娘，故此在此啼哭，待下官責治他。哇！畜生！休得要尋死覓活，號天哭地！你若無夫人撫養，怎得今年一十六歲？還不過來，拜了親娘！（小生）不是我親娘，我不拜！（哭介）（貼）千不是，萬不是，多是相公不是！（生）怎麼反是下官不是？（貼）你既有前妻姐姐在家，何不將我鳳冠霞被接取前來，仝享榮華？今日反受這畜生的氣！（生）多謝賢德夫人。（小生）多謝賢德母親。（貼）哇！我不是你親娘，誰要你拜！不許拜！少間進房來，孤拐都敲斷你的！（生）夫人息怒，請進去罷。吓！丫環看茶，夫人進來了。吓！兒阿，方纔若非做爹爹的在此，倘或被他責幾下，成何體面？（小生）吓！爹爹還我親娘來吓！（生）吓！兒吓！你要見親娘，一些也不難。我明日與你三千人馬，仝叔叔史弘肇前去把李家莊圍圍圍住。（小生）圍圍圍住。（生）拿住了李洪一夫妻，將他二人刀刀見血。（小生）刀刀見血。（生）劍劍抽筋。（小生）劍劍抽筋。（生）速去。（小生）速去。（生）快來。（小生）快來。（笑介）

（生）彩鳳金冠去取妻，此情莫與外人知。

（小生）黄河尚有澄清日，豈可人無得運時。

## 續綴白裘

《續綴白裘》（又名《綴白裘續集》）之『崑腔拾錦』月集收録《白兔記》之《劉知遠往園守瓜》《磨房相會》二齣，輯録如下。

### 劉知遠往園守瓜

【步步嬌】（旦上）自與劉郎偕伉儷，恩愛如魚水。哥嫂用機謀，要將我夫妻拆散鴛鴦侶。驀地自尋思，只落得雙垂淚。（生上）蓋世英雄誰能比，自恨時不利。大舅夫婦使心機，要把我夫妻生拆離。大舅叫我，把看瓜事情休對三娘説。夫妻之情，豈可瞞他？趕步見三娘，一椿椿、一件件，説與其祥細。（見介）（旦）你在誰家吃得醺醺醉，撇得你妻子冷清清，無依倚。你在那裏閑遊戲，枉教奴受多磨受勞役。（生）你説什麼受多磨受勞役？勸伊不必多憂慮。正是醉舞酣歌日，酕醄酩酊時。今朝有酒今朝醉，明日愁來明日愁。得一日來過一日，得一日，得一時來過一時。我和你年少夫妻，隨高隨低，隨分隨緣隨時過。（旦）夫！你把閑言閑語丢却，且入蘭房坐。

你在那裏吃酒來？（生）是那哥嫂請我陪禮，與我和睦了。（旦）只怕你吃了吕太后的筵席。(一)（生）三娘，我劉知遠身長七尺，量有千仞，就是吕太后的筵席，焉能害我？（旦）劉郎，我看你。

【紅衲襖】好似紙蝴蝶忒煞輕，紙做欄杆，叫奴靠不穩。好一似風裏楊花無定准，霧暗雲迷有甚情？你爲人不致誠，枉費爹娘三叔心。劉郎，你本是鐵石心意，忘了夫妻結髮情。（生醉睡介）他那裏醉眼朦朧，語言都不省。我只落得頓足搥胸也，短嘆長呼千萬聲。（生）你是個婦人家見識昏，我就裏機關你怎聞？（旦）你縱有機關，怎生出得他的圈套？我假意兒與他相和順，他把那家私與我均半分。三娘，我本是英雄豪邁客，權作癡呆懵懂人。（旦）劉郎，你就忘了我爹娘三叔恩情？（生）第一來不忘了岳丈岳母恩，第二來不忘了三叔説合盟，三來呵，難忘却夫妻骨肉情。

（旦）你説不忘夫妻情，元何又寫下休書？（生）三娘，不是休書，是你哥嫂的供招。（旦）你念與我聽着。（生）我寫着。

---

(一) 筵：原作『延』，據文義改。下同改。

【一封書】劉知遠同里人，岳父深垂憐愛恩。將親女招贅身，叔丈爲媒成契姻。無端大舅心狼毒，逼寫休書勒退親。含淚寫，痛傷心，留與官司辨假真。〔一〕三娘，我把你哥嫂當作孩童戲，口兒裏這般樣説，心兒裏那般樣想。手兒裏雖然滑溜溜的寫與他，争奈我筆尖兒不順情。

（旦）這也罷了！今日哥嫂請你，爲着甚來？（生）只爲卧龍崗上有一百畝瓜園，分在你名下，我今就要去看守瓜。（旦）劉郎，這是我哥嫂用計，要害你性命。那瓜園裏有一瓜精，專會害人，不要去！（生）三娘，我劉知遠乃天生豪傑，不説起瓜精，我酒沉沉而醉；説起瓜精，酒無半點。（旦）那瓜精真會吃人，其實利害！

【一江風】（旦）你爲人膽似天來大，那鬼怪事誰不怕？豈不聞李豹遇天仙，此事無虚詐。恨只恨哥嫂用機謀，叫奴家苦苦怨着他。夫，你今朝若到瓜園也，定教死在黄泉下。（旦奪棍介）（生）你是個婦人家，怎説出孩童話？那鬼怪事都是假。（旦）劉郎，真有瓜精。我爹爹在日，每年設祭，此精不出來害人。自我爹爹亡過，久無祭賽，爲此精怪又出來吃人。（生）三娘，自古道：死生有命，富貴在天。論人生頂天立地在三光下，那鬼邪吾不怕。我想昔日，太祖高皇帝往芒碭山，遇一大蛇當道。高祖祝曰：吾若有福，蛇遭於吾；吾若無福，吾遭蛇口。仗劍揮之，蛇爲兩斷。後開四百

〔一〕司：原作『曰』，據《新刻出像音註增補劉智遠白兔記》改。

年漢家基業，焉知今日之劉知遠，不爲昔日之漢高祖乎？爲人何怕鬼，英雄豈畏邪。望賢妻不必憂愁也，縱有瓜精我去拿。（旦）果是有瓜精，你好心膽大。你要去看瓜，你妻子關説也心驚怕。伏望我兒夫，聽取妻話。若還去守瓜，定然死在瓜園下。（生）我心正，邪難入，平生不信邪。今朝去看瓜，休得阻擋咱。咱若是不看瓜，反惹你哥嫂恥笑咱。三娘，若念夫婦情，親身送水茶；，不念夫婦情，憑在你心下。伏望我賢妻，休把咱牽掛。定教那瓜精，死在我手中棍兒下。（推旦倒下介）（旦）劉郎你好差，不聽妻兒話。癡心去守瓜，殘生必喪却。哥嫂用計差，賺我劉郎去看瓜。倘若有疏虞，怎肯干休罷？劉郎，你是我的夫，我是你的妻。久後終須倚靠他，叫奴怎生丢得下？

## 磨房相會

【淘金令】（旦）思量命蹇，遭逢兄嫂害。不幸爹娘早亡，遭着狠心哥嫂。逼奴改嫁不從，設下三條道路。投河自縊也可，嫁人也可。不然，剪下青絲髮，脱下繡羅鞋。因此上設下了重沉沉的磨兒。李三娘拚着一片鐵石心腸，只得慢慢挨，挨磨等夫來。

這磨房中物件，好個比方。磨篩好似狠心哥嫂，這麥子好似奴家與劉郎一般，被磨兒磨將下來，又被篩子打分爲兩處。

【前腔】似這等夫不能見面，面不能見夫。重疊疊，碎紛紛，一重重打下篩。日前八角井邊，偶遇一位小將軍。他方便替奴把書帶，又許我查夫問子來。若得夫妻相會，母子團圓，那時節水不汲來磨不挨。狠心的哥嫂呵，斷然不受災，豈受兄嫂害？

（生上）皂蓋紛紛點翠苔，猶如仙子下瑶堦。門前桃李依然在，盡是劉高親手栽。我劉智遠自瓜園別後，李洪信不思兄妹之情，把三娘日間汲水，夜來挨磨。日前孩兒帶書回來，方知三娘受苦，故此今夜回來。來此間已是磨房了，怎么裏面無人？想是李洪信知我回來，接了妹子回家，也未可知。（聽介）（旦）苦！（生）裏面分明是三娘叫苦，且聽他說甚的。（旦）苦！這等天還不明，鷄還不叫。

【宜春令】恨金鷄不打更。呀！此非城郭之所，爲何有更鼓？想是來往官員，在開元寺中屯扎，故有此更鼓之聲。聽樵樓畫鼓頻頻，天邊皓月照人明。月，你照着人間夫唱婦隨，也有好處；照着我李氏苦命怎的？怎的不去照華堂，明皎皎，羞答答，偏照奴身李三娘，倚定磨房門？（生行介）（旦）呀！這般時候，外面還有人行走。又只見窗兒外，路兒上，分明有個人行。劉郎一去不回程。我爹爹當初招贅於你，指望後來有個好處，榮耀門閭。誰知你一去不回程。悔當初到不如恩斷情，情斷恩，恩情兩下分乾净，恩情兩下分乾净。

（生）三娘開門。（旦）哥嫂，我在此挨磨。（生）不是哥嫂，是我劉郎回來。（旦）就是劉郎，我也在此挨磨。（生）三娘，果是我劉暠回來，不消猜疑，快快開門。（旦）既是劉郎，當日在那裏分别？你試説個。

【江頭金桂】（生）抛離數載，景致依然在。門前桃李槐，盡是劉暠親手栽。只見門樓倒壞，糞草成堆，想是無人佈擺？自從瓜園别後，懊恨大舅無端，把我錦繡鴛鴦兩拆開。日前見你有書來，上寫着有幾般辛苦幾般災，還有許多恩和愛。（旦）既曉得幾般辛苦幾般災，因甚的一去不回來？可見男子漢，心腸忒歹。（生）非是我心腸忒歹，都只爲官差在外。今日回來，喜得三娘還在。妻，你把憂愁變作喜，眉峰略展開。李洪信，這段冤仇，必須殺害。妻，你把磨房門兒即便開。

三娘，快開門。（旦）鑰匙哥嫂拿去了。（生）水飯怎麼送來？（旦）若是記得，拿一碗來。（生）倘或忘了？（旦）你妻子就餓一餐了。（生）有這等事？可惱！可惱！三娘，待我打下門來，你且閃開些。一聲怒氣沖牛斗，那怕千重鐵鎖門。（打開相見介）

【桂枝香】（生、旦）多年離别，常懷掛念。多因兩下無緣，默默終朝長嘆。奈緣慳分淺，奈緣慳分淺，鴛鴦拆散。重逢會面謝蒼天，夫婦重相見，花再重開月再圓。

（生）一别三娘十六秋，容顔相見不如初。（旦）幾回要把衷腸訴，及至相逢半句無。恭喜劉郎，今日做官回來了。（生）不要説起，去得遲了，投得一名馬豆軍。（旦）馬豆軍有幾品？（生）論不得品數。（旦）這等大得緊了？（生）在你家看馬一般。（旦）你去了一十六年，不討得一官半職回來，兀的不苦殺我也！（生）三娘不須煩惱，再去三年，偷也偷個官來見你。（旦）再去三年，官是准有，只是你妻子守不得了！一别瓜園十六年，杳然不見信音傳。哥嫂在家常打駡，全無半句怨夫言。我爲你幾頓天光無飯吃，幾度寒冬没衣穿。百般苦楚奴受盡，如何還説去求官？

【皂羅袍】寔指望一身榮貴，指望你衣錦榮歸。誰知你依舊身襤褸，枉教奴挨磨并汲水。今日呵，這般模樣回來，衣冠不整，轉回故里，有何顔面再見親戚？全然不怕人羞恥。（生）休把我一身輕棄，又待要改换門閭。（旦）且把你一身改换一改换，（生）誰知我收伏蠻夷皆投順，吾奉聖旨還鄉閭。（旦）奉聖旨有官了？（生）是。喬妝打扮，特來探取，私行到此無人漏洩。三娘，我一件寶貝，與你看一看。（旦）是個現世寶。（生）我有黄金玉帶藏腰繫。（旦）恭喜你一身榮貴，一身發積，全然不把半行書寄。暗思昔日養孩兒，受盡了哥嫂多圈套。夫妻日夜用機謀，將兒撇在魚池内。（生）可不淹死了？（旦）感得竇老提携殷勤救取，千山萬水送來與你。未審嬌兒今何處？（生）日前見你血書一紙，方知受苦禁持。本待要差人來接取，忽然命我征蠻去。功勞未遂，音絶信稀。一十六載孩兒長成，日前井邊與你重相會。（旦）那日一隊人馬，不知那一個是？（生）那帶紫金冠的便是。（旦）好乖巧。看他昂昂志氣，堂堂貌美，虧了他百萬軍中與奴帶信回。（生）孩兒不見家書由自可，見了時悶似湘江水，涓涓不斷流，空教淚濕衣衫袖。

【前腔】（生）上告三娘聽啓，有椿事説與你。提鈴喝號受苦恓，因失紅袍，（旦）失了，尋一尋就是。(生)紅袍内許多故事,我與你説,不要着惱。(旦)丈夫今日回來,總有天大的事,也不惱。(生)因失紅袍,再娶了岳氏妻。(旦)恭喜賀喜! 與我孩兒娶了妻。(生)三娘,不要污口。不是孩兒,是你家兒子的老子。(旦)是你,也恭喜。(生)三娘賢慧。(旦)説甚賢慧不賢慧,你好負心也! 你是個男子漢負心的,我若容你,只怕天不容你。(咬介)(生)三娘做狗,把我咬一口。岳氏夫人多賢慧,虧了他堅心着意,與你養孩兒。(旦)我的现成兒子,要他养怎的?(生)當初有了幾歲送來?(旦)是三朝帶血的娃子。(生)可知道他若是不賢慧的,將兒磨滅死了,今日那有個丈夫回來? 你去想一想。(旦)這等説起來,到也賢慧。(生)正是。(旦)只怕你貪戀美貌多嬌女。(生)我怎敢忘了舊日絲蘿李氏妻? 殘花再發,缺月再輝,枯枝又遇春風際。

紫綬金章來看妻,此事不許外人知。

黄河尚有澄清日,豈可人無得運時。

# 附録二　隻曲輯録

# 目録

# 舊編南九宮譜

《舊編南九宮譜》所收《白兔記》隻曲，輯録如下。

【金水梧桐花皂羅】【江兒水】【皂羅袍】【水紅花】沽酒誰家有，前村問牧童，遥指杏花中。好新豐，青帘風動。正好提壺挈榼，那更玩無窮。咱兩個醉春風也囉。雙雙共伊出莊門，聽取西郊，樂聲風送。和你百年歡慶，兩情正濃，夫妻又恐怕如春夢。

【梧桐掛羊尾】（【金梧桐】頭、【山坡羊】尾）嫂嫂話難聽，激得奴心生忿。逼我重婚，怎教他成孤另？一馬一付鞍，再嫁傍人哂。就辱偷生，怎忍懷身孕？如何，如何再嫁人，再嫁人？

# 增定南九宫曲譜

《增定南九宫曲譜》（全名《增定查補南九宫十三調曲譜》，又名《南曲全譜》）所收《白兔記》隻曲，輯録如下。

【十棒鼓】奴奴生得如花貌，言語又逋峭。丈夫叫做念一郎，奴奴唤做三七嫂。方纔房中，補衣補襖。忽聽老公叫，慌忙便來到。

【小引】（此亦巧立名色，也還須查正）廟官來，廟官來，打點香爐蠟燭臺。但辦至誠心，何愁神不靈？但辦至诚意，何愁神不至？至！至！至！

【望妝臺】（疑亦傳刻之誤，未必確也）爹爹做事不思維，他是吾家牧馬的。緣何把我，與他兩個做夫妻？爹聽啓，兒拜啓，山鷄怎與鳳凰棲？

【攪群羊】（疑是【金梧桐帶山坡羊】）姑姑你試聽，日夜裏成孤另。尋個良媒，嫁個多聰俊。虚度青春，白髮來侵鬢。如何，如何不改嫁人？

【天下樂】（一名【天下歡】）我女孩兒，喜室家男女及時，看雙雙宛如比翼。五百年前結會，今生共成連理枝。配合成一對。從今改門閭，我也身榮貴。（合）豈容易，雙雙盡老，百歲傚于飛。

【錦纏樂】（新增）【錦纏道】望蘆葭，淺草中分圍跨馬。見一個白兔兒在面前過，趕到前村柳陰之下。【普天樂】見一個婦女身落泊，跣足蓬頭喫折挫。他説被兄嫂日夜沉埋。他行行淚灑，口口聲聲只怨劉大。

【插花三臺】打和鼓喬妝三教，舞獅豹問着大旗。小二哥敲鑼擊鼓，使牛兒簫笛亂吹。浪豬娘先呈百戲，騆馬勒妝神跳鬼。牛筋引鼠哥一隊，忙行走竹馬似飛。

【駐馬摘金桃】（新增）他本是豪門，住在沙陀小李村。我與他公公來往，與我家中元有薄親。他暫時落魄暫時貧，領歸來必定能安分。何必怒生嗔？教他進也無門，退也無門，全不由大人苦樂不均。

【纏枝花】休得把他相輕賤，此漢身强健。春種秋收休辭倦，自然不用愁衣飯。只愁他福分淺，枉了行方便。（合）記得買臣未遇挑薪賣，後來發跡何難。

【香羅帶】娘行免淚零，聽吾説事因。俺爹爹管軍兼管民，回去并州挨問姓劉人也。教他取你，免伊淚零。多只數日少半旬。（合）異日説冤恨，報取薄倖人。苦也天天，甚日得母子團圓説事因？

【五更轉】恨命乖遭折挫，爹娘知苦麼？哥哥嫂嫂你好横心做，趕出劉郎，罰奴挨磨。叫天不應，地不聞，如何過？奴家那曾，那曾識挨磨、挑水辛勤，只因劉大。

【五更轉犯】（新增）我獻燈，燈光亮，吉人天降祥。陰空保佑，保佑福無量。願我嫂嫂哥哥，身康無恙。（合）願慈悲顯現，顯現降臨道場，消除這災障。

【絳都春換頭】堪覷，青山頓老，見過往行人迷踪失路。下幕垂簾，酒酌羊羔歌《白苧》。紅爐獸炭人完聚，怎知道街頭貧苦？鼻中只覺梅花香，要見並没覓處。

【引軍旗】小人住在沙陀村裏，自小習兵機。十八般武藝皆能會，願立旗下聽差使。（合）忽朝名掛雲臺上，方知武藝精細。

【高陽臺】（新增）權統雄威，兵分八陣，名震四方威勢。吕望六韜，更兼孫武兵書。張飛一聲大喝橋斷也，論軍令不斬不齊。（合）凱歌回，凌煙閣上姓字標題。

【前腔換頭】聽啓。慈父嚴尊，因君武藝，將奴配與爲妻。征戰功成，那時蔭子封妻。須知。赤心報國酬聖主，食天禄滿家榮貴。（合前）

【梧蓼金羅】（即【金井水紅花】）【梧葉兒】沽酒誰家好，前村問牧童，遥指杏花中。【水紅花】好新豐，青帘風動。正好提壺挈榼，那更玩無窮。咱兩個醉春風也囉。【柳揺金】雙雙共出，共出莊門。聽取西郊，樂聲風送。【皂羅袍】（合）和你百年歡笑，兩情正濃。百年偕老，兩情正濃。夫妻正好，又恐如春夢。

【鶯鶯兒】（新增。或作【啼鶯兒】）【鶯啼序】隨車縞帶逐隊飛，攪銀海生輝。睹前村草舍茅簷，總來玉筯低垂。賀來年時豐歲稔，喜今歲先呈祥瑞。（合）【黄鶯兒】雪晴時，梅稍淡月，三白總相宜。

【柳揺金】（舊譜乃犯别调者，今改正）金梧飄墜，齊紈懶揮，牛女會佳期。丹桂飄金蘂，風傳音韻奇。遥望着碧天如洗，萬里月揚揮。一似皓月澄清，團圓到底。（合）朝歡暮樂，效學于飛，效學于飛，和你永諧連理。

【玉肚交】（新增）【玉抱肚】伊休執見，枉傷悲徒然淚連。急急寫下休書，今日與你盤纏。【玉交枝】遲延少時喫大拳，披麻惹火燒身怨。莫等着江心補船，莫等着江心補船。

# 南詞新譜

《南詞新譜》（全名《廣輯詞隱先生南九宮十三調詞譜》，又名《重定南九宮詞譜》）所收《白兔記》隻曲，輯録如下。

【天下樂】（一名【天下歡】）我女孩兒，喜室家男女及時，看雙雙宛如比翼。五百年前結會，今生共成連理枝。配合成一對。從今改門閭，我也身榮貴。（合）豈容易，雙雙盡老，百歲效于飛。

【錦纏樂】【錦纏道】望蘆葭，淺草中分圍跨馬。見一個白兔兒在面前過，趕到前村柳陰之下。【普天樂】見一個婦女身落泊，跣足蓬頭喫折挫。他說被兄嫂日夜沉埋。他行行淚灑，口口聲聲只怨劉大。

【插花三臺】打和鼓喬妝三教，舞獅豹閒着大旗。小二哥敲鑼擊鼓，使牛兒簫笛亂吹。浪豬娘先呈百戲，騶馬勒妝神跳鬼。牛筋引鼠哥一隊，忙行走竹馬似飛。

【駐馬摘金桃】他本是豪門，住在沙陀小李村。我與他公公來往，與我家中元有薄親。他時落泊暫時貧，領歸來必定能安分。何必怒生嗔？教他進也無門，退也無門，全不由大人苦樂不均。

【紅繡鞋】兄嫂用計施謀，休憂。孩兒拚命則休，何愁。你丈夫在并州，孩兒去與他收。免教禍臨頭，免教禍臨頭。

【獅子序】年乖運蹇，枉有沖天氣宇。受無限嗟吁，最苦是七尺軀。争似我英雄俊傑，問天道五行何如？一似餓虎巖前睡也，困龍失卻明珠。

【纏枝花】休得把他相輕賤，此漢身强健。春種秋收休辭倦，自然不用愁衣飯。只愁他福分淺，枉了行方便。（合）記得買臣未遇挑薪賣，後來發跡何難。

【香羅帶】娘行免涙零，聽吾説事因。俺爹爹管軍兼管民，回去并州挨問姓劉人也。教他取你，免伊涙零。多只數日少半旬。（合）異日説冤恨，報取薄倖人。苦也天天，甚日得母子團圓説事因。

【五更轉】恨命乖遭折挫，爹娘知苦麼？哥哥嫂嫂你好横心做，趕出劉郎，罰奴挨磨。叫天不應，地不聞，如何過？奴家那曾，那曾識挨磨、挑水辛勤，只因劉大。

【五更香】（原名【五更轉犯】）【五更轉】我獻燈，燈光亮，吉人天降祥。陰空保佑，保佑福無量。願我嫂嫂哥哥，身康無恙。【香柳娘】（合）願慈悲顯現，顯現降臨道場，消除這災障。

【絳都春影】（原作【絳都春換頭】，今改定）【絳都春】堪覷，青山頓老，見過往行人迷踪失路。下幕垂簾，酒酌羊羔歌《白苧》。紅爐獸炭人完聚，怎知道街頭貧苦？【疏影】鼻中只聞得梅花香，要見並無覓處。

【引軍旗】小人住在沙陀村裏，自小習兵機。十八般武藝皆能會，願立旗下聽差使。（合）忽朝名掛雲臺上，方知武藝精細。

【高陽臺】權統雄威，兵分八陣，名震四方威勢。吕望六韜，更兼孫武兵書。張飛一聲大喝橋斷也，論軍令不斷不齊。（合）凱歌回，凌煙閣上姓字標題。

【梧蓼金羅】（俗作【金井水紅花】，今改定）【梧葉兒】沽酒誰家好，前村問牧童，遥指杏花中。【水紅花】好新豐，青帘風送。正好提壺挈榼，那更翫無窮。咱兩個醉春風也囉。【柳摇金】雙雙共出，共出莊門。聽取西郊，樂聲風送。【皂羅袍】（合）和你百年歡笑，兩情正濃。百年偕老，兩情正濃。夫妻正好，又恐如春夢。

【鶯鶯兒】（或作【啼鶯兒】）【鶯啼序】隨車縞帶逐隊飛，攬銀海生輝。睹前村草舍茅簷，總來玉筋低垂。賀來年時豐歲稔，喜今歲先呈祥瑞。（合）【黄鶯兒】雪晴時，梅稍淡月，三白總相宜。

【柳摇金】（舊譜乃犯别調者，今改正）金梧飄墜，齊紈懶揮，牛女會佳期。丹桂飄金蕊，風傳香韻奇。遥望着碧天如洗，萬里月揚輝。一似皓月澄清，團圓到底。（合）朝歡暮樂，效學于飛，效學于飛，和你永諧連理。

【玉肚交】【玉抱肚】伊休執見，枉傷悲徒然淚連。急急寫下休書，今日與你盤纏。【玉交枝】遲延少時喫大拳，披麻惹火燒身怨。莫等着江心補船，莫等着江心補船。

【十棒鼓】奴奴生得如花貌，言語又逋峭。丈夫叫做念一郎，奴奴喚做三七嫂，方纔房中，補衣補襖。忽聽老公叫，慌忙便來到。

【小引】廟官來，廟官來，打點香爐蠟燭臺。但辦至誠心，何愁神不靈？但辦至诚意，何愁神不至？至！至！至！

【望妝臺】（疑亦傳刻之誤）爹爹做事不思維，他是吾家牧馬的。緣何把我，與他兩個做夫妻？爹聽啓，兒拜啓，山鷄怎與鳳凰棲？

【攬群羊】（似【金梧桐帶山坡羊】，但『何』字不叶韻）姑姑你試聽，日夜裹成孤另。尋個良媒，嫁個多聰俊。虚度青春，白髮來侵鬢。如何、如何不改嫁人？

# 寒山曲譜

《寒山曲譜》所收《白兔記》隻曲，輯録如下。

【梁州賺】（又一體，即【花賺】）才貌兼全，見你身狼狽又飢寒。是我領歸來，好生與我行方便。聽伊言，我與他人不面善。未知他家住何州并那縣，恩多又恐番成怨。婆婆出語何難見，公公見我身狼狽又飢又寒。休疑我，分明咫尺家不遠。莫埋冤，口食身衣宿世緣。留在家中聽使唤。休强言，守閨女不當汝占先。奴自歸房拈針綫，再難相勸，再難相勸。

【五更轉】我命乖遭折挫，爹娘知苦麽？哥哥嫂嫂你好横心做。趕出劉郎，罰奴挨磨。叫天不應，地不聞，如何過？奴家那曾識挨磨、挑水辛勤，只因劉大。

【纏枝花】休得把他相輕賤，此漢身强健。春種秋收休辭倦，自然不用愁衣飯。只愁他福分淺，枉了行方便。（合）記得買臣未遇挑薪賣，後來發積何難。

【香羅帶】娘行免淚零，聽咱説因。俺爹爹管軍兼管民，軍中挨問姓劉人也。教他取你，免伊悶縈。多則一月少半旬。異日説冤恨，報取薄倖人。苦也天天，甚得母子團圓説事因。

【五更轉犯】【五更轉】我獻燈，燈光亮，古人天降祥。陰空保佑福無量。願我嫂嫂哥哥，身康無恙。【香柳娘】願慈悲顯現，願慈悲顯現，降臨道場，消災這灾障。

【石榴花】非因小侄怒生嗔，那得閑衣閑飯養閑人？又不會鋤田車水與耕耘，夫妻兩口常貪困。因此寫休書退了親，叫個收生婆落了他身孕。劉郎若得爲官後，直待黄河水澄清。

【望妝臺】爹爹做事不思維，他是吾家牧馬的。緣何把我，與他兩個做夫妻？爹聽啓，兒拜啓，山鷄怎與鳳凰棲？

【天下樂】我女孩兒，喜室家男女及時，看雙雙宛如比翼。五百年前結會，今生共成連理枝。配合成一對。從今改門閭，我也身榮貴。（合）豈容易，雙雙盡老，百歲效于飛。

【其二】智遠咨啓，荷公婆收録提攜，幸一身免遭污泥。五百年前結會，山鷄怎逐鸞鳳飛？深感不嫌棄。銘心在肺腑，難報恩和義。（合前）

【麻婆子】畫燭畫燭光摇映，儐相兩邊排。聞知姑娘家窮胎，請我來交拜。好酒吃大碗，好肉吃大塊。吃得兩朵桃花上臉來。

【駐馬兒】（舊名【駐馬摘金桃】）【駐馬聽】他本豪門，住在沙陀小李村。我與他公公來往，與我家中原有薄親。他暫時落薄暫時貧，領歸來必定能安分。何必怒生嗔？【剗鍬令兒】教他進也無門，退也無門，全不由大人苦樂不均。

【漁燈兒】（又名【三燈并照】）【喜漁燈】虛名多少成孤另，空酩酊，總厮守日日聯眉。昔百年未瞑，少不得一半愁和悶，花費些酒盟山訂。【山漁燈】百忙中怎免，但离别頃。真是孟浪了恩情，水上萍，生和死。【剔銀燈】纏殺了灰劫相仍伶仃，這鶼鶼難比翎，怎能彀和伊魂魄並行。

【鎖南枝】星月朗傍四更，堦前犬吠鷄又鳴。哥嫂太無情，罰奴磨麥到天明。劉郎去没信音，磨房中冷清清，風兒吹得冷冰冰。

【連枝賺】去程已緊，李三公多憐憫，些少盤纏相贈恁。這恩德山樣高來海樣深，生死難忘叔丈恩。你與我回言多拜禀，異日身榮報大恩。謹依臺命，謹依臺命。

【獅子序】伊説話太無情，又道是一牢永定。寧死後如何教我改嫁人？是我腹中有孕，怎教兒女去從别姓？你出言語忒煞傷情，這恩德如甖落井。（合）分别去各辦一個志誠，便做鐵石人腸也須教淚零。

【其二】上告妻妻須聽，只怕你執不定。你哥嫂忒毒狠，只恐你口説無憑准，我獨自守孤另。恐躭閣兩下成病。（合前）

【小引】廟官來，廟官來，打點香爐蠟燭臺。但辦至誠心，何愁神不靈？但辦至诚心，何愁神不至？至！至！至！至！至！

【絳都春犯】【絳都春】彤雲密布，見四野盡是銀妝玉砌。迸玉篩珠，只見柳絮梨花空中舞。長安魯酒增高貴，見漁父披簑歸去。【鎖窗寒】鼻中但覺梅花香，要見並没覓處。

【雁過沙】衙内問我甚情懷，也曾穿着繡羅鞋，不曾挑水在街頭賣。我是貞潔婦女，怎肯作事歹？被無知哥嫂忒毒害。雙親早喪十六載。

【其二】東床也曾入門來，九州按撫投軍去。十八般武藝皆能會，嫁得個劉智遠潑喬才。懷抱養子方三日，火工竇老送到爹行寨。

【錦纏樂】【錦纏道】望蘆葭，淺草中分圍跨馬。偶見個白兔兒在面前過，直趕到前村柳陰之下。【普天樂】見一個婦女身落泊，跣足蓬頭吃折挫。他説被兄嫂日夜沉埋，行行淚灑，口口聲聲只怨着劉大。

【插花三臺】打和鼓喬妝三教，舞獅蠻間着大旗。小二哥篩羅擂鼓，使牛兒哨笛亂吹。浪豬娘先呈百戲，騸馬勒妝神跳鬼。牛筋引鼠哥一隊，忙行走竹馬似飛。

【醉扶歸】苦切苦切枉生受，只得到此且含羞。奴與哥哥甚寃讎，下得惡毒手。羅裙忙把飯來兜，這苦也難生受。

# 南曲九宫正始

《南曲九宫正始》(全名《彙纂元譜南曲九宫正始》)所收《白兔記》隻曲，輯録如下。

【絳都春犯】【絳都春序】同雲布密，見四野盡是銀妝玉砌。迸玉篩珠，只見柳絮梨花在空中舞。長安酒價增高貴，見漁父披簑歸去。(合)【疏影】鼻中只聞得梅花香，要見並無覓處。

【前腔換頭】堪覷，青山頓老，見過往行人迷踪失路。下幕垂簾，酌酒羊羔歌《白苧》。紅爐獸炭人歡聚，怎知道街頭有貧苦？(合前)

【梁州令】孩兒一貌本天然，似洛浦神仙。願天得遇好姻緣，憑媒氏，逢佳婿，做姻眷。

【錦纏樂】【錦纏道】望蘆葭，淺草中分圍跨馬。見一個白兔兒在面前過。【普天樂】趕到前村柳陰之下，見一個婦女身落薄，跣足蓬頭喫折挫。他說被兄嫂日夜沉埋，行行淚灑，他口口聲聲只怨着劉大。

【番鼓兒】（第二格）恁諸軍，恁諸軍，疾速忙前進。並力夾攻，教他聞風怕影。手持刀劍，潑無徒敢來對陣。活捉與生擒，得戰時奏凱回程。

【醉扶歸】（第二格）奴苦惱甘生受，只得到此且含羞。奴與哥哥有甚冤仇？只得慌忙奔走，裙兒忙把飯來兜。（合）淚濕透奴衣衫袖。

【醉扶歸】（第三格）怕兄嫂成僝僽，慌忙到此少了香和酒。又没資財與奴收留，夜來做事怎不依奴口。誰人知道我心憂。（合前）

【醉歸月下】【醉扶歸】自恨我好不唧溜，這碗淡飯教我怎入口？胡亂充飢莫害羞，胸前衣破與那瓜精鬪。【桂枝香】悶似湘江水，涓涓不斷流。【醉扶歸】淚濕透奴衣衫袖。

【望妝臺】爹爹説話好不知機，他是我家牧牛的。怎生與我做夫妻？爹聽取，兒拜啓，他是山鷄怎入我鳳皇棲？

【剔銀燈】竹籬茆舍，前村雪裏，問道野梅開未？待春兒折取一枝，惟有暗香撲鼻。

【紅繡鞋】（第二格）兄嫂用計施謀，休憂。孩兒拚命則休，何愁。你丈夫在并州，將兒去與爹收。免教禍臨頭，免教禍臨頭。

【尾犯序】（第二格）村落少人煙，横塘水淺，玉鷺聯拳。喜野梅開遍，時有香傳。消遣。飲村醪時堁芋栗，採山花斜插鬢邊。茅簷下見龍鐘父老，飲笑負晴暄。

【石榴花】（第六格）我哥眼内識賢人，情願將伊妹子結爲親。他暫時落泊暫時貧，你們休得閒争論。被鄰人知道作話文，大凡事須要相和順。他還發跡爲官後，大家榮耀李莊門。

【石榴花】（第七格）如今年紀正青春，更兼武藝果超群。我暫時落難受欺凌，年乖運蹇受此災迍。只得吞聲忍耐，如跨下韓信。男兒顯達，當此管教一躍龍門。

【麻婆子】（第四格）畫燭畫燭光摇映，賓相兩邊排。聞知姑娘家窮胎，請我受幾拜。好肉喫大塊，好酒滿碗篩。喫得桃花上臉來。

【駐馬摘金桃】【駐馬聽】他本是豪門，就住在沙陀小李村。他公婆來往，與我家中有些薄親。他暫時落泊暫時貧，你們休得閒争論。何故怒生嗔？【金娥神曲】教他進也無門，退也無門。【櫻桃花】全不由大人苦樂不均。

【金錢花】（第四格）一更鼓兒鼕鼕鼕鼕，一棒鑼聲嘡嘡嘡嘡。將軍馬上醉醺醺，躍馬揚鞭齊和聲。

【賀新郎衮】（第三格）上告公公見憐，再告婆婆聽言。這恩德銘心肺腑，大凡事自當向前。

【纏枝花】（第五格）休得把他相輕賤，此漢身强健。春種秋收休辭倦，自然不用愁衣飯。只愁他福分淺，枉了行方便。記得買臣未遇挑薪賣，後來發積何難。

【香羅帶】（第三格）娘行你試聽，聽吾説事因。爹爹管軍兼管民，軍中挨問姓劉人也。着他取你，免伊淚零。多只數日少只半旬。異日説冤恨，報取薄倖人。苦也天天，甚日得子母團圓説事因。

【五更轉】恨命乖遭折挫，爹娘知苦麽？哥哥嫂嫂你好橫心做，趕出劉郎，罰奴挨磨。叫天不應，地不聞，如何過？奴家那曾，那曾識挨磨、挑水辛勤，只因劉大。

【五更香】【五更轉】辦志誠，燈供養，光明照十方。神通顯應，顯應花臺上。保佑我爹娘，身躬無恙。【香柳娘】願慈悲顯現，願慈悲顯現，降臨道場，消除這災障。

【宜春令】（第五格）竇公聽訴因伊，兄嫂不仁没道理。謝你恩義，把我孩兒送到爹行去。見劉郎訴説詳細，問他道幾時歸去。若長成時，休忘了竇公恩義。

【二犯獅子序】（第二格）【宜春令】伊説話太無情，又道是一言爲定。【繡帶兒】寧死後如何教我改嫁別人，況奴腹中有孕。【獅子序】怎教我兒女去從別姓，伊出言忒煞相輕，這恩情如鹽落井。分別去各辦志誠，便做了鐵石心腸也須教我淚零。

【紅獅兒】【紅衫兒換頭】上告賢妻聽，怕你心不定。你哥嫂浪頭緊。【獅子序】只怕你口説無憑，卻擔閣兩下成病。分別去各辦志誠，便做了鐵石心腸也須教我淚零。

【梧葉兒】（第四格）智遠多蒙温故，感蒙愛憐，得魚後怎忘筌？異日風雲會，管教來報賢。這嚴寒，喫一碗合鍋素麵。

【高陽臺】權統雄威，兵分八陣，威鎮四方無敵。呂望六韜，更兼孫武兵書。張飛喝水斷橋聲似雷，論軍令不斬不齊。(合)奏凱歌回，管取凌煙閣上姓字標題。

【前腔換頭】聽啓。慈父嚴尊見伊武藝，把奴配君爲妻。征戰功成，那時蔭子封妻。須知。赤心報國酬聖主，食天禄滿門榮貴。(合前)

【鶯啼御林】【鶯啼序】隨車縞帶逐亂飛，攪銀海生輝。睹前村草舍茅簷，盡是玉筯低垂。賀來年時豐歲稔，喜今歲先呈祥瑞。【簇御林】雪晴時，梅稍上淡月，三白總相宜。

【集賢賓】(第三格)當初指望諧老百年，與你厮守相連。誰想哥哥心改變，把骨肉頓成拋閃。凝望眼穿，空自把闌杆倚遍。兒夫去遠，悄没個音書回轉。常思念，何日裏再得團圓。

【尚繞梁煞】答還心願無他慮，果然是神歡人喜。祭賽鳴王，平安過四時。

【引軍旗】小人住在沙陀村裏，自小識兵機。十八般武藝皆能會，願立旗下聽鈞旨。(合)忽朝名掛在雲臺上，方知武藝精細。

【前腔換頭】聽他説兵機，此漢真奇異。諳曉六韜三略法，權時收拾在長行隊。(合前)

【望歌兒】(第三格)我在沙陀村受飢寒，也是没極奈何。感得李大公領歸我，他把嫡親女兒與我爲夫婦。二老雙雙多亡過，我被舅舅争强，把我兩鸞凰成分破。你來問我他剖心腸，磨房中養下你兒一個。

【蠻牌令】昨夜二更時，見臘雪滿空飛。提鈴喝號至，可傷悲。頂門上紅光爍爍，聲音似虎嘯龍嘶。非是奴强胡爲，自不合把爹爹衣服與他遮取寒威。

【黑蠻牌】（又名【鬪蠻牌】）【蠻牌令】急急去報三公，女孩兒因甚出閨門。見五色蛇兒墜素青紅，一步步趕來後影也無踪。見着後使奴心恐，女孩兒休得氣衝衝。【鬪黑蔴】大貴人蛇穿七竅中。一朝運通，九霄氣沖。異日軒昂，把妻子來封。

【小桃紅】（第四格）臘天不雨，喜在莊農。愛日暄晴晝也，轉過疏籬步蹤踵。極目的望西東，四下裏影無窮。斷人踪，只聽得雷聲動也，莫不是老倒無能？怨天公令自行冬。

【僥僥令】（第四格）喜姑姑添小口，幾度待不收留。十月懷擔娘生受。兒女似眼前花、水上漚。

【玉抱交】【玉抱肚】伊休執見，枉傷悲徒然淚連。急急寫下休書，目今與你盤纏。【玉交枝】遲延少問喫大拳，披毛惹火燒身焰。【玉抱肚】莫待江心補漏船。

【前腔】（第二格）【玉抱肚】愁拈斑管，展花箋盈盈淚連。夫妻指望百年，誰知付與筆尖？【玉交枝】劃一劃滿懷愁萬千，撇一撇頓覺心驚戰。怎寫得休書字全，怎寫得休書字全？

【月上海棠】（第二格）聽訴剖，免教他莫又遭毒手，恐他每日夜暗使機謀。他爹行有子難收，我孩兒有娘難守。思前後，早商量莫待又不久。

【金羅紅葉兒】(又名【金井梧桐花皂羅】,俗作【金井水紅花】)【江兒水】沽酒誰家好,前村問牧童。【梧葉兒】遥指杏園中。【水紅花】好新豐,青帘風送。正好提壺挈榼,那更玩無窮。咱兩個醉春風也囉。【淘金令】雙雙共出,共出莊門。聽取西郊,樂聲風送。【皂羅袍】(合)和你百年歡笑,兩情正濃。百年諧老,兩心正同,恩情又恐怕如春夢。

【金羅紅葉兒】(第二格)【江兒水】想像襄王夢,巫山十二峰。【梧葉兒】何幸遇芳容。【水紅花】意重重,語言陪奉。得伊提掇起,免在污泥中。這恩德感無窮也囉。【淘金令】一心感謝,感謝公公。把我人前,相欽厮重。(合前)

【柳摇金】【桂枝香】春光明媚,遊人如蟻。【四塊金】金勒馬頻嘶。【淘金令】萬紫争妍麗,粉蝶成對飛。【銷金帳】忽聽得賣花聲過,轉過畫樓西。【柳梢青】欲買幾朶花來妝個花籃花轎兒。(合)朝歡暮樂,效學于飛,和你永諧連理。

【前腔】(第二格)【桂枝香】金梧飄墜,齊紈嬾揮。【四塊金】牛女會佳期。【淘金令】丹桂飄金蕊,風傳香韻奇。【銷金帳】遥望着碧天如洗,萬里月揚輝。【柳望青】一似皓月澄清團圓到底。(合前)

【插花三臺】打和鼓喬妝三教,舞獅豹掮着大旗。小二哥敲鑼擊鼓,使牛兒哨笛亂吹。浪豬娘先呈百戲,驅馬勒裝神跳鬼。牛筋引鼠哥一隊,忙郎走竹馬似飛。

【天下樂】我女孩兒，喜室家男女及時，有雙雙宛如比翼。五百年前結會，今生共成連理枝。配合成一對。從今改門閭，我也身榮貴。豈容易，雙雙盡老，百歲效于飛。

【獅子序】年乖運蹇，枉有沖天氣宇。最苦堂堂七尺軀，受無限嗟吁。爭似我英雄俊傑，問天道五行何如？一似餓虎嚴前睡也，困龍失卻明珠。

【攪群羊】【芙蓉花】嫂嫂話難聽，激得我心兒悶。夫去投軍，再嫁被傍人論。那有休書，誰敢爲媒證？【山坡羊】如何，如何教奴再嫁人？

【二郎賺】（第四格）才貌兼全，見他身狼狽又饑寒。是我領歸來，你好生與我行方便。聽伊言，我與他人不面善。未知他，家住何州并那縣？恩多猶恐番成怨。

【前腔換頭】（第三格）婆婆出語何難見，公公見我身狼狽又饑寒。休疑我，分明咫尺家不遠。莫埋冤，口食身衣宿世緣。且留在家中聽使喚。你休强言，守閨女不當占先。奴自歸房拈針綫，再難相勸。

【二郎賺】（第三格）特來咨啓，馬鳴王顯聖多靈異。照舊規，今冬社主卻是伊家裏。莫躊躇，非干老漢相推背。爲農事冗，不來報我因失禮。自當留意，早辦不福禮三牲。銀瓶注酒斟緑醆。花數枝，多多獻上香和紙。小心承示。

【雁過沙】（第二格）衙内問我甚情懷，也曾穿着繡羅鞋，貞潔婦女怎肯作事歹？不曾挑水在街頭賣。雙親早喪十六載，被兄嫂做人忒毒害。

【綿打絮】（第二格）井深乾旱，水難提。井有榮枯，淚眼何曾有住止？奴是富家兒，番做了奴婢。莫怪良人無禮，皆因我命乖如是。那些個手足之情，不念同胞共母乳。

【綿打絮】（第三格）哥哥直恁不思維，和你共乳同胞，番得惡面皮淚雙垂。兩淚如珠，時常打罵討是尋非。朝夕難捱，未知劉郎知不知？

【小引】廟官來，廟官來，打點香爐蠟燭臺。但辦志誠心，何愁神不靈？但辦志诚意，何愁神不至，何愁神不至？

【十棒鼓】奴奴生得如花貌，言語又波俏。丈夫叫做念一郎，奴奴喚做三七嫂，方纔房中，補衣補襖。聽得老公叫，慌忙走來到。

# 新編南詞定律

《新編南詞定律》所收《白兔記》隻曲，輯録如下。

【小引】廟官來，廟官來，打點香爐蠟燭臺。但辦至誠心，何愁神不靈？（合）但辦至誠意，何愁神不至？

【連枝賺】去程已緊，李三公多憐憫。些少盤纏相贈您，這恩德山樣高來海樣深。生死難忘叔丈恩，你與我回言多拜禀。異日身榮報大恩，謹依臺命。

【絳都春影】（【絳都春序】首至合）彤雲佈密，見四野盡是銀妝玉砌。迸玉篩珠，只見柳絮梨花在空中舞。長安酒價增高貴，見漁父披蓑歸去。（【疏影】合至末）鼻中但聞得梅花香，要見並無覓處。

【前腔換頭】（【絳都春序】首至合）堪覷，青山頓老，見過往行人迷踪失路。下幕垂簾，酌酒羊羨歌《白苧》。紅爐獸炭人完聚，怎知道街頭貧苦？（【疏影】合至末）鼻中但聞得梅花香，要見並没覓處。

【雁過沙】衙内問我甚情懷，也曾穿着繡羅鞋，不曾挑水在街頭賣。貞潔婦女怎肯做事歹？被無知兄嫂忒毒害。（合）雙親早喪十六載。

【十棒鼓】奴奴生得如花貌，言語又逋峭。丈夫叫做念一郎，奴奴唤作三七嫂，方纔房中，補衣補襖。（合）忽聽老公叫，慌忙便來到。

【錦天樂】（【錦纏道】首至四）望蘆葭，淺草中分圍跨馬。見一個白兔兒在面前過，趕到前村柳陰之下。（【普天樂】五至末）見一個婦女身落泊，跣足蓬頭喫折挫。他說被兄嫂日夜沉埋，行行淚灑。（合）口口聲聲只怨劉大。

【醉扶歸】奴苦惱甘生受，只得到此且含羞。奴與哥哥有甚寃仇，只得慌忙奔走。（合）裙兒忙把飯來兜，淚濕奴衣衫袖。

【番鼓兒】傜諸軍，傜諸軍，疾速忙前進。并力夾攻，教他聞風怕影。手持刀劍，潑無徒敢來對陣。（合）活捉與生擒，得戰時奏凱回程。

【天下樂】智遠咨啓，荷公婆收録提攜，幸一身免遭污泥。五百年前結會，山鷄怎逐鸞鳳飛？深感不嫌棄。銘心在肺腑，難報恩和義。（合）豈容易，雙雙盡老，百歲效于飛。

【前腔换頭】我女孩兒，喜室家男女及時，看雙雙宛如比翼。五百年前結會，今生共成連理枝。配合成一對。從今改門閭，我也身榮貴。（合）豈容易，雙雙盡老，百歲效于飛。

【醉歸月下】（【醉扶歸】首至合）自恨我好不唧嗰，這碗淡飯教我怎入口？胡亂充飢莫害羞，胸前衣破與那瓜精鬬。（【月兒高】合至末）悶似湘江水，涓涓不斷流。（【醉扶歸】末）淚濕透奴衣衫袖。

【插花三臺】打和鼓喬妝三教，舞獅豹間着大旗。小二哥敲鑼擊鼓，使牛兒簫笛亂吹。浪豬娘先呈百戲，騸馬勒妝神跳鬼。牛筋引鼠哥一隊。（合）忙行走竹馬似飛。

【石榴花】非因小侄怒生嗔，那得閒衣閒飯養閒人？又不會鋤田車水與耕耘，夫妻兩口常貪困。因此寫休書退了親，叫個收生婆落了他身孕。（合）劉郎若得爲官後，直待黃河水澄清。

【紅繡鞋】兄嫂用計施謀，休憂。孩兒拚命則休，何愁。你丈夫在并州，孩兒去與他收。（合）免教禍臨頭，免教禍臨頭。

【麻婆子】畫燭畫燭光摇映，儐相兩邊排。聞知姑娘家窮胎，請我來交拜。好酒喫大碗，好肉喫大塊。（合）喫得兩朵桃花上臉來。

【馱環着】因孩兒出路，因孩兒出路，打獵沙陀。偶見林中，白兔蹊蹺。若非他引見母，怎能榖夫妻相會？（合）前生裏，今日奇，從此團圓永效于飛。

【望妝臺】爹爹做事不思維，他是吾家牧馬的。緣何把我，與他兩個做夫妻？（合）爹聽啓，兒拜啓，山鷄怎與鳳皇棲？

【駐馬摘金桃】（【駐馬聽】首至七）他本是豪門，住在沙陀小李村。我與他公公來往，與我家中原有薄親。他暫時落泊暫時貧，領歸來必定能安分。（合）何必怒生嗔？（【金娥神曲】合至五）教他進也無門，退也無門。（【櫻桃花】合至末）全不由大人苦樂不均。

【獅子引】年乖運蹇，枉有沖天氣宇。受無限嗟吁，最苦是七尺軀。争似我英雄俊傑，問天道五行何如？一似餓虎嚴前睡也，困龍失卻明珠。

【賀新郎滚】上告公公見憐，再告婆婆聽言。這恩德銘心肺腑。（合）大凡事自當向前。

【纏枝花】休得把他相輕賤，此漢身强健。春種秋收休辭倦，自然不用愁衣飯。只愁他福分淺，枉了行方便。（合）記得買臣未遇挑薪賣，後來發積何難。

【香羅帶】娘行免淚零，聽吾説事因。俺爹爹管軍兼管民，回去并州挨問姓劉人也。教他取你，免伊淚零。多只數日少半旬。（合）異日説冤恨，報取薄倖人。苦也天天，甚日得母子團圓説事因。

【五更轉】恨命乖遭折挫，爹娘知苦麼？哥哥嫂嫂你好横心做，趕出劉郎，罰奴挨磨。叫天不應，地不聞，如何過？（合）奴家那曾，那曾識挨磨、挑水辛勤，只因劉大。

【獅子序】伊説話太無情，又道是一牢永定。寧死後如何教我改嫁他人。況我腹中有孕，怎教兒女去從別姓？你出言語忒傷情，這恩德如鹽落井。（合）分別去各辦一個志誠，便鐵石心腸也須教淚零。

【纏花賺】才貌兼全，見你身狼狽又饑寒。是我領歸來，好生與我行方便。聽伊言，我與他人不面善。未知他，家住何州并那縣？恩多又恐翻成怨。

【前腔】婆婆出語何難見，公公見我身狼狽又饑寒。休疑我，分明咫尺家不遠。莫埋怨，口食身衣宿世緣。留在家中聽使喚。休强言，守閨女不當汝占先。奴自歸房拈針綫，再難相勸，再難相勸。

【五更香】（【五更轉】首至五）我獻燈，燈光亮，吉人天降祥。陰空保佑，保佑福無量。願我嫂嫂哥哥，身康無恙。（【香柳娘】合至末）願慈悲顯現，願慈悲顯現，降臨道場，消除這災障。

【五供養】十中缺九，喜姑姑産下窮劉。兒夫曾囑咐，怎干休？把花言設誘，哄得這孩兒入手。（合）管教一命喪清流。

【柳摇金】金梧飄墜，齊紈懶揮，牛女會假期。丹桂飄金蕊，風傳香韻奇。遥望着碧天如洗，萬里月揚輝。一似皓月澄清，團圓到底。（合）朝歡暮樂，效學于飛，效學于飛，和你永諧連理。

【鎖南枝】星月朗傍四更，窗前犬吠鷄又鳴。哥嫂太無情，罰奴磨麥到天明。（合）想劉郎去，可不辜負年少人。磨房中冷清清，風兒吹得冷冰冰。

【慶青春】冷清清，悶懷慽慽傷情，好夢難成。明月穿窗，偏照奴獨守孤另。

【集賢賓】當初指望諧老百年，與你厮守相連。誰想哥哥心改變，把骨肉頓成抛閃。凝望眼穿，空自把欄杆倚遍。兒夫去還，悄没個音書回轉。（合）常思念，何日裏再得團圓？

【二郎賺】特來咨啓，馬鳴王顯聖多靈異。照舊規，今冬社主伊家裏。莫躊躇，非干老漢相推避。只爲農事冗，不來報我應失計。自當留意，早辦下福禮三牲，銀瓶注酒斟緑蟻。花數枝，年年獻上香和紙。小心傳示，小心傳示。

【尚遶梁煞】答還心願無他慮，果然是神歡人喜，祭賽鳴王平安過四時。

【鶯鶯兒】（【鶯啼序】首至合）隨車縞帶逐隊飛，攪銀海生輝。睹前村草舍茅簷，總來玉筯低垂。賀來年時豐歲稔，喜今歲先呈祥瑞。（【黄鶯兒】合至末）雪晴時，梅稍淡月，三白總相宜。

【梧坡羊】（【金梧桐】首至六）姑姑你試聽，日夜裏成孤另。尋個良媒，嫁個多聰俊。虚度青春，白髮來侵鬢。（【山坡羊】十一至末）如何，如何不改嫁人？

【小桃紅】臘天不雨，喜在村農。曖日暄晴晝也，轉過疏籬步龍踵。極目看西東，四下裏影無蹤，只聽得雷聲動也。（合）莫不是老倒無能怨天公，怨天公令自行冬。

【蠻牌令】昨夜二更時，見臘雪滿空飛。提鈴喝號至，可傷悲。頂門上紅光爍爍，聲音似虎嘯龍嘶。（合）非是奴强胡爲，自不合把爹爹衣服，與他遮取寒威。

【望歌兒】當日在沙陀村裏，受狼狽也是没奈何。感得李太公收留我，他把嫡親女兒招我爲夫婦。二老雙雙皆亡過，被大舅争强，把我鸞凰兩下來分破。你既來問我，（合）剖剖心腸，磨房中産下你兒一個。

【引軍旗】小人住在沙陀村裏，自小習兵機。十八般武藝皆能會，願立旗下聽差使。（合）忽朝名掛雲臺上，方知武藝精細。

【前腔換頭】聽他説兵機，此漢真奇異。諳曉六韜三略法，權時收拾在長行隊。（合）忽朝名掛雲臺上，方知武藝精細。

【花兒】尋思懊惱，這般樣做作，教你一報還一報。只見烏鴉喜鵲同枝噪。（合）吉凶事全然尚未保。

# 九宮大成南北詞宮譜

《九宮大成南北詞宮譜》（全名《新定九宮大成南北詞宮譜》）所收《白兔記》隻曲，輯録如下。

【天下樂】智遠咨啓，荷公婆收録提攜，幸一身免遭污泥。五百年前結會，山鷄怎逐鸞鳳飛？深感不嫌棄。銘心在肺腑，難報恩和義。（合）豈容易，雙雙盡老，百歲效于飛。

【五供養】十中缺九，喜姑姑産下窮劉。兒夫曾囑咐，怎干休？把花言設誘，哄得這孩兒入手。管教一命喪清流。

【月轉盼花期】（【月兒高】首至六）獨上層樓去，聽他甚行止。仔細聽來後，卻是巡更輩。喝號提鈴，聲音振屋宇。（【五更轉】第四句）教奴聽得心憔悴。（【滿院榴花】第五句）落在長行隊，難禁這勞役。（【誤佳期】十一至末句）吁！臘雪滿天飛。（合）凍死街頭，那有人來憐你。

【剔銀燈】桑麻粗守田里，喜眼下兒孫繞膝。竹籬茅舍，前村雪裏，問道野梅開未？待春兒折取一枝，惟有暗香撲鼻。

【石榴花】非因小侄怒生嗔，那得閒衣閒飯養閒人？又不會鋤田車水與耕耘，夫妻兩口長歡慶。因此逼寫休書退了親，叫個收生婆落了他身孕。（合）劉窮若是身發跡，直待黃河水澄清。

【紅繡鞋】兄嫂用計施謀，休憂。孩兒拚命則休，何愁。你丈夫在并州，孩兒去與他收。（合）免教禍臨頭，免教禍臨頭。

【馱環着】因孩兒出路，因孩兒出路，打獵沙陀。偶見林中，白兔蹺蹊。若非他引見母，怎能彀夫妻相會？（合）前生裏，今日奇，從此團圓永效于飛。

【麻婆子】畫燭畫燭光摇映，儐相兩邊排。聞知姑娘家窮胎，請我來交拜。好酒喫大椀，好肉喫大塊。（合）喫得两朵桃花上臉來。

【駐馬摘金桃】（【駐馬聽】首至六）他本是豪門，住在沙陀小李村。我與他公公來往，與我家中有些薄親。他暫時落魄暫時貧，領歸來自然依本分。（【四塊金】六至八）何故怒生嗔？教他進也無門，退也無門。（【櫻桃花】末二句）全不由大人苦樂不均。

【插花三臺】打和鼓喬裝三教，舞獅蠻間着大旗。小二哥敲鑼擊鼓，使牛兒簫笛亂吹。浪豬娘先呈百戲，駟馬勒裝神跳鬼。牛筋引鼠哥一隊，忙行走竹馬似飛。

【小桃紅】臘天不雨，喜在莊農。愛日暄晴晝也，轉過疏籬步瓏踵。極目看西東，四下裏影無踪。只聽得雷聲動也。（合）莫不是老倒無能怨天公，怨天公令自行冬。

【望歌兒】我在沙陀受狼狽，也是没極奈何。感李太公領歸我，他把嫡親女招我爲夫婦。二老雙雙都亡過，被大舅争强，把我鸞凰都擔誤。兒來問我。（合）剖、剖心腸，在磨房中生下你兒一個。

【引軍旗】小人住在沙陀村裏，自小習兵機。十八般武藝皆能會，願立旗下聽差使。（合）忽朝名掛雲臺上，方知武藝精細。

【引軍旗】聽他説兵機，此漢真奇異。諳曉六韜三略法，權時收拾在長行隊。（合）忽朝名掛雲臺上，方知武藝精細。

【花兒】尋思懊惱，這般樣做作，教你一報還一報。只見烏鴉喜鵲同枝噪。（合）吉凶事全然尚未保。

【蠻牌令集】（【蠻牌令】首至六）急急去報三公，女孩兒因甚出闈中。見五色蛇兒墜紫青紅，一步步趕來後影也無踪。見着後使奴心恐。（【鬭黑蔴】三至末）莫不是妖精把他纏弄，女孩兒休得氣沖沖。大貴之人蛇穿七竅中。（合）一朝運通，九霄志氣沖。異日軒昂，異日軒昂，把妻子來封。

【雁過沙】衙内問我甚情懷，也曾穿着繡羅鞋，不曾挑水在街頭賣。貞潔婦女怎肯做事歹？被無知兄嫂忒毒害。（合）雙親早喪十六載。

【十棒鼓】奴奴生得如花貌，言語又波俏。丈夫叫做念一郎，奴奴喚做三七嫂，方纔房中，補衣補襖。（合）忽聽老公叫，慌忙便來到。

【望妝臺】爹爹做事不思維，他是吾家牧馬的。緣何把奴，與他兩兩做夫妻？（合）爹聽啓，兒拜啓，山鷄怎與鳳凰棲？

【纏枝花】休得把他相輕賤，此漢身强健。春種秋收休辭倦，自然不用愁衣飯。只愁他福分淺，枉了行方便。（合）記得買臣未遇挑薪賣，後來發積何難。

【纏枝花】上告公公見憐，再告婆婆聽言。這恩德銘心鏤肝。若是收留在宅上，大凡事自當向前。（合）記得買臣未遇挑薪賣，後來發積何難。

【金蓮子】辦登程，渡水登山莫暫停。天憐念，名利早成。（合）回歸此日再歡慶。

【金蓮子】叮嚀囑咐三四聲，野草閒花莫要等。將恩愛，翻成作畫餅。（合）只恐別時容易瘦伶仃。

【香羅帶】娘行免淚零，聽吾説事因。俺爹爹管軍兼管民，軍中挨問姓劉人也。教他取你，免伊淚零。多只數日少半旬。（合）異日說冤恨，報取薄倖人。苦也天天，甚日得母子團圓說事因。

【纏花賺】才貌兼全，見你身狼狽又饑寒。是我領歸來，好生與我行方便。聽伊言，我與他人不面善。未知他，家住何州并那縣？恩多又恐翻成怨。出語難見，出語難見。

【纏花賺】公公見我身狼狽又饑寒。休疑我，分明咫尺家不遠。莫埋怨，口食身衣宿世緣。留在家中聽使喚。休强言，守閨女不當汝占先。奴自歸房拈針綫。再難相勸，再難相勸。

【五更香】（【五更轉】首至五）我獻燈，燈光亮，吉人天降祥。陰空保佑，保佑福無量。願我嫂嫂哥哥，身康無恙。（【香柳娘】合至末）願慈悲顯現，願慈悲顯現，降臨道場，消除災障。

【慶青春】冷清清，悶懷慽慽傷情，好夢難成。明月穿窗，偏照奴獨守孤另。

【梧葉兒】智遠多蒙恩顧，感蒙愛憐。得魚後怎忘筌？待等春雷動，管取來報賢。（合）這嚴寒，喫一椀合鍋素麵。

【二郎賺】特來咨啓，馬鳴王顯聖多靈異。照舊規，今冬社主伊家裏。莫躊躇，非干老漢相推避。只爲農事冗，不來報我應失計。自當留意，早辦下福禮三牲，銀瓶注酒斟緑蟻。花數枝，年年獻上香和紙。小心傳示，小心傳示。

【尚遶梁煞】答還心願皆如意，果然是神歡人喜，祭賽鳴王平安過四時。

【鶯鶯兒】（【鶯啼序】首至六）隨車縞帶逐隊飛，攪銀海生輝。睹前村草舍茅簷，盡是玉筯低垂。賀來年時豐歲稔，喜今歲先呈祥瑞。（【黄鶯兒】合至末）雪晴時，梅稍上淡月，三白總相宜。

【鶯鶯兒】（【鶯啼序】首至六）馮夷特地助威，掃雲散天霽。向雲衢推出銀蟾，萬里光瑩如洗。姑射與嫦娥鬥美，問梅道那些個爲最。（【黄鶯兒】合至末）雪晴時，梅稍上淡月，三白總相宜。

【金梧繫山羊】（【金梧桐】首至六）姑姑你試聽，日夜裏成孤另。尋個良媒，嫁個多聰俊。（【擊梧桐】五至六）虚度青春，白髮來侵鬢。（【山坡羊】末二句）如何，如何不改嫁人？

【柳摇金】金梧飄墜，齊紈懶揮，牛女會假期。丹桂飄金蘂，風傳香韻奇。遥望着碧天如洗，萬里月揚輝。一似皓月澄清，團圓到底。（合）朝歡暮樂，效學于飛，效學于飛，和你永諧連理。

【柳摇金】嚴冬天氣，彤雲布密，瑞雪滿空飛。只見上下同一色，千山失翠微。畫閣紅爐深處，歡宴飲瓊卮。我和你滿拚沉醉，共樂銷金帳裏。（合）朝歡暮樂，效學于飛，效學于飛，和你永諧連理。

【鎖南枝】星月朗傍四更，窗前犬吠鷄又鳴。哥嫂太無情，罰奴磨麥到天明。想劉郎去没信音，磨房中冷清清，風兒吹得冷冰冰。

【絳都春】年乖運蹇，枉有沖天氣宇。最苦堂堂七尺軀，受無限嗟吁。一似餓虎嚴前睡也，困龍失卻明珠。

【絳都春序】彤雲布密，見四野盡是銀裝玉砌。迸玉篩珠，只見柳絮梨花在空中舞。長安酒價增高貴，見漁父披簑歸去。（合）鼻中但聞得梅花香，要見並没覓處。

【絳都春序】堪覷，青山頓老，見過往行人迷踪失路。下幕垂簾，酌酒羊羔歌《白苧》。紅爐獸炭人完聚，怎知道街頭貧苦？（合）鼻中但聞得梅花香，要見並没覓處。

【黃龍衮】燃起道德香，燃起道德香，超三界爐煙細。巍閣巍樓，登殿通情旨。弟子家住沙陀村裏。（合）同家眷男女，到來瞻禮。

【玉漏遲序】伊説話太無情，又道是一牢永定。寧死後如何，教我改嫁他人。況我腹中有孕，怎教兒女去從別姓？你出言語忒傷情，這恩德如鹽落井。（合）分別去各辦一個志誠，便鐵石心腸也須教淚零。

【小引】廟官來，廟官來，打點香爐蠟燭臺。但辦至誠心，何愁神不靈？（合）但辦至诚意，何愁神不至？

【連枝賺】去程已緊，李三公多憐憫。些少盤纏相贈恁，這恩德山樣高來海樣深。生死難忘叔丈恩，你與我回言多拜禀。異日身榮報大恩，謹依台命。

# 殺狗記

# 前言

《殺狗記》的作者，一般認爲是明初人徐畛，如清朱彝尊《静志居詩話》卷四『徐畛』條云：『字仲由，淳安人。洪武初徵秀才，至藩省辭歸。有《巢松集》。識曲者目《荆》《劉》《拜》《殺》爲元四大家，《殺狗記》則仲由所撰也。』而元雜劇也有《殺狗記》一劇，故前人都謂徐畛的南戲《殺狗記》是根據雜劇改編的。其實，從有關記載來看，南戲《殺狗記》必爲元代南戲，而非明初南戲，其作者也不是明初人徐畛。如在徐渭的《南詞敘録》中，已將《殺狗記》歸於『宋元舊篇』類中，鈕少雅的《南曲九宫正始》所引録的南戲《殺狗記》曲文，也題作『元傳奇』。再從《殺狗記》的語言風格來看，也不像出自徐畛之手，因徐畛曾自稱：『吾詩、文未足品藻，惟傳奇、詞曲，不多讓古人。』(清焦循《劇説》卷二)而《殺狗記》的語言俚俗而無文采，顯然與徐畛自己所標榜的語言風格不相稱。

南戲《殺狗記》雖爲元人所作，但原本早已失傳了，現在尚有全本流存的只有明毛晉汲古閣刊本，題作《繡刻殺狗記定本》，内署『明徐畛著，龍子猶訂定』。龍子猶是明馮夢龍的號，可見，這是馮夢龍的改定本。在明代，對《殺狗記》加以改編的人很多，如清張彝宣《寒山堂南九宫十三攝曲譜》之『楊德賢女殺狗勸夫記』目下云：『今本已吴中情奴、沈興白、龍子猶三改矣。』又明代吕天成也改編過《殺狗記》，如《曲品》卷下《殺狗記》目下注云：『《殺狗》事俚詞質，舊存惡本，予爲校正。』明王驥德《曲律》云：『《殺狗》，頃吾友郁藍生爲釐韻以飭，而整然就理也。』又《曲海總目提要》卷五《五福記》目下引徐時敏《自敍》云：『今歲改《孫郎埋犬傳》，筆墨精良，因此成編，題曰《五福》。』所謂《孫郎埋犬傳》，當爲《殺狗記》之别稱，可見，徐時敏也曾改編過《殺狗記》。

本編收録汲古閣刊本《繡刻殺狗記定本》（凡二卷），另廣泛輯録明清戲曲選集中的《殺狗記》散齣和隻曲。

# 總目録

# 繡刻殺狗記定本

# 目録

# 殺狗記目録

## 卷上(一)



(一) 原卷上、卷下目録分置各卷卷首，現統一改置書首。

## 卷下

# 殺狗記上

明　徐　畛　著
龍子猶　訂定

## 第一齣　家門大意(一)

（末上）

【滿江紅】鐵硯毛錐，幾年向文場馳逐。任雕龍手段，俯頭屈足。浪跡渾如萍逐水，虚名好似聲傳谷。笑半生夢裏鬢添霜，空碌碌。酒人中，聊托宿。詩社内，聊容足。價嘲風弄月，品紅評緑。點染新詞別樣錦，推敲舊譜無瑕玉。管風流領袖播千秋，英雄獨。

（問答如常）

【鴛鴦陣】孫華家富貴，東京住，結義兩喬人。誑語讒言，從中搬鬭，將孫榮趕逐，投奔無門。

(一) 各齣齣目名原省，據目録補。

風雪裏救兄一命，將恩作怨，妻諫反生嗔。施奇計，買王婆黄犬，殺取扮人身。夫回驀地驚魂。去浼龍卿子傳，托病不應承。再往窑中，試尋兄弟，移尸慨任，方辨疏親。清官處喬人妄告，賢妻出首，㈠發狗見虚真。重和睦，封章褒美，兄弟感皇恩。

兩喬人全無仁義，蠢員外不辨親疏。
孫二郎破窑風雪，楊玉貞殺狗勸夫。

## 第二齣　諫兄觸怒

（生上）

【掛真兒】積善之家慶有餘，傳留下萬卷詩書。性禀剛貞，胸懷仁義，更喜門庭豪貴。

兩字功名志未酬，藏珠韞玉且優游。家傳閥閲經多載，世代簪纓知幾秋。無諂詐，有剛柔，果然名字播皇州。家中財寶如山積，庫内錢財似水流。卑人姓孫名華，排行第一。祖貫東京人氏。曾攻詩史，未遂風雲。喜得家道豐盈，儘可優游歲月。荆妻楊氏，婦道頗閑。侍女迎春，家規能守。有個同胞兄弟，唤做孫榮，從小是卑人撫養成人。今經一十八歲，未曾婚匹。一應家事，俱是卑人總理。他只在學館

㈠　妻：原作『妾』，據文義改。

攻書，見成安享，這也罷了。奈他性多執拗，才欠圓通。胸中之學，或者有餘；户外之事，全然未曉。每每觸忤卑人，屢加訓責。他縱無怨恨之心，奈絶無順從之美。正所謂江山易改，禀性難移。近來卑人結識得兩個好友，一個是柳龍卿，一個是胡子傳。此二人不但詩禮之儒，頗饒豪俠之氣，又且知機識變，博學多能。物情市價，無所不通；官訟家常，何事不曉。與卑人相愛相親，如同手足。卑人意欲結義他爲兄弟，一來家中百事，商量有靠；二來要他教導孫榮，使他通些世務。昨日已曾對柳、胡二友説過了，也要兄弟孫榮在内，不免與兄弟通知。兄弟孫榮那裏？（小生扮孫榮上）

【前腔】兄弟怡怡樂有餘，終日裏玩史攻書。十載辛勤，一朝遭際，不負家傳豪貴。小生孫榮是也。在書房中看書，不知哥哥有何事呼喚，不免上堂厮見。（見相揖介）（小生）哥哥呼喚小弟，有何分付？（生）唤你出來，非爲别事。

【繡帶兒】吾朋友如龍卿有幾，兼之子傳賢齊。（小生）且住。那柳龍卿、胡子傳是市井之徒，諂諛之輩，哥哥説他甚麽？（生）兄弟差矣，他兩個義比雲霄，與咱契似箮篪。（小生）思之，人情末世奸似鬼，怕只怕面從心背。（生）别的人信不過，他這兩個人，做哥的信得過。他心事你哥哥儘知，欲待要與他結交做兄弟。

【前腔】（小生）忠規，非直諒多聞善輩，何必異姓結義。（生怒介）就結義個異姓何妨？（小生）今日一語輕交，他時駟馬難追。（生）休疑，此心獨斷無後悔。你這蠢東西，結義了這兩個人，得他教導你教導也好。少不得學他些伶俐。（小生笑介）要他來教導孫榮，他教導出些什麼來。小家子心低志低。這輩諂諛之人，還該疏遠他纔是，怎麼到去親近他。難道是推不開嫡親兄弟。（生）結義過就如嫡親一般了。（小生）哥哥要結義他，自去結義。小弟決不敢從命。正是：畫虎畫皮難畫骨，知人知面不知心。（下）（生）看這拗種，恁般執性。我有了龍卿、子傳結義，勝如手足，那希罕這小畜生。且唤吴忠出來，分付他安排筵席便了。吴忠那裏？（末扮吴忠上）白馬黄金五色新，不應親者强來親。一朝馬死黄金盡，親者如同陌路人。覆大員外，有何分付？（生）吴忠，你明日與我擺設酒筵在蔣家花園内，務要整齊。（末）不知員外擺幾席酒？（生）三席。（末）請什麼客？（生）請柳、胡二位官人。（末）柳、胡二位官人與員外是三卓，還少一卓。（生）這一卓那個坐？（末）書房中小官人。（生）唗，你那裏知道，明日筵會非通小可，乃是與柳、胡二官，學桃園結義之事。這小畜生不聽教誨，不要他去。你聽我道：

【大聖樂】吾家累代纓紳，我一身享現成。金玉滿堂多豪貴，怎答謝父娘恩。奈嫡親兄弟不和順，卻與非親結義親。（合）此事非容易也，算人生好惡，宿世緣分。

【前腔】（末）東人富室豪門，論結交須謹慎。他人怎比得親骨肉？久久見假和真。尋思及早回頭省，莫把親人如陌路人。（合前）

（生）今後只依我分付而行，再莫提起那小畜生。

你今先去小亭中，看饌新鮮酒味濃。
情到不堪回首處，一齊分付與東風。

## 第三齣　蔣園結義

（末上）受人之托，必當終人之事。蒙員外分付我去蔣家園裏擺酒，説話之間，此處已是了。好景致！清風亭上景無過，魚戲橋邊耀碧波。試問此園誰是主，主人來少客來多。酒席完備了，不免去請二位解元。轉彎抹角，此間已是柳解元門首。有人在此麼？（淨内應）你是那個？（末）我是孫大員外家吴忠。（淨）到此怎麽？（末）特來請喫酒。（淨上）來了。若説喫酒，跳腳舞手。（末）不説喫酒呢？（淨）打殺也不走。

【丹鳳吟】行過柳堤，步入園内。（末）那一位解元何處？（淨）可是胡子傳麽？（末）正是。（淨）隨着我來，兀的便是。（末）胡解元在家麽？請喫酒的在此。（丑上）來了。甚人請喫嘴？（末）喫酒，怎麽説喫嘴？（丑）没有嘴，怎麽喫酒？（末）還是喫酒。（丑）喫酒好歡喜。（見淨介）呀！龍卿哥也在此。（揖介）（淨、丑）怎不見孫兄來至？去接取，去接取，迎着即便回。（末）二位不消去，只在此等候，待我去請員外來便了。（淨、丑）有理。説道我每來此處，懸懸望着員外至。（末）我便去，這酒席不要先動。（淨、丑）豈有此理。我二人替你看好在此。（末）有勞。（下）（淨）兄弟，到被他説着了。（丑）怎麽説着了？（浄）我今早出來，還不曾喫飯，腹中甚是饑餓。莫若我每先偷些酒喫，如何？（丑）小弟也用得着在此，只怕大哥來，見了不好意思。（浄）這個何難，都推在吴忠身上便了。（丑）有人來怎麽處？（浄）如今一個看人，一個喫酒。如有人來，咳嗽爲記。（丑）那個先去看人？（浄）你先去看人，我喫酒。我喫完了替你來。（喫介）告飲了。（丑）偷酒喫，還有許多禮數。（浄）自古道，禮不可缺。（又喫介）（丑）他只管喫了去，竟不替我去喫，不免哄他一哄。（咳嗽介）（浄驚介）兄弟，有什麽人來？（丑）没有。（浄）你爲何咳嗽起來？（丑）若不咳嗽，連卓子都喫了下去了。如今你去看人。（喫介）（諢科）(一)（生、末上）

【節節高犯】（生）相邀結義的好兄弟。（見介）（浄、丑）兄弟望兄不來至，肝腸碎。（末）試向前排喫食。（生）爲何盤饌先狼藉。【鮑老催】（浄、丑）吴忠的，先偷喫。【黄龍滚】（末）對面間枉屈人，甚張志。

（浄、丑）哥哥，今日之酒爲何而設？（生）是結義酒。（浄）令弟二哥可來麽？（生）我好意唤他同來，要二位教導他，他反説許多不中聽的言語，是個不識好歹的。不要倸他。（丑）哥哥，自古道，人心各别。我三人自結義便了。（浄）我每三人，做個賽關張。（生）何爲賽關張？（浄）當初劉、關、張弟兄三人，在桃園中結義，白馬祭天，烏牛祭地。不願同日生，只願同日死。我們今日弟兄三人，在蔣家園

(一) 諢：原作『渾』，據文義改。

内結義，可不是賽關張？（丑）哥哥，自今日爲始，大哥有事，都是我弟兄兩個擔當。火裏火裏去，水裏水裏去。大哥若是打殺了人，也是我每弟兄兩個替你償命。（生）難得二位賢弟，如此真心相待。今後如若宅上欠缺，都在愚兄身上。（浄、丑）今日在清風亭之言，各不相負。大哥請上，受兄弟一拜。（生）豈敢。（對拜介）曾記桃園結義深，從來仁義值千金。（浄、丑）人情若比初相識，到老終無怨恨心。（生）看酒來。（末）有酒。（遞酒介）

【解連環】（生）酬酢歡娱，拚今朝共伊沉醉。同携手步月歸去。（合）逢知己，賽過關張管鮑的，切莫學割袍斷義。

【前腔】（浄）兄飲一杯，但從今放開憂慮，兄有事弟當前去。（合前）

【前腔】（丑）兄聽因依，是吴忠把盤饌偷喫，適纔的望兄不至。（合前）

【前腔】（末）誰是誰非，請不須再三提起，提將起恐伊羞恥。（合前）

一飲莫辭醉，今朝拚醉歸。

酒淹衫袖濕，花壓帽簷低。

## 第四齣　妻妾共議

（旦上）

【杜韋娘】玉容態嬌艷，眉黛淡掃春山遠。鳳髻綰烏雲，霞襯臉，更嫋娜纖腰嬌軟。正笄年遣適豪門，已奉蘋繁，喜遂于飛願。與才郎契合，願百歲同諧繾綣。

念奴蟾宫標格，洛浦精神。芳姿美若芝蘭，雅意堅如松柏。生居宦族，愧無謝女之才；長適豪門，頗有《關雎》之德。惟慕貞潔，不喜繁華。端然閉月羞花，何必濃妝淡抹。大抵還他肌骨好，不搽紅粉也風流。奴家楊氏月真，昔憑媒妁，嫁與東京孫員外爲妻。奴有慈善之心，奈無子息之繼。自從公姑去世，兒夫與小叔不相和睦，他近日又與柳龍卿、胡子傳結義，把嫡親兄弟，卻作陌路之人。每日勸諫，執性不從。我身伴侍妾迎春，頗曉人事，不免唤他出來商議。迎春那裏？（占上應介）來了。

【新水令】奴家年少多聰惠，伴娘行宴樂遊戲。晝永拈針指。（旦叫介）迎春。（占）聽簾前呼唤，不知有何言語。

（見介）院君萬福。（旦）迎春，結交須勝己，似我不如無。（占）院君爲何説此兩句？（旦）迎春，你兀自不知，近日兒夫心改變，作事大猖狂。每日與柳龍卿、胡子傳打伴。朝歡暮樂，醉酒狂歌。見了嫡親兄弟，就如陌路之人。你道如何？（貼）院君，自古道，熟油苦菜，由人心愛。望院君早晚勸諫便了。

【集賢賓】（旦）官人近日心恁偏，與兄弟結冤。每日與非親同歡宴，把骨肉頓成抛閃。不聽勸諫，怕迤邐日疏日遠。長掛念，恐一宅分爲兩院。

【前腔】（占）人情好歹非偶然，奈總是前緣。是則是官人没宛轉，我娘行自當相勸。聽時易言，不聽後別作機變。休掛念，自臨風對月消遣。

【琥珀猫兒墜】（旦）良藥苦口，逆耳乃忠言。嘆我兒夫不信賢，幾番勸解反埋冤。（合）難言。問甚日何時，得他心轉。

【前腔】（貼）勸君不聽，切莫再三言。又恐官人生別見，反將恩愛變成冤。（合前）

手足之親兩不和，忠言逆耳奈如何。

酒逢知己千鍾少，話不投機半句多。

## 第五齣　孫榮自嘆

（小生上）

【五供養】今生有幸，喜一身生長豪門。家傳朱紫貴，世簪纓。詩書盡覽，時未至龍門難進。一日裏遇風雲，那時衣紫作公卿。

生居宦族簪纓裔，積玉堆金真富貴。弱冠正當年，留心古聖編。事兄如事父，争奈兄嫉妬。見我似冤家，不知有甚差？自家孫榮是也。我哥哥近日結交柳龍卿、胡子傳，終日醉酒狂歌，把我如同陌路，不知後來可有和順的日子了。咳，哥哥，我與你是：

【前腔】同胞至親，更不知他因甚生嗔。朝夕長打駡，苦難禁。不敢怨兄，只恨我不能隨順。

早晚拈香拜告神明，願兄早早可回心。

默默自思量，家兄忒性剛。

觸來勿與兢，事過必清涼。

## 第六齣　喬人行譜

（淨、丑上）（淨）

【朱奴兒】常言道人無遠慮。（丑）定必有近憂來至。（淨）是則是三人同結義。（丑）怕只怕半途而廢。（淨）説得是，作個道理，早尋個長久計。

（丑）二哥，夜來孫大哥家好酒。（淨）兄弟，酒也要喫，事也要幹。（丑）二哥有事，難道小弟不幹？（淨）我且問你，昨日花園中結義幾人？（丑）是三人。（淨）杭州老官説的，還有一丟兒。（丑）孫大哥、你、我，再有何人？（淨）你去猜一猜。（丑）家裏人，外頭人？（淨）家裏人。（丑）嗄，是了。前日清風亭上結義，只有吴忠在那裏，敢是吴忠？（淨）呸！破蒸籠不盛氣，他是孫大哥家裏使唤的。我每喫酒，他來伏事的。到與他結義做朋友？没志氣。（丑）敢是孫大嫂？（淨）自古道，長兄爲父，長嫂爲娘。雖然不是親的，也是個嫂嫂，難道與我每做朋友不成？（丑）敢是迎春？（淨）阿呀！兔兒踹壞了娑婆樹，月不好了。迎春是大哥的通房，怎麼與我和你結義？一發不是了。（丑）這等猜不着。

（浄）就是在書房中，終日『子曰子曰』的。（丑）可是孫二麽？（浄）着，着。（丑）前日孫大哥説，不要睬他，慮他怎麽？（浄）兄弟，你不曉得，那孫大嫂是極賢慧的，他見大哥疏薄了孫榮，必然勸諫。常言道，妻是枕邊人，十事商量九事成。萬一大哥醒悟了，他們弟兄親的只是親的，我和你疏的只是疏的。倘或和順了，我和你就如兩個網巾圈，撇在腦後。要見面也是難了。（丑）二哥説得是。必須尋一條計策來弄斷了他。我與你衣飯還長久。（浄）有理。只是没有好計策，怎麽處？（丑）兄弟到有一條計在此。（浄）你有何計？（丑）到鐵鋪裏去打一把快刀，一更無事，二更悄然，三更時候，把孫二來一刀殺了。這計如何？（浄）呀！人物平常，計策也只如此。（丑）怎麽？（浄）東京城裏，這幾家鐵鋪，都是認得你我的。倘或挨查出來，是柳龍卿、胡子傳殺的，那時我和你爲首爲從，都問成死罪。可不兩個人償他一命？不好。（丑）這等怎麽處？（浄）我有一計在此。（丑）計將安出？（浄）我和你今日到他家，只説謝酒。昨夜回去，打從小巷裏走，只見令弟頭帶儒巾，身穿藍衫，脚穿皂靴，與一個挑船郎中説話。手裏拿了一包銀子，説我家耗鼠太多，要贖些蜈蚣、百脚、斷腸草、烏蛇頭、黑蛇尾、陳年乾狗屎、糖霜蜜餞、楊梅乾。（丑）阿哥，怎麽有糖霜蜜餞、楊梅乾在裏頭？（浄）有了許多毒藥，放些甜的在裏頭過藥。（丑）也是。（浄）一贖贖了十七八包。（丑）我也看見，有二十多包。（浄）正是。看見我每兩個，脚跟上紅起，直紅到頭髮上去。回身便走，一走走了一個灣，兩個灣，三三九個灣。在無人之所，雙手拿了藥，對天跪下。告道：天地天地，我孫榮被哥哥孫華、嫂嫂楊月真、侍妾迎春，强占家私。如今贖這藥回去，酒裏不下飯裏下，飯裏不下茶裏下，一藥藥死了哥哥。這家私都是我的。恐遭毒手，特來報知。（丑）阿哥，這是你幾時見的？（浄）啐！説了半日，對木頭説了，這是我每説謊。（丑）説謊，這等像得緊。倘或大哥不信，怎麽處？（浄）他若不信，我和你講故事。（丑）講故事，一肚皮在此。只是進門時，怎麽樣見他？（浄）孫大哥是極慈心，我和你須要假哭。（丑）我没有眼淚出，怎麽好？（浄）這是要緊的。官場演，私場用。我和你演一演。（演介）像。行行去去。（丑）去去行行，此間已是。大哥在家麽？（哭介）（浄）且待他出來了哭。（生上）

【桃李争春】驀忽聞知，兩個心友臨門，不覺心中歡喜。

（見介）（浄、丑哭介）（生）入門休問榮枯事，觀着容顔便得知。二位兄弟每常間見了做哥哥的歡天喜地，今日爲何這般愁煩？（浄、丑）我每弟兄兩個，今日見了哥哥，明日不知可見得大哥了。（生）二位兄弟，何出此言？敢是大兄弟家中少米麽？（浄）多蒙哥哥送一擔米來，喫了九斗九升半，還剩半升在那裏。不少。（生）敢是小兄弟家裏欠柴？（丑）多承大哥前日送一千個稻草與小弟，燒了九百九十九個，還有一個做枕頭。不欠。（生）敢是大兄弟有人欺負你來？（浄）自從與哥哥結義之後，扒灰挑糞的都叫是二官人，誰敢欺負我？（生）敢是有人欺負小兄弟麽？（丑）如今那個不曉我與大哥做了朋友，好不奉承我。就是半夜回去，他每還要打掃一條潔浄街道與我走，誰敢欺我。（生）自結義之後，隨你天大事，尚要與你分憂。今日就是這等支吾我，今後你二人不要上我的門了。（做下介）（浄、丑扯介）大哥轉來。（生轉介）（浄）兄弟，大哥着惱了，我每説了罷。（丑）不要説。就説來大哥也不信的。（生）説那裏話。兄弟之言，豈有不信之理。（浄、丑）説出來，不是我每弟兄身上的事，卻是大哥身上的事。（生）怎麽到是我身上的事？且説來。（净、丑照前白説介）（生）豈有此理！我兄弟是讀書之人，那有此話？（丑）阿哥，如何？我説大哥是不信你我的。（净）哥哥若不信，兄弟有一樁故事在此，比與大哥聽。（生）有什麽故事？你説來。（净）豈不聞古之虞舜，尚被傲弟所害。一日與瞽叟謀計，令舜上屋修倉廩，弟移去其梯，放火燒倉。其兄挾兩笠而下，幸而不死。又一日，使舜掘井，弟以石蓋之，舜掘地穴而出。古之虞舜尚然如此，何況于你？

【引軍旗】聽拜稟令弟不仁，贖毒藥害你身。兄弟見了痛傷情，哥哥自宜思忖。（生）舍弟是讀書人至誠，無此事不須憂悶。（合）思之禍福生死皆由命，果然半點不由人。

（生）没有此事。（丑）哥哥若不信，小兄弟也有一樁故事在此，説與哥哥聽。（净）你也説一説。（丑）昔日唐太宗殺兄在前殿，囚父在後宫。

【前腔】唐太宗是聖明之君，猶且弑建成。哥哥莫待禍臨身，臨渴怎生掘井。（生）若非兄弟説着事因，險些兒遭他毒性。（合前）

（丑）大哥，你如今信也不信？（生）起初大兄弟説來的，我還有些不信。方纔小兄弟説起唐太宗之故事，我纔信了。（净、丑）如今但憑哥哥怎麽施行就是了。（生）我如今唤他出來，打他一頓，出了我這口氣罷了。（净、丑）阿哥又來了，你不曾打他，尚然要贖毒藥害你；你若打了他一頓不打緊，他懷恨在心，你這條性命可不是斷送在他手裏？（生）這等我寫一紙狀子去，當官告他。（净、丑）那個做證見麽？（生）就是你每二位。（净、丑背介）（净）兄弟，孫大哥要告，我和你做證見。明日到官，三拷六問，問出真情。我和你都是假的，孫二公然無事，可不是這頭官司，打在我每身上來了？（丑）這等怎麼處？（淨）還是勸他不要告。（轉介）大哥，若告了他，要使用那個出？（生）一應都是我。（淨、丑）大哥，又不是這等了。你如今到府縣告了，一定把他監了。尊嫂又是極賢慧的，着人送飯，上下使用，弄了出來，可不枉費錢財？分明蜻蜓喫尾，自喫自。（生）這等怎麼處？（淨、丑）你的家法到那裏去了？（生）家法怎麼處他？（淨、丑）如今大哥叫他出來，竟不要提起贖毒藥事情。（生）怎麼倒不要提起？（淨、丑）贖毒藥只有我弟兄兩個看見的，只道我每來搬弄你弟兄不和了。你如今别尋一事，打他一頓，趕他出去，這便是除卻禍根了。（生）這也有理。吴忠那裏？（末上）廳上一呼，階下百諾。員外有何分付？（生）小喬才在那裏？（末）那個小喬才？（生）就是讀書的。（末）嗄，小官人在書房中。（生）與我叫他出來。（末）嗄，小官人，員外有請。

【惜奴嬌】（生）堪恨冤家生着不良意。（淨、丑）這醜惡只得自忍。（小生上）正此攻書，偶聞兄命。吴忠，不知哥哥唤我怎麼？（末）不知員外怎生動氣，怒吽吽的坐在堂上。（小生）思省，料吉凶全然未准。

（見淨、丑揖介）二丈。（淨、丑）再有一丈，好做布衫。（小生）這是稱呼二位。（淨、丑）這也罷了。我問你，昨夜你與哥哥厮鬧來？（小生）不曾。（淨、丑）哥哥與你厮打來？（小生）也不曾。（淨、丑）你畢竟冲撞了他。（小生）二丈，自古道，長兄爲父，誰敢冲撞他？（淨、丑）這等爲何惱得你緊？（小生）既是我哥哥惱我，望二位解勸則個。（淨、丑）這個自然。你方纔不曾出來的時節，我兩個先替你舌頭都勸匾在這裏了。待我每先進去。（見生介）來了。（生）他怎麽説？（浄、丑）他説道，一父母所生的，要打與他同打，要駡與他對駡，不怕你。（生）他是這等説麽？唤他進來。（浄、丑唤介）（小生）哥哥拜揖！（生怒介）誰與你拜揖！自古道，常將有日思無日，莫待無時思有時。我家全賴祖宗勤勞，積趲致富。且如我占居長，合管顧家私，應當門户。一應人情差撥事件，我之所爲。汝合往外州經營，求取利息，可立見富足，免致坐食山崩。古人云，床頭千貫，不如日進分文。汝晝夜攻書，有何所益？（小生）哥哥，豈不聞安居不用架高堂，書中自有黄金屋；富家不用買良田，書中自有千鍾粟。書中有此好處，兄弟所以攻書。（生怒打小生介）還敢挺撞我！自今日爲始，你也不是我的兄弟，我也不是你的哥哥。走出去，不許再上門來。（小生）哥哥可念手足之情，教兄弟到那裏去？（浄、丑）二官人，你便少説了些。你哥哥是盛怒之下，且權順他便好。（末）二位官人，勸一勸便了。（浄、丑）我每着實在此勸。（生）你還不走出去？（小生）哥哥可念父母之恩。（生）還説！（又打介）

【前腔】安享榮華，豈不念祖宗覓利艱辛。千重水面，虎口换出珠珍。你如今每日攻書錯留心，懶經求不營運，待怎生？自今日不許再上我門庭。

【前腔】（小生）聽禀，祖父同生。念同胞之義，手足之親。讀書美意，他日顯耀門庭。（背介）思省。豈知哥哥生怒嗔，信讒言教我無投奔。（浄、丑）我每兩個爲你勸得口乾舌匾，到説信讒言，難道我每到是讒言？如今大哥要打自打，不干我事。（小生）將我趕出門，望哥哥息怒暫且回心。

【錦衣香】(浄、丑)休抗拒，休回應。休要惱着哥哥，轉添惡忿。且隨他意暫出門，朝夕我兩人，勸他回心。倘回心轉意，那時請你歸來，依然弟兄和順。(合)今日離家去，再不許登門。眉南面北，不相存問。

【前腔】(末)空嘆息，空攧窨。争奈是親非親，遣人愁悶。吴忠伏侍小官人，誰知到此，主僕離分。拜辭痛苦，揾不住珠淚盈盈。(合前)

【漿水令】(生)更遲疑不離我門，打教伊皮開見筋。(小生)受兄毒打也甘心。無辜趕逐，痛苦難禁。(生)賊潑賤，惱殺人，輒敢抗語來相應。(合)今日裏，今日裏，急離我門。街坊上，街坊上，别行求趁。

【前腔】(小生)嘆一身錢無半文，無相識有誰是親？(生)你説書内有黄金，何不看書，度日營生。(小生)事到頭，不怨人，只愁眼下無投奔。(合前)

(小生)哥哥要我出去，只得就出去罷。(走介)(浄、丑)你就是這等去了？(小生)哥哥嚴命，怎敢不去。(浄、丑)這等没用的。且問你，這家私是祖上遺下來的呢，還是你哥哥自家挣的？(小生)是祖上遺下來的。(浄、丑)可又來，既是祖上遺下來的，該大家分一半纔是。(小生)這個不指望，只好略討些做盤纏足矣。望二丈攛掇一聲。(浄、丑)這個當得。(進介)(生)他去了麽？(浄、丑)他在外邊大聲發話，道這家私是祖上遺下來的，要與你分一半。(生)這也説得是，該分與他。(浄、丑)分多少？

（生）分一半與他。（浄、丑）大哥，這是一釐也分不得的。（生）怎麼分不得的？（浄、丑）你若分與他了不打緊，引慣了他，又道分得不均，到去告起家私來，你到要喫他的虧哩。（生）這等，怎麼樣打發出去？（浄、丑）他方纔道，書中自有黄金屋。把他一本書，就塞住他的口了。（生）吴忠，書房中去取一本書過來。（末）嗄，書在此。（生）叫他進來。（浄、丑）二哥，我與你都説停當在那裏了，教你自進去取。（小生）多謝二位。（進介）（生）孫二，你要與我分家私麽？（小生）孫榮怎敢？只求哥哥略與些盤費便了。（生）這個有。吴忠，取書來。孫二，盤纏在此，你拿去。（小生）呀！哥哥，這是一本破書，怎麽做得盤纏？（生）你方纔説，書中自有黄金屋、千鍾粟，怎麽做不得盤纏？（小生）罷，罷。男子漢一言既出，不必説了。吴忠過來，你去多多拜上賢達嫂嫂，説我被哥哥趕出去了。哥哥請上，待做兄弟的拜别。（生）誰要你拜！（小生拜）（生打介）

【臨江僊】（小生）被打出門珠淚流，教人羞恥向誰投？哥哥因甚趕無休？在他簷下過，怎敢不低頭。

（哭下）（浄、丑）哥哥，我每兩個不與你做朋友了。（生）怎麽説？（浄、丑）一個嫡親兄弟就趕了出去，何況我每結義的。（生）嫡親兄弟到要賾毒藥害我，若不是二位兄弟説知，險些兒被他害了性命。你二人是我的大恩人了，怎説這話？（浄、丑）大哥好手段，我每如今與哥哥去慶一慶手段。（生）多謝好兄弟。是我作東，就請同行。

【皂羅袍】（合）賀喜得他出外，自今後不許再上門來。結義兄弟稱心懷，同心同氣同歡快。

有茶有酒，朝往暮來。無愁無慮，分憂替災。三人真個關張賽。（下）

## 第七齣　孫華拒諫

（旦上）

【風馬兒】傾國芳容正嬌媚，家豪富比陶朱。（貼上）郎才女貌非凡比，宿緣相會，今世傚于飛。

（旦）迎春，員外早間出去，怎生這時節還不見回來？（貼）便是。想又與兩個喬人出去閒耍了。（末急上）

【本宮賺】默默嗟吁，哽咽垂雙淚。直入畫堂覆知，此事好傷悲。（旦）試問取，未審何人虧負你，你緣何垂雙淚。不知怎地，你從頭一一説與。

【前腔】（末）告且聽啓。小官人鎮日攻書，被東人急呼至，説着幾句，百般打罵趕出去。（貼）果恁的，奈我官人心性急。似撮鹽入火内，猜着就裹。又敢是聽人胡語。（末）果然如是。

（旦）你快迴避，倘員外回來也。（末下）

【竹馬兒】（旦）他效學昔日關張結義，不思量久後有頭無尾。豈知他是調謊的，使虛心冷氣，刁唆員外得如是。（貼）我東人枉恁地多伶俐，落圈圚總不知。把骨肉下得輕棄，你好直恁的。不思量手足恩深，豈知同胞義。謾教人無語淚雙垂，説着後心碎。

【前腔】（旦）他兩人專靠花言巧語，一剗地鬬是搬非。每日只會拖狗皮，那曾見回個筵席，雙雙長坐兩邊位。（貼）我東人結拜爲兄弟，落得個甚便宜。夫和婦話不投機，他三個同結義，勝似親的，糖甜蜜更美。把親生兄弟趕出去，你家富何濟。

【尾聲】自古及今結義的，除非管鮑更有誰？那一個人情得到底。

院君，員外回來，怎生諫他一諫便好。（旦）是如此。

【清歌兒】（生作醉上）三杯酒萬事和氣，又何妨每日沉醉。思量孫二太無知，伊來害我，我又如何饒你。

【前腔】（貼）員外喫得醺醺醉，我娘行自宜仔細。着些言語問因依，莫激他性發，好意反成惡意。

【前腔】（旦）常言道要知心事，但聽他口中言語。不知員外怒着誰？從頭至尾，説與奴家知會。

迎春，員外醉了，且安置他睡了罷。（生）兄弟請酒，你喫一杯。（旦、貼）員外，這裏是家裏了。（生作醒介）呸！還要對你説尀耐。（旦、貼）尀耐那個？（生）尀耐孫二無理！（旦、貼）二叔卻便怎麽？

【桂枝香】(生)賢妻聽啓，孫榮無理。他要贖毒藥害我身軀，把我家私占取。險些兒中了，險些兒中了，牢籠巧計。院君，被我趕出門去。(旦、貼)原來趕出去了，苦呵！(生)細思之，指望我遭毒手，我先將小計施。

(旦、貼)員外，這是誰説的？(生)别人説我也不信，是我兩個結義的好兄弟説的。(旦)官人，經目之事，猶恐未真；背後之言，豈可准信？二叔是讀書之人，只有敬長之心，那有害兄之意。官人回思手足之意，轉念同胞之親，莫信外人搬鬭。容叔叔依舊回家，是妾之願也。(生)婦人家三綹梳頭，兩接穿衣。只曉得門内三尺土，那曉得門外三尺土。(旦)呀！官人豈不聞漢文帝遷徙淮南厲王，不從而死。民作歌曰：『一尺布，尚可縫；一斗粟，尚可舂。兄弟二人不相容。』正謂此也。(生)人家雄鷄報曉，家常之事。雌鷄亂啼，有甚吉祥。(貼)員外，柳龍卿、胡子傳以假爲真，他每是無義之人，不可輕信。院君的言語，只不過要你兄弟和順，何故着惱。(生)唗！小賤人，誰要你多説！(旦)員外，迎春是替妾禀告，何必發怒。(生)那有他的説話分，也來多嘴。

【前腔】(旦)同枝連氣，同胞共乳。不念手足之親，聽信喬人言語。將兄弟趕出，將兄弟趕出，不容完聚。教人談議，好癡迷。假饒染就乾紅色，也被傍人講是非。

【前腔】(生)拈針穿綫，繰絲織絹。兀的是婦女工夫，有甚高識遠見。(貼)員外，院君只要你弟兄和順。(生怒)唗！輒敢大膽，輒敢大膽，出言相勸。不識機變。古人言，大丈夫男兒漢，終不聽婦女言。

（旦扯生介）官人，還是聽奴家言語，收了叔叔回來罷。（生怒推倒旦下）（貼）院君請起。

【前腔】（旦）忠言不聽，生出惡性。（貼）把幾句回他，怕怎麽！（旦）欲要把幾句回他，又恐怕夫妻爭競。只落得外人，只落得外人，胡言講論。（貼）院君，外人講論些什麽來？（旦）講論家不和順。自評論，耐了一時氣，家和萬事成。

【前腔】（貼）娘行聽告。常言人道，熱心閒管招非，冷眼無些煩惱。（旦）迎春，你如今不要開口罷。（貼）奴不合口多，奴不合口多，惹得官人嗔叫。累娘焦燥。自今朝，閉口深藏舌，安身處處牢。

兄弟無辜趕出門，忠言逆耳反生嗔。

自家骨肉尚如此，何況區區陌路人。

## 第八齣　旅店借居

（淨扮王婆上）

【吳小四】命兒孤，没丈夫，三十年來獨自宿。開個店兒清又楚，往來官員士大夫，誰不識王大姑。

開個客店得年深，四川兩廣盡聞名。屋上又無瓦蓋，夜間月照爲燈。眠床没有兩脚，席子只剩蔴觔。枕頭土墼來做，酒瓶便當尿瓶。正是：好看千里客，萬里去傳名。遠遠望見人來了，敢是投宿的？

【胡擣練】（小生上）吾命窘自嗟呀，哥哥因甚念頭差。趕出此身無依倚，使人今夜落誰家。萬事不由人計較，一生都是命安排。我孫榮被哥趕逐出來，没處安身，不免到王大姑店中，去借住幾時，再作區處。此間已是了，婆婆有麽？（淨）呀！官人請坐。（小生）有坐。（淨）官人家居何處，姓甚名誰？（小生）婆婆，待小生告訴。（淨）願聞。

【五更轉】（小生）望婆婆，聽吾告，孫榮本富豪。（淨）你是富豪，與我何干？（小生）哥哥聽信他人調，與兩個喬人相同交好。生巧計妄造言來搬鬧。我那哥哥呵，不思手足心凶暴，將我趕逐出門，特來依靠。

（淨）原來被哥哥趕出來，無處棲身，借我店中投宿，只是我這裏先要房錢的呢。

【前腔】（小生）乞可憐，相週庇，奈此身無所依。止求半室權居住，有日天相吉人，依舊春風棠棣。房金價多共少當如意，決不有負相連累。結草啣環，報伊恩義。

（淨）既然如此，我這裏房子有三等，上等的一兩一月，中等的五錢一月，下等的三錢一月，隨你要那一等。（小生）這般説，下等便了。（小生）謝得婆婆留我身，（淨）房錢逐月要還清。

惟有感恩并積恨，萬年千載不生塵。

## 第九齣　孫華家宴

（生上）

【夜行船】積玉堆金多富貴，幸遇太平年歲。（旦、貼上）今世夫妻，前緣匹配，美滿共諧連理。

（生）春遊園苑景融和，夏宴涼亭看芰荷。（旦）秋玩月明冬賞雪，（貼）一年好景莫蹉跎。（生）院君，我自趕了孫二出去，心中甚是快樂。今日閒居無事，和你遊玩片時。迎春看酒來。

【祝英臺】草芊芊，花荏苒，輕暖艷陽天。才子艷質，簇擁名園，嬉戲笑蹙鞦韆。排筵。好向花柳亭前，尋芳消遣。（合）我和你雙雙遊賞歡宴。

【前腔】（旦）俄然。笋成竿，荷展蓋，高柳噪新蟬。池畔避暑，撒髮披襟，歡笑同樂蓮船。迷戀。好向流水亭前，納涼消遣。（合前）

【前腔】（貼）天然。但願人月團圓，千里共嬋娟。天朗氣清，漸漸金風，時送桂花香遠。堪羨。好向百尺樓前，玩月消遣。（合前）

【前腔】（生）瞥見。朔風吹起彤雲，簾幕亂飄綿。銀砌玉妝，覆地漫天，都喜兆成豐年。（旦、貼）幽軒。儘教簇滿紅爐，觀梅消遣。（合前）

【尾聲】(合)四時遊賞多歡宴，三公不換此芳年。也是我和你夙世修來百福全。一對夫妻正及時，郎才女貌兩相宜。在天願爲比翼鳥，入地共成連理枝。

## 第十齣　王婆逐客

(浄上)

【一疋布】開食店，得多年，聲名天下傳。那人久住不還錢，管取教伊喫拳。老娘三日不發市，拏着一個便正本。什麽來頭？前日有個秀才，名喚孫榮，他在我店中安歇。這一向分文没有，常在我家中啼啼哭哭。有錢還我便罷，若無錢還我，就剥下衣服來。小二那裏？

【前腔】(丑上)方纔睡，正酣眠，甚人只管纏。摩挲兩眼出房前，我只道是誰叫，原來是阿娘老虔。(浄)你怎麽駡我？(丑)不曾駡阿娘。(浄)這也罷了，與我叫孫二出來。(丑)那個孫二？(浄)就是前日來的秀才。自到我家來，並無半鳌房錢還我，倒占住了我一間房子。如今叫他出來，有房錢還我便罷，若没有，我和你剥了他的衣服，趕他出去便了。(丑)阿娘説得有理，孫二官人快出來。

【前腔】(小生上)聽呼唤，出房前，不知有甚言。尋思此事淚漣漣，原來是婆婆討錢。

（見介）（淨）孫二，你是瓶兒，是罐兒？（小生）請問媽媽，瓶兒便怎麽，罐兒便怎麽？（淨）瓶兒有口，罐兒有耳朵。你自到我家來，房錢、飯錢一些也不還我，怎麽説？（小生）待小生寫書回去，與賢達嫂嫂取些來還你。（淨）放屁！我如今就要。不然，剥下衣服來。（淨、丑剥衣介）

【劉衮】（小生）休剥去，休剥去，留與我遮羞。再四哀求，不肯放手。（淨、丑）欠債合還錢，無禮干休。急急剥下，可免出醜。

【前腔】（小生）婆扯帶，婆扯帶，小二把衣袖抽。倒拽横拖，身不自由。（淨、丑）衣服准房錢，胡亂可受。休得遲延，喫吾脚手。

【雙勸酒】（小生）衣衫盡剥，喫人僝僽。（淨）急離我門，不得落後。（合）覆水算來難收，人面果然難求。

【前腔】（丑）你即請行，遲時生受。（小生）喫定趕逐，無人搭救。（合前）

（淨）快出去，快出去！（小生）婆婆可憐，再與我住幾日。（丑推出小生介）不要在此纏，閉了門。（閉門介）（小生）呀！婆婆開門！（淨）任伊在此叫。（丑）只是不開門。（下）（小生哭介）

【山坡羊】亂荒荒婆婆前去，急煎煎留他不住，冷清清獨立在此，懶怯怯暗自垂雙淚。婆婆開門！我叫你，何曾應半句兒。又不是梨花帶雨把門深閉，教我舉目無親倚靠誰？思之，思之淚暗垂。難捱，虚飄飄命怎期。

正是：　屋漏更遭連夜雨，船遲又被打頭風。我孫榮被哥哥趕逐出來，無處安身，只得借此店中投宿。只因欠了房錢飯錢，將我衣服頭巾盡都剥去。苦嗄！　千死萬死，終須一死。不如往城南汴河之中，尋個自盡，免得被人恥笑。說話之間，這裏就是汴河了。水，水，孫榮能喫得幾口？

【胡搗練】江水遠，恨悠悠，教人羞恥向誰求。枉自腹藏千古事，但趁一江清水向東流。

（投水介）（外上）苦海無邊，回頭是岸。什麽人投水？（扯介）呀！　漢子，我看你一貌堂堂，爲何幹此拙事？你姓甚名誰，說與我知道。（小生）公公，一言難盡。（外）但說何妨。

【鎖南枝】（小生）孫員外是我兄。（外）令兄可是與柳龍卿、胡子傳結義的孫華麽？（小生）正是。將孫榮趕逐無投奔。（外）你怎麽不到前面店中安歇？（小生）那堪旅店婆婆，索欠心忒狠。把我衣盡剥趕出門，拚孤身葬魚吻。

【前腔】（外）聽伊訴愁悶，教人不忍聞。本是同胞兄弟，你哥直恁無情，下得將伊擯。倘然伊富貴他受貧，教他自尋思可心肯。

【前腔】（小生）我身藍縷没半文，飢寒兩字難過存。又没個所在安身，又没個人憐憫。争似我拚此身，喪江中免勞困。

【前腔】（外）看伊貌聰俊，非是已下人。目下雖然流落，必然日後榮華，勸你捱時運。漢子，老夫有個所在，你可權住。（小生）公公，什麽所在？（外）你權守困莫恨貧，有所破瓦窑暫安頓。

(小生)若得公公如此，就是重生父母。不敢動問，公公上姓？(外)老夫與你同姓。秀才，你隨我來。這裏已是了，你可在此暫住。(小生)多感公公，只是窑中家伙一無所有，教我怎住得？(外)這也是。也罷，少刻着小二送鍋碗之類與你便了。(小生)足感公公厚情。

謝得公公特指迷，破窑權且受孤恓。

黄河尚有澄清日，豈可人無得運時。

(外吊)救人一命，勝造七級浮屠。今日孫榮要投水，虧老漢救了，留他在破窑内安身。咳，孫華，你好不思維，卻教親弟受孤恓。你住在高堂大厦，他卻在破瓦窑居。你在家中快樂，他在窑内孤恓。你喫的是肥羊美酒，他喫的是淡飯黄虀。你穿的是綾羅錦繡，他穿的是破服粗衣。你卻豐衣足食，他卻忍餓擔飢。你自不仁不義，他卻無倚無依。相交酒肉兄弟，不念同氣連枝。咳，只怕日久親疏自見，那時悔也應遲。

【駐馬聽】世上爲人，兄弟不親誰是親。須念生身父母，共乳同胞，休戚難分。咳，孫員外，你結交終日醉醺醺，卻教骨肉遭窮困，天理何存？任你滿帆風使，終有個水窮山盡。

獨占家私理不宜，卻將兄弟受孤恓。

常將冷眼觀螃蟹，看你横行得幾時。

## 第十一齣　窑中受困

（小生破衣上）

【金瓏璁】長空雲黯黯，那堪狂雪交加。飛柳絮，舞梨花。孤身遭凍餒，何方干謁豪家。空嘆息，自嗟呀。

富嫌千口少，貧恨一身多。似這般大雪，多少富豪家快樂，單只孫榮這般受苦。我哥哥如今在紅爐煖閣，羊羔美酒，淺酙低唱。哥哥，我和你一父娘生，又不是兩爹娘養。我身上單寒，腹中飢餒，見這雪呵！

【灞陵橋】誤了人也嗏，從早到如今，没飯難禁架。只得忍着饑寒，一步步前抄化。又那堪遭濟這般雪兒下。嗏，兀的不苦殺人也天那！

好苦嗄！看這雪越下得大了。孫榮待入城中，叩謁豪家。又恐撞着我那哥哥的相識，卻不辱模了我哥哥的面皮。待轉歸家哀求嫂嫂，又恐遇見哥哥，這一頓打不小可。休去，如今只得衝風冒雪，入城中走一遭。只一件，

【疊字錦】我如今待入城也麼嗏，已入城心下多驚怕。又恐路中逢見我哥哥，他惡怒發時將咱來毆打。待轉家又恐怕哥哥不憐念咱。待轉身又怕雪迷了路差。只爲你煩煩惱惱、哀哀

怨怨、悽悽慘慘悶得我没投奔。兀的不是苦殺人也麼嗏。如今也怕不得羞恥。只得去街坊求乞則個。

【駐雲飛】大雪抛天，叫化孫榮真可憐。破衣穿一件，這苦誰憐念。嗏！鞋破底兒穿，教我好難消遣。討得一撮糠粞，又恐人瞧見。正是命薄多磨只靠天。

【前腔】天慘雲迷，你看城廓村莊盡掩扉。孫榮枉讀詩書，到如今呵，一字不堪煮，怎得柴和米。吁，想蒙正守窑時，雖然困守破窑，還有妻兒相倚。似我孫榮，欲並誰爲侶，回首無人形影隨。拾得一塊柴在此，不免將回，煮些粥湯救飢。

【前腔】一撮糠粞，熬口粥湯充肚饑。放下連糠米，怎得這水？呸！這雪就是了。着上冰和水。這柴被雪打濕了，那裏燒得着。我鋪下還有一把乾柴在那裏，拿他來燒了，且再處。（作轉跌介）呀！踢番了瓦瓶兒，教我好難存濟。凍死在窑中，做一個饑寒鬼。撥盡寒爐一夜灰。

大雪亂紛紛，豪家盡掩門。
厨中有剩飯，路上有饑人。

## 第十二齣　雪夜救兄

（生同浄、丑上）（生）

【薔薇花】嚴威正加，滿空中如鹽撒下。長安多少賣酒人家，料應此際增高價。長安三尺雪，盡道十年豐。二位兄弟，方纔舍下喫酒，喫得不爽利，還到酒肆中去。（净、丑）前面新開一個酒館在那裏。（走介）酒家有麽？（末上）造成春夏秋冬酒，賣與東西南北人。三位官人，請上樓去。（净、丑）取酒來喫。（末招净介）前面走的這位財主是誰？（净）是有名的孫大員外。穿好衣，喫好酒的。（末）酒不打緊，有一件寶物在此。二位若攛掇大員外兑了，當得奉謝。（净）拿來我看，什麽東西？（末出環介）羊脂白玉環。（净）果然好，多少價？（末）要十錠鈔。（净）不值，五錠罷了。（末）我又不是蘇州人，難道撒半價不成？九錠鈔必定要的。（净）你真個賣也不賣？（末）小人怎麽不賣？（净）若真個賣時，公道還你六錠鈔。（末）還不勾。（净）七錠罷，一分也多不得了。（末）七錠鈔只勾本錢，卻没有得相謝官人。（净）我與你講過了，七錠以外都是我的。不是我一個人要，還有那一位官人，要八刀的。（末）從命了。（净）我與你拽袖爲號。你只顧嫌少，我等一力攛掇加添便了。一面取酒來喫。（末）是如此。（末分付取酒介）（净招丑説介）（净、丑進後，末入介）（末）員外請酒，小人有件寶貝求售，可用得麽？（净）財主員外，那一件用不着。且説什麽寶貝。（末）是羊脂白玉環。（净、丑看介）好東西。（丑）玉環有，難得這樣白的。（净）是舊做。（生）果然好，我要兑他，不知多少鈔？（末）要十錠鈔。（净、丑）不值不值，我這員外大哥是個識寶太師，你多討也没用。（生）還他五錠罷。（净扯末袖）（末不肯介）（净、丑）大哥，五錠其實還虧他些。（生）再加一錠。（净）如今六錠勾了。（又扯袖如前）（末争介）（净）還不肯。自古道，增錢不如再看。（又看介）果然好，還添他些成了罷。（生）依你再添一錠。（又如前介）（丑）好物不賤，賤物不好。大哥既中意這件東西，不要論價。二哥添一錠，兄弟也添一錠。（生）便依你，再添他一錠。若再不肯，待他拿去。（净）如今八錠了，拿去罷。（付七錠與末）（留一錠介）（净、丑意會介）（净、丑）看熱酒來。（末應下）（净、丑）大哥行其一令，取其一樂何如？（生）説得有理。（隨意行令介）（生醉介）（小生内叫介）厨中有剩飯，路上有飢人。（生）什麽人叫？（净、丑）叫化的，不要保他。（生）二位兄弟，這卓上東西喫不了，喚他來賞他些去。（净、丑）店主人，唤那叫街的過來。（末應上）那叫街的這裏來。（小生上）怎麽説？（末）好造化，官人每喫不了的東西賞你。（小生）多謝多謝！（見生介）這是我哥哥。（慌下）（净、丑）方纔叫化的是孫二哥。（生）在那裏？（末）去了。（生怒打末介）

【駐雲飛】酒保無知，故意教他來笑恥。堪恨喬才輩，惱得心兒碎。呸！喫了這場虧，教人嘔氣。喫得醺醺，拚卻今宵醉，痛飲前村踏雪歸。

（净、丑勸介）（生）不計較你了。算酒帳。（末）算了，該三錠鈔。（生）兄弟把與他。（净與鈔末介）（生）二位賢弟，今早帶十三錠鈔出來，八錠買了羊脂白玉環，三錠還了酒錢，還剩二錠。（净丑）碧清。（生）我醉了，餘這二錠鈔和羊脂白玉環，都藏在靴桶裏，兄弟好生看管。（净）大哥放心，我的固是我的，你的就是我的。（丑）大哥一路踏雪回去。（净）好大雪！大哥今日酒也好嗄飯也好，下次還到他家去喫。（生）正是。（净）大哥醉了，和你送他回去。（净、丑扶生行介）

【水紅花】（生）三人結義做知交，賽關張强如管鮑。終朝沉醉飲羊羔。柳綿飄，梨花飛遶。

（合）冒雪衝風，回去喫得醉醄醄，醉醄醄醉扶歸也囉。

【前腔】（浄、丑）前緣夙世做知交，賽闗張强如管鮑。相攜同步不辭勞。柳綿飄，梨花飛遶。

（合前）

（都作醉倒介）（浄醒起介）大哥靴中藏有羊脂白玉環、兩錠鈔，我且瞞了胡子傳，偷了他的，有何不可。（作偷介）（丑醒浄仍作倒介）阿哥，阿哥，他每都醉倒了，叫他不醒。且住，孫大哥的羊脂玉環、兩錠鈔，都在靴桶裏，不免偷了他的再處，連柳龍卿也不要通他知道。（作偷介）（浄起）兄弟，你在此説些什麽？（丑）不曾説什麽。（浄）活賊，你方纔説道瞞了柳龍卿，要偷大哥的羊脂玉環、兩錠鈔。我每喫了他的，用了他的，反要偷他東西，忒黑心。（丑）我幾時説？我説叫醒了二哥，大家扶了大哥回去。那個要偷他東西，這個人就要爛心肺的。（浄）這個賊精，還要罰咒。（笑介）兄弟，我是取笑你。你的心不到那裏，我的心先到那裏了。（丑）人人如此，個個一般。可見是難兄難弟，志同道合。如今一個去看人，一個去偷。（浄）我去看人，你去偷。（丑）你忒乖，前日喫酒你先去，今日做賊就叫我先去。（浄）也罷，就是我先去。你便去看人，有人來打個暗號。（丑）什麽暗號？（浄）咳嗽爲號。（丑）曉得了。（浄）請了。（丑）呸！做賊通文。（浄）君子小人不同。且住，我和你叫他幾句。看他若是應，我每只説我兩個收管在此；若是不應，竟偷了他的。（丑）有理。我看人，你動手。（浄）孫大哥，孫大哥。（低叫偷介）（丑咳嗽介）（浄慌介）兄弟，什麽人來？（丑）没有人。（浄）没有人如何咳嗽？（丑）唬大了你的膽，好做强盜。（浄）你便唬我，我的手脚快。羊脂玉環被我促在此了。（丑）還有兩錠鈔，一發拿了便好。（淨）這兩錠鈔是你去。（丑）一客不犯二主，一發是你去。（淨）這個不成。你這張嘴頭不穩，倘日後大哥曉得，就都推在我身上了。還是你去，日後没得説。（丑）便是我去，看人要緊。（淨）不消分付。（丑）孫大哥。（叫介）（偷介）（淨）會第二個。（丑慌介）（淨）方纔你唬了我，我如今也唬你一唬。（丑）六月債，還得快。兩錠鈔也在此了。（淨）把雪來蓋他身上，做條綿被。（堆雪介）我每自回去。（淨）凍死街頭妻不知。（丑）兩人拐鈔自先回。（淨）尋思總是一場夢。（丑）他是何人我是誰？（下）（小生上）十謁朱門九不開，滿頭風雪卻回來。歸家羞睹妻兒面，撥盡寒爐一夜灰。這四句詩乃是昔日吕蒙正先生所作，今日倒輪到孫榮身上來。好大雪，好大雪！正是：長空飛柳絮，遍地撒梨花。你看這般大雪，我想古人也有幾個好雪的，也有幾個不好雪的，待孫榮略説幾個。

【小桃紅】子猷乘興去訪戴，還鄉興盡回船去也。閉門的袁安卧高堂，映雪的是孫康。吕蒙正遶街坊，謁朱門九不開，無承望也。滿頭風雪恓惶，運來時理朝綱。

這雪好貧富不均。有錢的道豐年祥瑞，似我這般在街坊上，身無衣，口無食，饑凍難禁。當初父母在日的時節，多少享用。父母亡過之後，我哥哥聽信讒言，將我趕出來，受了無限苦楚。（哭介）

【蠻牌令】哥哥占田莊，教兄弟受淒涼。本是同胞養，又不是兩爹娘。我穿的是粗衣破裳，你喫的是美酒肥羊。哥哥嗄，心下自思量，自忖量。若不思量後，分明是鐵打心腸。

如今天色已晚，告謁也不濟事了。且回窑去，等明日風止雪晴，再出來求告罷。（走絆生身跌介）

【繡停針】先自悲傷，又遭一跌痛怎當。擡身忍痛回頭望，見一漢酒醉倒在街傍。漢子，你喫得這般大醉，倒在此雪裏。何不省一口與我孫榮喫了，你也不見得這等醉了，我也不見得這般飢寒。我把古人比與你聽：本待學劉伶入醉鄉，你如今倒在雪裏，又像一個古人，好一似卧冰王祥。呀！看看冷逼寒凍神魂喪，早難道酒解愁腸。

且住。自古道，救人一命，勝造七級浮屠。這般大雪，這漢子多應要凍死了。我不免叫起鄰舍來，救他則個。（叫介）東鄰，有個醉漢倒在雪裏，煩你們出來，燒些湯水救了他。（内介）孫叫化在外邊嚷，不要側聲。（小生）咳，暗暗聽得説話，道孫叫化在外，不要側聲。你不開也罷，不免去叫西鄰。（叫介）西鄰。（内介）孫二來了，不要倸他。（小生）我孫榮今日不是來求乞，有個醉漢倒在雪裏，命在須臾，你每起來，籠些火救了他。（内介）快吹滅了火。（小生）呀！我只道東鄰歹，誰想西鄰又歹似東鄰。也罷，他每鄰舍尚然如此，干我甚事！（欲走介）且住。

【雁過南樓】我待不管他，欲待不倸他。（作走，内扮土地扯住介）放手，放手！後面有人一似扯住了咱，莫不是孫榮有些牽掛？回頭看他，回頭覷他，不由人兩淚如麻。

説不得了，不免再去叫他每則個。（叫介）兩邊鄰舍，我説與你知道。

【下山虎】有一個醉漢，倒在街坊。大雪紛紛下，看着慘傷。我好意教你開門早商量，籠些火焰，教他喫口滚湯。救人一命活，勝造七級浮屠福壽昌。你若不開門後，倘或死亡，帶累鄰家遭禍殃。

（内介）這個人好不達時務，人家要睡，只管在此絮煩。（小生）啐！正是：我有救人心，人無憐我意。兩下不開門，我也自回去。（作走又沉吟介）且住，我孫榮在此嚷了這一回，那東鄰西舍都曉得我的口聲，這漢子酒醒了，回去還好。倘然不醒，凍死了，明日他每起來看見，只道我謀死了他，劫了他的財帛。可憐這一場沒頭官司怎麽了？也罷，不免把這醉漢扶在房簷下，躲些風雪，不强似在這雪裏眠。或者不死，也未可知。（作拂雪介）呀！

【園林杵歌】這容龐好似孫大郎。（驚介）唬得我魂飄蕩，退後趨前心意忙。那堪柳絮梨花下得恁狂，似這般冷颼颼、寒凜凜，哥哥怎當？自忖量，自感傷，怕這雪凍死了兄長。怎禁得撲簌簌淚出痛腸。

哥哥，你和柳龍卿、胡子傳出來。

【望歌兒】三人踏雪同宴賞，他兩個先自回歸，撇你在長街上。（生作醉語介）二位賢弟賽關張。

（小生）口是心非，休想賽關張。到此方知他調謊，從今後休把親撇樣。罷罷。寧可一不是，不可兩無情。哥哥，你倒在雪中，若不是孫榮來此，卻不凍死了你。就此背你回去。只一件，哥哥若還酒醒起來，這一頓打非同小可。也説不得了，便打時也不妨，還有賢達嫂嫂解勸。

【羅帳裏坐】欲送你到家，尋思慘傷。哥哥酒醒，禍起蕭牆。誰教你上門自取災殃？只愁雪上更加霜，這頓拳頭怎當。（背生走介）

【江頭送別】哥哥的，哥哥的，倚强恃長。親兄弟，親兄弟，意怎敢忘。好歹背你回家去，由哥哥打駡何妨。

【憶多嬌】兄見短，咱見長。哥哥，你把身子略放鬆些便好，那知做兄弟的兩三日没有水米打牙。你是這等掩住了，教我那裏背得起。苦嗄！我全無氣力，須當勉强。念取同胞親兄長。手足之情，手足之情，怕甚山遥路長。

【尾聲】看看背過平康巷，哥哥酒醒從頭想，兄弟是嫡親結義的都是謊。

迎風踏雪送兄歸，忍凍擔飢實可悲。
謾騰騰的無些力，一步那來兩步移。

## 第十三齣　歸家被逐

（旦上）

【醉中歸】晚來雲布密，凛凛朔風送寒威。俄然見六出花飛，長空一色，萬里如銀砌。（貼上）當此際雪正飛，慶賞豐年祥瑞。同宴樂排筵，滿飲羊羔拚沉醉。

（旦）迎春，員外早間出去，這時候還不見回來。（貼）便是。想又與那兩個喬人在那裏飲酒。院君，你看這等大雪，夜又深了，也該歸來了。（旦）正是。（小生背生上）錢財容易有，仁義值千金。此間已是哥哥門首。開門，開門！（貼）想是員外回來了。（開門介）呀！原來是二官人背員外回來。二官人，請進來。（小生作進門介）迎春姐，睡好了我哥哥。（貼）這裏來。（小生放生睡介）嫂嫂拜揖！（旦）叔叔賀喜，敢是你兄弟和睦了。（小生）不曾和順。好教嫂嫂得知，孫榮在窑中，身上無衣，口中無食。大雪紛紛，免不得街上求謁。回來偶然被絆一跌，原來是哥哥醉倒在雪中，因此孫榮背他回來。（旦、貼）多感二叔。（小生）不敢動問嫂嫂，我哥哥是什麽時候出門的？

【泣顏回】（旦）他從早離門兒。（小生）與誰爲伴？（旦）與兩個喬人排會。終朝宴樂，他兩個卻自先回。若非小叔，險些兒凍死在深雪裏。背歸來再生人世，不知他倒在何處？

【前腔】（小生）紛紛觸目柳花飛，奈我無食無衣。盪風冒雪干謁，有誰憐取。擔饑受冷，到黄昏，獨自回窑去。見吾兄倒在雪裏，是孫榮背負回歸。

【前腔】（貼）渾身上下水淋漓，請官人脱下與奴漿洗。（小生）不敢在此，回窑去自作道理。（旦）叔叔聽啓：請些兒飯食回窑去。（貼）待迎春鉀鑼來至，一飯可以充飢。（虚下）

【前腔】（小生）謝得恩意賜飯食，只恐哥哥酒醒禁持。劈面便打，不如忍餓回歸。（旦）叔叔休慮，你哥哥酒醉常貪睡。（小生）醒來怎麽好？（旦）醒來時我自支持，我婦人家豈怕男兒。

（貼持飯上）

【賺】韓信當時，漂母哀憐賜與食。時運至拜將封侯多富貴。二官人請飯。（小生接作喫介）（生伸腰）（小生慌墮筯介）呀！唬得我一雙筯、拿不住放不得，一口飯、吞不進吐不出。嫂賜食，一似吕太后的筵席。

【前腔】（旦）遍身泥水，滿頭巾似銀鋪砌。員外，你每常間和柳龍卿、胡子傳兩個，喫得酒淹衫袖濕，花壓帽簷低。撇下得賽關張親兄弟。（小生）嫂嫂，你曾説與哥哥酒醒自支持。一聲喝起先驚懼，兀的是婦人家，那怕男兒去留無計。

（生醒介）那個在此説話？（旦）是叔叔在此。（生）我怎麽回來的？（旦）你倒在雪裏，是叔叔背你回來的。（生）你説我的結義兄弟不好，今日又虧他背我回來。（旦）不是這個叔叔。（生）是柳龍卿？（旦）不是。（生）是胡子傳？（旦）也不是。（生）是那個叔叔？（旦）是小叔。（生）那個？（貼）是窑中的二叔。（生作起介）那個着他上我的門來？在那裏？（貼）二官人過來，見了員外。（小生見介）哥哥拜揖。（生怒打介）（旦、貼勸介）

【撲燈蛾】（生）打伊潑醜生，怎敢到此處。惡向膽邊生，教人怒從心起也。（小生）適來路裏，見吾兄倒在街衢。是孫榮背負你歸，多謝得賢達嫂嫂留住賜乞食。

【前腔】（生）這乞才不道理。（又打介）（旦）員外，你倒在雪裏，就是别人背了你回來，也要與他些酒錢。一個嫡親兄弟背了你回來，你怎麽只管要打他？（生）我早上帶十三錠鈔出去，八錠買了羊脂玉環，三錠還了酒錢，還剩兩錠鈔與玉環，都在靴桶裏。若在便罷了，若没有，一定是他偷了。迎春看來。（貼應看介）没有。（旦）那一隻再看。（貼又看介）也没有。（生）院君看來。（旦看介）没有。（生怒介）是了，他偷了我的東西，故此背我回來。靴中没寶貝，玉環二錠鈔，分明是你拏去也。（旦）官人休罪，念小叔讀書之輩。自小來不曾恁的，想他人預先拿去你怎得知。

【前腔】（小生）望息雷電威，可憐小兄弟。本是好心腸，誰想反成惡意也。（生）你一身窮困，敢起着不良之意。把還我饒你去離，稍遲延打教你一命喪泉世。（打介）（旦、貼勸介）

【前腔】（旦）休得發怒起，思量大道理。他拐錢拏寶貝，如何敢來此處也。（貼）望官人回嗔作喜，好念着同胞兄弟。到如今失物怨誰，自不合好酒沉醉倒雪裏。

【尾聲】（旦）官人且請歸房内，叔叔回歸下處，待等明朝復探取。

（旦）好意誰知反受災，（生）從今不許上門來。（先下）

（小生）鰲魚脱卻金鈎去，擺尾摇頭定不歸。

## 第十四齣　喬人算帳

（净上）

【梨花兒】心兒暗地重重喜，夜來喫得醺醺醉。拏了靴中三錠鈔，嗏，歡歡喜喜不得睡。

一飲一斟，莫非前定。夜來與孫大哥、胡子傳喫酒，員外醉倒了。我二人撇他在雪裏，拏了他靴中羊脂玉環、兩錠鈔。如今且去尋了胡子傳，大家分了使用則個。遠遠望見他來了。（丑上）

【前腔】昨宵喫酒醉了也，雪中孫大喫一跌。拏了玉環三錠鈔。嗏！早晨間等他不來也。

（見介）（浄）兄弟，那裏去？（丑）特來尋你。（浄）我也正來尋你。（浄）湊巧。兄弟，自古道，人心惡，天不錯。（丑）阿哥，常言道，拏賊不着被賊笑，賊在門前豁虎跳。（浄）賊在門前討筊笤。（丑）阿哥，你可知道？（浄）我不知。（丑）昨晚我和你做的事，有人頂缸了去，一些也不干我兩人事。（浄）那個頂缸？（丑）我和你盜了東西，回家來了。誰知孫二告謁回窑，正見孫大哥倒在雪裏，忍餓背他回去，指望討個好。誰想孫大哥酒醒起來，不見了靴中羊脂玉環、兩錠鈔，道是他偷了，拏將來一頓打，原趕了出去。有這等事。（浄）兄弟，我每兩個做人好，天地也來佐助。如今拏這東西出來分一分。（丑）阿哥，還有那後手一錠頭兒。（浄）在此。爛小人，難道我就獨得了不成？少不得都拿出來八刀。（丑）阿哥，自古道，分散分散，分來就散了。不要分。（浄）不分怎麽樣？（丑）先前買玉環存下一錠鈔，孫大哥靴桶裏又是兩錠，共三錠了。（浄）是三錠不差。（丑）不如把玉環原賣了七錠鈔，把三錠鈔湊成十錠，放上十年債，對合本利算一算，盤將起來，我和你做個大人家。（浄）説得是。到那裏去算？（丑）前面土地堂裏去算。（走介）（丑）二哥，土地有在此，沒有鬼判。若是有人來時，一個做鬼，一個做判，遮掩片時。（浄）那個做鬼？那個做判？（丑）你做鬼，我做判。（浄）是了，那個先算？（丑）你先

算。（淨）我如今先算一年起。（算介）

【勝葫蘆】（淨）我算一年本利，該着二十錠鈔也麼喳。算也算得好，説也説得好。番來覆去，覆去番來算得好。（丑）我算二年本利，該着四十錠鈔也麼喳。算也算得好，説也説得好。番來覆去，覆去番來算得好。（外、末扮巡軍上）上命遣差，蓋不由己。奉上司比捕，没處捕獲。有人説，有兩個歹人往土地廟裏去了，想是分贓。不免捕去。（進介）（淨、丑做介）（外）没有人。夥計，今來雨水慢，不打鬼，只打判。（打丑介）再往别處去尋。（外、末下）（丑諢介）不停當，和你再换一個所在去。（淨）前面碓坊裏去算。（走介）如今人來，一個做碓，一個做打米，就是了。（丑）那個在上打米？（淨）我在上打米。（丑）我做碓，再算。（淨）我算三年本利，該着八十錠鈔也麼喳。算也算得好，説也説得好。番來覆去，覆去番來算得好。（丑）我算四年本利，該着一百六十錠鈔也麼喳。算也算得好，説也説得好。番來覆去，覆去番來算得好。（淨）我算五年本利，該着三百二十錠鈔也麼喳。算也算得好，説也説得好。番來覆去，覆去番來算得好。（丑）我算六年本利，該着六百四十錠鈔也麼喳。算也算得好，説也説得好。番來覆去，覆去番來算得好。（外、末又上）人平不語，水平不流。什麼人在碓坊裏説話？去看來。（進介）（淨、丑做介）（外、末）原來是打米的。方纔説話，就是你麼？（淨做耳聾介）（末）夥計，這個人耳躲生來背，不打人，只打碓。（打丑介）再往别處尋去。（外、末下）（丑）阿呀！入娘的，起初打的是我，方纔打的又是我。（淨）

如今在銷皮巷裏去。（丑）二哥，如今那個做皮，那個做銷皮的？（浄）我做銷皮的。（丑）我做皮架子罷。（浄）再算。我算七年本利，該着一千二百八十錠鈔也麽喳。算也算得好，説也説得好，番來覆去，覆去番來算得好。（丑）我算八年本利，該着二千五百六十錠鈔也麽喳。算也算得好，説也説得好，番來覆去，覆去番來算得好。（浄）我算九年本利，該着六千二百錠鈔也麽喳。算也算得好，説也説得好。番來覆去，覆去番來算得好。（丑）我算十年本利，該着一萬二千四百錠鈔也麽喳。算也算得好，説也説得好。番來覆去，覆去番來算得好。

不好了！（作倒介）算殺了。（浄）再算。（丑）葱便好蒜。算到十年，算死了一個。若再算幾年，兩個都要算殺了。（浄）兄弟那裏説起，和你一霎時發跡起來。（外、末復上）聽得有人聲，慌忙就來聽。方纔見兩個人走在銷皮巷裏去了。想在這屋裏頭，聽一聽。（浄）外邊想有人察聽，不免銷起皮來。（作銷皮介）（外、末聽介）裏面銷皮，不相干。我與你再往前去。（同下）（浄）外面没人了，且把財主行徑鋪排一番。（丑）阿哥，你有了錢時，怎麽受用？（浄）兄弟，我若有了錢，討他娘四十個小厮，都叫他興字。一個叫來興，一個叫進興，一個叫郎興，一個叫加興。（丑）加興是地名。（浄）苦瓜蔞便好，地苓又要。買四千匹馬，要五樣顔色的。（丑）那五樣？（浄）青馬，黄馬，紅馬。（丑）那有紅馬？（浄）關老爺騎的胭脂馬，便是紅馬了。（丑）是。（浄）白馬，緑馬。（丑）又來了，馬那裏有緑馬？（浄）前日你每阿嫂有病，教我去求籤，那道人説，大象不妨，禄馬不倒。（丑）這是命裏的馬，不是騎的。（浄）我只道是騎的馬。一買買了馬，叫來興。兄弟，你便權應我一聲。（丑）我應。（淨）來興。（丑）有。（淨）你去抱我的青馬來。（丑）正是不曾騎馬的。馬怎麽抱過來？牽過來。（淨）便是。帶過來，我要騎了馬去上東廁也。（丑）罷了。上東廁也都要騎馬？（淨）你不曉得，倘或六月間痢疾病起來，奔得快。假如與老婆一頭睡在那裏，一句話不投，就叫來興帶那白馬來。我要騎了那一頭去，這便是我的受用。兄弟，你怎麽樣受用，也說一說。（丑）我的受用，比你不同。（淨）怎麽樣的？（丑）我做了財主的時節，先討四個丫頭，按時景取名。春裏叫春香，夏裏夏蓮，秋裏秋菊，冬裏癩痢。（淨）有了銀子，討那癩痢怎麽？（丑）不是。口快說差了，是臘梅。睡了一夜，早上坐在床上，叫春香。阿哥，你便也應一聲。（淨）有。（丑）替我穿襪。（淨）嗄。（丑）一起起來了。叫夏蓮，討臉水來，刷牙來。（淨）來了。（丑）我便開了這一張臭口，好像洗酒瓶的一般，吸嚇吸嚇。這等洗了臉，叫秋菊，拿衣服來與我穿。（淨應介）（丑）一穿穿衣服，叫臘梅，拿白麂皮皂靴來與我着。（淨）白便白，皂便皂，什麽白麂皮皂靴。（丑）便是皂靴，一穿穿齊整了。東也撞，西也撞。（淨）兄弟，怎麽只管撞？（丑）阿哥，如今的人，有了銀子就無狀起來了。（淨）說得是。昨夜我與你每阿嫂，說那羊脂玉環，他說道，眼見希奇物，壽增一紀。（丑）你如今拏出來，等我看一看。（淨）包好在此，看他怎麽。（丑）我要看一看。（淨）在這裏。（丑）拿來。（奪看跌碎介）兄弟叫聲屈，拾了黃金變了鐵。（丑）阿哥叫聲苦，拾得黃金變了土。（淨）和你命裏窮時只是窮，拾了黃金變了銅。（丑）我和你的命，半升米要上甑。落番在鍋裏，依舊吃粥命。（淨）我說道不要看，你偏要看。如今跌碎了，大家羞。（丑）不要埋怨了，拿這三錠鈔出來，你也拿了一錠，我也拿了一錠，將這一錠來買酒吃了回去。（浄）我和你歎幾句罷。

【賀新郎】（浄、丑）夜來因喫酒，大雪中跌倒孫兄。讓他落後，拿了他靴中兩錠鈔，又把玉環拐走。怎知今日跌破，我兩個如籃提水走歸家，籃内何曾有。干嘔氣，惹場羞。

（外、末復上）欲人不知，除非莫爲。裏邊有兩歹人説話，待他出來，拿住他。不免躲在此。（躲介）（浄、丑）和你回去罷。（開門介）（末拏住介）你兩個幹得好事。偷了人的東西，到在這裏分贓。快拿去見官。（浄、丑跪介）大哥，饒了我每罷。（末）既要我饒，方纔説的玉環、三錠鈔，都拏來把我了，纔饒了你。（浄、丑）玉環是方纔打碎了，三錠鈔在此，送與大哥罷。

【賞宫花】（末）你兩個歹凶，拐錢圖使用。怎知遇着我，你手拿空。（合）好似雁從天上過，急忙歸去炒油葱。

【前腔】（浄）當初放錢，十年本利濃。扣算錢無數，總成空。（合前）

【前腔】（丑）錢落手中，尋思跌破凶。干與他將去，杳無踪。（合前）

算來本利十分多，命裏無錢奈若何。
嫩草怕霜霜怕日，惡人自有惡人磨。

## 第十五齣　妻妾嘆夫

（旦同貼上）（旦）

【梁州令】默默思量怨我夫，趕兄弟無辜。（貼）棄親結義兩無徒。忠言諫、生嗔怒，反不足。

（旦）迎春，富貴不然親兄弟，貧寒親的不相親。（貼）院君，熟油伴苦菜，由人心裏愛。不知員外如何，只是結義的好。（旦）你看夜來小叔背了員外回來，剗地落得一頓打罵。他身上這般藍褸，如何是好。（貼）便是。

【雁過聲】（旦）昨宵際晚時，見小叔背負員外回歸。穿一領百衲破衣，睚睚瘦得不中覷，鐵心腸見了珠淚垂。（貼）一飯未曾舉筯，員外酒醒喝起，便道他偷了環兒。更不分說幾句，便拳踼亂打逐出去，破窰内受苦伊怎知。

【前腔】（旦）小叔知禮攻書，又怎肯懷着惡意。信他人搬喋是非，把親生兄弟逐出去。每日勸戒不聽取。（貼）同胞共乳，手足之義，割捨把他輕棄。將家私恃長不分取。小官人曉詩書知禮義，盡讓兄不肯說。他又何曾說是説非。（合）論得來誰是誰不是，何日勸得心意回。

【尾聲】鎮日裏飲酒杯，等待得他不醉歸，再把忠言相勸取。

終朝殢酒醉醺醺，不是親人强作親。
待得醒時還勸取，不須强聒醉中人。

# 第十六齣　吴忠看主

（小生上）

【三臺令】夜來背負兄歸，冤我偷了環兒。心下自傷悲，好教我淚珠暗垂。哥哥聽信兩喬人，發怒將咱趕出門。使我一身無倚靠，擔寒忍餓度朝昏。心似刺，淚偷零，誰人憐念我孤貧。暗思凡事皆由命，只恨喬人不恨兄。孫榮夜來街上求乞，不想撞見哥哥倒在雪裏。好意背他回去，酒醒轉來，倒説我偷了他玉環、寶鈔，被他打駡一頓，趕將出來。有這等屈事。正是：有好心，無好報。（苦介）哥哥聽讒説，義斷親情絶。自與結交飲，三人共賞雪。

【七賢過關】三人共賞雪，喫得醺醺醉。撇我哥哥跌倒在深雪裏，他兩個撇了你自先回。卻不道賽過關張有義氣，冷清清凍死你做街頭鬼。又還是孫榮背負你歸。孫員外你臨危不見了賽關張，方信道打虎還須親兄弟。

【前腔】我若不見你時，被巡夜軍拿住。不是我背負你歸來，怎能勾在家中睡。剗地怨我每偷了玉環兒，不問情由打駡起。沉呫呫背負你回家裏，只落得一頓拳踢趕出外去。是誰不是，你趕我出門。親的做非親。我送你回家好意反成惡意。罷，罷。只是在小不敢言上。孫榮今日卻起得晚些，不免把窑門拴上，將過一本書來看，消遣情懷。多

少是好。（看書介）

【駐雲飛】讀盡文章，多少艱辛淚萬行。書，爲你把親撇樣。書，爲你多磨障。嗏，身向破窑藏，好恓惶。冷落饑寒，苦楚難名狀。一夜思量一夜長。

（末上）成人不自在，自在不成人。吴忠曾聞古人言，兒不嫌母醜，犬不怨主貧。我員外不知爲何，把小官人趕將出去。我聽得没處安身，卻在城南破瓦窑中權歇。今日得些工夫，瞞過了大員外，不免走去探望則個。我有私錢十貫在此，送與小官人做盤纏，卻是不好。呀！不覺已到破窑了。開門，開門。（小生）是誰？（末）是吴忠在此。（小生）吴忠，你不仁不義，無始無終，你來這裏做甚麽？（末）念吴忠没得工夫來看小官人，休怪。（小生哭介）豈不聞犬有濕草之義，馬有垂韁之恩。犬馬尚然如此，你爲人豈無報效乎？正是：世情看冷煖，人面逐高低。一似潘郎倒騎驢，永不見你畜生面。（末）念吴忠身受工雇，專聽使令。宅上事務多端，奴婢竭力支吾，不能幹辦。雖心念官人，奈我身不由己，望官人鑒察其情。

【古皂羅袍】（小生）恨奴胎直恁乖，自我來窑内，全不想故人安在。想我在家中，不曾歹覷你來。好難道重義輕財，許多時撇得我全然不睬。嗏，自我離了家苦殺我，他時後將我做甚人看待。

【前腔】（末）宅上事如麻，都要去解。那得工夫前來，出於我無奈。非不用心，非不掛懷。

望東人凡百事可憐擔帶。

（小生）既如此，待我開門放你進來。（開門見末介）（末跪介）

【前腔】（小生）見吴忠來珠淚滿腮，想我當日間豪邁，今日悄似一個乞丐。穿着一領破衣裳，拖一雙破鞋，何日得苦盡甘來？我在破窑中，冷冷地誰揪倸。嗏，傷懷。我哥哥忒毒害，閃得我不尷不尬。

【前腔】（末）見官人珠淚滿腮，骨瘦如柴，後全没些光彩。有十貫現錢，捨的自己財。將不出來，端的是少些休怪。（小生不受介）

【福清歌】見着你每珠淚暗傾，思往日教人懊恨。（末）見官人，没精神。遣吴忠珠淚流，似刀剜碎心。（合）受饑寒煞害得壁蓋籬傾。

【前腔】（末）聽説事因，賢達院君，常勸戒官人不聽。（小生）守清貧，且安分。去謁高門求口食，路上哀告人。（合前）

【香柳娘】（小生）把家私占了，把家私占了，因甚不争競？只因要我家法正。我寧可受苦，我寧可受苦，不敢怨家兄。教人自愁悶。（合）在破窑中冷落，在破窑中冷落，舉目誰人是親，悶懷無盡。

【前腔】（末）告官人放心，告官人放心，且休愁悶。人若孝悌天心順。但朝夕院君，但朝夕

院君，勸戒我東人。不久自回心。（合前）

感你不忘舊日恩，這般苦事與誰論。

歸家不必高聲哭，只恐人聞也斷魂。

## 第十七齣　看書苦諫

（生上）

【菊花新】細思孫二煞無徒，使計藏奸要害吾。雖然趕出去，遭窮困此身藍縷。

殺人可恕，情理難容。叵耐孫二無知，買毒藥害我性命。若非兩個結義兄弟說與我知道，幾乎遭他毒手。雖然趕他出去了，心中還不遂意。且待日後慢慢尋一計害他便了。今日閒暇，懶得出門。不免到書房中，看書逍遣則個。（笑介）這一本是《三國志》。曹操長子曹丕，見兄弟子建七步成文，恐怕奪位，以此曹丕要謀害其弟。一日，曹丕趕兄弟到御馬監邊，拿住兄弟道：兄弟，人人道你七步成文。你今日贈我一詩。如好，就饒你性命；若不好，你一命難保。子建雙膝跪下道：哥哥，把甚爲題？曹丕道：就把馬料爲題。子建作詩曰：『煮荳燃荳萁，荳在釜中泣。本是同根生，相煎何太急。』此詩分明相關二意，說着那哥哥謀他性命。咳，人不知道的，只說我與兄弟不和，元來古人亦如此。（旦上）

【前腔】今朝我夫不沉醉，獨坐書齋看古書。前去問因依，忠言勸願回心意。

（見介）員外萬福。（生）院君拜揖。（旦）不知員外在此看甚麼書？（生）把《通鑑》在此看。（旦）看到那裏了？（生）看到《三國志》，曹丕見兄弟子建七步成文，恐奪天下，以此謀害兄弟。院君，人只説我與兄弟不和，你看古人尚多如此，何況于我。（旦）員外看《三國志》曹丕，何不看楚昭王倒賢會。（生）如何見得楚昭王賢會？（旦）這是《春秋傳》上的故事。（生）你且道來。（旦）那楚昭王呵，

【絳都春序】平生戀色，有忠臣伍奢，直諫獲罪。伊兒伍尚，入朝齊殺取。有次子伍員，不肯赴召，欲報父兄之冤。子胥奔走吴國裏，借兵馬投入楚地。兩軍交戰鳴鼙，金鼓震動天地。

（生）不知那一國勝，那一國敗？

【降黄龍】（旦）吴國兵强，遂起兵征戰楚國難敵。昭王敗走到楚江，無渡心下躊躇。（生）那時節怎麽了？（旦）昭王正在憂疑之際，移時見一稍子，駕一葉扁舟來至。救昭王御弟夫人太子離去。

（生）楚昭王、御弟、夫人、太子上船，卻如何了？（旦）船到半江之中，

【前腔】俄然風浪滔天，蕩卻船兒把身不住。船艄奏啓，告我王請一位疏者落水。船艄奏曰：告我王，小船不堪重載。況風浪太急，告我王請一位疏者落水。昭王曰：船内寡人、御弟、夫人、太子四人，皆是我親，那一位是疏者？船艄曰：若不請一位下水，恐害一船性命。當時有御弟欠身而起，小臣情願下水。昭王扯住衣袖道：御弟不可，不可。兄弟手足之義，如何使得。當時夫人欠身而起，

道：子童情願下水。那昭王就無語。夫人欠身而起，奈頃刻天慘雲迷。似落花趁着流水，悠悠大江東去。

（生）夫人下了水，後來怎麽？（旦）夫人下水之時，風浪又急。船艄再奏：小船不堪重載，再請一位疏者下水。有御弟欠身而起曰：小臣情願下水。昭王扯住道：不可，不可。當時太子欠身而起，小臣情願下水，那昭王就無語。

【黄龍滚】太子淚雙垂，太子淚雙垂，投入江兒水。風静浪平，楚王登岸離船去。暗憶太子，偷彈珠淚。投西楚，往晉國奔逃去。

（生）楚王上岸去了，後來又怎麽？（旦）楚國有一大夫，姓申名包胥，此人投了秦國，借兵救主。秦國不肯借兵，這包胥就在城下哭泣了七日七夜，哭得眼中流血。秦國見此人有忠孝之心，當時點起精兵，借與包胥，來救楚昭王。

【前腔】身與申包胥，身與申包胥，領着精兵至。來救昭王，遂與吴軍相迎敵。兩國争戰，殺吴軍退。群臣會，請昭王回朝去。

（生）楚昭王到朝内，卻如何？（旦）楚昭王到朝内呵，

【前腔】再整舊華夷，再整舊華夷，重睹江山麗。滿朝朱紫，依舊還朝内。再立妃子，安居宫裏。俄然又生太子，昭王喜。

昭王到朝内，大排筵宴，聚會群臣。飲宴已後，昭王曰：寡人曾記，過楚江風浪太急之時，船艄兩次奏曰：小船不堪重載，請一位疏者下水。有御弟兩次欠身而起，曰：小臣願下水。寡人扯住，道不可。有夫人、太子下水，其船方穩。纔保得寡人過了楚江。如今回到朝内，重立妃子，又生太子。尋思起來，妻子易得，兄弟難得。

【前腔】妻子易得之，妻子易得之，兄弟難輕棄。若還死去時，算來難得重相會。兩班文武，山呼聲沸。揚塵罷、舞蹈畢，皆歡喜。

【尾聲】一時楚國封登位，萬民樂業太平時，致使流傳作話兒。（貼捧茶上）

【引子】生居畫閣蘭堂裏，忽聽院君言語。千般百計，只爲員外不聽取。員外、院君請茶。（生）我不要，送與院君。他説了這半日，口乾舌燥，正用得在那裏。（貼）院君在此，看什麼書？

【普天樂】（旦）看一本楚昭王真賢會，棄妻子憐兄弟。伊不念共乳同胞，割捨趕他出去。念小叔真狼狽，我夫哀憐回心意，破窑内收取兄弟回歸，同享富貴。效昭王愛親，休學曹丕。（貼）員外看的是什麼書？

【前腔】（生）偶因觀《三國志》，曹操子曹丕的。因兄弟廣記多才，七步已成詩句。兄妬忌恐怕他奪位，定計施謀殺兄弟。我端詳細察因依，兄殺弟有理。曹丕見識，正合着我意。（貼）

【前腔】告官人聽咨啓，豈不曉其中意。我娘行賢達聰明，提説故事比喻。曹丕妬忌休學取，願學昭王憐兄弟。望員外息怒停嗔，從是改非。賽過關張，到底都是喬的。

（生）院君只説眼前話。（旦）官人願學楚昭王，休學曹丕。（貼）員外，曹丕、楚昭王都不須題起，昨日奴家到書房中，看見一本書，且是好。（生、旦）見什麽書？（貼）昔日有一人，姓王名祥，其弟王覽。王祥是前娘之子，王覽是後母之兒。有繼母朱氏，信聽奶娘讒言，要害王祥。令王祥到海洲責絹前去。有王覽收租回來，不見了王祥，問其妻，妻曰：你哥哥被婆婆使令海洲責絹去了。王覽大驚，曰：海洲不打緊，要打從蒼山經過，此山有强寇生發，劫人財物，害人性命。其妻答曰：何不快馬加鞭，逕趕至蒼山，救取伯伯？王覽不與母親知道，逕趕到蒼山，果見强人把王祥拿下。王覽上前替死，這王祥只願自死，兩下争死。山中草寇見此二人有孝義之心，放了二人，把火燒了山寨，人人歸家侍母去了。員外，山中草寇也有回心之日，員外何不學取王祥、王覽之事，接取二官人回來，一家過活，卻不是好。（生）咄！伶人點頭就知，呆漢棒打不曉。你見我與兄弟不和，故意扳今吊古，在我面前絮絮叨叨許多閒話。（旦）官人，迎春所言正合奴意，望官人息怒停嗔，容叔叔依舊還家，十分之美。（生）院君你休説，説起越懊惱。（貼）官人思之，院君賢會勸解，無非好意。（旦）官人，常言道：我有黄金千萬兩，不因親者卻來親。兄弟到底是真，結義的到底只是假。（生）院君，你休要在我耳邊聒絮。那畜生回家，又來害我。（貼）官人，兄弟乃同胞之親，手足之義。自古道，親無怨心。官人早早回心，二官人必然感激。（生）那要你開口。既趕他出去，難道又招回不成？龍卿、子傳，必然見怪。（旦）員外，與好人同行，如霧露中行，身雖不濕，也有些滋潤；與惡人同行，如抱子逾牆，一人吃跌，兩人遭破。龍卿、子傳，搬唇弄舌，口是心非，到底有失，不可輕信。（生）你婦人家省得甚麽。只管歪纏，没些了當。

【梁州序】（旦）員外，你和他結義，心腸奸狡，到底不是堅牢。心非口是，只恐笑裏藏刀。（生）是我三人結義，賽過關張，永遠學管鮑。你不知就裏亂言敢胡道。（旦）恐怕將來没下梢，空惹得外人笑。

【前腔】（生）伊家不曉，思之失笑。婦人家有甚機謀，言三語四，只管絮絮叨叨。（旦）自古常言人道，逆耳忠言，苦口良藥妙。勸君不省反焦燥。冷地思量自煩惱，舌果是斬身刀。

【前腔】（貼）轉念取同乳同胞，忍教他一身無靠。破窑中寂寞，怨恨難消。（旦）他每日沿街哀告。告人求食，受苦傷懷抱。你每日常快樂、醉陶陶。（生）不道孫榮志量高。贖毒藥害吾曹。

【前腔】（旦）是甚人説起根苗，扯着他當官陳告。葫蘆提趕打，好没分曉。（生）從此今朝爲始，休得多言多語尋煩惱。前生注定不相饒，兄弟不和，都是命裏招。（旦）勸員外免煎熬。

【尾聲】（貼）敬重他人如珍寶，把親者輕如糞草，勸諫不從空自惱。

叵耐孫榮忒不良，算來誰弱又誰强？
大風吹倒梧桐樹，自有傍人説短長。

# 第十八齣　窑中拒奸

（浄上）禮義生於富貴，盜賊出於貧窮。前日三人吃酒，孫員外醉了，被我胡子傳在他靴中拏出一個玉環、三錠鈔，指望得使。誰知玉環跌碎，三錠鈔被人奪去，落得一場空。如今不免與子傳商議計策，唆孫二告他哥哥占了家私。與他和勸，兩邊討些謝儀，有何不可。言之未已，子傳早到。（丑上）憑君使盡千般計，運不通時只是窮。龍卿哥哥拜揖。

【吒精令】（浄）子傳聽説因依，咱每和你商議。夜來忽地生一計，説起教伊歡喜。

【前腔】（丑）騙人錢鈔環兒，指望平分入己。怎知跌破那環兒，鈔與別人將去。

（浄）兄弟，前日和你偷了孫大哥的玉環、寶鈔，指望分使。誰想一場悔氣，玉環跌破了，寶鈔又被人奪去了。如今孫二在窑裏，我和你前去使個計策，搬唆孫二告他哥哥占了家私，我和你與他解勸，在裏頭做個好人。錢也有得賺，酒也有得喫。此計何如？（丑）此計甚妙。阿哥，我和你兩個天上有、世間無的。（浄）兄弟，我每行了好心，自有好報。（浄、丑暫下）

【行香子】（小生上）日有陰晴，月有虧盈，算人無久富長貧。秋來自然黄葉飄零。到春來花重吐，柳拖金。

運退黄金失色，時來鐵也争光。想孫榮當初在家時，豐衣足食，何等奢華。如今在此窑中，受這般苦楚，如何是了。（淨、丑上）計就月中擒玉兔，謀成日裏捉金烏。迤邐行來，此間已是窑門首，逕進去。（見介）呀！孫二哥拜揖！（小生）二丈何來？（淨、丑）我二人知你在此居住，特來拜望。（小生）多勞了。（淨）幾日不見，爲何尊顔這等憔悴了？（小生）自從被哥哥趕逐出來之後，衣食不充，因此愁悶。（丑）便是。你在這窑中受苦，幾時能勾發達的日子？（小生）二丈，這也是出於無奈。（淨、丑）你哥哥這等發跡，你這等貧苦，到教我每替你氣不過。（小生）二丈聽小生説：

【風入松】豈不聞伊尹未逢時。（淨、丑）又來通文了。（小生）向莘野鋤耕。（淨、丑）還有誰來？（小生）漂母進食哀韓信，吕蒙正把寒爐撥盡。姜子牙八十釣于渭濱，時來後做公卿。（淨、丑）你是今時人，怎麽比得古人來。

【前腔】（小生）今時人何異古時人，自古賢愚不等。（淨、丑）如何見得賢愚？（小生）賢者正直無讒佞，愚蠢的言而無信，處處有君子小人。（淨、丑）君子小人固有，我兩個比衆不同。（小生）吾一日三省其身。（丑）你眼下這恓惶，煩惱也不煩惱？

【急三鎗】（小生）我一時窮，一簞食，一瓢飲，常憂道不憂貧。（淨）只是這般，幾時會發跡？（小生）我多豪邁，多才調，多聰俊，管一躍跳過龍門。（淨、丑）你兩個是一父母生的，是叔伯兄弟。

【風入松】（小生）與哥哥一個父娘生，卻把我做陌路之人。（淨、丑）怎麽他又發跡，你又貧苦？（小生）把家私占了生惡性，趕逐我無投無迸。（淨、丑）這等打駡你時，你怨他不怨他？（小生）打殺我終無怨恨。（淨、丑）真是沒分曉，沒志氣。（小生）割不斷手足之親。

（淨、丑）他占了家私，你何不去告他？我兩個與你作證見，分些家私來受用，卻不好的？

【急三鎗】（小生）敗風俗，歹言語怎聽？沒家法，壞亂人倫。（淨、丑）我兩個替你告如何？（小生）逞奸狡，刁唆人告論。君子貌，小人心。

（淨、丑）我兩個好意來和你説，顛倒説我每挑唆你。

【風入松】（小生）你與哥哥結義勝嫡親，敢恁的反面忘恩。我哥哥行使些糖蜜口，我根底刁唆休論。我哥哥有眼何曾識好人，你只宜假不宜真。

（淨背介）兄弟你來。（丑）怎麽説？（淨）今日刁唆孫二不從，明日孫大哥知道，怎麽好？（丑）便是。如今一不做，二不休，另使個計策來便好。（淨）有計在此，只説孫二要告哥哥，我每兩人勸他不從。（丑）這也説得有理。（淨、丑轉介）孫二，你怎麽要告哥哥？（小生）是你每方纔在此攛掇我告哥哥，怎麽倒説我要告哥哥？（淨、丑）你方纔説哥哥占了家私，要告他。（小生）幾時説來？（淨、丑叫介）地方總甲，孫二要告哥哥，不干我每事。（鬧介）（外上）處事少時煩惱少，識人多處是非多。什麽人在窑中囉唣？（淨、丑）好教公公知道，這孫二道哥哥占了他家私，要告哥哥。我每二人在此勸他。（小生）公公不要聽他。我在此窖中，他兩個走來刁唆我告哥哥，道我不聽他，如今反説我要告哥哥。（外）原來恁地。

【博頭錢】（小生）你好忒胡遈，你好不本分。教我争，你有何安穩？（净、丑）不聽道，忒煞村。不依教，該受貧。（外）算來貧富是前因，皆由命，豈由人。（小生）屏風雖破，骨格尚存。一朝榮顯，否極泰生。（外）兩人休得要争競，須留取舊人情。

【前腔】（净、丑）你好忒執性，你好不思忖。好言語你每全不聽。（小生）不論告由我每，不争競，由我每。（净、丑）全然不忖。罵咱每，猶兀自假惺惺。忠言逆耳，反生怒嗔。良藥苦口，敢惡罵人。（外）大家休得要争競。莫失信，且安分。

兄富伊貧實可憐，逆來順受總由天。
分明指與平川路，莫把忠言當惡言。

## 殺狗記下

### 第十九齣　計倩王老

（貼上）

【臘梅花】光陰荏苒疾似箭，追思往事怎生言，遣人珠淚漣。去時節暖閣排筵，轉眼清明在目前。

慶賀紅爐雪滿街，又逢新歲賀筵開。大家遊賞花月下，不覺清明景又來。我迎春爲何説這幾句？只爲大員外把小官人趕出，已經半載。尋思起來，好傷感人也！外人都説我院君賢會，我想起來，也有不賢會處。如何見得？雖則大員外性氣不好，不與兄弟盤纏。錢鈔都是院君掌管，比及小官人受苦，我院君何不瞞了大員外，暗地使人送些錢米與小官人，也免得在街頭叫化。此事且待院君出來，提起這話，看他怎的。正是：不鑽不穴，不道不知。言之未已，院君早到。（旦上）

【掛真兒】幾陣催花雨初霽，和風至艷陽天氣。（貼）清白微黃，嬌紅嫩緑，妝點名園佳致。

（旦）窗外日光彈指過，庭前花影座間移。迎春，時光似箭，自從小官人被員外趕出，不覺又半載矣。（貼）院君不説，妾也不敢多言。小官人每日在街頭叫化生受，家中財物都是院君使管，何不瞞了員外，暗地使人送些與小官人做盤費，免得在街頭求乞。外人不知的，只道院君不賢會，豈不被人恥笑。（旦）迎春，你自説得是。你只知其一，不知其二。（貼）卻是如何？（旦）你不聞古人言，男無婦是家無主，婦無夫是身無主。男子治家之主，女子是權財之主。俗諺云：家有一心，有錢買金；家有二心，無錢買針。我若依了你的言語，背了大員外，使人送些錢與小官人，有何難處。只是於禮不可。此乃背夫之命，散夫之財，非賢婦也。還是勸諫官人回心轉意，着他兄弟和順，迎小官人回家，方是十全之美。（貼）迎春區區小婢，凡事只顧眼前見識，那知大道。望院君恕罪。（旦）迎春，我累次勸諫不從，如今尋思一計。西郊外有個王公，名爲王老實，年九十三歲。他家五代不分，百口共食，伏事我員外祖上三代了，見今管我家莊庫。明日是清明佳節，員外年規要去上墳。我如今不免先令安童前去説與王公，教他勸我員外。或者員外見他是祖上老成之人，聽信他言，也未可知。（貼）院君説得極是。待我喚安童出來，分付他便了。安童那裏？（丑内應）誰叫？（貼）院君喚你。（丑上）來了。有福之人人伏事，無福之人伏事人。不知院君有何使令？（旦）安童，我喚你出來，别無甚事，着你到西郊外王老實家去走一遭。（丑）有甚麽説話？（旦）你去對他説，院君多多上覆你，自從員外趕出二官人，累勸不聽。明日要來上墳，你可用心勸諫。若勸得員外回心轉意，取回二官人，同享榮華，那時院君重重謝你。（丑）既如此，我就去。

【錦上花】（旦）你説與王老聽，明日東人要上墳。勸官人須教三省，休恁癡迷執性。結義兩無情，親者到底只是親。（合）將兄弟趕出門，非親卻是親。仗托王公直語忠言，勸官人回轉心。

【前腔】（貼）那王老九十三歲，伏侍祖上親。也須聽從今改正，撇了結交的，思念手足親。休得把至親如陌路人。（合前）

【前腔】（丑）思之。自古常言，家和萬事成。我東人怎不思省？轉教安童前去，請王老勸官人。兀的不是謝得賢院君。（合前）

王老忠言勸必聽，叮嚀囑付望回音。
不用再三親囑付，管教勸解轉回心。

## 第二十齣　安童將命

（外扮白鬚王老上）

【出隊子】銀鬚霜鬢，世上白頭能幾人？五福之内壽爲尊，壽極年高是宿世因。況我今生略無安心。

念老漢姓王名老實，西郊外居住。從來伏侍孫宅使長，至今已過二代。掌收莊庫，些兒不差，分毫無失。正是：小心天下去得，大膽寸步難移。我想人生百歲，七十者稀。老漢窮年九十三歲，五代不分。同居百口，兒孫共食，晚景熙熙。這叫人若誠心，天須可表。來日是清明佳節，孫大員外必來上墳，不免分付小二前去掃打潔净則個。

【前腔】（丑上）跋涉古道，不憚迢迢去路遥。院君嚴命敢辭勞，王老忠言勸必好。真個是妻賢夫禍少。

受人之托，必當終人之事。男女領院君言語，教我西郊去，説與王公勸諫員外之事。這裏就是王老實門首。呀！元來他坐在裏邊，不免進去。王阿爹拜揖。（外）是誰？（丑）阿公，我是安童。（外）元來是你，到此何幹？（丑）有一件事兒，特特到來。（外）我且問你，大員外一向好麽？（丑）好。終日喫酒快樂，有什麽不好？（外）院君好麽？（丑）好。整日看經念佛，七八上天快也。（外）吴忠可好？（丑）吴忠阿哥好。出入帳目都是他管，一應事體都托他，有何不好？（外）迎春好麽？（丑）王阿公也癡心起來，這丫頭比舊不同了，如今長得好了，員外喜歡了他，正在得寵之時，有甚不好？（外）呀！我到忘了，如今二官人好麽？（丑哭介）（外）怎麽説了二官人，就哭起來？（丑）不要説起。（外）怎麽不要説起？（丑）二官人已被大員外趕了出去了。（外作驚介）呀！元來有這等事。（丑）今日我來，别無甚事，院君累次勸諫，員外並不肯回心。爲此着我來上覆阿公。（外）有什麽説？（丑）明日乃是清明佳節，大員外來上墳，要你在他面前忠言勸諫。若得回心轉意，兄弟和順，那時節重重謝

你。（外）安童，這個不須説。你回去上覆院君，待員外來時，我自有個道理勸他。（丑）阿公，我院君每日呵，

【古針綫厢】勸解不聽，未審東人卻怎生。只聽結義相調引，割捨背義忘恩。小官人從來本分，平白地趕出門庭。（合）若得勸回心，取回兄弟，永遠和順。

【前腔】（外）世上爲人，兄弟不親誰是親？不思共乳同胞義，又不念手足之恩。我如今和伊到城，説幾句勸我東人。（合前）

【前腔】（丑）不必入城，明日東人要上墳。若蒙勸解回心轉，男兒感得恩深。太公曾伏侍他祖親，忠言語不敢不聽。（合前）

【前腔】（外）老倒無成，九十三年是他門下人。來朝親詣墳頭去，管取勸他回心。自古來帝君有臣，無納諫忠言聽信。（合前）

堪嘆非親卻是親，來朝千萬到墳庭。
全憑三寸瀾翻舌，打動閻浮世上人。

## 第二十一齣　花園遊賞

（生上）

【粉蝶兒】纔過燒燈，不覺又逢寒食，草鋪茵萬花堆綺。（旦上）向西郊堪玩賞紅嬌緑媚，步西郊山陰右軍修禊。

（生）院君，春秋祭祀以時。思之明日是清明佳節，須用登墳拜掃，以表追思之意。不知娘子去也不去？（旦）好教員外得知，不去拜掃，於禮不宜。只是奴家兩日有些身子不好，改日卻去不遲。（生）既如此，安排三杯，去後花園裏遊賞一番。明日待我自去上墳便了。（旦）如此甚好。

【長生道引】（生）千紅百翠，千紅百翠，妝點名園景最奇。春光明媚，和風習習，麗日遲遲。聽得緑楊枝上，黄鸝弄語，唤人遊戲。見金鞍共玉勒，競出郊西。尋芳殢酒排宴會，踏花去馬蹄香細。（合）遊賞好得意。默聽得笙歌聲沸，絃管和齊，直喫到日沉西。

【前腔】（旦）陽和天氣，陽和天氣，梅子青青燕子居。春隨人意，催花雨細，綻開群蕊。海棠胭脂染，嬌如美女，動人情意兒。見遊蜂趁粉蝶，往來園内。争如共伊不暫離，同攜手鬧花叢裏。（合前）

【前腔】（生）遊人如蟻，遊人如蟻，紫陌紅塵拂面飛。鞦韆蹙起，夭桃臨水，翠柳盈堤。牡丹獨豪貴，百花怎比。翠紅深處，見才子共佳人，並肩低語。踏青鬭草撒滿地，貪歡宴墮簪遺珥。（合前）

【前腔】（旦）山陰佳趣，山陰佳趣，想羲之當日設筵席。群賢畢會，蘭堂修禊，至今留題。恣

賞名園内，千葩萬卉。鼓樂盈耳，見齊郎共麻婆，舞得忔戲。争如我共伊沉醉歸，霓裳舞柳腰纖細。（合前）

【尾聲】悲歡離合情千古，雪月風花景四時，女貌郎才能有幾。

來日墳頭祭祖先，痛思骨肉淚漣漣。

先於墳上添新土，卻向荒郊列紙錢。

## 第二十二齣　孫榮奠墓

（小生上）

【慶青春】芳草鋪茵，夭桃噴火，絲絲細柳拖金。撚指光陰，使人無限傷情。歸家暖閣排宴飲。纔過了除夕，正遇元宵，遊賞花燈，又早清明。

感嘆孩兒孝順情，痛思父母淚倫零。去年記得兄和弟，同到墳前拜祖親。今歲裏，趕出門，哥哥豪富我身貧。正是：　墳前不敢高聲哭，恐怕人聞也斷魂。今日卻是清明佳節，孫榮別無孝順。尋得一陌紙錢，叫化得半瓶酒在此，不免去祖宗父母墳前拜掃，聊表孫榮窮孝順。説話之間，已是父母墳前。（哭介）

【雁過沙】想爹娘養孫榮，撫養已艱辛。三年乳哺恩愛深，推乾就濕多勞頓。養兒長成爹娘一命傾。痛思我父母珠淚零。

今日卻是清明佳節，孫榮別無孝心，有一陌紙錢，半瓶淡酒，聊表小兒孝情。（哭介）爹娘嗄，你生則爲人，死則爲神，望陰空保佑我兄弟和順。

【前腔】佳節是清明，孫榮拜墳庭。思量起珠淚零。爹娘，望你陰中受領。一杯魯酒列芳庭。一陌紙錢直得甚，表揚小孩兒窮孝心。

（丑上）夜眠侵早起，更有早行人。呀！那裏來這個叫化子，在這墳上啼哭？（小生）安童，是我在此上墳。（丑）我不認得你來，快走開！（小生）安童休得無理，我是你的東人。（丑）西鄰便好，東鄰還不走。（打介）（小生）你是我家裏人，我是你的主人，怎麽打我？（丑）起先是我的主人，如今不是我的主人了。（小生）咳！正是：勢敗奴欺主，時衰鬼弄人。

【梧桐樹】（丑）官人聽我言，世事只如此。只重衣衫，那重人賢會。如今只重錢和勢，你恁貧寒識甚高低。一領布衫比不得咱每的，何須共你爭閑氣。

【前腔】（小生）腌臢小賤奴，怎不思量取。我是你東人，你是咱奴婢，輒敢對主出言語。自恨我家神做不得主，致使今朝外鬼相調戲。兀的不是勢敗奴欺主。

（末上）不暖不寒三月天，那堪楊柳正飄綿。回身打掃墳塋净，專待東人化紙錢。（丑）好了，有幫手了。阿哥，來打這叫化頭。（末）呀！這是二官人，你怎麽與他厮鬧？（丑）這等模樣了，還要認他什麽二官人。（小生）吴忠，你快來救我則個。（末跪介）小官人，你爲何在此與這小厮厮鬭？（小生）不要説起。我在此拜墳，不想這狗才趕來打我。（末）小官人請息怒。

【多嬌面】（小生）見吴忠珠淚傾，許多時不見你每頭影。你緣何背主忘恩，思量你好没人情。

【前腔】（末）告官人聽拜禀，宅門裏每日忙奔。念吴忠委實官身，不由己一言難盡。

【前腔】（丑跪介）見官人忠孝心，思量後口頭忒緊。不合出言傷觸了大人，如今悔之不盡。

（末）他不認得二官人。小人請罪。（小生）這是我命該如此，也不怪他。（末）小人到忘了，大員外將次來也。小官人不可在此久停。倘然撞見，又要着惱。（小生）既如此，我且迴避了罷。

哥哥心性太無情，（丑）遲去教人災禍生。

（末）雙手劈開生死路，（小生）一身跳出是非門。（先下）

## 第二十三齣　王老諫主

（生上）

【夜行船】日暖融和景明媚，和風扇夜開瓊蕊。（末、丑）古墓墳頭，兒孫來至，列香紙祭之以禮。

（生）吴忠，什麽人先在此燒紙了？（末、丑）不是别人，是小官人在此燒的。（生）我不曾來燒紙，他到先在此燒紙。好大膽，如今他在那裏？（末、丑）去了。（生）與我去拏他轉來。（末、丑）去遠了，趕不上了。（生）快與我趕上去便了。（末、丑）領台旨。任伊走上焰魔天，脚下騰雲須趕上。（下）（生）但見墳畔喬松舞鳳，墓前古柏盤龍。樓臺高聳插雲峰，疑是蓬萊仙洞。孝子墳前哭泣，杜鵑枝上啼紅。春秋祭祀永無窮，代代兒孫供奉。

【石竹花】時遇寒食感孝情，辦虔心特來拜墳。一杯美酒澆奠，使人不覺淚零。紙錢高掛墳頭，略表孝情。酒肴羅列墳頭，乞賜受領。

【柳絮飛】（淨、丑上）聞知道哥哥上墳，上墳。强如拾得珠珍，珠珍。急急前來問事因，結義人算來强如手足親。

（見生介）哥哥拜揖。（生）二位賢弟何來？（淨）聞知哥哥上墳，兄弟不敢不來。（丑）哥哥好人。你今日上墳，請也不來請我每兩個，竟自來了。（淨）兄弟，孫大哥恐怕我每來吹了木屑，故此瞞了我每。（生）説那裏話。二位是異姓，所以不好請得。（淨、丑）大哥一發説差了，我和你既結義了，你的爹娘即如我的爹娘，我的父母就如你的父母，怎麽到説起『異姓』兩字來？（生）兄弟説得有理，愚兄有罪了。（淨、丑）何説此言，我二人没有什麽孝順，一陌紙錢在此燒與孫老伯，也是我兩個乾兒子的薄意。（生）多承厚情。（淨、丑）好説。大哥可曾拜？（生）還不曾。（淨、丑）這等，阿哥拜了，然後我每兩個拜。（生拜介）（丑）待我篩酒。

【憶多嬌】（生）生事之，死葬之，祭之以禮澆奠取。（淨偷酒喫介）（生）兄弟，你方纔篩的酒怎麼不見了？（丑）想是孫阿伯喫了。（淨）待我來斟酒。（生）望你陰空相保庇。（丑偷酒喫介）（生）兄弟，你斟的酒怎麼又不見了？（淨）想是孫阿姆喫了。（合）保佑兒孫，保佑兒孫，代代香花奉侍。

（淨、丑）如今待我每來拜一拜。

【前腔】你兩個是死鬼，我兩個是活鬼。有名叫做拖狗皮，買些生薑擦出眼淚。（合前）

（淨作倒入神介）（生、丑驚介）爲何是這等模樣起來？（淨作亂話介）我乃非別，孫豪是也。（生）這等是我的爹爹了。（淨）東京城裏有名人，養得孫華有孝心。我的兒，若非結義相搭救，魂靈飛在九霄雲。（丑）我的活孫阿伯。（生作拜介）爹爹，你下雲來有何分付？（淨）孩兒，聽我分付，若非兩個結義的朋友，你的性命也難存。（生）爹爹説得是。（淨）你虧了他兩個，一個與他一所房子。（生）爹爹分付，就起與他。（淨）一個與他一個老婆。（生）孩兒就討與他。（丑）孫大哥，是你親口許的了，不要忘了。（生）我怎麼説謊。請問爹爹，今年田地有收麼？（淨）種得便有收，不種没收。（丑）孫阿伯的説話，也是開後門的。（生）今年放債有利息麼？（淨）你若放了出去，有利息；不放出去，没利息。別的都不要托他。（生）只托那個好？（淨）只托兩個結義的。（生）一定托他。（淨）陰司有事，我去也。（作醒介）（生、丑）兄弟。（叫介）（生）兄弟，你方纔怎麼是這等起來？（淨）我怎麼樣來？（丑）阿哥，你不曉得？（淨）我不知道。（生）大兄弟，我父親方纔下雲來，附在你身上。（淨）我説道爲甚滿身麻木了，元來如此。曾説些什麼？（生）説道虧了你每兩個。（淨）虧了我每兩個什麼來？（生）説道若不是你每兩位，我的性命也難存。（净）恰又來，陰司也是曉得的。若不是今日孫阿伯説出來，明年也不知我每的好處，還有甚麼説？（生）還説道，一個與他一所房子，一個與他一個老婆。（净）大哥，房子到不打緊，老婆到要緊。小厮家討燒餅，説了就要。（丑）阿哥，走來。（背介）你方纔是真的，還是假的？（净）兄弟，這叫做跳神驅鬼，像也不像？（丑）阿哥，再没這等像的了。（生）二位兄弟，不要説長話短了，我和你就坐在草地上喫酒。（净、丑）有理。阿哥請。（喫酒介）（外捧畫上）嫡親常趕打，結義與提攜。院君勸解，忠言逆耳不投機。卻把迎春趕逐，反將賢妻恥駡。於禮不相宜。片言容易出，駟馬也難追。愛非親的兄弟，煞昏迷。關張結義，今朝事卻又何如。相殺無過子父兵，打虎須還親兄弟。見此事方知。員外，你早知燈是火，飯熟幾多時。老漢領院君嚴命，着我到墳上去勸解大員外，不免去走一遭。呀！元來員外共兩個喬人在這裏喫酒，我老漢只得向前去。員外拜揖。（生）老人家免禮，到生受你來。（外）老漢聞知員外上墳，只得來走一遭。（生）王老，你且坐着。（外）老漢不敢坐，請問員外，二官人今日如何不同來拜掃？（生）他不聽教訓，被我趕出去了。（外哭介）員外，你不看兄弟面上，也須看爹娘面上，如何就把他逐了。（净、丑）大哥，這個老兒是誰？（生）是我家祖上三代遺下管莊庫的王老實。（净、丑）你多少年紀，這等老了？（外）老漢今年九十三歲了。（生）王老，你手中拏着的是什麽東西？（外）是一軸小畫。（生）是甚麽故事？（外）是一軸勸世圖。（生）拏來我看。（看介）這畫軸間的是什麽故事？（外）待老漢説與員外聽者。

【園林好】聽老夫從頭拜覆，這畫兒略堪駐目。（生）這敢是一株桑樹麽？（外）非是一株桑樹。

（淨）敢是採樵圖？（外）休看做採樵圖。（丑）這幾個人分明像樵夫。（外）錯認了採樵夫。

（生）既不是樵夫，是什麽人？（外）這一個人姓田名真，這兩個是他的兄弟，一個叫做田慶，一個叫做田廣。（生）這婦人是誰？

【前腔】（外）是田真兄弟和媳婦。這婦人叫田三嫂。（淨、丑）田三嫂是攪家精。（外）這婦女刁唆他丈夫，要兄弟分開兩處。（生）他丈夫怎麽説？（外）夫見説便推阻。田廣和妻説：我兄弟三人有願在前，若要分時，待門首紫荆花樹死，方可分開。直待花樹死便分居。

（生）後來卻怎麽？

【忒忒令】（外）那婦女每心腸太毒，見不從便生嫉妒。暗藏奸計，等男兒出去。這婦人等他丈夫出去了。（生）卻怎的？（外）將門首紫荆花，把長釘釘、熱湯潑，教花死樹枯。

（生）那花樹可死麽？（外）果然死了。他弟兄三人抱着紫荆花樹仰面大哭，以此上三兄弟各自分開。

（生）以後卻如何？

【沉醉東風】（外）奈田真哭泣痛苦。田真哭一會去了，兩兄弟也淚珠撲簌。兩兄弟也哭一會去了。只因這場痛哭，驚動了上界玉帝，見他兄弟不忍分開，灑下甘露來，救活了此樹。感天地暗相扶，花開如故。三弟兄道：先因樹死分居，如今荆樹重生，我兄弟也該重合了。弟和兄再成一處，依然手足同居如故，因此上義居流傳萬古。

（生）明人點頭即知，癡人棒打不曉。你這老奴，知我趕兄弟出去，故把這畫兒來嘲笑我。（淨、丑）大哥，把他的畫兒扯破了。（外）莫扯破，留與後人看，學他好樣。須教留芳百世，免得遺臭萬年。（生）老賊分明說我，好打這老畜生。（淨、丑）好打這老狗。（外）老漢九十三歲，伏侍員外三代子孫不曾打，今日如何要打老漢起來？（哭介）員外，你若兄弟和順，取卻小官人回家，那時就把老漢打死，卻也情愿。（淨、丑）這老的休胡說。（外）我九十三歲，家中五代同居，百口共食。你兩個是什麼人，也叫我做老的、老的？（淨、丑）我是你使長結義兄弟，叫你做老的，怕你甚麼？（外冷笑介）嗄，元來就是你這兩個喬人，刁唆我員外趕兄弟出去。（淨、丑）打這老賊。我兩個是甚麼喬人，我每是秀才家。（生）老的不得無理。（外）你兩個秀才好不中。（淨丑）如何不中。

【川撥棹】（外）喬人物，那些是人間大丈夫。說得個者也之乎，說得個者也之乎。難道你文章滿腹，不識羞酸餓儒。

（淨、丑）這老賊到來罵我每。（外）便罵了你何妨。（淨、丑）打這老賊便好，我一來看大哥面上，二來你這老賊經打不起。（外）你打，你打。

【荳葉黄】你緣何無故調撥我恩主，趕兄弟在破窑内落泊，歷盡艱苦。搬老婆舌頭敗風俗。你兩個甚豪富，真乃天教一世苦。

（生）老的，你怎麼這等無理？

【三月海棠】（外）聽拜覆，是你祖上遺下財和禄，你緣何獨自享着豪富。（生）家私是我的，干你甚事？（外）休怒，路見不平令人剗削。（淨、丑）這豈不是奴欺主？（外）我忠言卻道奴欺主。（生）不看你老面，怕不打你。（外）老漢年高邁九十餘，便教死後待何如。

（生）你這老的，還要多説。

【窣地錦襠】（外）員外祖上置田屋，攢下家私傳父母。你得來全不費工夫，不想窑中人受苦。

（生）我趕了兄弟出去，與你甚麽相干？（淨、丑）莫睬他。

【雙勸酒】（外）你抛棄手足，疏遠骨肉。非親是親，全不省悟。一朝馬轉刀横，只恐悔不當初。

（生）兄弟，我和你回去了罷，不要睬他。（淨、丑）那裏説起，到喫這老賊一場嘔氣，快回去。（生）叵耐無端老賊徒，（淨）出言道語敢傷吾。（丑）正是是非終日有，果然不聽自然無。（並下）（外扯生跪拜）

（生偷下介）

【紅繡鞋】（外）願學田真泣樹，泣樹。取回兄弟同居，同居。美風俗，辨親疏。兄與弟，兩和睦。歡喜煞老農夫。

呀！元來去了。員外既係舊家，必然達理。兄弟乃是棠棣之親，手足之義。同胞共乳，同氣連枝。你下得趕逐他在破窑中生受，沿街叫化。你到與兩個喬人結義，每日暢飲狂歌。老漢勸諫不從，好意反成惡意。呸！與我老漢什麽相干。

堪笑非親卻是親，忍教兄弟受孤貧。
自家骨肉尚如此，何況區區陌路人。

## 第二十四齣　謀殺孫榮

（生上）

【似娘兒】今日上墳時，一口氣嘿嘿嗟吁。思之堪恨奴欺主，多應我弟，想必孫榮教唆那王老如是。

利刀割水傷猶没，惡語傷人恨不消。今日上墳，叵耐王老將一輻畫兒爲由，當面被他剗削一場，我曉得多應是孫榮這叫化頭教他如此。自古道：削草不除根，萌芽依舊發。如今不免與兩個結義兄弟商量一計，把那叫化頭殺了，是我之願也。知心兄弟早商量，殺了孫榮方是强。（旦上）好事若藏人肺腑，語言談笑不尋常。員外上墳回歸，不知埋怨甚麽，不免上前問他。（見介）員外，你在此説些什麽來？（生）我不曾説什麽。（旦）我方纔聽見你在此自言自語，怎麽説不曾？（生）嗄，好教院君得知，早上我共兩個結義的兄弟在墳上喫酒，叵耐孫二那廝，教王老實將一軸畫爲由，在我跟前比長就短，搶白了一場。我如今一不做，二不休。已思量一計在心。（旦）卻是如何？（生）與兩個結義兄弟商議，除非把孫二叫化頭殺了，方稱我意。（旦驚介）呀！員外何起此念？就是王老實勸你，止不過要你弟兄和順，也非干叔叔之事，員外決不可如此。（生）院君，你不知，

【玉交枝】奴婢欺主，料孫榮令他恁地。我說與兩個親兄弟，交謀計害了孫二。無人處打死，撇在水裏。不然暗把刀殺取，免得我喫人笑耻，免得我喫人笑耻。

【前腔】（旦）聽君言語，果然是當局者迷。無故殺子孫亦有罪。（生）便是官府知道了，無過只要使錢。（旦）直恁下得謀殺同氣。（生）不怕。只要我錢，不要我命。（旦）陽世有錢來買罪，陰司怎生饒得你。勸我夫把家私做主，勸我夫把家私做主。

【好姐姐】（生）我妻聽説就裏，不殺他怎消惡氣。惡緣聚會，拚個直恁的。不足慮，兩個兄弟曾説誓，縱有官司他替取。

【前腔】（旦）小事他便替你，殺人事不肯當抵。君還犯罪，有錢誰救你？聽奴語，船到岸邊先修理，莫等江心補漏遲。

【前腔】（生）婦女不識就裏，結義的强如骨肉。吉凶禍福，好歹必替吾。越添怒，常言道恨小非君子，果是無毒不丈夫。

【前腔】（旦）信他脱空弄虛，空教你通今博古。你殺人坐獄，那時不管顧。聽囑付，喫酒弟

兄千個有，臨難之時一個無。

（生）院君，我自要你，你到認了真。（旦）員外聽奴勸解，莫差了念頭。（生）曉得了。我早上相約兩個兄弟，去幹一件事，卑人且去便了。（旦）員外，適間言語，千萬不可與他每說。（生）曉得了，你自進去。（旦）員外，你滅了一時性，免得百日憂。（先下）（生吊場）正是：夫妻且説三分話，未可全抛一片心。我方纔正在此尋思一計，要害孫二，誰想院君走來聽見了，瞞他不得，只得與他説了。如何是好？自古道：早下手爲强。思想起來，家中有一院子吴忠，在我家二十餘年，卻是中用。不免叫他出來，和他商量。交他去殺了孫二，多少是好。吴忠那裏？（末上）堂上一呼，階下百諾。不知東人有何使令？（生）吴忠，你在我家有幾年了？（末）托賴員外福庇，有二十餘年了。（生）自古道：養軍千日，用在一朝。我家怎生擡舉你來？（末）多蒙員外擡舉，男女穿也有，喫也有。（生）吴忠，我近日被人欺負，欲教你去害他，你肯去麽？（末）員外差矣。男女受恩莫大，捨生就死，報答主人。請早説姓名住處，男女便去。（生）你與我去城南破瓦窑中把孫二來殺了，回來重重賞你。（末驚介）員外爲何要殺小官人？（生）我和你説，早間上墳，被他唆令王老實前來挺撞我。如今一更前後，與我去破窑中殺了那叫化頭，免得玷辱我每祖宗，纔消得我這口惡氣。（末背介）皇天，皇天！律有明條，奴婢殺主，大赦不赦。怎敢殺他？且住。我若不應承他，倘或他另差别人，則二官人性命難保。我有計在此，就與大員外取一錠銀子，到窑中送與小官人，着他逃在他鄉外郡去做些生理，省得死於非命。（轉身介）員外，小人去便去，要一錠鈔。（生）你忒財緊，待了事回來，自然賞你。（末）不是小人要一錠鈔，這是脱身之計。小人三更已後，到窰中把小官人殺了，倘或遇見巡夜軍夫趕來，拿住小人，就把這錠鈔丟在地上，這些人只顧搶那鈔，不來趕小人，這叫脱身之計。（生）吴忠，此計甚妙。早上有人還我一錠鈔在此，你就拿去，事成回來，再重賞你。

【番鼓兒】委付你，委付你，今夜親身去。快到得城内窰内，但見小官人，便將刀殺取。事了回歸，那時節多多賞你。（合）魆魆魆魆離門兒，便須防隔牆有耳。

【前腔】（末）領指揮，領指揮，待等一更至。換衣裝改龐兒前去，到得破窰中，他有翼如何逃避。魄散魂飛，把屍骸撇在水裏。（合前）

（生）你須要小心在意。（末）曉得。

我今分付要依聽，即當前去莫留停。
閻王註定三更死，定不留人到四更。

## 第二十五齣　月真買狗

（旦上）

【上林春】手足之親，無故趕出，今日裏又生惡意。（貼上）娘行力諫不從，遣人無語嗟吁。

（見介）院君，這幾日眉頭不展，面帶憂容，不知有甚煩惱？（旦）迎春，你不知我心上事。（貼）卻是如何？

【宜春令】（旦）心間事難推索，我官人作事全不知錯。存心不善，結交非義謀凶惡。更不思手足之親，把骨肉埋在溝壑。（合）唬得人戰戰兢兢，撲簌簌淚珠偷落。

【前腔】（貼）官人煞不量度，把小官人無罪趕出漂泊。分文不與，又無親識相依托。破窑中受盡淒涼，那曾知哥哥行惡。（合前）

員外既有此語，院君怎不苦諫他？（旦）迎春，你不見我苦勸不從，卻教我如何麼？（貼）院君差矣。官人做出事來，倘或犯罪，院君何安？如今小事不諫，恐成大事，怎麼處？（旦）你也說得是，我有一計在此。（貼）有何計來？（旦）隔牆王婆家裏這隻黃狗可在麼？（貼）不知院君問那黃狗做甚麼？（旦）王婆狗若肯賣，那時我計成矣。只怕他不肯賣，怎麼好？（貼）迎春有個道理，不怕那婆子不肯。（旦）你有甚道理？（貼）院君，你可取下了頭上釵梳，把手帕包了頭，假裝有病，只說要用黃狗心合藥，他必然肯賣。（旦）這也是。（貼）但不知院君買這狗來怎麼樣麼？（旦）若買得來時，就央他殺了，把衣服巾帽與狗穿戴了，扮作人形，放在後門首，卻把前門牢牢拴上。員外酒後醉回，打前門不開，必從後門而來。看見死狗，只道是人，必然去央浼兩個喬人移屍，他每斷不肯來。那時再教他去央浼小叔，他一定肯來。那時辨個親疏，此計如何？（貼）院君此計甚高。（旦）你就去叫王婆過來。（貼）曉得。王婆！（淨內應介）誰叫？（貼）我是迎春，院君請你講話。（淨上）

【光光乍】誰人叫王婆？叫得我聲恁速。待我開門看則個。呀！元來是迎春姐姐忙萬福。迎春姐，到此何幹？（貼）院君請你。（浄）這等就去。（見介）院君呼喚老身，有何言語？（旦）請坐，聽我説：

【前腔】因感病不痊，合藥用多般。要買婆婆一黄犬，特與婆婆錢一貫。（浄）院君，自古道：養猫捕鼠，蓄犬防家。只有這隻狗看家的，不賣。（貼）院君有病，故此要買你的狗，怎麽不肯？（浄）院君是什麽病，到要吃起狗肉來？（貼）不是要吃，要這黄狗心來合藥。（浄）既有心疼病，何不贖些檀香、沉香、霍香、乳香、木香、速香、降香，合些巴斗大化氣丸，吃上他七八十丸，就好了。怎麽到要黄狗心合藥？

【繫人心】（旦）要一狗合藥甚緊，告婆婆且休憂悶。與婆婆隔壁住年深。一半鄰，一半親。且宜思忖，休教失了人情。

【前腔】（貼）算遠親不如近鄰，你何須苦苦執性。要狗合藥救人命。休怒嗔，休怒嗔。出語傷人，算來一狗直甚。

【前腔】（浄）這狗子從小養成，割捨得害他一命。院君休得把人輕。空有金，空有銀。總有珍珠，休得倚富吞貧。

【皂羅袍】（旦）狗子堅執不賣，便出言道語，惱人心懷。仔細思量爲何來，王婆你好不相待。

多年鄰舍，茶酒往來。些須小事，不遂我懷。從今休把我門兒踹。

【前腔】（浄）是我不合口快，如今改過，已往修來。院君容恕望憐哀，一床錦被都遮蓋。多年鄰舍，非關吝財。其間就裏，好難布擺。躊躕再四難輕賣。

【前腔】（貼）軟弱立身之本，論剛强惹禍之胎。利刀割水兩難開，好語解人金腰帶。多年鄰舍，且宜忍耐。休發言語，冤只可解。依然兩下人情在。

（浄）好教院君知道，不是我不肯賣。這狗子有幾般用得着處，自從我丈夫死後，他就似我老公一般。夜間又與我護腳，早晨間没柴燒面水，他就與我舔臉。曉得人事，爲此不捨得。（旦）迎春，他若不肯賣，就與他算還了我家十年房錢。（貼）這婆子你好不識好歹，你住在這裏，院君怎麼樣照管你。就是這隻狗，什麼大事，堅執不肯賣。如今别的都不要説起，只算還了我家十年房錢來。（浄背介）我若不肯，那得房錢還他？（向介）情愿賣。（貼）院君，他肯賣了。（旦）既然如此，就央他殺在後門首。（浄）我是婦人家，不曉得殺狗。（貼）熟人殺不叫，故此要你殺。（浄）也罷，也罷。智過禽，獲過禽。智過獸，獲過獸。一個狗兒直甚鈔，賣與院君合藥料。又要王婆替他殺，該死畜生莫要叫。（下）（旦）迎春，喜得王婆肯了，如今他已去殺。和你入裏面，去取頭巾衣服與他穿戴。（貼）院君，趁天色晚，急忙去主張。（旦）不施萬丈深潭計，（貼）怎得驪龍頷下珠。（下）（浄牽狗上）狗兒今日遭吾手，脱體生天隨戲走。不是凡間俗世物，化作上界婁金狗。

【江頭送別】殺一狗，殺一狗，生魂那裏？ 思量起，思量起，淚珠暗垂。 當初養你防家計，誰知道今日有災危。（殺介）（旦、貼上）

【前腔】忽聽得，忽聽得，叫聲慘悽。 忙來看，忙來看，頓覺心碎。 願他早早脱生去，休得要墮輪迴。

【北清江引】（浄）將狗兒扯將來忙殺取，看起垂珠淚。 怎的割捨得，願你超生去。 院君你自作區處。

（旦）王婆，多生受你，待我明日着迎春送錢來謝你。（浄）老身不敢。 分明殺狗作冤牵，只恐違了院君言。 狗兒嗄，不因戀財將你責，願你從此早生天。（下）（旦）因風吹火，用力不多。 謝得王婆替我把狗殺了，不免將衣帽與他穿戴則個。（貼上）欲轉官人意，多勞主母心。 院君，衣帽在此。（旦）就是。 你與他穿了。（貼穿介）（旦）迎春，若還勸得夫心轉，寧可償狗之命。 如今晚來，官人將次回來，我和你且入繡閣内做些針指，休要出來。（貼）院君説得是。

【錦纏道】（旦）計謀成，殺一狗撇在後門。 妝扮似人形，試看來鮮血遍污衣巾。 我兒夫必道是人，猛然間魄散魂驚。 若問我原因，説着幾句，教他自猛心省。（合）願得回心後，愛兄弟遠別他人。

【前腔】（貼）我官人，近日來不知怎生。 偏向外人親，每日裏同飲同坐同行。 把兄弟逐出受

貧，娘行勸抵死不聽。殺狗扮人形，設着此計，必須改過心。（合前）
殺狗安排勸我夫，神天驀地暗相扶。
若還勸得兒夫轉，多將錢鈔謝王婆。

## 第二十六齣　土地顯化

（外扮土地上）

【粉蝶兒】略駕祥雲，霎時便臨凡世。

善哉，善哉！人間私語，天聞若雷；暗室虧心，神目如電。小神乃孫華家中土地。近思本人棄親愛疏，不聽妻勸。楊氏今夜倩人殺狗，假扮如人，放在後門，仗此勸解。雖然如此，人和狗相不同，孫華豈不認得？今夜小神當顯神通，即與變化，令他兄弟二人看見，只道是人，不道是狗。自此稱楊氏爲賢德之婦。

【北得勝令】化一狗假如人，撇他在後園門。孫員外匆忙見，料無能辨假真。殺人，教他結義的難承認。銷魂，須知是親人到底親。
楊氏殺狗扮人形，與他變化勸夫心。
萬事勸人休碌碌，舉頭三尺有神明。

# 第二十七齣　見狗驚心

（生作醉，淨、丑扶上）

【玩仙燈】歡宴醉歸來，早不覺黄昏至也。

（生）兄弟，送君千里，終須一別，請回了罷。（淨、丑）阿哥説那裏話，還要送哥哥到家。（生）大家都醉了，不須送了。（淨、丑）哥哥，你有天大的事，我每兩個替你承當。真個賽關張劉備，火裏火裏去，水裏水裏去。（生）真個難得好兄弟。（淨、丑）大哥今日醉了，待我每送你回去歇息了，我每纔回去。（生）到家不多路，不勞了，請回罷。（淨、丑）這等我每告别，明日早會。夜静水寒魚不餌，滿船空載月明歸。請了，得罪。（下）（生吊場）請了。難得這般好兄弟，見我醉了，直送我到家。呀！這裏是大門首，開門開門！（叫介）怎麽一個人也不應？不免後門去罷。（行絆跌介）呀！什麽東西，絆我這一交？（摸介）元來是一個人。那個？敢是我家安童？想是院君不見我回來，着他來接我，不知在那裏吃醉了，就睡在這裏。這般不中用的小廝，待我叫他進去。（叫介）安童，安童！（叫不應）（推介）安童醒一醒，進去睡。怎麽滿身都是濕的？（作嗅介）呀！兩手都是鮮血氣。（驚介）不知什麽人，殺死一人在後門。開門，開門！（旦上）人平不語，水平不流。想是員外回來了。（開門介）呀！員外爲甚這般驚慌？（生做慌説不出介）（旦）員外，你做甚張志？（生）院，院，院君，不好了。我方纔吃酒回來，見前門閉着，叫不應。打從後門來，把我絆了一交，起來摸時，滿身都是鮮血。不知是什麽人，殺死一人在後門首。(旦)員外，你吃酒只吃酒，爲何殺起人來？(生)院君，不是我殺的。(旦)是誰殺的？

【薄媚衮】(生)因帶酒回到後門，一跌疼難忍。回首看時，瞥見一人，跌倒在草徑。呼喚不醒，忙扶起，血沾手，污我身。不知何人，殺死他身。

【前腔】(旦)奴試聽君説元因，心下添憂悶。回言三省，若到官時，先且捉親鄰。喚問凶身，君不認。遭打訊，你怎禁。急早商量，莫待禍生。

(生)院君，天明起來怎麽好？怎生商量一計。(旦)員外，每日與結義兄弟賽關張相好，如今可去央他，來擡尸去僻静所在埋了，卻不好麽？(生)院君不説，我倒忘了。若説我兩個兄弟，水裏水裏去，火裏火裏去。莫説一個，就是十個，他替我擡去埋了。(旦)既如此，急急去央他。(生)我就去。

【雙聲子】(旦)結交的，結交的，待他恩深厚。急請來，急請來，到此移尸首。(合)莫停留，莫停留。便去休，便去休。拖尸首葬了，免惹憂愁。

【前腔】(生)非説口，非説口，兩個知心友。若請他，斷然不落後。(合前)

(生)院君，如今我便去。(旦)你快去，我只在此處等候你來。

事急投相識，央他出氣力。
眼望捷旌旗，耳聽好消息。

# 第二十八齣　喬人負心

（淨上）

【普賢歌】三人喫酒共歡嬉，到晚各人分散歸。酒醒好孤恓，惟有自心知，卻似南柯一夢裏。

若要戒酒法，除非死方休。早上和孫大郎、胡子傳喫酒醉了，至今未醒，且進去睡一覺便了。（下）（生上）

【前腔】賽關張結義做知交，事急心忙遺忘了。渾家見識高，說起這根苗，真乃妻賢夫禍少。

這裏已是柳龍卿門首了，不免叫一聲：兄弟開門。（淨内應介）是誰？（生）是我，兄弟。（淨上）來了。（開門介）呀！元來是孫大哥。裏邊請坐，喫酒去。（生）不喫酒。有一件急事。（淨）急屎？去撒了來。（生）不是。有件急事，特來央你。（淨）哥哥且喫酒不妨，便有死罪，有我在此替哥哥。（生）好教兄弟得知，夜來兄弟送我到家，前門閉了，從後門進去，不知什麼人殺死一人在後門。（淨）哥哥如今要如何？（生）相煩兄弟把死人擡去埋了。（淨）這個不打緊，待我進去拿了繩索了來。阿哥，不好了！（生）怎麼說？（淨）哥哥，我小時犯了驚心病，若是驚了，就發作起來。如今聽大哥殺了人，又疼起來了。阿喲，阿喲！（生）兄弟，沒奈何，事已急了。（淨）我疼得緊，去不得。（生）兄弟快些便好。（淨）阿哥，你越叫，我越疼了。

【玉抱肚】忽然心痛。（生）兄弟賽關張。（淨）賽不過關張弟兄。哥哥殺了幾個？（生）只是一個。（淨）便殺了七代先靈，我心疼實難移動。尋思總是一場空，你是孫華姓不同。我疼得緊，要進去睡也，請出去。（推生出介）（作閉門介）孫大哥得罪了，明日我到監裏來看你。（渾介下）（生）呀！你看他把我推了出來，閉上了門，竟自進去了。怎麼處？眼見得這一個不濟事了，再去胡子傳家央他，終不成他也不去。（行介）

【前腔】當初言定，賽關張結交義深。他前日説道，殺人替我償命，今日反面忘恩。心非口是這般人，行短天教一世貧。

這裏便是胡子傳家，不免叫一聲：開門。（丑內應）誰叫？（生）是孫大郎。（丑上）來了。（開門介）阿哥，你爲何來得早？裏邊請坐。（生）不坐了。兄弟，有一件利害的事，特來央求你。（丑）哥哥有事，火裏火裏去，水裏水裏去。快説與我知道，我就去替哥哥幹。（生）昨日和你兩個吃了酒，感蒙兄弟送我回去。不知甚人，殺死一人在我後門。（丑）吃酒便説吃酒，不曾教你去殺人。（生）不是我殺的。（丑）不是你殺的，難道到是我殺的不成？（生）兄弟不要取笑，你快與我去擡過了。（丑）且住，不要忙，我問你，殺死的人有幾個？（生）只是一個，還經得幾個？（丑）啐，我只道有十來個。這等慌張，元來只是一個，也值得大驚小怪。（生）好兄弟，快去擡過了。（丑）擡到那裏去麽？（生）向没人所在埋了，免吃官司。（丑）若去埋，又要搭工夫，我有一計在此。（生）兄弟有何妙計？（丑）我如今將一條草薦，把那死人捲了，將索子緊緊捆住，抱他到大河邊，撲通。（作丢勢介）阿喲！不好了！閃了腰了。怎麼好？（作蹲倒介）（生）兄弟，你只口裏説便罷，怎麼做起手勢來？如今閃了腰，怎麼處？（丑）我去不得了，你去叫柳龍卿罷。（生）我方纔先到他家，他心疼去不得。（丑）他心疼去不得，我腰痛一發去不得了。（生扯丑介）必定要你去的。（丑）你放了手，等我去就是了。我進去拿了索子來。（進關門介）（生叫介）兄弟，兄弟，開了門，你出來！（丑門内）阿哥，

【前腔】我忽然閃氣，賽不過關張結義。（生）兄弟，你曾説有事替我。（丑）你殺人命合當償，怎教我替你埋屍。（生）我與你是好兄弟。怎麼説這話？（丑）尋思總是一場虛，你是何人我是誰？

（生）兄弟，你出來！（丑）只好不出來了，休怪。明日到府堂來看你出官，請了。（下）（生）呀！有這等事。兀的不氣殺人也，兀的不急殺人也！如今教我怎麼處好？

【前腔】結交義好，我與伊錢供養老小。你當初對我曾道，當自效犬馬之報。養軍千日用在一朝，到此方知没下梢。

指望這兩個畜生與我爭口氣，誰想這等忘恩負義的。如今教我怎麼回去見院君？罷，罷，罷！

到此方知没義人，心非口是頓忘恩。

人情若是初相識，到底終無怨恨心。

# 第二十九齣　院君回話

（旦上）

【青玉案】停針悶坐心疑慮，盼望兒夫未見歸。鎮夜倚門無情緒，多應說與，兩個推托，不肯替移屍。

河狹水緊，人急計生。奴家爲因丈夫背義疏親，不從勸解。奴施一計，他如今去叫兩個喬人來移屍，想他必不肯來。待他回時，叫他去請叔叔，必然肯來。是親無怨，小叔孝義之心，必定相從。怎的還不見丈夫回來。

【梨花兒】凝望我夫獨倚門，朦朧淡月人寂静。不見回來越悶生。嗏，愁聽鐵馬叮噹韻。

【前腔】（生上）堪恨兩人不志誠，心非口是無定准。到此方知說謊的人。嗏，糖言蜜口畜生性。

（見介）（旦）員外回來了。（生）是。（旦）叫迎春看酒，兩個叔叔來了。（生）院君不要笑我了。（旦）我怎麼笑你？（生）不要説起，他每都不來。（旦）他兩個都不來，霎時就要天明了，怎麼好？（生）院君，没奈何，你怎生商量一計。（旦）我是婦人家，只曉得三綹梳頭，兩接穿衣，拈針穿綫，那有甚高識遠見來？（生）賢妻，你若不與商量，我也只得投水而死罷了。（旦）員外，

【呼喚子】從來不自量，信那人常説，賽過關張。卻不道死事，替你承當？思量，口是心非都調慌。（生）院君，你再不要説那兩個負義的了。（旦）卻不道勝似的親共爹娘。（生）院君，你及早商量救我！（旦）人家裏雌鷄啼，有甚吉祥。

【前腔】（生）吾家本善良，賴祖宗積躦，富貴非常。誰知今日，禍起蕭牆。斟量，自不合酒性剛。道出言語觸伊行，都撇漾。夫妻義重，休掛心腸。

【大迓鼓】（旦）你結交恩義深，不知因甚反面忘恩。我勸你不從聽。霸王空有重瞳目，官人，有眼何曾識好人。

【前腔】（生）聽咱説事因，一人心痛一個腰疼，假意佯推病。果然日久見人心，到此方知没義人。

【前腔】（旦）官人聽拜禀，窑中兄弟是你的親，唤他必然肯。教君識破假和真，自古的親無怨心。

【前腔】（生）從來結義深，他還論告我怎生禁，休誤人言難信。夫妻有話且三分，未可全拋一片心。

（旦）官人，叔叔讀書人，是親無怨心，必定肯來。（生）我早上不合教吴忠去殺他。（旦）真個禍福無門，惟人自召。一頭官司未了，又起一頭。（生）如何好？（旦）元來你自起其禍，快去叫他。（生）教誰去？（旦）你自去！

【大河蟹】（生）卻遣吴忠殺他人，吉凶事無憑。（旦）勸君不必閑憂慮，吴忠必定不肯害他人。

【前腔】（生）你往窑中探信音，必竟見假真。（旦）叔嫂從來不通問，我如今和你鎖了門兒便同行。

教君今日識親疏，未審孫榮肯去無。
踏破鐵鞋無覓處，得來全不費功夫。

## 第三十齣　吴忠仗義

（末上）

【鐵騎兒】離門兒，離門兒，心驚膽碎。步疾去如飛，到城南破窑，了事便回歸。有恩不報，犬馬何異。小官人在家時，我受他多少恩德。吴忠早上蒙大員外分付，與我一錠鈔，教我去殺了小官人。吴忠黄昏出來，如今正是一更時分，怎見得？但聞得譙樓初鼓，行人漸少。嗚嗚咽咽蟬叫，咿咿唧唧蛩鳴。風擺松梢，驀聞得卒卒律律、淅淅泠泠的響；水流澗下，時聽得唧唧啾啾、刮刮剌剌之聲。嗷嗷犬吠前林，簇簇雁行南浦。輕輕薄霧，罩着疏疏密密半天星；耿耿銀河，現出皎皎團團一輪月。深谷猿啼切切，喬林鶴唳淒淒。這裏去窑中不多路，且慢着。尋思起來，奴婢殺主，論官法遇赦不赦，論家法背義忘恩。寧可違了主人之命，將早間得那錠鈔與小官人做盤纏，往他州外府躲避。待黄榜動，選場開，交小官人投京師。望天週全，得一官半職回來，那時骨肉圓團，多少是好。如今去見小官人，顯我平生忠孝之心。

累受恩深僕怎忘，瞞天背地有穹蒼。
正是萬事分已定，堪嘆浮生空自忙。

## 第三十一齣　夫婦叩窑

（小生上）

【菊花新】自恨生來時不利，遭此孤窮，十分慚愧。未知何日上雲梯，那時節纔顯得英雄豪氣。

懊恨家兄忒薄情，將吾趕出受艱辛。未知何日身榮貴，撇去窑中方稱心。今晚夜深人靜，不免將窑門開看則個。

【粉蝶兒】只見玉兔東生，寂寂夜深人靜。冷清清掩上窑門。紙衾單，蘆蓆冷，孤眠獨醒對寒燈。知他是甚般情興。

不免將窑門閉上，看書消遣。

【石榴花】關上破窑，舉目又無親。回頭只有影隨身，仰觀疏疏刺刺半天星，颼律律地冷風刮起灰塵。書，我待不看你，無可散悶；待看你，這風色又緊。怎麼好？將他誤人書越越的問幾聲，你直恁地誤得索性。守着你賣不得、喫不得，那些一字直千金。

（生、旦上）心忙來路遠，事急出家門。只因差一念，現出萬般形。（旦）官人，這裏想是叔叔窑裏，你去叫一聲看。（生）娘子，還是你叫。（旦）開門，開門！

【紅芍藥】（小生）驀聽得甚人敲門，莫不是巡捕軍兵？（旦）開門！（小生）仔細聽來卻是婦人聲。且住，記得金精曾戲竇儀，你是何方興妖鬼精？（旦）我是良人。（小生）既是良人因何夜扣門？莫非是見情思景？待我把這門再緊拴上，勸伊家及早回心，莫教惱亂春心。

（旦）我不是别人，是你嫂嫂。（小生）嫂嫂，你在家行不動塵，笑不露齒，半夜三更，擅離夫主，私扣小叔之門，是何道理？每常十分賢慧，今日如何這般顛倒？（旦）叔叔，你開了門，我自有話和你説。

【大影戲】（小生）嫂嫂行不由徑。（旦）開門！（小生）我應是不開門。自來嫂叔不通問，休教説上樑不正。（旦）你哥哥也在這裏。（小生慌介）呀！忽聽得一聲唬了我魂。戰戰兢兢，進退無門，心兒裏好悶。我便猛開了門，任兄長打一頓。

（生）兄弟開門！（小生）我待不開，又道我不敬其兄；待開門，這一頓打駡不小。且住。就打，有賢

達嫂嫂在傍解勸，也説不得了。只得拚兄長打一頓罷。（開門見生慌介）（生見小生跪介）（小生亦跪扶生介）

【念佛子】（小生）往日哥打駡人生怒嗔，今日緣何戰兢，跪咱每、請兄起來休還禮，男兒膝下有黄金。（生）兄弟，你如今是我的哥哥了。（小生）反把兄爲弟、弟爲兄，休失了尊卑名分。莫壞了家法，敗亂人倫。

（背介）平日哥哥見了我，不是打便是駡，今日爲何這般相待？必有緣故，不免問嫂嫂。（轉介）請問嫂嫂，哥哥今夜爲何這等慌張？卻爲甚事來？（旦）官人，叔叔是自家人，就説與他知道。（生）好教兄弟得知，我後門首殺死一個人，今夜特央兄弟，去擡一擡屍首。（小生）元來哥哥殺了人，要我去擡屍。我且試他一試，只説不肯去，看他如何。哥哥，

【縷縷金】你平白地將咱趕出門，殺人來唤我去埋形。你今有些不乾浄，須要對證。（生、旦作慌介）（小生）唬得他夫婦戰兢兢，一個個膽喪心驚。

（旦）休恁的説，叔叔是讀書之人，君子不念舊惡。（小生）我方纔是假意試你，休得驚慌。請問哥哥殺了幾人？（生）兄弟，只是一個。（小生）哥哥、嫂嫂放心，便殺了十個，兄弟替哥哥承當，不必憂心。（旦）官人，今日可見親疏。（生）是我不是，不要説起了。（旦）官人，你有錢有酒多兄弟，上陣無過父子兵。

【越恁好】（小生）與君同氣，與君同氣，一個父娘生。難忘了這些恩和義。手足親，從今休得再講論。倘或事生發，哥哥，你莫胡招認，兄弟替着哥哥認。

【尾聲】打虎須還親兄弟，上陣無過父子兵。自今莫把親爲陌路人。

（末上）受人之托，必當終人之事。大員外教我來殺了小官人，這裏已是窑邊，門兒半開半掩在此。（作聽介）且住。怎麼員外、院君都在裏面，想必是院君勸員外回心轉意了。今日和順，我不免假意趕進去，只説殺人，看他每如何。（趕進介）殺人。（生扯末私語介）吴忠，你藏過了刀，我與二官人和順了。（末）可喜，可喜。（進見介）（小生）你是吴忠，來做什麼？（生）我今早着他送些盤纏與你，不道他這時候纔到。（末）正是。早上蒙員外教小人送一錠鈔與小官人做盤纏，小人因去討帳，故此來遲了，望恕小人之罪。（生）吴忠，我如今迎取二官人在家同住，這錠鈔你將去備些酒席，我與二官人回來飲宴。（末）小人理會得。

【四邊静】（生）思之兩個忘恩的，教人恨切齒。錯認定盤星，都緣我不是。（合）把從前是非，再休提起。從此永團圓，骨肉再和美。

【前腔】（旦）當初你共他結義，效關張勝劉備。死事替承當，擡屍怎不去。（合前）

【前腔】（小生）不揀甚事都休理，交付與小兄弟。都莫管屍骸，孫榮背將去。（合前）

【前腔】（末）思親念舊回心意，吴忠甚歡喜。人道院君賢，今日果如是。（合前）

當初錯認定盤星，今日方知親是親。
自古路遥知馬力，果然日久見人心。

## 第三十二齣　迎春私嘆

（貼上）

【天下樂】獨守房兒，懶拈針指。潛移步，探因依。官人與院君説詳細，我一言都盡知。昨日院君設計，果然叫兩個結義的不來。如今已去叫小官人移屍，他決然肯來。真個是親無怨也。今番必定弟兄相和，皆是院君如此。

【孝順歌】取結義的背死骸，多應兩人不肯來。今取小官人，他卻肯前來。冤只可解。兄弟和睦，親親相愛。分與家財，小官人苦盡甘來。

【前腔】論殺狗勸夫，古今罕見來。兄弟又成乖，今番有恩愛。傍人道來，我院君賢達，人間沒賽。正是家有賢妻，夫不遭横禍飛災。

幾年兄弟兩差池，今朝妻勸相和美。
但願從玆勿改移，管取團圓直到底。

# 第三十三齣　親弟移屍

（小生上）

【步步嬌】哥哥嫂嫂回家去，心下休疑慮，多應中計矣。喜得門頭，巡軍皆睡。將屍埋在土沙中，回去說詳細。

這裏已是哥哥的後門。呀！果然有死人在此。漢子，你前日無怨，往日無仇，怎麼死在這裏？如今把這死屍埋在城南土泥之中便了。（作抱屍走介）且喜得巡捕官軍皆睡，並無一人經過，不免就此埋了則個。（作埋介）事已了當，不免回去說與哥哥嫂嫂，教他放心便了。正是欲求生富貴，眼前須下死工夫。（下）（生上）

【梅子黄時雨】追想當時，三人共結義，今日裏顯出喬的。（旦上）論的親凶吉事相濟，自古及今，已改非從是。

（生）院君，兄弟去埋屍，不見回來，未知如何？（旦）員外，千勸萬勸，都不肯聽，今日方知親者只是親。（生）院君休要提起，如今悔之晚矣，我和你到門首去望他回來。（生、旦）

【忒忒令】許多時緣何未歸？眼巴巴倚着門閭。望他不見、心中疑慮。他想是被巡兵捉拿住，凶和吉全然未知。（小生上）

【前腔】背屍骸出城去離，幸喜得巡軍皆睡。且喜街上、没個人跡。埋他在土沙中深草徑，荒郊外回來賀喜。

（生）兄弟，回來了！（小生）是，回來了。（生）屍首怎麼樣了？可曾埋麼？（小生）被孫榮背到城南土沙之中埋了。（生）多謝好兄弟！（旦）生受叔叔，你且脱下身上破損衣裳，取一件好衣服與叔叔穿。（生）噯，婦人家你曉得什麼，又來多説。（小生驚介）（旦）官人，叔叔天大的事替你幹了，一領衣服直得甚麼，就着惱！（生）不是。院君，這襖子直甚來？從今後，家私都是賢弟的了。（小生）哥哥，你好唬殺小弟也。事已妥了，兄弟要回去。（生）你還要到那裏去？（小生）小弟元到窑中去。（生）兄弟，你説那裏話。我與你是手足之親，只爲向來我聽信讒言，有屈賢弟，今日不必歸怨。自今以後，把家私盡付與你收管，我一些也不管了。（小生）哥哥，做兄弟的凡事不曉得，還仗哥哥。（生）兄弟，舊恨休題，倘若那兩個無義之徒來，不要保他。（小生）是哥哥好朋友。（生）又來了。

【紅繡鞋】明日辦個筵席，筵席。把家私付與兄弟，兄弟。（小生）謝哥哥，轉心意。結義的，再休題。（合）親兄弟，又和美。

【前腔】（旦）須則三人結義，結義。今日顯出喬的，喬的。信讒言，使虛脾。宜自省，改前非。（合前）

兄弟回歸喜氣濃，從今結義總成空。

今宵賸把銀缸照，猶恐相逢是夢中。

## 第三十四齣　拒絶喬人

（淨、丑上）（淨）

【水底魚兒】昨晚孫兄，到家中來扣門。（丑）有屍教咱埋殯，我每不肯從。（淨）今日去叫他須我每喫幾鍾。（丑）若還不肯，教他立見凶。

（淨）兄弟，孫大郎昨夜殺了人，教我與他埋屍。（丑）你去也不曾去？（淨）我推心痛，不肯去。（丑）便是。夜來也來叫我，我詐説腰疼，也不曾去。（淨）兄弟，正是人同心也同。（丑）阿哥，只是我和你今日怎好見他？（淨）一日不識羞，三日吃飽飯。少不得要見他。（作聽介）咦，孫二在裏頭説話，想是他埋葬的了。（丑）那一個先進去？（淨）是你先進去。（丑）阿哥，孫大哥第一歡喜的是你，還是你先進去。（淨）我若進去，大哥留住我吃酒時，不許你來撞席。（丑）且看，不要把穩了。（淨進介）大哥，賀喜，賀喜！聞知賢昆玉和順了，特宰一隻羊，與哥哥吃杯和順酒。（生）羊酒雖好，只是心疼病發，吃不得，免勞免勞。（淨出介）（丑）二哥，如何説？（淨）這等一個大醬瓜，放在六月裏吃。你進去。（丑）一定你不會説話，待我進去。（淨）你也未必把穩。（丑進見生作笑介）哥哥夜來有事，小兄弟因悶了氣，不曾效勞，足足的牽掛了一夜。今早略好些，又聞得二哥回家，特備一杯水酒接風。（小生）我腰痛，也不敢勞。（丑出介）二哥，你便醬瓜，我是糟茄子。（淨）兄弟，如今一同進去，只問他結義不結義。（丑）結義便怎麼，不結義又怎麼？（淨）若是結義時，照舊相待，萬事全休。若還不保我，你就去當官首他哥哥殺人，兄弟埋屍。（丑）有理，有理。（進介）（小生）你兩個又來怎麼？（生）兄弟不要睬他。

【啄木兒】（淨、丑）孫員外聽拜啓，我當初共伊結義。（生）虧你還説結義，惶恐惶恐！（淨）夜來非詐心疼，兄弟應知得罪，是真難滅假除易。（小生）休多説！假饒染就乾紅色，也被傍人道是非。

【前腔】（生）雪兒下共醉迷，拐玉環先自歸。（淨、丑）見你醉了，我兩個替你收好了。（生）是了，你到明日就該還我。（淨、丑）不想跌碎了，故此不曾還你。（小生）哥哥，他兩個又到窑中來，刁唆兄弟告哥哥，直恁背恩忘義。（淨、丑）孫二，你一時纔得温和氣，不記破窑中冷落無人理。撥盡寒爐一夜灰。

【三段子】（生、小生）請出去離，這狂言實難信伊。（淨、丑）你休强嘴，便教你災禍忽起。（生、小生）忘恩負義無知賊，當初效學鬬張的，到做了孫龐鬬使計。（淨、丑）我且問你，結義不結義？（生）還説結義，羞殺人！（淨、丑）你真個不結義？（生）真個不結義。

【前腔】（淨、丑）你殺了人，使孫榮埋屍葬軀。（生、小生）敢生妄語，葬屍骸指實在那裏。（淨、

丑）不要强辨。我經官首告拿伊去，徒流絞斬難逃避，事到頭來悔已遲。扯他兩個到開封府裏去。（淨扯生）（丑扯小生介）

【纏枝花】（生）笑你兩個忘恩義，爲甚把咱擒住？（小生）常言狗有濕草義，馬有垂韁志。（淨）惱得人，惡怒起，趲步即拖去。（合）算來誰是誰不是，到官司明白處。

【前腔】（丑）殺人罪犯難輕恕，實事難抵對。害人一命還人一命，有錢難買罪。（小生）逞胡言，生奸計，天理不容你。（淨、丑）（合前）

【賀新郎】（生）怎賽得關張義氣，眼睁睁割袍斷義。（淨、丑）犯官司難覷面皮，又何必説是講非。擒住伊，扯住伊，到官司吉凶便知。

（扯介）（生）無故將人扯住衣。（淨、丑）開封府裏告論伊。（小生）根深不怕風摇動。（生）樹正何愁月影西。（扯下）

【生姜芽】（旦上）聞知我小叔與兒夫，被龍卿、子傳拖拽去公堂裏，妄告他殺人罪。奴家夜來不曾説詳細，不知是狗穿人衣袂。弄巧成拙是愚癡，怎知好意番成惡意。

如今兒夫和小叔被龍卿、子傳拖扯去開封府誣告人命，奴家只得前去首明則個。

殺黄狗惹得煩惱，到公廳依實首了。

烏鴉共喜鵲同枝，吉凶事全然未保。

# 第三十五齣　斷明殺狗

（末扮吏上）國正天心順，官清民自安。妻賢夫禍少，子孝父心寬。自家不是别人，乃是開封府尹相公手下一個祗候是也。今日相公升堂，只得在此伺候。（外扮府尹上）

【西地錦】幸得一人有慶，萬民咸賴康寧。蠻夷拱手來皈順，幸國泰民清。

終朝攬攬因王事，兩鬢星星爲國謀。雙手補完天地闕，一心分破帝王憂。下官姓王，字修然，職受開封府尹。自從到任之後，和氣藹陽春。省刑罰，薄稅斂，致使風調雨順，國泰民安，幹事清廉，公平正直。叫左右，擡放告牌出去。（末）領鈞旨。（淨、丑扯生、小生同上）

【絳都春】（生、小生）聞知府尹清廉，望高臺明鏡。

（淨、丑）告狀，告狀。（末）告狀的進來。（衆進跪介）（外）那個是原告？（淨、丑）小的兩個是原告。（外）告什麽事？（淨、丑）告人命事。（外）左右，取狀詞上來。（淨、丑）没有狀子，是口訴。（外）説上來。（淨、丑）哥哥叫做孫華，殺了人，兄弟孫榮移屍藏匿。（外）你兩人是他鄰舍麽？（淨、丑）不是。（外）既不是鄰舍，爲何曉得他殺人移屍？（淨、丑）爺爺，有個緣故。

【好姐姐】告稟龍圖大尹，狀告那孫華孫榮。昨夜三更，悄然來叩門。道殺人命，要教我兩人偷埋殯。望乞恩官詳事因。

（外）左右，扯他下去，帶孫華上來。（末帶生介）（外）孫華，你怎麼殺死人命，好生直説。（生）爺爺，小人並不曾殺人。（外）胡説，你不曾殺人，他爲何告你？從實説來，免得三推六問，害了皮肉。（生）爺爺聽禀：

【前腔】念孫華是京都小民，那柳龍卿、胡子傳呵，他兩個全無忠信。昔日共他，結義作弟兄，相勾引。近日他窘迫不隨順，妄捏虚詞惱大尹。

【前腔】（外）你每休得避隱，虚事後不入公門。實事怎生，到此不盡情？還不認，硬棒軟索披頭棍，拷打掤扒怎地禁。人命重情，不打如何肯招。叫左右，扯下去打！（生）爺爺，冤枉！（小生）爺爺，不干我哥哥事，是孫榮殺的。（外）住了，你怎麽殺死了人？

【前腔】（小生）告得恩官試聽，孫榮是殺人凶身。（淨、丑介）爺爺，小的兩個不是誣告的。（外）你因何殺人？（小生）爺爺，小人呵！小哥哥趕出，破窑中喫苦辛。因懷恨，臨門故殺平人命，陷害哥哥怨恨心。

（外）元來如此。故殺平人在哥哥門首，陷害哥哥。（生）兄弟，你怎麽招了？爺爺，不是兄弟殺的，是小人殺的。（小生）爺爺，委實是小人殺的。（生、小生争介）（旦叫上）爺爺，訴狀。（末）老爺，衙門首一個婦人來訴狀的。（外）放他進來。（末）訴狀婦人進。（旦進跪介）（外）婦人，你訴什麽事？（旦）

爺爺，奴家楊月真，來訴丈夫孫華人命事的。（外）訴上來。

【前腔】（旦）相公清廉平正，果然是懷揣明鏡。結義兄弟，我夫不三省。親昆仲，趕出受苦說不盡，故此奴家巧計生。

（外）我只要問殺人的凶身。（旦）奴家是殺人的凶身。（外）你是婦人家，如何殺得人？（旦）爺爺，殺人又不是丈夫，也不是小叔，卻是奴家。（外）你如何殺人，依實招來。

【普天樂】（旦）告恩官擡明鏡，殺的是戌生命。（外）戌生命卻是狗了。（旦）當初道逐盜防奸，咬了破衣之人。（外）也是狗了。（旦）曾吠月被磨勸恨，盜去紅綃難尋問。（外）也是狗。（旦）晋朝中屈害忠臣，不合撲着趙盾。（外）又是狗。（旦）因此上怪他無義，没濕草之恩。

（外）這婦人說話不明，夢中揺鐸。根問殺人事，剗地把狗事回對，欺誑官府。（末）你既殺人，好生招上去。（旦）奴家招狀上聞，相公愷悌仁慈，公平正直。清若碧潭之水，明如秋夜之蟾。懷揣明鏡，朗照四方。念妾姓楊名月真，嫁事孫華爲妻。因丈夫與柳龍卿、胡子傳二人結義，聽信讒言，將同胞骨肉兄弟，無故趕出城南破窑中居住，每日上街求乞。奴家累勸不從，反要殺害兄弟性命。因此奴家將錢一貫，問隔壁王婆家買黄狗一隻，就托王婆殺了。頭帶巾帽，身穿衣服，扮狗爲人，丢在後門。等兒夫酒醉回歸絆倒，錯認是人。卻教丈夫去叫那兩個結義兄弟移尸，兩個不肯。奴家又同丈夫再去城南窑中，叫叔叔移尸。叔叔存仁存義，即來移尸，去城南埋訖。方纔勸得丈夫回心轉意，兄弟和睦。因此上是奴殺狗勸夫，並無殺人。所招狀是實。（外）如今那王婆可在麽？（旦）還在。（外）雖然如此，也難憑你説。左右，且把婦人帶下去，帶孫榮上來。（末帶小生介）（外）孫榮，你拏屍首埋在那裏？（小生）小人埋在城南土沙之中。（外）既埋在土沙中，左右，押那一千人犯都到城南土沙之中，掘出屍首來看，便知端的。（末）領鈞旨。我每一齊去。（生、小生、淨、丑）青龍共白虎同行，吉凶事全然未保。（生、小生、淨、丑、末並下）（外、旦吊場）

【秋夜月】（外）吾表文奏上朝廷去，我王必降天恩露。加官進禄封賢婦，因禍致福，因禍致福。

【前腔】（旦）聽拜稟殺狗非心欲，勸諫兒夫相和睦。相公若肯垂清目，奴家分福，奴家分福。

（生、小生、淨、丑、末上）

【前腔】領旨揮同往城南去，掘出屍骸非人類，卻是狗子穿衣袂。果然是殺狗勸夫，殺狗勸夫。

（末）稟爺知道，小人領爺鈞旨，押着一干人犯，到城南土沙之中掘出屍首。委實是狗，不是人。（外）擡上來看。（末擡狗外看介）（外）擡過了。帶柳龍卿、胡子傳過來。（末帶淨、丑介）（外）柳龍卿、胡子傳，如今掘出尸骸，分明是狗，你二人有何訴説？（淨、丑）老爺，委實是人埋在土中，長久出了毛。（外）胡説，人怎麽出毛？（淨、丑）老爺，他兩個夜來委的殺人，如今把狗屍換了。（外）柳龍卿、胡子傳狀告不實，各打四十。（末打淨、丑介）（外）左右，取三百斤重枷枷了，押赴司獄司監候。申文書到來，問他罪名。（末）領鈞旨。（旦）柳龍卿、胡子傳，你兩個和我丈夫結義，那一些虧了你，你直恁的反面忘恩。

【北後庭花】（外）既没高見識，怎圖人小富貴。原告的福成禍，被告的憂變喜。你兩個昧心賊，忘恩失了義。殺狗的没氣志，背屍骸有禮義。被告的没理會，告狀的失了意志。男兒兀的不是賽關張劉備，驗得他兩個口是心非。（旦）妾送得男兒小叔當堂跪，險些個遭刑際。爭些人受禁持，兀的不是家有賢妻。

（外）左右，此事古今罕有，自來並無。我如今一邊寫表奏上君王，表其節義。柳龍卿、胡子傳誣告人命，别聽指揮。（末）領鈞旨。正是：眼望捷旌旗，耳聽好消息。（下）

【念佛子】（外）孫院君忒賢會，爲丈夫和你結義，信讒言趕逐兄弟狼狽。（旦）奴計殺狗穿衣袂，遣丈夫令你移屍。你忘恩負義，不肯前去。

【前腔】（淨、丑）孫華殺人是實，孫榮移屍去，假妝成狗是喬的。（生）你不説賞雪醉迷，跌倒在雪兒裏，拐玉環你回家去。

【前腔】你曾知口是心非，忘恩與失義。到如今尚故如此，早招取重情斷罪。（外）宛轉周全你，更遲疑定不姑恕。

【前腔】（淨、丑）告論你，要你錢財圖個富貴，何曾知被枷招罪。（小生）好愚癡，論富貴天眼難容恕。情節已顯然，千虛不抵一實。

【尾聲】（外、生、旦、小生）笑你每怎招取，到這裏如何推抵？謾誨人已後毋得忘義。

負恩忘義不見機，貪榮圖貴好心癡。
善惡到頭終有報，只爭來早與來遲。

## 第三十六齣　孝友褒封

（貼上）

【金鷄叫】不聽好言語，鎮日間無情無緒。羡我院君多伶俐，設下機謀，手足又和美。

我員外當初聽信喬人，趕出兄弟。我院君殺狗勸夫，回心轉意，弟兄和睦。不想柳龍卿、胡子傳今早又到我家，道員外不倸，又到官府出首員外殺人，小官人埋屍。爲此，院君親往府尹處訴明。尚未回來，不知怎生決斷了。（生、旦、小生、淨、丑、上）（生）

【駐馬聽】當日大雪紛紛，故意將人攧在窨。盜去玉環寶鈔，潛地歸家，兩下平分。感吾兄弟背回門，反生惡意將他恨。兄弟是嫡親，從今莫把閑言論。

（貼）員外、院君回來了。（生、小生）將柳龍卿、胡子傳枷在門首。府尹相公已有表章奏上天子，必有旨意下來，那時聽旨決斷了。（末扮使臣齎詔上）九重恩命下絲綸，夫婦榮華世罕聞。旌表門閭多喜慶，聖明天子重賢臣。聖旨已到，跪聽宣讀。詔曰：　王化以親睦爲本，維風以孝友爲先。據府尹王修然所奏，孫華以疏間親，因楊月真殺狗勸夫，遂能悔過，兄弟敦睦，有裨風教，宜加旌表。孫華遥授中牟縣尹，以彰其妻勸夫之美。楊氏月真金冠霞帔，封賢德夫人。孫榮被逐不怨，見義必爲，克盡事兄之道，特授陳留縣尹。有司勸駕，走馬上任。柳龍卿、胡子傳見利忘義，反覆小人，着枷號市曹三個月，滿日各杖一百，發邊遠充軍。謝恩！（生、小生、旦）萬歲！萬萬歲！（淨、丑）從前作過事，没興一齊來。

（末、衆同下）

【羽調排歌】（生）愚蠢孫華，情偏意迷，全虧家有賢妻。（旦）今朝兄弟共怡怡，堪笑喬人枉用機。（合）兄膺爵，弟受職，一門孝義九重知。夫榮顯，妻又貴，方知爲善得便宜。

【道和排歌】（小生）想他每結義時，要學關張的。言語總成虛，尋思太無知。那些恩德，那些仁義。（貼）嫡親兄弟受凌逼，娘行殺狗勸夫回，骨肉團圓不暫離。（合前）

【尾聲】（合）世間難得惟兄弟，賢閫調和更罕稀，旌表門閭教人作話兒。

奸邪簸弄禍相隨，孫氏全家福禄齊。

奉勸世人行孝順，天公報應不差移。

# 附録一　散齣輯録

# 目録

## 風月錦囊

《風月錦囊》（全名《新刊耀目冠場擢奇風月錦囊正雜兩科全集》，又名《全家錦囊》）收録《摘匯奇妙戲式全家錦囊殺狗》，相當於汲古閣本的《諫兄觸怒》《孫華家宴》《孫華拒諫》《王婆逐客》《雪夜救兄》《歸家被逐》《看書苦諫》《窑中拒奸》《月真買狗》《斷明殺狗》等十齣，輯録如下。

### 諫兄觸怒〔一〕

【菊花新】積善之家慶有餘，鷄窗下勤讀詩書。學成文藝，性標格，貌魁梧。賴祖宗福蔭，世傳豪富。

〔一〕原不分齣，據汲古閣刊本《繡刻殺狗記定本》分齣並酌加齣名。

高舉鰲頭志未酬，文成則暇且優遊。家傳富貴經多載，世襲簪纓是幾秋。多諂詐，有剛柔，果然名字播皇州。〔一〕家中異寶如山積，地上錢財似水流。自家姓孫名華，排行第一，孫大員外便是。（末）白馬紅纓彩色新，不因親者强來親。一朝馬死黄金盡，親者如同陌路人。覆東人，有何使令？（生）我今日要去百花園内遊戲，你與我安排盤盌前去。（末）小男兒理會得。

【大聖樂】（生）吾家累代簪纓，一身享現成。金玉滿堂多豪貴，怎答謝父娘恩。奈與親生兄弟不和順，卻與非親結義深。（合）此事非容易也，算人情好惡，宿世緣分。

【前腔】（末）東人有萬兩黄金，那非親底也是親。結義怎比得親骨肉？真和假自分明。仔細尋思聞，早回頭省，莫把親如陌路人。（合前）

盤盌食壘及酒樽，東人分付豈不專。
亭中賓朋不見到，小子放下趕把門。

## 孫華家宴

【祝英臺】（生）草芊芊，花荏苒，輕暖艷陽天。才子艷質，簇擁名園，嬉戲笑蹙鞦韆。（旦）排

〔一〕果：原作「推」，據汲古閣刊本《繡刻殺狗記定本》改。

筵。好向花柳亭前，尋芳消遣。（合）我和你雙雙遊賞歡宴。

【前腔】（旦）俄然。筍籜摇竿，荷蓋輕展。柳煙新蟬，池畔避暑，撒髮披襟，歡笑共樂蓮船。〔二〕（貼）迷戀。好向流水亭前，納涼消遣。（合前）

【前腔】（占）天然。但願人月團圓，千里共嬋娟。天朗氣清，時送桂花香遠。（貼）飲宴。好向百尺樓前，玩月消遣。（合前）

【前腔】（生）瞥見。凍冷天寒嚴肅，簾幕風絮弔綿。玉墜珠撒粉飄篩，平地悄若堆鹽。（旦、貼）堪羨。好向碧玉廳前，觀梅消遣。（合前）

【尾聲】醺醺醉了都休管，三公不换此江山，萬古標名宇宙間。

一對夫妻正及時，郎才女貌兩相宜。

在天願爲比翼鳥，〔三〕入地共成連理枝。

〔二〕蓮：原作『連』，據汲古閣刊本《繡刻殺狗記定本》改。

〔三〕願：原作『原』，據汲古閣刊本《繡刻殺狗記定本》改。

## 孫華拒諫

【寄生草】（旦）纔説三兩句，連罵四五聲。俺這裏戰兢兢，只得底頭忍。他那裏怒吽吽，只待要争兢。俺這裏不敢，不敢回言應。你道入門不聽俺這婦人言，正是歸家懶睹妻兒面。

【前腔】（旦）俺這裏添煩惱，(一)你卻是佯醉倒。爲甚麼好夫妻整年不和順？偏與他那喬朋友，每日相隨趁。把的親兄弟趕出無投奔。正是三冬街上有誰偢，卻不道十年窗下無人問。

【桂枝香】（生）拈針穿綫，機織絲絹。兀的是婦女工夫，你有甚高才遠見，輒敢大膽出言相勸。不識機變被人嫌。大丈夫男兒漢，不聽婦人言。

【前腔】（旦）熟油苦菜，由人心愛。忒恁的識假不識真，(二)把我做何人看待？想夫妻義重，結髮恩愛，只得忍奈。説得來莫怪君無禮，都緣是我命。

【前腔】（占）聽妾禀告，常言人道『舌是斬身之刀』。口快招得人煩惱。奴忒口快，官人焦

(一) 添：原作『忝』，據文義改。
(二) 的：原作『低』，據文義改。

燥，將奴逐了。細思之，閉口深藏舌，安身處處牢。

兄弟無辜趕出門，忠言逆耳反成嗔。
自家骨肉常如此，何況區區陌路人。

## 王婆逐客

【鎖南枝】（外）孫員外是我兄，將孫榮趕逐無投奔。那堪旅店中婆婆取房錢，把我衣盡剥，閉了門。趕出去，自懊恨。

【前腔】（末）聽伊數愁悶，交人淚暗垂。本是同胞兄弟，你哥哥更不思量，〔一〕下得此惡意。他富貴，你受貧。享榮華，直得甚？

獨占家私理不宜，卻交兄弟受孤恓。
常將冷眼觀螃蟹，〔二〕看你横行到幾時。

---

〔一〕哥哥：原作『歌歌』，據文義改。
〔二〕將：原作『關』，據汲古閣刊本《繡刻殺狗記定本》改。

## 雪夜救兄

【蠻牌令】（外）哥哥占田莊，交兄弟受淒涼。本是同胞養，又不是兩爹娘。我穿的粗衣破裳，你喫的是美酒肥羊。哥哥你心下自思量，你心下自忖量，[一]你們真是鐵打心腸。

【繡停針】先自悲傷，又遭一跌痛怎當。抬身忍痛回頭望，見一漢酒醉倒在街傍。你本待學劉伶入醉鄉，卻番作臥冰王祥。看看冷逼寒凍神魂喪，難道是酒解愁腸。

【下山虎】有一個醉漢倒在街坊，大雪紛紛下，看着慘傷。[二]我好意叫你開門早商量。籠些火焰，交他喫滾湯。救人一命，勝造七級浮屠，[三]交你福壽昌。你若不開門後，倘或死亡，帶累你鄰家遭禍殃。

【園林好】這伴儅好似孫大郎。呼唬得我魂飄蕩，退後趨前心意忙。那堪柳絮梨花，下得恁强。似這般冷颼颼、寒凛凛，哥哥怎當？自忖量，自感傷，怕這雪凍死了兄長。怎禁得撲

[一] 忖：原作「村」，據汲古閣刊本《繡刻殺狗記定本》改。
[二] 慘：原作「傪」，據汲古閣刊本《繡刻殺狗記定本》改。
[三] 級：原作「汲」，據汲古閣刊本《繡刻殺狗記定本》改。

簌簌珠淚痛傷。

## 歸家被逐

【泣顔回】（旦）從早離門兒，他與兩個喬人排會。終朝宴樂，他便讓你先回。若非小叔，險些個凍倒在雪兒裏。背歸來再生人世。不知倒在何處。

【前腔】（外）紛紛觸目柳花飛，卑人身上無衣無食。蕩風冒雪干謁，(一)有誰得知。躭饑受冷，到黄昏、摩羅回窑裏。見家兄倒在雪裏，孫榮身背回歸。

【前腔換頭】（占）聽啓：渾身上帶水泥，且請官人脱下衣袂。（外）不敢在此，回窑自能區處。（旦）叔叔聽啓：請些飯食回窑去，待迎春運邐來至，一飯可已充饑。

【前腔】（外）謝得嫂嫂深意，特賜飯食。只恐哥哥酒醒禁持，劈面便打，不如忍饑回歸。（旦）叔叔聽啓：你哥哥酒醉常貪睡。醒來時挨我支持，我婦人家豈怕男兒。

【賺】韓信當時，漂母哀憐賜與食，時運到拜相封侯多富貴。（外）一雙筯使我拿不起、放不得，一口飯也吞不得、吐不得。嫂嫂賜食，好似吕太后筵席。

(一) 冒：原作『帽』，據汲古閣刊本《繡刻殺狗記定本》改。

【前腔】（旦）遍身泥水，雪滿頭巾似銀鋪砌，(一)撇下得賽關張親兄弟。（外）曾説與哥哥酒醒自支持，一聲喝起先驚懼。兀底是婦人家那怕男兒，(二)去留無計。

## 看書苦諫

【絳都春】(三)（旦）平生戀色，(四)有忠臣伍奢，直諫復罪。伊孩兒伍尚，入朝齊殺取。子胥奔走吴國裏，借兵馬投入楚地。兩軍交戰，鳴羅金鼓震動天地。

（生）不知那一國勝，那一國敗？

【降黄龍】（旦）吴國兵强，遂起兵征戰，楚國難敵。昭王敗走，到楚江無渡，心下躊躇。移時見一稍子，駕一葉扁舟來至。救楚昭王、御弟、夫人、太子離去。

【前腔】俄然風浪滔天，蕩卻船兒，把身不定。船稍奏起：告我王，请一位疏者落水。船稍奏起：告我王，小船不堪重載，風浪又急。告我王，請一位疏者下水。夫人欠身而起，奈須刻間天

(一) 銀：原作『艮』，據汲古閣刊本《繡刻殺狗記定本》改。下同改。
(二) 兀：原作『元』，據汲古閣刊本《繡刻殺狗記定本》改。
(三) 絳：原作『降』，據汲古閣刊本《繡刻殺狗記定本》改。
(四) 生：原作『王』，據汲古閣刊本《繡刻殺狗記定本》改。

慘雲迷，似落花隨着流水，悠悠大江東去。

【衮遍】太子淚雙垂，投入江兒水。風静浪平，楚王登岸離舟去。暗憶太子，偷彈淚垂。投西楚，往晉國奔逃走。

【前腔】身與申包胥，領着精兵至。來救楚昭王，遂與吴軍相迎敵。兩國争戰，殺吴軍退。群臣會，衆楚王回朝去。

【前腔】再整舊華夷，重睹江山麗。滿朝朱紫，再來朝内。再立妃子，居宫中，俄然又生太子，昭王喜。

【前腔】妻子易得之，兄弟難輕棄。若死去時，算來難得重相會。兩班文武，山呼聲沸。揚塵罷，舞蹈畢，(一)皆歡喜。

【普天樂】楚昭王真賢會，棄子憐兄弟。伊不念共乳同胞，割捨趕出門去。念小叔真狼狽，我夫哀憐回心意。破窑内取回兄弟，同享富貴。效昭王愛親，休學曹丕。

【前腔】(生)偶因觀《三國志》，曹操子曹丕的。因兄弟廣記多才，七步已成詩句。兄妬忌恐

(一) 畢：原作『軍』，據汲古閣刊本《繡刻殺狗記定本》改。

怕他奪位，定計施謀殺兄弟。我端詳察因依，[一]兄殺弟有理。曹丕見識，正合着我意。

【前腔】（占）告東人聽啓，豈不曉其中意。[二]娘行賢會聰明，提説故事比喻。曹丕妬忌休學取，願學昭王憐兄弟。望員外息怒回嗔，從是改非。賽關張，到底都是喬的。

【尾聲】一時楚國封登位，萬民樂業歡聲沸，致使流傳作話兒。

叵耐孫榮忒不良，算來誰弱有誰强。

大風吹倒梧桐樹，自有傍人説短長。

## 窑中拒奸

【行香子】（外）日有陰晴，月虧盈，算人無久富長貧。秋來自然黄葉飄零，到春來花重吐，柳拖金。

（浄）二哥，幾時不見，顔容憔悴。你哥哥這般發積，你這般受貧。（外）好交二丈得知。

【風入松】豈不聞伊尹未逢時，有莘野鋤耕。漂母進食哀韓信，吕蒙正把寒爐炭撥盡。姜子

[一] 詳：原作『詩』，據汲古閣刊本《繡刻殺狗記定本》改。
[二] 豈：原作『啓』，據汲古閣刊本《繡刻殺狗記定本》改。

牙八十爲釣叟，時來後做公卿。

【前腔】古時人何以異於今，自古賢愚不均。賢者正直無讒佞，愚蠢底言而無信。處處有君子小人，吾一日三省其身。

【急三鎗】[一]我一時窮，一簞食，一瓢飲。[二]常憂道不憂貧。我豪邁才調多聰俊。管一躍跳過龍門。

【風入松】[三]與哥哥一處父娘生，卻把我如陌路之人。把家私占了生惡性，趕逐我離鄉別井。打殺我終無怨心，割不斷手足之親。

【急三鎗】敗風俗，歹言語怎聽？没家法，壞亂人倫。逞奸狡，調唆人告論，君子面，小人心。

【風入松】怨家兄結義勝的親，[四]敢恁地反面忘恩。你到我哥哥行使些糖蜜口，我根底調唆告爭。我哥哥有眼何曾識好人。你只宜假面不宜真。

[一]【急三鎗】：原闕，據汲古閣刊本《繡刻殺狗記定本》補。下同補。
[二]瓢：原作『飄』，據汲古閣刊本《繡刻殺狗記定本》改。
[三]【風入松】：原闕，據汲古閣刊本《繡刻殺狗記定本》補。下同補。
[四]義：原作『議』，據汲古閣刊本《繡刻殺狗記定本》改。

兄富伊貧實可憐，(一)逆來順受總由天。(二)

分明指出平川路，莫把忠言作惡言。

## 月真買狗

【上林春】(旦)手足之親，無故趕出，今日裏又生惡意。(占)娘行力諫不從，遣人無語嗟吁。

【光光乍】(浄)誰人叫王婆？叫得我聲恁速。待我開門看則個，近前深萬福。

【繫人心】(旦)要一狗合藥甚緊，告婆婆且休憂悶。與婆婆隔壁住年深，且自宜自思，休教失了人情。

【前腔】(占)算遠親不如近憐，你何須苦苦執性？要狗合藥救人命，休怒嗔，休怒嗔，出語傷人。算來一狗直甚。

【前腔】(浄)這狗子從小養成，割捨得害他一命。縣君休得把人輕，空有金，空有銀，縱有珠珍，休得倚富吞貧。

(一)兄富伊貧實可憐：原作『兄宫伊貧失可必』，據汲古閣刊本《繡刻殺狗記定本》改。

(二)逆：原作『這』，據汲古閣刊本《繡刻殺狗記定本》改。

（占）凡事留人情，一個狗兒值得甚？〔一〕 便出言道語好傷人。

【皂羅袍】狗子堅執不肯，便出言道語，惱人心懷。仔細思量爲何來？〔二〕 王婆，你好不相待。（合）我和伊久年鄰舍，且宜忍耐。休發惡語，寃只可解。依然兩下人情在。

【前腔】（丑）是我不合口快，從今改過，已往修來。縣君容恕相憐愛，做一床錦被都遮蓋。（合前）

## 斷明殺狗

【西地錦】（外）幸得一人有慶，萬民咸賴康寧。蠻夷拱手來皈順，幸國泰民清。〔三〕

【排歌】（生）今日孫華特蒙聖恩，追受令尹豪貴門。（旦）賤妾何幸感皇恩，賢德夫人特賜與。（合）夫榮顯，妻又貴，又封孫榮縣丞職。金冠艷，霞被美，夫人楊氏享富貴。

【前腔】（貼）追想人間難得此女，殺狗勸夫真難比。適曾聞奏君知，爵禄如今都賜與。（合前）

【尾聲】千般百計勸夫婿，一團和氣皆賀喜，旌表門閭教人作話兒。

---

〔一〕 個：原作『固』，據文義改。

〔二〕 仔：原作『好』，據汲古閣刊本《繡刻殺狗記定本》改。

〔三〕 國泰民清：原作『負泰民安』，據汲古閣刊本《繡刻殺狗記定本》改。

# 納書楹曲譜

《納書楹曲譜》收録《殺狗記》之《雪救》一齣，輯録如下。

## 雪　救

【小桃紅】子猷乘興訪戴，匆忙興盡回船去也。閉户的袁安卧高堂，映雪的是孫康。呂蒙正繞街坊，謁朱門九不開無承望也，正遇着那風雪好恓惶。他運來時佐理朝綱。

【蠻牌令】我哥哥占田莊，兄弟受淒涼。本是同胞養，又不是兩爹娘。我穿的是粗衣破裳，你喫的是美酒肥羊。心下自思量，若不思量，就是鐵打心腸。

【繡停針】我先自悲傷，又遭一跌痛怎當？擡身忍痛回頭望，見一人醉倒街旁。你本待學劉伶入醉鄉，好一似卧冰王祥。看看冷逼神魂喪，早難道酒解愁腸。

【下山虎】有一個醉漢倒在街旁，大雪洋洋下，見着慘傷。我教你開門打夥兒商量。籠火焰，教他喫口湯。救得人一命，勝造浮屠福壽昌。若不開門後，倘或死亡，連累鄰家遭禍殃。

【園林杵歌】這容龐好似孫大郎。諕得魂飄蕩，退後趨前心意忙。那堪柳絮梨花下得恁狂，似這般冷颼颼、寒凜凜哥哥怎當？自忖量，自感傷。怕這雪凍死我的兄長，怎禁得撲簌簌淚出痛腸。

【望歌兒】三人踏雪同宴賞。他兩個先自回歸，撇你在長街上。口是心非，休想賽關張。到此方知他調謊，從今後休把親撇樣。

【羅帳裏坐】欲送你到家，尋思慘傷。哥哥酒醒禍起蕭牆，誰教你上門自取災殃。只愁雪上更加霜，這一頓拳頭怎當。

【江頭送別】哥哥的，哥哥的，倚強恃長。親兄弟，親兄弟，意怎敢忘？好歹背你回家去，由哥哥打罵何妨。

【憶多嬌】兄見短，弟見長，我全無力氣須勉強。念取同胞親兄長。手足之情，手足之情，怕什麼山遥路長。

【尾聲】看看背過了平康巷，酒醒後從頭細想。兄弟是嫡親，那結義的都是謊。

# 附録二　隻曲輯録

# 目録

# 舊編南九宫譜

《舊編南九宫譜》所收《殺狗記》隻曲，輯録如下。

【桂枝香】拈針穿綫，機織紬絹。這的是婦女工夫，有甚高識遠見。輒敢大膽，輒敢大膽出言相勸。不識機變惹人嫌。大丈夫男兒漢，不聽婦女言。

【青歌兒】三杯酒萬事和氣，有何妨每日沉醉。頗奈孫二太無知。他來害我，我害他容易。

【光光乍】因感病不痊，合藥用許多般。欲買婆婆一黄犬，多與黄婆錢十貫。

【番鼓兒】委付你，委付你，今夜三更至。到城南破瓦窑内。見那喬才，便把剛刀殺取。了事回來，那其間多多謝你。魆魆離門兒，更隄防隔牆有耳。

【長生道引】千紅百翠，妝點名園景最奇。春光明媚，和風習習，麗日遲遲。聽得緑楊枝上，黄鸝巧語，唤人遊戲。見金鞍共玉勒盡出郊外，尋芳殢酒排筵會，踏花去馬蹄香細。咱兩個共遊戲。只聽得笙歌鼎沸，更有那簫管和齊。直喫到日沉西。

【醜奴兒】常言道人無遠慮，必有個近憂來至。是我三人共結義，只愁他半路裏抛棄。説得是作一個道理，早尋個長久計。

【醉中歸】晚來雲布密，凛凛朔風透寒威。俄然見六出花飛。長空一色，萬里如銀砌。當此際、雪正飛。慶賞豐年祥瑞。同宴樂，唱飲羊羔拚醉。

【行香子】日有陰晴，月有虧盈，歎人無久富長貧。貧的是秋來到也黄葉飄零，富的是到春來花如錦柳拖金。

【菊花新】積善之家慶有餘，鷄窗下勤讀詩書。學成文藝，性標格，貌魁梧。賴祖宗福蔭，世傳豪富。

【泣顔回】從早離門兒，與兩個喬人排會。終朝宴樂，他卻撇你先回。若非小叔，險些兒凍死在雪兒裏。背歸來再出人世，不知他倒在何處。

【大影戲】嫂嫂行不由徑，應是我不開門。自來嫂叔不通問，休教人説上梁不正。聽得一言唬了魂，戰戰兢兢，（一）進退無門。心兒好悶，猛開了門，任兄長打一頓。

---

（一）兢兢：原作『競競』，據汲古閣刊本《繡刻殺狗記定本》改。

【丹鳳吟】行過柳堤，步入園内。那一位解元何處？他隨後便來，兀的是請吃酒請吃食。歡喜。怎不見孫員外來至？去接取，去接取，迎着即便歸。説道我們兩個都來至，懸懸望着不見至。

【紅芍藥】驀聽得甚人敲門，莫不是巡夜的軍兵。默默仔細聽，來是婦女聲音，汝是何方興妖鬼精。是良人因甚夜扣門，莫不是見景也生情。請伊家早早回程，休得要惱亂我書生。

【竹馬兒】他效學昔日關張結義，不思量久後有頭没尾。豈知他兩個調謊的，使虚心冷氣。挑唆員外如是。我東人枉自多伶俐，落圈套總不知。把骨肉下的輕棄。只恁的不思量手足恩深，豈念他同胞義。謾教人淚雙垂，説着後我心碎。

【大胜樂】吾家累代簪纓，我一身享現成。金玉滿堂多豪貴，怎答謝父娘恩。奈與親生兄弟兩個不和順，却與非親結義深。此事非容易也。論人生好惡，宿世緣分。

【石竹子】時遇寒食近清明，辦虔誠特來拜墳。一杯美酒澆奠，使人不覺淚零。紙錢高掛在墳頭，表孫華孝情。酒肴羅列在墳前，望陰魂受領。

【解連環】酬酢歡娛，拚今宵共伊沉醉。同攜手步月回歸。逢知己，賽過同胞共乳的。更莫學割袍斷義。

【大迓鼓】結交恩愛深。原來他今日背義忘恩。勸你不聽信。霸王空有重瞳目，有眼何曾識好人。

【呼喚子】從來不忖量，信他人常説賽過關張，他曾道便有官司替爾承當。思量。他口是心非來調謊，又道是勝似嫡親爹共娘。爾道是家裏雌鷄啼，算來有甚吉祥。

【本宮賺】默默嗟吁，痛哽咽垂雙淚。直來到畫堂伏说，此事教我好傷悲。試問你，未審何人欺負你。你緣何垂雙淚。不知你怎的，一一從頭説與。試提起，小官人鎮日攻書。被東人急呼至説着他幾句。百般打駡將他趕出去。果恁的，奈何官人心性急。似撮鹽入火内，猜着他就裏。又敢是聽人言語，果然如是。

【古針綫厢】勸諫不聽，未審東人待怎生。只聽兩個喬男女，割捨得背義忘恩。小官人從來本分，平白地趕打他出門。若得勸回心，取回兄弟，日遠非親。

【繫人心】要一狗合藥甚緊，告婆婆且休憂悶。與婆婆隔壁住年深。且宜自省，休要失了人情。

【一疋布】聽呼喚，出房前，不知有甚言。尋思此事淚漣漣，原來是婆婆討錢。

【梨花兒】凝望我夫不見歸，朦朧月淡人寂静。不見他回來越悶生。嗏！愁聽鐵馬兒叮當韻。

【吒精令】子傳聽説因依，咱們共你商議。夜來忽然想一計，説着教伊歡喜。

【園林杵歌】看這般模樣，好似我孫大郎。唬得我神魂飄蕩，好教我退後趨前、心急意忙。那堪柳絮梨花、下得恁强，似這般冷颼颼、寒凜凜，哥哥怎當？自忖量，自感傷。怕這雪凍死了兄長，不由我撲撲簌簌淚出痛腸。

【風馬兒】傾國花容貌嬌美。家豪富比陶朱。郎才女貌非凡比，宿緣結會。盡今生效于飛。

【慶青春】芳草鋪茵。夭桃噴火，絲絲細柳拖金。撚指光陰，使人無限傷情。歸家暖閣排宴飲。纔過了除夕，正遇元宵，遊賞花燈，又早清明。

【集賢賓】怨我官人，近日心性偏。與兄弟結冤。每日與非親同宴賞，把骨肉頓成拋閃。不聽我言，怕久後日疏日遠。常掛念，怕一宅分做了兩院。

【琥珀猫兒】勸諫不聽，切莫再三言。怕我官人生倒見，反將恩愛變成冤。難言。甚日何年，勸得他心轉。

【梧桐樹】腌臢小賤奴，輒敢相欺負。我是你官人，你是咱使數。如何在我行回言語，只怨我哥哥做不得主。卻使今朝外鬼相調戲，心中自想愁如許。

【金瓏璁】長空雲黯黯，觸處交加。飄柳絮，舞梨花。腹中遭凍餓，是我干謁豪家。空嘆息，謾嗟呀。

【海棠春】奴家貌美多聰慧，共娘行每日遊戲。晝永拈針指。忽聽的娘行呼喚，不知道有何言語。

【五供養】今生多幸，喜一身生長在豪門。家傳朱紫貴，世簪纓。詩書盡覽，時未至、龍門難進。一朝裏遇風雲，那時衣紫作公卿。

【惜奴嬌】安享荣華，豈不念父母之積攢家私。千層水面，虎口裏换出珍珠。如今每日攻書錯留心。懶經求、不營運，待怎生。自今日不許上我的門庭。

【雙勸酒】衣衫盡剥，吃人僝僽。急離我門，不得落後。覆水从來難收，人面果然難求。

# 增定南九宫曲譜

《增定南九宫曲譜》（全名《增定查補南九宫十三調曲譜》，又名《南曲全譜》）所收《殺狗記》隻曲，輯録如下。

【七賢過關】三人共賞雪，喫得醺醺醉，撇我哥哥跌倒在深雪裏。他兩個撇了你，自先回。却不道賽過關張有義氣。冷清清凍死你做街頭鬼，又還是孫榮背負你歸。孫員外，你臨危不見了賽關張，方信道打虎還須親兄弟。

【多嬌面】見官人忠孝心，思量後口頭忒緊。不合出言傷觸了大人，如今悔之不盡。

【光光乍】因感病不痊，合藥用多般。要買婆婆一黄犬，特與婆婆錢一貫。

【青歌兒】三杯酒萬事和氣，又何妨每日沉醉。思量孫二太無知，伊來害我，我又如何饒你。

【醉中歸】晚來雲布密，凛凛朔風送寒威。俄然見六出花飛。長空一色，萬里如銀砌。當此際，雪正飛。慶賞豐年祥瑞。同宴樂排筵，滿飲羊羔拚沉醉。

【大影戲】嫂嫂行不由徑，笑不露形，我應是不開門。自來嫂叔不通問，休又説得上梁不正。只此一句，唬得人喪膽亡魂。戰戰兢兢，進退無門。

【丹鳳吟】行到柳堤，步入園内。那一位解元何處。隨着我來，兀的便是甚人請喫酒？喫酒好歡喜，悄不見孫兄來至。去接取，去接取，迎着即便回。説道我每來此處，懸懸望着員外至。

【石竹花】時遇寒食感孝情，辦虔心特來拜墳。一杯美酒澆奠，使人不覺淚零。紙錢高掛墳頭，略表孝情。酒肴羅列墳頭，乞賜受領。

【解連環】酬酢歡娱，拌今宵共伊沉醉。同攜手、步月歸去。（合）逢知己，賽過關張管鮑的，更莫學割袍斷義。

【呼喚子】吾家本善良，賴祖宗積趲，富貴非常。誰知今日禍起蕭牆。斟量，自不合酒性剛。道出言語觸伊行，都撇漾。夫妻義重，休掛心腸。

【大迓鼓】聽咱説事因，一人心痛，一個腰疼，假意佯推病。果然日久見人心，到此方知没義人。

【竹馬兒】他效學昔日關張結義，不思量久後有頭無尾。豈知他是調謊的，使虛心冷氣，挑唆員外得如是。我東人枉恁多靈利，落圈圚總不知，把骨肉下得輕棄。你好直恁地，不思量手足恩深，豈知同胞義。漫教人無語淚雙垂，説着後心碎。

【本宮賺】默默嗟吁，哽咽垂雙淚。直入畫堂覆说，此事好傷悲。試問你，未審何人虧負你，你緣何垂雙淚。不知怎地，你從頭一一説與。

【前腔】告且聽啓：小官人鎮日攻書。被東人急呼至，説着幾句。百般打駡趕出去。果恁的，奈我官人心性急。似撮鹽入火内，猜着就裏。又敢是聽人胡語，果然如是。

【古針綫厢】勸解不聽，未審東人却怎生。只聽結義相調引，割捨背義忘恩。小官人從來本分，平白地趕出門庭。(合)若得勸回心，取回兄弟，日遠非親。

【繫人心】這狗子從小養成，割捨得害他一命。縣君休得把人輕。空有金，空有銀。縱有珍珠，休得倚富吞貧。

【一疋布】聽呼唤，出房前，不知有甚言。尋思此事淚漣漣，元來是婆婆討錢。

【博頭錢】你好忒胡逞，你好不本分。教我争，你有何安穩。不聽道忒煞村，不依教合受貧。算來貧富是前因，皆由命，豈由人。屏風雖破，骨格尚存。一朝榮顯，否極泰生。兩人休得要争競，須留取舊人情。

【梨花兒】凝望我夫獨倚門，朦朧淡月人寂静。不見回來越悶生，嗏！愁聽鐵馬丁當韻。

【吒精令】子傳聽説因依，咱每和你商議。夜來忽地生一計，説起教伊歡喜。

【園林杵歌】這容龐好似孫大郎，唬得我魂飄蕩。退後趨前心意忙，那堪柳絮梨花下得恁强。似這般冷颼颼、寒凛凛，哥哥怎當。自忖量，自感傷。怕這雪凍死了兄長，怎禁得撲簌簌淚出痛腸。

【梧桐樹】腌臢小賤奴，怎不思量取。我是你東人，你是咱奴婢。輒敢對主出言語，自恨我家神做不得主。致使今朝外鬼相調戲，兀的不是勢敗奴欺主。

【琥珀猫兒墜】勸他不聽，切莫再三言。怕我官人無遠見，反將恩愛變成冤。難言，甚日何年，得他心轉。

【吴小四】命兒孤，没丈夫，三十年來獨自宿。開個店兒清又楚，往來官員士大夫，誰不識王大姑。

【五供養】今生有幸，喜一身生長豪門。家傳朱紫貴，世簪纓。詩書盡覽，時未至龍門難進。一日裏遇風雲，那時衣紫作公卿。

# 寒山曲譜

《寒山曲譜》所收《殺狗記》隻曲，輯録如下。

【賀新郎】夜來因吃酒。大雪中跌倒孫兄，讓他落後。拏了他靴中兩錠鈔，又把玉環拐走。怎知今日跌破，我兩個如籃提水走歸家，(一)籃内何曾有。干嘔氣。惹場羞。

【紅衫兒】時遇寒食感孝情，辦虔心特來拜墳。一杯美酒澆奠，使人不覺淚零。紙錢高掛墳頭，略表孝情。酒肴羅列墳頭，乞賜受領。

【竹馬兒】他效學昔日關張結義，不思量久後有頭無尾。豈知他是調謊的。使虛心冷氣，挑唆員外得如是。我東人枉恁多伶俐。落圈套總不知，把骨肉下得輕棄。你好直恁地。不

(一) 籃：原作『藍』，據文義改。下同改。

思量手足恩深，豈知同胞義。漫教人無語淚雙垂，説着後心碎。

【纏枝花】殺人罪犯難輕恕，實事難抵對。害人一命還人一命，有錢難買罪。逞胡言生奸計，天理不容你。（合）算來誰是誰不是，到官明白處。

【呼喚子】吾家本善良。賴祖宗積趲，富貴非常。誰知今日禍起蕭牆。斟量。自不合酒性剛。道出言語觸伊行，都撇漾。夫妻義重休掛心腸。

【解連環】酬酢歡娛，拚今宵共伊沉醉。同挈手步月歸去。（合）逢知己，賽過關張管鮑的。更莫學割袍斷義。

【針綫箱兒】勸解不聽，未審東人却怎生。只聽結義相調引，割捨背義忘恩。小官人從來本分，平白地趕出門庭。（合）若得勸回心，取回兄弟，永遠和順。

【針綫箱兒】世上爲人，兄弟不親誰是親。不思共乳同胞義，又不念手足之恩。我如今和伊到城，説几句勸我東人。

【鼓板賺】韓信當時，漂母哀憐賜與食。時運至，拜相將封侯多富貴。一雙筯挐不住、放不得，一口飯吞不進、吐不出。嫂賜食，一似吕太后的筵席。

【鼓板賺】遍身泥水。滿頭巾似銀鋪砌，撇下得賽關張兄弟。曾説與哥哥酒醒自支持，一聲喝起自驚懼。兀的是婦人家那怕男兒，去留無計。

【石榴花】破窑關上，平日又難親，回頭只有影隨身。仰觀疏疏刺刺半天星，魆律律地冷風旋刮起灰塵。將他誤人書問幾聲，直恁的誤得索性。守着你賣不得、吃不得，那些兒一字值千金。

【石榴花】朔風凛凛，旅館有誰親。不如暫回鄉，固守清貧。[一] 問天何故困賢人，奈衣單食缺，有口恥難陳。想先儒也曾受苦辛，料儒冠誤人。英俊男兒漢，氣沖霄，志凌雲，只知憂道不憂貧。

【念佛子】打駡人生怒嗔，今日緣何戰兢。跪咱每，請兄起來休還禮。男兒膝下有黄金。反把兄爲弟、弟爲兄，休失尊卑名分。莫壞了家法、敗亂人倫。

【大影戲】行不由徑，笑不露哏，我應是不開門。自來嫂叔不通問。休又説上樑不正。只此一句，唬得人喪膽亡魂。戰戰兢兢，進退無門。心兒好悶，我猛開了門。[二] 恁兄長打一頓。

【越恁好】與君同氣，與君同氣，一個父娘生。難忘這些恩和義。手足親，休得再講。倘或事生發，你莫胡招認。兄弟替着哥哥認。

---

[一] 固：原作『故』，據文義改。

[二] 開：原闕，據汲古閣刊本《繡刻殺狗記定本》改。

【丹鳳吟】行到柳堤，步入園内。那一位解元何處。隨着我來，兀的便是甚人請吃酒。吃酒好歡喜，悄不見孫兄來至。去接取，去接取，迎着即便回。説道我每在此處，懸懸望着員外至。

【大迓古】聽咱説事因，一人心痛，一個腰疼。假意佯推痛，果然日久見人心。到此方知没義人。

【雁過聲】昨宵際晚時，見小叔背負員外回歸。穿一領百衲破衣，睚睚瘦得不中覷，鐵心腸見了珠淚垂。一飯未曾舉筯，員外酒醒喝起。便道他偷了環兒，更不分説幾句，便拳趺亂打逐出去。破窑内受苦伊怎知。

【雁過聲】小叔知禮攻書，又怎肯懷着惡意。信他人搬喋是非，把親生兄弟逐出去。每日勸解不聽取。同胞共乳，手足之義，割捨得他輕棄。將家私恃長不分取。小官人曉得詩書，知禮義。盡讓兄不肯説他，又何曾説是説非。論得來誰是誰不是，何日勸得心意回。

【錦纏道】計謀成，殺一狗撇在後門。妝扮似人形，試看來鮮血遍污衣巾。我兒夫必道是人，猛然間魄散魂驚。若問我原因，説着幾句，教他猛自省。（合）若得回心轉，愛兄弟遠他人。

【錦纏道】我官人，近日來不知怎生，偏向外人親。每日裏同飲同坐同行，把兄弟逐出受貧。

娘行勸抵死不聽。殺狗扮人形，設着此計，必須改過心。（合前）

【福清歌】見着你每珠淚暗傾。思往日教人懊恨。見官人，没精神。遣吴忠珠淚流，似刀剜寸心。（合）受饑寒，煞害得壁倒籬傾。

【福清歌】聽説事因，賢德縣君，常勸戒官人不聽。守清貧，且安分，去謁高門求口食，路上哀告人。（合前）

【普天樂】偶因觀《三國志》，曹操子曹丕的，因兄弟廣記多才，七步已成詩句。兄妬忌恐怕他奪位，定計施謀殺兄弟。我端詳細察因依，兄殺弟有理。曹丕見識正合吾意。

【普天樂】告恩官擡明鏡，殺的是畜生命。當初道逐盜防奸，咬了破衣之人。曾吠月磨勒恨，盜去紅綃難尋問。晉朝中屈害忠臣，不合撲着趙盾。因此上任他無義，没濕草之恩。

【長生道引】千紅百翠，妝點名園景最奇。春光明媚，和風習習，麗日遲遲。聽得緑楊枝上，黄鸝弄語。(一)唤人遊戲，見金鞍玉勒，競出郊西。尋芳殢酒排宴會，踏花去馬蹄香細。（合）遊賞好得意，默聽得笙歌聲沸，絃管和齊，直吃得日沉西。

【三字令】論孝情果無比，請起來小兄弟。情願替着你。聽説與伊年未肌膚怯，難當冷濕

（一）鸝：原作『麗』，據汲古閣刊本《繡刻殺狗記定本》改。

氣。寧可我當取，教我寸心碎。撲簌淚雙垂，聽響聲似轟雷。試看時猶如震天地。

【皂羅袍】見吴忠來珠泪滿腮，想我當初間豪邁。今日悄似一個乞丐。穿着一領破衣裳，拖一雙破鞋，何日得苦尽甘來。我在破窑中冷冷地誰倸倸。嗏！傷懷。我哥哥忒毒害，閃得我不魘不尬。

【皂羅袍】宅上事如麻，都要去解。那得工夫前來，出於無奈。非不用心，非不掛懷。望東人凡事百可憐擔帶。

【青歌兒】三杯酒萬事和氣，又何妨每日沉醉。思量孫二太無知。伊來害我，我又如何饒你。

# 南曲九宫正始

《南曲九宫正始》(全名《彙纂元譜南曲九宫正始》)所收《殺狗記》隻曲,輯録如下。

【賞宫花】錢落手中,尋思跌破胸。乾與他將去,杳無蹤。好似雁從天上過,急忙歸去買油烹。

【啄木兒】孫員外聽拜啓:我當初共伊結義。夜來心疼非詐的,兄弟應知得罪。是真難滅是假易除。休多語,假饒染就乾紅色,也被傍人道是非。

【三段子】請出去離,這狂言難信你。你休强嘴,便教你災禍起。忘恩義,煞無知。當初效學關張的,倒做了孫龐鬬使計。

【錦纏道】計謀成,殺一狗撇在後門。裝扮似人形,試看來鮮血遍污衣襟。我夫必道是人,驀然魄散魂驚。若問我原因,説着幾句,教他自猛心省。願得回心後,愛兄弟遠别他人。

【長生道引】千紅百翠，裝點名園景最奇。春光明媚，和風習習，麗日遲遲。聽得緑楊枝上，黄鸝弄語，喚人遊戲。見金鞍共玉勒，競出郊西。尋芳殢酒排宴會，踏花去馬歸香細。（合）遊賞好得意，驀聽得笙歌聲沸。簫管和齊，直喫到日沉西。

【長生道引】遊人如蟻，紫陌紅塵拂面飛。鞦韆蹴起，夭桃臨水，翠柳盈堤。牡丹獨豪貴，百花怎比。翠紅深處，見才子共佳人，並肩低語。踏青鬬草撒滿地，貪歡笑墮簪遺珥。（合前）

【本宮賺】默默嗟吁，痛哽咽垂雙淚。直入畫堂，覆說此事，教我好傷悲。試問你，未審何人虧負你。你緣何垂雙淚。不知你怎的，一一從頭説與。告且聽啓。

【本宮賺】小官人鎮日攻書，被東人急呼至，説着他幾句。百般打罵將他趕出去。果恁的，奈何官人心性急。似撮鹽入火内，猜着他就裏。又敢是聽人言語，果然如是。

【光光乍】因感病不痊，合藥用多般。欲買婆婆一黄犬，與婆錢一貫。

【鐵騎兒】離門兒，離門兒，心驚膽碎。步疾去如飛。到城南破窑，了事便回歸。

【番鼓兒】委付你，委付你，今夜三更至。到城南破瓦窑内，見那喬才，便把鋼刀殺取。了事回來，那其間多多謝你。魆魆離門兒，更隄防隔牆有耳。

【青歌兒】三杯酒萬事和氣，有何妨每日沉醉。叵奈孫二太無知，他來害我，我害他容易。

【青歌兒】聞知道哥哥上墳，强如拾得珠珍。急急前來弟兄心，算來强如手足親。

【勝葫蘆】却遣吴忠殺他人，吉凶事無憑。勸君不必閒憂慮，吴忠必定不肯害他人。

【皂羅袍】軟弱立身之本，論剛强惹禍之胎。利刀割水兩難開，好語解人金腰帶。

【古皂羅袍】恨奴胎，恨奴胎，直恁乖。自我來窑内後，全不想故人安在。想我在家中，不曾歹覷你來。好難道重義輕財，好難道重義輕財。許多時，惱我也全不來。好□，苦殺我他時後，將我做甚人看待。宅上事如麻，都要去解，那得工夫前來？後出於我無奈，非不用心，非不掛懷，望東人凡百事可憐擔帶。

【古皂羅袍】見吴忠來，珠淚滿腮。想我當日裏豪邁。今日悄似一個乞丐。穿着一領破衣裳，拖一雙破鞋。何日苦盡甘來，何日苦盡甘來。我在破窑中冷冷地誰偢倸。傷懷。我哥哥忒毒害。閃得我不尷不尬。見官人珠淚滿腮，骨瘦如柴，全没些兒光彩。有十貫現錢難捨，自己財將不出來。端的是少些休怪。

【行香子】日有陰晴，月有虧盈。歎人無久富長貧。貧的是秋來到也黄葉飄零。富的是到春來花如錦、柳拖金。

【醉中歸】晚來雲布密，凛凛朔風透寒威。俄然見六出花飛。長空一色，萬里如銀砌。當此際，雪正飛。慶賀豐年祥瑞。同宴樂，暢飲羊羔拚沉醉。

【菊花新】積善之家慶有餘，鷄窗下勤读詩書。學成文藝貌魁梧，賴祖宗福蔭，世傳豪富。

【縷縷金】平白地將咱趕出門，殺人來叫我去埋殯。我今與伊不乾浄，須要折證。諕得他兩個戰兢兢，他夫妻膽喪魂驚。

【丹鳳吟】行過柳堤，步入園内。那一位解元何處？他隨後便來。兀的是請喫酒？請喫食歡喜。怎不見孫員外來至？去接取。說道我們兩個都來至，懸懸望着不見至。

【大影戲】嫂嫂行不由徑，應是我不開門。自來嫂叔不通問。休教人說上梁不正。忽聽得一聲唬了我魂。戰戰兢兢，進退無門。心兒裏好悶。我便猛開了門，任兄長打一頓。

【上林春】手足之親，無故趕出。今日裏又生惡意。娘行力諫不從，遣人無語嗟吁。

【纏枝花】笑你兩個忘恩義，爲甚把咱擒住。常言道狗有濕草義，馬有垂韁志。惱得人惡怒起，趲步即拖去。算來誰是誰不是，到官司明白處。

【呼喚子】從來不忖量，信他人常說賽過關張。他說道便有官司替你承當。思量。他口是心非來調謊，又道是勝似嫡親爹共娘。你道人家裏雌鷄啼，算來有甚吉祥。

【解連環】酬酢歡娱，拚今宵共伊沉醉。同攜手步月回歸。逢知己，賽過同胞共乳的，更莫學割袍斷義。

【竹馬兒】他效學昔日關張結義，不思量久後有頭無尾。豈知他是調謊的，便虛心冷氣，挑唆員外如是。我東人在恁地多伶俐，落圈套總不知。把骨肉下得輕棄，你好直恁地。不思量手足恩深，豈念同胞義。漫教人無語淚雙垂，説着後我心碎。

【竹馬兒】兩人疾速靠花言巧語，鬬是搬非。每日只會拖狗皮，那曾見回個筵席，長坐兩位。我東人結拜爲兄弟，落得個甚便宜。夫和婦話不投機。他三個結義勝似親的，糖甜蜜更美。把親生兄弟趕出去，你家富何濟。

【大迓鼓】結交恩愛深。原來他今日背義忘恩，勸你不聽信。霸王空有重瞳目，有眼何曾識好人。

【金絡索】【繫梧桐】三人共賞雪，喫得醺醺醉。撇我哥哥跌倒在深雪裏。【東甌令】他兩個撇了你自先回。卻不道賽過關張有義志，冷清清凍死你做街頭鬼。【針綫箱】又却是孫榮背負你歸。【金蓮子】孫員外。【懶畫眉】你臨危不見了賽關張。【梧桐樹】方信道打虎須還親兄弟。

【古針綫廂】勸解不聽，未審東人待怎生。只聽兩個喬男女，割捨得背義忘恩。小官人從來本分，平白地趕打他出門。若得勸回心，取回兄弟，日遠非親。

【生姜芽】但邀結義的好兄弟，兄弟望兄不來至。肝腸碎，試向前排喫食。爲何盤饌先狼藉？吴忠的，先偷喫。對面問枉屈人，甚張志。

【賀新郎】夜來因喫酒。大雪中跌倒孫兄，讓他落後。拿了他靴中三錠鈔，要把玉環拐走。怎知今日跌破，我兩個如籃提水走，走歸家籃内何曾有？干淘氣，惹場羞。

【梁州序】是甚人説起根苗，扯着他當官陳告。葫蘆提趕打、好没分曉，從今休得多言省煩惱。前生註定你兄弟不和，都缘是命裏招。勸員外早回頭。

【柰子花】小官人是白面書生，他日裏要改換門庭。東人念取同胞義，休教人説上梁不正。瞥悶。不知他是甚日和順。

【宜春令】官人煞不量度，把小官人無罪趕出飄泊。不與分文，又無相識親眷倚托。擔閣破窑中受盡寂寞，又爭知哥哥行恶。諕得人戰戰兢兢，撲撲簌簌淚珠偷落。

【慶青春】芳草鋪茵，夭桃噴火，絲絲細柳拖金。撚指光陰，使人無限傷情。歸家煖閣排宴飲。纔過了除夕，正遇元宵，遊賞花燈。又早清明。

【風馬兒】傾國花容貌嬌美，家豪富世間稀。郎才女貌非凡比。宿緣結會，盡今生效于飛。

【水紅花】三人結義做知交，賽過關張強如管鮑。終朝遊賞飲羊羔。柳綿飄，梨花飛遶。冒雪衝風回去，喫得醉陶陶。醉陶陶，醉扶歸去了。

【琥珀猫兒墜】勸諫不聽，切莫再三言。怕我官人生倒見，反將恩愛變成寃。難言。甚日何年，勸得他心轉。

【一疋布】方纔睡，正打眠，甚人只管煎。摩挲兩眼出房前，原來是老虔。

【梨花兒】凝望我夫不見歸，朦朧月淡人寂静。不見他回來越悶生。嗏！愁聽鐵馬兒叮噹韻。

【梨花兒】心兒暗喜，思量又喜。夜來曾騙了孫員外，挐了靴中三錠鈔。嗏！歡歡喜喜不得睡。

【博頭錢】你好忒胡遈，你好不本分，教我争你有何安穩。不聽道忒煞村，不依教合受貧。算來貧富是前因，皆由命豈由人。屏風雖破，骨格尚存。一朝榮顯，否極泰生。兩人休得要争競，須留取舊人情。

【繫人心】要一狗合藥甚緊，告婆婆且休憂悶。與婆婆隔壁住年深。且宜自省，休要失了人情。

【引軍旗】唐太宗聖明之君，猶且弑建成。哥哥莫待禍臨身，臨渴怎生掘井。若非兄弟説事因，争些個遭他毒性。思之禍福生死皆由命，真個半點不由人。

【望歌兒】三人賞雪同宴逸，兩個先自回歸，撇你在長街上。口是心非，休想賽關張。到此方知他調謊，如今後休把親撇漾。

【江頭送别】哥哥倚强恃長，親兄弟義深恩廣。假如送你還家去，由哥哥打罵何妨。

【下山虎】有一人醉倒在街坊，大雪紛紛下，看着慘傷。我好意叫你開門早商量。籠些火焰，教他喫滚湯。救人一命活，勝似造九級浮屠教你福壽昌。你不開門，後倘或死亡，帶累鄰家遭禍殃。

【繡停針】先自悲傷，又遭一跌痛怎當。擡身忍痛回頭望，見一漢酒醉倒在街坊。你本待學劉伶入醉鄉，却番作臥冰王祥。看看冷逼寒凍神魂喪，難道酒解愁腸。

【園林杵歌】看這般模樣，好似我孫大郎。唬得我神魂飄蕩，好教我退後趨前心急意忙。那堪柳絮梨花下得恁强，似這般冷颼颼、寒凛凛，哥哥怎當？自忖量，自感傷。怕這雪凍死了兄長，不由我撲簌簌淚出痛腸。

【吒精令】子傳聽説因依，咱每和你商議。夜來忽然生一計，説起教你歡喜。

【惜奴嬌】堪恨冤家、敢生出不良意。這魂惡只得自忍。正此攻書，偶聞家兄命。思省。料吉凶全然未准。

【新水令】奴家美貌多聰慧，共娘行每日遊戲。晝永拈針指。忽聽得娘行呼喚，不知道有何言語。

【福青歌】見着你每，珠淚暗傾。思往日教人懊恨，見官人没精神。遣吴忠淚珠流，似刀剜碎心。受飢寒，煞害得籬傾壁盡。

【疊字錦】誤了人也嗏，誤了人也嗏。從早起間没飯難禁架。只見自飢寒没奈何，又那堪遭際這般雪兒下。兀的不是苦殺人也。天那！

【疊字錦】待入城也嗏，待入城也嗏。已入城心下多驚怕。又恐路中逢見我哥哥，他惡怒發時將咱來毆打。待轉家又恐怕哥哥不憐念咱。待轉呵，又怕雪迷了路差。只爲你煩煩惱惱、哀哀怨怨、悽悽慘慘，閃得我没投奔。兀的不是苦殺人也麼歌！

【錦上花】你説與王老，明日東人要上墳。勸官人須教緊省，休恁痴迷着性。結義兩無情，親者到底只是親。（合）將兄弟趕出門，非親却是親。仗托王公，直語忠言，勸官人回轉心。

【錦上花】那王老九十三歲，伏事祖上親。也須聽從今改正，撇了結交的，思念手足親。休得把至親如陌路人。（合前）

【五供養】今生多幸，喜一身生長在豪門。家傳朱紫貴，世簪纓。詩書盡覽，時未至龍門難進。一朝裏遇風雲，那時衣紫作公卿。

【沉醉東風】奈田真哭泣痛苦，兩兄弟也珠淚撲簌。感天地暗相扶，花開如故。弟和兄再成一處，依然勝如手足，因此上義居，流傳萬古。

【忒忒令】許多時緣何未歸？眼巴巴倚着門兒。望他不見，心下疑慮。想他是被巡捕捉拿住，凶和吉全然未知。

【好姐姐】告得恩官試聽，孫榮是殺人凶身。哥哥趕出喫苦辛。因懷恨，臨門故殺平人命，陷害哥哥怨恨心。

【錦衣香】休妄語，休回應，休得要惱着哥哥，轉添惡忿。且隨他意暫出門，朝夕我兩人勸他回心轉意。那時請你歸來，依然弟兄和順。今日離家去，再不許登門。眉南面北，不相存問。

【漿江令】更遲疑不離我門，打教你肉見筋。被打骨肉痛傷情，無辜趕逐，痛苦難禁。惱殺人性，輒敢抗語來相應。今日裏，今日裏，急離我門。街坊上，街坊上，別行求趁。

【杜韋娘】玉容態嬌艷，眉黛淡掃青山遠。鳳髻綰烏雲霞襯臉，更嫋娜纖腰嬌軟。正笄年遣適豪門，已奉蘋蘩，喜遂于飛願。與才郎契合，願百歲同諧繾綣。

【吴小四】命兒孤，没丈夫，三十年來獨自宿。開個客店清又楚，往來官員士大夫，那個不識王大姑。

【黄梅雨】追想當時，三人共結義，今日裏顯出喬的。論的親，凶吉事相濟。自古及今，以改非從是。

【多嬌面】見吴忠來，珠淚傾，許多時不見你們頭影。你緣何背主忘恩？思量你好没人情。

【多嬌面】告官人聽拜啓，宅門裏每日忙並。吴忠委實忠孝，身不由己，一言難盡。

【多嬌面】見官人忠孝心，思量後口頭忒緊。不合出言，傷觸了大人，如今悔之不盡。

# 新編南詞定律

《新編南詞定律》所收《殺狗記》隻曲，輯録如下。

【薔薇花引】嚴威正加，滿空中如鹽撒下。長安多少賣酒人家，料應此際增高價。

【錦纏道】計謀成，殺一狗撇在後門。裝扮似人形，試看來鮮血遍污衣襟。我兒夫必道是人，驀然間魄散魂驚。若問我原因，説着幾句，教他自猛省。（合）願得回心後，愛兄弟遠別他人。

【錦纏道】我官人，近日來不知怎生。偏向外人親。每日裏同飲同坐同行。把兄弟逐出受貧。娘行勸抵死不聽。殺狗扮人形。設着此計，必須改過心。（合）願得回心後，愛兄弟遠別他人。

【普天樂】偶因觀《三國志》，曹操子曹丕的。因兄弟廣記多才，七步已成詩句。兄妬忌恐怕他奪位，定計施謀殺兄弟。我端詳細察因依，兄殺弟有理。（合）曹丕見識、正合吾意。

【陽關三疊】昨宵際晚時，見小叔背負員外回歸。穿一領百衲破衣。（合）懨懨瘦得不中覰，鐵心腸見了珠淚垂。

【陽關三疊】小叔知禮攻書，又怎肯懷着惡意。信他人搬喋是非。（合）把親生兄弟逐出去，每日勸解不聽取。

【攤破第一】同胞共乳，手足之義。割捨得他輕棄，將家私恃長不分取。小官人曉得詩書、知禮義。盡讓兄不肯説他，又何曾説是説非。論得來誰是誰不是。（合）何日勸得心意回。

【長生導引】千紅百翠，千紅百翠，裝點名園景最奇。春光明媚，和風習習，麗日遲遲。聽得綠楊枝上，黄鸝弄語，唤人遊覰。見金鞍共玉勒，競出郊西。尋芳殢酒排宴會，踏花去馬蹄香細。（合）遊賞好得意，驀聽得笙歌聲沸。絃管和齊，直喫到日沉西。

【長生導引】遊人如蟻，遊人如蟻，紫陌紅塵拂面飛。鞦韆蹙起，夭桃臨水，翠柳盈堤。牡丹獨豪貴，百花怎比。翠紅深處，見才子共佳人，並肩低語。踏青鬬草撒滿地，貪歡宴墮簪遺珥。（合）遊賞好得意，驀聽得笙歌聲沸。絃管和齊，直喫到日沉西。

【黄梅雨】追想當時，三人共結義。今日裏顯出喬的。論嫡親，凶吉事相濟。自古及今，已改非從是。

【古皂羅袍】見吴忠來珠淚滿腮。想我當初間豪邁，今日悄似一個乞丐。穿着一領破衣裳，拖一雙破鞋，何日得苦盡甘來。我在破窑中冷冷的誰俫倸。嗏！（合）傷懷。我哥哥忒毒害，閃得我不尷不尬。

【古皂羅袍】宅上事如蔴，都要去解。那得工夫前來，出於無奈。非不用心，非不掛懷。（合）望東人凡百事可憐躭帶。

【古針綫箱】勸解不聽，未審東人卻怎生。只聽結義相調引，割捨背義忘恩。小官人從來本分，平白地趕出門庭。（合）若得勸回心，取回兄弟，日遠非親。

【青歌兒】三杯酒萬事和氣，又何妨每日沉醉。思量孫二太無知。（合）伊來害我，我又如何饒你。

【番鼓兒】委付你，委付你，今夜三更至。到城南破瓦窑内，見那喬才，便把鋼刀殺取。了事回來。那其間多多謝你。（合）魆魆魆魆離門兒，更隄防隔牆有耳。

【解連環】酬酢歡娛，拚今宵共伊沉醉。同攜手步月歸去。（合）逢知己，賽過關張管鮑的。更莫學割袍斷義。

【疊字錦】兀的不是誤了人也麼嗏。從早到如今，没飯難禁架。只得忍着饑寒，一步步前抄化。又那堪此際，這般雪兒下。嗏！（合）兀的不是苦殺人也麼天那！

【錦上花】説與王老聽言，明日東人要上墳。勸東人須三省，休恁癡迷性。結義兩無情，親者到底只是親。(合)將兄弟趕出門，非親卻是親。仗托王公忠言勸，官人回轉心。

【錦上花】王老九十二歲，伏侍祖上親。也須聽從今改正，撇了結義的，思念手足親，休得把至親如陌路人。(合)將兄弟趕出門，非親卻是親。仗托王公忠言勸，官人回轉心。

【本宮賺】默默嗟吁，痛哽咽垂雙淚。直入畫堂，覆説此事，教我好傷悲。試問你，未審何人虧負你，你緣何垂雙淚。不知你怎的，一一從頭説與。告且聽啓。

【本宮賺】小官人鎮日攻書，被東人急呼至。説着他幾句，百般打罵，將他趕出去。果恁的，奈何官人心性急，似撮鹽入火内。猜着他就裏，又敢是聽人言語。果然如是。

【醉中歸】晚來雲布密，凜凜朔風送寒威。俄然見六出花霏。長空一色，萬里如銀砌。當此際雪正飛，慶賞豐年祥瑞。同宴樂排筵，滿飲羊羔拚沉醉。

【念佛子】打罵人生怒嗔，今日緣何戰兢跪咱每。請兄起來休還禮，男兒膝下有黄金。反把兄爲弟、弟爲兄，休失尊卑名分。(合)莫壞家法，敗亂人倫。

【大影戲】嫂嫂行不由徑，笑不露齦。我應是不開門。自來叔嫂不通問，休又説得上樑不正。(合)只此一句，唬得人喪膽亡魂。戰戰兢兢，進退無門。

【丹鳳吟】行到柳堤，步入園内。那一位解元何處。隨着我來，兀的便是。甚人請喫酒？

喫酒好歡喜，悄不見孫兄來至。（合）去接取，去接取，迎着即便回。説道我每來此處，懸懸望着員外至。

【本宮賺】韓信當時，漂母哀憐賜與食。時運至，拜將封侯多富貴。一雙筯，拿不住、放不得。一口飯，吞不進、吐不出。嫂賜食，一似呂太后的筵席。

【賀新郎】夜來因喫酒，大雪中跌倒孫兄。讓他落後，挐了他靴中兩錠鈔，又把玉環拐走。怎知今日跌破。（合）我兩個如籃提水走，歸家籃内何曾有？干嘔氣，惹場羞。

【纏枝花】殺人罪犯難輕恕，實事難抵對。害人一命還一命，有錢難買罪。逞胡言，生奸計，天理不容你。（合）算來誰是誰不是，到官司明白處。

【石竹花】時遇寒食感孝情，辦虔心特來拜墳。一杯美酒澆奠，使人不覺淚零。（合）紙錢高掛墳，略表孝情。酒餚羅列墳頭，乞賜受領。

【呼喚子】吾家本善良，賴祖宗積攢，富貴非常。誰知今日禍起蕭牆。斟量。自不合酒性剛，道出言語觸伊行。（合）都撇漾，夫妻義重，休掛心腸。

【大迓鼓】聽咱説事因，一人心痛，一個腰疼。假意佯推病。果然日久見人心。（合）到此方知没義人。

【竹馬兒】他效學昔日關張結義，不思量久後有頭無尾。豈知他是調謊的，使虛心冷氣。挑唆員外得如是。我東人枉恁地多伶俐，落圈圚總不知。把骨肉下得輕棄，你好直恁地。不思量手足恩深，豈知同胞義。（合）漫教人無語淚雙垂，説着後心碎。

【竹馬兒】他兩人專靠花言巧語，一剗地鬥是搬非。每日只會拖狗皮，那曾見回個筵席。雙雙長坐兩邊位，我東人結拜爲兄弟。落得個甚便宜，夫和婦話不投機。他三個同結義，勝似親的，糖甜蜜更美。（合）把親生兄弟趕出去，你家富何濟。

【水唐歌】沉吟久，細思之，孝義雙全人怎比。到不如李德追恩主。尋思起，我去替兄身死受淩遲。（合）也落得好名兒，留着在史書上題。

【錦衣香】休抗拒，休回應。休得惱着哥哥，轉添惡憤。且隨他意暫出門，朝夕我兩人勸他回心。倘回心轉意，那時請你歸來，依然兄弟和順。今日離家去，再不許登門。（合）眉南面北，不相存問。

【豆葉黄】你緣何無故，調撥我恩主。趕兄弟在破窑内，落泊歷盡艱苦。搬老婆舌頭敗風俗，你兩個甚豪富。（合）真乃是天教一世苦。

【梧桐樹】腌臢小賤奴，怎不思量取。我是你東人，你是咱奴婢。輒敢對主出言語。自恨我家神做不得主，致使今朝外鬼相調戲。（合）兀的不是勢敗奴欺主。

【吳小四】命兒孤，没丈夫。三十年來獨自宿。開個店兒清又楚。（合）往來官員士大夫，誰不識王大姑。

【七賢過關】(【金梧桐】首至五)三人共賞雪，喫得醺醺醉。撇我哥哥，跌倒在深雪裏。他兩個撇了你。(【東甌令】二至四)自先回，卻不道、賽過關張管鮑的。冷清清、凍死你做街頭鬼。(【解三酲】六至七)又還是、孫榮背負你歸。(合)孫員外，(【懶畫眉】三句)臨危不見了賽關張。(【醉扶歸】末)方信道，打虎還須親兄弟。

【下山虎】有一個醉漢，倒在街坊。大雪洋洋下，看着慘傷。我好意教你開門早商量。籠些火焰，教他喫口滚湯。救人一命活，勝造七級浮屠福壽昌。(合)若不開門後，倘或死亡，帶累鄰家喫禍殃。

【江頭送別】哥哥的，哥哥的，倚强恃長。親兄弟，親兄弟，意怎敢忘。好歹背你回家去。(合)由哥哥打駡何妨。

【雁過南樓】我待不管他，我待不保他。後面有人，一似扯住了咱。莫不是孫榮有些牽掛。(合)回頭看他，回頭覷他，不由人兩淚如麻。

【園林杵歌】這容龐，好似孫大郎。唬得我魂飄蕩，退後趨前心意忙。那堪柳絮梨花下得恁强，似這般冷颼颼、寒凛凛，哥哥怎當。(合)自忖量，自感傷。怕這雪凍死了兄長，怎禁得撲簌簌淚出痛腸。

【多嬌面】見官人忠孝心，思量後口頭忒緊。不合出言傷觸了大人。（合）如今悔之不盡。

【繫人心】要一狗合藥甚緊，告婆婆且休憂悶。與婆婆隔壁住年深。（合）且宜自省，休教失了人情。

【繫人心】這狗子從小養成，割捨得害他一命。縣君休得把人輕。（合）空有金，空有銀。縱有珍珠，休得倚富吞貧。

【一疋布】聽呼喚，出房前，不知有甚言。尋思此事淚漣漣。（合）原來是婆婆討錢。

【博頭錢】你好忒胡逞，你好不本分。教我争你有何安穩。不聽道忒煞村，不依教合受貧。算來貧富是前因，皆由命豈由人。屏風雖破，骨格尚存。一朝榮顯，否極泰生。（合）兩人休得要争競，須留取舊人情。

【梨花兒】凝望我夫不見歸，朦朧月淡人寂静。不見他回來越悶生。（合）嗏！愁聽鐵馬兒叮噹韻。

【吒精令】子傳聽説因依，咱每和你商議。夜來忽地生一計。（合）説起教伊歡喜。

【引宮花】（【引軍旗】全）聽拜稟令弟不仁，贖毒藥害你身。兄弟見了痛傷情，哥哥自宜思忖。（合）舍弟是讀書人至誠，無此事不須憂悶。（【賞宮花】合至末）思之禍福生死皆由命，果然半點不由人。

# 九宮大成南北詞宮譜

《九宮大成南北詞宮譜》（全名《新定九宮大成南北詞宮譜》）所收《殺狗記》隻曲，輯録如下。

【胡搗練】江水遠，恨悠悠，教人羞恥向誰求。枉自腹藏千古事，一江清水向東流。

【古皂羅袍】見吳忠來珠淚滿腮。想我當初間豪邁，今日悄似一個乞丐。穿着一領破衣裳，拖一雙破鞋，何日得苦盡甘來。我在破窑中，冷冷的誰倸倸。嗏！（合）傷懷。我哥哥忒毒害，閃得我不尷不尬。

【古皂羅袍】宅上事如麻，都要去解，那得工夫前來。出於無奈。非不用心，非不掛懷。（合）望東人凡百事可憐擔帶。

【青歌兒】三杯酒萬事和氣，又何妨每日沉醉。思量孫二太無知。（合）伊來害我，我又如何饒你。

【錦上花】說與王老聽言，明日東人要上墳。勸東人須三省，休恁癡迷性。結義兩無情，親者到底只是親。將兄弟趕出門，非親卻是親。仗托王公忠言勸，官人回轉心。

【解連環】酬酢歡娛，拚今宵共伊沉醉。同攜手步月歸去。（合）逢知己，賽過關張管鮑的，更莫學割袍斷義。

【疊字錦】兀的不是誤了人也麼㗛！從早到如今，没飯難禁架。只得忍着饑寒，一步步前抄化。又那堪此際這般雪兒下。㗛！（合）兀的不是苦殺人也麼天那。

【古針綫箱】世上爲人，兄弟不親誰是親。不思共乳同胞義，又不念手足之恩。我如今和伊到城，說幾句勸我東人。（合）若得勸回心，取回兄弟，永遠和順。

【錦衣香】休抗拒，休回應。休得惱着哥哥，轉添惡憤。且隨他意暫出門，朝夕我兩人，勸他回心。倘回心轉意，那時請你歸來，依然兄弟和順。（合）今日離家去，再不許登門。眉南面北，不相存問。

【豆葉黄】你緣何無故，調撥我恩主。趕兄弟在破窑内，落泊歷盡艱苦。搬老婆舌頭敗風俗，你兩個甚豪富。（合）真乃是天教一世苦。

【五供養】今生有幸，喜一身生長豪門。家傳朱紫貴，世簪纓。詩書盡覽，時未至龍門難進。

（合）一日裏遇風雲，那時衣紫作公卿。

【醉中歸】晚來雲布密，凛凛朔風送寒威。俄然見六出花霏，長空一色，萬里如銀砌。當此際雪正飛，慶賞豐年祥瑞。同宴樂排筵，滿飲羊羔拚沉醉。

【念佛子】打駡人生怒嗔，今日緣何戰兢。跪咱每、請兄起來休還禮，男兒膝下有黄金。（合）反把兄爲弟、弟爲兄，休失尊卑名分。莫壞家法、敗亂人倫。

【大影戲】嫂嫂行不由徑，笑不露齦。我應是不開門，自來嫂叔不通問。休又説得上梁不正。（合）只此一句，諕得人喪膽亡魂。戰戰兢兢，進退無門。

【丹鳳吟】行到柳堤，步入園内。那一位解元何處？（合）隨着我來、兀的便是。

【本宫賺】韓信當時，漂母哀憐賜與食。時運至，拜將封侯多富貴。一雙筯、拏不住放不得。一口飯、吞不進吐不出。嫂賜食，一似吕太后的筵席。

【竹馬兒】他效學昔日關張結義，不思量久後有頭無尾。豈知他是調謊的，使虚心冷氣。挑唆員外得如是。我東人枉恁地多伶俐，落圈圚總不知。把骨肉下得輕棄，你好直恁地。不思量手足恩深，豈知同胞義。（合）漫教人無語淚雙垂，説着後心碎。

【祝英臺】草芊芊花荏苒，輕暖艷陽天。才子艷質，簇擁名園。嬉戲笑蹴鞦韆。排筵。好向花柳亭前，尋芳消遣。（合）我和你、雙雙遊賞歡宴。

【祝英臺】俄然。笋成竿荷展蓋，高柳噪新蟬，池畔避暑，撒髮披襟，歡笑同樂蓮船。迷戀。好向流水亭前，納涼消遣。（合）我和你雙雙遊賞歡宴。

【下山虎】有一個醉漢，倒在街坊。大雪紛紛下，看着慘傷。我好意教你開門及早商量。籠些火焰，教他喫口滚湯。救人一命活，勝造七級浮屠福壽昌。（合）若不開門後，倘或死亡，帶累鄰家遭禍殃。

【江头送别】哥哥的，哥哥的，倚强恃長。親兄弟，親兄弟，意怎敢忘。好歹背你回家去，（合）由哥哥打駡何妨。

【園林杵歌】這容龐，好似孫大郎。諕得我魂飄蕩，退後趨前心急意忙。（合）那堪柳絮梨花下得恁狂，似這般冷颼颼、寒凛凛，哥哥怎當。

【園林杵歌】自忖量，自感傷。怕這雪凍死了兄長，怎禁得撲簌簌淚出痛腸。（合）那堪柳絮梨花下得恁狂，似這般冷颼颼、寒凛凛，哥哥怎當。

【望歌兒】三人踏雪同宴賞。他兩個先自回歸，撇你在長街上。口是心非，休想賽關張。（合）到此方知他調謊，從今後休把親撇漾。

【引軍旗】聽拜稟令弟不仁，贖毒藥害你身。兄弟見了痛傷情，哥哥自宜思忖。舍弟是讀書人至誠，無此事不須憂悶。（合）思之禍福生死皆由命，果然半點不由人。

【多嬌面】見吳忠珠淚傾，許多時不見你每頭影。你緣何背主忘恩，（合）思量你好没人情。

【多嬌面】見官人忠孝心，思量後口頭忒緊。不合出言傷觸了大人。（合）如今悔之不盡。

【繫人心】要一狗合藥甚緊，告婆婆且休憂悶。與婆婆隔壁住年深。（合）一半鄰，一半親。且宜思忖，休教失了人情。

【繫人心】這狗子從小養成，割捨得害他一命。院君休得把人輕。（合）休得倚富吞貧。

【一疋布】聽呼喚，出房前，不知有甚言。尋思此事淚漣漣。（合）原來是婆婆討錢。

【博頭錢】你好忒胡逞，你好不本分。教我争你有何安穩？不聽道忒煞村，不依教合受貧。算來貧富是前因，皆由命豈由人。屏風雖破，骨格尚存。一朝榮顯，否極泰生。（合）兩人休得要争競，須留取舊人情。

【吒精令】子傳聽説因依，咱每和你商議。夜來忽地生一計。（合）説起教伊歡喜。

【梨花兒】凝望我夫不見歸，朦朧月淡人寂静。不見他回來越悶生。（合）嗏！愁聽鐵馬兒叮噹韻。

【本調賺】默默嗟吁，哽咽垂雙淚。直入畫堂，復知此事好傷悲。試問取，未審何人虧負你，你緣何垂雙淚。不知怎的，從頭一一説與。告且聽啓，告且聽啓。

【本調賺】小官人鎮日攻書，被東人急呼至。説着幾句，百般打駡趕出去。果恁的，奈我官人心性急。似撮鹽入火内。猜着就裏，敢是聽人胡語。果然如是，果然如是。

【薔薇花引】嚴威正加，滿空中如鹽撒下。長安多少賣酒人家，料應此際增高價。

【普天樂】偶因觀《三國志》，曹操子曹丕的。因兄弟廣記多才，七步已成詩句。兄妬忌恐怕他奪位，定計施謀殺兄弟。我端評細察因依，兄殺弟有理。（合）曹丕見識，正合吾意。

【錦纏道】我官人，近日來不知怎生，偏向外人親。每日裏同飲同坐同行，把兄弟逐出受貧。娘行勸抵死不聽，殺狗扮人形。設着此計，必須改過心。（合）願得回心後，愛兄弟遠别他人。

【長生道引】遊人如蟻，遊人如蟻，紫陌紅塵拂面飛。鞦韆蹴起，夭桃臨水，翠柳盈堤。牡丹獨豪貴，百花怎比。翠紅深處，見才子共佳人，並肩低語。踏青鬭草撒滿地，貪歡宴墮簪遺珥。（合）遊賞好得意，驀聽得笙歌聲沸。絃管和齊，直喫到日沉西。

【雁過聲】昨宵際晚時，見小叔背負員外回歸。穿一領百衲破衣。（合）睚睚瘦得不中覷，鐵心腸見了珠淚垂。

【雁過聲】一飯未曾舉筯，員外酒醒喝起。便道他偷了環兒，更不分説幾句。（合）便拳頭亂打逐出去，破窑内受苦伊怎知。

【雁過聲】天生自然娉婷，西施臉兒堪稱。媚態兒濟楚輕盈，比觀音只少個净瓶。向華燈密處遍地逞。（合）擺着袖兒月下行。

【雙勸酒】你抛棄手足，疏遠骨肉。非親是親，全不省悟。一朝馬轉刀横，只恐悔不當初。

【梁州序】轉念取同乳同胞，忍教他一身無靠。破窑中寂寞，怨恨難消。他每日沿街哀告。告人求食，受苦傷懷抱。你每日常快樂醉陶陶，不道孫榮志量高。（合）贖毒藥，害吾曹。

【纏枝花】笑你兩個忘恩義，爲甚把咱擒住。常言狗有濕草義，馬有垂韁志。惱得人惡怒起，攛步即拖去。（合）算來誰是誰不是，到官司明白處。

【大勝樂】吾家累代纓紳，我一身享現成。金玉滿堂多豪貴，怎答謝父娘恩。奈嫡親兄弟不和順，却與非親結義親。（合）此事非容易也，算人生好惡，宿世緣分。

【秋夜月】吾表文，奏上朝廷去。我王必降天恩露，加官進禄封賢婦。（合）因禍致福，因禍致福。

【繡帶兒】吾朋友如龍卿有幾，兼之子傳賢齊。他兩個義比雲霄，與咱契似壎箎。思之，人情末世奸似鬼，怕只怕面從心背。（合）他心事你哥哥儘知，欲待要與他結交做兄弟。

【繡帶兒】忠規，非直諒多聞善輩。何必異姓結義。今日一語輕交，他時駟馬難追。休疑，此心獨斷無後悔，少不得學他些伶俐。（合）小家子心低志低，難道是推不開嫡親兄弟。

【大迓鼓】聽咱説事因，一人心痛，一個腰疼。假意佯推病，果然日久見人心。（合）到此方知没義人。

【呼喚子】從來不自量，信那人常説，賽過關張。卻不道死事替你承當。思量，口是心非多調謊。却不道勝似嫡親共爹娘。(合)人家裏雌鷄報曉，有甚吉祥。

【呼喚子】吾家本善良，賴祖宗積趲，富貴非常。誰知今日禍起蕭牆。斟量，自不合酒性剛，道出言語觸伊行。(合)都撇漾，夫妻義重，休掛心腸。

【石竹花】時遇寒食感孝情，辦虔心特來拜墳。一杯美酒澆奠，使人不覺淚零。(合)紙錢高掛墳頭，略表孝情。酒餚羅列墳頭，乞賜受領。

【吴小四】命兒孤，没丈夫，三十年來獨自宿。開個店兒清又楚。(合)往來官員士大夫，誰不識王大姑。

【梧桐樹】官人聽我言，世事只如此。只重衣衫，那重人賢慧。如今只重錢和勢，你恁貧寒識甚高低。一領布衫，比不得咱每的。(合)何須共你爭閑氣。

【梧桐樹】腌臢小賤奴，怎不思量取。我是你東人，你是咱奴婢，輒敢對主出言語。自恨我家神做不得主，致使今朝外鬼相調戲。(合)兀的不是勢敗奴欺主。

【七賢過關】(【金梧桐】首至五)三人共賞雪，喫得醺醺醉。撇我哥哥，跌倒在深雪裏。他兩個撇了你。(【字字錦】第五句)自先回。(【梧桐葉】第五句)卻不道賽過關張有義氣。(【漁父引第一】第十三句)冷清清凍死你做街頭鬼。(【索兒序】八至九)又還是孫榮背負你歸。孫員外,(【喜梧桐】第五句)你臨危不見了賽關張。(【梧桐樹】末一句)方信道打虎還須親兄弟。

【梅子黄時雨】追想當時,三人共結義,今日裏顯出喬的。論嫡親,凶吉事相濟。自古及今,已改非從是。

【鎖南枝】我身襤褸没半文,飢寒兩字難過存。又没個所在安身,又没個人憐憫。(合)争似我拚此身,喪江中免勞困。

【西地錦】幸得一人有慶,萬民咸賴康寧。蠻夷拱手來歸順,幸國泰民清。

【絳都春序】平生戀色,有忠臣伍奢,直諫獲罪。伊兒,伍尚入朝齊殺取。子胥奔走吴國裏,借兵馬投入楚地。(合)兩軍交戰,鳴鼙金鼓,震動天地。

【啄木兒】孫員外聽拜啓: 我當初共伊結義。夜來非詐心疼,兄弟應知得罪。是真難滅假除易,假饒染就乾紅色,(合)也被傍人道是非。

【啄木兒】雪兒下共醉迷,拐玉環先自歸。刁唆兄弟告哥哥,直恁背恩忘義。你一時纔得温和氣,不記破窑中冷落無人理。(合)撥盡寒爐一夜灰。

【三段子】請出去離,這狂言實難信伊。你休强嘴,便教你災禍忽起。忘恩負義無知賊,當初效學關張的。（合）倒做了孫龐鬪使計。

【三段子】你殺了人，使孫榮埋屍葬軀。敢生妄語，葬屍骸指實在那裏。我經官首告拏伊去，徒流絞斬難逃避。（合）事到頭來悔已遲。

**圖書在版編目（CIP）數據**

白兔記　殺狗記 / 俞爲民主編 ; 劉水雲整理.
杭州 : 浙江大學出版社, 2025. 3. --(南戲文獻全編).
ISBN 978-7-308-25126-6

Ⅰ. I237.5; I237.1

中國國家版本館 CIP 數據核字第 2024XA8732 號

**南戲文獻全編・劇本編・白兔記　殺狗記**
俞爲民 主編　劉水雲 整理

---

| | |
|---|---|
| **策　　劃** | 陳　潔　宋旭華 |
| **責任編輯** | 周挺啓　方涵藝 |
| **責任校對** | 蔡　帆 |
| **封面設計** | 周　靈 |
| **出版發行** | 浙江大學出版社<br>(杭州市天目山路 148 號　郵政編碼 310007)<br>(網址: http://www.zjupress.com) |
| **排　　版** | 杭州朝曦圖文設計有限公司 |
| **印　　刷** | 杭州宏雅印刷有限公司 |
| **开　　本** | 880mm×1230mm　1/32 |
| **印　　張** | 24.125 |
| **字　　數** | 495 千 |
| **版 印 次** | 2025 年 3 月第 1 版　2025 年 3 月第 1 次印刷 |
| **書　　號** | ISBN 978-7-308-25126-6 |
| **定　　價** | 480.00 元 |

---